Staread
星文文化

夏日梦想家

SUMMER DREAMER

上

星河蜉蝣——著

浙江文艺出版社
Zhejiang Literature & Art Publishing House

目录
CONTENTS

我爱的少年，

他有放肆的笑脸和飞扬的衣边，

如彗星擦过天际，

途经我的星幕，带起绚烂火焰。

夏夏

楔子

会所贴近地面的墙上裂开条横向的纹，细细长长像蜈蚣的形状，一直探到地板的接缝里。

谢淮抱头蹲在墙边，他等得乏味，趁这短暂的时间足足将裂纹左右横生的毛刺数了四遍。

走廊里女人喑哑的啜泣、男人粗重的嗓音，混着拖鞋底板摩擦地面的哧哧声传进他耳朵。身后有翻箱倒柜的声音，撩被子的、刨垃圾桶的、检查证件的声音，还有女孩撕心裂肺的哭声。

两个警察倚在墙边聊天，顺便盯着谢淮。谢淮老老实实，没什么不该有的动作，就是脸上的表情有些复杂。

——说是伏法，不太甘心；想要抵抗，又不太敢。

警察的目光没有一刻从他身上抽离，他们交谈了十来分钟，谢淮听明白了——他眼前所见的鸡飞狗跳，是一出声势浩大、筹谋许久、十分成功的大型“扫黄”行动。市局从上个月开始布局、谋划，今日收网，抓获涉案人员百余。谢淮蹲久了，腿有些发麻，回头瞥了眼，没承想和身后的老警察对上了眼。

谢淮的瞳孔漆黑如墨，颜色分明，如清澈溪水中沉在荡漾微波下的卵石，黑黢黢的，却很亮。他年少气盛，声音是少年独有的清冽，还能隐约听出几分嚣张和不服管教："你看我干什么？"

两人大眼瞪小眼地对视着，三秒之后，老警察踹了他屁股一脚："我看你怎么了？"

谢淮蹲着，身体重心不稳，摇摇晃晃中一个趔趄，侧脸贴在墙上，蹭了一脸白墙灰。他拧了拧眉想说话，最后还是忍住了，扯过一旁电视柜上的桌布蹭脸，蹭完又随手扔了回去。

"小小年纪不学好。"老警察把谢淮的身份证递给同事，"看看，看看！下个星期才成年，现在就敢来这种地方鬼混，这像话？你说这像话吗！"

老警察正义感极强，指着谢淮像骂儿子一般痛心疾首。谢淮被他的唾沫星子溅了一脸，面不改色，自动把他的话屏蔽了。然而，他能屏蔽老警察的絮叨，却屏蔽不了另一边的声音——刺耳、尖锐，吵得他耳膜发痛。

从进门到现在，他已经被这哭声折磨了快半小时。他回头，颇不耐烦："我说，你能别哭了吗？"

其他房间的男男女女已经被控制到走廊抱头蹲好，只有这间房出了点意外。

墙边蹲着个谢淮，床上坐了个女孩。两人都未成年。

女孩一直在哭，实习小警察拿纸巾给她抹眼泪，好言好语地安慰着，待遇和谢淮天差地别。

小警察的声音温柔得滴水，像在和自家妹妹说话："你是不是被墙角那人骗过来的？身上的伤是他打的吗？警察在呢，你照实说，别害怕。"

谢淮："……"

女孩穿着卡通T恤、牛仔短裤、白色帆布鞋，一身学生打扮。她皮肤很白，乌黑的头发用丝带束起短马尾，丝带是浅浅的天蓝色，下垂到肩膀，底边刺着毛边，衬在她白T恤的底子上格外亮眼。从谢淮进门时她就在哭，到他被警察拎走，她还在哭。谢淮的脑壳被她哭得隐隐作痛。

不过也怪谢淮点背。警察开门闯进来的那一刻，他正站在床前，一手拿着钱包，一手捏着张五十块的新钞扔在床上。

语气不可一世，态度睥睨天地，身上那股子败家二世祖的劲儿听着就让人牙痒痒。

他的语气嚣张恣意：“钱我给了啊，你别哭了，像我虐待你似的。”

那张五十块钱，在四个警察八只眼睛的注视下打着旋儿轻飘飘地落在凌乱的被子上。三秒后，谢淮听见市局那位经验丰富的老警察用笃定的语气下了判断：“嫖娼。”

老警察顿了顿，目光从谢淮身上掠过，伸手指着女孩。她半边脸颊肿起，嘴角青紫，锁骨上带着几条血瘀的擦伤。

老警察：“可能是强迫发生性关系，马上带回局里。”

谢淮刚要解释，就听见带警察过来的会所领班在后面嘟囔：“小费才给五十，也太抠了点吧？”

Chapter 1

跟你很熟吗

八月底。

夏夏走出火车站，被南城的大太阳晃了眼。南城地处高原，四季如春。时值酷暑的尾巴，天气却不热，空气中游离的因子带着一丝舒爽，混入满城葱郁的草木味，钻进鼻子，暖意融融又十分清爽。

夏夏将行李箱拖到路边摆好，坐到箱子上打开手机地图查公交线路。南大在昌平区，离城区远，从火车站坐公交过去要一个半小时。

路边站了个佝偻的矮个老太太，身穿黑色民族绣服，面前支了个圆筒状的炭烤炉，炭上盖着片铁质方格网架，上面密密麻麻摆了十几个刮了皮的土豆，已经烤得半焦。

老太太见夏夏的目光落了过来，满是褶皱的脸上挤出一个笑模样：“唧给要买烧洋芋？”

夏夏听不懂她的口音，但大概能明白意思，她点了下头，指指个头最小的土豆。老太太利索地用帕子包起土豆，小刀一划剖成两半，在中间部分倒上辣椒面做夹心，然后笑着递给她。

夏夏付了钱，懒洋洋地站在路边吃烧土豆，不好吃，但胜在便宜顶饱。她眯了眯眼睛，漂亮的脸蛋浸染在初升的朝阳下。

花坛里的植物挂着清晨的露珠，清新的翠绿色充满夏天的勃勃生机。夏夏皮肤薄，被灿烂的阳光照着，色泽像极了甜白釉，是这夏日里的一抹白。

太阳晒得正舒服，冷不防身边过去一辆34路公交车，她连忙咽下最后一口土豆，拖着两个大箱子跑向站台。站台上拥挤的人乌泱泱一片，夏夏上车的时候已经没座位了，于是她找了个靠窗的位置站着，打开车窗通风。

车里挤了太多人，大多是拎着行李的，满满当当一点空隙都没有。人一多，空气里就冒出些腌臜味来，车厢内二氧化碳浓度过高，就算开着窗子，一时半会儿都放不出去。

夏夏后悔刚才吃了那块烧土豆，车子颠簸，她开始反胃。

旁边的男人打量她好久了，见状从包里掏出瓶矿泉水："喝点水吧。"

夏夏抬头，看到一张老实巴交中年男人的脸——微胖、油腻、嘴唇肥厚、头发灰蒙，他半条腿挤进她两个箱子间的缝隙里，嘴角挂着看似老实的笑。

夏夏没理他，男人碰了一鼻子灰，倒也没恼。他后背宽厚，朝她面前一堵，隔绝了身后其他人的目光。车子踏过减速带猛地震了一下，中年男人朝前踉跄，越过箱子到夏夏身边。

夏夏正在闭目养神，脸贴近窗边呼吸新鲜空气，感觉有人挤过来，眉头忍不住微微蹙起。下一秒，一张潮湿肥厚的手掌轻轻贴上她的大腿，触感又湿又黏。

夏夏没绷住，嘴角抽了抽，她脑袋歪在车窗上装睡，眼睫却一直在扑扇。人生地不熟，她打算忍一忍，可是那手却不消停，见她不反抗，按着她的腿上下揉了几下。

夏夏受不了了，睁开眼睛，声音清脆，惹得全车人都探头张望过来："大叔，你能别摸我了吗？"

男人迅速把手撤掉，他在上车的时候就注意到了——小姑娘白白净净，一个人从火车站的方向来，拖着两个行李箱，没人陪同，是个方便下手的对象。况且这种长相的女孩脾气好，胆子也小，一个人在外受了委屈不敢声张，顶多吃个闷亏。可没承想，这小姑娘性子这么刚，直接豁出去脸扬着嗓子喊。

他尴尬地笑笑，厚着脸皮朝周围的人解释：“认识的，认识的。”

这招百试百灵，人们向来喜欢凑热闹却不喜欢管闲事，尤其是家事，清官都难断，更别说路人。

男人指着夏夏的箱子：“送小孩子去上学，她跟我闹脾气呢。”

他边说边打量夏夏。咸猪手做久了，多少有些防身的锦囊，哪怕她此刻反驳，他也有别的说辞化解。

可夏夏根本没有戳穿他的打算。她前额抵着车窗，一脸厌世的表情，鼻子抽抽着，五官拧巴成一团，像个受了委屈的小孩子。男人心里乐开了花，以为小姑娘胆子小，被他吓得直接放弃了抵抗。

夏夏根本没想那么多，她只是晕车而已。上车半小时了，那块进了胃的土豆一点也不安分，总是找机会向上蹿，每次临近她喉咙口，又被她强制压了下去。她身上没有塑料袋，吐在地上会影响周围的乘客，可让她下车去吐，拎着两个箱子麻烦不说，身边还有个虎视眈眈的痴汉，万一跟着她下去，打她主意就不好了。因此虽然难受，但还是要勉强忍到下车去吐。

公交车走走停停，一路朝昌平区的郊外行驶。夏夏能不动就不动，对男人的骚扰也只当是苍蝇嗡嗡，生怕自己压不住吐在车上麻烦别人。

男人安分了不出一刻钟，手又开始不老实，去摸夏夏的腰。夏夏一声不吭，任由他吃豆腐，配着一张清秀乖巧的脸蛋，看上去柔弱可欺，于是男人越发放肆。

公交猛地紧急刹车，夏夏忽然重心不稳，顺势倒进他怀里。女孩的声音细细软软：“我晕车了。”

她松软的头发顶在他鼻子下面，甜甜的蜂花护发素和小孩子用的郁美净乳液的奶味钻进他的鼻孔，让他浑身一阵难言的通畅，他下意识地就抱住了女孩。

男人用白苔厚重的舌头舔了舔嘴唇，嗓音因兴奋微微颤抖：“那……那喝点水缓缓？”

他低头去斜挎包里找水，刚摸到瓶子，衣领忽然被人揪住。他抬眼，看到女孩甜美的笑脸，她手指攥着他的衣领向下拉。男人一时没反应过来，色令智昏之下，竟然顺从地低了低身子。

女孩的嘴贴过来，不等他反应，将他的衣领扯到最大，哇的一口吐在了衣服里。他的衣服底边别在裤子里，那些秽物一滴没跑，全部兜在了啤酒肚和T恤之间。

男人："……"

夏夏将忍了一路的东西吐出来，终于舒服了。

她从包里掏出水杯漱口，顺带真诚地向他道歉："爸爸，对不起。"

男人："……"

他牙齿磨得咯咯响："谁是你爸爸？"

话音刚落，他脸一臊，感受到四面八方乘客投过来的目光。

"认识的，认识的。"

"送小孩子去上学，她跟我闹脾气。"

车子停站，他绷不住了，脸色阴沉，拨开人群朝后门走。

夏夏能屈能伸，开口就认爹，叫得比真的都热情："爸爸，你去哪儿？爸爸……"

男人站在路边，将衣服里黏糊糊的东西抖出来，闻着呕吐物的味道，差点晕过去。

太阳耀眼，公交车缓缓开动，灰蒙蒙的外壳反射着灿烂的日光。女孩从车窗上探出半张脸，纯洁无瑕却带着极大的欺骗性。她仿若戏精附体，声情并茂地朝他喊："爸爸，你不要女儿了吗，爸爸你回来啊，爸爸，爸爸……"

夏夏考上南大纯粹是个意外。

读高中时，任课老师都说，夏夏是天生的美人坯子，也是天生的清北料子。班主任甚至在考前扬言，如果夏夏考不上北大，他给办公室所有老师发红包。高考出分之后，他一遇见同事就捂着头呻吟："最近脑仁疼，不大记事儿了。"

夏夏的高考成绩是在网吧查到的，和她考后算的分数差不多，却比考前她预期的低了五十分。在一排晃眼的高分之中，英语九十分的成绩最刺眼。

英语满分一百五，夏夏从没考过一百四以下。唯一一次是高考那天，最后一场考试，她小腹痛得受不了，考到一半被抬出了考场。

南大校门口。

夏夏站在保安室外的小摩托旁，弯腰凑近摩托车的镜子。镜中映出女孩儿漂亮的面孔，她两手扯着嘴角朝上一勾，摆出一副笑脸，嘴里念念叨叨："甜美，甜美。"

"再甜一点……"她摆弄了半天没达到想要的效果，丧气地直起身，气急败坏道，"甜个头。"

学生会安排了干事迎新，见夏夏拎着两个箱子，就派了一个男生帮她提行李。男生叫姜景州，模样清爽，人也热络，一路走一路聊，自报了院系后才发现是夏夏的同系学长。

姜景州和她聊了一路，站在宿舍楼下还不走，笑笑说："你箱子重，我帮你搬上去吧。"

夏夏笑得羞涩："太麻烦学长了。"

她原本就是男生们喜欢的初恋长相，笑起来如三月春风拂面，声音又软，甜得不得了。

"不麻烦。"姜景州低头看了眼一楼黑板上贴的寝室分配表，迟疑道："你和蔡芸一个宿舍？"

夏夏凑过去看，寝室四个女生都是社会学专业的同班同学。

夏夏问："学长认识她？"

姜景州挑了挑眉梢："见过几面，算不上认识。"

宿舍是四人寝，上床下桌。夏夏进屋时，里面已经有一个女生。女生睡在夏夏对面，床铺铺好了，挂着白色蚊帐，桌子上的化妆品、课外书、电脑也通通摆整齐了，衣柜用一把黄铜小锁扣着。

夏夏抬头看了眼她床头小挂牌上的名字，正是姜景州口中的蔡芸。

蔡芸在用电脑打字，听见动静回头瞥向夏夏，目光从下朝上挪，然后在她的帆布鞋上扫了一眼，又转去看夏夏的箱子和包，最后才开口："赵珊琪还是祝子瑜？"

蔡芸在用Excel做表格，上面密密麻麻排着很多人名。她调出一份班级女生的名单，问夏夏名字明显是为了登记新生报到的情况。

夏夏没在意她语气里那股子高高在上的味道，也不问为什么她一个新生可以管这些东西，她轻快地笑笑："我叫夏夏。"

蔡芸蹙眉："夏夏？今年社会学系录取的最高分？"

夏夏一副人畜无害的笑脸，谦虚地说："好运而已，高考超常发挥了。"

蔡芸一脸诧异，眼神游离在她那张漂亮的脸上，又落定在她鞋子上。

夏夏见蔡芸的目光有几分不可言说的含义，连忙低头，发现自己鞋子的侧面不知什么时候开胶了，长长的一条缝，露出里面土黄色的胶水。

鞋子是在淘宝花十九块九买的，才穿了一个星期就坏成这样，她竟然也没发现。

夏夏放下行李，从箱子里掏出一双完好的鞋子换上，又把一些常用的东西摆在桌上，六神花露水、大宝洗面奶、郁美净面霜、宫灯杏仁蜜……

蔡芸神情怔怔，看夏夏面不改色地从箱底掏出一管502胶水和一包牙签。

夏夏一手拿起开胶的鞋子，一手捏着胶水仔仔细细地把鞋缝粘了起来。她做事时专注认真，手也巧，几乎没怎么浪费胶水就把鞋子粘好了，再用牙签把边缘溢出来的胶剔掉，一套做完，鞋子恢复如初，从外表看不出一丝破损的痕迹。

夏夏满意地看了看鞋子，回头问："蔡芸，听说晚上有个新生大会……"

蔡芸座位上没人，不知道什么时候出去了。夏夏把鞋子放到阳台晾着，坐在椅子上看着自己光秃秃的床板出神。

南大只提供住处，被褥这些东西通通要自己买，夏夏发了会儿呆，拿上钱包出门了。

超市被新生和家长围得水泄不通，夏夏好不容易挤进去，看了一眼又两手空空地退出来。经过大门时，听见旁边有个女孩和她的父母撒娇："我不要灰格子的床垫，土死了，我要带小熊维尼的，你给我买……"

夏夏坐在超市外的长椅上，临近中午太阳越发晒，照得她露在外面的手臂一阵发烫。她翻了翻钱包，又查了下银行卡上可怜巴巴的余额，一套床褥并不算贵，她付得起，可是买下来后就没有余钱购置其他东西了。牙杯、牙刷、卫生纸……这些生活必需品她都还没有，并且也要留出一些钱买课本。

虽说邋遢一点也能撑过开学这段日子，可她担心这样下去，说不定哪天一早起来，自己就被挂上了天涯论坛——《八一八我那个早晚从来不刷牙，拉屎从来不用纸的恶心室友》。

想到这里，夏夏的眉头皱得紧巴巴的，没法接受。与之相比，她觉得另一个标题稍微好一点——《八一八我那个不买被褥只睡床板的奇葩室友》。

她思考了一会儿，掏出手机给一个叫鲁朔的人发消息："学长，今年还卖被子吗？"

鲁朔秒回："没那心情。"

夏夏正要收回手机，鲁朔又来了一条消息："你都不问问我为什么没心情吗？"

夏夏把手机又掏出来，乖巧地问："为什么没心情呢？"

鲁朔发了个哭泣的表情："魅惑小妖删我好友了，我不知道做错了什么让她生气。我对她是真心的，她不理我，我茶饭不思，觉睡不香，游戏都打不好……夏夏，你教教学长，男人该怎么走出情伤？"

这男人是在演爱情连续剧吗？夏夏受不了，她刚准备学魅惑小妖把鲁朔拉黑，忽然听到身后传来刚才那家人说话的声音。

"超市漂亮的床垫都卖光了，不是爸爸不买给你。"

"那里路边有人卖，种类多着呢，小熊维尼，小猪佩奇、Hello Kitty，还有美少女战士，我们去那儿买。"

夏夏朝他们离开的方向看了眼，路的尽头有个摊子。

石楠树下的摊子不大，一眼放去，四周密密匝匝围了圈白乎乎的被芯，旁边是摞高高的床垫，上面缀着五颜六色的卡通印花，一堆小姑娘围着挑挑拣拣，拆掉外包装的大塑料袋零散分布在红砖甬路上，风一飘就跟着跑。

在那些枕头被子的中间位置，坐了一个人。那人年龄不大，穿着深蓝色宽松的滑料嘻哈束脚裤，上身一件黑T恤，头上戴了顶黑色棒球帽，腰上别着浅黄色的阿迪达斯挎包。他靠着背后的枕芯，一腿平伸一腿支着，神色慵懒地窝在那儿玩手机，偶尔有人问几句价钱，他也爱答不理。实在被问烦了，他就按开身后地上的扩音喇叭，音量调到最大：“床垫一百，被子八十，枕头二十五，四件套六十，正规大厂出品，您不用害怕黑心商贩，也不用担心被宰……床垫一百，被子八十……”

夏夏蹲在摊位前摸了摸被芯的棉花，质量过得去，价钱也比超市便宜，但对她而言还是太贵了。她玩着地上的塑料纸，朝摊主看过去，心里琢磨着这里不同于超市，或许可以讲讲价。

她心里想着事，手下无意识地捏着装被子的塑料袋，那人听见塑料袋哗哗的声音，厚重的眼皮子从手机挪到了夏夏身上。

他眼神清冷，带着股酷劲儿和没睡醒的慵懒，骤然换了视角，被高原的太阳晒得睁不开眼，只得半眯着。

夏夏与他对视，第一眼看过去，觉得这人似乎在哪儿见过，仔细再看，腿不知怎么有点哆嗦。

谢淮将手机揣回兜里，打量面前的女孩。女孩头发乌黑茂密，脖颈细白，一张鹅蛋脸十分柔美。她的唇是淡淡的薄红色，鼻子小巧，眼睛大而澄澈，眉梢弯弯，惹人疼爱。

夏夏蹲在和他一摊之隔的路边，暗暗咽了下口水。她轻手轻脚地站起来，尽量让自己的动作看起来漫不经心，没有破绽。

谢淮探究的目光落在她身上，让她如坐针毡，她要趁谢淮没记起她是谁的时候快点离开。结果刚迈出一步，身后传来男生低沉的嗓音：“喂。”

夏夏只当听不见，继续朝前走，却又听他说：“叫你呢。”

夏夏只得停下，转过头，原本皱成一团的小脸立马换成一副茫然无辜的表情。她食指戳了戳自己的鼻尖，过去十八年人生磨炼出的演技在这一刻飙到峰顶。她疑惑地问：“叫我？”

谢淮不说话，沉默地看着她。他左手腕上戴了串凤眼菩提，摘下来用右手拇指一颗一颗珠子地盘着。半晌，他停下手里的动作，开口：“巧啊。”

夏夏心里一咯噔，强装出甜甜的笑：“你是不是认错人了？我好像不认识你啊。”

谢淮脸上漫不经心的慵懒褪去，轻轻眯起眼睛：“不认识了没关系，但我记得我和你说过……”

“你要是敢跑，让我逮着了，我一定叫你知道……”谢淮话说了一半，突然停住了，似笑非笑地看着她。

夏夏心里又咯噔一下。周身空气一瞬间变得稠厚，朦朦胧胧间，混沌的脑子破开一道口，将她带回六月常市那个蚊子嗡嗡的闷热夏夜。

那晚她和谢淮被分开带走问话，再出来时已经是早上了，警察告诉两人签了字就可以离开。谢淮站在她旁边，无形的低气压刻意外放，笼罩了她全身。

夏夏感觉到他周身的寒意，抖了又抖，签字的手都不利索了。

谢淮见她快写完了，抱着手臂端详她：“在旁边等我，你要是敢跑，让我逮着了，我一定叫你知道……”

话就说到这儿，没有后续。

夏夏从他话里听出威胁的意味，想到昨晚的事，一时㞞了，签完名字拔腿就跑。谢淮想追，却因为还没签字被警察拦住，等他追出去的时候，常市茫茫人海，夏夏已经跑得没影了。

夏夏的笑容凝固在脸上，好在她反应快，愣了不过一秒，便转身准备跑。但这次谢淮没给她机会。他闪电般起身蹿出，越过面前枕头、被子等重重障碍跨到她眼前，出手迅速，揪住了夏夏T恤的后领。

那一瞬间，夏夏仿佛被扼住了命运的后脖颈，任凭两条白细的腿怎么蹦跶，都迈不出去一步。

谢淮的声音阴森森的：“跑什么？”

夏夏知道他那慵懒和不爱搭理人的表象都是狗屁，他一身痞气，警察都敢打。

那晚在警局他被带走问话，夏夏在另一个房间听到桌椅碰撞剐蹭和玻璃落地碎成渣的哗啦声，后面进来一个女警察和她谈心，说起隔壁的事还一脸后怕。

“脾气真暴，把档案柜的玻璃窗都砸了……”

夏夏刚才听见旁边屋子里有警察在骂人，骂的是常市老一辈人才说的土话，那些词、那些句子乍一听有些刺耳，可放到常市的生态环境里也没什么。夏夏从小听惯了骂人的脏话，在家也没少挨骂，如果那警察骂的对象是她，她不仅不会当回事，说不定还能和他嬉皮笑脸地撒几句娇。

但那也只是她，一个人有一个人的脾气和活法，她不在意不代表别人无所谓。谢淮被指着鼻子骂了一通，发个脾气很正常。

可他拎着椅子把警局档案柜的玻璃砸碎就有点“魔幻”了，更“魔幻”的是，后来那警察不仅没追究谢淮的责任，自己承担了修玻璃的费用，还正式给他道了个歉。从女警察嘴里听完这件事后，谢淮的恐怖指数在夏夏心里直线上升。

暴烈、不好惹，警察在他面前都得低头，她惹了他，让他抓住说不定得脱层皮。

谢淮揪着她领子的手紧了紧：“问你话呢，跑什么？”

夏夏苦着脸：“哥，哥我错了，您别动手，放开我咱们好好谈谈，我不跑了……”

说完这话，夏夏心里瞬间弥漫起一股难言的悲凉。才到南城几个小时，她在公交车上认了爸爸不说，这下连哥都有了。

谢淮松开手，夏夏像只受惊的小兔子。她伸手整理了一下被谢淮揪得皱巴巴的衣领，一脸戒备地看着他。

谢淮的脸部线条窄窄的，有些锋利，带着三分男人的阳刚，七分少年的俊朗，骨相极佳。这样的脸不笑时给人阴云罩面不羁的酷感，倘若笑起来……夏夏想不到，她还真没见过。

谢淮将掌心的菩提珠套回手腕，语气淡淡，听不出喜怒：“你说，咱俩不就待在一个房间嘛，多大点事？要不是你哭了一晚上，让警察以为我是嫌疑犯，我根本用不着进局子。”

他眯了眯眼：“你今天不给我个说法，这事没完。”

谢淮后来进行过深刻的自我检讨，那晚的事他也有错。错就错在他不该那么抠，要和夏夏平分房钱，还点背地卡在警察破门而入的瞬间。明晃晃的票子摆在那儿，嫖娼这顶大帽子给他扣上了，有嘴都说不清。

那天谢淮去常市找齐达玩，晚上喝了点酒，睡觉的地方是齐达给他订的。谢淮和齐达从小一起长大，感情好得穿一条裤子都嫌松，见齐达把他领进会所也没多想，只以为是这酒店建筑比较别致。

齐达把他推进屋里，自己不进，笑容颇有深意：“便宜你了。”

房间很大，空气里弥漫着淡淡的玫瑰花香。谢淮进门，隐约听到黑暗里有微微的啜泣声，他按开灯，就看见了坐在床上哭的夏夏。

谢淮愣住，转身给齐达打电话。

电话里齐达的声音痞坏痞坏的：“知道你这些日子心情不好压力大，找个小妹妹给你发泄发泄。我提前声明，那妹妹不是会所的人，是我网上约的，我替你把关了，特嫩特清纯，你如果不要我就自己上了。”

谢淮把电话挂了，这么一折腾，酒醒了大半。他站在原地，打量着床上的人。

女孩肤色莹润，个子不高但腿长腰细，身量纤纤。她穿着朴素干净的T恤和短裤，在这声色犬马的会所里透着点不一样的清纯味。

齐达也算了解谢淮，他平日眼高于顶，前几年身后跟的女孩数都数不过来，也没见他格外青睐谁。谢淮挑人，他喜欢漂亮的，尤其喜欢这种奶甜奶甜，看起来楚楚可怜的。

房间空调的温度略有点高。这不是快捷酒店，是娱乐会所，腌臜的东西有，纯粹来开房的情侣也有。会所的情趣房间比起快捷酒店，贵就贵在“情趣”二字，温度一高，催化了空气中某种暧昧的东西，混着玫瑰香，一钻进鼻孔就叫人发躁。

谢淮今晚喝了酒，又是十八岁躁动的年纪。他早几年虽然叛逆，但还在读书，也不敢玩得太过，谈过几个女朋友也仅仅处于拉小手的阶段。

顶灯昏暗，光线打在他低垂的眼睫上，在脸侧留出一块暗影。他的睫毛很长，比许多女孩子的都长，那是他脸上最温和柔软的地方，尤其是眼睛半闭不睁的时候，格外好看。

“你多大？”

女孩不答，抱着膝盖缩了缩肩膀。谢淮朝床边走过去，倒没打算做什么，只是酒醉头晕，想坐下休息一会儿。他刚走出一步，夏夏就朝床的另一头缩，其中的抗拒就差没直接说出来。

谢淮性子里带着些倨傲和叛逆，对方这么抗拒，他面子上有点下不来。况且现在离开算怎么回事？好像怕了一个女孩似的，齐达知道了肯定得笑话他。可让他不管不顾行使权利，他也做不出来。

他停住脚，思索该怎么处理这尴尬的场面。

夏夏转头警惕地盯着他，生怕他有什么动作。

刚刚谢淮只注意到她半边脸，直到她自己转过脸来，他才看见她另一边脸又红又肿，嘴角乌青，脖子上还有一条清晰的勒痕，锁骨上几条抓痕和瘀青错综复杂地交缠在一起，像一块清透的白瓷上染了瑕。

说来也奇怪，明明该是破坏美感的东西，被她脸上没干的泪痕一搅和，竟透出几分被蹂躏的可怜劲，美得让人不由自主地产生一股保护欲。

谢淮给齐达打了个电话，齐达否认是自己打的：“我都不知道她叫什么，下午她过来的时候戴着口罩，我没看见她身上有伤……你问问她，说不定是和男朋友吵架被揍了，然后出来给男朋友戴绿帽子的……”

谢淮一边和齐达打电话，一边心不在焉地拉着手下的抽屉，一不小心掉出来一盒避孕套。

夏夏刚哭了一通，看见那盒套子，声音哽咽：“你能别动抽屉吗？”

谢淮不耐烦地关上抽屉，他手上闲不住，又随手去开旁边的柜子。

刚一打开，里面掉出来一堆东西——皮鞭、蜡烛、制服、手铐，还有一卷长长的细麻绳。

谢淮：“……”

他想把东西捡回去，刚一伸手，夏夏发出一阵惊恐的尖叫：“你别动……”

齐达听见声音，在电话那头问：“你怎么人家了，叫这么惨？”

谢淮一阵尴尬，也顾不上面子了：“这事你安排的，你自己回来解决。”

话音刚落，他脑袋上挨了一下，是夏夏拿枕头打的。她拿着枕头照着谢淮的脑袋一顿狂捶，又去扯床头柜的电话和台灯朝他身上扔，谢淮侧过身堪堪躲过，差点被她砸晕。

他被她吓了一跳，吼道：“你他妈干什么！”

夏夏眼睛红红的，泪珠子扑扑地朝下掉，哭得一塌糊涂，就是死咬着牙不出声，好像出声就泄气了似的。那模样活脱脱一只张牙舞爪的小兔子，可惜牙不尖爪也不锋利。

她颤抖地攥着一只窄口花瓶，里面插的玫瑰花掉在被子上，花瓶里的水洒了满床，沾湿了她的白T恤。可她全然感觉不到似的，死死盯着谢淮和他手里的手机。

谢淮看了看脚下散了一地的情趣用品，忽然明白了。他朝齐达说：“算了，你别过来，我能处理。”

女孩反应激烈是从他拉开柜子掉出里面的东西开始的。她是齐达约的，临到晚上换了个人，他刚才在电话里还想叫齐达过来，这在女孩眼里无疑多了些变态色彩。

谢淮坐到离夏夏远远的窗台上，那窗台边缘又窄又矮，他身高腿长蜷在那儿，像个受了欺负的小朋友。见他离得远了，夏夏握着花瓶的手才松了松，哭声渐渐溢了出来。

谢淮想解释，可她的情绪不知怎的瞬间爆发，由低低的哽咽转为号啕大哭，眼泪如倾泻而下的洪水，一旦有了宣泄口，根本控制不住，全然不听他在说什么。

局面僵持，谢淮头疼。

“你可停停吧，我一晚上花五百块钱开房不是来听你哭的。”

“你到底在哭什么？我碰你一下了吗？是我朋友把我塞进来的，我还让你离开，已经很正人君子了好吧？”

“你到底走不走？你不走我走。”谢淮有些不耐烦了。

他走出两步，又返身折回床前，居高临下地看着夏夏。女孩脸颊通红，哭得眼泪和鼻涕混成一团，耳边碎发被汗湿乎乎地黏在侧脸，纯情又可怜。

他忽然觉得先前让她离开的做法有些不妥。齐达大他两岁，家底殷实，人又爱玩，是歌厅会所的常客。这地方是齐达找的，虽说不是地下场所，但到底灯红酒绿，形形色色什么人都有。已经凌晨一点了，一个女孩子家到哪儿都不安全。

“我也不勉强你，你把门锁好等天亮再走。”谢淮看着她，“房钱一晚五百，我跟你要二百五，不过分吧？”

夏夏抹掉眼泪，从裤兜里掏出揉得皱巴巴的三百块钱，她将钱一张一张捋顺，叠在一起递给谢淮，胳膊被灯光映得雪花一样白。谢淮忽然看见，她小臂内侧也有一片深深的瘀青外加五个深红色的指印，被她皮肤雪白的底色衬得显眼无比。

谢淮随口问道：“我进来之前，你哭什么啊？”

夏夏垂着眼睛，一言不发。

谢淮把钱接了，掏出钱包，抽了一张五十块找给她。

夏夏把脸埋在膝盖里，没看到他伸来的手。谢淮也不在意，朝被子上一扔，挑着英俊的眉：“钱我给了啊，你别哭了，像我虐待你似的。”

后来的事，谢淮尽量控制自己不去想。如果非要让他想，顺带总结一下心得，只有两个字——丢人。

谢淮被编入一群小姐和嫖客的队伍出了会所，抱着头垂着脸。

常市临海，夏天的夜晚很热闹。燥热的空气、腥湿的海风、大街小巷飘着油花味的烧烤和小炒，铁板鱿鱼的味道直冲鼻子，还有煎饼果子打上鸡蛋后面饼的酥香……前边是个夜市，人声鼎沸，但再热闹都没这一百多个人被押出来的景象热闹。

谢淮觉得自己就像铁板上的鱿鱼，滋着油冒着烟，撒上孜然和辣椒粉再翻个面，从里到外，熟得透透的。

警戒线之外无数路人伸头张望，前方站着个穿职业套装的电视台女记者。谢淮蹲在路边，尽可能遮住脸。

“观众朋友们，在我们面前的是常市三年来最大规模的扫黄行动……经过我市刑警的周密布置，一举抓获涉案嫌疑人一百多名，目前涉案场所已被封锁……”

那丢脸的事过去后谢淮本不想再提，可第二天他被放出来，几个在常市的朋友纷纷给他发消息，消息内容简单，大体意思一致。

齐达给他打电话时笑到岔气：“谢大少爷牛×啊！上了常市晚报不说，还混到封面C位，真是年少有为！”

夏夏被勒令蹲在摊位最靠里的角落不准走，她无事可做，暗暗观察谢淮。

谢淮身材清瘦挺拔，南城灿烂的日光将他方才那丝慵懒和傲慢晒得无影无踪，他笑起来的模样干净清爽，眉弯齿白，身上那股年轻气盛的少年味溢出来，哄得周围的家长笑得合不拢嘴。

“姐姐，我来撕，你当心指甲。”谢淮从一个家长手里接过袋子，用随身的小刀三两下将外层的塑料纸剥开，掏出里面的床垫。

女人对谢淮那声“姐姐”很受用，调侃他：“小帅哥，你这价格和超市差不多啊。”

谢淮笑笑：“质量差不多，价格当然也差不多。”

女人讲价：“便宜点嘛，不然我就去超市买了。”

谢淮看向她身边跟着的女儿，女孩穿着条浅粉色的裙子，头上戴着个兔耳朵发卡。他抽出条绲着蕾丝边的粉白色床垫，放到女孩面前。

夏夏的眼睛一直没离开谢淮，见他不着急说话，而是着眼打量那个女孩。

女孩的眼睛一下就亮了，暗自戳了戳她妈妈。

谢淮这才开口：“超市我去过，床单被套不是条纹就是格子，男生用就算了，漂亮的小姑娘应该用漂亮的东西。”

他朝女孩笑了笑，女孩的脸瞬间红了。他又翻出一袋粉红色的床上四件套，和床垫正好搭配起来：“一套带走，给你打九折。”

女人还想讲价，谢淮看向超市的方向：“刚才许多人路过我这摊子只问不买，同样的东西肯定还是超市买起来放心，不过算算时间，超市现在库存应该剩得不多，你看他们都回来了。”

女人狐疑：“你怎么知道超市库存有多少？”

谢淮笑笑，牙齿白白的：“超市开学缺人手，前两天没事干去打了两天零工，那货是我去进的，进了多少、什么颜色我心里清楚。你现在买我还能给你打九折，等下人都围过来了，我也不好当着这么多人的面给你优惠。”

女人还在犹豫，女孩拉着她的胳膊晃：“妈，我就要这个。”

女人听着孩子的话，加上谢淮说的确实是实情，超市出来的人正朝这边围过来。谢淮不急也不催，唇边带着笑意看着她，女人没考虑多久，就掏钱买下了床褥。

夏夏这才明白，谢淮刚才为什么不搭理人。

刚才来问价的人并不是想买，纯粹是想心里有个比较，大多数人还是会选择去超市买一个放心，所以谢淮也没指望那时能卖出多少。

他等的是现在——超市库存不多，送货的车还在路上，家长心焦怕买不到床褥，只能选择来他这儿。只要时间卡得够好，他根本不用卖力吆喝，等着买家上门就行，而他在超市打过零工，对超市的存货再清楚不过。

临近中午，阳光越发晒了。夏夏早上吃的土豆都吐出去了，此刻被晒得头晕目眩，肚子还很饿。

她窝在被子垒的阴影里，刚躲了没一会儿阴影就消失了。谢淮从她头顶拿走一床被子，她被完全暴露在太阳下，放眼四周，不过半小时，货物基本已经空了。

“喂！”

夏夏在想事情，反应过来才发现谢淮在叫她。

谢淮指指她身后：“再拿床被子。”

夏夏屁颠屁颠地给他抱了过去。摊位前的中年男人接过被芯：“质量到底好不好？回头发现有问题我是要找你麻烦的。”

谢淮一口一个姐姐那一套，可以哄得异性心花怒放，对同性却不大好使，他刚才说了半天这男人都没听进去，都快付钱了还在纠结小摊上卖的东西会不会有质量问题。

夏夏偷偷看了眼谢淮，见他眉头紧蹙，神情隐隐有些烦躁，阳光少年小甜心的形象快要装不下去了。

她心里飞快盘算后，朝男人绽开一个甜美无比的笑，声音软糯："叔叔，我们的东西和超市的是同厂货源，质量肯定没问题的，要是买回去有质量问题，您尽管回来退换。"

她必须得抓住机会讨好谢淮，虽然她完全不知道谢淮从哪里进的货，但睁眼说瞎话却脸不红心不跳。

她话音刚落，就感觉到谢淮朝她投来目光，不咸不淡，在她身上停留了两秒。

男人低头，看见小姑娘白净的脸蛋和纯纯的笑，没再说什么，大方地付钱走人。

谢淮神色平静，搓了搓刚才倒腾被芯时手上沾的棉花絮子。他的肤色在男生中算白的，手上皮肤是清亮的冷白，骨骼修长，丝毫不像一双打零工、做粗活的手。

谢淮的手心出了汗，将棉花絮沾湿了，揉成一团弹到地上。安静了好一会儿后，他开口："现在清静了，咱俩算算账。"

他弯腰从地上捡起一个枕头，放在手里用力拍了拍，发出噗噗的响声。他面无表情地看着夏夏："那天晚上，你捶了我几下来着？"

夏夏不动声色地后退，谢淮明目张胆地逼近。夏夏见他一步步靠近，颠倒着小碎步，退得更快了。

谢淮扬扬手里的枕头："你再敢躲，别怪我把你的腿打折了。"

于是夏夏不敢动了。她左顾右盼寻思该怎么办，听见谢淮问："警察问是不是我强迫你，你哭，警察问是不是我打你，你还哭，直接把我哭进了警察局。我就好奇了，你到底哭什么？"

"我一害怕就控制不住情绪。"夏夏小声说，"你们两个人，柜子里还有那么多道具，谁知道你们是不是想把我铐在床头？而且警察看着，很丢人啊……"

谢淮："……晚报封面上印着我的脸，到底谁丢人？"

夏夏："那事你怪不到我头上，兴许记者是看你长得帅，特意给了你个镜头。"

谢淮神色淡淡："这么说我还得谢谢你？"

"谢谢就不用了。"夏夏自觉理亏，"那晚的事我也有错，是我欠考虑，我承认我那天情绪有点失控，不然也不会……"她顿了顿，老老实实给他鞠了个躬，"我给你道歉，对不起。"

"一句对不起？"谢淮偏头看她。

"那怎么办？"夏夏破罐子破摔，一副死猪不怕开水烫的模样，"赔钱我肯定是赔不起，除非你把我卖了。要不然你也让我上一回晚报？不过这有难度。"

"要不这样，你现在把摊子收了，咱俩去找个酒店把那晚没做成的事做完，以此弥补你的损失，好吧？但提前说好，这次我没钱平摊房钱，都得你来付。"

谢淮："……"

女孩看起来娇娇软软，说出这种话却面不改色，淡定得不像话。

他蹙眉，上上下下地打量她，忽然注意到她的手——垂在身侧，紧紧攥着衣角，出卖了她心里的紧张。

谢淮忽然就乐了。

"可以啊。"他扬起眉梢，"不仅房钱不用你出，那些道具也通通我来买。你准备好了我们就走，现在十一点半，我去开个钟点房，出来还赶得上吃晚饭。"

他说着把手里的枕头朝后一扔："现在就走，谁不走谁孙子。"

夏夏："……"

她再开口时声音已不自觉软了三分："算了，还是赔钱吧。多少钱能弥补你的精神损失？你开个价，不过要分期，我现在没钱。"

谢淮不说话，她莫名地紧张起来，抬起眼角偷看他。

谢淮也在打量她，目光里带着思索："你是新生？"

夏夏点头。

"想弥补我的损失？"谢淮说，"下午新生大会我去不了，你替我签到。辅导员交代的事你记好了，晚上我还在这儿，散会后过来告诉我开会讲了什么。”

夏夏心里一喜：“这样就可以了？”

谢淮睨她一眼：“你想得倒美。”

夏夏空着手回到宿舍时，又到了一个舍友。

蔡芸洗了几个苹果，放在那女孩桌上：“子瑜，吃苹果。”

祝子瑜正坐在桌前化妆，偏过头和她道了声谢，一张五官奇佳的面孔，妆容精致艳丽。她看到夏夏进来，先是愣了一下，接着和她打了个招呼。

蔡芸端着水果筐走回座位：“夏夏吃苹果吗？”

她只是随口一问，全然没有和祝子瑜说话的热乎劲，话音还没落就准备走回位子，夏夏却半道把她截和了。

“吃。”夏夏一副傻白甜的笑，“谢谢你啊蔡芸。”

夏夏把苹果放在桌上打算当午饭，但眼巴巴看了一会儿，肚子实在饿得撑不住，就拿起来吭哧吭哧啃了。

蔡芸疑惑：“我刚才见你进超市了，你没买被子？”

夏夏嘴里塞着东西，含糊不清：“下午再说吧。”

蔡芸看她一眼，提醒：“超市存货不多，你如果想买最好快一点。”

夏夏点头，脚踩着椅子，小腿白皙的皮肤很扎眼。她把苹果吃得干干净净，核上一点果肉都不剩，吃完出门去走廊上的洗漱间洗手。

蔡芸走到祝子瑜背后：“子瑜我跟你说，那个夏夏真的太奇葩了。”

祝子瑜也是坐长途火车来的，她睡夏夏对床，收好东西就爬上床睡觉，整个人一副精神不济的模样，像只慵懒的纯种贵族猫。

新生大会晚上开，傍晚蔡芸约祝子瑜去食堂吃晚饭，却没问夏夏。祝子瑜被蔡芸拉着手臂，神色有些不耐烦，蔡芸却一脸笑意。

蔡芸总是找话题和她聊天，祝子瑜看上去不大喜欢和她说话，嘴里的词一个一个朝外蹦，蔡芸却毫不在乎，心甘情愿用热脸去贴冷屁股。祝子瑜架不住她这么热情，伸手不打笑脸人，也不好给她甩脸子。

祝子瑜经过夏夏旁边停住，她看着夏夏："一起？"

夏夏摇头："你们先去，我还有点事儿。"

宿舍里走得没人了，夏夏掏出钱包，将里面的钱倒出来。

一张五十、一张二十、两张十块外加四个钢镚儿，银行卡里剩了一百整，支付宝余额为零。一百九十四块钱，这是她全身上下的所有积蓄。

她捂着头，闷闷地撑在桌面上，嘴里嘟囔："失算了，学校竟然连被褥都没有……"

按她原本的计划，这些钱省着用怎么也能撑一两个星期，随便出去找个发传单的兼职日结八十，也能慢慢养活自己不至于饿死，可要买床褥就没钱吃饭，不买床褥……

她中午出门洗手，还没走远就听见蔡芸在屋里和祝子瑜说话："那夏夏真的太奇葩了，来宿舍第一件事是粘鞋子，她那双破鞋换我是要直接丢掉的，她还随身带着502胶水和牙签……你没看到她那手机，充话费送的吧？我家抽屉里好几个。我的天哪……"

不买床褥估计明天整个学院都知道她奇葩了。

夏夏拉开那个一直没打开的箱子，里面零零碎碎装了很多东西。她上午才掏出来牙签和502胶水就被蔡芸喊奇葩了，如果被她看见这些，估计能当场晕过去。

摔破一个角的老旧台灯，两个全新但封皮土得掉渣的笔记本，十几个掉了漆的衣架，一本掉页的英文字典，半瓶洗发露，一个印花磨掉色的保温水杯……

夏夏整理好东西快六点了，她锁上宿舍门，朝教学楼的阶梯教室跑去。

南大历史底蕴厚重，每一栋楼、每一条路都取了名字，从宿舍区通向教学楼的小路叫春和路。谢淮就在春和路上摆摊，他上午的被褥卖得差不多了，只剩了一套摞在旁边，地上堆了几个大箱子，他从里面掏出暖水瓶、蚊帐和台灯，整整齐齐地摆在地上。

夏夏站在远处看了一会儿，没上去打招呼。她出门晚，到阶梯教室时座位几乎坐满了，只剩第一排空着，只得硬着头皮坐到正对着讲台的位置。

管理学院这一届的辅导员叫伊美贤，三十多岁的年纪却一副二十岁的长相，一身十七八岁少女的穿搭，妆化得也巧，和大学生走在一起完全不违和。她一人讲了两个小时新生入校需要注意的规范，说话期间全程板着脸，只要看到下面有人玩手机就停下死盯着他。

夏夏没带手机过来，撑着脸颊在本子上写写画画，困得下巴一吊一吊的，刚打算趴在桌上补个觉，讲台上说话的声音却停住了。

“第一排的女生，我说话这么让你犯困？”

夏夏没办法，支起脑袋，老老实实坐好。

伊美贤讲完话后没有点名，而是从桌下掏出一沓卷子递给旁边的姜景州。姜景州把卷子分发下去，讲台下的同学面面相觑。

“你们收到录取通知书的时候，袋子里应该装了一本校规手册和一张A4纸，A4纸上的字是我坐在办公室一个字一个字敲上去的，让你们把校规手册看仔细了。”

她扬扬下巴：“你们看没看测验一下就知道。一百分满分，六十分及格，不及格补考到及格为止，卷子拿到手里就开始吧。”

夏夏：“……”

她收到通知书的时候确实看到里面有本小册子，但看到封皮上写着“校规”二字，就直接扔进了垃圾桶。伊美贤说的那张A4纸她也看到过，家里的餐桌摇晃了一个星期，她把A4纸对折几下后拿去垫桌脚了。

阶梯教室里响起此起彼伏的哀号，伊美贤盯着发完卷子就出去打电话了。教室里骚动起来，有人交头接耳，有人掏出手机查答案。

姜景州站在讲台上代替监考，望着下面的众人斯文地笑：“动作轻一点，别闹出太大声音。”

他看夏夏望着卷子发呆迟迟不下笔，朝她走过去：“手册没背？”

夏夏正犹豫，谢淮只让她帮忙签到，没说要她帮忙做卷子，这事她就算不做谢淮也挑不出她的毛病……可她想起谢淮摊子边还剩下一床被褥，如果能和谢淮搞好关系，说不定能从他那儿搞来一床被子。

她抬眼看着姜景州，神色怯怯的，像只小白兔：“……学长，我有个朋友没来。”

姜景州也没为难，直接抽了张卷子给她：“别让伊老师看见。”

夏夏开始做卷子，上面的题全是关于南大的校规知识。她看得一脸蒙，正发着呆，身后不知谁喊了一声："答案有人传到新生群了。"

教室里顿时响起窸窸窣窣的欢呼声。夏夏的手机落在宿舍了，正东张西望想找后排带手机的同学借张试卷看看，伊美贤打完电话进来了。她扫视了一眼教室，大家纷纷把手机收起来，她依旧让姜景州监考，自己坐到夏夏旁边低头玩手机。

夏夏的笑容凝固在脸上，她偷偷朝后瞄，伊美贤不回头，姜景州也不管事，后面的人光明正大地拿出手机抄。夏夏借卷子的计划落空，咬着牙把上面的题蒙了一遍，又趁伊美贤不注意将谢淮的试卷抽出来写。

一小时后，伊美贤起身收卷。夏夏的卷子涂涂抹抹跟鬼画符一样，迅速把自己的名字写好，翻出另一份卷子打算写名字，笔尖落到姓名栏却迟迟不下笔，停滞三秒后，她眨了眨眼睛。

晚上九点。南城厚重的云层在夜里全都消失不见，留下一弯清冷的月亮悬在半空。

谢淮的摊子还没收，夜里风凉，他坐在小马扎上，黑色T恤外披了一件蓝色外套。这时摊上没什么人，他神情淡淡，那股跩跩的劲又不受控制地钻出来了。

夏夏走到他面前，递了张纸给他："辅导员说的重点，我都给你记下来了。"

谢淮瞥了一眼："还说什么了？"

"还突击考了校规，辅导员也真够阴险的，打了一个措手不及，散会后我问了，根本没人准备。"夏夏殷勤地说，"不过哥你别担心，我帮你做了一份交上去了。"

谢淮挑眉："是吗？"

"就是发生了一点小意外……"夏夏心不在焉地拨了拨手下装蚊帐的塑料袋，"我能问你个问题吗？"

谢淮淡淡道："问。"

夏夏："你知道我叫什么吗？"

"不知道。"

“真的不知道？”

谢淮不耐烦：“我有必要知道这个吗？”

“当然没有。”夏夏笑靥如花，“那哥你叫什么呀？”

谢淮：“……”

夏夏忐忑：“我虽然帮你做了一份，可收卷的时候发现你没告诉我你的名字。”

夏夏见谢淮眉梢蹙起，连忙补救：“但我把卷子交上去了，你现在去找老师说忘记写名字肯定来得及，学长说这个考试不过要反复补考，总之很麻烦，你赶紧去吧。”

谢淮的脸色这才稍稍转晴。

夏夏偷看他：“你不生气了吧？如果你不生气，我这儿还有另一个小意外……”

“……就是，收完卷子后伊老师点名了。”她小心翼翼地观察他的神色，磕磕巴巴地说，“你都不知道我叫什么，我不知道你叫什么也很正常，没给你答到，这……这也不能全怪我，你说对吧？”

谢淮：“……”

散会的新生从教学楼涌出来，春和路上热闹起来，南城凉飕飕的晚风吹在手臂上，却吹不散眼前的尴尬。

夏夏：“你别生气，咱们商量商量，或许我可以从别的地方补偿你。”

她装出一副低眉顺眼的乖巧模样，偷偷观察谢淮。

谢淮摘下腕上的凤眼菩提把在手心里玩，挑眉问：“别的地方？什么地方，上次的会所还是学校小树林？既然你这么诚心，我也给你个机会，你自己选吧。”

“……我也挣扎过的。”夏夏说，“你知道吗，在签到的时候我想了好久你叫什么，你和我认识的一个学长有点像，我还特意去问他了，结果他也不知道。”

暑假时夏夏加过一个新生群，许多学长喜欢在群里找学妹聊天，鲁朔就是她在群里认识的。他当初连发了好几条消息，大意是免费传授南大赚钱秘籍，想学怎么赚钱可以加他，但只教学妹。

这种搭讪方式放在平时夏夏根本不会理，可和钱挂上钩，她就多少有些兴趣了。她加了鲁朔的好友，开始对方很热情，把她拉到小群里，给她讲了一晚上他曾经靠着在新生报到期间卖被子卖台灯赚了几千块钱的经历。可每当夏夏问他东西在哪儿批发，怎么运到学校，怎么吸引人来买，鲁朔就开始顾左右而言他。夏夏看出他多少有些吹牛的成分在里面，撩妹的兴趣远远大于传授秘籍，渐渐就不怎么说话了，不过魅惑小妖就是这时候进群的。

夏夏不说话，但偶尔会窥屏，越来越觉得鲁朔不靠谱，也越来越觉得魅惑小妖这个姑娘有点傻，天天拿一套可爱表情包刷屏，不管鲁朔说什么，她一定第一时间跳出来发一个么么哒，再敲一句：“学长真是太厉害了呢！”

刚刚签到的时候，夏夏没想起来谢淮叫什么，可谢淮卖被子卖台灯的举动又有点像鲁朔当初吹过的牛，于是她借姜景州的手机登了QQ给鲁朔发消息，鲁朔也很茫然，回她一句：“我只认识学妹，学弟是什么东西？”

夏夏说：“那学长叫鲁朔，他去年也卖过被子，我以为你们是一起的，你认识他吗？”

女孩的眼神里带着探索，谢淮脸色变了变，有些不自然地说：“不认识，滚。”

夏夏动作比兔子还快，怕谢淮反悔，转头就要离开：“好的哥，再见。”

“等等。”谢淮站起来，“辅导员把卷子带去哪儿了？”

夏夏想了想：“应该带回办公室了。”

谢淮掏出个笔记本扔到夏夏怀里，夏夏打开来看，只有一页写了字。

——蚊帐20，台灯30，热水壶60。

谢淮：“看得懂字吗？在我回来之前，你就坐这儿。”他踢了踢脚下的小马扎，“你要是敢跑……”

夏夏的笑容快控制不住溢出唇角了，她连忙表态：“哥你放心，我绝对不跑，你赶我走我都不会走的。”

谢淮蹙眉："这么殷勤？"

夏夏笑得甜甜的："我一定帮你把摊子看得好好的。"

谢淮前脚刚走，夏夏后脚就把那个记价格的小本子扔到一边。

谢淮的身影消失在视线之外，摊位前蹲了一个戴眼镜的男生在看热水壶："这个多少钱？"

夏夏坐正，嘴角上扬，笑容职业而真诚："你好哥，水壶八十呢。"

夏夏提价是有技巧的。

女生不提，因为大多数女生喜欢逛街，而杀价是逛街时必不可少的技巧，提价有可能被砍，磨一番嘴皮子最后还得原价卖。而男生买东西很少讲价，夏夏会看情况提一下。

如果对方衣着朴素，她会提五块十块，如果对方穿着阿迪、耐克之类学生眼里的名牌，她就提十五、二十。但夏夏也是有原则的，在给自己赚生活费的同时绝不影响谢淮的生意。

如果买家觉得贵要离开，夏夏就会叫住他，祭出暖暖的微笑："哥你别走啊，嫌贵我给你便宜点。"

暑假在超市做了两个月的酸奶促销员，夏夏别的没学会，就是叫哥特别溜。促销这工作不分男女、不分年龄都可以做，最重要的是嘴甜，见人说人话，见鬼说鬼话，能把顾客哄得团团转卖出东西就行。

夏夏曾面不改色管一位七十岁的大爷叫了十几分钟的哥，那位哥最后带了两箱酸奶离开，半个小时后又带了一群老兄弟来搬走了二十箱。受那两个月的影响，夏夏现在养成了见人就叫哥的毛病，她原本想改，不过照目前这情况，一时半会儿改不了。

谢淮走了两个小时还没回来，夜里十点，路上已经没什么人了。夏夏替谢淮卖出不少东西，除去原价外多卖了一百二十块，这些钱她可以不用告诉谢淮，先拿着买床被子救急。

摊子上又来人了，她一抬头，看见了姜景州的脸。

姜景州："这不是谢淮的摊子吗，怎么是你在卖？"

夏夏反应了几秒，才明白他口中的谢淮是谁："他去找辅导员了。"

姜景州笑笑："我知道，我刚从伊老师办公室出来，谢淮八点多过去，说卷子没写名，走的时候忘记签到了。伊老师那人你也知道，不信谢淮的话，揪着他在办公室教育了两个小时。”

夏夏：“学长认识谢淮？还有蔡芸，早上你提起过她。”

姜景州随手拿起一个小猪台灯看了看：“蔡芸上星期就到学校了，我在伊老师办公室见过她几次，小姑娘年纪轻轻，人倒是不简单。”

他嘴角上弯，带着丝若有似无的嘲讽。夏夏三番两次从他嘴里听到蔡芸，但每次都不是愉悦的表情，于是她识趣地没有多问。

姜景州翻过台灯，看到底座标价三十，他从兜里掏出张一百的递给夏夏：“谢淮是我高中同学，如果他不复读，算起来该和我一届。”说完笑了笑，“他这个人，更不简单。”

夏夏拿过零钱包：“找你七十。”

“不用找。”姜景州站起身，“别跟谢淮说我来过。”

夏夏把姜景州给的钱塞到谢淮的包里，又把自己提价赚的一百二十块数出来，以防谢淮回来她不好解释。

谢淮卖的被褥虽然比超市便宜，但她今晚赚的钱还是不够买一套，而以她和谢淮的恩怨，他未必能给她优惠。夏夏打定主意在谢淮回来之前再干几笔，床单被套不奢望了，今晚至少得把床垫和被子给买了。

她刚要把那一百二十块装到兜里，摊位前来了一个人。那人脚上穿着一双黑色运动鞋，侧面带着不显眼的白色绣标，第一眼看过去平平无奇。

大多数女孩对鞋子不敏感，但夏夏认得这双鞋。

高考前夕，平嘉澎常常在晚自习休息时拉她到操场遛弯。常市六月的天已经很热了，白色校服T恤让汗浸得湿透，被带着余温的晚风一吹片刻又干了。

平嘉澎握着她的手不肯放开，他翻出手机相册里的图片给夏夏看：“我爸答应我，只要高考过线就给我买这双鞋，全球限量五百双，一双两万八，好看吗？”

夏夏不懂怎么会有人愿意为一双运动鞋花这么多钱，平嘉澎笑着告诉她：“鞋子是男生玩的，没有哪个男生不喜欢鞋子，就像你们女生喜欢买包，没人不想要Gucci（古驰）、Chanel（香奈儿），都是一样的道理。”

当时夏夏认真地告诉他："我就不想要。"

有些人想要的东西全都可以拥有，无须为生计奔波，为前途操劳。而有些人，仅仅只是活下去，就需要用尽全部力气。

平嘉澎不懂。她还记得，那晚柔和的月光映在少年俊美的侧脸上，他揽着她的肩膀，在她耳边没心没肺地笑："不用和我见外，等读了大学，你要什么我都买给你。"

夏夏没有在回忆里沉湎太久，她直勾勾地盯着来人脚上的鞋。她记忆力很好，绝不会弄错，这就是那晚平嘉澎给她看的那双。以平嘉澎的家境都要和他爸磨上半天才能作为奖励求来一双，眼前这人竟然就这样把两万八穿在了脚上！

夏夏眼睛发光，像猫看到了鱼，狗看到了肉，财迷看到了金矿。对夏夏而言，那不仅仅是一双鞋，那是钱、是光，是她拥有一床柔软被褥的全部希望！

她眼睛上抬，看见那人的手正要朝摊子上的热水瓶伸去。

"哥，水壶一百八。"夏夏毫不犹豫地狮子大开口，同时心想，穿这么贵鞋子的人应该不会在乎这小小的一百八十块吧？一百八一个水壶虽然听起来贵了点，但也还算合理，如果他嫌贵，自己可以稍稍退让，一百五也不是不行……

那人的手停在半空，夏夏电光石火间心里有了算计，转头朝他笑："你诚心要拿的话，我可以给你便宜……"

她接下来的话卡在嗓子眼，喉咙干巴巴的，吐不出一个字来。

谢淮将热水壶翘起来的盖子拧好，漫不经心道："哦，一百八吗？"

他点了点摊子上的东西："少了十个水壶，一百八一个，你拿不出一千八来，我是要找你麻烦的。"

夏夏："哥……"她有些虚弱。

"别乱叫。"谢淮淡淡道，"我跟你很熟吗？"

Chapter 2
半日夫妻

谢淮回来第一件事就是点钱。夏夏数出来的那一百二还攥在手里来不及揣起来，就被他一起拿走放进了零钱包。

夏夏试探地问："搞定了？"

谢淮嗯了一声，脸色不大好，显然是刚才在办公室被伊美贤骂得狠了。伊美贤凶名在外，又是开学第一天，把辅导员得罪了大学四年做什么都寸步难行，更何况那个校规突击考试确实棘手，不及格要反复补考，他没有那么多时间。虽然挨了两个小时的骂，但能把事情解决，也算了却一桩心事。

"多一百九。"谢淮将钱数了两遍，眉头稍稍松了。

他都做好了自己不在这里卖不出东西的准备，可夏夏却兢兢业业，入账不比他在的时候差。

"刚刚景州学长来买了一个台灯。"夏夏看谢淮查账对不上，转眼就把姜景州卖了，"我没来得及找钱他就走了，剩下一百二是我多卖的，买东西的人没和我讲价。"

她细而柔和的眉尾微微翘着，垂眼盯着脚下甬路的青砖，将狡猾的目光掩在谢淮看不见的地方。

她表面柔弱无害，脑子却转得飞快，一百二十块到了谢淮手里，能不能拿回来还不一定，她索性先交了底，在谢淮那儿留下一个老实乖巧又懂事能干的印象，后面说起话来才会比较容易。况且短暂相处下来，她能看出谢淮不是普通的大一新生，他很会赚钱，以自己现在的经济状况，和他搞好关系总是没错的。

谢淮背对着路灯，脸部轮廓在夜里看起来却深邃。他递给夏夏七十块钱："下次看见姜景州，把钱还他。"

夏夏："我和他不熟啊，你自己怎么不去？"

谢淮蹙眉："叫你拿着就拿着，哪那么多屁话？"

夏夏接过钱，却还没有走的打算。

谢淮看她一眼："你赖这儿不走，是想等我请你吃夜宵吗？"

夏夏摇头："淮哥，我想在你这儿买床被褥。"

谢淮头也不抬："价钱你知道，买什么自己拿。"

夏夏依然站在原地，她沉默了一会儿，措辞艰难："你的问题解决了，我今晚也帮你卖了很多东西，能不能商量一下……"

谢淮抬头看她。女孩清秀的眉目映在路灯的光影里，白皙的皮肤被打上一层暖黄的色泽。她垂着眼睛，虽然是在和他说话，目光却虚虚落在一侧花坛中在黑夜里只剩暗影的植物上。

"有话直说。"他扬眉，"别扭扭捏捏的。"

夏夏："我要一套床上用品，能不能分期付款？"

谢淮静了静，放下手里的东西："为什么？"

夏夏神情萎靡又可怜："我现在身上没多少钱，如果全款给你，明早起来我就要喝风吃土了。你分期给我，我保证期末前一定把钱还清，我还可以多还你三成利息。"

谢淮没作声，他拿过计算器，手指按来按去。夏夏原本以为他在算一套床褥要多少钱又或是三成利息有多少，看了一会儿才发现不是。

谢淮神色淡然，指下飞快，敲出来的数字已经到了五位数。他算的东西和她全然无关。

夏夏心里猛然生出一股浓浓的绝望。早该想到，她之于谢淮不过是陌生人，甚至还是有过节的陌生人，她今晚替他签到做试卷本来就是赔罪，更别说还出了那么大的纰漏，凭什么要求谢淮对她大发善心？

夏夏舒了口气，也没再强求："那我走了。"

她刚迈出去一步，谢淮的声音在身后淡淡响起："要什么自己拿，别指望我帮你送回宿舍。"

夏夏愣住。谢淮将计算器归零，随手扔到一边："利息就不必了，那东西恶心。现在到期末还有四个整月，算好多少钱，每月挑一天给我转账，敢拖延或者欠钱不还，别怪淮哥搞你。"说完他从零钱包里翻出张微信二维码扔给她，"加我。"

夏夏扫了好友，谢淮通过后，看她一眼："叫什么？"

"夏夏。"

"姓？"

夏夏："……姓夏。"

"名字倒是讨巧。"谢淮念了一遍她的名字，"夏夏，两个字叠一起，不知道的还以为我和你很熟呢。"

夏夏站在他面前，依然低头看着脚下："谢谢你。"

谢淮没理她，他一手盘着凤眼菩提，一手拿手机玩消消乐，连眼睛都不抬。

夏夏搬了一床被子，一个床垫，一个枕头，还有一套被单。临走时回头看了一眼，谢淮消消乐没闯过关，面上恼色顿起，把菩提手串扔在地上，开始用两只手握着手机玩。

夜里十点半，路上行人稀稀拉拉，零星没有几个。谢淮游戏通关，不经意偏头朝女孩离开的方向看过去。

她不算高的个子抱着座小山般高耸的床褥，被子过头，遮住她的视线。她将脚步放得很慢，每一步都走得很小心，最上面的枕头摇摇欲坠，途中掉了几次，路过的学生帮她捡起来重新摞上去。她笑容很甜，和前来帮忙的同学道谢。

谢淮收回注意力，戴上耳机，沉浸在一个人的世界里。

夏夏好不容易将被褥抱上四楼，推门进去时最后一个到的室友正在分零食。女孩凑上来帮忙，替她抱了一床被子："你就是夏夏吧，我叫赵珊琪，我来帮你铺。"

赵珊琪落落大方，人也友善，可夏夏不好意思麻烦她，说了声谢谢，自己爬上床把床褥铺好了。

她下床时看到桌上多了一盒白色恋人巧克力，从前在平嘉澎那里吃过。那时夏夏没见过这个牌子，只觉得好吃，可分量太少吃不过瘾，第二天平嘉澎又给她带了一盒。后来夏夏从别人嘴里听说了那巧克力的价格，再也不敢让他带了，可那味道她到今天都还记得。

“我从日本带回来的零食，你们尝尝。”赵珊琪笑笑。

祝子瑜和蔡芸的桌上也有一盒，夏夏却没要，把巧克力还回赵珊琪桌上：“谢谢你啊珊琪，这东西我不能吃，我有蛀牙，吃甜食牙疼。”

夏夏不愿占人便宜，她接蔡芸的苹果是因为那时她确实饿了，何况只是一个苹果，日后买水果的时候还她就是了。而赵珊琪几十块的巧克力吃下去不过塞个牙缝，与其日后要还价值相等的礼物，她宁愿不要，把钱省下来买馒头吃。

赵珊琪有点遗憾：“是吗，那太可惜了。”又翻了翻自己的包，“你吃咸的吗？我这儿还有海苔和薯片，辣的吃不吃？”

“不用了。”夏夏招架不住她的热情，随口说，“我一会儿出去吃夜宵。”

床上的祝子瑜忽然拉开床帘，从里面冒出一个毛茸茸的脑袋：“你要去吃夜宵？我也去，一起。”

夏夏：“……”

大晚上的身上又没钱，鬼才想吃夜宵。赵珊琪不停地找东西给她吃，她总拒绝显得生分，于是想找个借口溜出去等快熄灯了再回来，可祝子瑜却当了真，直嚷着要吃夜宵，语气不容她拒绝。

还没等夏夏想好理由推脱，祝子瑜已经下床穿鞋了。她卸了妆，不如白天看上去那么美艳逼人，但依旧是精致的五官、细腻的皮肤，漂亮到让人挪不开眼睛。她也不化妆打扮，睡衣外裹了件外套，戴上帽子挽着夏夏就出去了。

夏夏前脚刚离开宿舍，门还差一条缝没关上，就听见蔡芸低低的声音从里面传来：“哎呀珊琪，夏夏不要就算了，我跟你说，她早上来宿舍第一件事就是粘鞋，粘鞋哎！你能想象吗……”

南大宿舍晚上十二点锁门，现在十一点刚过，东门外小吃街人声鼎沸。

夏夏瞥了眼祝子瑜，见她一脸淡定地挽着自己，心想她还挺自来熟的。可她也只是挽着，一路上没开口说话。

祝子瑜停在一家烧烤摊前，问她："吃这个吗？"

摊上的食物五花八门，牛羊肉、海鲜丸子、新鲜时蔬，琳琅满目五颜六色，旁边烧烤炉蹿出鲜辣的香味。

夏夏咽咽口水，脸色平静地指指旁边两块五的锅盔："晚上吃油腻的对身体不好，我吃个饼吧。"

祝子瑜："一个人吃烧烤太无聊了，一起吧，我请客。"

夏夏正色："不用，真的不用。"

祝子瑜看了她一眼，没再多说。她点了三人份的吃食，烧烤摊老板咂舌："你们几个人？"

祝子瑜挑眉："我自己吃，不行吗？"

她语气淡淡的，眉梢上挑时带着股莫名的冷冽，一身睡衣打扮又显得迷人而慵懒，店老板挠挠头，脸红了，不好意思再看她。

两人找了张桌子，夏夏啃着锅盔看祝子瑜吃烧烤。谁也不说话，气氛有一丝尴尬，最后还是夏夏没话找话："你为什么不叫蔡芸出来吃夜宵？"

早上蔡芸对祝子瑜亲热得就差黏在她身上了，可刚才夏夏回宿舍的时候蔡芸全程围着赵珊琪，祝子瑜一个人在床上待着，直到她出门蔡芸都没和她说话。

祝子瑜："我不喜欢她。"

虽然夏夏能看出来她不喜欢蔡芸，但听她不加掩饰地直接说出口，还是有点惊讶。

祝子瑜："说真的，我在宿舍见到你第一眼就挺想和你玩的，但那蔡芸总在我旁边晃，我要叫你一起吃晚饭，她直接把我拉走了，按我以前的脾气早就骂她了，不过今天开学第一天，我懒得和她起摩擦。"

祝子瑜咬了一口丸子，嘴角沾着辣椒面，含糊不清地说："这人估计心里在想呢，祝子瑜穿个H&M、阿迪，口红只有KIKO、MAC，护肤品均价不过千，这么穷的女人，怎么配和我做朋友？”

夏夏：“她自己说的？”

祝子瑜面无表情：“我猜的。”

夏夏：“……这种话还能猜吗？大家都是同学，第一天认识，咱们不要用这么大的恶意揣测别人，好吧？”

祝子瑜把嘴里的东西咽下去，惟妙惟肖地学蔡芸的语气说话：“你看见夏夏的鞋子了吗？开胶了都舍不得扔，她的衣服淘宝上最多二十九块钱，胸口印花都洗没了。还有她那长得像充话费送的手机，一看质量就很次。”

夏夏心想，祝子瑜怎么不去学戏剧表演呢？这样的天赋来南大读社会学也太屈才了。

“最最奇葩的是她桌上那个郁美净，天哪，我小学以后就没见过有人用郁美净了，用在脸上的东西，这么便宜她都敢抹，就不怕烂脸吗？

“跟你讲哦，我姐姐的本科舍友和夏夏一样穷，经常趁我姐姐不在偷偷用她的护肤品，咱们平时一定要把柜子锁好了，可得注意点夏夏。”

夏夏吃不下去了，放下手里的饼。她许久没吭声，再开口时面色平静，看不出喜怒：“那你们俩怎么突然不说话了？你该不会也用郁美净被她发现了吧？”

“老娘才不用郁美净。”祝子瑜随手拿过牙签剔牙，“注意赵珊琪没有？”

“她身上的Burberry（巴宝莉）T恤和Gucci包包都是真的，A货不是那种质感。她整理箱子的时候我看了一眼里面的衣服和化妆品，你别说，她还挺低调的，身上穿的已经是她那一身行头里最便宜的了。”

夏夏听不懂祝子瑜说的一串牌子，不过她大概能明白，她们宿舍住了一个有钱人家的小姐。那小姐人还很和蔼，热情地分她零食吃。

“赵珊琪家是本地的，从日本回来飞机晚点了。”祝子瑜眼神里带着戏谑，“刚刚考完试蔡芸拉着我回宿舍，正好遇到赵珊琪拎着箱子在楼下和副院长说话。”

“……她叫副院长舅舅。”

夏夏同情地看着祝子瑜："蔡芸不和你玩了，就因为赵珊琪比你有钱？"

"也不全是。"祝子瑜眼馋她的锅盔，拿起来尝了一口，又递了串五花肉给她。

夏夏犹豫一下，接了。

"蔡芸问我家里是做什么的，我说我妈卖早点的。"祝子瑜说到这儿，脸上神色古怪，"然后她就再也没跟我说话了。"

祝子瑜吃穿用度不差，说话也坦然不做作，妈妈卖早点应该是调侃。不过蔡芸变脸的速度实在是太快了，夏夏想笑，却又笑不出来。

祝子瑜说了半天，夏夏一直安静地听着，没有表态。

祝子瑜好奇："她背后这么说你，你不想和她干架？我反正快气炸了，咱俩合计合计怎么整她吧，我最受不了背后嘴贱的人，跟她住一起久了我肯定要发疯。"

夏夏一副逆来顺受的表情，像极了大姐大身边的狗腿小喽啰。她柔声安慰祝子瑜："她就说说而已，我们又不会掉块肉，忍一时风平浪静。再说你要怎么搞她？打她？事情闹大了辅导员问起来有你受的，你又没证据证明她在背后说你坏话。就当不知道吧，多一事不如少一事，你把她惹急了，她背后给你使坏怎么办？"

女孩垂着眼睫，楚楚动人，声音坠入凉凉的夜风里，像在糖罐里泡蜜枣，温柔得不像话。

祝子瑜蹙眉："你怎么这么尿啊？"

夏夏软软地说："尿就尿吧，息事宁人对大家都好。"

祝子瑜古怪地盯着她，许久后开口："息事宁人？可你今早在公交车上，不是这么做的呀？"

夏夏："……"

夏夏睡在宿舍的第一晚，做了一宿噩梦。梦里的她回到七岁那年的夏天，在暴雨初停的篱笆院里赤脚踩泥巴，水洼蓄着很深的水，她一脚踩进去，泥点子溅到她的小腿和白色波点裙裙摆上。

吴丽病了两个星期，家里的脏衣服堆成山，她只剩下身上这一条干净的裙子。夏夏蹲到篱笆墙外的沟渠旁，连日的暴雨在里面积了满满的清水，她撩起裙摆，小心翼翼地搓洗上面的泥点。小孩还不懂怎么洗衣服，两只小手都搓红了，裙子上的污渍却越来越大。她怔怔看着，红了眼圈。

身后响起沉闷的脚步声，夏夏回头，看见一张被村野黄土皴成茶色的脸。男人一身浓重的劣质香烟和白酒的味道，用粗糙的手指捏了捏她细软的胳膊和脚踝。

他浑浊的眼睛盯着她露出的粉色内裤的边角，舔了舔褐得发紫的嘴角："去叔家，叔帮你洗。"

夏夏在梦中极不安稳，额头渐渐渗出冷汗。

梦境里的她又置身于另一个炎热的夏天，破旧筒子楼墙根下的杂草丛里，飘来一股腥臭的尿臊味。

白杨树间系着细钢丝，深深嵌入树皮之中，吴丽常在上面晾被子，每当夏日午后，阳光总会从白杨树茂密的枝叶间倾洒下来，晒走被子上潮湿腐朽的味道，晚上抱着晒得松软的被子睡觉，总能闻到太阳和青草的香味。

正是傍晚下班时间，楼下看热闹的人里外三层，水泄不通。

女人眼睛通红，端庄的仪态无影无踪，死死揪住夏夏的头发。夏夏头皮被女人抓得生疼，脸上挨了十几个耳光，却死死咬着嘴唇，忍住没掉眼泪。

女人歇斯底里："你骗平嘉澎给你花了多少钱？你说不说？"

女人每骂一句就朝她脸上甩一个耳光，指甲在她手臂、脖子上划下数不清的血痕。

夏夏疼得受不了，偏头朝吴丽求救，吴丽却被魏金海拦在身后。

"她干出不要脸的事还不能挨打了？你敢去老子连你一块打。"魏金海脸色铁青，鄙夷的目光落在夏夏身上。

"真不要脸，送上门给人家搞。"他啐了一口，"以后别叫我爸，老子嫌丢人。"

女人面目狰狞，如同发了疯的狮子，扇完耳光又扒她衣服。夏夏接收到魏金海那看垃圾一样的眼神，原本也没多温热的心霎时从里到外被冰水浇透。

夏夏推开女人，反手朝她脸上甩回一个耳光，用了十成十的力道：“你再打我试试看。”

闷热的空气在这瞬间陷入凝固。夏夏喉咙里冒起一股甜腥的血味，心脏突突乱跳，多呼吸一口都困难。

四周忽然变得静悄悄的，她有所感应，回过头，在人群中央看到匆匆赶来的平嘉澎满头的汗水和讶异到变形的脸。

夏夏从睡梦中惊醒时，恰好清晨七点，她的枕巾被冷汗浸湿，浑身酸软，下床一照镜子，发现脸色白得透明。

今天上午要去校医院体检。赵珊琪和蔡芸还没起，夏夏洗漱完，轻手轻脚地拿过桌上的一次性饭盒出门。

昨晚祝子瑜点了三人份的烧烤却只吃了半人份的量，她看着剩下的一堆肉，有些为难：“我要打包回去当早饭，你要不要来点？”

夏夏摇头，祝子瑜挑挑拣拣只拿了一半，又问道：“剩下的你都不要？”

祝子瑜说：“我吃不下，扔了就扔了。”

夏夏于是花两块钱买了一盒白米饭，把剩下的肉打包了。

祝子瑜一直盯着她的动作，最后耸耸肩：“早这样不就行了。”

夏夏：“我以后会还你的。”

祝子瑜哼了一声，没再说话。

夏夏下到一楼，祝子瑜正坐在值班室的凳子上跷着脚扒饭，夏夏把剩饭拿到微波炉里热了，端出来和她一块吃。

两人全程没什么交流，吃完饭结伴去了校医院。夏夏和祝子瑜走在一起，想起昨晚装柔弱被她当面戳破的事情，多少有点尴尬。

她扪心自问不是什么好性子，小时候住在村子里，有孩子敢打她，她是肯定要想方设法还回去的，可自从住进魏金海家，她在很多事情上学会了收敛。一份长足的社会关系中，让自己看起来乖巧懂事才能讨人喜欢，只有讨人喜欢才不会被抛弃。而对萍水相逢的陌生人，不需要顾虑那么多，想怎么做就怎么做。

也许是在魏金海面前装得久了，她在别人面前也下意识地伪装。她忘不了魏金海见她一个耳光抡到平嘉澎妈妈脸上时那鄙夷又惊惧的眼神，也忘不了他口中咄咄逼人的言辞。

“早就知道你不安分，在我面前装了这么多年。”他呵出一口难闻的酒气，骂骂咧咧，“装得再乖你也成不了名门淑女，也飞不上枝头当凤凰，你天生就是住棚户区的命，你就是个市井泼皮，就是个上不得台面的野路子。”

那时夏夏浑身都疼，被他这样指着鼻子骂也不觉得多难受。她只是有些难过，这么多年活得小心翼翼，半分不敢张扬，自以为已经做到最好，可她的演技在别人眼里却拙劣不堪。

她从没将魏金海当作亲人，魏金海伤不到她，她全部的目光，一分不落，通通投向了气喘吁吁赶来的平嘉澎。

平嘉澎一脸讶异的表情，静了半晌，才艰涩地问：“夏夏，你怎么这样啊？”

人一旦在某种状态里维持久了，想要逃脱出来没那么容易。夏夏也不想逃脱，做一个傻白甜虽然不是她本意，但确实更容易得到别人的喜欢。从前是她不够熟练，欠些火候，被人一激就原形毕露，再给她一次机会，她一定能做得更好。

在进校门之前，夏夏曾对着校门口旁摩托车的后视镜摆出一副甜甜的笑脸，同时默默下了决心——一定要老老实实安分守己，人不犯我我不犯人，人若犯我我也可以忍忍。

而祝子瑜却没给她伪装的机会，开学第一天直接把她戳穿了。

夏夏有点崩溃。

谢淮是被辛浦的嗓门吵醒的。

“我靠！校规考试出成绩了！”

谢淮睡得正迷糊，烦躁地翻身，用被子包住脑袋。

辛浦在下面激动得不行，冲过来摇他床板：“淮哥，淮哥！”

谢淮抽出枕头扔了下去，不耐烦地喊：“滚！”

“淮哥你别睡了！”辛浦噌噌爬上他的床，把手机扔到他面前，“你校规才考了48分，全学院总共两个不及格的，你还有脸睡！”

谢淮：“……”

睡意瞬间消失得无影无踪，他坐起来，揉了揉乱蓬蓬的头发，因为起床气太大，脸还是臭着的。他捡起辛浦的手机，一眼看到电子成绩单最上面一行鲜红的48分。

校医院。

医生拿着夏夏的心电图，眉头蹙了蹙：“你的心脏是不是有问题？”

夏夏点头。

她高考体检时心脏就查出过问题，当晚回家告诉了魏金海。魏金海在客厅喝酒，掏了掏耳朵，像是听了什么不该听的废话一样，扭头看着夏夏：“你还指望我给你治病吗？”

夏夏没那指望，从魏金海嘴里听到这种话也没有失望。魏金海不当回事，她自己更没当回事，哪天两腿一蹬猝死也算是逃离苦海早登极乐了。

医生在体检报告上写了几行字，递还给她：“校医院条件有限，尽快让家人带你去大医院检查，你这种情况还是要避免长时间体力训练，不建议参加军训。”

夏夏问：“严重吗？会死人吗？”

医生看到小姑娘提到“死人”二字时脸上忽然迸出的一丝欣喜，觉得可能是眼睛花了。他叮嘱道：“没那么严重，就是小毛病，早治早好，你还年轻，别成天死不死的。”

夏夏接了报告出去，正低头看着手里的心电图，冷不防撞到前面的人。面前的路被一个人挡得死死的，她没抬头，侧身想绕过去，那人又朝旁边挪，继续挡着她的路。

夏夏抬头，看见谢淮的脸。几乎是同一瞬间，她那张没什么表情的脸上绽开甜美的笑容：“淮哥，你也来体检啊？”

她打完招呼就想走，可谢淮第三次挡住她的路，她只得停下，心里有点不好的预感，但她仔细想了想，昨晚到现在这么短的时间，应该不至于又招惹他了。

少女无辜的神情像只柔软的小羊，大眼睛水润润的，瞳孔黑亮，仿佛在发光。她搞不清谢淮这是唱哪一出，想了想说："这个月的钱我要晚几天才能打给你。"

谢淮没有提钱的事。

"为了在试卷上写名字，我让辅导员骂了两个小时。"他眯起眼，眸光冷峻危险。

说完他掏出手机摆在她眼前："结果你给我考了48分？"

夏夏："……"

"这怎么可能！"她惊呆了，"我就没考过不及格！"

从小到大，夏夏唯一引以为傲的事情就是学习，几乎过目不忘的记忆力和一点就通的脑子，在学习这条路上，夏夏是被从小夸到大的，别说不及格，就连第二名她都从来没考过。48分对她而言简直是耻辱，粉碎了一个学霸所有辉煌灿烂的曾经。

夏夏不能接受。

谢淮："那是我眼瞎？"

"是老师批错了，一定是老师批错了！"夏夏笃定，对自己的信心让她全然忘了她根本没看过校规手册，"我们去找辅导员核对试卷，我绝对不可能考48分，如果我都考了48分，那根本不会有人及格。"

谢淮收起手机，眉梢上挑："我听说开考五分钟后，有人在新生群里传了一份答案。"

夏夏："……"谢淮不提醒，她差点忘了昨天考试全体作弊的盛况。

"答案和试题的重合率几乎百分之百，我的室友告诉我，当天考场里的人全都在抄答案，如果我不及格，那只有一种可能。"

谢淮眼神冷漠："帮我做题的那个人，她是故意的。"

夏夏静默许久后开口，面色严肃："你舍友忽略了另一种情况。"

谢淮："……？"

"……帮你做题的那个人，她也许没带手机。"

"再也许，她运气不太好，恰好坐到了辅导员旁边……"

谢淮沉默了。他开口夏夏紧张，但他不说话，夏夏也觉得这寂静难以忍受。她攥着手里的体检报告，将心电图捏出一道褶，弯弯起伏的电波被褶皱隔开，让她觉得自己心慌得像那些线条一样。

夏夏刚刚斩钉截铁的气焰消失不见，她心里有些担心，不是怕谢淮骂她，而是怕他一生气把那床没付钱的褥子要回去。

“那她可是太恰好了。”谢淮淡淡道。

“一日夫妻百日恩，咱俩虽然未遂，但好歹也算得上半日夫妻。”他眼神淡漠，“今天我给你个面子，不打女人，但夏夏，这事你给我记着。”

新生的第一次班会在下午两点开始。

正是阳光最灼热的时候，细碎的光线透过擦得铿亮的窗户照进来，打在手臂上暖融融的。窗外的冬樱和海棠枝叶翠绿，随着午后的微风轻轻摆荡，在地上投下纷杂的影子。

谢淮一个人坐在后排靠窗的位子上，他午睡刚起还没醒神，神情懒懒的。

社会学系女多男少，他衣品好，长得帅，在一群刚离开高中不久，穿衣还比较规矩的男孩子中很扎眼，不少女孩偷偷打量他。

夏夏没想到谢淮和她一个专业，进门后愣住了，神情像小兔子般惊慌又警惕。她的视线在前排的空位上转悠，想找个离谢淮远点的座位。

蔡芸挽着赵珊琪从后门进来，赵珊琪注意到谢淮，眼睛亮了亮，拉着蔡芸走了过去。她是个活泼开朗的性格，笑嘻嘻地问：“这里可以坐吗？”

谢淮撑起胳膊，淡淡道：“不可以。”

他指了指站在教室前面的夏夏，敲了敲旁边的桌面，唤小狗一般：“过来。”

夏夏犹豫，谢淮靠着后桌的边沿，抱着手臂静静打量她。他的目光似有实质，仿佛黏在她身上，其中含义并非友善，但也不是要把她吞吃入腹的恶意，夏夏一时搞不清这人心里在想什么。

赵珊琪恍然大悟：“原来是夏夏的朋友啊。”

谢淮半点面子不给，她也不觉得尴尬，被蔡芸拉着朝前排走去，还偷偷回头看了谢淮好几眼。

夏夏硬着头皮坐到谢淮身边，祝子瑜跟在她身后也坐了过去。

谢淮叫她过来却不说话，他鼻子动了动，闻到女孩身上淡淡的郁美净奶味，那味道甜而不腻，不如香水的味道明显，却很舒服。他脸上孩子气的烦躁渐渐褪去，懒洋洋地眯着眼。

班主任邢鑫是个研三的学生，读研三年，头顶秃了一片。

夏夏拿笔将他讲的琐碎事情随便记了记，侧过脸看到谢淮也拿了张纸，他没写字，而是在上面歪歪扭扭画小人。夏夏多看了几眼，发现他画的小人一男一女，男孩手里拿了根棒槌打得女孩声泪俱下。

他垂着眉眼，皮肤细腻干净，阳光打在睫毛上泛着黄色的光圈，有几分温柔的味道。如果换上运动裤白T恤，回到郁郁葱葱的高中校园，一定会是春心萌动的小女生最喜欢的男孩子模样。

在夏夏愣神的片刻，谢淮三两笔勾勒出女孩流成河的鼻涕眼泪。他嘴角勾起一个上扬的弧度，从男孩身上扯出一个箭头指向自己，又从女孩身上扯出一个箭头指向夏夏，画完他将笔一扔，把画纸推到她面前。

谢淮的指尖在纸上用力点了点，一磕一磕的声音听着无比清脆。

夏夏装作不懂："怎么了？"

"看着这幅画，说说你的感想？"谢淮问。

他是小孩吗？夏夏心想，画个画还要人表扬。她心里这么想，嘴上却吹起彩虹屁："淮哥，你画画的功力实在太高超了，看这线条，看这阴影，看这棒槌圆润的弧度……"

谢淮不耐烦地蹙眉，手指骨节重重磕向桌面，夏夏的彩虹屁吹到一半被迫止住。她丧气地垂着头，嗓音软糯，一副怯怯的模样："我知道错了。"

邢鑫是个闷性子，一身男生最经典的牛仔裤格子衬衫搭配，方形的黑框眼镜圈住本就不大的眼睛，明明是读文科的，却打扮得像个常年泡在实验室的理工男。

"……军训后我们再投票选举正式班委，我先按照入学成绩的高低暂定两个男女班长，男生李哲林，女生蔡芸。”邢鑫扶了扶眼镜，“其他班委暂时不设，军训期间班长代为管理班级事务，有事情直接和辅导员联系。”

“老师。”祝子瑜举手，不等邢鑫说话，疑惑地问，“如果是按照入学成绩选临时班长，那我记得咱们班录取分数最高的是夏夏，女班长凭什么给蔡芸啊？”

夏夏一愣，戳了戳祝子瑜：“你干吗？”

祝子瑜不理她，笑吟吟地看着邢鑫：“您是不是念错名字了？”

邢鑫怔了怔，目光在入学名单上扫了一遍，犹豫着问：“哪个是夏夏？”

夏夏还没反应，祝子瑜就拉起她的胳膊举手。

邢鑫思考片刻：“这只是临时班长而已，正式选举要等到军训后……”

祝子瑜打断他：“那不行啊老师，军训半个月时间可不短呢，等同学们习惯了临时班长，那选举结果谁说得准？你这不是坑人吗，凭什么夏夏成绩最高要让别人做班长？”

蔡芸坐在前排，闻言站起来：“既然你有意见，那不如这样，耽误大家五分钟，让我和夏夏轮流上台做自我介绍，同学投票，公平竞选，怎么样？”

祝子瑜嗤笑：“你搞搞清楚，邢老师说按照入学成绩高低选班长，公平竞选？你哪来的资格和夏夏公平竞选？”

蔡芸噎住，一时说不出话。

夏夏一直在拉祝子瑜的衣服，却没拉住。祝子瑜还要说话，腰上的软肉被夏夏用力掐了一下，疼得差点叫出来。

夏夏手指放在祝子瑜腰上，威胁她不准说话。自己朝邢鑫笑笑，看上去人畜无害：“邢老师，我从前没做过班长，也做不好，还是让给更有能力的同学吧。”

蔡芸的脸色只好看了一瞬，下一秒又沉了。她的目光阴晴不定，死死盯着祝子瑜。

祝子瑜半分亏都不肯吃，一脸天不怕地不怕你能拿我怎么样的表情，她刚才被夏夏掐了腰，于是立马掐回去，在夏夏腿上狠狠拧了一下。

她恨铁不成钢地骂道："我是为你好你知不知道？别以为大学班长和中学的班长一样没用。评优、综测、保研……不在班上担任点职务，你连这些的边都摸不上。邢鑫让蔡芸做临时班长就是个过场，军训后正式班长肯定是她的。蔡芸提前一个星期来学校，早就和伊美贤打通关系了，几千块的礼不要钱一样送，伊美贤想让她当什么，邢鑫根本做不了主，你临时班长的机会不争取，后面就更没可能了。"

夏夏揉了揉被她掐痛的大腿，小脸皱巴巴的："你只看到做班长的好处，怎么没看到做班长多累？老师和同学之间跑来跑去，吃力不讨好还没钱拿，我哪有那么多时间浪费？"

祝子瑜振振有词："你不是缺钱吗？做班长和老师、辅导员搞好关系，每年的国家奖学金还怕到不了你手里吗？"

夏夏看傻子一样看她："国奖明天就能发下来吗？那得学年末！我要是指着奖学金改善生活，恐怕早就饿死了。与其把时间浪费在做班长上，等一年后拿那几千块钱，还不如明天去洗盘子呢。更何况你都说伊美贤收了蔡芸的礼，我出来横插一脚把她们的事搅黄了，当上班长又有什么用？伊美贤不得恨死我。"

祝子瑜还是不甘心："班委的保研概率可比普通学生高多了，还有到国外的交流资格，你就这样放弃了不觉得可惜吗？"

"还国外呢。"夏夏虚弱地嘀咕，肚子咕地叫了一声，她捂住胃部趴在桌上，"午饭都没吃，饿死了。"

祝子瑜本来还想劝她，听见她肚子叫的声音，话到嘴边也说不出来了，她撩了撩头发，转过头去没再说话。

夏夏把注意力放回到谢淮身上，谢淮叫她过来坐，只是为了用那张画恐吓她一下，幼稚程度堪比幼儿园小朋友。夏夏觉得他是雷声大雨点小，话放得比谁都狠，却从来没拿出实际行动整治她。

谢淮又趴在桌上睡过去了，夏夏看着他的后脑勺出神，他头发毛茸茸的，沐浴在午后金黄的阳光下，泛着浅浅的蜜糖色。

夏夏不由得想，谢淮这人里里外外都很古怪，看他在校园里摆地摊卖东西一副很缺钱的样子，可说话做事的气质又全然不同。夏夏见惯了贫穷，真正的穷人可不是谢淮这样的。

她想事情想得出神，谢淮忽然转了个身脸翻过来看着她。她和谢淮都趴在桌上，脸与脸贴得极近，谢淮鼻息温热，洒在她脸上，吹得她眼睫毛痒痒的，他刚吃过糖，呼吸中带着股甜甜的薄荷味。

他的眸子漆黑如点墨，眼角自然上挑，带着两分恣意的味道。

夏夏一直知道谢淮长得帅，可离得这么近才发现，他不仅仅是帅，更像是一个旋涡，稍不留神就会被吸进去。

夏夏偷看他被撞破，尴尬得脸瞬间红了。除了平嘉澎，这是她第一次和男生靠得这么近，脸颊的绯红蔓延上耳尖，不用看也能感觉到一阵烫。

她做贼心虚，下意识地抬手捂住自己的脸。

谢淮轻不可闻地笑了一声：“用不着捂，都看见了。”

夏夏嘴硬：“没有红，你看错了。”

“这不是你的错。”谢淮勾唇，“淮哥太帅，能抵挡住我魅力的女人恐怕还没出生，明白？”

夏夏：“……”那你可真是太自恋了，她想。

开完班会，邢鑫把谢淮和夏夏留了下来。

“昨天校规考试只有你们两个不及格，伊老师让我开完班会留你们补考，你俩坐开一点，别离太近。”

夏夏怔住：“今天补考？我还没准备呢。”

“你暑假就该准备好了。”邢鑫摊手，“伊老师定了今天补考，我也无能为力。”

夏夏没办法，只得坐下来考试。

试卷上还是见都没见过的题目，多年学霸习惯使然，夏夏见不得卷子有空白，哪怕一题不会也要胡编乱造。她侧头看谢淮，他虽然嘴上对补考没有异议，脸上纠结的表情却出卖了他，卷面上更是一个字没写，眉头蹙成一团舒展不开，眼睛时不时朝夏夏的方向瞄。

邢鑫出去上厕所，他拿起卷子坐到夏夏身边。

“借我抄抄。”夏夏的卷子连蒙带猜写满了字，谢淮以为她会，眼睛瞬间亮了。

夏夏怕他抄了不及格又找她麻烦，连忙捂住：“你别抄，我写得不对。”

她这一行为在谢淮眼里就像中学时不借他作业抄的学习委员，明明做得全对却说自己都不会。谢淮全然忘了她昨天那宛如智障的四十八分，在他眼里，卷子写得满就和全对无异。

“我真不会……”

“把手拿开。”谢淮挑眉，“别让我说第二次。”

“……”

谢淮前脚抄完回到座位，邢鑫后脚就回来收了卷子。

谢淮看夏夏蔫头耷脑的样子，随手用笔敲她脑袋：“噘什么嘴？”

夏夏不情不愿地说：“没噘嘴。”

谢淮不满意了，端起胳膊，背靠着教室的窗户，定定看着她：“给淮哥抄几个填空题委屈成这样？我还一堆账没跟你算呢。”

夏夏心想，让你别抄你非要抄，过几天账上再加一笔，“半日夫妻”的面子也阻止不了你打我了。这么想着，肚子又叫了一声，她揉了揉胃部，打算去食堂吃点东西。

谢淮叫住她：“你跟我出去一趟。”

夏夏警觉：“去做什么？”

谢淮：“别废话，去就行了。”

夏夏说：“那不行，我也不是谁都跟着走的，万一你谋财害命意图不轨怎么办？”

以她和谢淮的恩怨，说谢淮走出学校大门找个没人的空地挖坑把她埋了她也相信，无缘无故的，谢淮要带她出去，她想想就觉得奇怪。

她心平气和地说：“谢淮，那场考试真的是个意外，我不是有心害你，你要信我……”

谢淮懒得和她啰唆，抓着她的书包带朝外走。夏夏凄惨地叫着：“谢淮！淮哥！壮士！猛男！你干吗呀你，别动手！有话好好说……”

谢淮被她吵得耳朵疼，不耐烦地说：“你对自己的认知能不能清醒点，谋财害命？害命就算了，‘谋财’这两个字用在你身上，你自己不觉得可笑吗？”

谢淮的座驾是辆黑色电动车，他不知道从哪里搞来的这辆破车，发动机嗡嗡直响，一路走一路吱嘎吱嘎地叫。夏夏坐在后座，紧紧抓着屁股下裂开数道口子的皮质坐垫，微风把她的头发吹得凌乱无比。

谢淮一路风驰电掣，过减速带也不降速，差点把夏夏的屁股颠成两半。夏夏想搂他的腰，又不好意思，晃晃悠悠好几次差点仰下去。

谢淮今天穿了件深蓝色的T恤，风灌进衣服里撑得下摆鼓鼓胀胀。他的腰劲瘦有型，偶尔风掀起衣边露出里面白皙的皮肤，夏夏总是忍不住多看几眼。

她怕自己掉下去，便揪住谢淮的衣角维持平衡。

谢淮把车速降下来：“你搂我腰，别抓衣服。”

夏夏听闻他这一要求，心中警铃大作，拒绝道：“你别想占我便宜，虽然这里是荒郊野外，但你如果对我做那种事，我也是会大叫救命的。”

“我是叫你把手放开点。”他的声音听起来有些牙痒痒，“衣领勒到我脖子了。”他的衣服领口本来就小，被夏夏抓得太紧，扯得衣服向下，让他快喘不上气了。

夏夏：“……”

她松了手，心想这还没和谢淮待多久呢，也跟着自恋上了。

谢淮把车停在一家奶茶店门口。奶茶店开在理工大学后门步行街的角落，铺面不大，门上的匾额灰蒙蒙的，总共俩字掉了一个，就剩后边那个“茶”字歪歪扭扭地悬在上面。夏夏推门进去，被门玻璃蹭了一手灰。

奶茶店老板是个年轻男人，店里没客人，他缩在吧台后的软椅上打手游。

谢淮摘下菩提手串扔在大理石柜台上：“赵一雷，起来接客。”

男人抬眼打量谢淮：“你迟到了。”

谢淮绕到柜台后，取了十个纸杯放在台面上一字摆开："临时有点事，我现在赶过来够可以了。"

赵一雷退了游戏，懒洋洋地起身。

夏夏不明白谢淮葫芦里卖的什么药，默默观察着眼前的男人。赵一雷是典型的北方汉子，身形魁梧，声音粗犷，上身只穿一件背心，衬得胸肌壮硕。夏夏对这种长得像健身教练的男人不太感冒，站在门口犹豫着要不要进去。

赵一雷："谢淮，你女朋友怎么不进来？"

谢淮瞥向夏夏："女朋友？"

夏夏立马狗腿地说："我们只是同学，你不要侮辱淮哥的审美。"

赵一雷转身去泡奶茶，他每泡一种，谢淮就接过来往台面上的纸杯里倒入小半杯。

"愣着干什么？过来。"谢淮把纸杯推到夏夏面前，"喝。"

夏夏拿起纸杯，放到嘴边又顿住，问谢淮："免费的吗？"

谢淮："……"

赵一雷乐了："我这奶茶店好几天没人进了，哥哥请你喝。"

于是夏夏不客气了，一口气把眼前十个纸杯里的奶茶喝得精光。

谢淮的目光落在她身上："哪杯好喝？"

夏夏想了想，推出去两个纸杯："这两杯好一些，你觉得呢？"

"他觉得？在他嘴里天底下奶茶都是一个味，他要是能尝出区别，就不用带你来了。"赵一雷笑笑，"妹妹品味不错啊，前两年这两款奶茶是我店里的招牌，去年隔壁网红奶茶店开起来，我这儿才没人来的。"

谢淮点头："就要这两种。"

赵一雷："要多少？"

谢淮从兜里掏出一张纸，是昨天夏夏开新生大会给他记重点用的，他从柜台上取了根笔，在纸的空白处算数，嘴里念念有词。

"管理学院、法学院和外语学院在东操场军训，女生加起来……"他掰着手指头数数。

"四百二十三。"谢淮刚掰了两个手指，夏夏就报出了数，"一共四百二十三个女生。”

她算得太快了，谢淮不信任地瞥她一眼，从赵一雷柜台下掏出计算器。

“你用计算器算也一样。”夏夏机灵，一下子就明白了谢淮想做什么，她把手肘支在柜台上，殷勤地说，“淮哥，你看我算数这么厉害，还有病，不用军训，不如你雇我吧，我保证你进多少我全都能给你卖出去。”

谢淮按出四百二十三，随手把计算器扔在一边：“你不行。”

“我为什么不行？”夏夏不服气，“昨晚我也没少给你卖东西啊，发传单一小时十块钱，你给我八块就行，这么廉价的劳动力不用白不用。”

谢淮：“别跟我提昨晚，你昨晚卖出去的东西都是给男生的，你见过几个男的喝奶茶？”

夏夏愣了：“你怎么知道我都是卖给男生的？”

“卖掉的水壶都是深色的，卖掉的台灯图案全是变形金刚和汽车，粉色款式的一个没少。”谢淮写字的笔尖顿了顿，侧头看她，“你一套蚊帐都没卖出去，知道为什么吗？”

夏夏问：“为什么？”

她昨晚也想过这个问题，谢淮摊上的水壶和台灯卖得都不错，偏偏蚊帐没人来买，这让她百思不得其解。

谢淮：“因为男人的尊严不允许他们使用蚊帐，在男生宿舍，挂蚊帐的人是要被整个宿舍嘲笑的，懂？”

“……”

“奶茶我是卖给女生喝的，就你这样一单女生的生意都做不成，我能指望你给我卖出几杯？”

夏夏无言以对，又问：“那你凭什么觉得你就能卖出去啊？”

谢淮指指自己的脸：“凭这个。”他淡淡道，“看看这张颠倒众生的小白脸，我要连几杯奶茶都卖不出去，那可真是白活了。”

夏夏：“……”

谢淮算完了数，把纸推到赵一雷面前：“这两种口味每样一百杯，明天上午九点前送到南大东门。”

赵一雷敲了敲计算器：“一杯五块，一千块钱，先付款后发货。”

谢淮却不掏钱：“贵了。”

赵一雷眯了眯眼睛，一副奸商做派：“兄弟，前两年我一杯都要卖十五块，五块钱已经是友情……”

“你确定要跟我谈钱？”谢淮拿起他刚才脱下来的菩提珠套回手腕。

“茶包批发价十块一斤，炼乳二十，你做两百杯奶茶成本不超过一百，我要的种类少，一次可以做一桶，算上人工费和包装费最多一块五一杯，我算你两块。”

谢淮夺过赵一雷手里的计算器，学着他刚才的样子敲了敲：“你给我送到学校门口，我每杯再多算你五毛钱，两块五一杯，一共两百杯，五百块钱，货到付款。”

赵一雷噎住：“……你他妈抠死吧！”他随即正色道，“谢淮，你要知道，我不是非要……”

“你不是非要做批发商，你可以零售，自己做了去学校卖。”谢淮打断他的话，“你是想说这个吗？”

“兄弟，不是我打击你。”他真诚地看着赵一雷，“很不巧，南大今年出了新校规。”

“……一切外卖人员和外来零售商不得进校门，你没有学生证，自己带货过去，多半要被堵在校门口。

“你这店好几天没开张了，跟我合作虽然赚得没有零售多，但至少有的赚，不然你明天开门又要喝西北风了。”

赵一雷：“……”他搜肠刮肚，发现竟然找不出一句话来反驳谢淮。

谢淮账算得没错，这笔生意对赵一雷而言确实是赚的，他不可能放弃，但到他手里的钱比起谢淮来说实在太少了。他一杯只赚一块钱，而谢淮完全可以坐地起价，一杯成本两块五，谢淮就算卖五块钱都是血赚，他怎么想心里都有点不平衡。

“兄弟。”赵一雷装可怜，“再加点吧，哥哥这个月房贷还没还，我得生活啊。”

谢淮把手臂搭在大理石柜台上，手指无意识地敲打着台面。他眼神里出现了一丝松动，片刻后又重新回拢，淡淡地说："没得商量，我得活着。"

谢淮走出奶茶店，掏出钥匙扔给夏夏："去把车推过来。"

夏夏把谢淮的电动车推过来时，谢淮正站在路边买卷饼。卷饼刷上甜辣酱，卷入煎蛋、香肠、油条、生菜、洋芋丝，再加点花生碎和酸腌菜……看一眼仿佛连味道都闻出来了。

谢淮站在路边吃卷饼，注意到夏夏在看他，抬了抬手里的饼："想吃？"

夏夏一连吃了好几顿食堂的素馅包子，嘴里没滋没味，但让她掏十块钱买个饼，她还真舍不得。

她看着谢淮："我说想吃，淮哥要请客吗？"

谢淮淡淡道："淮哥心里是很想请女孩子吃东西的，但我怕控制不住我自己，也怕你不敢吃。"

夏夏问："我为什么不敢吃？"

"你不怕我毒死你吗？"谢淮诚实得令人发指，"请你吃饼，我会控制不住自己的手在饼里下毒。"

夏夏："……"

谢淮半个饼下肚，问："会骑电动车吗？"

夏夏说："会。"

谢淮："你骑车载我，我要吃东西。"

夏夏跨上车子，谢淮看着她的小身板，不信任地问："真会骑？你如果把我摔了……"

夏夏连忙说："真会，我爸也有辆电动车，以前我总骑车去给我妈买药。"

夏夏电动车骑得比谢淮好，女孩子心细，考虑到谢淮在吃饭，贴心地把车速放得很慢。一路上没遇到多少车子，路两旁的棕榈树生机勃勃，叶子葱绿，微风拂面带着雨后青草浸水的香味。

"车技还行。"谢淮随口夸道。

话音刚落，夏夏没注意，车轱辘陷进了路上的坑里，颠簸得差点把谢淮甩下去。

“你怎么回事！”谢淮卷饼里夹的半截火腿肠瞬间甩飞了，他吼道，“我才夸你一句就膨胀了？”

夏夏觉得冤枉：“路上有坑不能怪我啊！”

这条路路面坑坑洼洼，谢淮侧坐着不稳，手越过夏夏想去抓车座。女孩恰巧在这时扭动了一下身体，谢淮的手刚好落在她腰上，车轱辘又陷进一个坑里，他踉跄一下几乎要仰下去，连忙揽住女孩的腰保持平衡。

“啊！！！”夏夏尖叫，“你放开……”

谢淮的耳膜差点被她震破，刚要把手拿开，发现夏夏手里的车头方向偏了，直直冲向路边的防护栏。

他大喊：“你倒是看方向啊……”

车轱辘第三次陷入坑中，谢淮直接从后座栽到了路边的花坛里，车前轮猛地撞上马路牙子，夏夏连人带车倒在了甬路上。

她脸颊红得像火烧云，眼角渗出几滴眼泪。

电动车发出一阵犹如咳疾病人喘息般闷闷的声音。

夏夏没受伤，跑到花坛去看谢淮。好在路边的花坛泥土松软，没有硬灌木，只种了幸运草和韭菜兰。谢淮人没事，就是一身红土，崭新的衣服和那双两万八的鞋上沾满了草和泥。他吃剩的半块卷饼皮掉在脚边，饼里夹的花生碎和生菜叶蘸着满满的酱糊在他脸上。

谢淮扯掉脸上的生菜叶，面如死水没有波澜，平静得像是对生活失去了所有的激情和希望：“不就一块饼？想吃就说，淮哥是那么小气的人吗？”

“从扫黄开始，到点名不给我答到，再到那四十八分的卷子，加上刚才这次有预谋的暗算，我到底做了什么让你这么恨我？你对我有意见就说，别三番四次搞我。”谢淮看着她，“你对我有意见吗？”

夏夏脸上的绯红还没褪去，眼里水汪汪的：“没有意见，我就是有……有痒痒肉。

“痒痒肉你知道是什么吗？一碰就控制不住地发抖，你抱我腰提前打个招呼啊，我一点准备都没有。”

谢淮拍了拍脸上的土，想要站起来，膝盖猛然一阵麻。

夏夏蹲下身卷起他的裤腿，见他膝盖紫了：“有点严重，要去医院吗？”

谢淮盯着膝盖看了几秒，胸中情绪翻涌。夏夏认命了，这次错在她，她也不打算狡辩挣扎，准备承受他的怒火。

可谢淮没有朝她发火，他单腿蹦到电动车旁，背影坚强：“我不会再让你骑车了，我就算只剩下一条腿，就算骑不了车爬回学校，我也不会坐你的车。”

夏夏提议：“我叫辆出租车吧，你先回学校，我帮你把车骑回去。”

谢淮把电动车扶起来，那台从跳蚤市场淘回来不知几手的高龄电动车像拉风箱一样发出吭哧吭哧的声响。谢淮重新启动，车子动也不动。三秒后，那车没声了，犹如一条失去生命的死狗，静静躺在路边。

“你发现没有。”谢淮的目光落在电动车上，他沉默良久，开口道，“自从遇见你，我就一直在倒霉。”

夏夏：“……发现了。”

南城的雨季在八月，到了九月，连绵的雨水停歇下来，却没有迎来清爽的秋天，太阳反而异常毒辣。军训第一天艳阳高照，强烈的紫外线裹在日光里，暴晒过后浓重的胶皮味弥漫在操场的每个角落。

新生在烈日炎炎下站军姿，而免训生军训期间也不能离开训练场，夏夏和几个不用军训的女生坐在操场边，远处零星地坐着两个男生。

谢淮靠着遮阳棚下的椅子，嘴里叼着根狗尾巴草茎。昨天傍晚他膝盖摔成青紫色，去校医院鉴定伤情，医生不肯给他开免训假条，只给批了五天病假让他回去擦药，五天后再来复查，根据复查结果决定要不要免训。

夏夏陪谢淮一起去的，亲眼看着他在马上就要下班的校医院死皮赖脸缠着大夫飙演技，一会儿喊腿疼，一会儿喊腰疼，过了一会儿胳膊又开始疼。

医生被他整得头疼，问：“你到底哪儿疼？”

谢淮虚弱地说：“我刚才出了车祸，现在浑身都疼。”他指着夏夏，“就是这个女生撞了我，不信你问她。”

夏夏硬着头皮说：“是我撞的。”

医生查不出个所以然，被他连哄带撒娇搞得晕头转向，终于谢淮离开校医院的时候得到了一张免军训的伤情鉴定，上面字迹潦草地写着“腿伤”。

夏夏的手机嘀了两声，消息是谢淮发的。她昨天把谢淮的车撞坏了，主动提出支付修车费和谢淮的医药费，不过还是老样子——要分期。谢淮把钱算好发给她，夏夏叹了口气，债多不压身，越欠越多，她反而无所谓了。

上午九点，谢淮坐不住了，他把电动车停在操场外面，打报告去了好几趟厕所，每趟回来手里都抱着两个泡沫保温箱，里面装的是赵一雷送来的奶茶。军训时间是有严格规定的，几点开训几点休息都清楚地写在通知上面，他卡时间卡得刚刚好，奶茶刚拿回来，训练队伍就解散休息了。

谢淮在泡沫箱前摆了一张二维码和一张硬纸板，硬纸板上用黑色马克笔写着两行字：奶茶十元一杯，加微信优惠五元。

南城物价高，冰水都要两块五一瓶，奶茶五块钱几乎算是全城最低价了。今天天气热得人浑身冒汗，早上拿来的水在操场边放了两个小时已经变成温水了，而谢淮的奶茶还是冰的，于是他面前不一会儿就围了一群看热闹的学生。

谢淮也没料到会有这么多人来买，一时间应付不过来，他朝夏夏招手：“过来帮我收钱。”

夏夏先是一愣，随即脸上闪过一抹狡猾：“凭什么？我帮你收钱，你给我报酬吗？”

谢淮：“我要不要包吃包住，顺便再给你交个五险一金？昨天你把我摔了……”

“昨天的事我们都协商好了，车钱药费我赔，等钱还完我们就两清，你别拿那个说事。”夏夏打断他，“而且你也算因祸得福，我不把你摔成这样，你怎么免训？”

“我可以帮你收钱，薪资按八块钱一小时算，你爱用不用，不用我现在就走。”她眯了眯眼睛，“快点考虑，我数三个数。”

谢淮与她对视，女孩瞳孔漆黑，眼神明亮，干净得仿佛不染尘埃，同时又狡黠机灵，让人无可奈何。

谢淮把零钱包塞到她手里，淡淡道：“仔细着点，敢算错账当心淮哥搞你。”

上午休息两次，每次二十分钟。谢淮卖的奶茶价格低味道又好，东操场八百多人训练，二百杯奶茶一上午就卖得干干净净。

许多学生为了省五块钱加了谢淮的微信，谢淮通过好友申请后将这些人拉进一个微信群，他在群里发了一张带着价格的奶茶点单表，后面附了一条消息：“需要其他口味的奶茶直接在群里下单，无配送费。”

夏夏也在群里，目睹谢淮这一做法后被他的商业头脑折服了，不说一杯奶茶卖五块他赚钱，就算不赚钱他也不亏。做生意最重要的就是客源和人脉，谢淮显然是打算长久做下去，第一天宁愿少赚点也要吸引人流。

南大一共四个操场，分布着大一五千多名新生，谢淮每半天换一个操场卖奶茶，用两天时间建了四个微信群。

早上他和夏夏要去东操场签到，中途无法离开，只能在休息前的二十分钟借口去卫生间溜走，而这时赵一雷会带着奶茶等在学校门口。谢淮接了货，开电动车载着夏夏和奶茶跑到另一边操场，算好时间赶过去时教官刚好吹哨休息。再之后就没什么可说了，就如谢淮所言，他那颠倒众生的小白脸不是白长的。

别说他主动把微信放在地上让人加，以他的长相和那又酷又痞的气场，就算什么都不做，往操场边一坐都会引来一堆女生偷看，遇上几个胆大的，说不定还会主动上来要联系方式。

区区两百杯奶茶，小事而已。

夏夏除了那天为自己争取报酬时硬气了一次，此外都老老实实的，一副乖巧温顺的模样。她账算得仔细，人又听话，几天下来谢淮用夏夏用得顺手，就把记录订单的活儿也交给了她，让她晚上休息时间统计好群里的下单情况，提前交给赵一雷让他准备第二天的奶茶，而他自己继续守在春和路的小摊上，坐着小马扎卖东西。

谢淮四个操场跑完一圈后就将奶茶提回原价，价格高了买的人自然变少，加上每天预订的订单，一个操场最多能卖五十杯。虽然看上去生意差了，但每杯利润大增，谢淮的收入并没受多少影响。

夏夏知道谢淮一杯奶茶的成本，每天回去后都会在心里算算他一天的收入，而后咒骂一句“这该死的有钱人”。

军训那些天，夏夏常常梦到谢淮趴在一座金山上俯视着她。她在梦中试图和谢淮套近乎，谢淮眉眼不抬，神色跩跩的：“想抱淮哥大腿？当心淮哥搞你。”

梦里的夏夏笑得谄媚：“瞧您说的，我怎么敢呢？”

这天从梦里醒过来，夏夏没着急起床去操场，而是赖了会儿床，顶着惺忪的睡眼掏出手机，把谢淮的备注改成了“南大第一土财主”。

谢淮太会赚钱了，有想法，有头脑，最关键的是有行动力。在她摆脱这穷困潦倒的处境之前，谢淮的大腿她不仅要抱，还要抱得紧紧的。

她得装甜、装傻、装乖，得让谢淮在吃肉的同时给她留点汤喝。

不，喝汤也不用。夏夏卑微地想：她只要舔个碗底就可以了。

Chapter 3

梦里的南瓜马车

下午两点半。

夏夏身体不舒服，神情萎靡地坐在长椅上休息，帽檐下的脸架不住南城强烈的紫外线，晒得红红的。

谢淮去和教官打报告上厕所，五分钟后沉着脸回来。

“教官不批，说是学院的意思。”谢淮拿起水瓶给自己灌了口水，“我们这些天惹人注意了。”

军训这些天来，谢淮总是在临近休息时请假说去厕所，然后跑到另一个操场卖奶茶直到休息结束再赶回来。操场上的教官只管训练和签到，之前一直对他卖奶茶的事睁一只眼闭一只眼。

夏夏没精打采：“等休息了再去吧。”

“来不及。”谢淮蹙眉，“这里到北操场要十分钟，还要去找赵一雷拿东西，等到我们过去休息时间就结束了。东西折在手里事小，做生意最忌讳的就是言而无信，只要爽约一次，这些人以后多半不会从我这儿订东西了。”

夏夏明显心不在焉，手里玩着军训服的衣角：“那怎么办？不然在群里道歉解释一下……你干吗用这种眼神看我？”

谢淮炽热的目光落在她脸上：“板寸昨天是不是又和你搭讪了？”

他口中的“板寸”是男生连队的军训教官，年龄不大，留着板寸，长得阳刚周正。板寸从军训第一天起就时不时来棚子下休息，免训的女生不少，他却只找夏夏说话，虽不是什么暧昧的聊天，但明眼人也能看出他对夏夏有些意思。前天夏夏刚把奶茶抱回来，他就过去买了十杯，请连队的兄弟一人一杯。

“……那不叫搭讪，他只是问我哪个奶茶好喝。”

“问你这些需要加微信吗？”谢淮盯着夏夏，“他对你有意思，你去找他请假。”

夏夏：“我为什么要找他请假？”

谢淮：“你就说高原反应头晕需要去校医院，我送你过去，这样我就可以名正言顺地离开了。”

“谢淮，咱俩的工作协议里没有包含装病这一项吧？”夏夏认真地看着他，“我没病，如果装病有用的话，你自己怎么不装？”

“因为我是男人。”谢淮理所当然地说，“我装病，他会怜惜我吗？”

夏夏无言。这时板寸整好队伍朝这边望了望，谢淮眯起眼睛：“你装不装？”

他对她说话一贯简洁，即便有求于人，语气依然跩跩的，夏夏有些不开心：“你能不能对我态度好点？你和那些小姑娘不是笑得挺开心吗？怎么一跟我说话就臭着张脸。”

谢淮对她这态度不是一天两天，夏夏原本已经习惯了，可这几天待在他身边，看他和来买奶茶的女生温声细语，有的女生明目张胆来撩他也不恼，从头到尾脸上都挂着阳光温柔的笑，夏夏就有点不是滋味了。倒不是出于嫉妒或吃醋，她寻思着自己扮猪吃老虎装傻白甜这招并非十全十美，因为她不仅没吃到老虎，似乎还真被谢淮当成了猪，让他以为她天生就是个温顺没脾气的。

她越想越委屈，越想越较真。谢淮如果好好对她讲话，撒个娇卖个萌或者拿出有求于人的态度，她一定会帮她，可他用这种态度说话，夏夏就有点逆反了。

因为生理期，小腹一阵接一阵地绞痛，她说话不由得带了点刺：“问你话呢！你是不是对我有意见？”

她说完发现自己问的是句废话，谢淮何止是对她有意见，他对她的意见大了。

谢淮却说："没有。"他淡淡解释，"我态度好是因为她们是我的顾客，你是我的什么？"

你是我的什么？他这样问，夏夏愣了愣。

不等她细想自己是谢淮的什么，谢淮毫不客气地开口："你是我的债奴，我是你的债主，该态度好的人是你。"

夏夏："……"

板寸见夏夏在和谢淮吵架，走过来调解。

谢淮眉头拧了拧："我再问最后一遍，你装还是不装？"

夏夏一阵烦躁，火气上来，语气强硬："都说了不装，你耳朵聋吗？"

谢淮眼眸平静，意味深长地看着她，夏夏看不懂他目光里的情绪，本能地觉得他是在生气。小腹又开始翻江倒海，直冲脑门的疼痛让她一阵烦躁，神志也跟着不清醒了。她毫不畏惧地回视，心想生气就生气吧，大不了她不干了，钱也不要了，再打一架把铺盖卷一卷还给他两不相欠算了。

板寸："都是同学，有什么事情不能坐下来好好谈，非要吵架？"

谢淮把目光从夏夏身上挪开，落到面前的教官身上。

板寸："问你话呢，吵什么？"

谢淮一言不发，他垂着眼睫静静思索。三秒后，后退一步，拉开和教官的距离，而后就势朝地下一滚，捂着小腿夸张地哀号："我腿疼……

"腿要断了，啊……

"让夏夏扶我去校医院，我要不行了，救命啊，啊啊啊……"

夏夏："……？"

谢淮在南大第一次装病就遭遇了灾难性的滑铁卢。

办公室窗外的花坛里种着青葱的冬青，葱郁如盖的顶刚被园丁修剪平整，两侧是已过了花期的玉兰，在午后暴晒的日头下招摇着。

慵懒的午后无事可做，伊美贤坐在窗边办公桌前悠闲地喝茶，会客沙发上坐了几个高年级的学生陪她聊天。她刚从操场把夏夏和谢淮拎过来，脸被南城的阳光晒出一层薄汗，伸手拿过桌上柔软的手帕纸擦了擦额头。

“景州，给我接杯热水。”她把杯子递给姜景州，无所事事地掏出手机刷微博。

姜景州是学生会干部，没事就出入辅导员办公室和她聊天打游戏。

伊美贤三十出头，结婚不久，身上兼有少女的慵懒和少妇的媚态，她将冒着热气的茶杯放在桌上，猫一样圆溜的眼盯着杯里漂浮的普洱茶叶，神情散漫：“我最近收到同学举报，说你们军训期间在训练场卖奶茶，扰乱训练秩序。”伊美贤看着谢淮问，“你做没做？”

谢淮神色不变：“奶茶卖了，秩序没影响，我只有休息时间才卖。”

伊美贤：“学校批你假是让你养伤的，你跑来跑去这么有精力还免训做什么？我看你明天直接恢复军训吧。”

谢淮没应声，弯腰把裤腿卷到膝盖以上，露出青紫色的膝盖。

伊美贤皱眉：“你什么意思？”

谢淮言简意赅：“热。”

伊美贤把茶杯朝桌上一磕，指着他：“我在跟你说话，你态度给我端正一点。”

“伊老师，这墙角太阳晒着，我是真的热。”谢淮痞笑，“我态度没不端正，我承认我卖奶茶了，也说没影响训练，我寻思着也没有哪条校规规定那片地不准卖东西，要是有您找出来给我看看，我保证明天就收摊走人。”

他侧头看了眼站在旁边的夏夏，她从进来起就没说话，晌午的日头正照在她脸上，她不舒服地眯着眼，头上渗出细密的汗。

“东西是我卖的，夏夏就是个喽啰，您放她走吧，罚我一个人站就行了。”

伊美贤没理谢淮的话，抿了口茶又接着训话。她说谢淮错，谢淮就该是错，结果他不仅不认错还顶嘴反驳，这是错上加错。

谢淮掏了掏耳朵，打断她说话：“伊老师。”他吊儿郎当地倚着墙，手插在裤兜里，日光落在脸上，映下一块白色的光斑。他挪开眼，躲开刺目的光线，“我说这不关夏夏的事，您没看见她脸都白了吗？”

夏夏原本肤色就白，此刻被阳光一晒竟显得有几分透明，透着病恹恹的虚弱。谢淮不知道她痛经，只以为她是被晒的。

这时伊美贤的手机响了，她离开办公室出去接电话。

谢淮推了推夏夏：“你去沙发坐一会儿。”

夏夏不动，他又看向坐在办公桌前玩电脑的姜景州：“景州，帮个忙。”

姜景州不抬头：“少爷跟我那么见外，还需要找我帮忙？”他指的是之前谢淮让夏夏还他七十块钱的事。

谢淮笑了笑，跟他扯皮：“你不帮我，我就混不下去了。”

“不就四十杯奶茶吗？”姜景州淡淡道，“回头把钱退了不就行了？但你这种铁公鸡估计舍不得。”

“倒不是钱的问题。”谢淮说，“今天气温三十度，有人从我这儿订了奶茶后就没带水杯，我不去他们喝什么？我到了时间东西送不到这是信誉问题，明白吗？你到底帮是不帮？”

姜景州关上电脑：“东西在哪儿？”

谢淮把赵一雷的号码给他，姜景州转身出门。

谢淮的心放下了，又觉得有些乏味，他问夏夏：“我刚刚演技很差吗？那板寸竟然不信，还给伊美贤打电话。”

夏夏声音很细，呼吸间一抽一抽的：“特别差。”

谢淮挑眉：“让你装你又不装，不然你来给我演示一下什么叫精湛的演技？”

夏夏没说话。

伊美贤接完电话进来，谢淮还是一副嬉皮笑脸的模样。她恶狠狠地瞪他一眼，从两人身旁经过时，谢淮用手肘推了推夏夏，调侃她：“演一个我看看？”

夏夏捂着肚子跪在了地上，伊美贤吓了一跳。夏夏不出声也不喊疼，额角的汗珠滴答滴答落到地砖上，她佝偻着脊背，手死死地压着小腹。

谢淮蹲下推了推她：“夏夏？”

他偷偷瞥了眼伊美贤，压低声音：“点到为止就行了，你还真装啊？”

夏夏身体一歪，直接晕了过去。

“夏夏，起来了。”

蒙眬间，夏夏感觉有人压着她毛茸茸的头发胡乱地揉，她睁开眼，看见平嘉澎穿着白色校服衬衫站在床头。医务室消毒水的味道刺鼻，平嘉澎拉开天蓝色的窗帘，让外面柔和的光线照进来。

他坐在床边拉住她的手：“你每次例假都这么疼，还偏偏每个月准时来，高考的时候可怎么办？”

夏夏的脸色苍白得像张纸：“老师说有种药吃了可以拖延几天。”

“那你记得去买。”平嘉澎侧脸蹭着她的手心撒娇，“看你难受我也心疼。”

夏夏看着他。

平嘉澎：“干吗用这种眼神看我，我脸上有东西吗？”

夏夏挪开目光，轻声说：“你怎么像个孩子一样。”

她原本以为这是梦，却又不像梦，梦中的场景清晰而真实，阳光灿烂乖张，透过窗户倾泻进来，她垂下眼就可以看到平嘉澎细腻的皮肤和棕黑色的发丝。

他说是来医务室照顾她，却枕着她的手臂睡着了。少年眼圈乌黑，昨晚肯定又打游戏到半夜，在课堂上是睡不好的，地理老师总会拿粉笔头砸向教室最后一排打瞌睡的男生，然后叫起来罚站。

眼前的场景倏然破碎，模糊之中，夏夏听到有人叫她的名字，她想醒过来，身上却像被什么东西沉沉地压着，怎么挣扎都摆脱不了。

床边的人离开了，没过多久去而复返，一股香喷喷的炸鸡味飘进夏夏的鼻子里，她眼皮子动了动，醒了。

这里是南大校医院，不是常市八中的医务室，她面前的人也不是平嘉澎，是捧着炸鸡盒，手伸在她鼻子前的谢淮。

谢淮没想到夏夏叫不醒也推不醒，竟然被一盒炸鸡的味道唤醒了。短暂的愣神后，他把饭盒放在床头的柜面上：“医生说你低血糖，你先把饭吃了，我去买水。”

夏夏手背吊着针，她撑着床板坐起来，拿过谢淮买的饭。那盒饭是便当式的外卖，底下一层米饭，上面盖着洋芋丝、西兰花和藕片，旁边的小格放着卤肉和鸡块，喷香扑鼻。

夏夏朝门外瞥了一眼，从她醒过来到谢准出去不过几十秒的时间。他没有去买水，而是在走廊上玩手机。他以为自己站得足够远，可身影早已透过玻璃映在夏夏眼里。

夏夏知道他只是找个借口出去而已，一个女孩子因为没钱吃饭在经期低血糖晕倒，他如果在屋里看着，她根本吃不下去。夏夏记不清自己多少天没好好吃饭了，每天只吃一个素馅包子，还要顶着南城的烈日在操场上陪训，晕倒是迟早的事。

她用筷子拨了拨饭盒里的肉，想到刚刚那清晰的梦，又想起了平嘉澎。对年少时的她而言，平嘉澎是春天树顶新绿的一抹芽，是冬日掌心飘下的第一片雪花，仅仅只是远观便可窥见些许无法言说的美好，撷下放进嘴里尝，是直沁心脾的甜。优渥的家境，出色的相貌，他干干净净，英俊清朗，像小王子一样。没有人能拒绝平嘉澎的喜欢，哪怕那喜欢幼稚自私，横冲直撞。

夏夏那时不过十六岁，是稚嫩单纯爱做梦的年纪，许多个不足为外人道的夜晚，她梦里也出现过叫不出名字的风景，有无垠的花海，有极地的冰川，有天上飘的热气球和地上矗立的古堡。她梦见过南瓜马车，也梦见过灰姑娘的水晶鞋。

那些琐碎却繁华的景色在梦里十分清晰，仿佛触手可及。她想朝前走，脚下泥里钻出的藤蔓却缠住她的脚腕，将她拉回那一方狭窄的天地里。

平嘉澎之于夏夏，是望不到边际的迷雾中央盛开的一朵花，他走过她没走过的地方，见过她没见过的风景。他长相俊美，儒雅温润，因此当男孩面红耳赤地站在她面前倾诉喜欢时，夏夏想也没想就答应了。

那时的女孩被爱情冲昏了头脑，以为只要相爱就可以无惧前路的艰险与坑洼。她摘下那朵花小心翼翼地揣入怀里时，甚至还没做好被四周蜂蝶蛰身，被花茎上的尖刺扎手的准备。

医院是夏夏一个人去的。高三最后一个学期，每周只放半天假，周末中午放学后，平嘉澎和几个朋友约好去网吧，夏夏便自己去了医院。吴丽常年生病，这地方她不知来了多少遍，挂号门诊的程序早已驾轻就熟。

医生得知她的来意，给她开了一瓶黄体酮，告诉她提前一周服用可以推迟例假。夏夏出了诊室却没有下楼买药，单据上的灰色铅字颜色浅浅的，在她眼里却刺目难当。八十块一瓶药，对别人而言不过是一件T恤、一顿快餐、一场两小时的K歌，对于夏夏而言，却是整整一个月的饭钱。

吴丽生病不能出门工作，承包了家里洗衣做饭所有的杂活，她买菜的钱都要从魏金海手里拿，一星期一百块是一家三口全部的口粮费，餐桌上成日白菜土豆炖一块钱一大把的劣质粉条，好几天才能见一顿荤腥。

魏金海为人精打细算，他有一个小本子，上面记着从吴丽嫁过来后他在夏夏身上的全部花销。本子不厚，整整十年却连十分之一都没记上。

夏夏在学校的饭钱一个月一百块，多了没有，至于衣服鞋子，那不是魏金海过问的范畴，在她的记忆里，自己身上穿的全是吴丽从楼上有女儿的邻居家里淘来的旧衣服。

吴丽拿不出一分钱，夏夏只能从少得可怜的饭钱里攒。她从前用饭盒从家里带午饭到学校吃，晚饭吃食堂，这样才能保证一百块够花。考前最后一个月，为了攒钱买药，她开始不吃晚饭。

她没有去问魏金海要钱，魏金海每月给饭钱时都要对她甩脸色，嘲讽女孩读书无用还不如休学打工，他巴不得夏夏高考失利，这样就可以尽早嫁人补贴家里。

他不会给她钱。

夏夏说自己要减肥，以后不吃晚饭了。平嘉澎知道后沮丧地抱着她撒娇："午饭就不陪我吃，现在你连晚饭都不陪我了。"

夏夏的脸臊得发红，八十块对平嘉澎而言不过是一晚的网费，但她就是开不了口。

她知道学校里女生们传的闲话："夏夏和平嘉澎在一起就是攀上了高枝，她早晚得原形毕露，等着看吧。"

夏夏表面装作不知道，却把这些话全都记进了心里。她敏感而局促，小心翼翼地维护着一个女孩在心爱的男孩面前的自尊。

她可以帮人代写作业到凌晨，可以一周不吃晚饭，偷偷攒下几十块钱，只为周末和平嘉澎出去逛街时能眼睛不眨地吃上一顿肯德基、看上一场电影，或是买下一杯学校女生天天都在喝的奶茶。她蹑手蹑脚，藏起了窘迫，藏起了贫穷，所有人都说她是为了钱才和平嘉澎在一起，她知道自己不是。

她是喜欢平嘉澎的。他没吃过苦，没受过穷，他光彩照人，自信优雅，那是富养才能培养出的气质，也是夏夏触不可及的东西。

平嘉澎从不过问她的事情，他总是那样温柔，温柔到夏夏时常感到无力。在他的生活里似乎永远没有烦恼，也不需要操劳，他无法体会夏夏那些细枝末节的微妙情绪，也从不知晓她心里的惊涛骇浪。

那天之后，平嘉澎照常晚自习逃课去上网，夏夏不陪他吃晚饭，他就在网吧里订外卖，吃完继续打游戏。

高考前一周，夏夏攒够了钱，在去医院买药的前一晚，吴丽洗衣服时路过客厅，那八十块钱从夏夏的校服口袋里掉了出来。

魏金海正把脚搭在茶几上看电视，眼尖地瞥到地上的钱。

夏夏对上他常年抽烟熬夜满是红血丝的眼睛，低声解释："我怕高考来例假，想吃药推迟，这钱是我攒的，我没拿你的钱。"

魏金海捡起钱，揣进自己裤兜："你就知道高考时一定来例假？准备得倒是挺精细，可老子辛辛苦苦赚的钱不是给你拿去浪费的。"

他嗤道："到底是女的，成绩好有什么用，最后还不是得嫁人？你也别指望我供你读大学，毕业以后你就去打工，还老子这些年养你的钱。"

夏夏垂着眼睛，没有说话。

例假是高考第二天早上来的，夏夏中午回家休息时小腹已经很难受了。那天魏金海轮休，刚从楼下打了两瓶高粱酒回来，夏夏坐在沙发上脸色惨白。

魏金海要去午睡，夏夏叫住他："爸，能不能借我五十块钱？我想去买止痛片。"

家里有吴丽吃的几块钱一包的便宜止痛片，夏夏吃了很多年，已经对那药性免疫了，以她痛经的程度，吃最好的止痛片也只能稍稍缓解而已。

魏金海把高粱酒放下，从冰箱里掏出一包红枣和一包山楂来。

“什么止痛片要五十块钱？骗钱骗到我头上来了。”他冷笑，“你也不用吃药，前几天楼下老头教了我一个止痛的土方，他一个糟老头子都能吃，你是年轻人体格壮，照这方子吃准没问题。”

他把红枣山楂混着几味叫不出来的中药熬了一锅酸汤，推到夏夏面前：“吃红补红，喝这个刚好补补，顺便止痛。”

夏夏虚弱地说：“这方子就是糊弄人的，我喝这个没用……”

“夏夏长大了。”魏金海阴阳怪气的，“我给的东西都不喝，看不起我了是吧？”

夏夏不想和他抬杠，以往许多次的经验告诉她，这种时候不能和魏金海对着干。他是极度的大男子主义，控制欲很强，最讨厌无法掌握的东西，可偏偏一生浑浑噩噩，唯一能掌控的就是吴丽和夏夏这两个仰仗他生活的女人。所以一旦她们稍有不听话，或是不能让他满意，轻则摔锅碗瓢盆，重则抡耳光骂人。

夏夏被他逼着喝掉了一大碗酸掉牙的山楂水，怕他再纠缠，拿起书包就出门了。她在去考场的路上给平嘉澎打了电话，让他一会儿去药店给她买一盒止痛片。

在一起两年，她第一次开口和他要东西，电话那头键盘声噼里啪啦的，平嘉澎心不在焉地应了两声就挂了电话。

午休时间考场不准进，夏夏坐在楼下的花坛边背英语作文，小腹一阵难耐的绞痛，让她的注意力怎么也不能集中。

平嘉澎在开考前二十分钟才赶回来，周围的学生已经进了考场，只有夏夏还在外面等他，他一身网吧里沾染的烟味，熏得夏夏眼睛难受。

她问：“药买了吗？”

平嘉澎说：“忘了。”

夏夏静了好一会儿，抬眼凝视他：“你除了打游戏还会干什么？”

平嘉澎刚刚输了游戏，心情本来就烦躁，听她语气不好，自己的火气也上来了：“你怪我？我提醒过你提前吃药你不吃，你从家过来那么多药店自己不买药让我给你买？夏夏，你什么时候学会和我要东西了？”

夏夏站在六月正午的烈日之下，燥热的风拂过耳侧被汗水浸得湿透的碎发，她什么也没说，只是沉默地站着。

在刚才的某一瞬间，她忽然明白了一些事情。

学校的风言风语都传进她的耳朵了，平嘉澎不可能不知道，他嘴上不说，但一定也曾经在哪里听过那些闲言碎语。

夏夏和平嘉澎在一起是为了钱——如果没听过那些话，心里没有过疑虑，刚才那句话他不可能张口就来。

夏夏平静地问：“你是真的忘记了，还是故意的？”

平嘉澎赌气地说：“我就是故意的，行了吧？”

监考老师在门口催了三遍，夏夏转身进了考场。

平嘉澎和她在一个考场，刚和她闹了别扭，心情差到极点，他冷着一张英俊的脸，发了通少爷脾气，把书包扔在门外摔得震天响。

夏夏没有心思管他，试卷发下来时她已经开始冒冷汗，胃里翻涌着喝下去的酸水，眼前眩晕不止。那是一种无法形容的痛楚，比平日痛得更厉害，仿佛有双手插进下腹给她开膛破肚，又像有一万辆推土机寸寸碾过去。

夏夏趴了一会儿，监考老师来询问她的情况，她摇摇头，直起身继续做题。

考试进行到一半，夏夏撑不住了。

监考老师联系了救护车，她半是清醒半是迷糊，痛得神志不清。耳边一阵嘈杂，她听见担架抬进来的声音，听见监考老师让考生安静的声音，听见急匆匆的脚步声，听见巡考官训斥着让人坐下的声音。

她费力地睁开眼睛，看到担架旁平嘉澎的脸。高考的最后一天下午，平嘉澎扔下做了一半的英语卷子，跟在医护人员身后跑出了考场。

谢淮把夏夏落在操场的保温杯拿回来了，保温杯很旧，白色瓶身上的卡通印花已经磨得看不出来了。

杯里的水带着甜味，夏夏看了眼谢淮：“红糖？”

“买的。”谢淮坐在窗台上，倚着背后的玻璃。他说话时表情很淡，手指不安分地戳着窗台上绿萝的叶子。

夏夏咕嘟咕嘟喝了大半杯：“超市那么远，费劲，下次别买了。”

谢淮从窗台上下来，他靠近病床，打量着夏夏：“淮哥向来收钱送货，第一次替人跑腿分文不收，你还不领情，真不知好歹。”

他从钱夹里掏出两百块钱递给她：“这是你这几天的工钱。”

夏夏没接，与他对视时眉眼清明澄澈：“多了。”

她这几天的报酬算起来不过一百块，谢淮却给了她两百。她不用想也知道他是出于什么心理多给她这一百块钱，无非是看她食不果腹穷得可怜，但这钱她不能要。

“不多。”谢淮说，“再好好算算。”

“多了。”夏夏语气略重，带着强调的意味，“谢淮，你不用这样，我们说好的。”

她从里面抽出张一百块，又从兜里掏出二十块算作外卖钱一起递给他。谢淮站在床边，觉得这场景颇为眼熟。同样密闭的房间，同样的两人，同样的床，同样的站位，以及同样递钱的姿势。

他玩味地笑：“你的钱我还敢接吗？没准下一秒警察就冲进来把我带走了。”

夏夏吃过饭喝了热水，苍白的小脸慢慢有了丝红润，她手腕白而瘦削，明明看上去柔弱又纤细，动作里却透着股倔强的劲儿。

微风穿过窗缝渗进来，卷挟着刚洒水后草坪上的青草香味，以及阳光晒过沥青路面的油渍味。远处天空的底色是澄澈的深蓝，缀着厚积的云层，映在透明的玻璃窗上。

夏夏：“谢淮，我没开玩笑。我是没钱，可现在的世道赚钱也不难，军训后我会去找兼职，要你的钱算怎么回事？”

谢淮：“你是个姑娘，之前说我聋的事我不跟你计较，怎么，现在都敢连名带姓称呼我了？”

他看她的眼神带着思量，仿佛能看破她柔弱外表下张扬的伪装似的。夏夏怔了怔，连忙改口：“淮哥。”

她低眉顺眼，声音软糯。

谢淮看着她，问："你来读书，家里人没给你生活费？"

夏夏维持着递钱的姿势，没作声。谢淮没有再问，他接过钱，把一百块收了，外卖钱抽出来放回桌角："赵一雷和姜景州说我抠，你听听就过，别太当真。我就算再抠，也不至于和一个女孩要饭钱。"

"我不白让你叫我一声哥。"他弯腰，平静地拎起夏夏吃完的饭盒，走到门口时回头看她，"奶茶不能卖了，等你休息好，继续给淮哥打工吧。"

傍晚祝子瑜来了，身后跟着赵珊琪和蔡芸。三人明显是分成两拨，祝子瑜进门后也不说话，直接坐到窗边玩手机。

倒是赵珊琪关切地凑了过来："夏夏你没事吧？我听说你晕倒了特别担心你，一下午都没心思军训呢。"

蔡芸笑着说："是啊，我俩连晚饭都没吃就跑过来了。"

自从选完临时班长，蔡芸忽然对夏夏热络起来，有零食也会问她吃不吃，早晨会叫她一起去训练场，夏夏也没再听过她背后说闲话，偶尔几次还见她来谢淮摊上买奶茶。既然她转变了态度，夏夏也就当做什么事都没发生过，笑嘻嘻地和她聊天。

就这么聊了一会儿有的没的，赵珊琪忽然问："谢淮不在吗？我听说是他送你过来的。"

夏夏说："他走了。"

赵珊琪神色有些遗憾："……走了啊。"

赵珊琪又和夏夏聊了一会儿，就被蔡芸拉去上厕所了。祝子瑜的眼睛这才从手机上离开，语气不善："你和蔡芸有什么好聊的？"

"关你什么事啊？"夏夏淡淡道。

那晚烧烤以后，祝子瑜对公交车上的事绝口不提，那是两人之间心照不宣的小秘密。祝子瑜时常和她聊些八卦，夏夏安静听着，偶尔回应，更多的时候是沉默。可哪怕她不说话，祝子瑜也像会读心术一样知道她心里在想什么。那仿佛是天生的灵魂契合，性子相投，反正祝子瑜知道她是个什么样的人，夏夏索性也不跟她装。

祝子瑜跷着腿："不关我事啊，关你的事行不行？谢淮卖奶茶的消息就是蔡芸透露给伊美贤的，你不知道？”

夏夏看着她那张美艳的面孔上露出嘚瑟的表情，悠悠道：“祝子瑜，你可真是表里如一的坏，光听你跟我说了一堆蔡芸的坏话，从来没见你拿出过证据，撺掇我跟蔡芸翻脸对你有什么好处？”

“你别说，我这次还真有证据。”祝子瑜在手机里翻找，然后放出一个音频。

蔡芸的声音传出来：“不是谢淮自己，是夏夏跟谢淮两个人，好多同学都被他们影响了……”

夏夏：“……”

祝子瑜遗憾地说：“我也不想像个变态一样偷听她打电话，可上午去厕所，她就在我隔间打小报告，她跟伊美贤强调了三次不是谢淮一个人干的，你是谢淮销售网络中的骨干成员，那我能忍吗？当然是要录下来告诉你。”

夏夏揉了揉太阳穴：“她最近不在背后说坏话，我还以为她转性了呢。”

祝子瑜嗤道：“她对你好是怕你军训后竞选班长，但能在老师面前抹黑你的事她为什么不做？这样就算到时候你跟她竞争，辅导员心里也不待见你。”

夏夏瞥她：“你看得倒是挺通透，当初是谁非要让我做班长的？”

祝子瑜厚着脸皮：“我是为你好。”

“可别了。”夏夏说，“你为不为我好不知道，硌硬蔡芸倒是肯定的，你不就想看她出糗吗？”

祝子瑜过去牵住她的手摩挲，腻歪地笑着：“夏夏，不要犹豫，拿出你在公交车上整治那咸猪手的气势。你如果要撕蔡芸，我绝对帮你，这事她做得太缺德，搞你就算了，还连谢淮一起搞了，这关人家什么事啊？”

夏夏半天没吭声，许久后，她开口：“你去给我找个苹果。”

祝子瑜愣了：“这鸟不拉屎的校医院，我上哪儿给你找苹果？”

夏夏用黑亮的眸子盯着她：“我不管，你现在就去。”

祝子瑜只得起身出去，两分钟后从隔壁病房水果篮里抢了个红苹果回来。她前脚进门，赵珊琪和蔡芸后脚就从厕所回来了。

蔡芸一脸亲昵的笑："晚上还有事，我和珊琪就先走了。"

夏夏又恢复了安静柔弱的样子，因为虚弱而苍白的一张脸看上去楚楚可怜。

"蔡芸。"她细声细气地叫，"等等。"

她拉过蔡芸的手，将苹果放在她掌心："把这个带走。"

蔡芸和赵珊琪对视一眼："只给我？珊琪没有？"

夏夏笑着看她。

"我不要。"

蔡芸要把苹果放回去，手腕却被夏夏钳住。

夏夏的手很小，白白软软指骨纤细，手背上的血管泛着浅浅的青色。可她力气很大，蔡芸本能地想甩开，却讶异于女孩手上惊人的力道，脱不出去半分。

她对上夏夏的眼。

女孩明明在笑，眼里却透出一股说不清道不明的光，光该是温暖的东西，可从她弯弯的眉眼之中映出来，却看得她手心冒汗。

蔡芸没来由的一阵紧张，她不懂夏夏想做什么，声音低了低："夏夏，我现在不想吃苹果。"

女孩松开手，靠着床头松软的被子，笑吟吟地看着蔡芸："那你拿去扔了吧。"

奶茶生意被伊美贤搅黄的第二天，谢淮开始送外卖。

南大今年换了校长，新官上任三把火，一就职就整顿校风。外卖是青春的坟墓，新校长厌恶懒惰和颓废，连带着也厌恶外卖。

平台的外卖员都穿统一的制服，进校门就会被门卫拦住，商家自己配送也会因为年龄着装看起来不像大学生而被堵在门口检查证件。

宿舍楼离校门距离不近，有走到校门口拿外卖的时间都可以去食堂吃完饭再回去了，于是开学一个多星期，食堂生意日渐兴隆，校外小店却无人问津，无论是学生还是商家都怨声载道。

谢淮却聪明地抓住了规则的漏洞。校规只说不准外卖平台和商家的骑手进学校，没说本校学生不可以进校送外卖。他卖奶茶时建起的微信群是极大的客户群体，在他决定送外卖的第一天，群里就炸锅了。

谢淮不做学生和店家之间的骑手，大学城餐饮店太多了，他只有一个人，平时还要军训，按照学生的需求挨家店采购，赚得少也跑不过来。

所以他只做中间商统一代为采购。

谢淮在大学城附近精挑细选了几家味美价廉的快餐店，每餐只送一种饭。他会在前一天晚上把明天送什么提前发到微信群，想吃的人就在群里下单预订，而后他与店家联系，等第二天做好后直接去店里将饭装进保温箱用电动车载回来。

南大的宿舍管理相当松懈，宿舍楼可以随便进，不管男女，谢淮一律把饭送到寝室门口，比外卖骑手还要方便。每份订单他会收取四元的配送费，至于商家那边的返利夏夏不知道，也没有问。

祝子瑜昨晚在群里订了一份烤肉饭，刚过中午就饿了，忍不住问："夏夏，谢淮什么时候过来啊？"

夏夏的午饭从开学以来就没变过，她捧着一个素馅包子坐在桌前啃，淡淡道："快了吧。"

祝子瑜咂巴着嘴，言语里颇有些欣赏："谢淮也算是有商业头脑了，虽然他一顿只能接五十单，但五十单也是两百块钱啊。这中午晚上各一顿，一天就是四百块钱，我可太眼红了，要不咱俩也学他送外卖赚钱吧。"

夏夏慢悠悠地吃下最后一口包子："你觉得他赚钱那么容易吗？"

"容易啊。"祝子瑜说，"你看谢淮，他辛苦吗？他一点都不辛苦。"

"不就跑上跑下送外卖吗？我也可以啊，就当减肥了。"

"你说的这些只是你看到的，还有你没看到的呢。"夏夏说，"你想送外卖，你会骑电动车吗？你能和店家搞好关系让他们尽快给你做饭，每盒饭给你返利吗？你能让门卫通融放你进学校送餐吗？"

"最关键的是……"夏夏吃完包子，拿纸擦了擦嘴巴，"你为什么觉得谢淮不辛苦？"

"南城太阳这么毒，骑着电动车到处跑你能不擦防晒霜吗？按照你的习惯，一定得涂遍全身用到空瓶才算完，你的防晒霜三百多一瓶，送一天外卖也就赚回个买防晒霜的钱。"

祝子瑜：“……”

夏夏不是打击祝子瑜，她是打心眼里觉得谢淮辛苦。

前天晚上她去大学城的步行街上转了转，想试试找份兼职。夜晚的步行街灯火通明，蚊虫萦绕在桌椅和垃圾桶间，她漫无目的地走着，恰好在灯火阑珊的街角看到了谢淮，那时谢淮正坐在烤肉店外的塑料桌椅前，嬉皮笑脸地和老板搭讪。

他那张扬桀骜的少年面孔顶着烤肉炉子里滋出来的油腻的烟，虽然赔着笑脸打哈哈，却坦然真诚，丝毫不见卑微。

那晚夏夏一无所获，走回校门时又看见了他。谢淮蹲在保安室门口有一搭没一搭地和保安聊天说笑，保安抽着他递过去的烟，嘴里吐出层层叠叠的白色烟圈。谢淮已经坐了很久了，他不抽烟，手里捏着罐可乐，漫不经心地和夏夏打了个招呼。

“……你复制不了谢淮，就算你能吃苦，客源哪里来？你想送外卖，先去建个几百人的微信群我看看。”夏夏毫不留情地戳碎祝子瑜的梦，“别说你，整个南大都找不出第二个了。”

祝子瑜眨眨眼：“你不是在帮谢淮记订单吗？我们把他的客户抢走吧。”

夏夏瞪她：“别开玩笑。”

那天她晕倒后，谢淮让她帮忙记群里的订单。谁订了几份饭、住哪栋宿舍哪个楼层，事无巨细，通通要写在纸上交给他。

他每天给她二十块，但这点工作量远远不值二十块钱。谢淮或许是看她可怜，或许是因为无聊，或许是大发善心，夏夏没有去问，也不会傻兮兮地拒绝赚钱的机会。她嘴上不说，心里却什么都明白。

谢淮帮了她，不管出于什么目的，帮了就是帮了。

宿舍门敞着，谢淮站在门口象征性地敲门：“谁的饭？”

祝子瑜饿到眼冒金星，连忙举手：“我的。”

谢淮今天穿了件黑色背心，衬着少年人宽肩窄腰的瘦削体态，他瘦而不弱，赤着的两臂上隐隐有微凸的肌肉。顶着正午的高温上上下下爬了十几趟楼梯，他胸前的布料被汗浸透，两边鬓角也全是汗水，顺着脸侧淌到脖子里。

一眼看上去，性感得要命。

谢淮把外卖交给祝子瑜，走到夏夏跟前："给口水喝。"

夏夏把自己的杯子拿给他。

谢淮几口喝得杯底见空，抹了抹唇角的水珠："我对嘴了，自己洗洗吧。"

夏夏说："不用。"她低头看了看他的膝盖，"你的腿好些了吗？"

谢淮唔了一声："还有点疼，不过没事。"

他刚要出门，赵珊琪喊了一句："等等。"

她清秀的脸颊微微泛红，把垃圾桶里的垃圾拎出来系好："谢淮，你能顺便帮我把垃圾带下去吗？"

谢淮看了她一眼，觉得她有些莫名其妙，但还是伸手将垃圾接了过去。

蔡芸也跟着凑热闹，朝垃圾袋里扔了一个苹果核："也帮我丢了吧，谢谢啊。"

谢淮没说什么，他出门后，蔡芸朝赵珊琪笑笑："我就说他肯定会帮你扔的。"

她语气里有几分不屑："他一开学就卖这卖那的明显是缺钱用啊，还整天穿那么贵的鞋子到处装×，谁知道是不是假的？你跟他说话他恨不得巴结死你，帮你舔脚都愿意，提个垃圾算什么……"

夏夏听着蔡芸粗俗的话，心里没来由的一阵厌恶，开口打断她："蔡芸你会不会说话？谢淮帮忙是好意……"她还没来得及说出后半句，宿舍敞开的门板就被人重重叩了三下。她回过头，看到离开的谢淮去而复返。

他站在门外，手里拎着赵珊琪的垃圾，神色出奇的平静："我能进来吗？"

祝子瑜看热闹不怕事大："进啊，快进来。"

谢淮进门，笔直地朝赵珊琪走过去。

赵珊琪垂着眼睛不敢看他，脸又红了。谢淮站在她面前，就当赵珊琪以为他要开口说话时，他弯腰把她的垃圾袋塞回到垃圾桶里。

他表情很淡，既没有发怒，也没有被人侮辱后的羞愤，修长的手指慢悠悠地解开赵珊琪垃圾袋的系扣，从里面捏出蔡芸扔进去的半个果核，在蔡芸一脸呆滞的表情中，手一甩直接将果核扔回到她的桌上。

谢淮卷起背心的下摆擦了擦手上沾的汁水。

他做完这一切，走到夏夏跟前，慢条斯理地拎起夏夏才装得半满的垃圾袋，扭头朝蔡芸咧出一个阳光少年般温柔的微笑：“夏夏是我小弟，帮她扔垃圾我乐意。”

随即唇角上挑，拉出一个嘲讽的弧度：“可你他妈算个什么东西啊？”

夜。

明月悬空，云层淡薄，是个好天气。

白天顶着烈日军训了一整天，晚上两个连队集合在一起办拉歌会。军训的拉歌会无非是唱唱军歌、打打军体拳，再由想展示才艺的同学上台表演特长。

夏夏对这些节目不感兴趣，她坐在人群中，兴味索然地翻着手机上的群消息，时不时在班级群里冒个泡。祝子瑜也在玩手机，见群里总有男生没话找话和夏夏聊天，觉得奇怪。她放下手机，疑惑地打量夏夏：“你以前从来不在班级群里说话的，最近这是怎么了？”

夏夏也不辩驳，只是软绵绵地说：“总要认识新同学嘛。”

正说着，耳畔忽然响起一阵起哄声。

夏夏好奇地转脸看去，上一个同学表演完节目，蔡芸上去了。

蔡芸是第一个上台的女生，她唱了首情歌，温柔的嗓音加清秀的长相，一首歌唱完，一堆男生在下面叫好。蔡芸虽然看起来波澜不惊，唇角却控制不住地上扬。

祝子瑜不屑：“叫什么叫啊，像没见过世面似的，就她那尖得能戳破耳膜的嗓子，至于这么起哄吗？还是说这些男的就喜欢这种温柔清纯的调调啊？假死了。”

“喜欢温柔清纯的吗？”夏夏歪着脑袋想了想，“不见得吧。”

晚会临近散场，主持的教官问还有没有人要表演节目。

夏夏眼珠狡黠地转了转，把手机朝祝子瑜手里一塞，起身理了理军训服的领子，朝教官笑笑：“教官，我也想表演节目。”

夏夏平日里很低调，但在任何一个地方，拥有一副好皮囊的人都不可能真正低调下去。早在她帮谢淮卖奶茶的时候，有些事情就初见端倪。谢淮最初设想奶茶的消费群体是女生，但因为夏夏在旁边帮忙，来买奶茶的男生也不在少数。

夏夏长了一张吸引男人的脸。

如果说祝子瑜是那种让男人垂涎三尺，想抱在怀里做一些不可言说的事情的漂亮，那么夏夏应该是男人心中初恋情人的长相，让人想要捧在手心里呵护着，不忍心看她受到委屈。

夏夏笑吟吟地问道："教官，我可以吗？"

主持拉歌会的教官是那个对她有好感的板寸，他笑笑："当然可以，你要表演什么？"

夏夏没回答，她走到音箱旁调了一首音乐，而后随手将束着马尾的橡皮筋摘下来，又把军训服的扣子从上到下解开，两襟微敞，露出里面黑色的吊带。

高二那年，平嘉澎的朋友开了间舞蹈教室。那时课业不多，每天傍晚放学平嘉澎都会带她到舞蹈教室待上一个小时。夏夏总是安静地坐在一旁边写作业边看平嘉澎学街舞，半个月下来他连一支舞都没学会。

夏夏骂他笨，平嘉澎不开心："这支舞难度很高，没有人能在半个月里学会。"

夏夏偏头看他："要是我学会了呢？"

她那天完完整整地将那支舞跳了出来，平嘉澎看得直傻眼。夏夏学习能力很强，动作过目不忘，加上她天生柔韧性好，肢体摆动的细节和幅度虽不能和练舞多年的人相比，但也有模有样。她要是不说，平嘉澎都不敢相信她是初学者。

夏夏小时候常常趴在少年宫的门外，偷看里面的孩子画画、跳舞、练武术……

她会眼巴巴地看上很久，回家后却绝口不提想去上兴趣班的心思，她明白魏金海绝不可能在这些地方为她花钱，也不会自讨没趣。

夏夏每每在旁看平嘉澎跳舞，总会有意将动作记在心里，她还会趁平嘉澎上课时去隔壁教室看女孩子跳舞，看老师掰着她们的肩头一步一步指导，回家后找录像对着练。那时夏夏也说不清楚自己为什么要偷偷学这些，只觉得多学点东西往后总能用得到。

她有耐心也有毅力，一支舞可以在家跳上几百遍，跳到最后每一个动作、每一个神态都和录像里分毫不差。

前奏响起，是首性感的音乐。

谢淮坐在操场的花坛边，手里捏着罐喝了一半的可乐。

在人群中央的空地上，那女孩和平日不太一样。

她身形纤细，但腰软臀翘，宽松的军训服对她没有丝毫妨碍，反而成为一层半遮半掩的绝佳幕布。随着她的动作和旋转，衣襟敞开，露出修长的脖颈和锁骨，以及莹白的皮肤。

这是一支火辣的舞。扭腰、转髋、晃臀、撩头发，明明是充满致命诱惑的动作，与她自身清纯的气质一融，显得媚而不俗，让看者心痒却只限于心痒，再朝那方面多想一分，都觉得沾上了亵渎。

李哲林站在人群里看了一会儿，忽然走到谢淮身边。他是邢鑫选出来的临时班长，家里有些小钱，常常请同学吃饭喝水，平日里身边总是围着一群人。

“谢淮。”李哲林眯着眼睛，“昨晚我请客吃饭唱歌，班上男生就你没去。怎么，不给我面子？”

谢淮抿了口可乐，语气轻慢：“你有什么面子？”

谢淮看都没看李哲林。他坐在路灯下面，头顶橘黄色的灯光，把他整个人照得很亮，于这深沉的夜里带了些温暖的味道。

李哲林静了半晌，说：“你是真挺跩的。”

他饶有兴趣地望着人群中央跳舞的夏夏，问道：“你跟夏夏很熟？我问你个事，你得实话告诉我。”

他目光流连在夏夏和谢淮身上：“你们俩约过？”

“你知道我说的是哪个约。”李哲林不怀好意地笑着说，“那天在校医院，我听见你跟她说什么未遂。当时我还不信，夏夏看上去那么纯一女的，能干出那种事来？可你平时谁也不搭理，就和夏夏关系还凑合，我寻思着如果不是有点身体接触，就你这性子，那得是什么革命友谊才能让你带她一起玩啊？”

谢淮蹙眉："你听错了。"

"别呀，都是成年人，有什么不好意思说的。"李哲林舔舔嘴唇，"如果真能约她出来，你也别光想着自己吃肉啊。"他说着，目光朝夏夏看过去，"我看她跳舞这模样，也不像表面上那么纯。"

谢淮眼神冷了："我说，是你听错了。"

音乐接近尾声。

夏夏的每一个动作、每一个转身摇摆都控制得恰到好处。她很软，手臂摇起来像波浪滔滔，又很硬，耀眼如太阳，整个人都在发光。

她将分寸拿捏得刚刚好，这支舞一气呵成，动作定格——

军训外套褪到腰上，香肩半露，黑色的吊带卡在圆润的肩头。

大家都是刚从高中死读书出来的半大少年，很少有机会见识这种场面，音乐声停止的一瞬间，人群炸开了锅，鼓掌的、吹口哨的，还有一浪接一浪的起哄声。

李哲林远远地吹了声口哨："就这身段这长相，又纯又欲的，怎么都得睡一睡才过瘾，她如果不想约，我给钱也行。"

"谢淮，给搭个线怎么样？你要多少钱都成。"

谢淮眸子里的情绪波涛汹涌，在深沉的夜里让人看不分明。他站起身，手里的可乐瓶猛地砸向李哲林胸口，那里面还剩下半瓶可乐，洒出来把李哲林厚厚的眼镜片溅花了。

谢淮一言不发，揪着李哲林的领子把他推到花坛后的篮球架上。一座花坛之隔的另一头是热火朝天的拉歌会，而在这一边，空气仿佛都因为谢淮身上的气场而冷了下来。

路灯的光影落到谢淮脸上，在他眼睫上投下一行细细的光圈。

他沉着脸："这话我只说一次，你给我记好了。"

他的手指紧紧按在李哲林肩膀的软骨上，用力之大让后者疼得龇牙咧嘴："把心思放正点，少他妈打夏夏的主意。"

他手下用力，李哲林痛叫出声。

"如果今天以后让我在学院里听到任何有关夏夏的闲言碎语，我都找你算账，听明白了吗？"

李哲林的肩膀快被他按碎了："谢淮，你先松手。"

谢淮嗓音冰冷："我问你听明白了吗？"

李哲林惨白着脸："明白。"

谢淮把他推到一边，弯腰捡起刚才掉到地上的可乐瓶，塞进路边的垃圾桶里。

拉歌会结束，人群解散。

夏夏身边围着几个来搭讪的男生，男生们起哄拦住不让她走。女孩声音比蚊子嗡嗡还小，她脸颊绯红，像只纯洁无害的小兔子，摆摆手拒绝，嘴里却支支吾吾说不出一句拒绝的话。

谢淮抓着夏夏的手腕，把人拉到自己身边，不耐烦地对周围的男生说："差不多得了，看不出来她不想给联系方式？"

男生们都认识谢淮，见他亲密地拉着夏夏而对方毫不排斥和反抗，也没有再自讨没趣。

谢淮松开夏夏："拒绝人都不会？就你这种傻白甜，迟早被人欺负死。下次遇到这种情况，不想给就直接说不想给，他们还敢缠着你，你就让他们滚得远远的，他们敢不滚，你就叫我。明白？"

"明白。"夏夏眨了眨眼睛，问，"你去哪儿了？我刚才看到你在和李哲林说话，一转眼人就没了。"

谢淮瞥她："你管我去哪儿呢，当个小弟管得还挺宽，这是你该问的吗？"

他说完错身走了，看上去心情不太好，月色如水，将谢淮的影子照得细长。

祝子瑜在一旁抱臂打量夏夏："你刚才已经看见谢淮了吧？"

夏夏装傻："什么？"

"那几个男生问你要联系方式的时候，你看见谢淮往这边走之后才装成那样的，一股绿茶味儿，恶心着我了。"祝子瑜毫不客气地说，"还有刚才上去跳舞，你心里到底在憋什么坏？"

夏夏柔柔弱弱，一副委屈的小白莲模样："怎么就绿茶了？你别这样说我。"

军训结束，邢鑫又开了次班会。

夏夏昨晚在网上看了半宿招聘兼职的信息，早上起床眼睛肿了，头脑发晕昏昏欲睡困得要死，进门就趴在桌上补觉，任班里选举热火朝天也无动于衷。

班委选举很顺利，基本是等额选举，有些职位甚至没人做，最后还是邢鑫出面找人顶上。

赵珊琪担任文艺委员和团支部书记，男班长依旧是李哲林，他平日总是请客吃饭，在男生里人缘不错。

最后选举女班长。大家知道蔡芸受伊美贤喜欢，只是上去走个过场，没人愿意和她争。邢鑫也没问，就要宣布蔡芸当选女班长时，夏夏举起了手。

“老师。”女孩刚睡醒，嗓音软软的，“您怎么不问还有没有同学要上去竞选呢？”她朝邢鑫笑了笑，“我也要竞选班长。”

她话音刚落，底下的同学就炸锅了。

夏夏不等邢鑫说话，径直走上讲台。蔡芸没动，夏夏站到她面前，眉目间满是笑意：“不给我让个地方吗？”

蔡芸深深地看她一眼，侧身让开。

夏夏原本在班上不爱说话，军训第一个星期，大多数人只知道自己班级有个免训的漂亮女孩，其他的一概不知。

可从默默无闻到被人记住需要多久？

不过一支舞的时间。

那样的夜晚，那样的氛围，还有南城那朦胧的月色，夏夏掐好了时间，紧跟在蔡芸后面上台表演，将她才冒出来的风头碾压得一点不剩。

初初入学的时候最无聊，因为新认识的舍友之间未必有聊得来的话题，而夏夏只是跳了一支舞，就顺利跻身新生宿舍夜谈时提到最多的话题人物之一。

班上同学每每在军训休息时和其他班级的人聊天，总会漫不经心地提起几句：“哦，夏夏啊，我们班的。”“人挺好的，刚才还在班级群里和我斗图呢。”“她昨天还帮我打水，借我面巾纸用了。”

人的虚荣说来也奇怪，借他人之事虚自己之荣依然扬扬得意，仿佛别人崇拜艳羡的眼神给的不是口中之人，是他自己。而借由这虚荣得来的，是无尽的好感。

军训期间，蔡芸虽然是代理班长，但她平日要训练，能做的事情并不多，无非是向同学传达辅导员的安排和交代。反倒是夏夏，她不用军训，闲暇时无聊，就一趟趟往返操场和宿舍帮班上同学把水瓶里的水打满，随身揣着纸巾和湿巾给同学用，中午提前去食堂帮同学打饭，有女生中暑了她也帮忙搀扶到校医院……

一桩桩一件件，蔡芸恍然惊醒时，夏夏已经默默在班上做了很多事。她一步一步，编织了一张让人挣脱不开的网。

倒也不能怪蔡芸反应迟钝，怪只怪夏夏一张柔弱的面孔看起来太过无害。蔡芸自己也没太把她当回事，在她看来，当初全是祝子瑜背后挑事，夏夏那时候就不敢跟她争临时班长，正式选举的时候肯定也不敢跟她竞争。可她怎么也没想到，夏夏不是不敢争，她只是懒得做班长而已。

唱票结束，蔡芸和夏夏各二十五票，这还是在蔡芸做了半个月临时班长的基础上。蔡芸的脸色已经很不好看了，夏夏却无知无觉，依旧笑得甜甜的。

邢鑫问："咱们班五十一个人，谁还没投票？"

"谢淮？你投票了吗？"

谢淮趴在角落里睡觉，被邢鑫点名，不耐烦地爬起来。他睡眼惺忪，捋了捋睡得乱蓬蓬的头发。

邢鑫耐着性子跟他解释："我们在选班长，该你投票了。"

蔡芸神情僵住。她蓦地想起谢淮那天在宿舍看她的眼神，表面上平静无波，内里却带着足以把她冻成冰的冷意。她甚至能从谢淮的眼睛里探到他尽力隐藏的情绪——如果她不是个女孩，他能直接动手给她一拳头也说不准。

如果最后一个投票的人是谢淮，那么她连半点机会都没有。

谢淮神情懒散，无视这是严肃的选举场合，他的目光瞥过蔡芸，落在夏夏身上："你想当班长？"

夏夏说："想啊，为什么不想？"

谢淮随手从本子上撕了张纸，也不怕得罪蔡芸，当着全班同学的面在纸上写夏夏的名字。他写了一个“夏”字，犹豫片刻，笔尖顿住：“当班长好像挺忙的？”

夏夏说：“挺忙。”

谢淮问：“那你去当班长了，谁给我当小弟啊？”

“哦。”夏夏随意地说，“那我不当了吧。”

她态度变得快到连邢鑫都反应不过来：“突然不想竞选了，就当我让给蔡芸吧。”

她嗓音绵软，却着重咬出“让”这一字眼。

班级鸦雀无声，蔡芸的脸色此刻难看到巅峰。

夏夏回到位子上坐下，祝子瑜拉住她的衣袖：“你在干什么？”

“你看不出来吗？”夏夏早上在食堂买了杯热气腾腾的豆浆，放了这么久喝起来温度刚刚好。

“她跟辅导员打报告搞我，还殃及了谢淮。”她咬着豆浆的吸管，咕嘟吸了一口，“礼尚往来，我在搞回去。”

她转脸朝祝子瑜笑：“一人一次，很公平啊。”

祝子瑜头都要大了：“你如果真想搞她，就不该把班长让出去。”

“她当班长又怎么样？”夏夏无所谓地说，“从小到大都是班干部，她不是挺得意的吗？蔡芸这种人，只有从她最引以为傲的地方击败她，她那盛气凌人的样子才能收敛点。”

“你别看她当了班长，从今往后，她只要想起‘班长’这两个字就会想起我。”夏夏调皮地眨眨眼，“这个班长不是她靠实力获得同学的认可得来的，那是我让给她的，她心里得多硌硬啊。我搞到她了我开心，而且就蔡芸那脾气，恐怕得记四年呢。”

祝子瑜问：“你就不怕她报复你吗？”

夏夏三两口把豆浆喝完，吸管吸得杯底哧哧作响。她揭开杯上的塑料盖，遗憾地看着空空如也的杯底，漫不经心地道：“我怕她吗？”

Chapter 4

少年棱角

夏夏找到了一份给美容院派发传单的兼职，工资日结，一天一百。大学第一个学期课业重，她只能找周末的工作，而以她的经济状况，还必须要日结，找来找去除了发传单也没有别的工作更合适了。

周六早上，夏夏起了个大早，坐地铁去了市区。

工作地点在市中心繁华的商业区，一个中年女人带着五个女孩在路上发传单。女人叫燕姐，四十出头，人冷淡话不多。她不是美容院的员工，而是在美容院和兼职人员之间做着类似掮客工作的人。美容院把传单交给她，谈好价钱，她找人发，一来一去，赚个双方都不知道的中间差价。

这工作中午不管饭，一个上午过去后，其他四个女孩约着去商业街的网红店吃过桥米线。夏夏一个人坐在街边的早点摊，点了一屉小笼包外加一碗白粥，她正吃着饭，对面坐了个人。

她抬头，看见是燕姐。

燕姐要了两屉小笼包，看着夏夏："怎么不去吃米线？"

夏夏咽下嘴里的包子皮，低声说："贵。"

夏夏吃完饭看了眼时间，朝燕姐点了下头，提着装传单的布袋出去了。燕姐却不着急起身，坐在店里玩手机。下午一点开始干活，夏夏十二点五十就站到街上了，那几个去吃米线的女孩磨蹭到一点半才回来，见燕姐不在街上，几个人围在树下的长椅上聊八卦。

燕姐盯了她们一会儿，起身去前台结账。

老板指了指站在路边不远处的夏夏："那小姑娘给你结了。"

燕姐没说什么。她一出门就被那四个偷懒的女孩看到，几人连忙散开跑了，装模作样地去发传单。

午后太阳毒辣，夏夏出门没做任何防晒措施，只和祝子瑜借了顶帽子，脸被晒得红扑扑的。她发完手里的传单，就坐在广场边的凳子上休息。

刚坐下没一会儿，燕姐也过来了。她坐到夏夏旁边，冷冷地说："我没说要一直站在太阳底下，累了就找个阴凉的地方休息会儿，被人看见还以为我虐待人呢！"

夏夏擦了擦汗："我在超市做过促销，站习惯了。"

燕姐："大学生？"

夏夏乖巧地说："大一。"

燕姐忽然把手伸到座椅旁的垃圾桶里，掏出一沓崭新的传单："那几个也是大学生，来我这儿干了几次，没有一次不偷懒。"

刚刚那几个女孩将传单偷偷塞进垃圾桶，当时燕姐正背对着她们，按理来说不应该看见。夏夏看见了，却什么都没说。

燕姐："传单发得不多，心眼倒是挺多。她们把传单扔在你旁边的垃圾桶里，幸亏我知道，不知道还以为是你扔的呢。下次看见这种事直接告诉我，她们都不要脸了，你还替她们遮什么？"

夏夏无奈地笑笑，燕姐把传单一揣，起身走了。

傍晚五点，没有暮色与霞光，层叠的云翳覆在一汪湛蓝的天空上。马路上车流不息，行人步履匆匆，小街里飘来烧鸡与米酒的香味。

燕姐站在街角，点了根香烟吞云吐雾。几个女孩顶着呛人的烟味，偷偷抬眼打量她，却不敢作声。燕姐一支烟抽完，慢悠悠地掏出钱夹。她抽了张一百块给夏夏，又抽了四张五十块递到另外四个女孩眼前。

其中一个女孩不忿："昨天说好的一百块一天，咱们四个人你给两百算怎么回事？”

燕姐从布袋里掏出厚厚一沓传单摔在那女孩怀里：“一天一百，你发一天了？别以为你们背后扔了多少我不知道，你要是铁定不要脸了我也能给你一一数出来。”

女孩脸色难看，燕姐扔给她的传单正是她们几人偷偷扔到垃圾桶里的，明明分几次扔在不同的地方，却硬是让燕姐全部找了出来。

燕姐人高马大，长相凶悍，她抽了一下午的烟，满身刺鼻的烟草味，衬着她周身的气场，更是凶得不像话。

几个女孩神情愤怒，却不敢反驳。

夏夏正准备走人，燕姐叫住她：“还能发吗？”

她把女孩们没发完的传单递给她：“这里晚上人也不少，你要是还有力气就把剩下的一起发了，这两百块钱她们拿不着，我都算给你。”

夏夏一听也不走了，把背上书包摘下来：“我可以。”

那沓传单夏夏一直发到晚上十点，南城的夜很热闹，灯红酒绿车水马龙，这时街上的人也不见少。夏夏站了一天，脚跟痛得站不住，膝盖也忍不住颤抖打弯。

燕姐在一旁的茶楼里喝茶，夏夏拎着书包上去找她。燕姐不在座位上，桌前坐了个小男孩。男孩大概是上小学的年纪，留着锅盖头，戴着副圆框眼镜，愁眉苦脸地盯着眼前的作业本。

夏夏瞥了眼，笑眯眯地问：“你在解方程啊？”

男孩小脸丧丧的：“我不会做这道题，我妈也不会。”

夏夏手掌托着腮帮：“我会，你叫我一声姐姐，我教你。”

男孩放下笔，也托着腮看她：“干脆我叫你两声姐姐，你别教我，直接帮我写上吧。”

夏夏套路小正太没成功，还被他反套路了。

燕姐从洗手间出来，拧了拧男孩的耳朵：“君君，你给我再说一遍。”

君君疼得龇牙咧嘴，夏夏笑了，接过他手里的笔在草算纸上给他讲题。她无意间朝窗外看了眼，发现从茶楼的窗户看出去，正好可以看到脚下广场的全貌。

她问君君：“你在这儿多久啦？”

君君一边埋头做题，一边嘟囔：“我一天都在这儿呢。”

燕姐坐在一旁喝茶，见她发现了，主动承认：“我背后确实没长眼，她们扔的那些传单是君君看见的。谁不想偷个懒就能赚到钱？可做一行有一行的规矩，钱要是那么好赚我也不用找她们发，直接找个垃圾桶一扔回去交差不是更容易？但我这样做以后还有人用我吗？

“做事前要先学会做人，你说对吗？”

夏夏说：“对。”

燕姐给夏夏结了账，说好的两百块交到她手里却有两百二——她把夏夏给她结的午饭钱还她了。

“年纪轻轻倒是挺会做人。”她看着夏夏，“不过我这么大岁数的人了，也不好意思占你一个小丫头的便宜，收拾东西回学校吧，地铁十点半就停运了。”

夏夏道过谢，和君君说了再见，起身跑出去了。她出门一路狂奔，终于赶上了末班地铁，地铁车厢空空荡荡，相连的几节都没有人，夏夏累得头昏脑涨，靠着座位忍不住打起瞌睡。可她没睡多久，就被手机铃声吵醒了。

电话是谢淮打来的，已经夜里十一点了，夏夏才酝酿的睡意瞬间被打散。谢淮送外卖的订单由她帮忙记录，每晚十一点前要发给谢淮，夏夏今天这么晚还没给他发订单，于是谢淮打电话来兴师问罪了。

夏夏没等谢淮开口，先承认错误：“我今天出来办点事，马上就给你做。”

谢淮问：“你在哪儿？”

夏夏掏出笔和本子，摊开放在座椅上：“地铁上。”

她挂了电话，跪在地上对着群里零零散散的信息记录订单。

地铁开出地下，在高架轨道上飞驰。南城到了静悄悄的时候，沿街两侧飞速掠过林立的楼房与树影，远远望去，白天被重重高楼遮掩的城市深邃、黢黑，一眼看不到边际。

十一点半，地铁停到大学城站，夏夏只做完了一半。

地铁站口离学校还有几公里的距离，这个时间公交车已经停运了。夏夏在路边打车，等了十几分钟面前只零星跑过几辆私家车，旁边一个黑车司机来招揽她上车，她摆手拒绝。

昌平区地广人稀，平日学校同学出去玩等不到合适的公交车，坐黑车是家常便饭。夏夏前几天和祝子瑜去步行街买东西也坐过黑车，可现在大晚上的她一个人坐，她心里有些没底。

“你是南大的？”黑车司机说，“上车走吧，南大宿舍十二点关门，再不走就来不及了。”

他笑笑：“这一片没有出租车，你就算等到明天早上也等不到，上我的车，十块钱给你捎过去。”

夏夏打量那个黑车司机，他二十出头的模样，浓眉大眼，咧着嘴笑，露出一口洁白的牙，是个老实质朴的长相。他的车是辆白色大众，窗户透明，从外面可以看到里面的情形。

夏夏看了眼时间，确实等不起了。她掏出手机，在司机眼下晃了晃，然后当着他的面绕到车子前面拍了张车牌的照片。男人只是笑，帮她拉开后座的车门。

夏夏上了车，将车窗摇下来。这里距南大车程十分钟，她掏出本子，对着路灯微弱的光线，继续记在地铁上没记完的订单。

男人将车速放得很慢，夜晚风凉，带着潮意吹在脸上。临近南大校门口，男人没有停车，忽然将方向盘右转，车子拐进了旁边的岔路。

夏夏瞬间抬起头，和男人的目光在镜子里相遇。

男人朝她羞涩地笑了笑：“我反悔了，你真好看，我不想送你回学校了，你先跟我回家见见奶奶吧。”

谢淮收了摊子，把箱子拖到超市后仓的角落放好，这地方是他和超市租的，总共五平方米，一个月两百块钱。他进超市买了盒牛奶，用前台的微波炉加热，又在柜台上点了几串关东煮，当消夜吃了。

超市的收银小哥是他打工时认识的，两人没事干凑在一起闲聊起来。

收银小哥：“那天跟你一起走的女孩是你女朋友？”

谢淮嘴角沾着关东煮的酱汁，含糊不清地说：“是我小弟。”

小哥不信：“开学才多久，你连小弟都有了？”

“你叫我一声淮哥，我也收你当小弟。”谢淮和他闲扯，“别以为当大哥很简单。首先你要有心胸，能原谅几次三番得罪你的人。其次你要有爱心，见义勇为打抱不平……”

这时手机嗡嗡了两声，夏夏给他发了四个字：“淮哥，忙吗？”

谢淮和收银小哥聊得正欢，看了一眼，把手机扔到一边，懒得回复这种有事不直接说只问忙不忙的消息。

月亮挂在天幕中央，清亮的光辉透过超市的天窗洒在谢淮脸上。他把牛奶喝完，接着说道：“最重要的是，你要有做大哥的觉悟。”

“小弟没饭吃你要给她工作机会，小弟被人欺负你要负责保护她，有人打小弟的主意……”谢淮懒散地靠在柜台上，玩着他的菩提手串，“你必须去给她撑场子。”

收银小哥说：“听起来当大哥是件很累的事啊。”

谢淮说：“还好吧，也就一般累。夏夏你也见过，又㞞又听话，从来不惹事，没什么需要我出手的地方。”

谢淮聊完天，又想起了夏夏，随手回了一句：“有事？”

下一秒，夏夏在微信里给他分享了定位。

马上就十二点了，她不在宿舍，还在步行街那一片晃荡。

谢淮刚要打字问她在干吗，夏夏又发来一张车牌的照片，后面附带了一条消息：“黑车司机把我锁在车上了，我怕激怒他不敢打电话，位置发你了，帮我报警。”

收银小哥瞥到他手机上那行字，沉默片刻，开口：“没什么需要你出手的地方……不见得吧。”

谢淮：“……”

那黑车司机全然不在意夏夏在做什么，看到她用手机也不阻止，夏夏判断不出眼前的歹徒是神经大条还是胸有成竹，一时不敢轻举妄动。

手机信息提示灯亮了，谢淮回了消息：“警察过去需要十五分钟。”

夏夏按灭手机，侧身往车门处靠了靠，将额头抵在窗玻璃上。玻璃冒着寒气，沁得她额头发凉，男人如果想对她做什么，十五分钟足够了。

夏夏胡思乱想，如果男人够快，抽根事后烟都够了。

这时手机又亮了，消息依然是谢淮发来的："但我过去只要十分钟，你如果想活命，就想办法让车开慢点。"

谢淮把手中的奶盒四角抻平捏扁，挤出里面最后一滴牛奶，然后随手扔进垃圾桶。

他推出自己的电动车，一发动就吱吱地响。这破车买的时候只花了两百块钱，被夏夏撞了以后就时好时坏。车子白天骑了一天没来得及充电，他骑了两步，还没自己跑得快。

辛浦在夜跑回宿舍的路上看到他，打了声招呼："淮哥，马上就锁门了，不回宿舍你去哪儿啊？"

谢淮把电动车停在路边，朝辛浦伸手："摩托车钥匙借我。"

车厢里没开灯，后座的空间很暗。

夏夏蜷成一团缩在角落里，开口时声音柔柔弱弱："哥，你开慢点，我晕车。"

哪怕黑暗里看不到表情，她也努力将脸上的五官皱起来，尽可能让自己演得逼真。

男人透过镜子看她，温声细语："再忍忍，马上就到了。"

夏夏弯腰抠着手下的沙发座椅，捂着胸口干呕。

男人急了："你别吐车上，车子脏了奶奶要骂我的。"

他降了车速，这一片是师范大学后面的商业街，虽然是深更半夜，路上依然有不少行人。夏夏装作要吐伸手去摇车窗，男人见状连忙把车窗锁上了。

夏夏苦着脸："你能不能让我下车去吐啊？"

男人说："不行。"他从座椅下扯了个塑料袋给她，"吐这里面。"

夏夏又装模作样地呕了几声，虚弱地问："那你能去给我买块口香糖吗？"

男人把车停在路边，越过驾驶座整个身子转过来，他的瞳孔在昏暗的车里闪着幽幽的光，死死地盯着夏夏。

夏夏被他忽然迸出的野兽吃人一样的目光盯得手心冒汗。

她嗓音软了软："买瓶水也行，我太难受了。"

男人就这样看着她，盯了半晌，忽然把座椅放平，整个人手足并用从驾驶座爬到后座。夏夏乍然受惊，啊的一声尖叫出来。

男人捂住她的嘴，将她半截叫声压回喉咙，急急说道："不准叫。"

夏夏的眸子一眨不敢眨，就这样近距离地看着他。男人用另一只手按着她的肩膀怼到座椅上，夏夏强忍着不动，被他前额贴到身上一顿乱蹭。

男人直起身，嗓子沙沙的："你好香。"

夏夏整个人僵硬成一块铁板，脊背绷得笔直，害怕他接下来要对她做什么。这时男人却放开了她，拉开车门下去，把车子锁上。夏夏整个人倏地软了下来，刚刚受到的惊吓太大，一时间连手指都在打战。

她掏出手机："谢淮……"声音里带着颤音，"车停在师范大学后街的超市对面，他下车买水了。"

"知道了。"谢淮声音低沉。

电话那头传来一阵引擎声，夏夏手心出汗，恐惧令人话多，她问："你到哪里了？"

谢淮没有回答她的问题，只是淡淡地说："别害怕。"

他挂了电话，一脚把摩托车的油门踩到底。

夏夏把电话放了回去，在衣服上蹭掉手心的汗。她回头望了一眼，男人正在超市门口结账，她环顾车厢，干净利落杂物不多，只有副驾驶座位上放了一个挎包。夏夏从前面两个座位中间的空隙挤进半个身子，伸手去拿男人的包，她翻了翻，想看看里面有没有什么身份证明，却一无所获，只能原封不动地放回去。

男人拿着一瓶矿泉水回来，把水扔给夏夏。

"喝吧。"他眼珠子直勾勾地盯着前方笔直的马路，"喝完不准再闹了。"

夏夏见他要发动车子，连忙把水递给他："哥，我拧不开。"

她说这话时也在忐忑，刚刚男人那一瞬间爆发出来的野兽般的气势，再来一次她心理真的承受不住。

夏夏努力和他套近乎："你要带我去哪儿啊？"

男人帮她拧开瓶盖，笑得傻乎乎的："都说了带你去见我奶奶，你长得漂亮，我要娶你当媳妇。"

他正要发动车子，这时左侧忽然蹿出一辆摩托车。摩托车上的人戴着头盔，看不清面容，两手攥着车把手将摩托从轿车的左前方横插到右前方。

男人被迫降速。他见摩托车在右边匀速开着，没什么异动，刚要换挡加速超过去，摩托车又一脚油门插到他左前方。

车子被男人开得像海盗船一样晃来晃去，夏夏晃了几下，稳住身体。这时那辆摩托车忽然猛地加速蹿出去二十多米，车尾一横停在了路中间。

夏夏透过车玻璃，看见那人脚上的鞋子。

谢淮右脚撑住地面，单手摘下摩托车头盔夹在臂弯，随手捋了下头发。他嘴里嚼着口香糖，眉梢上挑一脸张扬。车子直直地冲他开过来，车灯射出的白光映在他脸上，他被光线刺得难受，轻轻眯起眼睛。

夏夏此刻心里只有一个念头：疯了，谢淮绝对是疯了。

这车时速六十公里，别说司机感觉到危险的时候会不会出于本能直接撞上去，就算他想停车也要有个反应时间。

夏夏下意识地咬住嘴唇，随即听到一阵刺耳的刹车声。她出于惯性前趴，稳住身体后才发现男人重重踩了急刹车，车子停下时前杠离谢淮的腿距离不过一米。

谢淮抱着头盔走过来，男人摇下车窗骂他，谢淮直接把头盔顺着车窗砸进去，正中他的脸。趁男人捂脸哀号的工夫，谢淮把手探进车窗按开车门锁。他拉开车门，拎着领子将男人扯出驾驶室，抡拳砸在他脸上。

男人倒在地上。

谢淮绕到后座，夏夏从车里爬出来。他扶着夏夏："他欺负你了？"

夏夏劫后余生，手脚冰凉，声音忍不住地颤抖："他蹭我胸。"

夏夏因为腿软站不稳，身体贴近着谢淮，闻到他身上淡淡的洗衣液香味，才慢慢放松下来。

谢淮握着她手臂的掌心灼热，烫得她皮肤痒痒的。夏夏侧脸看他，少年蹙着眉，一副恼怒与不耐的模样，看在她的眼里安全感十足。

谢淮松开她，上前揪起那男人，又朝他脸上狠狠给了两拳头，那男人扭动着想要还手，被谢淮踹了一脚。

“行啊你。”谢淮唇边带笑，声音却冰凉，“拐卖人口，你他妈有几条命啊？”

男人被谢淮打得鼻青脸肿站不起来，嘴里嘟嘟囔囔：“我没拐卖人口，我就是想带她回家。”

谢淮沉下脸，从路边捡起一块砖头：“你还说是吧？”

夏夏拉住他：“谢淮，别动手了，等警察过来吧。”

说话间，一辆警车沿着道路的方向鸣笛开过来，谢淮听见动静，连忙把手里的砖扔进背后的花坛里。

警察下了车，看着谢淮：“你们干吗呢？”

谢淮拍了拍手上砖头蹭的红锈，咧出一个阳光灿烂的笑容，绝口不提自己打人的事情：“没干吗呀，大晚上睡不着觉，我正和他聊天呢。”

派出所。

谢淮坐在椅子上，脸色阴沉，夏夏坐在他身旁，黑车司机和一个老太太坐在他们对面。

民警慢腾腾地给自己泡了杯枸杞菊花茶：“这事我们也很难办，你们就不要为难我了，双方商量私下解决吧。”

老太太满脸不乐意，掰过孙子的脸：“你看看，好好的人给打成这样，下这么狠的手还怎么私了？”

那伤是谢淮用拳头打的，他顶着老太太的怒意，神色不变：“你不想私了，我还不想呢！大半夜不睡觉开着摩托车跟他公路飙车，差点给我冻感冒了，你当我吃饱了撑的出来兜风吗？”

警察放下茶杯，指着老太太：“你适可而止啊，本来就是你孙子把小姑娘锁在车上，人家只是打他一顿，要能同意私了你就烧高香吧，我怎么看着你还有点想碰瓷的意思？”

老太太气得腮帮子鼓鼓的："那他就白打了？"

警察又指着谢淮和夏夏："还有你们，整个昌平区谁不知道她家孙子是个傻脑壳，成天嚷嚷着要领个媳妇回家给他奶奶看，上个月也把一女孩锁车上，被人家女孩用包砸得哇哇哭……他要真是人贩子你上车就没了，还给你机会发消息求救？还下车去给你买水？"

谢淮嗤道："都会摸胸了他还傻？我看这小子精明得很。"

老太太指着夏夏，拍了拍下垂的胸脯："你要是觉得她受到了伤害，那你也摸我，你摸回来。"

谢淮："……可别。"他一脸抗拒，油嘴滑舌地说，"那您就是占我便宜了。"

老太太吸了吸鼻子，眼圈通红，两鬓斑白的碎发落到脸上。

夏夏一直没吭声。

警察放下手里的杯子："他奶奶一直想给他找个媳妇，但没人愿意嫁，老太太成天在家哭，他看着难受就想出去找个媳妇给他奶奶看……"

"他也不是天生就傻，他爸妈活着的时候是警察，去世追封了烈士。"那警察无奈地叹了口气，"生前做最脏最危险的活，他十岁那年，爸妈出卧底任务泄了底，被人当着他的面砍死了，孩子受了惊吓，一直傻到现在，没有单位愿意用他，只能靠拉黑车赚点钱讨生活，我们对他都是睁只眼闭只眼，一般不会难为他。"

警察看着夏夏："这孩子真不是什么坏人，他也没伤害你，还去给你买了瓶水。他上个月拉了个姑娘回家，当晚老太太就把女孩送回警察局了。"

老太太听着这些话，把头埋得低低的，她刚才那副张牙舞爪想要碰瓷的样子收敛不见，瘦弱的脊背佝偻着，眼泪吧嗒吧嗒地往下掉。

夏夏拉拉谢淮的袖子："算了吧。"

警察指着那年轻人，不轻不重地威胁："梁源太，这是最后一次跟你说，想娶媳妇找人给你介绍，结婚不得你情我愿啊，抢算怎么回事？再有下次，当心我真把你抓起来关监狱。"

老太太抹了把眼泪，把孙子推到夏夏面前："源太，给人家道歉。"

梁源太老老实实地跟夏夏说了句“对不起”，瞥到谢淮时吓得左右闪躲，被打得狠了，他看见谢淮就打怵。老太太领着梁源太走了，折腾一晚已经到了后半夜。

学校宿舍关了，谢淮索性窝在派出所大厅等天亮再走。刚才那值班警察叫柴峰，也没赶他走，还给他们沏了壶茶坐下聊了会儿天。

柴峰把茶杯推到夏夏跟前：“别说我们派出所，换成市局、省厅他们也不好办。梁源太的父母因公殉职，是烈士，他也因为那件事脑子出了问题，家里就剩一个孩子一个老人了，光给抚恤金也不能让他父母死而复生，于情于理我们平时都得给点照顾，小姑娘多担待。”

夏夏低声说：“只要他不是坏人就行了。”

柴峰笑了笑：“他奶奶开始不是想碰瓷，她也是被整怕了。梁源太之前吓到过小姑娘，人家非要索赔十万块钱，威胁他奶奶不给钱就告他，把他送进精神病院。老人家没什么钱，赔一次家底就光了，再来一次就得卖房子了。”

谢淮扬起眉梢：“十万块钱？你早说就不放他走了，我这儿正缺钱呢。”

夏夏安静地坐在谢淮旁边，忽然问道：“你手怎么了？”

谢淮手背上黏着一摊凝固了的血渍，他看了眼，随口说：“没怎么，刚才拳头蹭他牙上了，一点小口子，不要紧。”

夏夏从包里掏出湿纸巾，按住他的手：“别动。”

她用湿纸巾把伤口周边干涸的血渍擦掉，又掏出一个创可贴按在谢淮手背上。

女孩眼睫微翘，睫毛尖上落着细碎的灯光，一闪一闪的。谢淮低头，顺着这角度看去，她鼻尖也翘，红润的嘴唇薄而小巧，精致的五官嵌在底子白皙的鹅蛋脸上，素雅又干净。

谢淮问：“去干什么了，这么晚回来？”

夏夏：“发传单。”

“发传单能赚多少钱，值得你一个女孩子这么晚还在外面跑？”谢淮蹙眉，“这次是运气好遇到个傻子，如果真是坏人怎么办？那点钱能比命重要？”

“对我来说差不多。”夏夏说，“等你像我一样吃不起饭还背一身债的时候就懂了，别说这么晚，再晚我也照样做。”

谢淮忽然笑了一声，夏夏抬眼看他：“你笑什么？”

她觉得谢淮不会懂，她的尴尬、她的处境，他一样也不会懂。他每天财运滚滚数钱数到手抽筋，她那吃不饱饭的窘迫对他而言就是何不食肉糜的天方夜谭。

谢淮抬起手，打量着夏夏给他贴的创可贴。

“你记着。”他唇角弯弯，嗓音清淡，“饭总有一天能吃饱，债也总有一天能还清，只要人活着，望不到边的黑暗也总有亮的那天。”

“活着就有希望，这个世界上没什么东西比命重要。”

夏夏嘟囔：“说起来一套一套的……”

“所以……”谢淮话锋一转，“你给我解释一下，什么叫‘淮哥忙吗’？”

他捏起夏夏一侧脸颊的软肉，用的力气很大，夏夏疼得眼圈直接红了。

“淮哥不忙就顺便帮你报个警。”他眯了眯眼睛，“淮哥忙呢？就不用管你了？”

夏夏吃痛，说话带着鼻音：“我没那么说，我是怕麻烦你啊。”

“麻烦我？”谢淮冷哼，松开手，“下次遇到危险别废话，还‘淮哥忙吗’，淮哥忙个屁，直接给我喊‘淮哥救命’！”

清晨六点。

谢淮站在派出所外的台阶上伸懒腰，旁边的早点摊刚刚开张，他点了一杯豆浆两根油条。

夏夏抢着付钱，作为昨晚他出手相救的报答，又给他加了一碗豆腐脑和两个茶叶蛋，她自己只要了一碗白粥和一碟酱咸菜。

谢淮把茶叶蛋推到她面前：“发传单赚了那么多钱，连个茶叶蛋都舍不得吃？”

夏夏愣了愣：“我不吃。”

“没给你吃，我让你剥。”谢淮一脸理所当然。

夏夏听话地把蛋剥好递给他，谢淮用勺子在豆腐脑里搅了搅，调开辣椒酱，他吃东西很快，端起来几口就喝得干干净净。

夏夏吃东西时静悄悄的没声。她昨晚休息不好，眼眶下有淡淡的黑眼圈，一点浅浅的印子只衬得皮肤更白，咽东西时睫毛一颤一颤的。

她吃完粥，从包里翻出一百块钱放在谢淮面前："这个月的钱先还你。"

谢淮没接，拿餐巾纸抹了抹嘴角的酱："你如果周转不开，可以不用着急给我。"

"周转得开。"夏夏说，"每周做两天兼职足够了。"

谢淮把钱收了，夏夏忽然说："谢淮，我能问你个问题吗？"

"你家是不是有什么背景啊？"

谢淮一怔，随即勾了勾唇："为什么这么说？"

夏夏问出了心中存在已久的疑惑："那天在警察局你把柜子砸了，警察后来还和你道歉，你是怎么办到的？"

谢淮听了她的问题后陷入沉默。经过昨晚，夏夏自以为和谢淮有些熟了，说起话来也没什么顾忌，但见谢淮这模样，似乎她的问题有点冒犯。

她刚要说"你不想回答就当我没问过"，谢淮却开口了。他的声音因为刻意压低而显得喑哑神秘："我辛辛苦苦隐瞒这么久的身份，没想到还是被你发现了，既然这样，我也不藏着了。

"在我家方圆几十里，你去打听打听谁不认识谢淮？所有黑道上的老大都和我称兄道弟，他们每个月都要安排小弟来我家请安，我不开门他们不走，非要见我一面，见完还得跪在地上磕个头喊我一声'爸爸'。

"我对警察说，他敢不给我道歉，我就一个电话叫来几百号兄弟，直接开推土机把他们局子铲平了。"

夏夏惊叹道："太厉害了吧！"她一脸崇拜，眼里仿佛冒着一圈星星。

谢淮："……这你都信？"

夏夏："……"

谢淮无奈："他办公室墙上贴着年中考核表……"他乏味地咂巴着嘴，"淮哥是守法公民，我只是告诉他，如果他不跟我道歉，我就坐在警局大厅哭，抹黑他的年中考核成绩。在警局哭不管用我就打市长热线投诉，还不管用我就去市政办公厅门口哭。"

“他说可以用妨碍公务的罪名拘留我。”谢淮嘲讽地笑笑，“随他便，只要他一天不道歉，这事就一天没完，拘留出来我继续闹，看是他名声臭得快，还是我死得早。”

“他骂你什么？”夏夏这下有点不懂了。

若说谢淮的气性大，她给他制造了那么大的麻烦他也只是动动嘴皮子威胁，蔡芸在背后说他那些话算得上侮辱了，也没见他发怒到摔椅子砸东西的地步，她想不出警察到底说了什么话，才能让谢淮发那么大的脾气。

“他骂我什么无所谓。”谢淮淡淡道，“但别扯上我爸。”

夏夏愣住，她明白了。

老常市人言语很粗俗，那是一个地方特有的风俗，说话开玩笑三句不离父母，常年在那种环境里生活不觉得有什么，但初来乍到的人听起来，完全是满满的恶意。

警察一定是顺嘴说了句脏话，而脏话里牵扯到了谢淮的父亲。

夏夏有些遗憾地问：“所以你刚才说的黑道小弟都是假的？”

“你在怀疑什么？”谢淮看着她，“淮哥看起来那么像混黑道的？”

“也不是。”夏夏看了眼他的鞋子，他今天又穿了“两万八”。

如果谢淮有那么多小弟，穿这么贵的鞋子也很正常，不然让她怎么解释呢？一个穿两万八鞋子的人需要每天想尽办法赚钱，去卖被子、去送外卖，不知道的还以为谢淮和她一样穷呢。

“这个啊。”谢淮抬起脚，漫不经心地道，“淘宝十九块九买的，有问题吗？”

“你别骗我。”夏夏说，“十九块九的鞋可不长这样。”

论起对淘宝十九块九鞋子的了解，夏夏可以说是专家。谢淮这双鞋无论从质感还是外观，别说十九块九，一百九十九都不可能拿下来，价格再往高里走的她也没见过，不好轻易下判断。

“你这双高仿……”夏夏想了想，“怎么也得三百块钱吧？”

谢淮笑了一声。

夏夏不解地问：“我猜贵了？”

“贵得离谱。”谢淮起身，把摩托车头盔扣到夏夏头上，“走了，淮哥送你回学校。”

太阳攀上东方的天空，映下一地灿烂曙光。街上的人多了起来，一街之隔的建筑工地上陆续有工人上工。

谢淮骑上摩托车：“坐稳了。”

夏夏爬上后座安稳地坐着，某一瞬间恍惚觉得耳畔空气变得阴冷潮湿，手臂上起了一层细细的鸡皮疙瘩。她回头望了一眼，工人们三三两两结伴来对街吃早点，清一色的五分裤白汗衫。

她刚刚坐过的位置来了一桌建筑工人，正对着她的男人戴了顶宽沿圆草帽，微微上抬的帽檐下露出张方正的国字脸。他的皮肤是常年面朝黄土、被烈日映晒的黑黄色，鹰钩鼻，深褐色的唇，下巴上缀着丛小胡子。

清晨阳光不强，夏夏的目光对着日光下那早点摊金光闪闪的招牌，觉得刺目难当。她下意识地搂住谢淮的腰。谢淮低头看着女孩箍在他腰上的那截瘦削的手腕，弯了弯唇角：“我允许你搂我了吗？”

远处的男人低下头吃饭，那股被人注视着头皮发麻的感觉消失无踪。夏夏搓了搓眼睛，觉得是自己眼花。她稍稍松开缠在谢淮腰上的手，谢淮却把车头猛地一扭撞向旁边的花坛。

夏夏吓了一跳，连忙抱住他不撒手：“谢淮，你疯啦？！”

谢淮在快要撞上去的一瞬间摆正车头，笑得像恶作剧得逞的小孩：“搂完就放，有你这么占便宜的？有种你就给我一直搂着。”

谢淮和夏夏夜不归宿，回宿舍的路上遇到了姜景州。

姜景州：“昨晚给你俩发消息，你们怎么都不回？”

谢淮的手机到了警局就没电了，他问：“查宿了？”

姜景州：“没有，是伊老师让你们今早去办公室补考，昨晚我想通知你们提前背背手册，她挺重视这次考试的，三次补考不过辅导员考核会受影响。”

谢淮没反应过来：“我为什么要补考？”

姜景州看着他：“你傻了吗？校规二考三十六分你心里没点数？”

谢淮：“……”

他转头盯着夏夏，姜景州说：“你看她没用，她也没及格。”

夏夏嘟囔：“我说了我不会，不让你抄你非要抄。”

谢淮嘴唇翕动，瞪了她半天愣是没说出一个字。

夏夏：“不过淮哥，我可以补救。”

她补考完自知一定会挂，回去跟赵珊琪借了校规手册背了两天，有十足的信心下次一定过。

谢淮没有丝毫的欣喜和宽慰，转身朝辅导员办公室走去，夏夏跟在他后面试图挽回局面，毕竟谢淮现在不仅是她的债主，还是她老板，更是昨晚飙着摩托车在昌平区的马路上救她一命的人。

“淮哥你等等我，你再给我一次机会吧。”

伊美贤当辅导员这么多年还是第一次遇见校规需要补考三次的人，她那冷心冷面之下都有些同情这俩人的智商，发了卷子也不监考直接出门了，把办公室留给他们自由发挥。

夏夏用二十分钟写完卷子，殷勤地推给谢淮：“淮哥你信我，这次再挂我直播吃屎……”

女孩面带真诚，谢淮却想也没想就把她的卷子推了回去。他对夏夏的信任已经消失殆尽：“我信你个鬼。”

说完他忍不住吐槽：“以你的智商到底是怎么考上南大的？高考作弊了吧？三十六分？我就是用屁股思考，用脚指头答题分数都比你高。”

“还直播吃屎？”谢淮冷漠地说，“休想从我这儿骗吃骗喝。”

夏夏：“……”

谢淮和伊美贤杠上的事情，夏夏是一个星期后才听说的，事情的起因是谢淮的校规考试又挂了。校规考试牵扯到辅导员的评优，谢淮一考四十八分，二考三十六分，三考二十九分，极大程度上抹黑了伊美贤的考核评分，这对她一个完美主义者来说简直无法容忍。

伊美贤在辅导员里是出了名的脾气差，学院里没人敢招惹她。据说那天早晨，她在办公室发了好大一通火，把谢淮骂得狗血喷头，隔着几间教室都能听见。

伊美贤骂累了坐下喝茶，哑着嗓子："你不会做你也不会抄夏夏的吗？我都离开了你也不会抄？不开窍的猪脑子，我教书这么多年，还是第一次遇见你这么蠢的学生，真是蠢货他妈给蠢货开门，你简直蠢到家了。"

谢淮被她骂一句两句可以，骂十句八句也能忍，可被指着鼻子骂了一个小时，就也有些恼了。

谢淮恼怒时的神色和平时没什么两样，他看着伊美贤，嬉皮笑脸地说："老师，我保证，你是第一次遇见我这么蠢的学生，也是最后一次。"

当时在场的人听到这话，都以为他是在哄伊美贤，直到一个星期后，才明白他那句话背后的含义。

之后的一星期内，谢淮又补考了五次，每次卷面写得整齐满当，分数却从不超过二十。

伊美贤回过味来气笑了，她没力气骂谢淮了，直接用办公室的打印机印了一百张试卷，摔到谢淮面前："喜欢做卷子是吧？喜欢做你就每天都来做一张，直到你能及格为止。"

谢淮半句也不顶撞她，笑容不羁又轻蔑，从那以后他每天早上必定光临伊美贤的办公室，胡编乱造做完一张卷子，然后才去上课。

这事看起来简单，坚持下来却需要相当强悍的毅力。一开始伊美贤还兴致勃勃，她以往都是九点上班，为了和谢淮较劲，硬生生提前一个小时，就为了坐到办公室给他监考。

她早起了半个月，眼圈乌黑，睡眠极度不足，最后实在受不了，把办公室钥匙交给姜景州让他监督。姜景州白天上课晚上还要处理学生会的琐事，早起一个星期后也烦了，直接把钥匙丢给谢淮，让他自己开门。

谢淮每天七点起床，有条不紊地收好上课要用的东西，七点半到伊美贤办公室做卷子，八点半做完去上早课。他像个定时闹钟一样，每天准时出现，风雨无阻。

伊美贤早上上班时热情洋溢，可每当看到谢淮摆在她桌子上的试卷，脸色总得沉下来几分。

谢淮有时起晚了来不及在食堂吃饭，就打包一份到她座位上一边考试一边吃早餐，有时是包子，有时是馅饼，有时是油条，吃完的塑料袋朝垃圾桶里一扔，伊美贤早上开门时总能闻到办公室里有一股油味。她几乎要被他折磨疯了。

这天早上伊美贤推开办公室的门，屋里清爽没有味道，谢淮的卷子照例摆在她桌面最显眼的地方，在卷子旁边，放着一杯温热的红枣豆浆。

伊美贤当了这些年辅导员，明里暗里收了学生不少礼，她下意识地觉得这是谢淮在向她求和，但她还是第一次见送礼送得像谢淮这么寒碜的。

一杯红枣豆浆，三块五毛钱。

她心里嫌弃的同时又有点得意，几年难遇的问题学生也没看上去那么刺头，管教起来不费吹灰之力。

学生会的干部很喜欢到她办公室玩，下了早课后三三两两聚过来闲聊。伊美贤众星拱月般坐在学生中间，有一搭没一搭地和他们聊天，她眼睛瞥到那杯红枣豆浆，觉得嘴巴有点干。她插上吸管，刚喝了两口，谢淮突然鬼一样出现在门口。

他懒散地倚着门框，眸子漆黑，唇边挂笑："伊老师，我豆浆忘了拿。"

屋里的学生纷纷看向伊美贤手里的豆浆杯。

伊美贤："……"

谢淮盯着她的手看："啊，已经被您喝了吗？那算了。"

他的语气颇有些遗憾。

伊美贤被这么多学生看着，面子上下不来，尖着嗓子说："别算了啊，来，我这就把钱给你。"

这时候但凡懂事的都该接一句："不不不，哪能要老师的钱啊？"

但谢淮显然没有那份自觉，他慢悠悠地走进办公室。

"三块钱而已，按理来说不该让老师掏。"他笑笑，"但您是位严于律己、两袖清风的好老师，我怕您拿学生的东西，心里过意不去。"

伊美贤掏出钱包，里面只有一百元的整钞，她面色难看。

谢淮翻了翻自己的包，找出一把做生意收的零钱零零散散摆在桌上。他安慰伊美贤："老师别担心，我找得开。"

傍晚六点，天光昏黄，照得女生宿舍半明半暗。

赵珊琪在用电煮锅煲粥，锅里氤氲起层层白气漫散在空气中。

祝子瑜笑得仰在椅子上："我真是服了谢淮，别人对伊美贤有意见也就背后吐槽几句，他是怎么做出这种事的？听说谢淮走了以后，伊美贤在办公室脸都气绿了。"

赵珊琪听到她说谢淮，转过头来："谢淮他太孩子气了。"说完又问安静地在一旁没插话的夏夏："夏夏，你和谢淮熟，知不知道他心里在想什么啊？"

夏夏在位子上做英语作业，闻言笔尖顿了顿，轻声说："我不知道。"

她嘴上这么说，心里却认为赵珊琪说得对，谢淮就是孩子气，也只是孩子气，他不是第一次挨伊美贤的骂，却是第一次和她对着干。夏夏觉得是伊美贤戳中了谢淮的痛点，就像常市警局那位警察一样踩了他的底线。伊美贤不是骂他考得差，她骂他蠢，连抄答案都不会。如果这事反过来，谢淮抄答案被逮住挨骂，他估计一声都不会吭。而在这种情景倒置下，是个人都会有点脾气。

谢淮就像个孩子，一身难平的少年棱角，不屑烦琐的弯弯绕绕。

蔡芸从外面回来，三人知道她和伊美贤关系匪浅，不约而同地停止了刚才的话题。蔡芸把几张表格放到夏夏面前，冷淡地说："贫困生助学金申请，填完给我。"

夏夏拿起那几页纸看了看，申请贫困补助的流程很麻烦，首先需要贫困自述，其次是户籍地政府部门盖章证明，最后辅导员会和家长联系，有时还要家访，确认情况是否属实。

夏夏把表还给蔡芸："我没说要申请补助，留给别人吧。"

蔡芸一脸嘲讽："你装什么啊？都穷得揭不开锅了，还在这儿打肿脸充胖子呢？"

夏夏表情淡淡的："嗯，你说的都对。不过我揭不开锅也不会去偷你家大米，少替我操心吧。"

蔡芸冷笑：“随便你，对了，忘记跟你说，我刚才在楼下遇见你那民工亲戚了，他有事找你，让你下去一趟。”

夏夏不解：“什么民工亲戚？”

赵珊琪见她俩快吵起来了，连忙插话：“昨天晚上我和蔡芸出去吃饭，在校门口遇到一个民工打扮的男人，他拉住一个人就问认不认识夏夏，他说是你亲戚，我就把你的电话给他了，他没联系你吗？”

夏夏眉宇间全是困惑：“我家没人在南城。”

话音刚落，她的手机响了，来电显示是陌生号码，归属地在常市，她随手接起。

对面是个男人，声音粗哑，嗓子眼里似乎黏着稠稠的痰咳不出来：“我就说那天没眼花，夏夏，你真是让我找了好久啊。”

那声音刚一进耳朵，夏夏的脑子就轰然炸开，握着手机僵在那里。

远处斜阳落山，遁入层叠的山影之中，天际只剩云霭与赤色霞光，交融在天与山的缝隙中。

夏夏手机没拿稳，吧嗒掉到了地上。

夏夏从没恨过魏金海，哪怕他自私吝啬，一副低劣的小市民嘴脸，从没让她过上不用为钱担忧、尊严体面的日子，哪怕她高考失利有魏金海那破烂土方的原因，她也没有恨过他半分。

她对魏金海而言不过是个拖油瓶，他能让她住在家里，给她吃喝，让她读书，夏夏心里已经很感激他了。在过去那些年里，夏夏甚至一刻都没停过地讨好魏金海，平日放学回家写完作业就去做家务，做饭、洗衣、擦地……只要魏金海不睡觉，她就一刻也没闲过。

她不怕日子过得苦，她只怕某天魏金海把她们扫地出门，那时吴丽又会带她回乡下。她不想回去，乡下有魔鬼。

生父去世时夏夏还小，过了这么多年，她的记忆早已模糊，只记得那阵子屋里总挂着一片白，来家里吊唁的人把门槛都踩矮了一截。

小夏夏不懂发生了什么，也没有过多悲伤，傻乎乎地蹲在院子角落里玩泥巴。鸡窝里的公鸡飞出来了，她甩着柳枝去追，鸡扑棱起翅膀，扬了她一脸飞灰。

她跑到厢房墙角，听见屋里吴丽啜泣的声音："滚开！你哥才刚走，你有没有点良心？"

夏军边笑边脱衣服："良心？我让你看看我的良心长在哪儿啊！"

吴丽被夏军压在身下，上衣撸至胸口，裤子半褪到膝盖，露出白花花的一片肉来。吴丽听见门吱嘎响的动静，回头看见夏夏，手忙脚乱地把夏军推开。

夏夏茫然地站在原地。

夏军提上裤子朝夏夏走过去，垂涎的目光在她软白的胳膊上打转。

吴丽冲过来抱住夏夏："你别看她。"

夏军咂巴着嘴，没滋没味地走了。

夏军是夏父的堂弟，按辈分夏夏该叫他一声叔。他年轻时游手好闲，人到中年没家没业，靠在镇上做泥瓦匠过活。他每星期回来一趟，自己家门不进，一头扎在吴丽炕上，睡过一宿，第二天天亮又提着东西离开。

夏夏晚上一个人睡，听着隔壁屋子里的动静不敢发出半丝声音。夏军临走前总是用意味深长的目光看着她，她读不出其中的含义，只觉得那目光让她发怵，而每当他离开后，吴丽总会坐在炕头哭上一天。

夏夏疑惑："你讨厌他为什么还要放他进来？"

吴丽抹着眼泪哽咽，骂她："小孩子家家懂什么？把你的嘴闭上，出去半个字不准往外说。"

夏夏确实还小，也确实不懂，可从不懂到懂要不了多久。那两年是她记忆里平稳又安静的时光，自从夏军时不时上门后，喜欢到她们家门前晃荡的邻村混混再也看不见踪影，往常见到夏夏总要欺负一通的孩子也收敛了恶意。

寡妇门前是非多，吴丽从前没了男人，她现在又有了男人，村里的风言风语只敢在她背后蔓延，那些指指点点可以全当作看不见。

夏夏六岁那年，夏军从脚手架上掉下来摔断了胳膊，从此做不了精细活，只能回家种田。他不能吃苦，种了几天地就撒手不干，每日去集市割块猪头肉再配二两小酒吃完，躺在炕头迷迷糊糊过上一天。

初夏暴雨倾盆，河水没过桥面。

夏军站在夏夏背后舔了舔嘴唇："跟叔回家，叔帮你洗。"

夏夏放下裙摆，朝家的方向跑去："我妈在家，她会帮我洗。"

夏军："你妈病了，她不能洗衣服。"

夏夏躲开他伸来抱她的手："我自己会洗。"

她小小一个人，漆黑的眼珠定定地看着他："我不跟你回家。"

夏军笑了："昨天我去镇上给你妈买了药，你跟叔去拿。"

夏夏目光警惕："我不去，你拿来给我。"

夏军说："我一个人拿不动，你不去我就把药扔掉，让你妈病死。"

夏夏只能跟他去，夏军几次想牵她的手，都被她躲开了。

夏军这些年赚的钱都用来喝酒赌博，家里只有两间破烂的屋子，炕上还铺着草席。夏夏坐在院里的门槛上看蚂蚁，夏军在里屋翻找给吴丽买的药。

"你找到没有？"小夏夏奶声奶气地问。

夏军："我就把药放在这儿，怎么找不到了？你进来帮叔找找。"

夏夏进屋，夏军的柜子里空空的，什么都没有。

她疑惑地看着他，刚要问话，夏军一把揽住她的腰把她拎到炕席上。他龇着一口被烟熏黄的牙："夏夏已经六岁了，让我看看夏夏哪里长大了。"

夏夏吓了一跳，拼命捶打着他的手臂，用脚蹬他裤子。她用尽全力的抵抗在夏军看来不过是挠痒痒，他恶狠狠地笑了笑，扯开她身上的白色波点裙，露出里面浅粉色的小内裤。夏夏放声大哭，她虽然不懂夏军要做什么，但小孩敏感的情绪能感知到他不怀好意。她见夏军在脱裤子，脚朝前一蹬踢在他裆部，夏军疼得嘶了口气，一巴掌抡在她脑袋上。

吴丽从门外冲进来，她有心脏病，跑得太快喘不上气，脸涨成紫红色。她推开夏军，疯了一样地咆哮："你有什么冲我来，她才六岁，你还是个人吗？"

夏夏浑身抖个不停，因为惊惧，小脸煞白，挂着泪花。

夏军缓过劲来，骂骂咧咧，抡起拳头就朝吴丽身上砸。

夏夏被吴丽搂在怀里，她死死地抱着吴丽的脖子，惊恐的瞳孔之中映着一张因为恼怒而失去理智的男人面孔。

那是她噩梦的开场。

八岁前的夏夏几乎挨遍了她人生里所有的毒打，棍子、皮带、酒瓶……夏军酗酒，脾气日渐暴戾，只要喝醉了就会把夏夏拎到眼前拳打脚踢一通。

有时夏军一时兴起，想去撩开衣服摸摸女孩白嫩的皮肤，她稍稍反抗便会招致一顿劈头盖脸的毒打。吴丽不敢护，她只要说上一句话，夏军就会打得更凶。

在夏夏有记忆后的那几年，身上的青紫一直没褪过。她跑去村委会请人帮忙，书记知道吴丽和夏军是姘头也没有多管，只是骂了夏军几句让他不准再打孩子，夏军低声下气地应了，等书记走后，他揪着夏夏的头发，把她的头死命地往墙上撞。

夏夏也想过报警，电话还没拨出去就被夏军发现了，他把电话线拔了，反身一个酒瓶砸在夏夏后脑勺。那道疤直到今日还留在夏夏头上，掩在头发下面。

吴丽几次想带她离开，却一次都没能走成。她身体太差了，不可能一个人带着孩子外出讨生活，她没有谋生的本事不说，光是走上几步路都吭哧吭哧喘不上气，她这辈子注定得依靠男人而活。

她也曾想不开打算拉着夏夏一起去死。

那天夏夏午睡刚醒，站在里屋门口看吴丽关上门窗打开了煤气阀门，女孩抱着她脏兮兮的玩具小兔静静站着。

午后阳光刺眼，晒得女孩脸颊清秀透亮，没有血色也没有笑容。

吴丽和她对视几秒，那股子骤生的狠劲忽然就提不起来了。她把煤气关了，抱着夏夏哭："妈也没办法，妈没用，我这病拖累人，没人愿意娶我。我带你走咱们也得饿死，在这儿你至少有饭吃，有书读，你再忍忍，忍几年长大了，长大你就跑吧，去外面打工，能养活自己就行。"

夏夏沉默着，吴丽口中的长大对她而言太遥远了，她甚至不知道自己能不能撑到那一天。她恨极了夏军，也怕极了他，每当他从外面回来，她连呼吸都要小心翼翼，生怕哪里做得不好又要挨打。

她成夜成夜睡不安稳，闭上眼梦里就是夏军狰狞的笑脸。他看她的眼神总是带着一股恶狠狠又饥渴的劲，虽然那年以后他再没碰过她，但夏夏总是提心吊胆。

夏夏八岁生日那天，吴丽掏了一瓢鸡蛋、一小袋面粉去邻村蛋糕房给夏夏做了一个小蛋糕。

那是夏夏第一次吃蛋糕，小女孩对新鲜的东西充满好奇，一会儿戳戳彩色的蜡烛，一会儿碰碰奶油上缀的假花，尝一口甜甜的奶油就停不下嘴了，一口气吃了半块，嘴角白白的。

夏军打牌回来，顺道在村口小卖部买了二斤烧酒，回家时瓶子空了一半，带着一身酒气。

屋外下着瓢泼大雨，豆大的雨滴噼里啪啦砸在院里的鸡笼盖上，听得人心惊肉跳。

夏军遮雨的斗笠被水浸得湿漉漉的，朝下滴着脏水。

他浑浊的眼盯着桌上的蛋糕。

夏夏不敢再吃了，紧张地抓住吴丽的袖子。

夏军输了钱，一身戾气，他阴森森地笑："我每天累死累活赚钱养家，你们倒好，在家享清福。"

他手里的酒瓶碎裂在地上，玻璃碴溅到吴丽脖子上划开一道血口，吴丽还没来得及喊痛就被夏军拽着头发拖到院子里，他抄起地上的扫帚朝吴丽身上抽去，眼珠猩红，看得人发瘆。

夏夏去拦他，夏军胳膊一抬把她甩到地上。吴丽趴在地上一动不动，鼻子、嘴巴里都呛了水，夏军忽然觉得没意思极了。

夏夏爬过去摇晃吴丽的肩膀，她穿着浅蓝色的小裤子和带蕾丝花边的白T恤，倒在水泊里浑身浸得湿透，衣衫紧紧贴着皮肉，隐隐约约透出里面白皙皮肤的底色。

乡下烈日甚毒，她却晒不黑。她永远白生生的，朝那儿一站，露出嫩藕似的粉粉一截胳膊和小腿，像电视机里的小演员一样漂亮。

夏军又觉得有意思了。

他把夏夏夹在腋下带回了屋子，任由吴丽倒在滂沱的雨里。夏夏死命打他，却没有半分作用，夏军抱着她滚到炕上，一手按住她，另一只手解着裤扣。

他狞笑："你妈跟了我这么久，我早腻了，我养你这么多年可不能白养，长得这么细皮嫩肉的，你也给我爽一爽吧。"

夏夏挣扎、尖叫，每动一下便招致夏军的一顿耳光，打到最后她鼻青脸肿，没了动静，奄奄一息地仰躺在那儿。她虚弱地睁着眼睛，透过落满灰的玻璃窗，看见外面滂沱的大雨和乌蒙蒙的天空。

夏军脱掉裤子，露出那根丑陋狰狞的东西。

一道闪电划过，亮光刺痛了夏夏的眼，她手指动了动，费力地撑起身子。

夏军丝毫没把她放在眼里："还想跑？"

夏夏没跑，她纤细的手臂揽住夏军的脖子，微微弓起身子凑近他。女孩的身躯又轻又小，吊着他的颈部悬在半空。她贴近夏军，一口咬住了他的左耳朵。

暴雨劈面而至，天上惊雷炸起，平白掩过了穹顶下那阵惨叫。

村里人担心再出事端，就给吴丽介绍了魏金海。

魏金海来带母女二人进城那天，特意给夏夏买了条新裙子。

夏夏穿上粉红色的泡泡裙在院子里转圈圈，笑声如银铃般清脆，漂亮得像个坠入凡尘的小天使。魏金海站在墙根下抽烟，笑眯眯地看着她，夏夏乖巧又懂事，凑过去甜甜地叫了他好几声"爸爸"。

魏金海和来看热闹的人闲聊："娶老婆还得了个这么漂亮的女儿，我不亏啊。"

有好事之人和他多嘴："吴丽那娘们儿软弱，又是个没主见的，她跟你结婚后肯定老老实实地听话，给你洗衣服做饭，说不定还能再给你生个儿子，但她女儿就未必能让你过得舒坦了。"

魏金海问："怎么说？小姑娘多可爱啊。"

“可爱？”那人翻了个白眼，“那你是没看见那天我们赶到的时候，雨下得老大，她满脸是血站在院子里，被淋得跟个鬼一样，最恐怖的是，你知道她嘴里叼着什么吗？”那人边说边压低声音，回想起那事满脸惊恐，声音都打着战，“叼着她妈那姘头的半只耳朵。”

夏夏静静在座位上坐着，手机倒扣，这样就看不到消息提示了。她把夏军的号码拉黑，夏军又换了另一个号码，半小时内给她发了二十多条消息。

“叔来看你你连面都不见？不懂规矩。”

“你们学校还挺大的，我没吃晚饭，你带我去食堂转转吃顿好的吧。”

“吴丽说你一个人在外地打工，怎么，偷偷跑来读大学不敢让家里知道，怕魏金海骂你？”

……

夏夏又坐了很久，陆续有女生来敲门。

“夏夏，你爸爸来找你，在楼下等着呢。”

“夏夏，怎么不接你爸电话？他在宿舍外面到处拦人让她们来叫你。”

“夏夏……”

夏夏垂着眼睛，她桌上没开台灯，光线略微有些暗，连带着她脸上的神情都看不太清。

蔡芸毫不留情地嘲讽：“就算再怎么丢人也不用这么躲吧？再拖下去整个学院都知道你有个民工爸了。”

“不会说话你就把嘴闭上。”祝子瑜走到夏夏跟前，看出她情绪不对，低声说，“没事吧？要不我陪你下去。”

夏夏站起来，朝她笑笑：“不用。”

Chapter 5
淮哥给你上一课

夏军站在女生宿舍门口最显眼的位置，他一身沾满水泥灰的脏衣服，头顶的草帽破开几个洞，身上散发着白天上工时流汗的酸味，一双浑浊的眼来回地转，看向进出宿舍楼的女生短裤下的长腿。

他看见夏夏出来，把草帽摘了，露出油腻的头发和一张带着凶相的国字脸。他左耳郭中间有道缝线后留下的疤，像蜈蚣百足弯弯曲曲缠绕着。

夏夏在离他几米外的地方停住脚步。

十年过去，夏军明显老了，那是外形上的苍老，也是神情与眼睛里显露出的沧桑。他似乎不如十年前高大了，那时夏夏得把脖子仰得很酸，才能看到他那双冰冷的眼睛。他眼神里也不再有过去喝醉酒后把人吓得肝胆俱裂的狠意，时间磋磨了他身上的一些东西。而在这些年的光阴里，夏夏长大了。

夏军笑了："你再不出来，我会嚷嚷得你们学校所有人都知道。"

夏夏漠然和他对视："你有事吗？"

夏军："魏金海是怎么教你的？这么多年不见，开口也不叫声叔。"

"你有事吗？"夏夏冷着脸又问了一遍。

夏军走近她，她后退一步，淡淡道："学校保安亭离这儿两百米，昌平区警察分局开车过来只要五分钟，派出所的柴警官我跟他很熟，你再敢靠近，我就喊人了。”

夏军先是一怔，随即说：“我没对你做什么，警察来了又能把我怎么样？”

“倒是你，”他歪着嘴笑，“你把警察叫来，我倒想分说分说我这耳朵是怎么断成两截的。”

天色渐渐暗下来，只有远处天边留着一层薄薄的淡白色，学校的路灯亮了，一墙之隔的小吃街灯火也亮了。

谢淮骑着电动车过来，在女生宿舍门口停了车，车后座的泡沫箱里装着女生订的奶茶。他远远地就看到了夏夏。

女孩满脸寒霜，远没有平日在他面前那柔软温顺的模样，她身前的男人邋遢油腻，脸上挂着低俗不堪的笑。

谢淮摘下头盔，走了过去。

“夏夏。”谢淮把手搭在夏夏肩膀上，刀锋般锐利的目光扫过夏军，“怎么了？”

肩膀上传来谢淮掌心炙热的温度，夏夏的思绪从十年前那狂风骤雨的天气拉回到南大寂静的夜里。

这里是南大，不是那个孤立无援的小村落。现在是十年后，夏军老了，而她长大了，夏军敢在这里打她，谢淮也不会允许。

她怔了怔，轻轻摇头。

“真没有？”谢淮盯着夏军，神色中带着敌意。

“没事。”夏夏小声说，“你去忙吧。”

谢淮也没追问，他淡淡道：“有事叫我。”

谢淮上楼送奶茶了，夏军望着他的背影思量：“男朋友？那天我看到你们在一起吃早饭，你还坐他的摩托车。我找了好几个学校才找到你，也算没白费工夫。”

夏夏不耐烦：“你到底想干什么？”

夏军掀起眼皮：“叔老了，年轻的时候落了一身毛病，只能在工地打杂，一个月拿千八百块。现在的物价你也知道，那点钱能干什么？找个小姐都不够做全套的……还有我这耳朵，阴天下雨就疼得要命，买止痛药也要花上不少钱，这怎么说也是你的责任吧。”

夏夏明白了他的意思，扬眉看他：“我一个学生，你看我像有钱的样子？”

夏军龇着牙笑：“魏金海好歹是个城里人，你给他当了那么多年便宜女儿，他一个月怎么也得给你点生活费吧。”

“是，他给我钱了。”夏夏不客气地说，“但钱给你了我花什么？”

夏军说：“你不是有男朋友吗？花男人的钱你都不会？忘了当初你和你妈是怎么花老子的钱了？”

夏夏静了静，问道：“是不是我把钱给你，以后你都不会再来找我？”

夏军没应承：“那得看你给多少了。”

夏夏摸了摸兜，掏出两百块钱。上周周末燕姐又有活儿叫她去做，给一个活动典礼做礼仪小姐，站一天两百块钱。

夏军接过钱，嗤笑一声，忽然一个巴掌朝她脸上扇过去：“你当我是叫花子？”

他打夏夏打成习惯了，也不管这是在大庭广众之下，动起手来没有丝毫顾忌。

周围路过的学生纷纷朝这边投来好奇的目光，见到被打的人是夏夏，就更好奇了。

夏夏捂着脸，碎发垂下遮住眼睛：“我只有这些。”

夏军嘴一咧，像是想到了什么绝妙的主意：“你不是还有男朋友吗？我看你男朋友穿得挺好的。”

“你别打他的主意。”夏夏瞪着他，一双杏眼水汪汪的却没什么气势，“他再有钱也不关你的事。”

夏军诡异地笑：“我就随便说说，原来他真有钱啊？夏夏出息了，长大了竟然能傍上有钱人。你今天要是不给钱，我就在这儿等着，等你男朋友出来，让他知道你是个什么东西。”

夏夏咬着毫无血色的嘴唇：“我有什么怕他知道的？”

“你没有怕他知道的？你妈从前在村子里和我乱搞，十里八乡没有不笑话她的，你从小被我当狗打，他要是好家庭出身能看得上你？”夏军指了指自己的耳朵，“还有我这耳朵，你个小杂种这么狠的心，你男朋友知道吗？”

夏夏脸色一白：“你……你别告诉他。”

“两千块钱，多了我也不要，我得拿这钱去看看耳朵。”夏军说，“明天我来找你，你把钱备好了。”

“你别过来。”夏夏急忙说，“我不想让同学看见。”她想了想，“我知道工地在哪儿，明晚下工我去找你。”

谢淮送上来的奶茶是赵珊琪订的。

赵珊琪最近不吃晚饭，但每晚必点两杯奶茶。谢淮本来不单送奶茶，可赵珊琪有钱奢侈，每每点最贵的奶茶不说，还要在里面加一堆料，算下来四十块一杯。大丈夫能屈能伸，谢淮向钱屈服也只是一个点头的事。

夏夏上楼时，谢淮正倚在她宿舍门口的墙上没走。

他静静站着，垂下来的那只手里一颗一颗盘着菩提珠子。

走廊没点灯，暮色透过窗户，月光混着灯光齐齐映在他的脸上。他沉默着不动，像座雕塑，可走近他，在这安静的走廊里又能听见他轻微的呼吸声。

谢淮身上有股好闻的味道，那仿佛是夏日阳光晒过棉被后的暖香，又像清晨草丛里沾着露水的清润。夏夏说不清楚，就是觉得闻起来很舒服。

“你怎么还不走？”哪怕走廊光线昏暗，夏夏依然低着头，不想让谢淮看到她的脸。

谢淮没回答，而是问：“那人是谁？”

“一个远房亲戚。”夏夏如是说。她不知道此刻的自己在别人看来有多异常，只觉得已经把情绪掩饰得很好了。

走廊里灯光亮了，谢淮瞥到她脸颊的红肿，盘着珠子的手指顿住。他嘴唇动了动，最终还是没有开口问她。

夏夏越过他去开寝室的门，谢淮叫住她："夏夏。"他嗓音清冽，"开学这么久，我也没和谁玩得好，唯独看你挺顺眼的，从前说那些话只是吓唬你。"

"我知道你家在常市，南城离常市几千公里，在人生地不熟的地方受了委屈没人帮你，你可以告诉我。"谢淮淡淡道，"淮哥别的不会，修理人的本事最拿手。"

"我既然承认你是我小弟，就是把你当成自己人，谁欺负你，你和我说。"

夏夏出现一瞬间的恍惚，她失神地看着谢淮。

他弯着唇角，笑得一脸痞气："有麻烦要说，知道吗？"

夏夏低声说："知道。"

谢淮摆摆手走了，她进了宿舍，靠在门板上呼出一口气。

赵珊琪桌上那两杯奶茶没有动过，她最近在减肥要戒糖，遗憾地看了眼未开封的奶茶，随手扔进了垃圾桶里。

第二天夏夏睡到中午才起，昨夜脸上的肿已经消了，只留下一道浅浅的巴掌印。

夏夏用祝子瑜的素颜霜遮了一下，又跟她借了件衣服穿。上衣是两件套，里面是黑色吊带，外面是层透明的纱料衬衫，上面缀着细碎的水钻。夏夏精致的锁骨和瘦削的肩胛藏在透明的纱料之下若隐若现，那吊带细细的绳挂在她窄而圆润的肩头，有一丝少女独有的性感。

祝子瑜评价："你穿这衣服也挺好看的。"她眼神一变，笑眯眯地问："夏夏你今天穿这么漂亮是要去约会吗？"

夏夏嘴角一弯，俏皮地回她："我跟谁约会啊？"

夏夏背着书包出门，先去学校外的面馆点了碗臊子面，慢条斯理地吃完，又搭车去电子城逛了一下午。

傍晚五点。

下班的时间，路上行人多了起来。夏夏站在建筑工地对面，工人下了工，成群结队地朝外走。

夏军混在人群里，出门径直朝她走过来：“钱呢？”

夏夏看了眼四周的建筑工人：“你要我在这儿掏给你？”

夏军哂笑：“说的也是，那你跟我走吧。”

他住的地方是片低矮的平房，和几个工友合租了一间屋子，那片房子被强拆了几间，一半都是砖瓦连绵的断壁残垣。

夏夏走到房门口，停下来不走了。

四周放眼望去，一片废墟，没什么人来，夏军点了根呛鼻的烟：“拿出来吧。”

夏夏说：“我没有钱。”

“你是成年男人，有手有脚，向我一个学生勒索，”她面不改色，“越活越回去，脸都不要了？”

夏军手指一顿，橘黄色的烟头飘出袅袅白雾。他打量着夏夏，目光穿过她那轻薄的外套，停驻在她纤细的脖颈和层棱有致的锁骨上。

十年的时间过去，眼前的女孩从奶声奶气的女童长成亭亭玉立的窈窕少女，出落得楚楚动人，夏军心里忍不住一阵痒痒。

他把烟掐了：“没带钱，用人抵也行啊。”

夏夏挑眉：“小时候就打我妈猥亵我，到老了毛病还没改？怎么抵，你是想打我一顿出气还是想强奸我？”

夏军嗤笑：“十年前你吃老子的喝老子的，摸你两下怎么了？跟你那妈一个德行，净跟我面前装纯，动一动你还他妈敢咬掉老子的耳朵。”

夏夏：“猥亵就是猥亵，不用说得那么冠冕堂皇。”

夏军把烟蒂扔在地上用鞋底碾了碾，忽然伸手朝夏夏抓过去。夏夏侧身躲开，可他的手不是朝她人去的，而是揪她的书包。

他把她背上的包扯下来，拉链一拉，翻出里面正在运行的录音笔。

夏军：“夏夏，你功力还是不到家。一个逼急了能把老子耳朵咬掉的人，会被我三言两语就吓得上门送钱，张口闭口不离勒索猥亵？你当我傻吗？”

他将夏夏上午刚买的录音笔扔在脚下踩得稀烂。

夏夏没反应，只是静静地看着他：“那你觉得我该怎么做呢？”

她知道录音笔本来也没办法作为证据，事情过去那么多年了，根本无从追究，录音也只是为了日后备用。

夏夏掏出手机拨了一个号码，夏军下意识要抢。夏夏把手机举高：“我出来见谁，在哪儿见，我男朋友全都知道，你敢碰我一下，他直接报警抓你。”

夏军被她唬住，他知道夏夏这话有恐吓的成分在，但确实没错。她敢只身一人出来见他，没点准备是不可能的。夏夏的录音笔已经被他弄坏了，他也没碰她一根头发，哪怕她招来警察，对方也没有无缘无故把他抓走的道理。

夏夏就这样站在他面前打电话，夏军一时间不敢轻举妄动。提示音响了几声，谢淮接了电话，淡淡一个“喂”出现在免提音里。

夏夏握着手机，冰冷的目光盯着夏军：“我在碧桂园三期工地对面的平房外，跟我在一起的人叫夏军，籍贯常市萍乡县，今天我身上所有的伤都是他打的，如果我回不去，记得给警察打电话。”

夏军：“……”

夏夏没等谢淮说话，直接挂了电话。

夏军脸色阴沉：“你耍我？”

夏夏根本没提前告诉谢淮她去了哪儿，她当着他的面把这信息送了出去，对他而言无异于戏耍。

夏夏：“你还是那么自以为是，对付你这种人，我连提前准备的必要都没有。”

她话音刚落，脸上就挨了夏军一巴掌。

夏军啐了一口：“小贱人。”

“打我是吗？”夏夏眸光暗了暗，弯腰捡了一块砖头。

夏军嘲讽：“怎么，就你那瘦胳膊瘦腿，还想还手？婊子妈生的小婊子，一家子贱货。”

夏夏弯了弯唇角，手一抬，眼睛都不眨就把砖头砸在自己头上，那砖块应声而碎，她的额上瞬间渗出一片鲜红的血。

夏夏把手里碎掉的半块砖头扔了，又捡了块新的。蜿蜒的血顺着她额角流下，她像感觉不到疼似的，连眉头都没皱一下。

“你凭什么觉得现在的我还会任你揉捏啊？”她将第二块砖头拍碎在头上，血把发际线上的碎发染得通红。

她用手扯着衣领，把身上的衣服粗鲁地撕开，说话声音因为疼痛一颤一颤的：“我恨不得让你去死。”

夏军看得心惊肉跳，伸手去抢她手里的砖块，想制止她自残。

夏夏把碎砖头带着棱角的一面抵住脖子上的动脉，她偏着头，手下微微用力，在脖子上划开一道血痕。

“我下手没轻重，说不准下一次就把动脉割开了。”她目光冷峻，“我的衣服是你撕烂的，我的伤是你打的。”

“如果我今天死在这儿，警察稍微一调查就知道从前发生了什么事，你有杀人动机，有我的指证，工地上那么多双眼睛看着我跟你离开，你就是杀人凶手。”

夏夏嗓音冰冷：“你还敢碰我吗？你碰我一下试试。”

夏夏醒来的时候头痛欲裂。

她还没睁开眼睛，就听见病房里一个有些熟悉的老太太声音说：“我们源太这次是见义勇为，你可不要像审讯犯人一样审问他。”

女警察声音温柔：“您放心，只是问他几个问题，我们抓到的那人不承认是自己打的，这姑娘还没醒，只能找源太了解情况。”

最开始的头痛缓过去，夏夏断断续续想起之前发生的事情。

夏军被她唬住没多久，见她不要命一样拿石块朝自己头上砸，心里也慌了。夏夏丝毫不像在说笑，眼神里的狠劲让他看了都心惊胆战，好像她会在这里打死自己。

夏军去抢石头，夏夏反手给了他脑袋一下。他忍痛把她手里攥的砖块抢下来，破口大骂：“你想死别拖上我，老子不吃你这套！”

他话音刚落，就被人从背后一拳抡倒在地。

夏夏晕倒之前，看见的最后一张面孔是梁源太的脸。

夏夏闭着眼听他们说话，得知了一些信息。

梁源太和奶奶就住在那片平房区，他出来打水正好看到有个男人在打人，想也没想就冲过去阻止。梁源太见夏夏满头是血倒在地上，仗着力气大，也把夏军打得鼻青脸肿，自己也受了点擦伤，和夏夏一起被送到医院包扎。

女警察问了几个问题,翻来覆去都是围绕着夏夏头上的伤是谁打的。

梁源太一口咬定：“就是他打的，他都快把夏夏打死了。”

夏夏听到这里，心里有了计较。她眉头蹙起，垂在床边的手指动了动，痛苦地哼了几声，艰难地睁开眼睛。

女警察见她醒了，连忙叫值班医生过来检查，并在一旁温柔地问：“感觉好点了吗？”

夏夏细声细气地说：“姐姐，我头好疼。”

女警察：“医生说这是醒来以后的正常反应，你稍微休息一下，一会儿我们要向你了解情况。”

夏夏嗯了一声，她偏头看了看旁边病床上的梁源太：“你受伤了吗？”

梁奶奶说：“他胳膊破了点皮。”

“源太，谢谢你救了我。”夏夏因为失血过多脸色苍白，吸气也因为疼痛一抽一抽的。小姑娘虚弱地躺在那儿，看着就让人心疼。

梁源太脸红了：“不用客气。”

女警察拿着本子坐到她身边来：“夏夏，你头上的伤是谁打的？”

夏夏的床板被摇了起来，她靠床坐着，头上缠了一圈绷带。她听完警察问话，眼圈骤然红了，没等女警察说出下一句话，眼泪就扑哧扑哧地朝下掉。

女警察：“你别哭啊，你头上有伤不能哭的，要是觉得现在情绪不好，我们待会儿再说。”

夏夏用手背揩掉眼泪：“夏军打的，小时候他常常打我，曾经用酒瓶把我打出过脑震荡。有一次我不小心把他的酒碰洒了，他还把我吊起来打。”

梁奶奶听得火冒三丈：“这不是畜生吗？警察同志，这个人你们可不能放过。”

女警察记录的笔顿了顿，又问：“能把事发经过说一下吗？”

夏夏哽咽着说："他那天到学校来跟我要钱，恐吓我如果不给他钱就让全校的人知道我跟他有关系，我一个穷学生，学费都要自己打工赚，拿不出那么多钱……我想报警，可是又没有他勒索我的证据，就拿了录音笔去套他的话……结果录音笔被他发现了。"

女警察："你在这期间给谢淮打了一个电话求救，具体是什么时候？"

夏夏说："在他把录音笔弄坏以后，我给谢淮打电话激怒了夏军，他撕我衣服，还想要强奸我。"

女警察目光里露出一丝不忍，她合上本子："情况基本都对上了，现场坏掉的录音笔残骸，还有打给谢淮的那通电话，昨天晚上有不少南大的学生看到夏军在宿舍楼外打她，但是我不理解的是，夏军一直喊冤枉，他说你的伤是你自己打的。"

梁奶奶气愤地说："放屁！他糊弄谁呢！自己打的？别说是个小姑娘，就算是个畜生也舍不得对自己下这么狠的手吧？"

夏夏眼皮子抽抽了两下。

女警察附和："就是，别说有源太这个证人，就算没有源太作证，夏军的话我们也不会信的。把自己打成这样就为了陷害他？除了变态正常人干不出来。"

夏夏的眼皮有点抽筋，索性闭上眼睛装头疼。

梁奶奶出门送警察离开，隔壁床上的梁源太轻手轻脚地下来，夏夏听见动静睁开眼，看见他像小狗一样蹲在她床边。

"我听见你和他说话了。"梁源太眼睛瞪得溜圆，"我也看见你拿石头打自己了。"

夏夏愣住，她问："那你刚才为什么不告诉警察？"

梁源太："他敢欺负你，我不让他好过。"

他可怜兮兮地看着夏夏："你能别讨厌我吗？上次奶奶已经骂过我了，她还把我关了一个星期。"

夏夏眉间闪过一抹狡黠："那你要答应我，不准把这件事告诉别人。"

梁源太一口应承，笑嘻嘻地蹲在夏夏身边和她说话，他伤得不重，梁奶奶送走警察后就带他出院了。

夏夏一个人孤零零地待在病房里，身上穿着质地柔软的蓝色病服，祝子瑜的衣服沾了血被换下来放在一边。

现在已经是第二天上午了，夏夏肚子有些饿，打算订个外卖吃。

她刚打开手机，谢淮就进来了。

他手里拎着塑料袋，是给她买的早餐。

谢淮声音里带着怒意："还有心思订外卖呢？你差点把自己打成脑震荡知道吗？"

夏夏："……"

她装傻："淮哥你在说什么啊？我是被那个男人打的。"

谢淮将吃的放在床头，架起病床边的小桌板。

他解开食物袋子，里面飘出酱肉包子和南瓜稀饭的味道。

"别跟我装。"谢淮说，"楼下遇到梁源太，他都告诉我了。"

夏夏："……"

她就不该相信一个傻子的承诺。

梁源太被谢淮打过，看见谢淮估计吓死了，嘴皮子一秃噜什么都交代了。

夏夏没继续装傻，也没解释自己为什么要这样做，拿过桌上的粥小口小口喝起来。南瓜粥烫嘴，她吹了几下，吹散表面那层热气。

谢淮："夏军拘留十五天，你这一身伤换他十五天拘留，划得来吗？"

夏夏说："大学生医保可以报销大部分医药费，夏军肯定也要赔偿我，不用花什么代价就能让他进去十五天，划得来。"

她语气淡淡的，全然没把自己受伤的疼痛和日后可能会留下疤的情况当作代价计入其中。

"那他出来以后呢，他能咽得下这口气？你这招数一次好用，用多了别说夏军不上当，就连警察都能看出是怎么回事了。"

夏夏沉默。

"昨晚我在警局待了一宿，夏军交代的事情我听了一些。"谢淮站到床前，自上而下地注视她，“你恨他吗？”

夏夏嗓音低低的：“我恨不得让他在里面待一辈子。”

谢淮静静看着她。女孩坐在那儿，清晨温暖的日光笼着她全身上下，她却脸颊苍白，神色郁郁，没有半分生机。她的嘴唇没有一丝血色，起了层细碎的白皮，她紧紧抿着唇，目光垂落，看向南瓜粥蒸腾上来的热气。

谢淮：“想让他在里面待一辈子，你就这点出息？”

夏夏诚恳地问：“那我想杀了他，你能帮我吗？”

谢淮没回答，而是问：“知道梁源太为什么把这件事告诉我吗？”

没等夏夏说话，他自己解释：“上次我拦车揍了他，他以为我是你男朋友。”

夏夏听到“男朋友”三个字，苍白的脸染上一层飞霞：“他胡说八道什么？”

“胡说八道？”谢淮淡淡道，“那是谁跟夏军说我是她男朋友的？”

夏夏：“……”

谢淮盯着她：“问你话呢。”

夏夏被他看得心虚：“你别看我，我怎么知道。”

“背地里占我便宜当我不知道？”谢淮说，“你既然开口了，这声‘男朋友’就不能白叫。”

夏夏被他戳穿，有些自暴自弃：“那你可得当心点，先是你，再是梁源太，现在又是夏军。我天生克男人，凡是打我主意的男人最后都进去了。”

谢淮站在窗台前，微风从窗外吹进来，将他耳边的发丝拂起。

“他在里面待一辈子你就能出气吗？”谢淮搭住夏夏瘦弱的肩膀，强制她转向自己，“这话我只说一次，你给我听仔细了。”

“对付这种杂碎，还不需要以伤害自己作为代价。”他平静的目光之中掩藏着深邃的情绪，与夏夏对视时又有几分温柔，“修理人的法子多的是，你好好学着点。”

“等你把伤养好，淮哥亲自教你。”

夏夏出院那天，谢淮开车在门口等她。

他叼了根棒棒糖坐在驾驶室，脑袋斜倚在车玻璃上。

夏夏伤养好了，精神也好了。她上车环顾一圈，惊喜地问：“淮哥，你这段时间一定赚了不少钱吧？这么快连车都买上了。”

谢淮问：“你不觉得这车眼熟吗？”

夏夏茫然，谢淮敲了敲方向盘：“车是梁源太的，这几天我没去看你，知道我在干什么吗？”

她住院时，谢淮常常会去看她，给她带吃的和生活用品。夏夏吃饭的时候，谢淮要么在旁边打游戏，要么和她谈天说地。夏夏这才发现谢淮是个话痨，她没空说话，他就自己跟自己说。她也是第一次发现谢淮懂得很多，无论她聊什么话题，他永远能接过侃侃而谈，而谢淮谈到的很多东西她连听都没听过。

夏夏想也没想，说：“赚钱。”

谢淮每一天都过得简单而充实，他不是在赚钱，就是在去赚钱的路上。

夏夏没奢望谢淮能每天来看他，但心里还是隐约期盼着。住院的日子无聊又乏味，谢淮没来的那些天，每天早晨病房的门打开，她都会看过去，总觉得下一秒他会提着早餐从外面进来。

夏夏也不明白自己是什么心理，或许就像谢淮说的，她在南城孤零零一个人，受伤了也不能和家人联系，幸而被欺负了有谢淮帮她，也只有谢淮帮她。

她想，那心情大概是依赖吧。

“我在找方便办事的地方。”谢淮问，“知道找地方是为了做什么吗？”

他唇边弯出一丝难以察觉的笑。

夏夏见他这表情，以为他的生意又百尺竿头更进一步了，下意识地问：“你在找铺面开店吗？你打算卖什么？如果需要服务员的话，你能优先考虑我吗？我便宜又好用，一小时给六块就成。”

谢淮笑容消失，面无表情：“你闭嘴吧。”

夜色渐深。

谢淮把车停在路边，姜景州和梁源太上了车。

夏夏：“学长？你怎么在这儿？”

姜景州笑了笑，没说话。倒是梁源太兴冲冲地说：“淮哥叫我来撑场子的。”

夏夏狐疑地看他一眼，心想叫梁源太不砸场子就不错了，他能干什么？

谢淮唇角挂着淡淡的笑：“你别小看源太。”

他把车子拐进一条小巷，停在不起眼的角落里。

一街之隔的对面是个发廊，大晚上门两边挂着两个大红色的灯笼，姜景州和梁源太下了车，站在街角的阴影里抽烟。

谢淮没有下车，他翻了翻座位下的袋子，掏出根棒棒糖塞进嘴里。然后随手按开音乐，闭眼靠着座椅养神。

音乐的曲调悠扬，一个粗哑的男声轻轻哼唱。

你我皆凡人，生在人世间，
终日奔波苦，一刻不得闲。
既然不是仙，难免有杂念，
道义放两旁，利字摆中间……

车里开了空调，点着熏香，夏夏鼻子动了动，闻到一缕冷香。

谢淮把车内灯光调暗，他藏在晦暗的光线里，只有对着风挡玻璃外一点微弱的路灯光亮才能看到他半边俊美的脸。

他注意到夏夏在看他，抽出嘴里的棒棒糖在她眼前晃了晃：“想吃？可惜梁源太只剩一根了，你如果不嫌弃我的口水……”

夏夏偷看他被发现了，别过脸装作什么都没发生，嘟囔着说：“嫌弃死了。”

谢淮把糖塞回嘴里，倾身凑近夏夏，手掌在她头发上碰了碰：“我看看你的伤。”

夏夏顺服地低下头，感觉谢淮温柔的力度在她发丝上摩挲：“已经愈合了。”

她头上的伤口不深，结着深深浅浅颜色不一的痂，颈部的血痕也长出了新肉，夏夏把外套的领口竖起，遮住了那块伤疤。

谢淮嘴里的棒棒糖动了动，和牙齿发出碰撞声，他指腹落在她头发下面一道陈年旧疤上："这里怎么回事？"

夏夏直起身，把头发捋顺："酒瓶砸的。"

多少男子汉，一怒为红颜，
多少同林鸟，已成分飞燕。
人生何其短，何必苦苦恋，
爱人不见了，向谁去喊冤……

谢淮静了片刻，问："夏军？"

夏夏被车内的冷气冻着了，裹了裹外套透风的领口："他那天打我妈，我想报警，被他发现了。"

谢淮随手关了冷气，没再说话。

发廊里走出一个男人，夏夏眯起眼睛。半个月不见，他瘦了，脸上依然是一块青一块紫的，显然那天梁源太打他是下了狠手。

姜景州和梁源太把烟掐了，朝夏军走了过去。

谢淮抬手把车厢灯打开，四周一下子明亮起来。夏夏被光刺得闭了下眼睛，再睁开的时候夏军已经被姜景州和梁源太拖着，朝车子走过来。

夏夏转头看谢淮："这是干什么？"

谢淮发动车子，面不改色："淮哥今天给你上一课，你看仔细了。"

夏军刚出发廊，还没看清面前的人是谁就被带上了车。他想挣扎，但左右坐着姜景州和梁源太，一人按住他一边肩膀抵在座位上。

他动不了，只得安静下来，看见副驾驶座上的人，便想明白怎么回事了，冷笑道："夏夏，你出息了啊。"

车厢里静静的，没人理他。

夏军阴阴地笑："我还没找你算账，你倒自己找上门了。你想找人打我？我刚出来就一身伤，让警察知道了，下次进拘留所的人该是你了吧？”

“拘留所你见过吗？”他嗓子沙哑，“每天水煮洋芋炖萝卜，你细皮嫩肉的，进去一趟受得了吗？”

他自言自语，回应他的只有音乐里浑厚的男声。车子高速行驶，四周静悄悄的没声，夏军左顾右盼，看向窗外，心慌起来，开始口无遮拦，嘴里骂着些不干不净的话。

谢淮侧头看夏夏。

女孩把自己裹在外套里，塞上耳机，将音乐声调到最大。她的目光看向窗外，天空深邃的底色上缀着铅灰色的云，她眼里有橘黄色路灯的光亮，有婆娑招摇的树影，有遥远的天幕和璀璨的繁星，就是没有后座那一口一句“臭婊子”“小贱人”的粗鄙男人。

谢淮伸手落在她头顶，按着她的头发揉了揉。

夏夏转头看他，见他在笑。

谢淮抬头，在镜中与后座的姜景州对视一眼：“让他闭嘴。”

听到这话，夏军越发紧张起来，破口大骂：“你最好现在就把我放了，不然老子做鬼都不会放过你，我一直缠着你，看谁耗得过谁！”

姜景州掏出一块脏抹布要塞他的嘴，谢淮开口：“等等。”

他从兜里摸出一盒图钉扔过去，神色淡淡的：“用这个，我最近睡眠不足，一点不干净的声音都听不得，头疼。”

夏夏透过后视镜，看见姜景州无奈地笑了笑。

他掰开夏军的牙关，朝他嘴里一颗一颗地塞。在夏军嘴里塞了十来颗后，姜景州用胶布把他的嘴巴封上了。

夏军要叫，姜景州轻飘飘地说：“这东西可不长眼，你再叫一声，当心它顺着你的食道滑进去。”

夏军不敢出声了，一双眼恶狠狠地瞪着夏夏。

谢淮将车停到一座荒僻的烂尾楼前，梁源太和姜景州把夏军拖下车，谢淮没动。

他把腕间的菩提珠串摘下，当成项链挂在脖子上。他今天穿了件白

T恤，衬得整个人十足温柔，纯色的T恤搭配褐色的菩提，又带着半分狂野，叫人说不分明那到底是怎样一种气质。

谢淮就像个温柔的混混。

夏夏琢磨许久，觉得没有什么比这个形容更适合他。

“你到底要让我看什么？”夏夏问，“太过分的事肯定不能做，充其量打他一顿，可夏军很难缠，你打不服他的。今天打了他，明天他还会来找我。”

“谁说我要打他？”谢淮无所谓地笑笑，“夏夏，我跟你打个赌。”

夏夏问：“赌什么？”

“我不打他一下，但我能让他以后再也不敢靠近你。”谢淮说，“他今天受一点伤就算我输。赌这个，敢玩吗？”

夏夏静了静：“赌注是什么？”

谢淮唇角弯了弯，脸上笑意更浓：“输了你亲我一下。”

夏夏脸一红，反问：“那要是你输了呢？”

谢淮看着她，神色沾染着十足的少年痞气。他懒洋洋地说：“那换我亲你一下呗。”

夏军躺在地上。

嘴里塞着的东西扎着他的口腔和舌头，十分疼痛，他连口水都不敢咽，生怕不小心吞下去。于是唾液含满整个口腔，装不下了就顺着胶布黏嘴的缝隙漏出来，弄得他下巴脏兮兮的。

谢淮朝他走过来，他面露惊恐。虽然动手的一直是身边这两个人，但他不傻，看得出谢淮才是说了算的那个。

谢淮蹲到他面前。

夏军呜了两声，谢淮问：“想让我把胶布撕开？”

他冷淡地笑了笑，手指抓着夏军的后衣领，把他朝烂尾楼上拖。谢淮虽然不是赵一雷那种壮硕的身材，力气却很大，拖着夏军这样一个五大三粗的男人毫不费力。

夏军像个破麻袋一样，腿部和背部贴地，被拽着一级一级台阶擦上去。

这烂尾楼荒废多年，台阶上积了厚厚的尘土。等谢淮把夏军拖到楼顶的时候，他身上已经沾满灰尘，眼睛、鼻子里也呛了灰，他想咳嗽却碍于嘴被堵住，只能从喉咙里发出闷闷的吭哧声。

夏军仰头去看谢淮，少年居高临下，他背后是星斗通明的天幕，眼里是彻骨的寒意，秋天的星光冰冷闪烁，却也冷不过他的目光。

那目光让夏军产生了一种发自心底的恐惧——谢淮要闷死他。

他打不出喷嚏，呼吸受阻，头昏脑涨，口水几乎要呛到鼻子里了。

窒息的每一秒都像一个世纪般漫长，就在他下意识地觉得自己快要死掉的时候，嘴上的胶布被人撕开，夏军趴在地上，把嘴里的东西尽数吐了出来。

他睁开眼看，谢淮坐在面前的石墩上。

夏军剧烈地干呕了几声，脑袋歪在地面，把脸上的灰尘蹭掉。他环顾四周，这里是烂尾楼的顶层，当初工程没建好，三侧的墙壁都没砌起来，露天敞在璀璨的星空下。

时不时秋风吹拂，一阵飒飒。

夏军嘴里生疼，一时间没法开口说话。等缓过劲儿来后，控制不住本性，又阴阳怪气地笑道："我像你这么大打群架的时候，你还没蹿出来呢。"

姜景州弯起唇角，嘲讽道："我们少爷长这么大还真没打过群架。"

夏军听到他嘴里对谢淮的称呼，愣了一下："你糊弄谁呢！你想替那小贱人出头，无非是打我一顿，还能弄死我吗？"

谢淮静静看着他："我弄死你又能怎么样？"

夏军说："你敢吗？"

谢淮指着梁源太："认识他吗？"他嗓音冷漠，说话时面不改色，"你就不好奇，为什么他把你打成那样，警察却不敢把他怎么样？"

"你知道他爸妈是谁吗？"谢淮顿了一下，"他就算把你打残废，南城也不会有警察敢管他的事。"

夏夏看了眼梁源太，他一脸憨憨的模样，津津有味地听着谢淮讲话，丝毫没听出来谢淮在拿他忽悠夏军。

谢淮站起身，揪着夏军的头发把他拎起来："你知道我是谁吗？"

"你说我不敢弄死你。"他脸上不带一丝感情，盯着夏军的眸子凉飕飕地说，"我今天就让你看看我敢不敢。"

姜景州从包里掏出一卷长长的绳子，一头系在楼上的混凝土柱子上，另一头系在夏军脚腕上。谢淮抓着夏军那只断过一次的胳膊，拖着他朝楼体没有栏杆的边缘走去。他动作间牵扯到夏军的旧伤，夏军疼得直哀号。

这里是顶楼，等夏军反应过来的时候，谢淮已经把他半个身子推到楼外面了。

夏军这才慌了，强装镇定："你想干什么！"

谢淮淡淡道："去死吧。"

这里偏僻，寂静的夜里没有杂音，只有远处天空偶尔划过的飞机轰鸣声，伴随着夏军凄厉的号叫，听在耳朵里一阵惨烈。

夏夏跑过去："谢淮你疯了吗！"

谢淮站在天台边缘，回头轻轻看她一眼。

夏夏："他死了不要紧，你杀了他是要坐牢的！"

她趴在地上朝下看，夏军的脚踝被绳子束住，身体荡在半空摇摇欲坠。他语无伦次："拉我上去……快拉我上去，求你了啊……"

姜景州把夏夏拉过来："这是特级登山绳，我缠了三条，他腿断了绳子都不会断。"

"你们玩得也太大了。"夏夏被刚刚谢淮的举动吓得脸色苍白。

"这就玩得大了？"谢淮取下套在脖子上的菩提珠串放在手里玩。他笑眯眯的，残忍狠戾的样子消失不见，又变回那个温柔的少年。

"这也算玩得大？"姜景州笑了笑，"那你是没见过他从前……"

他看着谢淮："……少爷从前，那可是太狠了。"

"见过一万响的鞭炮吗？"姜景州说这话时面色平静，仿佛早已见怪不怪，"有人惹了他，他在那人身上绑了五十串一万响的鞭炮，绑完把火给点了。"

夏夏原以为谢淮刚刚做的事情已经是顶破天的疯，没想到从前的谢淮更是疯得可怕。

她磕磕巴巴地问："后……后来呢？"

姜景州漫不经心道："炸了十几响，那人就吓晕了，幸亏少爷灭火灭得及时，否则今年该是他进少管所的第三个年头。"

夏夏怔了怔，问姜景州："你为什么叫他少爷？"

算起在伊美贤办公室那次，这已经是她第二次听姜景州这样称呼谢淮了，上次她肚子痛得厉害无暇他顾，现在想来觉得姜景州这个称呼大有含义。

姜景州莞尔："叫习惯了，改不过来。"

夏夏疑惑地看着他，谢淮岔开话题："把人拉上来。"

姜景州和梁源太合力把夏军拉了上来，夏军被倒吊了不一会儿，脸已经涨成猪肝色，瘫软在地上，脸色苍白，嘴唇直哆嗦。

谢淮问："清醒了吗？"

夏军被刚才一瞬间的体验吓得肝胆俱裂，整个人木木然盯着谢淮发呆，迟迟没缓过神。

他不回答。

谢淮颇有些遗憾："看来是没有。"

说完，他脚下动了动。

夏军第二次被拉上来的时候，脸颊都在抽搐。

谢淮气定神闲地坐在他面前，又问了一遍："清醒了吗？"

夏夏站在一边，目光落在谢淮身上。谢淮沉默而安静，白T恤衬得他身形单薄，在这如水的夜色里显得格外清冷。

夏军经过两次倒吊，刚才嚣张的气焰一点不剩。他这次想也没想，点头如捣蒜："清醒了。"

谢淮问："你骂谁小贱人？"

夏军看了眼夏夏，嘴唇抖着不敢说话。

谢淮："我再问你一次，骂谁？"

他言语冷冷的，夏军本能地看向夏夏。

夏夏和他对视，发现他眼里曾经的戾气和暴躁不见了，全被怯懦和胆寒取代。恶人自有恶人磨，从前在那孤僻的村子里，没人制得住他，可他活了半辈子遇到谢淮，像是命中注定的劫数一样。

谢淮笑笑，没再和他废话。

夏军再一次被拉上来时，说话已经结巴了："我……我我说了。"

谢淮平静道："你是说了，可你说的话我不满意。"

少年俊美的面孔上挂着温和的笑意，在他眼里却和魔鬼无异，此时此刻，夏军的头脑已经完全乱了，只觉得谢淮想要他的命。

这种毫无心理准备的恐惧，没经历过的人永远不会懂。

他刚才嘲讽谢淮不敢把他怎么样，可是经历了三次这样恐怖的体验，那不知从何处生出来的自信早已消失无踪。

夏军蠕动到夏夏身边，去蹭她的小腿："夏夏，我是你叔，他要弄死我，你不能不管啊。"

他脸色涨红："我是你亲叔叔！"

夏夏面无表情，一言不发，仿佛地上卑微求救的男人和她没有半分关系。

谢淮揽住夏夏的腰将她拉到身后，弯起唇角："你还敢靠近她？"

梁源太从楼下拽上来一个五花大绑的男人："淮哥，赵一雷抓到了。"

夏夏："……？"

谢淮蹲在夏军面前，揪住他沾满灰尘和皮屑的头发："你有人做伴了。"

"这男的敢跟我抢女人。"他冷笑，"真他妈不自量力。"

谢淮从口袋里掏出把折叠刀，冰冷的刀刃对着夏军晃了晃。夏军额头汗珠滚落，语无伦次："我没做过对不起你的事，我也没抢过你的人，我……"

谢淮把他拖到赵一雷面前："看清楚，下一个就轮到你了。"

他手腕一翻，猛地把刀插进赵一雷裆部，刀尖扎破裤子里的血袋，溅了谢淮满手的血。赵一雷疯了般在地上打滚号叫，谢淮用手抹了抹脸上的汗，于是连着眼角也沾上了血。

夏军呆滞。

那男人仅仅是和谢淮抢女人就被下了这样的狠手，以他对夏夏做过的事，他丝毫不怀疑谢淮会直接弄死他。一个敢三番四次把他推下楼、敢举刀伤人的男人，在这没人知道的偏僻地方，弄死他不过是小事一桩。

谢淮脸上糊着鲜红的血，一步步朝他走过来。

夏军陷入极度恐惧之中，他挣扎着向后挪，向夏夏求救："夏夏，你快给叔求求情！"

他的脸颊因为过度恐惧而显得狰狞："我没碰过你，我真的没碰过你，我从前打你，是我不好是我浑蛋，你们怎么打我都行……夏夏，夏夏……"

夏夏一声不吭，他又去求谢淮："我对天发誓，我真没碰过她！我虽然曾经鬼迷心窍，但我没成功。不信你问她，夏夏，你说话啊……"

谢淮蹲在他面前，拍了拍他两腿中间："刚才看清楚了？"

他卷起自己干净的T恤边，擦了擦刀刃上的血："不过你看清楚了也没用，我不会让你像他那么舒服。"手中的刀尖贴着夏军的腿根蹭，然后突然举起来，在空中比画了一下。

"你别这副表情，搞得像我要杀了你一样。"谢淮忽然笑了，"你说得对，我哪敢杀人？我会替你联系救护车，你死不了，就是下半辈子会不太好过。"

他话音落下，刀背在夏军那个部位轻轻刮了刮。

夏军两腿夹紧，裤子一热，直接失禁了。

姜景州适时地说："少爷，今天还是算了吧，他都这样了，别弄脏你的手。"

谢淮不动声色，漆黑的眸子盯着夏军，周遭一阵安静，只能听见赵一雷渐趋微弱的呻吟。

谢淮把刀递给姜景州。就在夏军以为自己的命保住了的时候，却听见少年开口，嗓音冷冽："把他脚上的绳子割了。"

姜景州愣住："谢淮？"

今晚的一切都很顺利，按照原本的计划，这场教训到这里就算结束了。夏军吓得屁滚尿流，以后再也不敢来找夏夏的麻烦，而他身上没有一丝外伤，就算报警也找不到他们头上。

可谢淮却不打算就此结束。他又重复了一遍："把绳子割了。"

姜景州犹豫了一下，照他的话做了。

谢淮再次把夏军拖到楼边，这次他脚上没有绳子捆着，落下去必死无疑。夏军身上软得半点力气都没了，他半边身体探到外面，只要谢淮松手，他必定没命。

夏军连救命都喊不出来了，直勾勾瞪着眼睛，看着少年染血的面孔。

夏夏沉默了一晚上，开口时嗓子却不知怎么哑了，她轻声说："谢淮，可以了。"

"看在夏夏的面子上，我留你一条命。"谢淮嗓音低哑，"但下次再让我在她身边见到你……"他眼神冰凉，"我真的会弄死你。"

谢淮将他甩回地上，夏军全身瘫软，一动不动，像死了一样。谢淮转身，头也不回地拉着夏夏朝楼梯口走去，姜景州和梁源太合力把赵一雷的"尸体"拖走。

"等等。"刚走过楼梯的拐角，夏夏拉住谢淮。

她从口袋里掏出一片纸巾，对着皎洁的月光擦拭谢淮脸上的血。

谢淮面对夏军时那令人恐惧的冰冷表情褪去后，忽然没皮没脸地笑："这算我赢了吧？"

他接过纸巾随手擦了两下，看了看远处躺在地上的夏军："如果你还有话就在这儿对他说吧，我去楼下，让源太陪你。"

谢淮坏心眼地说："你想教训他别自己动手，让梁源太打。"

说完他笑了笑，揉揉夏夏的头发："男人只和男人动手，孬种才打女人。你不用怕，他再也不敢碰你了。"

说完他转身下楼，留夏夏在楼顶。

夏夏沉默了一会儿，轻声说："源太，你也下去吧。"

赵一雷一身血浆在楼下和姜景州吹牛。

谢淮走过去，揽住他的肩膀："演技不错，刚才那两声惨叫，我以为真把你给切了。"

赵一雷咬牙切齿："我那是演的吗？我那是真的叫！"

"谢淮你个不靠谱的，刚从冰柜里拿出来的血浆就往我裤裆里塞，那可是冰的！"赵一雷甩开他的手，"你是不是嫉妒哥哥，想趁此机会让我不举？"

谢淮瞥他一眼，回嘴："谁嫉妒谁还不一定呢。"

赵一雷从车里掏出条裤子："不行，我得换套衣服，这样穿出去被人看见肯定得报警。"

他拿着裤子上楼换，正好遇到梁源太下来。

赵一雷："你不在上面保护夏夏，下来干吗？"

梁源太委屈地说："夏夏让我下来的。"

"这不胡闹吗。"赵一雷说，"她一柔弱的小姑娘，那傻×伤到她怎么办？"

他裤子也来不及换了，一口气跑到七楼。夏夏和夏军一个站着一个躺着，看见她站在那儿安然无恙，赵一雷放心了，又看了看自己一身脏血，打算把干净裤子换上再去给夏夏撑场子。

远处的女孩一动不动，像尊雕塑，她目光掠过地上夏军湿漉漉的裤子，惨无血色的脸颊，还有直勾勾的眼。

曾经那高大的、狠戾的、她撼动不了分毫的男人，这样狼狈地躺在她面前，把那些令她胆战心惊的东西如泡沫一样击得粉碎，她再睁开眼时，那些痛苦的回忆和难以忍受的过往似乎只是一场噩梦。

梦醒了，天亮了。她起床拉开窗户，外面的世界光芒万丈。

"你知道吗？"夏夏开口，"我现在一点也不恨你。"

她笑了笑："我甚至还很可怜你。

"你年过半百，没有家人，没有房子，也没有钱，还没有人爱你。

"而我今年十八岁，念着不错的学校，有前途，有未来，有愿意为我出头的朋友。

“你半截入土，我却风华正茂，等你一个人孤零零死掉的时候，我说不定已经子孙满堂。”

她眼神讽刺：“你有什么值得我恨的？”

“可我还是很讨厌你。”夏夏在他面前蹲下，“小时候我妈总是告诉我要离你远一点，听说除了我以外，你还猥亵过别的女孩？”

夏军的裤子上满是棕黄色的尿液，一股臊臭味冲入鼻子。

夏夏脱下外套，包住自己的手：“刚才叫住谢淮，不是不想让你死，是怕他惹上麻烦。”她垂眼看着夏军，“你的毛病到老了还改不掉，我可以帮你。”

赵一雷换好裤子，刚要过去护着夏夏，忽然看见女孩蹲在了夏军面前。她裹着外套的手探到夏军腿间用力攥紧，耳侧顿时响起夏军凄厉的惨叫。

赵一雷才换的裤子被晚风一吹又有些泛凉，他没等夏夏发现，顺着楼梯溜了下去。

谢淮在楼下听到声音，见赵一雷脸色奇怪地走下来，问道：“上面怎么了？”

赵一雷的神色略微有些不自在，他摇摇头：“没什么。”

夏夏下来时楼下只剩谢淮一个人。

她问：“他们呢？”

谢淮帮她拉开车门：“坐赵一雷的车回去了，源太把车借我，我带你去吃东西。”

夏夏遗憾地说：“我还没当面谢谢他们呢。”

谢淮听了，忽然把胳膊插在车门的空隙里，不让她上车：“他们就不必了，你最应该谢的人是我吧？”他璀璨的眸子紧紧追着她，“好好想想，你该怎么谢我？”

夏夏挠了挠头：“我请你吃饭吧。”

便利店。

谢淮坐在落地玻璃前长桌边的高脚座椅上，盯着面前的泡面杯。夏夏刚朝里面倒过热水，叉子别在盖子上，里面的热气从缝隙里冒出来些许。

谢淮盯了那泡面杯很久，忍不住开口："上次救你请我吃了两个茶叶蛋就算了，这次请我吃泡面我也不说什么……"

"但你好歹买个大碗吧？"谢淮指着那个小杯子，"你觉得我吃得饱吗？"

夏夏说："大晚上吃太多会长胖，我是为了你的身体着想。"

谢淮："别狡辩，你是不是又没钱了？"

夏夏的泡面闷好了，用叉子搅了搅面："之前夏军拿了我两百块，买录音笔又花了一百多，这些天住院订外卖……我兼职的钱用得差不多了。"

谢淮问："你家人呢？"

夏夏咬着塑料叉子："我爸不准我读大学，后爸。"

"我骗他说去南方打工，就连我妈都不知道我在读书。"她搅了搅杯子里的面，"学费是我暑假打工赚的，贫困生补助和助学贷款那些手续很麻烦，我一个人根本没办法申请，就算申请到了，万一学校走访家里我就露馅了，我不想让我爸知道。"

谢淮："你都跑出来了，还怕他知道？"

"我不怕他。"夏夏说，"但我怕惹他不开心他会对我妈撒气，我妈从前跟着夏军吃了不少苦，我想让她过得好一点。"

"反正饿不死，都穷成习惯了。"她神情平静，摸了摸口袋又翻出五块钱，"就剩这些了，我再给你买罐可乐吧。"

谢淮抽出她指尖的钱，塞回她兜里。自己起身去货架上拿了一袋火腿肠和几个卤蛋到前台付账，回来的时候手里又多了罐豆奶。他把豆奶推到夏夏面前，撕开火腿肠和卤蛋的包装挤到她的泡面杯里。夏夏手心放在玻璃瓶身上，豆奶是温的，谢淮在前台热过。

夏夏："说好了我请你吃饭，最后还是你花钱。"

谢淮懒洋洋的："你请我吃饭，我请你吃零食。"

面熟了，他捧起来吃了几口，吃到一半抹了抹嘴巴看着夏夏："我说，现在没事了，咱俩的赌约是不是该兑现一下？”

他手指从自己的眉心滑到鼻尖再到脸颊：“你想亲哪儿？这里，这里，还是这里？如果你都不想……”

“淮哥的初吻也不是不能考虑给你。”他指指嘴唇，故意把声音拖得暧昧。

夏夏：“我没输，夏军他嘴里流血了，是被图钉扎的。”

“哦？”谢淮淡淡道，“那你的意思是，该我亲你才对？”

夏夏：“……”

谢淮话音刚落，一声招呼都不打，双手捧住夏夏的脸颊。他手心温热，沾着泡面的味道，竖起的拇指与食指捏住夏夏脸上的肉。

“亲哪儿好呢？”他嘀咕。

他凑得太近，呼吸暖融融地喷洒在夏夏脸上，她杏眼瞪得圆溜溜的，一眨不敢眨。

“想让我亲吗？”谢淮嗓音低低的，露出标志性的少年笑容。

夏夏嘴唇动了动，刚要说话，又听见谢淮说：“做梦吧你。”

谢淮松开她：“面黄肌瘦的，实在下不去嘴。”

夏夏：“……”

她转过头，身后是便利店墙上挂的镜子。镜中的女孩，鹅蛋脸，白皙圆润，神采灵动，丝毫没有谢淮口中面黄肌瘦的模样。

谢淮低头继续吃面，含糊不清地说：“群里的人越来越多，五十单供不应求，从明天开始我打算每顿再加五十单。以后女生宿舍的订单你替我送，每天给你五十块。”

他蹙眉：“老子再也不想进女生宿舍了，每次进你们寝室赵珊琪都不让我走，上次去那个叫蔡芸的非说我偷看她挂在床头的胸衣。”

“我偷看她？”谢淮毒舌地说，“就她那飞机场，不说我还以为床头挂了根绳子。”

夏夏：“淮哥，我不……”

谢淮：“我不是在跟你商量，我是在命令你，必须要去，你没有拒绝的权力。”

夏夏说：“我不要那么多，你给我二十就行了。”

谢淮挑眉："二十？"

他孩子气地用指尖戳了戳夏夏的额头："现在整个学院的人都知道你是我小弟了，如果淮哥吃肉，小弟却连汤都喝不饱，那我岂不是很丢人？你饿得面黄肌瘦，眼冒金星，我面子往哪儿搁？说了五十就五十，你要也得要，不要我就揍到你要。"

夏夏心想，那你可是太霸道了。

她想了想，问道："每顿送一百单，你的电动车载不下吧？"

谢淮嗯了一声："以后源太会开车把外卖送到校门口，我去校门口取货节省时间，他也能赚点零花钱。"

他顿了顿："源太一直找不到工作，我能做的也不多，互相方便吧。"

夏夏不轻不重地拍他马屁："淮哥真厉害，方便自己，造福他人，同时还拉动了南城的GDP。"

谢淮把面汤喝得干干净净，一脸孩子气的满足。他没再说话，静静地靠着椅背消食，目光穿过干净的玻璃，看向远处天上的璀璨的星斗。

夏夏埋头吃面。谢淮买的火腿肠是玉米味的，咬进嘴里甜丝丝的，她吃着吃着，忽然有液体从眼眶滴答一声掉进汤里。

她才发现自己哭了，眨了眨眼睛想把眼泪憋回去，却没成功，几秒钟的工夫，眼泪忽然像开闸一样扑簌扑簌地朝外掉。

深夜的便利店很安静，她吸鼻子的声音虽然尽力压制，却还是被谢淮听见了。

他转过头，看着她："哭什么？"

"不哭挺漂亮一姑娘。"他从桌面的餐巾纸盒里抽了两张纸按在夏夏脸上，"哭起来可太丑了。"

夏夏接过纸巾擦眼泪，她说不清自己为什么要哭，似乎是沉在心里很久的石头炸得粉碎，压抑很久的情绪被放了出来。而她过于后知后觉，直到现在一切平息，她才回过味来。

面汤温热，玉米的味道香甜，旁边坐着一个如顽石般的少年。

夏夏仰头去看漫天繁星的夜空，星星的清辉如同亿万年前一样清冷闪亮。面前的玻璃上映着谢淮模糊的影子，他背对着便利店明亮的白炽灯，目光与她在玻璃的倒影里交汇。

一眼看过去，他比星星还要亮。

Chapter 6

我也想罩你

十一月，赵珊琪忙碌起来。

她是学生会外联部的干事，学院之间的篮球赛办在月底，下旬之前外联部要搞定篮球赛的赞助。负责人觉得部门里新鲜血液太少，分摊到每个人身上的工作太多，动了二次招新的念头。赵珊琪也被分到几个招新名额，要求必须拉人进部门。

“加入部门参加活动会有综合测评加分。”吃完午饭后赵珊琪和夏夏一起走，不停地诱惑她，“你成绩本来就好，如果再有活动分数加持，说不定能拿国家级奖学金。”

国奖足有八千块钱，夏夏对加入外联部没兴趣，却对钱有些心动。

赵珊琪掏出本子：“那我帮你记上名字，好吗？”

她话音刚落，就看到谢淮骑着电动车从校门的方向过来，他把车停在男生宿舍前，把后座装饭的泡沫箱卸了。夏夏给谢淮送了半个月外卖，很有眼色地上去帮他。

谢淮蹲在地上，数出二十盒饭装到另一个箱子里：“今天女生宿舍的订单不多，送完你回去睡午觉吧。”

“我不困。”夏夏看了眼男生宿舍那整整两大箱盒饭，乖巧地说，“一会儿我帮你送男生宿舍。”

她回头看赵珊琪还在，低声问谢淮："我想参加学生会，争取一下学年末的奖学金。"

谢淮："随你，不过旷工我不会发工钱。"

赵珊琪笑了笑："谢淮和夏夏一起来吧，正好我这儿还有一个名额。"

谢淮："不去。"

他拒绝得干脆，赵珊琪愣了愣："为什么？"

谢淮言简意赅："没时间。"

赵珊琪又拿出劝说夏夏的那套劝他："学生会没那么忙，每周只有两次值班、一次活动、一次例会，做得好还有活动考核的分数，你说不定能拿到奖学金呢。"

谢淮问："拿多少？"

赵珊琪算了算："多了不敢说，两千块肯定没问题。"

谢淮："你还是让让吧，你不耽误我的时间，这会儿送外卖我都能赚两百块了。"

赵珊琪被他漫不经心的样子气到了，跺脚："谢淮你怎么这样啊！"

谢淮挑眉："我什么样？"

赵珊琪转身走了。

夏夏说："珊琪生气了，她没什么恶意，你也太直男了。"

谢淮揪她耳朵："夏夏你膨胀了啊，连淮哥都敢教训了？你说谁直男？有种你再说一遍！"

"哎……"夏夏叫了一声，"疼！"

谢淮松开手，从电动车的保温箱里取出一杯奶茶递给她："刚才路过赵一雷店里，我进去抢了一杯，你喝吧。"

夏夏皮肤很薄，被他轻轻一捏耳朵就红了。她揉了揉耳郭问："你为什么要抢人家东西？"

谢淮无赖地笑："看赵一雷气急败坏骂我土匪又拿我没办法的样子，我开心。"

"雷哥人挺好的，你别总欺负他。"夏夏随口嘟囔，说完才发现谢淮炯炯有神的目光正盯着她。

他冷淡道："重说。"

夏夏不明所以，但还是十分狗腿地改口："雷哥他可太不是东西了，淮哥抢得对，应该再多抢几杯。"

虽然不知道谢淮哪根筋又抽了，但拍少爷的马屁一定没错。

谢淮依旧冷淡："再说。"

"雷哥他……"夏夏实在不知道谢淮对她哪句话不满意，措辞艰难，"他这个人很有问题……"

谢淮不等她说完，伸手掐住她的后脖颈。他开口，语气极冲："夏夏，你到底有几个哥？"

夏夏："……"

他劈手把她掌心的奶茶夺回来："别喝我奶茶，找你雷哥要去。"

夏夏被他这幼稚的举动惊呆了："那源太还叫你淮哥呢，你也有那么多小弟，凭什么双标我？"

谢淮挑眉："我就双标了，有种你打我。

"我收源太当小弟我能罩着他，你叫赵一雷哥，他能罩你吗？"

夏夏嘴硬："为什么不能？"

谢淮冷漠："哦？怎么罩？用他那开门就喝西北风徘徊在倒闭边缘的奶茶店罩，还是用他那绣花枕头的六块腹肌罩？"

"六块腹肌是绣花枕头？"夏夏指着谢淮的小腹，"那你一块都没有是什么？废物点心？"

谢淮静了静，眯起眼睛："夏夏，怼我是吧？"

夏夏心想你才发现吗，早就想怼你个双标幼稚怪了，嘴上却柔柔弱弱地说："不是的，我没有。"

谢淮把奶茶朝外卖箱里一扔，转身上楼。

夏夏忍不住骂："你是狗吧，小学生都没这么幼稚。"

她把女生宿舍的二十份外卖送完，在男生宿舍楼下站了一会儿，觉得还是得哄哄幼稚的小学生谢淮，毕竟他是她的衣食父母。

夏夏进了男生宿舍，挨层找谢淮。

午休时间，许多寝室的门大敞着通风，里面的男生或在吃饭或在玩游戏。夏夏在三楼尽头找到了谢淮，他刚把手里那份饭送出去，对着订单去下一间寝室。

“淮哥。”夏夏朝他招手，甜甜地喊。

谢淮眼皮子掀了掀，装作没听到，夏夏殷勤地跑过去：“我来帮你吧。”

“滚开。”谢淮冷漠地说，“三心二意的女人别跟着我。”

夏夏：“……”

只听说过对女朋友有占有欲的，谢淮这种对小弟的占有欲她还是头一回见。

夏夏好声好气地哄他：“别生我气了。”

“我想了想，赵一雷确实不能跟你比。我刚才虽然叫他一声哥，但他并不能得到我发自内心的认可。”夏夏面不改色地拍着马屁，“他有六块腹肌又怎样呢？照样比不上我们淮哥一根手指头。”

谢淮走在前面，她跟在后面亦步亦趋。

“淮哥不仅年轻有为自力更生，给我工作请我吃喝还肯罩着我。

“淮哥就是我的生命之光，他是天底下最好的人了。

“而赵一雷呢？他能做什么？”

谢淮把外卖送完，走回自己寝室，他推开门，脚步停在门口。夏夏跟得太紧，没留神一头撞在他后背，她踮起脚，好奇地探出脑袋想看看谢淮的宿舍长什么样子。

她朝他左边看，谢淮就向左挪挡住她的视线，她朝他右边看，他又朝右边挪。

谢淮转过脸来：“你干什么！”

夏夏被他凶了一下，委屈地说：“我就想看看你的宿舍。”

她还探头探脑地想看，头刚扬起来就被谢淮按着后脑压了下去。夏夏的头发毛茸茸的，带着一股清淡的护发素香味，发丝触及掌心一阵酥痒。

他有些不自然，眼神四处瞄，不想被夏夏发现他微红的脸。夏夏的脑袋一直乱动，偏偏被他手心压着，冒起个头就被谢淮按下去。

“淮哥……”夏夏的音调拖得软软的，“你打地鼠呢？”

夏夏像只精力旺盛的小蚂蚱，谢淮按来按去自己也烦了，手下用力直接把她脑袋压到自己胸口。

南城的十一月秋高气爽，气温却很无常。夏夏早早就穿上了薄外套，而谢淮是男孩子，火力旺盛，只穿了一件单薄的T恤。夏夏额头贴着他温热的胸口，感到传来一阵暖意，脸颊不由得烫了。

谢淮这是要做什么?

在男生宿舍大庭广众之下把她按在怀里?

夏夏脑子晕乎乎的，余光瞥到隔壁宿舍出来两个男生。

好像是我们班的，夏夏胡思乱想，他们会误会吗?如果他们误会了谢淮会解释吗?谢淮要怎么解释呢?

他肯定又会摆出一副跩跩的表情说："夏夏是我小弟，我抱我小弟有什么问题？"

她正想着，听见头顶谢淮骂了一句："你要不要脸了？"

夏夏："……"

哦，她冷漠地想，原来谢淮只是觉得她不要脸。

她刚要开口解释，又听见谢淮说："辛浦，你把裤子给我穿上。"

辛浦是谢淮的室友，白白净净的一个男生。他赖床到现在才起，只穿着一条三角内裤在宿舍晃悠。辛浦把裤子穿好，笑嘻嘻地说："夏夏，进来坐吧。"

夏夏接到邀请，从谢淮手底下挣扎着要进去，又被他拦住了。

"你刚才说的话我没听清，你再说一遍。"

夏夏眨眨眼，一副茫然的表情，谢淮提醒她："就是什么之光，什么最好的男人……"

夏夏恍然大悟，小嘴抹了蜜一样甜："淮哥就是我的生命之光，他是天底下最好的男人！"

她一个俏丽的小姑娘站在男生宿舍人来人往的走廊上，嗓音清亮地吹着谢淮的彩虹屁，引得路过的男生纷纷回头。

谢淮又问："那个什么雷呢？"

夏夏立即划清界限："我不认识那个什么雷。"

谢淮十分受用，表情惬意。

夏夏甜甜地问："淮哥，你还生我气吗？"

谢淮说："不生气。"

"那我可以进你宿舍看看吗？"

"不可以。"

夏夏不解："为什么？"

谢淮把夏夏堵在门口，云淡风轻地道："马屁精，在外面待着吧。"

说完砰的一声拍上门板。

夏夏："……"

辛浦见女孩没有进来，颇有些遗憾，怪谢淮不解风情："夏夏那么可爱，你怎么舍得凶她？"

谢淮瞥他："关你屁事。"

他弯腰爬到书桌下面，伸着胳膊掏出攒了两个星期的臭袜子。

辛浦看愣了。

谢淮的胳膊又动了动，捏住鼻子掏出两个月没洗的脏鞋子。辛浦没再问他为什么凶夏夏，默默把窗户打开。谢淮把鞋袜放到盆子里，趴在猫眼上偷偷观察外面的动静。

门外没人，一片安静祥和。

马屁精夏夏离开了。

谢淮拿上洗衣液，出门直奔洗漱间洗袜子。

周五，例会在傍晚开。

这是夏夏开学以来第一次接触学生会，才知道姜景州是学生会副主席，前排座位从左到右坐了八个高年级的学长，分别是学生会不同部门的部长。

部长在前面讲话，夏夏和祝子瑜坐在一起，边喝奶茶边跟她吐槽："谢淮那个狗东西，既幼稚又小气，还喜欢让别人吹他彩虹屁……"

祝子瑜朝她使了个眼色，夏夏心领神会，转过头看到谢淮从门口进来。她立马变了副表情，朝他招手，一脸不计前嫌的甜甜笑容："淮哥，你怎么来了？"

谢淮一副没睡醒的样子，什么话都没说，坐到她旁边就趴着补觉。

祝子瑜低声说："外联部的部长有点变态，非要干事拉人进社团，赵珊琪人数没拉够，这几天一直缠着谢淮让他来凑人数。”

夏夏转头看着谢淮，他最近上课赚钱两边忙，早上还要早起去伊美贤办公室考试，很久没睡过好觉了，黑眼圈很严重。

夏夏刚才还在骂他是个狗东西，现在却什么也不想说了。她托着下巴，不和祝子瑜聊天，也不听台上的人讲话，就这么看着谢淮。

他闭着眼睛，睫毛轻微颤抖，窗外暮色的光透进来正好照在他眼皮上。

他蹙着眉，睡也睡不安稳。

夏夏伸出手掌，挡到谢淮面前，遮住那道照着他眼睛的光。

太阳落山，窗外的天色暗下来。

例会结束，赵珊琪把夏夏拉到教室前。她指着面前的胖子：“夏夏，这是我们外联部的部长鲁学长，你是新来的，把电话和QQ留给他，他会拉你进群。”

夏夏刚刚陪谢淮趴了一会儿，侧脸在桌上趴出个印子，红红的一片，看上去可怜又可爱。

她和部长交换了QQ，才发现眼前的鲁学长在她的好友列表里。

鲁朔打量了她半天，不可置信地说：“你是夏夏？”

夏夏也没料到眼前这黑黑胖胖的男生是当初忽悠她的学长，有些尴尬地笑了笑。

鲁朔看起来有些激动：“你……你长得和QQ上不太一样啊。”

“QQ？”夏夏疑惑，“我QQ有照片吗？”

鲁朔笑眯眯地盯着她：“你有QQ头像。”

夏夏：“……”

直到此刻，她终于明白为什么当初鲁朔对她和对魅惑小妖的态度差别如此之大。魅惑小妖的QQ头像是张网图，一个洋气的女孩站在海边踩浪，而夏夏的头像是只猪，嘴上沾满了泥，两蹄上扬趴在猪圈上。

大概在鲁朔心里，一个好看的女孩不会用那种脏兮兮的搞怪头像。

鲁朔看了眼表：“今天是你第一天加入外联部，一会儿我请你吃个晚饭。”

夏夏不是很想和他吃饭，但他是部长也不好拒绝，她刚要点头，肩膀被人搭了一下。谢淮睡醒起来，站在她背后，脸上也印着块红痕，和夏夏正好一左一右对称。

“晚上别乱跑，来我宿舍一趟。”他刚醒，语气慵懒。

夏夏：“我为什么要去你宿舍？”

谢淮心想，当然是因为我把袜子洗了，被套换了，卫生搞好了，整个宿舍现在亮堂堂的，我要让你来看看你的淮哥是多么精致整洁爱干净的男孩。

但他嘴上依然很毒，语气不屑：“让你来你就来，哪那么多废话？”

夏夏乖巧地说：“好的。”

谢淮：“去外面等我，待会儿一起回去。”

夏夏又听话地婉拒了鲁朔吃饭的邀请，她像只温顺的小兔子，老老实实蹲在教学楼外面，一边喝奶茶一边等谢淮出来。

月色朦胧，光影清冽如水。

她拨了拨花坛里冬青翠绿的叶子，趴在石头边看爬来爬去的甲虫。

离大门很近的会议室里忽然传来一阵嘈杂的吵闹声。

夏夏好奇地抬头张望，见祝子瑜从里面出来。

“要一起回去吗？”祝子瑜问。

“不了。”夏夏说，“我等谢淮。”

“别等了，他和外联部的鲁朔打起来了。”

夏夏问：“为什么？”

根据祝子瑜的描述，当时屋里的情况很复杂，谁都没有看明白。

谢淮是赵珊琪没完成招新任务临时拉来凑数的，为了不穿帮，赵珊琪把他叫到鲁朔面前，要他留下联系方式再走。

祝子瑜摊手：“他俩就加了个好友，然后鲁朔直接给了谢淮一拳，骂他骗子。”

夏夏吸了口奶茶，眼睛瞪得滚圆：“好歹也得有个前因后果吧？”

“谁知道呢？”祝子瑜说，“可能从前有仇吧，鲁朔好像叫了谢淮一句什么小妖，具体我也没听清楚……”

夏夏的奶茶哽在喉咙，在嗓子眼里转了几圈，到底没憋住，一口喷了出来。

夜里下起小雨，淅淅沥沥地拍在玻璃窗上。

会议室里亮着一盏明黄色的吊灯，屋里满是温暖的光亮。

鲁朔脸颊上的肥肉直哆嗦，脸色又青又白，他粗短的手指因为过度震惊直不起来，打着弯弯的勾指向谢淮，嘴皮子翻动，唾沫横飞：“变态！”

谢淮坐在他对面，懒散地靠着松软的沙发。夏夏坐在他旁边，手里拿着根超市买来的雪糕，贴在谢淮被鲁朔一拳砸肿的脸上。

他扬着眉，一脸叛逆：“我是变态那你是什么？变态中的变态，死变态？”

“你竟然装女人骗我，还魅惑小妖，魅惑人妖还差不多！”鲁朔被他的态度气得呼吸不畅，“你欺骗我的感情！”

“我什么时候装女人了？”谢淮反问，“从头到尾，我有跟你说过一句我是女人吗？”

“用女生头像女生ID就是女人了？我有特殊爱好行不行？况且女生头像只是我的伪装，网络这么乱，我一个可爱又柔弱的男孩子不得想办法保护自己啊？”

他这样狡辩，鲁朔已经气得说不出话了。

姜景州是学生会副主席，坐在会议室的主位沙发上，拿着鲁朔的手机，翻看他之前和谢淮的聊天记录。

谢淮浑不懔地说：“这能怪我？我用男号加了八次他不通过，性别改成女的一次通过不说，还每天早晚给我发消息骚扰。”

他看了姜景州一眼：“你看看每次聊天都是谁先开的头。”

姜景州都不用仔细看，打眼一扫，鲁朔话痨，十句有九句都是他在说。而谢淮很少说话，基本不是在装可爱夸鲁朔厉害就是问鲁朔被子在哪里进的货。

他疑惑：“什么被子？”

谢淮弯唇：“你问他啊。”

鲁朔脸色变了变，岔开话题：“你说你没装女人，那我叫你学妹的时候，你为什么不反驳？”

谢淮没让他把这事揭过去，问姜景州：“他去年卖过被子吗？”

“没有。”姜景州想了想，“据我所知，在学校摆摊卖东西的学生，你是第一个。”

谢淮笑了：“那他在新生群说的话就是欺骗了。”

姜景州：“鲁朔，你做什么了？”

鲁朔支支吾吾地说不出来，谢淮摸了摸被打得发痛的脸颊，沉默地打量他。

夏夏买来的雪糕融化了，她把雪糕拿开，仔细端详谢淮的脸。肿消了一半，还剩一半，左右两边脸微微有些不对称。她用指腹碰了碰，谢淮嘶地抽了口凉气。

“疼。”他孩子气地蹙眉，“能不能轻点？”

夏夏转过头对姜景州说：“鲁学长之前在新生群里留言，说曾经靠在校园内卖被子和水壶赚了不少钱，可以无偿传授新生赚钱的方法，但只限学妹，好多女生包括我在内都加他好友了。”

“胡闹。”姜景州说，“鲁朔你什么时候卖过被子，我怎么不知道？”

鲁朔解释：“我没卖过，我说这话只是为了多认识些新生，这样开学以后方便拉他们进部门。”他又把话锋对准谢淮，“但这个人，他装女人骗我感情，骗完还把我删了。”

谢淮淡淡问：“我怎么骗你感情了？”

鲁朔激愤：“你整天叫我学长长跟我么么哒，这还不是骗我感情？”

谢淮跷着脚，吊儿郎当地说：“叫你学长长就是对你有意思了？那你可太自作多情了，你要知道，当今社会像我这样可爱的男孩子有很多，逢人必定么么哒，一天不么么哒就浑身不舒坦。”

“你造谣我骗你感情最好拿出证据。”谢淮面无表情，“我说过喜欢你？我跟你告白过？还是你说要和我在一起的时候我答应你了？老子第二天就把你删了好吧？”

“就算你没有骗我感情……”鲁朔不服气，“你骗我赚钱秘籍总是真的吧？”

“你还有脸说。”谢淮听到这话笑了，“你那也叫赚钱秘籍？空想秘籍还差不多。”

谢淮：“开学前我在超市打工，进货地点是我从超市的朋友那里得来的，超市说我盗取他们商业机密我没话可说，你也配吗？”

鲁朔忽然指着一直坐在谢淮身边没吭声的夏夏：“你们俩早就认识了，合伙诓我是吧？你是不是一早就知道他是个人妖？亏我之前还满心信任地找你疗情伤。”

谢淮安安分分坐了一晚上，被打也没还手，此刻眼神骤然冷下来。他站起来，一巴掌拍掉鲁朔的手：“你他妈指谁呢？你再指她一下试试。”

姜景州及时拦住谢淮，怕他臭脾气发作和鲁朔打起来。

“我听明白了。”姜景州说，“你俩没一个好东西，谁都别怨谁。”

他看着鲁朔：“你也别狡辩，为了拉人进部门所以加学妹好友？我给你个面子不在这里说，你到底想做什么自己心里清楚。”

“还有你，谢淮。”姜景州神色复杂，“就算他把你当成女人了，你没嘴解释吗？不解释的目的是什么我也能看出来，既然你们让我来调停，那照我说这事今天到此结束，以后谁都别再提。”

鲁朔不忿：“不行，我这么大第一次被人耍，不能这么算了。”

谢淮没表态，倒是夏夏开口了：“我也觉得不能这么算了。之前的事学长有错，淮哥也有错，两相抵消了，可刚刚你打淮哥那一拳他没有还手，学长得道歉才行。”

鲁朔像听了什么不可思议的话：“我跟他道歉？”

夏夏目光柔软，唇边的笑容也很软：“对，你道歉。”

鲁朔想也没想：“不可能。”

夏夏转向姜景州：“景州学长，也看一下鲁学长和我的聊天记录吧。”

她笑眯眯地说：“鲁学长曾经性骚扰过我。”

鲁朔愣住：“我什么时候性骚扰你了？”

夏夏：“如果我没记错，今年七月十五号晚上，你在QQ问我……”

被她这一提醒，鲁朔忽然想起来了，他尴尬地说：“我那只是随口一问，而且都是成年人了……”

“我没成年。”夏夏说，“我的生日在十一月份，离成年还有半年。”

她面不改色地背了一段法律条文：“性骚扰是指除去强奸等性暴力犯罪外，带有性内涵、不受欢迎并且导致严重后果的动作、语言……学长，如果你不懂，我可以给你解释一下。

“你那天的话里带有性含义，让我不舒服了，其次，你的追问带有强硬的进攻性，给我造成了很严重的精神伤害。因为你的几句话，我连续做了好几天噩梦，还记起了很多不愉快的事情。”

夏夏说：“这对我而言就是性骚扰，你是学生会干部，这样的作风真的没问题吗？”

姜景州翻到鲁朔和夏夏的聊天记录，看了几眼，把手机摔在桌上：“鲁朔，解释一下。”

谢淮倾身要去拿手机看上面的内容，被夏夏拉住。

她看着鲁朔：“我也不是很想麻烦景州学长帮我处理这件事，你给淮哥道歉，我删了聊天记录就当没发生过，不然我现在是你部门的干事，闹起来你脸上也不好看。”

谢淮甩开夏夏的手，又要去拿手机。夏夏拉不住谢淮，怕他看了聊天记录在这儿发脾气，于是朝他腿上狠狠掐了一下。

她掐完感觉谢淮的身体都僵硬了，这才后知后觉自己做了什么——谢淮不是祝子瑜，她刚刚竟然随手掐了他。而谢淮似乎被她掐蒙了，停下所有动作，转过脸不可思议地看着她。

夏夏不用转头也可以感受到他的目光，每一寸似乎都带着一百个黑人问号——夏夏掐我？夏夏你竟然敢掐我？

鲁朔脸色阴沉：“你这么做就应该知道后果，今天这事过去了，咱俩就算结下梁子了，以后外联部你也别想……”

夏夏挖了挖耳朵：“外联部很了不起吗？不去就不去。”

“而且就算我得罪了你，你当着景州学长的面这样威胁我真的好吗？”她甜甜地笑，“谁能进外联部难道看的只是和部长的私人交情？你这样以权谋私，滥用公权力，有点配不上部长的位子吧？”

鲁朔脸上一阵青一阵白，他沉默了一会儿，语速极快地给谢淮道了歉，摔门出去。

他关门声太大，惊醒了正在发愣的谢淮。他反应过来，一手按住夏夏，另一只手抢过她的手机。

七月十五号晚，鲁朔找夏夏聊天。

开始只是普通闲聊，十几分钟后鲁朔忽然问："夏夏有男朋友吗？"

夏夏："没有。"

鲁朔："曾经有过吗？"

夏夏："高中交往过。"

鲁朔："那有过性经验吗？"

夏夏没回复。

鲁朔又问："夏夏该不会还是处女吧？和学长聊聊，有什么可害羞的。"

"聊聊吧，学长有经验，你不懂我可以教你啊。"

谢淮把手机还给夏夏，起身去追鲁朔。

夏夏跟在他身后一路小跑，在临近学院楼大门的时候扯住了谢淮的袖子。

"淮哥。"她跑得气喘吁吁，"你别追他了，都说好了，他跟你道歉这事就算过去了。"

"谁说过去了？"谢淮表情冷漠，"这事没完。"

谢淮还要追，夏夏抱住他劲瘦的腰将人拖住："刚才说那些话都是糊弄他的，我只是想让他给你道歉。不就几句话而已嘛，我又没真的受到精神伤害。"

她发现自己正搂着谢淮的腰，脸一红把手松开。

"让他给我道歉？我什么时候说过需要他道歉了？"谢淮挑眉的样子又狂又傲，"他一句'对不起'很值钱吗？要你用这种方式让他道歉？我根本就不在乎。"

"可我在乎啊。"夏夏低声说，"你总是罩着我，我偶尔也想罩你一下。"

“这事本来就是鲁朔动机不纯骗人在先，虽然你也有一点点错，可最多你们谁也不欠谁。”夏夏看着谢淮还没消肿的脸，快心疼死了，“他打你，就应该给你道歉。”

雨势越来越大，簌簌拍打着墙上的砖瓦，台阶下积了一汪浑浊的雨水。

“淮哥，你不会生我的气吧？”她一副可怜巴巴的模样，丝毫没有刚刚和鲁朔说话时那什么都不怕的样子，像只龇牙咧嘴后威风散尽的小白兔。

谢淮忽然就不想去追人了。

他看了夏夏很久，笑了：“口气这么嚣张，你用什么罩我？”

夏夏低眉顺眼：“我就偶尔罩一下，其他时候还是需要淮哥罩我的。”

谢淮没再说话。

夏夏站在门檐下，探出手去感受外面的雨势：“我没带伞，怎么回去啊？”

谢淮把外套脱了，披在肩膀上：“等我。”

他冲进雨中，一会儿人就不见了踪影。

雨越来越大，十分钟后，谢淮带着从超市买的伞回来了。他浑身湿透，头发湿漉漉的，招手让夏夏钻到雨伞下面。

地上积了深深的水，他一路撑伞回到男生宿舍门外。

女生宿舍在对面，夏夏就要回去，却被谢淮拉住手腕。

他笑得干净又明朗：“去我宿舍。”

谢淮宿舍一个人都没有。

他从柜子里掏出套衣服：“我去隔壁换衣服，你先坐。”

夏夏乖巧地问：“你舍友不会突然回来吧？”

“辛浦去网吧通宵了，另外两个学长在外面租房子住。”谢淮用毛巾擦了擦头发，“不会有人回来。”

夏夏：“！！！”

大晚上的，谢淮叫她来宿舍就已经很奇怪了，更奇怪的是宿舍只有他们两个人！夏夏的心脏忽然扑通扑通跳得飞快，她伸手覆住心口。

刚刚在路上，谢淮的伞一直朝她偏着，她身上一点没湿。

她低头看自己今天穿的衣服。简单的牛仔裤和针织外套，再普通不过，既勾勒不出线条也没有什么引人遐想的部位露在外面，谢淮应该不是见她今天美貌如花临时起意，那他叫她过来是做什么呢？

夏夏苦恼，总不会是暗恋她吧？

她在谢淮的宿舍四处转了转。这屋子只有他和辛浦两个人，很宽敞。辛浦的书桌乱七八糟的，上面堆满电子设备和游戏卡牌，满地的鞋子乱放，床铺也没叠。

反观谢淮这边，整齐又干净，一切井井有条。夏夏撩开谢淮的床帘，床单是刚换过的，上面带着一股蓝月亮洗衣液的香味。

这时谢淮回来了。

他换了套干净衣服，头发也在隔壁吹干了。他把自己的椅子拖出来，随口道："坐啊。"

夏夏忐忑地坐下："淮哥，你叫我过来有事吗？"

谢淮唔了一声："你不是想看淮哥的宿舍吗？现在看到了，还满意吗？"

夏夏说："你简直整洁得不像个男孩子，我以为男生都像辛浦那样呢，东西乱放，衣服也不洗。"

"我最受不了辛浦，洗个衣服都要催他半个月。"谢淮面不改色，"其实大多数男生都那样，但淮哥是个例外，爱干净是我做人的基本原则，我忍受不了一点凌乱和邋遢。"

夏夏捧着脸看他。

谢淮说："去把那边桌上的保温箱拿来。"

夏夏过去搬箱子，箱子分量不轻，足足有十斤。她回过头时，谢淮在地上摆了一个小桌板，又从柜子里掏出一个煮锅。

夏夏打开手里的箱子，发现里面是各式各样洗好的新鲜食材。

牛肉卷、毛肚、肉片、河虾、丸子，还有菌类和青菜，箱子最下面压着一包火锅底料和两罐可乐。

谢淮在锅里倒上水，插上电源："你跟我有一个多月了吧？就当是月末老板请聚餐，正好前天刚买了锅和变压器，试试性能。”

夏夏看到那些肉的时候口水都要流出来了。

她垂涎地盯着锅里一点点沸腾的水，还有些犹豫：“可现在已经八点半了，学校规定九点以后不能在异性宿舍逗留。”

“怕什么。”谢淮淡淡地说，“一会儿你穿我的外套出去，再戴上帽子，没人认得出来。”

于是夏夏放心了，眼巴巴地坐在谢淮对面看他煮火锅。

外面的雨越来越大，拍击地面的水花声与楼外水管泄水的声音汇在一块，沉闷又嘈杂。潮湿的空气顺着纱窗透进来，有一丝丝凉意，围着煮锅坐却又暖雾四起。一凉一暖交替，再舒服不过，这是个适合吃火锅的好天气。

谢淮帮夏夏调蘸料，又帮她开饮料，夏夏只管坐着吃。

她嘴角全是辣椒油，满脸幸福：“我好久没吃过火锅了。”

谢淮问：“好久是多久？”

夏夏认真地想了想：“七八年了吧，那年我妈过生日，我爸带我们去吃了一次，以后就再没去过。”

谢淮朝她碗里夹了块肉卷：“平嘉澎也没带你吃过？”

夏夏的眼神变了变，放下筷子：“你怎么认识平嘉澎？”

谢淮嘴里嚼着蘑菇，淡淡道：“不认识，上次你晕倒我帮你去拿杯子，见杯底写着你们俩的名字。”

夏夏轻轻哦了一声：“保温杯是他送的，又直男又老土，原来杯底还画着一个心呢，后来被磨没了。”

谢淮的脸上看不出情绪，只是随口道：“磨得倒精准。”

夏夏去拿辣椒油，忽然一阵急促的敲门声响起，她手一抖，不小心把半瓶辣椒油洒在针织衫上。

谢淮朝她比了一个嘘的手势，让她不要出声，扬声问：“谁啊？”

门外响起李哲林的声音：“谢淮，有点事找你，开下门。”

谢淮：“没空，有事明天说。”

李哲林没声了。

谢淮朝夏夏说：“我衣柜里有纸抽，你拿出来擦擦衣服。”

夏夏去拉衣柜的门，谢淮忽然想起什么，连忙说："等等！"

可夏夏手快，在他话音落下的前一秒已经把门打开了。那一瞬间，谢淮那些没来得及洗、藏在柜子里的脏床单、脏被套通通掉出来砸到了夏夏头上。夏夏把脑袋上挂的东西拿开，里面又滚出三件T恤和两条裤子。

夏夏："……"

"我……"谢淮罕见地尴尬起来，"我不是不爱干净，我是真没时间洗。"

谢淮平日除了上课还要赚钱，每天忙得要死，夏夏是知道的，她想了想："楼下不是有洗衣机吗？"

"男生宿舍的洗衣机我不爱用。"谢淮蹙眉，"有些男生又脏又邋遢，内裤、袜子丢进去洗就算了，球鞋也要丢进去。"

"我帮你洗吧。"夏夏把他的脏衣服叠起来，"我用女生宿舍的洗衣机洗。"

谢淮："不用了，我穿衣服也不怎么干净，被女生知道肯定要嫌弃。"

"那我手洗。"夏夏说，"反正平时也没什么事情。"

她从桌上拿过一个袋子把谢淮的衣服装好，谢淮拉住她："都说了不用，你又不是我女朋友，让你洗衣服算怎么回事？"

夏夏眨眨眼，问："那是你女朋友就可以帮你洗衣服了吗？"

"那更不行。"谢淮说，"我舍不得。"

夏夏看了眼时间："九点半了，我要走了。"

谢淮没松手，依然拉着她："饭才吃一半，你着什么急？是不是我刚才提平嘉澎惹你生气了？"

夏夏摇头："没有，我如果生气了是不会帮你洗衣服的。"

"那吃完再走。"

夏夏解释："我吃饱了，而且这么晚了还待在男生宿舍也不方便。"

谢淮还是不松手，夏夏正要说话，敲门声又响了起来。

叩叩叩，重重三下。

谢淮不耐烦："我都说了现在没空，你能不能明天再来？"

“同学，查寝。”

谢淮和夏夏同时愣在原地。

夏夏：“一般不都十一点查寝吗？”

谢淮眸色暗了暗：“是李哲林那孙子。”

夏夏咬着嘴唇：“怎么办？”

谢淮想了想：“来不及收拾了，你去我床上藏着，别被老师看见，否则要一起记过。”

夏夏说：“算了，我跟你一起吃的火锅，就一起挨罚好了。”

谢淮把她推到梯子上：“快点，别磨蹭。”

夏夏爬上谢淮的床，谢淮把她的板凳和碗筷收到床底藏好：“躲到被子里去。”

夏夏刚刚沾了一身红油没擦干净，这样直接钻到被子里，明天谢淮肯定要洗床单的。她想了想，把针织外套脱了折在床脚放好，只穿着一件黑色的细吊带钻到谢淮被窝里。

宿舍的灯光炫目，她用被子遮住半张脸，紧张地盯着天花板上的吊灯。

谢淮开了门，外面站着两个宿管老师和几个查寝的学生，李哲林跟在最后，看起来乌泱泱一群。

夏夏听见姜景州的声音混在查寝的学生里：“谢淮，你还真在宿舍煮火锅啊？”

谢淮嗯了一声，淡定地说：“一起吃点吗？”

宿管：“……”

李哲林扫了眼锅里的食材：“就你一个人能吃这么多？不对吧，辛浦肯定也在。”

“辛浦不在。”谢淮说，“就我自己吃的。”

“你骗谁呢？”李哲林去撩辛浦的床帘，里面没人。

谢淮：“我都说了就我一个人，你磨叽什么？”

李哲林要去撩谢淮的床帘，谢淮把他推开：“李哲林你什么意思？就算你怀疑辛浦在宿舍也不用撩我床帘吧？他自己有床不上上我的床，你当我基佬啊？”

姜景州忍不住笑了，跟宿管老师解释："辛浦不可能在他床上。"

他见老师一脸不信的表情，走到谢淮床下："老师既然怀疑，你就让她看看呗。"

谢淮冷着脸，警惕地盯着李哲林，却丝毫没看见旁边姜景州的动作。

姜景州撩开他的床帘："没人吧。哟，你早上还没叠被子。"

他本着送佛送到西，既然是好兄弟就一定要帮谢淮洗清嫌疑的原则，捏起谢淮的被角："谢淮这人毛病挺多的，特别洁癖，从来不让别人上他的床，今天他床上要是有人，我……"

他把被子撩开，话说到一半，戛然卡住。

夏夏的头发在被子里揉得乱蓬蓬的，只穿着吊带趴在床上，地下八个人整整齐齐十六只眼睛不约而同地朝她投来目光。

顶灯的光打在她光裸的手臂和肩膀上，照得她整个人雪花一样白里透亮，而那抹耀眼的白色之中又有一点浅浅的绯红。

南城秋凉，昨夜的蚊虫却很猖狂，在她肩膀最漂亮的部位叮了几个大包。这要放在平时就是几个蚊子包而已，但在此时此刻此种情境下，就显得刺目非常，隐隐约约还带着一丝旖旎的味道。

空气诡异的安静。

夏夏看着谢淮一脸想死的表情，心想这下跳进黄河出来都得一身泥吧。

她尴尬地笑了笑，晃晃手掌，干涩地朝宿管打了声招呼："嗨……"

雨过天晴，空气里弥漫着潮湿泥土和青草的香味，阳光穿过横生的树杈落入地上水洼，闪着细碎的亮光。

夏夏下了早课走出教学楼，瞥见大门一侧的玻璃上贴了张纸。她走近去看，只见上面白纸黑字：

关于谢淮、夏夏在宿舍私用电器的通报批评

经查，管理学院社会学系大一学生谢淮、夏夏二人于11月18日晚9点在男生宿舍用大功率电煮锅煮食火锅。

根据学校规定，经院领导统一研究，没收违禁电器，并对二人做出通报批评处分。

夏夏读完纸上的内容，叹了口气，同时又有些庆幸。学校到底还是顾及学生的面子，仅通报了违禁电器，没有提她逗留男生宿舍的事。

那晚的情况实在太乱了。

宿管老师接到李哲林的举报，带着一群学生会值班的男生突击检查，一行人把宿舍门口和外面走廊堵得一丝空隙都没有。

九点正是下晚课的时间，许多男生结伴回来，见到这么大的阵仗，纷纷朝里面张望。

宿管老师见床上探出夏夏的脑袋，锅都顾不上没收了。她看着谢淮："你们年轻人血气方刚我理解，可你们……

"你们不能去酒店吗，非要在宿舍？

"搞就算了，锅里的水还在烧，万一溢出来浇到电线引起火灾怎么办？"

夏夏实在尴尬，在床上蠕动了几下又拉上帘子躲回被子里，假装置身事外。谢淮没处躲，迎面而来的目光或羡慕或佩服，其间多多少少都带着同一种情绪——淮哥真是太牛了。

这么晚把妹子带回宿舍不说，还把妹子哄上了床。

谢淮强装淡定，把锅端起来放到宿管手里："不是查违禁电器吗？现在查到了，拿走吧。"他把一干人等推出宿舍，回来拉开床帘，"人走了，你下来。"

夏夏再从被子里钻出来时面红耳赤，谢淮也罕见地脸红了。

两个人相对无言脸红了半天，谢淮从柜子里掏出一顶帽子扣在她头上："老师那儿我去解释，先送你回去。"

夏夏不知道说啥，憋了半天只憋出一个"哦"。

据说那晚男生宿舍夜聊的话题出奇地一致。

有人说看见宿管亲自把夏夏从谢淮床上揪下来，大骂她不要脸。

有人说夏夏在谢淮的被窝里一丝不挂，众人闯进去的时候谢淮正手忙脚乱地穿裤子。

有人说淮哥冲冠一怒为红颜，为了夏夏当场把宿管赶出宿舍，晚上还跑到值班室和老师吵架。

还有人说，谢淮上辈子可能是吸尘器转世，把夏夏吸出了一身的红点子。

那人描述得绘声绘色，像亲眼看见了一样："夏夏你认识吧？社会学系特漂亮的那个，满身都是吻痕，密密麻麻的，那叫一个诱惑，那叫一个我见犹怜。"

姜景州抱着一沓文件从楼上下来，见夏夏站在门边，顺手招呼她："夏夏，我正好有事找你。"

他注意到她在看门上贴的通报批评，惊讶道："通报这么快就下来了？我看看报了什么……违禁电器啊，看来那天谢淮在宿管值班室磨到半夜还是有点用处的，不然他们还准备通报你逾时逗留男生宿舍……"

夏夏睁大眼睛幽怨地看着他："学长……"

姜景州这才想起那天是他撩的帘子，他尴尬地咳了咳："就算我不撩，李哲林肯定也会让老师去检查的，不如让我来做这坏事，你们心里还能痛快点，对吧？"

他笑眯眯的，一脸斯文。

夏夏："现在所有人都知道我大半夜躺在谢淮床上了。他们编得太过分了，说谢淮把老师赶出去是为了抓紧时间再来一次……"

姜景州："他们说他们的，你不在意，那些话就是耳边的风，吹了就过。你越在意，它越会时时刻刻折磨你。"

"我不在意别人说我。"夏夏说，"我是怕谢淮在意，我总是给他惹麻烦。"

"谢淮更不会在意了。"姜景州笑了笑，"他什么难听的话没听过？"

他把手里的文件交给她："这是下周篮球赛的场次安排，你帮我拿给赵珊琪，我就不跑一趟了。"

夏夏接过来，犹豫着问："谢淮他……"

姜景州："谢淮怎么了？"

夏夏又摇摇头："没什么。"

傍晚。

夏夏下课后去食堂打了两份饭，提着去篮球场。临近篮球赛，班委特意和老师打过招呼，给参加篮球赛的人批了假条，每天最后两节课去小操场练球。

班里篮球赛的负责人是赵珊琪，夏夏不知道她怎么说动的谢淮参加比赛，只记得第二节课下课后，谢淮走到她面前告诉她自己要去练球，他似乎揉她头发揉习惯了，按着她头顶摸小狗一样把她的头发弄得乱糟糟的。

晚上要在球场训练到很晚，谢淮没时间吃饭，就让夏夏去食堂帮他打饭。夏夏到的时候场上刚好休息，李哲林提前打车去了步行街买回来四大包肯德基请大家吃。

赵珊琪拿着全家桶来找谢淮："一起吃吧。"

谢淮没和他们在一起，而是一个人坐在篮球架下面。

篮球场后是片银杏林，金黄的叶子落了满地，被温暖的夕阳一照，灿烂耀眼。

谢淮今天穿了件深蓝色T恤，在运动短裤里面套了条黑色弹力裤，衬得腿又直又长。他额头上戴着蓝色头带卡着头发，一个人无聊，就无所事事地捡地上被风吹来的银杏叶玩。

他说："不吃。"

赵珊琪说："吃嘛吃嘛。"

"不吃。"

"你一个人又没东西吃，跟我们一起吃嘛。"

谢淮转头看她："赵珊琪，你是复读机吗？"

赵珊琪："……"

夏夏拎着两盒饭出现在操场边，谢淮招手："这儿。"

"不是。"赵珊琪不解，"食堂的饭到底有什么好吃的？你要是不爱吃肯德基，我给你订海底捞的外卖，以后就别在宿舍煮火锅了，你再被通报一次肯定是要被记过的……"

“你也知道我在宿舍煮火锅啊？”谢淮问，“那你知道我跟谁一起煮火锅吗？”

赵珊琪说：“不是跟夏夏吗？”

“那你知道现在学院里说我和夏夏什么吗？”

赵珊琪眨了眨眼睛。

“食堂的饭不好吃，送饭的人好看行不行？”谢淮说，“回去啃你的鸡翅，别耽误我吃饭。”

赵珊琪：“……”

她才过来两分钟，就被谢淮气走了。

夏夏把谢淮的饭盒递给他，坐到他身边和他一起吃晚饭。

“怎么才来？”谢淮扁着嘴巴，“是不是想饿死我？对面的炸鸡味儿这么香，我口水都快流出来了。”

夏夏把筷子拆开给他：“食堂人多，我挤了好久呢。”

谢淮吃饭时有点多动，时不时转头看两眼夏夏，又捡起地上的银杏叶往她头上放。夏夏也不生气，任由他弄，等他玩得高兴了再晃晃脑袋把头上的叶子甩下来。

“你怎么这么乖呀。”谢淮先忍不住了，揪起她耳边的碎发，“你就一点脾气都没有吗？”

夏夏在谢淮面前是出了名的柔弱乖巧，她摇头晃脑哼哼唧唧不说话。

赵珊琪开开心心地过来，满脸气愤地回去。

李哲林问：“怎么了？是不是谢淮说你了？”

赵珊琪不耐烦地说：“没有。”

“肯定是谢淮，除了他谁敢欺负你？”李哲林见她生气了，觉得这是个表现的机会，他把买炸鸡附赠的番茄酱都挤到一个纸杯里，起身朝谢淮走过去。

谢淮正和夏夏说话，面前的光被一个人影挡住。

他抬头看着李哲林：“有事？”

李哲林最近在追赵珊琪，最见不得赵珊琪对谢淮事事上心的样子，更见不得谢淮半点不理睬赵珊琪，两相比较之下，就显得他跟谢淮差了一大截。

李哲林语气很冲地问："你为什么欺负珊琪？"

赵珊琪跑过来拉他："你别捣乱，我都说了他没有，你乱出什么头啊？"

谢淮眼神迷惑："我欺负她？"

夏夏不巧这时朝他碗里夹了块辣子鸡，谢淮的注意力立即被吸引了。他盯着夏夏的碗："你为什么会有辣子鸡？你刚刚吃了红烧肉，现在又吃辣子鸡，也就是说你给自己打了两荤一素，却给我打一荤两素？"

谢淮说："我需要一个解释。"

夏夏："……解释什么？是你自己说要一荤两素的啊。"

谢淮饭也不吃了，跟她理论起来："我是说过没错，但你不懂变通吗？你什么时候见过小弟吃肉大哥吃素的？在你打两个荤菜的时候就该想到，连你都要吃两个菜，谢淮却只吃一个，他肯定无法满足。"

谢淮冷漠地说："而你没有，你根本不在乎我。"

夏夏："那你吃我的吧。"她把饭碗递给谢淮。

李哲林："……"

这对贫穷男女当着他的面打情骂俏，显然是不把他放在眼里。他火气上来了，故意把手里的番茄酱摔在谢淮鞋上："谢淮，我他妈跟你说话呢！"

谢淮去拿夏夏饭盒的手停在半空，他垂下眼，看番茄酱在鞋面上散开。

夏夏也愣了。

谢淮脸上刚刚和她闹着玩时幼稚又嬉皮笑脸的神情消失，他看李哲林的目光还算平静："道歉。"

李哲林敷衍地笑："对不住啊，我手抖，不小心掉你鞋上了。"

谢淮手指向下："我让你和它道歉。"

李哲林："你要我和一双鞋说对不起？"他笑容嘲讽，"谢淮，你这辈子是不是只穿过一双好鞋啊？每天穿在脚上显摆我就不说什么了，还要我给它道歉？说句不好听的话，你也不看看你配不配。”

谢淮把饭盒放在球架上，站起身冲李哲林走过去。

赵珊琪拦在两人中间：“谢淮，先等等，我觉得你们俩之间有些误会。”

谢淮：“让开。”

赵珊琪对李哲林说：“谢淮真的没欺负我，你快给他道歉。”

李哲林满不在乎：“我已经道歉了，他不满意，还要让我跟他的鞋子道歉，这算什么？”

赵珊琪插在两人中间，谢淮碰不到李哲林，神情冷了：“我再说一次，你让开。”

她还是不让，谢淮看着她：“你是觉得我不会打女人吗？”

赵珊琪被他言语里的狠意唬得怔了怔，见他一副凶巴巴的样子，委屈地挪开。

谢淮刚要动，脚下却被什么东西绊住了，他低头，看见夏夏蹲在他面前拿纸巾擦他鞋上的番茄酱。她一声不吭，用纸巾把稠稠的酱汁包起来，但鞋面不可避免地留下了一道清晰的印子。

夏夏：“番茄酱干了不好洗，你脱下来，我先帮你弄干净，然后你再去打架。”

她乖巧又安静，谢淮看着她澄澈的眸子和那张明艳漂亮的小脸，怒火一瞬间敛了大半。他把夏夏拉起来，接过她手里擦鞋的脏纸团，丢到旁边的垃圾桶里。

赵珊琪：“谢淮……”

谢淮没理她，看了李哲林一眼，拉着夏夏离开了操场。

谢淮站在露天水槽边，脱了鞋子放在水龙头下面冲，他拿刷子用力刷，刷子毛都刺起来了，鞋却没洗干净。

“你这样是洗不干净的。”夏夏拿过鞋子看了看，“这种材质不能硬刷。”

她去旁边超市买了瓶洗洁精和一把软毛刷，把洗洁精抹在鞋面上，用刷子轻轻贴着有酱的地方蹭，果然痕迹淡了不少，她又拿软布蘸着洗洁精清理边缝里的脏东西。

夏夏举起鞋子，对着薄暮的天光照了照。

谢淮顺着看过去，那道让他看了就烦的污渍不见了，鞋子被她清理得干干净净。夏夏把鞋子举得很高，软白的手撑在鞋舌之下，顺着她的手臂朝上看，远处是昏暗的天空和将要落山的太阳。

谢淮心里动了动，伸手按着她的头发一阵乱揉。

“你不要总揉我头发。”夏夏红着脸躲开，“你这样容易把我头发弄油，我回去要洗的。”

“我以前养了只狗，我不开心了就爱揉它脑袋。”谢淮笑了笑，“开心的时候也揉。”

夏夏嘟囔：“我又不是你的狗。”

“你是我小弟啊。”谢淮说。

远处夕阳落山，晚霞将天光染得通红。

“鞋是我爸送的。”谢淮忽然说。

“我根本不喜欢这款，他不懂鞋，看到全球限量就买下来了。”他神色淡淡，“他一直这样，从来不问我喜欢什么、讨厌什么，自以为给我的就是最好的。”

夏夏默默听着，心想谢淮的烦恼真的很清奇。换成是她，别管喜不喜欢，魏金海舍得给她双两百八的鞋子，她都能感动得痛哭流涕。

“高二那年我在学校里惹了事，校长找他告状，他那段时间生意出了问题心情不好，听了那些话很生气，就当着所有人的面扇我耳光。”

“那是我从小到大第一次挨打。”谢淮笑了笑，“没觉得疼，就是挺丢人的。”

夏夏也笑：“我从小被打到大，习惯就好了。”

谢淮：“我当时气性大，一气之下逃学去常市找齐达鬼混了两个月。

“学不上，家也不回，我爸给我打过好几次电话，我把他拉进黑名单里，不想跟他说话。”

“知道姜景州为什么叫我少爷吗？”他唇弯了弯，似在嘲讽过去的自己，“那时候所有人都叫我少爷，衣来伸手饭来张口，一点委屈受不得，一点苦也吃不得，简直就是玻璃做的，娇贵得紧，别人碰一下我说不定都得碎掉。”

夏夏看着谢淮，心想假的吧。

她没敢把这个想法说出来，只是下意识地觉得谢淮不是那种人。不过短短几年，她没法想象谢淮口中那个娇气的人是经历了什么才能脱胎换骨变成现在这样。

远处天光暗淡，夕阳落山。

谢淮把目光挪开，落到近处银杏那浸染了暮色的树尖上。

“两个月后，警察局给我打电话，我爸没了。”他神色平静，“自杀，跳进工厂的硫酸池里，尸体和衣服都被烧没了，如果不是厂里有监控，我都不信他是自己跳进去的。”

夏夏愣在原地，久久没说话，谢淮也没有说。

夏夏看向他脚上那双鞋，犹豫着问：“这是他送你的道歉礼物吗？”

“不知道，可能是吧。”谢淮说，“但我宁愿他从来没买过。”

“肯定是的，你跑出去两个月不回家，你爸肯定担心。虽然我不知道他为什么自杀，但他一定很爱你。”夏夏眼里有一丝羡慕，“我爸别说给我买鞋子赔礼道歉，我就算死在外面，他估计眉头都不会皱一下。”

“他爱我吗？”谢淮反问，眉眼中带着冷意。

“当然啊，他都要离开了还想着给你买鞋，而且除了鞋子，他肯定也给你留了很多别的东西吧？”

夏夏看着谢淮，觉得自己其实很羡慕他。他的眼界和身上那种天不怕地不怕无所畏惧的气质，一看就是富养长大的孩子特有的东西。

她羡慕，又羡慕不来。

谢淮的父亲哪怕千般不好万般不是，但从小给他的自信、勇敢和底气，是能让他一生受益的东西，也是她这辈子都无法企及的。

谢淮淡淡道：“他给我留了八百万……”

“八百万！”夏夏忍不住说，“你爸对你太好了吧！”

她安慰他：“别难过了淮哥，你要向好的地方想，八百万是多少人一辈子都赚不到的钱。对我这种人而言，别说一辈子，下辈子、下下辈子加起来，我也赚不了八百万。

“叔叔虽然离开你了，但他留下这些钱，肯定也是希望你能过得好一些吧。”

谢淮神情复杂地看着她。

夏夏疑惑地问：“我说得不对吗？”

谢淮说：“你说得对，八百万是多少人一辈子都赚不到的钱。”他神色平静得不像话，“但他留给我的，是八百万的高利贷。”

夏夏：“……”

夏夏喉咙里干干的，一句话都说不出来。谢淮坐在水槽边沿晃腿，脸上没什么表情，仿佛他嘴里背着八百万欠款的不是他，而是另有其人。

夏夏自知说错话了，挠了挠头：“……其实八百万也不是很多，我没见过世面，所以对我而言这是一笔巨款，但对有些人来说也就一套房子而已，要还清这些钱也用不了多久吧？”

谢淮漫不经心：“是啊，每月还两万，一年二十四万，不用四十年就还清了。”

“你就当我没说过吧。”夏夏语气闷闷的。

不知道为什么，听到谢淮背着八百万债务的时候，她比自己负债都难过。

“八百万确实不多。”谢淮面无表情，“我爸活着的时候，欠银行的、欠供应商的、欠合伙人的，还有亲戚朋友的，加起来几十个亿。人死债消，说起来简单，哪有那么容易？”

“那也不能让你来还啊。”夏夏说，“你又没做错事。”

“做没做错谁在意？欠了就是欠了。”谢淮声音平淡，“如果祝子瑜向你借了两万块，她死了，你能不开口和她家人要钱吗？”

夏夏沉默，她自问做不到，就算咄咄逼人堵门要钱的事她做不出来，提也肯定是要提一下的。

两万块尚且如此，别说几十个亿。

夏夏：“那八百万高利贷……”

“我爸借的。”谢淮说，“他手里没有流动的现钱，工人的遣散费、赔偿款、伤亡抚恤，零零碎碎借了五百万，那钱他一分没留，全部分给工人家属了。”

“他一周前借了高利贷，一周后跳了硫酸池。”谢淮说这话时唇角上扬，似乎想笑，却有些干涩，“放贷人叫胡书荣，在道上混了几十年，实力雄厚，后台也硬，我爸聪明了一辈子，劫富济贫的时候肯定想不到自己会栽跟头吧。”

夏夏茫然，没懂谢淮的意思。

谢淮：“那段时间厂里总丢东西，硫酸池的监控是负责人前几天刚装的，他不知道。

“法医说，跳硫酸池是最痛苦的死法之一，没有人会用这种方法自杀。监控画面出来以前，所有人都以为他是被推下去的，我爸破产后，别的没有，只有仇人和要债人多得数不过来。”

夏夏懂了。

谢淮的父亲破产，厂里又发生重大事故，他无力偿还债务，早就打算带着一身债去死，而在死前，他向放贷人借钱用来补偿因为事故死亡和受伤的工人，说他劫富济贫也好，没有担当也罢，这钱他本来就没打算还。

人的死法有千千万，他却选了最惨烈的方式，因为他根本不想让人知道他是自杀。他死了，债就清了，谢淮或许再也过不上从前少爷般的生活，但也不用每天为还钱奔波。而自杀和他杀却是两种全然不同的性质，虽然都是死，但一个是逃避责任，一个是飞来横祸，命该如此。死人不在乎别人怎么说，但活着的人还要好好地、体面地、有尊严地活下去。

谢淮的父亲想到了一切，却死也想不到他的计划会因为一个刚安装的摄像头而落空。

他是自杀，借款散尽就毅然去死，这对放贷人而言无异于戏耍，而高利贷本身就是违法的，放贷人又在道上混，这口气肯定咽不下。

夏夏看过不少电视剧，知道高利贷整人的方法千奇百怪，她不敢细想那些人会用什么方法折磨谢淮和他的家人，只要一想就心里发毛。

“他这人老谋深算，阴险毒辣，到死都得坑几个人。”谢淮说，“但他其实也没那么坏，就是有点傻。”

夏夏忽然想起谢淮曾经开过的玩笑：“你之前说每个月都有一堆小弟去你家跪下叫爸爸……”

“嗯，被你发现了。”谢淮淡淡接话，“他们的确每个月都来，不过跪的人是我。”

夏夏又不说话了。

谢淮笑笑，捏捏她软乎乎的脸颊：“开玩笑的，做人留一线，他们还不敢逼得太紧，惹急了我学我爸一死了之，他们一分钱也拿不到，与其这样还不如留着我慢慢还钱。”

夏夏问：“那钱一定要还吗？”

“也可以不还。”谢淮轻描淡写，“一条胳膊一百万，把我和我妈劈了做成人彘，正好八百万。”

夏夏：“……”

“你能不能不要用这样的语气说这种话。”夏夏见他一副吊儿郎当，什么都不放心上的样子，没来由得一阵难过和恼火。

“那要我用什么语气？”谢淮问，“要我跪在地上痛哭流涕，说我真的不想死，求求各位大哥放过我吗？”

“我是想跪，但膝盖不是很听我的话。”他漫不经心，“它天生就没学会怎么打弯。”

夏夏无言。

谢淮嘴里说着惨兮兮的话，神色却张扬得像个未经世事磋磨的孩子。她不由得想，曾经的少爷谢淮该是什么样子。哪怕落魄成现在这样，他身上的傲气和嚣张都半点不少，当初的谢淮一定更加耀眼，光芒能把人的眼睛灼伤。

赵珊琪追了过来，气喘吁吁地站在谢淮面前，看他时目光亮晶晶的：“谢淮，你别生气，我替李哲林跟你道歉。”

“他做的事，你道什么歉？”谢淮满不在乎。

赵珊琪看了夏夏一眼，又问：“那你还参加篮球赛吗？”

谢淮也看向夏夏，夏夏正茫然着，忽然头发又被他揉了揉。

“参加啊。”谢淮弯了弯唇角，“当然要参加。”

他起身往篮球场的方向走去，夏夏跟上他。

她安安静静地走在谢淮身边，朦胧的薄暮之中印着一个浅浅的月亮痕迹。她停住脚步，看着天上半边夕阳未退，半边残月升空。

“淮哥。”她叫住谢淮。

少年回头，她认真地看着他：“也没什么事，只是想说……像你这种人，想做的事就一定可以做到，八百万也没什么大不了，你不会穷一辈子的。”

谢淮笑笑：“承你吉言。”

Chapter 7

关门小弟

南城的气温在十二月骤降至冰点，十一月还穿着单薄外套的人都换上了厚大衣和羽绒服，夏夏在网上淘来一件特价处理的厚棉服，三十块钱，穿在身上宽宽大大倒也很暖和。

南城昼夜温差很大，从前谢淮是最不怕冷的，十一月的天气里只穿一件短T恤到处晃悠，现在也扛不住严寒了。他买了一件军大衣，晚上摆摊的时候穿。

开学几个月，谢淮摊上卖的东西已经变过好几轮了，从一开始的水壶、台灯到后来的二手书和笔记本，现在他卖起了零食，全是超市没有的零散果脯和东南亚小食品，便宜又量大，最适合学生的消费水平。

每天下了晚课都是春和路最热闹的时候，谢淮摊位前总是能聚很多人。他还在旁边支了个小桌板贴手机膜，一张二十块钱，每晚光是来贴膜的就有二三十个人。

夏夏没事的时候不喜欢待在宿舍，就朝春和路上跑，无所事事地坐在谢淮的摊位后面和他一起玩。临近期末考试，闲的时候她就坐在旁边背书，忙的时候就帮谢淮收钱。

过两天就是平安夜，学校里圣诞节的氛围渐渐浓厚起来，教学楼前立起了张灯结彩的圣诞树，宿舍楼的每一扇门玻璃都粘上了圣诞老人的贴画。

夏夏背书背累了，把笔记放到一边。

谢淮在给一个女生贴膜，那女孩穿着打扮像是大一的，夏夏觉得眼熟，似乎常常在谢淮那里订吃的，她送外卖的时候见过好多次。

女孩没看手机，一直盯着谢淮："你贴膜好快。"

谢淮应着："每天都贴，熟练了你也能这么快。"

十分钟不到，他把膜贴好递给她。

女孩意犹未尽，又从兜里掏出一个手机："刚巧我旧手机的膜也碎了，给我一起贴了吧。"

夏夏："……"

女孩走了，夏夏托着下巴："淮哥魅力可真大，手机膜都为你神魂颠倒，她不开口我都看不出那膜碎了。"

谢淮哼了一声："你第一天知道淮哥魅力大？"

他捡起夏夏放在地上的笔记，扫了一眼："马上就期末了，大一的公共课都是一样的，你笔记做得仔细，字迹也清楚，可以复印卖钱。"

夏夏倒是没想到这层，她虚心求教："怎么卖啊？"

"我在超市有朋友，可以给你牵线，如果你印得多，每张只要五分钱。"谢淮拿过计算器敲了敲，"一本笔记也不厚，你卖五块钱还能净赚两块五。"

夏夏点头："你都是怎么想到这些的？"

"你没想到是因为你还没走到绝路。"谢淮说，"等你到了我这个境界，就会发现钱无所不在，边边角角都能抠搜出来，就算走到路上看到摊狗屎都会下意识去想，能不能把它收集起来风干晾好做成狗屎干卖给谁。"

夏夏："……你这话别被买零食的人听到。"

夜里冷风习习，拂过脸上刮得皮肤刺痛，夏夏裹上围巾戴上帽子，整个人暖和得不得了。谢淮的军大衣没有帽子，他把衣领竖起来挡风，里面穿着低领毛衣，脸侧和脖子还是被风吹得通红。

夏夏骂他："臭美。"

谢淮即使穿军大衣也是潇洒又英俊，他没有买传统军绿色的大衣，而是买了件深蓝色的，内衬是灰色滑毛，那大衣领口有型地竖着，就连上面的纽扣都是金色的。

他在这儿一坐，说是穿来防寒的，不如说是穿来秀的，不仅没有半分土气，反而格外吸引人的目光。

谢淮确实挺臭美的，耳朵都冻红了也不肯戴上买军大衣送的护耳棉帽。他跟夏夏吐槽了好多次，说那帽子太傻，戴上憨憨的，结果第二天，夏夏就在梁源太的头上看见了那顶憨憨的帽子。

谢淮领口透风，牙齿冻得直哆嗦，然而神色却很嚣张："我还用臭美？我本来就帅。"

夏夏收拾了书本要回宿舍，谢淮说："平安夜数院的枕头大战，一起去玩吧。"

在南大，每个学院都有自己特殊的活动，例如数院的枕头大战、经院的模拟股市、法学院的辩论赛、艺术学院的假面舞会、管理学院的许愿长廊，形形色色的活动每个月都有，开学到现在，夏夏忙着兼职和上课，还一个都没参加过。

谢淮傲娇地说："我其实并不是很喜欢这种活动，我是怕你一个人去玩挨别人揍，两个人我还可以顺便保护你。"

他问："一起去？"

夏夏笑得甜甜的："好啊。"

夏夏回宿舍的路上看到路边也零星摆起几个小摊子。

开学至今，学生们纷纷效仿谢淮在春和路摆摊，卖些零零碎碎的小东西，有的是手串耳钉，有的是耳机数据线，还有卖自己闲置的旧衣物，夏夏偶尔会逛一逛这些摊子。

她脚步停在一个摊位前，俯身看面前各色各样的毛线球。

摊主是个女孩，见有人来，唇角弯弯露出两颗小虎牙："学妹，买毛线吗？三十块一球。"

夏夏摸了摸毛线的触感，问："有没有质量更好的？"

女孩从身后的袋子里掏出一球给她："这个是六十的，摸起来很舒服。"

夏夏拿毛线球在脸上蹭了蹭，觉得触感确实不错，她想到谢淮深蓝色的军大衣，特意挑了一团深灰色的毛线球。

女孩说：“我觉得你适合浅色系，浅色衬你的肤色。”

夏夏说：“不是给我自己买的。”

女孩恍然大悟：“哦，给淮哥的吧？”

“不是不是。”夏夏脸红红的，摆手否认，“……你怎么认得我啊？”

女孩摊手：“学院谁不认得你们？你俩不是早就在一起了吗？都老夫老妻了，有什么可害羞的。”

夏夏听到她那句“老夫老妻”，脸更红了：“不是的。”

女孩把她要的毛线球和毛衣针装起来：“你还给我送过外卖呢，不记得了吗？”

夏夏对她没有印象，支支吾吾了几句，又被她刚才的话弄得脸一阵接一阵地烫，付过钱连忙跑了。

祝子瑜见她提个袋子回来，以为她买了零食，上来要蹭吃的。

夏夏推开她，把袋子扔到床上：“你别乱看。”

她换了衣服爬上床，对着那团毛线球发呆，又捂着脸在床铺上打了几个滚，心里暗骂自己不争气。

不就是给谢淮织个围巾吗？她想，怎么搞得跟做贼似的。

她用手掌贴了贴脸颊，滚烫的温度还在，那女孩的话也言犹在耳。

“你俩不是早就在一起了吗？都老夫老妻了……”

“谁跟他在一起了。”夏夏轻声嘟囔，“死谢淮，坏我清誉。”

她床铺四周挂着浅蓝色的床帘，虽然不挡光，但可以隔绝外面的视线。

夏夏坐在床上，将毛线球解开，她从小没事可做就跟吴丽学做家务，这些琐碎的手工活她全都会，一个围巾能织出好几种不同的花样。

她织了几十针，觉得这样的织法不保暖也不适合谢淮，又全部拆开换个方法重新织。她织了拆拆了又织，一晚上下来才织了十几针。

赵珊琪从外面回来，手里提着一个购物袋。

祝子瑜问：“买了什么？”

赵珊琪连忙说：“没有没有。”

她鬼鬼祟祟地把袋子藏进衣柜，祝子瑜一脸疑惑：“你们今天怎么都这么奇怪啊？”

平安夜傍晚，飘起了雪花。南城好几年没下过雪了，这雪虽小，却激起了很少见雪的南城人极大的热情，路上到处都是看雪的人。

地表温度高，细碎的雪片落在地上立即融化了，连层积雪都没有。

今天的春和路很热闹，平安夜送苹果的讲究从夏夏上高中时就开始流行了，以往五块钱一斤的苹果到了这天晚上都要卖到五块钱一个，夏夏从来不买，平嘉澎要给她买她也不准。她不觉得一个长得普普通通的苹果值五块钱，她只觉得想去买那苹果的平嘉澎有点傻。

春和路上很多卖苹果的人。几个男生搬了个箱子坐在路边，苹果用塑料彩纸一包，小苹果五块，大苹果十块，遇上又大成色又好的卖十五块。

夏夏心想，土匪也没有这么抢钱的。

她四处找谢淮，发现他还没出摊。

下午最后一节课是心理教育，老师讲课闷，全程只照着课本念，底下的同学听得昏昏欲睡，谢淮翘了这节课，夏夏以为他是着急出去摆摊，可他人却不在这里。

她刚要给谢淮打电话，就看到他推着小板车从超市的方向过来。

她跑去替他搬东西，发现他今天不是卖零食。板车上的两个箱子里装满了圣诞喷雪和彩带，粗略看过去有两百多瓶，最下面的箱子里装的东西不多，是二十个方方正正的木质小盒子，每个小盒子旁边都开了一个孔，里面插着一束鲜花。

“这是什么？”夏夏拿起一个看了看，发现那木头盒子轻薄，里面似乎装了什么东西。

谢淮说：“打开看看。”

夏夏小心翼翼地打开，发现里面装着一个红艳艳的蛇果，她又去看盒子旁的花，发现每个盒子上插的花都不一样。有的是玫瑰，有的是雏菊，有的是风信子，有的是小百合。

“你要卖这个？”夏夏问，“多少钱一个？”

谢淮："八十八。"

"会不会太贵了？"夏夏捧着掌心的小盒子，觉得这玩意儿精致又漂亮，但八十八块钱还是有些贵。

"每个盒子附一束花，每朵花都不同，花语也不同。"谢淮说，"隔壁一个苹果都卖十五块，我卖得算贵吗？"

"淮哥再给你上一课。"他笑眯眯地说，"一个东西真正的价值不在于它成本值多少，而在于它有多少。他们那一筐苹果虽然便宜，但对于在平安夜喜欢互送苹果的女生群体而言，没什么仪式感和特殊性。"

"而我只卖二十个，如果你是女生，是希望你男朋友送你五块钱的塑料纸苹果，还是淮哥精致的限量蛇果？"

夏夏毫不犹豫："当然是你的啊。"

谢淮："那不就是了？枕头大战九点半开始，外面冷，你先回宿舍，九点再下来找我。"

夏夏一步一回头，看谢淮倒腾他的苹果和圣诞喷雪。

她心里挺佩服谢淮的，虽然他赚得多，但他花的心思也多。

别人的苹果都是批发来的，谢淮那些东西一定没有现成的。买蛇果、订盒子，还有那二十束不同种类的鲜花，都是他一点一点弄来的，其中的过程不会太简单，想到这里，她又觉得八十八一点也不贵，八百八十八都未必配得上谢淮的辛苦。

夏夏在宿舍待到八点半，实在坐不住了。她穿好衣服，把织好的围巾找了一个好看的纸袋装着，下楼去找谢淮。谢淮不在摊位前，三个小时的工夫，他那二十个苹果和两百瓶喷雪卖得干干净净。

夏夏心想他一定又去超市避风，顺便和收银小哥吹牛胡扯去了。刚要去超市找他，看见赵珊琪和蔡芸朝这边走过来。她站在摊位后面花坛的角落里，两人谁也没有看到她。

赵珊琪手里也拿着一个纸袋，她左右四顾，见周围没人，抽出里面的发票，把袋子塞到谢淮堆在路边的纸箱里。

蔡芸颇为遗憾："你不当面给他就算了，至少把发票放里面啊，三千多的羊绒围巾呢，你不说他怎么知道？"

赵珊琪："我只是想送他围巾，跟多少钱没有关系。"

两人离开了，夏夏从灌木丛后走出来，她蹲在地上，掏出赵珊琪的袋子，里面确实有条格子围巾。她摸了摸，触感又滑又顺，是她见都没见过的料子。

夏夏看着自己手里六十块毛线球织出来的围巾，眼眸暗了暗。

她把赵珊琪的围巾放回去，转身朝宿舍走。

梁源太远远地就看见了她，伸直了胳膊朝她招手："夏夏！"

夏夏："你怎么在这儿？"

"奶奶让我来给你和淮哥送苹果。"梁源太手里拎着两兜苹果，给了夏夏一兜。

夏夏接过来："奶奶还挺时髦的，帮我谢谢她。"

梁源太问："你手里的是围巾吗？"

夏夏点头，梁源太又问："是送给淮哥的吗？"

夏夏想了想，摇头："不是，我打算扔掉的。"

梁源太挠了挠后脑勺，眼巴巴地看着她："那你给我吧，奶奶一直说要给我织围巾，可她眼花，总也织不好。"

"这是我要扔掉的，你不嫌弃吗？"

梁源太说："你给的东西，我当然不嫌弃。"

夏夏笑了笑，把围巾掏出来系在梁源太脖子上，仔细地打了一个结："源太真帅。"

梁源太今天穿着件亮黄色的羽绒服，配着深灰色的围巾，整个人显得很精神，他腼腆地笑笑。

夏夏说："谢淮应该一会儿就回来了，你在这儿等他吧，顺便跟他说一声，晚上我不去了。"

梁源太似懂非懂地应了。

傍晚时分雪停了，天上压着厚重的云翳，遮住了月亮和星星，闷得叫人喘不过气来。

夏夏快要走到宿舍门口了，后面传来谢淮的声音。他一路跑过来："夏夏！"

夏夏停住，回头看他。

谢淮跑得太快，有些气喘："源太跟我说你不去了，为什么？"

夏夏神情蔫蔫的："不想去。"

"身体不舒服？"谢淮用手背探她额头的温度。

夏夏心里难受，赌气地后退一步躲开。

"怎么了？"

"就是不想去。"

她也说不清自己是怎么了，就是心里堵，堵到不想和谢淮说话。

谢淮看着她，眼睛明亮："你不舒服就回去休息吧。"他伸手，"不过要把东西给我再走。"

夏夏不解："什么东西啊？"

"你还装是吧？"谢淮捏捏她的脸，"你给源太织了围巾，肯定也有我的吧？"

他一脸期待："交出来，不然淮哥搞你。"

"我没有给你织围巾。"夏夏丝毫没发现自己语气里的怨气，"给源太织了就一定要给你织吗？你不要自我感觉太良好了。"

谢淮反应迟钝，还没发现夏夏情绪不对劲，他语气戏谑："那我可要亲自去你宿舍搜了，如果被我搜出来……"

"搜出来你就搞我啊！"夏夏吼道，"你就算搞死我也没用，说了没有就是没有。"

她转身进宿舍楼，把谢淮留在原地。

谢淮朝她的背影喊："夏夏，你今天吃错药了？"

他越想越气："妈的，脾气越来越大，都敢对我这么凶了。"

梁源太跟在他身后小跑过来，手里拎着个纸袋："淮哥，你的东西落在那儿了。"

谢淮看了一眼："不是我的。"

梁源太说："是从你箱子里拿出来的。"

谢淮接过袋子，掏出一条围巾来。他眼睛骤然一亮："还敢说没给我准备围巾。"

话刚说完，他又觉得不对，梁源太脖子上的围巾是手工织的，而他手里这个是羊绒的，谢淮翻过来，看到围巾里绣的品牌商标。

他问："说清楚点，你从哪儿拿的？"

“就在你路边的箱子里装着，我帮你收东西的时候看见了。”

“箱子里……”谢淮眸色沉了沉，又问，“你的围巾是夏夏送的？”

梁源太虽然傻，但能感受到谢淮目光里不同寻常的情绪，他双手捂住脖子：“这是夏夏送我的，你不准抢，夏夏都说了这个不是给你的。”

“我当然不会抢你的东西。”谢淮笑眯眯的，“你告诉我，夏夏给你围巾的时候还说什么了？”

梁源太老实地说：“夏夏说这个围巾她本来打算扔掉，我一听就要过来了，这么漂亮的围巾，扔了多可惜。”

夏夏吼完谢淮，怒气冲冲地上楼。

走到二楼，她怒火消了一半。

走到三楼，她心里不由得想，刚刚是不是对谢淮太凶了。

走到四楼，她焦虑起来，心想这也不是谢淮的错啊，自己怎么就对他发脾气了呢。

夏夏忐忑着，犹豫要不要下去道个歉，哄哄谢淮。她蹲在宿舍门口，揪出一撮头发，一根一根数：“哄谢淮，不哄谢淮，哄谢淮，不哄谢淮……”

头发数完——不哄谢淮。

夏夏沉吟片刻，淡定地说：“一定是我数错了。”

她又揪出一撮头发重新再数。

“……不哄谢淮，哄谢淮。”夏夏得到了满意的答案，笑得甜甜的，“我就知道要哄谢淮，真是拿他没办法。”

宿舍门打开，赵珊琪跑出来，脸上挂着一抹红晕，她没看到门边站着的夏夏，裙摆一晃人顺着楼梯跑得没影了。

蔡芸站在门边：“别看了，是谢淮打电话叫珊琪下去的。”

她阴阳怪气地说：“不知道你有没有看到珊琪给谢淮买了条围巾当圣诞礼物，三千多块呢。谢淮平时不挺跩的吗？对珊琪爱答不理的，可三千块的围巾一收，电话立马就打过来了。”

夏夏冷漠地说：“哦。”

“你最近一直在床上织围巾，今天怎么不织了？”蔡芸说，“你觉得谢淮是会要珊琪的名牌围巾，还是会要你那地摊上买来的毛线围巾啊？”

夏夏说：“你跟我显摆什么呢？”她神情疑惑，“赵珊琪的围巾是买来送你的，还是那三千块的围巾是你买的？我送谢淮地摊围巾又怎么样？你送谢淮什么了，有脸说我？”

蔡芸被她怼得愣了愣，仔细想想好像确实没送谢淮什么。

夏夏也不想下去了，错开她进了宿舍。

蔡芸忽然反应过来：“不是，我为什么要送谢淮东西啊？”

夏夏闷闷地坐在桌前，她按开台灯，床板下狭小的空间被温暖的灯光照得透亮。她趴在桌上发呆，台灯下放着一小团毛线球，那是她织围巾剩下的。她用指尖戳了戳，之前还觉得触感不错，但在见过赵珊琪的围巾后才发现确实是一分价钱一分货。

谁会不喜欢赵珊琪呢？夏夏沮丧地想。赵珊琪家境优越，长得漂亮，性格也好，她是蜜罐里泡大的女孩子，就算娇气，就算傻白甜，也不叫人讨厌。比起来，自己就像个恶毒的灰姑娘。谢淮这个落魄王子遇到了公主，公主出手阔绰，对他温柔且一心一意。而她作为一个灰姑娘，不仅不安分守己，还敢因为一条围巾心里难受，对谢淮发脾气，实在是不知道自己多少斤两。

手机响了，是谢淮打来的。

夏夏挂掉，谢淮又打了一遍。

她没精打采地接起电话：“有事吗？”

“下楼。”

夏夏说：“不要。”

“下楼。”谢淮语气加重了些，“敢让我说第三次你死定了。”

夏夏把电话挂断，随手扔在桌上：“垃圾谢淮，你叫我下去我就下去吗？”

她重新趴回桌上，没过多久又忍不住跑到窗边朝下看。

楼下赵珊琪刚跑出去，拘谨地站在谢淮面前，两人不知在说些什么。

夏夏穿上外套，祝子瑜问："你要去找谢淮吗？"

夏夏口不对心："我只是想去超市。"

谢淮把赵珊琪的袋子递给她："我在路上捡到了这个，是你的吧？"

赵珊琪没接："你叫我下来就是为了这个啊？"

"不然呢？"谢淮问。

赵珊琪："你怎么可能是在路上捡到的？这明明是……"

"就是在路上捡的。"谢淮没让她说下去，"自己的东西要放好，别丢了都不知道。"

"这不是我的，上面又没写我的名字，凭什么说是我的？"赵珊琪说，"你既然捡到了，就说明和它有缘，你留着吧。"

"这么贵的围巾，除了你赵大小姐谁买得起？"谢淮手举得酸了，直接塞到赵珊琪怀里。

赵珊琪一阵恼怒："不要就算了，干吗还要特意来还给我？"

她平日性子柔柔的，发起脾气来也没什么气势，可她就算生气也不敢对着谢淮发泄，把围巾朝旁边的垃圾桶里一扔，发出砰的一声响，转身上楼了。

"她好凶。"梁源太说，"还是夏夏最温柔。"

"那你是没见过夏夏发脾气的样子。"谢淮眼皮轻抬，"张牙舞爪的，连我都敢骂。"

正说着话，夏夏从楼上下来，她漫不经心地朝这边瞥了一眼，对上谢淮的目光，又淡淡地扭过头去。

"夏夏。"谢淮见她那副样子，有些沉不住气，"过来。"

夏夏像没听到似的，朝超市的方向走。

谢淮拦住她："我叫你呢。"

夏夏头也不抬："干吗？"

"我的围巾呢？"

"你烦不烦啊，都说了没有。"夏夏不耐地蹙眉，"而且你都有围巾了，还跟我要什么？"

"我哪来的围巾？"谢淮说，"我每天晚上坐在那儿领口透风，有围巾我会不戴吗？”

“你就是有。”夏夏说，“赵珊琪送的。”

谢淮面无表情：“没给我织围巾就算了，现在还要倒打一耙诬陷我跟赵珊琪有一腿是吧？赵珊琪送的围巾在哪儿，你拿出来我看看，拿不出来我是要收拾你的。”

夏夏：“就在你箱子里面！”

谢淮：“不可能。”

梁源太刚要开口，被谢淮一个眼神瞪了回去。

夏夏说：“我现在就去找给你看。”

“哦？”谢淮说，“那你找不出来怎么办？”

夏夏：“……找不出来我随便你搞。”

“好啊。”谢淮随口说，“现在就去。”

夏夏把谢淮的箱子通通翻了一遍也没见围巾的影子。

“找到了吗？”谢淮优哉游哉地坐在马扎上，“拿来给我看看，我倒想知道赵大小姐送我的围巾长什么样子。”

夏夏：“好像被人拿走了，你快来一起找，那个围巾很贵的。”

谢淮却丝毫不着急：“物证都没有你还想把屎盆子往我头上扣？知道你的话是什么意思吗？赵珊琪无缘无故送我那么贵的围巾，你把我当什么了？她养的小白脸？你诬蔑我只是动了下嘴皮子，可我受到的精神伤害却是你这辈子都弥补不了的。”

谢淮玩着菩提手串，安静地坐在那儿，被清冷的月光一照，面容带着些佛性，嘴里却在说屁话：“刚才谁说随便我搞？我还记着呢。”

“你自己算算，从认识到现在，我说过多少次要搞你，又放过你多少次。”谢淮把手串朝掌心一甩，“今天话我放这儿了，你拿不出围巾来，我不搞到你叫爸爸，我不叫谢淮。”

夏夏：“……”

“不就一条围巾吗？”她瞥了眼梁源太脖子上的围巾，心想这怎么给谢淮找一条出来。

“我不管，我就要。”谢淮垂着眼睛，“你可以不给，试试看我会不会说到做到。”

夏夏听着他那幼稚的恐吓不仅不害怕，还主动问：“你想怎么搞我啊？”

谢淮：“你很期待吗？”

他站起来，拉过夏夏的手臂就走。一开始夏夏没当回事，以为他只是开玩笑的，见他是朝校门的方向走才有点慌了。校门外就是情侣酒店，据说平安夜特价九十块就能睡一晚。

她拉住谢淮：“淮哥，淮哥……我开个玩笑，你别当真啊。”

谢淮停下：“围巾。”

“真没有了。”夏夏不敢说把围巾给梁源太了，一副可怜巴巴的表情。

谢淮继续拉着她朝前走。

夏夏酝酿了一下，刚要尖叫，谢淮拐了个弯，把她拖到临近校门的小操场上。

小操场内正在进行枕头大战。

几百个人聚在一起，手里拿着软枕互相拍打，枕头里装的是软鸭绒，砸在身上没有痛感。偶尔有枕头被撕碎了，鸭绒漫天飞舞，操场上已经积了一地白花花的毛，晚风吹过，一层层鸭绒像交叠的海浪般涌到夏夏脚下。

梁源太跟在他们后面，看到这样热闹的场景，忍不住跑到人群里一起玩。

谢淮从口袋里掏出两个黑色的一次性口罩，自己戴上一个，另一个挂到夏夏耳朵上。

“先把口罩戴上。”他嗓音低沉，把夏夏口罩的缝隙贴着脸侧按好。

夏夏第一次凑这么近看谢淮，他脸贴得很近，微微扬起目光就能看到那双澄澈明亮的眼睛。谢淮指尖不经意地划过她脸上的皮肤，指腹触及之处一阵酥痒，如细碎微小的电流，刺激得她心里小鹿乱撞，脸也悄悄红了。

还好戴着口罩，谢淮看不到，她默默地想，似乎每次和谢淮相处，她都很容易脸红。

夏夏正在胡思乱想，听见谢淮低低地说："可以了。"

她还没反应过来，谢淮直接从地上捡了个枕头砸在她脑袋上。

夏夏啊了一声，转身要跑，被谢淮摁住。

他冷淡的声音响在耳边："你凭什么觉得我会要赵珊琪的围巾？""我稀罕她的东西吗？""还跟我发脾气是吧？""还敢把我的围巾给源太？""夏夏你真是胆子肥了。"……

他每说一句话，就按着夏夏的脑袋打一下，枕头砸脑袋不疼，就是掉毛。

夏夏被他压着打，脑袋上落了一层厚厚的鸭绒。

这种姿势下她被谢淮百分百钳制住，想反抗挣扎都无济于事。

"你骗我！你什么都知道还让我给你找围巾！"她控诉谢淮，"你这人怎么这样？"

谢淮又打了她几下："我就这样，你看不顺眼就打我啊。"

他挑眉："你打得过我吗？"

梁源太冲过来拿枕头打谢淮脑袋："你不准欺负夏夏。"

谢淮放开夏夏，转而去打他："把你的围巾给我摘下来，那是夏夏给我的。"

梁源太不给，谢淮和他对打。他打梁源太像虐菜一样，不一会儿就像刚刚钳制夏夏一样把梁源太按住了，他面无表情地问夏夏："到底给不给我围巾？"

"……真的没有了。"

谢淮淡淡哦了一声："没有就算了。"

他拿枕头凶残地击打梁源太，枕头虽然打人不疼，但击打发出的扑哧扑哧声听得夏夏心惊肉跳。谢淮就像个凶神恶煞的大魔王，在欺负梁源太这个老实巴交的小可怜。

夏夏顶着一头的鸭毛拉住谢淮："你不要再欺负源太了。"

谢淮不听："我打他关你什么事？他抢了我的围巾，我看他不顺眼行不行？"

夏夏说："我再给你织一条还不行吗？"

谢淮满意了，又问："什么时候织？"

夏夏只犹豫了一秒，谢淮拿着枕头的魔鬼右手又抡了起来。

夏夏连忙说："我尽快！"

"尽快？"谢淮松开梁源太，随手把枕头扔了。

他手掌按着夏夏的额头，把她发丝上的鸭绒摘下去。

"三天，三天以后见不到我的围巾，我就……"

"搞我。"夏夏伶俐又乖巧，"我知道，你不用说了。"

今年春节在二月，南大一月中旬放了寒假。

同学们都陆续离校了，夏夏却一直没走，晚上在宿舍睡觉，白天跑去做兼职。兼职是燕姐给她找的，有时发传单，有时做促销，有时给开业典礼做礼仪小姐，都是些琐碎的活儿，报酬给的却不少。

燕姐很喜欢夏夏，她手里握着不少活，遇到好的先打电话问夏夏要不要做，如果她不做再找其他人。现在大学生放假了，她那儿许多活没人做，夏夏就挑了几个待遇不错的，每天打四五份工，忙得晕头转向。

傍晚。

夏夏从超市做完促销出来，在附近的快餐店随便吃了点东西，又去隔壁的地下通道逛逛。

地下通道不长，狭小又逼仄，两边用布帘隔成许多店铺，有卖衣服的、卖鞋子的，还有卖饰品箱包的，大多是几十块钱的便宜货。

夏夏在看一件棉服，那衣服是带着荧光的亮粉色外料，身上的缝线没做好，漏了不少针脚，不管款型还是质量都算不上一件好衣服。老板压了很久卖不出去，要价也不贵。

夏夏在穿衣镜前试了试，以她的长相和身材勉强能压得住这件衣服的土气，可也只是勉强，穿在身上还是不伦不类的。

夏夏很满意，和老板讲价，五十块的衣服硬生生被她讲到三十五。

她又在店里买了些别的，出门时一头撞上谢淮。

谢淮也没离校，他现在没生意做，每天在城里跑来跑去不见人影，不知道在做些什么。他刚从别的地方忙完出来，路过地下通道，凑巧碰到夏夏。

"去给我妈买了些特产。"谢淮晃了晃手里的袋子，"明早的火车，你怎么还不回去？东西收好了吗？”

谢淮家是漳市的，就在常市旁边，他期末考前就约了夏夏一起回家。

夏夏说：“东西已经收好了，我还不能回去，晚上要去发传单。”

谢淮看了眼表：“这么晚还发什么传单？你跟那个燕姐说，明天你要回家，今天不做了。”

“不行的。”夏夏软软地说，“燕姐平时很照顾我，她今晚实在忙不过来才叫我去帮忙。”

谢淮说：“那我陪你去，我现在没事。”

夏夏唇角扬起一丝笑，嘴上却说：“太麻烦你了。”

谢淮说：“还有什么比你一个人半夜回学校遇到坏人给淮哥打电话求救更麻烦的？”

说完他看着夏夏：“这是你新买的衣服？”

夏夏：“……”

她忘了自己还穿着那件亮粉色的外套，连忙把衣服脱了：“这是给我妈买的，她就喜欢这个颜色。”

“裤子也是？”谢淮看着她袋子里的黑色紧身小脚皮裤，淡淡地说，“你妈还挺时尚。”

谢淮对发传单这种工作没什么耐心，替夏夏发了一沓后，就坐在路边的长椅上陪君君玩。

燕姐离异，一个人抚养孩子。君君不喜欢在家里看电视，无聊了就跑出来找她，也不惹麻烦，总是自己乖乖待在一边看书写作业。君君加谢淮两个“小孩”，在人来人往的广场上你追我赶地打闹。谢淮追上君君，架住他腋窝把人抱起来转了几圈，君君咯咯笑得快岔气了，谢淮才把他放下来，带他去肯德基买甜筒。

夏夏坐在路边的石凳上休息，她脱掉鞋子，脚底板红红的，脚后跟也被鞋磨破了。

君君拿着两个甜筒一阵小旋风似的朝她跑来，递给她一个：“谢淮哥哥买的。”

夏夏接过甜筒，谢淮在后面慢悠悠地走过来，奶油沾得嘴角白乎乎一片。

他问："脚破了？"

夏夏可怜兮兮地点头："疼。"

谢淮说："活该，让你不要来你非要来。"

夏夏："……"

谢淮三两口把甜筒吃完，去路边的药店买回来几个创可贴："哪儿破了？"

夏夏指了指脚后跟，谢淮撕开创可贴，低头帮她贴上。他的神情平静专注，额前低垂的碎发遮了眼睛，只能看到眸子里些许温暖的光。

夏夏原本没想什么，可谢淮的手动了动，碰到她的脚掌一阵痒。她禁不住向后缩了缩脚，抬头时与谢淮的视线对上了。

谢淮在碰她的脚。

夏夏鼻子动了动，仔细嗅着，生怕自己脚上有什么味道。

一旁的君君笑得古灵精怪："夏夏姐，谢淮哥哥刚才跟我说他喜欢你！"

夏夏的心脏在一瞬间停跳了半拍，她扭头看谢淮，谢淮神色坦然，拽着君君挠他痒痒："我什么时候说过，我怎么不记得？"

夏夏停跳的心恢复正常，她戳了戳君君软乎乎的脸颊："不要胡说八道，谢淮哥哥很凶的，当心他打你。"

君君跑了。

谢淮拿过传单："你休息吧，剩下的我帮你发。"

夏夏回味着君君刚刚说的话，虽然知道是小孩子的玩笑，但还是忍不住问谢淮："淮哥，你为什么对我这么好啊？"她有些不解，"按理说，虽然咱们认识得早，可之前我都是给你添麻烦，学校里好多女生喜欢你，但你好像对她们都没有感觉。"

谢淮："我要的是小弟又不是女朋友，对我有意思的人多了，难道我都要喜欢吗？"

夏夏又问："那你为什么非要收我当小弟？"

谢淮拧着眉毛思考，夏夏期待地看着他。

谢淮对她确实太好了，或许对他而言不算什么，但除他以外没有人对她这样好过。夏夏不清楚自己究竟哪里值得谢淮这样，谢淮不说，她心里就一直悬着块石头，吊在半空，摇摇欲坠，生怕哪天她让谢淮喜欢的特点没有了，到时候谢淮再收别的小弟，她就变得可有可无了。

“你的确和别人不一样。”谢淮得出答案。

夏夏听见他的话，心脏又停跳了。

糟糕，她想，谢淮这人仿佛带着魔力，自己靠近他，心脏总是容易停跳。这样不行，她又想，一直这么停下去哪天跳不起来了可怎么办？

“你比别人穷。”他淡淡地说，“我收小弟不能收比我厉害的，记得你开学第一天的样子吗？连买床褥子都要赊账，我当时就对你产生了一种惺惺相惜的知己之感。”

“直到你吃不起饭晕倒进了校医院，我才确定这份知己之感没有错。放眼整个南大，比我穷的估计只有你了，不把你收作小弟放在身边安慰自己，怎么能让我开心地活下去？”

夏夏停跳的心脏在一瞬间被谢淮气得活蹦乱跳。

见她迟迟没说话，谢淮问：“生气了？”

夏夏没吭声。

他笑了笑：“逗你的，整天跟在我屁股后面叫淮哥，我当然要罩着你。”

夏夏小声说：“叫你淮哥的又不止我一个。”

“你是第一个。”谢淮说，“以前没人敢叫我哥，他们都叫我少爷。”

夜深了，满天繁星如盖。

谢淮帮夏夏把鞋子穿上：“而且你乖，淮哥喜欢乖的。”

“源太也乖，你喜欢源太吗？”夏夏今晚有些偏执和拧巴，她想从谢淮嘴里听到些她和别人不一样的话。

“他跟你不一样。”谢淮问，“看过武侠小说吗？许多绝世高人一生只收一名关门弟子，而淮哥一生只收一个关门小弟。你是我的关门小弟，源太充其量只是外门，他比不了你。”

“关门小弟。”夏夏低声嘀咕，“还关门放狗呢。”

谢淮捏捏她的脸：“你在吃醋吗？”

夏夏的心思被戳破，连忙说："没有吃醋。"

谢淮定定地看着她，只是笑，不说话。

夏夏摸了摸脚后跟，谢淮的创可贴裹住了她破皮的地方，穿上鞋子走路也不会疼。

夏夏低下头，声音软糯："如果我没有那么乖呢？"

她再抬头，用澄澈的眼睛认真地看着谢淮："如果我没有你想象中那么乖，你会生气吗？"

"你不乖的次数还少吗？"

夏夏的声音低了低："如果还要再不乖一点呢？"

谢淮问："有多不乖？说来听听，我看情况决定要不要生气。"

夏夏不说话了，她手里的冰激凌融化，顺着脆皮流到虎口。

她吮了一口，摇头晃脑地说："没有，我说的是如果。"

夏夏拖着行李箱下楼的时候，谢淮已经等在下面了。

她路过一楼时，照了照墙边的镜子。

南城到常市的火车要开两天，还是头一次和谢淮相处这么久。她早起的时候特意打扮了一下，这学期做兼职存了一些钱，给自己添了不少新衣服。

镜里的女孩穿着件米色的针织衫，外面套着浅灰色的外套，简单的牛仔裤和白球鞋，虽然只是学生党买的平价牌子，但穿在身上清清爽爽，整个人干净利落。

为了早起赶火车，她昨晚特意睡得早早的，今天皮肤白里透粉，整个人气色很好。

谢淮站在楼前的冬樱树下，今年南城严寒，樱花没有开。他穿了件黑色外套，脖子上围着夏夏给他织的浅咖色围巾，他只有一个小箱子，手里拎着包火车上吃的零食。

他看见夏夏出来，帮她把箱子拎下台阶。

天边的朝阳泛起一层浅红色的边，清晨空气湿润，吸进肺里一阵清爽。不远处春和路上开进一辆板车，工人们正在卸货，路旁的空地上堆了不少帐篷板子，搭着还不知道是什么的简易建筑。

夏夏像个过六一的小朋友一样，满脸都是笑。她看向谢淮，眼里亮晶晶的：“走吧。”

火车站。

还有十分钟发车，谢淮在站台边缘，第九遍不死心地举着车票对着光线仔细看。

夏夏忐忑地提议：“要不我们把票退了重买吧。”

谢淮转过脸看她：“你知道火车从南城到常市要开多久吗？”

“四十八个小时。”夏夏老老实实地说。

“四十八个小时。”谢淮重复了一遍，“所以你给我买了张站票？”

谢淮之前找过夏夏，让她买车票的时候顺便给他也买一张，这样两人可以坐到一起，等火车停到常市，他再搭大巴回漳市。

他没和夏夏交代其他的，因为他觉得但凡一个正常有脑子的人面对四十八小时的车程，都会选择卧铺。

可夏夏不是常人。

她当初来上学都是千里迢迢一个人坐硬座过来的，硬卧五百，而硬座加学生优惠打折才一百多块，所以在她心里根本就没有卧铺这个选项。而她在买车票的时候不知道哪个环节出了错，最后出票的时候她是硬座，谢淮是站票。

“现在是春运，退了重买你能抢到票？”

面前的绿皮火车很长，一眼望不到头，还有五分钟车就要开了。

夏夏提醒他：“淮哥，要上车的话得快一点，上去晚了连站的地方都没有。”

谢淮：“……怪我。”他说，“太久没倒霉了，都忘了你天生克我。”

他拎着两个人的箱子上了车，找到夏夏的位子，把行李箱塞到行李架上。

夏夏没坐，她站在谢淮旁边：“票是我买错的，位子你来坐吧。”

谢淮放了行李，转过身把她按在座位上。

夏夏要站起来，谢淮用手掌抵住她的肩膀不让她动。

夏夏：“我是说真的，这样我会良心不安。”

谢淮："让你一小姑娘站着，我良心也会不安，你不安总比我不安好。"

夏夏："……"

不管什么温暖感动的话语，经由谢淮的嘴一说，总能把人气个半死。

"那你累了和我说，我跟你换。"

谢淮应了一声。

离过年还有一个星期，现在是在外务工人员返乡的高峰期，车上挤得一个多余的位子都没有，过道上也站满了人。谢淮哪儿也没去，就站在夏夏身边拿手机看电影。

车开了一个白天，夏夏每次说要换他坐都被谢淮不由分说地按回去了。他按得顺手了，有几次夏夏要去厕所，他戴着耳机听不见她说话，夏夏站起来，他随手按下去，夏夏再站他继续按。

夏夏恼了，扯下他的耳机："我要去洗手间。"

谢淮哦了一声松开她，等她回来的时候，位子空着，谢淮依旧站在那儿，脚步没挪动半分。

夏夏很挫败，不知道该怎么样让谢淮坐。她知道谢淮不是不累，只是不想让她站。过道实在太挤了，来往的人还很多，有人通过时身体与身体之间贴得紧紧的没有一丝缝隙。有些男乘客更是没有半分眼色，看到哪有年轻漂亮的姑娘就故意往那儿蹭，而环境如此，被蹭的女孩又不好说什么。谢淮不想让她受这委屈，一开始就没打算和她换着坐。

傍晚，乘务员推着餐车来卖饭，谢淮买了两份盒饭和夏夏分着吃了，他站了一天，腿木木的，饭后找了张报纸垫在地上坐着休息。

车子穿梭在无边的群山隧道里。

夜里九点，车停到一个小站，夏夏对面的乘客下车，一个浓妆艳抹的女人上来。

女人染着一头夸张的红发，亮粉色的羽绒服下穿着条红色蕾丝连衣包臀裙，裙子下是黑色丝袜和过膝长筒靴。她把羽绒服的拉链敞着，连衣裙的领口拉低，露出浑圆的半个胸脯。

谢淮戳了戳夏夏："你那外套跟她是同款吧？"

女人坐到夏夏对面，她那不同寻常的装扮引得车上的人纷纷回头。谢淮闻到她身上浓郁的香水味，抽了抽鼻子。

夏夏见他一脸困倦，拍了拍膝盖："你趴在这儿睡一会儿吧。"

谢淮坐在地上，仰头看她，轻笑："不怕我占你便宜？"

夏夏柔柔地说："不怕。"

谢淮把手机收起来，趴在她腿上。

车厢里很嘈杂，可他今天累极了，不一会儿就睡着了。

夏夏低头看着他柔软的头发，忍不住伸出手指蜻蜓点水般碰了碰。谢淮当了那么多年少爷，就算家里破产估计也没吃过这种苦，可他也这么撑下来了，半句都没埋怨她。

对面的女人手机铃声响个不停，一路都在打电话。夏夏听着她嘴里一会儿一个李老板，一会儿一个张老板，声音又甜又媚地和对方撒娇，说些"过年回老家不在店里，年后再来找我玩"之类的话。她心想，这女人认识这么多老板，一定是个做大生意的。

夜里十一点，女人还在打电话。

谢淮被她吵醒了几次，不耐烦地说："十一点了，能不能小声点？"

女人不客气地瞪了他一眼，把电话挂了。

谢淮把围巾蒙在头上，继续趴在夏夏腿上睡觉。

凌晨两点，他被小腿上一阵怪异的触感弄醒，睁开眼，看见腿上搭着一只穿着黑丝袜的脚掌。女人见他醒了，不仅没有收敛，反而更加放肆，脚顺着他的裤子蜿蜒向上。谢淮把腿抽了回来，手臂搭在夏夏座位的边缘，冷漠地看着她。

对视几秒后，他起身去了卫生间，女人懒洋洋地起身，跟了上去。谢淮用完卫生间拉开门，发现女人站在外面，她像条泥鳅似的钻进门。厕所空间不大，两个人挤得满满当当。女人把门扣上，拉下外套拉链，里面蕾丝领口朝下一扯，胸衣外翻，露出丰满的一对儿胸脯。

她舔舔嘴唇，朝谢淮笑："别人一次两百，你长得帅，我让你免费。"

夜深人静，火车上静悄悄的，只有车子磕碰铁轨时的哐当声响，带着整个车厢一阵摇晃。卫生间透风，不知从哪个缝隙吹来的风打在身上，一阵阴冷。

谢淮："滚开。"

女人满不在乎："你女朋友睡着了，我不会告诉她。"

“我做这行好几年了，看人准得很。”她眼睛朝下瞥，“那丫头那么素，满足得了你吗？”

谢淮站在那儿没动，女人以为他默许了，伸手要解他的围巾。谢淮反手一巴掌重重打在她手上，女人皮肤白，手背当场就出现一个深深的红印。

“听不懂我说话？”谢淮声音里带着深深的冷意，“再敢动手动脚，老子把你爪子剁碎了喂狗。”

他把女人推到一边，拉开门出去。

夏夏前半夜基本没睡，此刻睡得昏天黑地。她面前没有桌子可以趴，身体靠着椅背，不自觉地就朝旁边男人身上靠。谢淮回来的时候，她脑袋都快歪到男人肩膀上了，谢淮托住她的脑袋把人扳正。

夏夏睡眼惺忪，搓着眼睛打哈欠，下意识地说：“淮哥，你来坐一会儿吧。”

她半醒不醒的样子实在可爱，谢淮忍不住捏了捏她的脸，按着她的肩膀朝自己身上带：“都快贴到人家身上了，像什么样子？你还是靠着我吧。”

夏夏困得眼睛都睁不开了，她含糊地问：“你不睡了吗？”

谢淮说：“不睡了。”

夏夏听话地靠着他，过了一会儿，又觉得这姿势不舒服，侧身搂住他的腰，像无尾熊一样半个身体挂在他身上。

女人从厕所回来，瞥了谢淮一眼。

谢淮看也没看她，塞上耳机继续看电影。

接下来的一天半，谢淮再也没在地上坐过。偶尔旁边的位子有人下车，而这站又没有人上来，他会去坐一会儿，但直到下车都没让夏夏在拥挤的过道上站一分钟。

夏夏时不时观察对面的女人，她电话很多，去厕所也很频繁，每次从厕所回来，身后总是跟着一个男人。

夏夏偷偷和谢淮八卦：“对面那个姐姐很有钱，她认识好多老板呢。”

谢淮嘴角抽了抽，眼里有些不屑，敲敲夏夏的脑袋：“你少看她。”

四十八小时后，火车停在常市车站，谢淮下了车的那刻仿佛重获新生。他站在宽敞的月台上伸了个懒腰。北方天冷，夏夏的衣服从南方一路穿来略微单薄，她裹了裹衣服领子，冻得打了个哆嗦。

谢淮把围巾摘下来给她。

夏夏摆手："不用，我一会儿就到家了。"

"外面下雪了，你穿太少会感冒。"谢淮说，"借你几天，下学期记得还我。"

他执意要给，夏夏只能把围巾戴上。

她杏眼大睁着，语气可怜巴巴的："淮哥，返校的时候你还和我一起走吗？我下次给你订软卧。"

"哦？"谢淮故意说，"我还敢让你坑我吗？"

"真的。"夏夏急忙说，"要不然你来买车票，我给你钱，算是我补偿你。"

"赚了几个钱就攒不住了是吧？"谢淮慢悠悠道，"想让我跟你一起走也行，不过要看你假期表现。"

"怎么才算表现好？"夏夏问。

谢淮："你先回家睡一觉，休息好了我告诉你。"

火车站外有直通漳市的大巴，夏夏一直看着谢淮走到出站口的拐角才回过神来。她掰着指头算了算，离寒假结束还有一个月，也就是说要有一个月看不见谢淮了。

她沮丧了一会儿，拎着行李箱进了车站的卫生间。

吴丽早在一个月前就打电话问她要不要回家过年，夏夏很排斥回家这件事。因为在吴丽和魏金海的认知里，她不该在南城读大学，而是应该在珠三角的某处电子厂做工，或是在某家饭馆洗盘子。

过年回家对别人而言是阖家团圆的日子，对于她却是道难关。她不仅得想办法遮掩自己在读大学这件事，还要让自己看起来像在外打工半年的样子，更要给魏金海钱孝敬他。

有了工作的人回报养育她多年的继父本来就在情理之中，何况夏夏也不敢不给。她虽然走了，吴丽却还要和魏金海过日子，她如果不懂事惹魏金海生气，吴丽很可能会在家里受气，而她又赚不出足够的钱来让吴丽离开魏金海自己生活。

夏夏这半年手头宽裕了一些，没有刚入校时那么窘迫，但平日忙着上课，兼职的时间不多，算上最后半个月打工赚的钱，手里也不过只有三千块。这些钱她不能都给魏金海，不然下学期开学没法过活，可给得太少魏金海肯定要起疑心。思来想去，她想到了一个办法。

距离吴丽上次打电话已经过去半个月了，那天夏夏在电话里哽咽着和她诉苦，说电子厂效益不好裁员，她是被辞退的人之一，而临近年关找不到工作，她只能去桥洞底下贴膜。

夏夏走进卫生间，打开她的行李箱，掏出她买的皮裤和亮粉色羽绒服。

魏金海这人势利又浅薄，最爱根据穿着判断一个人的身份和地位，她穿得越落魄，他越会相信她的话。

夏夏套上那夸张的衣服，对着镜子把头发揉得乱蓬蓬的，看上去穷困潦倒。

她转了一圈，把谢淮给的围巾包在头上："下岗后无处可去柔弱又无助只能在桥洞下贴膜的失业少女，我可太厉害了，竟然能把这身衣服诠释得这么完美。"

她把箱子拉上，迈着步子，信心十足地踏上回家的征程。

谢淮走过拐角，忽然想上厕所，想起刚刚路过的地方有卫生间，于是转身回去。清晨的火车站旅客不多，隔得远远的，他就看见大厅中央走来一团粉色的东西。

那人头上裹着围巾看不清脸，上衣是灰扑扑的亮粉色棉服，袖子上开了几个破洞，露出里面发黄的棉花，下身穿着条紧身黑皮裤，再向下是双恨天高铆钉靴，由于质量太差，鞋上的钉子掉了一半，看上去光秃秃的，而在鞋子和皮裤之间，这人竟然穿了一双荧光绿的袜子。

火车上的那个女人让谢淮反胃到现在，他下车又看见一个穿成这样的人，忍不住多打量了几眼。错身而过的瞬间，他忽然觉得哪里不对，伸手扯住她脑后垂下来的围巾。

夏夏被揪住的那瞬间，心里咯噔一下。

完蛋了，她脑子里只有一个声音在嗡嗡。

谢淮似乎对火车上那女人很有敌意，每次提起来他都是一脸不屑，夏夏不知道对方哪里惹他了，只以为他是觉得那女人穿得又土又奇葩，现在又土又奇葩的人换成她了，光是想到谢淮的眼神她都能一头撞死。刚才远远地看见谢淮走过来，她连忙拿围巾把脸遮了起来，打算装作不认识悄悄擦肩而过，可谢淮到底还是发现她了。

谢淮绕到她身前，打量着她这一身装扮："夏夏，你干吗呢？"

十分钟前还一身清纯学生打扮的甜美女孩，十分钟后把自己裹得像个卖鸡蛋的花枝招展的老太太，谢淮一时没从这落差里缓过神来。

夏夏捂着脸："认错了认错了，你一定是认错人了。"

谢淮把她的手拍掉："认错人了？这围巾还是你给我织的呢。"

他扯掉夏夏脸上的围巾，打量她因为尴尬而红透的小脸，意味深长地说："给你妈穿的？想穿就直说啊，遮遮掩掩的干吗？"

谢淮瞧着她这一身，回味了半天，还是不能接受夏夏的品位和审美。他忍不住问："你这到底是在玩行为艺术还是 cosplay（角色扮演）啊？"

Chapter 8
落魄王子与灰姑娘

常市的雪连续下了一个星期，路边花坛里堆着厚厚的积雪。路上撒过盐，雪水融化，黑色的沥青马路上反着泥泞的水光。

“你爸叫魏金海，对吗？”谢淮在马路边招出租车，“你家住哪儿？”

夏夏拉住他：“淮哥你别去，我自己能解决。”

谢淮：“你能解决？你的解决方法就是打扮成这副模样，假装自己在外流浪？”

“穿成这个㞞样还想碰瓷我们贴膜的？”他毫不留情地说，“还是省省吧，拾荒的都不想要你。”

夏夏：“……”

出租车停靠在路边，谢淮把两人的行李箱放到后备厢里。

夏夏急了：“你别像整夏军那样整他。”

谢淮把她推上车，他坐在后座，闭目养神没有说话。夏夏和司机报了目的地，偏头看着谢淮，他在火车上没休息好，眼圈下面有淡淡的乌青。夏夏有些心疼。

“他养我十年，说到底还是我欠他的，他跟我要钱也合情合理。”夏夏轻声说，“等再过几年我有能力照顾我妈了，我就不怕他了。吃人的嘴软，我妈现在还要靠他养，你去替我出气，反而显得我像个白眼狼了。”

谢淮依旧闭着眼默不作声，夏夏戳了戳他的手臂，半撒娇半央求：“淮哥，我知道你对我好，但这件事你就让我自己处理吧。”

谢淮这才睁开眼，他与夏夏对视，眼里全是红血丝：“你还知道我对你好？有事不跟我说，自己一个人瞎琢磨。”

他嫌弃地看着夏夏的衣服：“装贴膜的，你真是个鬼才。”

夏夏说：“我也没想着他真能信我，我只是想装可怜让他能少跟我要点钱。”

谢淮揽过她的脖子，朝自己怀里带。他手肘压着夏夏按在自己身上，掌心在她头上一阵乱搓，把她的头发全部揉乱。

夏夏脸闷在他胸口，鼻子里全是他身上的味道。她挣扎：“你别弄我。”

谢淮声音里带着笑意：“不是装可怜吗？我帮你啊，看看你现在像不像个被无耻男人欺凌的小可怜？你这样回家，保准你那黑心的后爸都得同情你。”

直到出租车停到路边，夏夏才从谢淮手下挣脱出来。她耳根红透了，脸颊也染上红晕，衬在皮肤雪白的底色上，整个人粉嫩嫩的。

谢淮拉开车门，她也跟着下车。刚从温暖的车厢内出来，冬天的冷风一瞬间灌进领口。

谢淮把夏夏的箱子递到她手里：“你家在哪儿？”

夏夏指着街对面的一条小巷。那巷子很窄，车开不进去，顺着巷子进去走很久才是夏夏住的那幢筒子楼。

谢淮背后是家卖烟酒糖茶的小店。他坐在店前的台阶上，神情散漫：“事情处理好了给我打电话，没处理好也给我打个电话，我在这儿等着。”

夏夏提着箱子走了。

她走到小巷的拐角忍不住回头看了一眼，天上飘起雪花，谢淮买了根棒棒糖叼在嘴里。他白净的脸被北风吹得有些红，头顶落了雪，他低头用手扫了扫，簌簌朝下掉着雪片子。

谢淮看见夏夏回头，笑了笑掏出手机。

夏夏的手机紧接着振动了一下，谢淮给她发了条消息：“如果挨打了，记得喊‘淮哥救命’。”

夏夏犹记得第一次见魏金海时的情景。

他身材高大，小夏夏需要仰头才能看到他，他给她买了一条新裙子、一盒巧克力，还有一个洋娃娃。夏夏第一次收到礼物，开心地拿给吴丽看。

魏金海笑眯眯地看着她，把她抱起来转了好几个圈。

那时夏夏开心得不得了，以为从此以后自己就真的有了爸爸。可魏金海出去抽了一根烟，回来后看她的眼神就变了，夏夏还没有感觉，洗了个苹果殷勤地拿给他吃。

魏金海没接，严肃地看着吴丽："咱们俩结婚可以，但你不能带她。"

小夏夏愣在原地，魏金海嘴里的一字一句像柄大锤重重地砸着她的脑袋，让她头晕目眩。

"她才多大就能干出这种事，以后指不定就敢杀人呢！我不可能让一个有暴力倾向的人进我家门，我还想多活几年。"

夏夏垂下眼睛，鼻头一酸，她身上还穿着魏金海买的白色连衣裙，眼里泪水滚了滚，小小的手指攥着他的裤子。

"爸爸。"夏夏害怕魏金海不带她走，泪珠扑簌簌地朝下掉，"我会听话的，我不会再做那种事了。"

魏金海看着她，那眼神让夏夏记了很久。往后的许多年里，每当他生气、恼火时都会这样看她。他眼里有鄙夷、有蔑视、有戒备，还带着一点惧怕。

他看她的眼神，就像看垃圾一样。

知道夏夏今天回来，吴丽早早就把家里打扫干净了，厨房也备了许多新鲜食材。

夏夏进门时，魏金海刚睡醒，踩着棉拖鞋从房间里出来。他在工厂看大门，这个月值中班，凌晨两点下班，睡到早上九点才起来。

夏夏叫了声爸，他淡淡应了，打开电视一边看晨间新闻一边坐在沙发上醒盹。他斜着眼睛打量夏夏，她一身风尘仆仆，衣服脏兮兮的，头发也乱，刚在外面的冷风里吹过一遭，脸颊被冻得通红。

“你妈说你失业了。”他嗤了一声，“就算没读过书的人也能想到办法赚钱，你是读书太多把脑子读傻了吗，连个工作都找不着？”

夏夏没有顶撞他，低眉顺眼：“快过年了，现在好多工厂都停工了，工作不好找，过完年我再回去找找看。”

夏夏把早就包好的红包放到茶几上，魏金海拿起来捏了捏：“就一千？”

夏夏解释：“我是临时工，工资本来就不高，平时还要租房子买菜，只攒下这些钱。”

魏金海：“真没用。”

他把钱收了，没再说什么。

夏夏蒙混过关，她把箱子拖回自己房间，趴在窗台上朝下看。

家里面积很小，只有三十平方米，从前是砖厂的宿舍楼，每户只有一室一厅和一个小厨房，卫生间设在走廊，大家公用。

夏夏的房间也不能算是一个房间，她的房间其实只是在客厅一侧用帘子围起来的一块小地方，摆了张小床，夏夏在上面睡了十年。

冬日严寒，窗上结了层薄薄的冰花。

夏夏用袖口把窗子蹭干净，见外面雪下得越来越大，谢淮还在原地坐着。距离太远，她看不清谢淮的脸，只见他黑色的外套上盖了一层白色的雪片。

夏夏转身想下去找他，走到门口时脚步顿住。她现在满心都是又要见到谢淮的喜悦，可想到见过以后喜悦马上就会变成沮丧，反正总归要好久见不到他，与其见到他后依依不舍还不如不见。夏夏脚步抬起又放下，放下又抬起，犹豫不决，像只纠结的兔子，最后她又趴回窗台，给谢淮拨了电话。

“我没事。”

她语气里有些失落，心想魏金海怎么就这样轻易相信她了呢？如果他骂她，或是动手打她，她是不是就有理由向谢淮求救了？而谢淮又会像从前一样挡在她面前保护她。

谢淮站起身，朝她的方向望过来，夏夏本能地缩回脑袋，不想被谢淮发现她在偷看。她躲了一会儿，觉得这个距离谢淮应该看不到，他不知道她住哪一户，于是又悄悄探出头去。

“他打你了吗？”

窗外风雪交加，谢淮的声音回荡在呼啸的风里，听起来沙沙的。

“没有，你回家吧。”夏夏说，“雪下大了。”

谢淮挂了电话没有离开，他站起来抖掉一身碎雪，朝夏夏离开的方向望去。那巷子幽深且窄小，弯弯曲曲一眼看不到头。

谢淮又买了根五毛钱的棒棒糖含在嘴里，直到第二根糖吃完，巷子里也没人出来。

谢淮嘁了一声，吐掉棒棒糖的棍子，满不在乎地别过脸。

“有事喊淮哥救命，没事就把淮哥给忘了。”他像个小孩子一样嘟嘟囔囔，“谁等你了。”

夏夏回家后没闲着，去商场找了份兼职。年关将近，正是商场最赚钱也最缺人的时候，夏夏从腊月二十七做到大年初三，七天的工资有一千五百块。

魏金海和吴丽都没什么亲戚，过年不需要到处走动。魏金海放了年假就去附近的棋牌室打麻将，年味这东西在家里约等于没有，直到年三十的中午，魏金海才后知后觉地想起今晚该看春晚了，他给了吴丽两百块钱，让她去买点吃的和酒。

夏夏下班回来买了对春联和一串挂鞭。她给吴丽和魏金海一人包了六百块的红包，魏金海收到钱的时候正喝着小酒看着春晚，他嘴上不说，表情却很惬意。

临近夜里十二点，外面烟花腾空的声音一阵接着一阵。夏夏把碗洗好，出去贴春联。楼道里黑漆漆的，周围的邻居都出去走亲访友了，只有魏金海家门外的灯还亮着。

门檐上挂着端午节用来辟邪的陈年蒿草，已经干枯得不成样子，夏夏踩着板凳在门上贴着横联，手不小心碰了碰那草，簌簌地落了她一头的枯叶。

夏夏贴完春联回屋穿上外套，拿上挂鞭和手机下了楼。

整栋楼没几户亮着灯，也没人放鞭炮，这四四方方的院子仿佛和外面的世界隔绝开来，热闹是别人的，这里有的只是望不到边的安静和贫穷。

院子里不知是谁堆了个雪人，插着根破扫帚当成手臂，夏夏从地上捡了两个小石子按在它脸上当眼睛，又掰了段冬青的枝干插上去当嘴巴。她蹲在地上，借着烟花灿烂的光亮托着下巴看雪人，天空又飘起了雪花。

夏夏盯着手机上的倒计时，临近十二点的时候给谢淮拨了电话。她的脸颊不知是因为冷还是因为激动微微泛红，电话一直没人接，她随手捡了根枯树枝在雪地上写写画画。

几十秒后，谢淮挂断了电话。夏夏抿着嘴唇，手下用力过大，树枝咔嚓折断，她呆呆地看着雪地上写出的谢淮的名字。

“他要看春晚，要陪家人，哪有时间接我电话啊。”夏夏喃喃地说，“我一定打扰他了。”

她把鞭炮挂在大院里用来锻炼的双杠上，用打火机点了火。十二点钟声一响，烟花轰然炸开，铺满深蓝色的天幕，今年的除夕似乎格外热闹，夏夏从没见过这么亮的烟花。她点的挂鞭炸响的火光映在白亮的雪色之中，夏夏掏出手机拍了张相片发给谢淮。

“淮哥，天上的烟花很漂亮，你看到了吗？

“谢谢你这几个月一直照顾我，新年快乐。”

那晚吴丽和魏金海吃了饺子早早睡下，夏夏在楼下待到很晚。后半夜雪下得特别大，在地上积了厚厚一层，她穿着棉鞋在雪地里踩下一个又一个脚印。

凌晨两点，夏夏在原本的大雪人旁又堆了一个小雪人。她困得眼皮子直打架，再打开手机时，谢淮还是没有回复她。

大年初四是情人节，夏夏的兼职做完了在家休息。吴丽傍晚去市场买了只整鸡回来，张罗着给魏金海炖鸡汤喝，夏夏去厨房洗手帮她做饭。

“你在看什么？”吴丽见她做饭的间隙还时不时瞅两眼手机，疑惑地问，“交男朋友了？”

夏夏：“没有。”

吴丽说：“把手机放到外面，一会儿该弄湿了。”

夏夏把手机放到客厅的茶几上，回到厨房洗菜。

吴丽絮叨：“每天抱着手机没精打采的，以后可不准，当心你爸看见骂你。”

夏夏敷衍地应了。做完饭出去，魏金海坐在客厅的沙发上，拿着她的手机不知在看些什么，他脸色铁青，夏夏心里颤了一下。

魏金海把手机摔在茶几上，夏夏低头看着屏幕上班级群里弹出来的消息。她把群消息设置了免打扰，只有管理员@全体成员的时候消息才会弹到主页面。蔡芸刚刚在群里聊天，随手@全体成员，问大家情人节有没有出去玩。

“你在南方打工？”魏金海不傻，立刻就明白了夏夏在骗他。

夏夏见谎话编不下去了，也没再遮掩：“我在读书，就算我高考发挥失常，以我的分数也可以读一所不错的大学，我为什么不去？”

魏金海：“夏夏，你翅膀真是硬了。”

夏夏：“我读书的学费和生活费没用你一分钱，你管不着。”

魏金海听她敢用这种语气说话，挥手给了她一巴掌：“你花了老子十年的钱，现在不花钱了就敢说这话？你欠我多少钱我都记着呢，欠钱不还，你还有脸去读书？”

吴丽上来拉架，被魏金海推到一边。

他指着夏夏的鼻子：“脸都不要了？”

夏夏被他粗糙的手掌打得脸颊一阵痛，可她没有认错也没有服软。她这几天心情本来就烦闷，被魏金海的话一刺激，脑子嗡嗡的，快要炸开了。

“你急什么？”夏夏面无表情地看着他，“你死以前我肯定会还你钱，就算还不上大不了等你死了去给你上坟烧纸，你跟我吼个屁！学籍已经注册了更改不了，省省力气吧，你就算把房顶掀了这书我也照读不误。”

家里的气氛压抑又紧张，夏夏不想待下去了，她拿上手机，弯腰提起厨房的垃圾，打算出去丢个垃圾吹吹风。

魏金海在背后气得摔杯子，对吴丽大吼："这就是你养的好女儿！平时装得倒是听话，你看看她是什么东西！"

夏夏出门很急，外衣都没穿，只套着一件薄薄的毛衣。她丢了趟垃圾，被冻得手脚发麻，打算回家穿上衣服拿点钱再出来。钥匙捅进锁眼拧不开，这才发现门被魏金海反锁了。

她拍了拍门："妈，开门。"

屋里传来魏金海暴躁的声音："你敢给她开门你就和她一起滚出去，你们去睡马路吧！"

夏夏听到这话，知道吴丽今晚是铁定不能给她开门了，她没再继续敲，转身朝楼下走去。

今年的冬天格外冷，夏夏抱着手臂蹲在遮风的楼梯背后，身上的粗孔毛衣透风，她打了好几个哆嗦。钱都在家里，手机也快没电了，夏夏被冷风吹得头疼，不知道该去哪儿凑合一晚。她按亮手机，调出谢淮的对话框，除夕夜那晚她给他发的消息，直到现在他都没回。

夏夏很想问问他是不是没有看到，又不敢再给他发消息了，那种得不到回复的失望感她害怕极了。换成别人或许无所谓，但对谢淮，她拿出了十分的小心，他不回她消息，她就敏感地胡思乱想，觉得谢淮烦她了。

她正看着手机，屏幕显示打进来谢淮的电话。夏夏感觉像做梦一样，瞬间跳了起来，不小心被头顶的墙壁撞了脑袋。

她刚要接电话，又想起谢淮不理她的事情，于是鼻子里发出一个哼音，任由铃声响着就是不接。她装模作样地扭过头去，又用余光瞥着手机屏幕，等到差不多了，她觉得谢淮此刻应该沉浸在夏夏为什么还不接他电话的惶恐中的时候，按了接听。

"有事吗？"她捂着头顶，忍着疼痛淡淡地问。

谢淮："在哪儿？"

"在家。"夏夏心想,他不打算解释一下为什么不回她消息的事情吗?

“新年快乐。”谢淮声音温柔。

“年都快过完了。”夏夏埋怨，“你才想起来新年快乐？”

“前几天手机坏了，今天刚去买了新的。”谢淮听出她语气里的情绪，问，“你给我发消息了？”

缠在夏夏心头多日的阴霾散开，听到谢淮的解释，夏夏一瞬间开心起来，甚至已经忘了自己现在无家可归的处境。

她小心翼翼地捧着手机，嗓音又变软了：“也没什么。”

谢淮：“我在常市，本来想找齐达玩，可是忘了今天是情人节，他去陪女朋友了，就剩我一个人。”他顿了顿，“能出来吗？十几天没见你了，看看你过年长胖没有。”

夏夏手一抖，差点把手机摔了。

这有什么不能的！她想，这简直太能了！

见她迟迟不说话，谢淮以为她在为难：“这么晚了，出不来也没事。”

“你在哪儿？”夏夏说，“我现在就去。”

夏夏用微信里仅剩的零钱打了辆出租车到万达广场，下车后在满大街的情侣里找谢淮的身影。她穿着毛衣和棉拖鞋，数九寒冬，在一堆穿羽绒服的行人中像个神经病，吹一阵冷风，她就打一个哆嗦，牙齿颤抖着磕碰在一起。

突然脑袋被人按了一下，她一转头看见谢淮戴着帽子和口罩站在她身后。谢淮的声音憋在口罩里，略微有些沉闷：“你是出来走秀的吗？”

夏夏不想说自己被魏金海赶出来了，别开眼睛：“我接到你的电话太激动了，外套都忘记穿了。”

谢淮把衣服脱下来披在她身上，挡住背后吹来的凉风。他里面也只穿了一件针织衫，比夏夏的衣服还要单薄，夏夏不要他的衣服，谢淮按住她的手。

“脸怎么了？”他忽然问。

夏夏下意识地捂住脸，她没照过镜子，只觉得被打过的脸一阵疼，却不知道已经肿起来了。

谢淮："他打你？"

夏夏嗯了一声："他知道我在骗他，今晚我没地方去了。"

谢淮不说话，她抬头看他，他的脸被口罩遮住，只露出一双明亮的眼睛在外面，静静地与她对视。

"每次见你都鼻青脸肿的。"他口气吊儿郎当的，"你是不是五行欠打啊？"

夏夏回嘴："你才欠打呢。"

她话说完，觉得哪里不对，拉住谢淮，摘了他的口罩和帽子。

谢淮的脸依旧是那张英俊的脸，只是上面添了些青青紫紫的颜色。他额角贴着纱布，眼角和唇边都是斑驳的乌青，下巴连着脖子的部位有一条清晰的红色勒痕。

虽然被打得满脸是伤，谢淮的笑容依然不减，他扬起眉梢："几天不见胆子见长啊，谁欠打？你给我说清楚。"

夏夏的脑子和耳朵一阵嗡嗡，她没仔细听谢淮说什么，手捧住他的脸，眼神骤然冷至冰点。

她柔软的指腹轻轻抚过谢淮脸上的伤："谁打的？"

谢淮抹了下嘴角的伤，笑笑："帅不帅？"

夏夏心疼得要死，在他脸上摸来摸去："你还笑，疼不疼啊？"

谢淮咝了一声："挨打不疼，你碰得疼。"

夏夏连忙松开手，不敢再碰他了。

"过年上门要债很正常，我拿不出钱来他们打我几下也没什么，让他们出出气就是了。"谢淮索性不戴口罩了，他揽着夏夏的肩膀，岔开话题，"今天情人节，没人约你过节吗？"

夏夏小声问："谁会约我啊？"

谢淮状似不经意地道："平嘉澎。"

"他已经和我没关系了。"夏夏急忙说，"认识你那天我们就分手了。"

谢淮想起那天晚上混乱的场面和女孩身上的伤，眉头不自觉地蹙起："那天是他打的你？"

他这样说，夏夏也想起了那晚。谢淮提起平嘉澎她心里没有多少波澜，可他说起那晚，夏夏就开始忐忑。那晚她遇见他是以钱的名义，虽然谢淮是被他朋友推进来的，但她却是主动的。夏夏偷偷看着谢淮，他脸上没什么表情，她却惴惴不安地想，他在心里会怎么看她。

“不是。”她想了想，老老实实交代，“是他妈妈。我高考出了些意外，监考官联系救护车把我抬出去了，平嘉澎跟在我后面要出去，巡考老师不准，他打了考官。”

“我那科试卷只做了一半，不过监考老师把卷子收上去了，还是算了我的成绩。”夏夏想到那天的场景，声音低了低，“平嘉澎……他扰乱考场秩序，成绩作废，禁考三年。”

谢淮没吭声，许久后说：“他对你挺好的。”

夏夏淡淡地说：“也许吧。”

过去的事夏夏不想重提，何况分手后评说前任的不好本来也不是光彩的行为，她不想在谢淮心里留下这种印象。

夏夏垂着眼睛思索，听到谢淮问：“他比淮哥对你还好？”

她眨了眨眼睛：“没有。”

谢淮冷哼：“怎么没有？他至少能在高考时为你冲出考场，我又不能。”

夏夏不解：“他当时是我男朋友，关心我是应该的，你能不能又有什么关系？”

谢淮冷冷地嘁了一声，转身走进商场。

夏夏唇边咧出一个得逞后狡猾的笑容，她没乐多久，又忍不住追上谢淮，围在他左右：“淮哥，你好端端的生什么气啊？”

谢淮挑眉：“你哪只眼看见我生气了？”

“不生气你走什么？”

“我冷，进去暖和暖和不行吗？”

夏夏把他的衣服脱下来：“你穿上吧。”

谢淮不接，自顾自地走。

夏夏拉住他：“他高考违规不全是为了我。”

谢淮停住脚步，见女孩眼睛亮晶晶地看着他。

“平嘉澎妈妈管他很严，他以前成绩不错，读个普通本科没有问题，可是高二那年他认识了很多社会上的男生，从那以后他就不学习了，每天翘课去网吧打游戏，有时候在网吧通宵后还要请那些男生去喝酒唱K。”

“那时候我和他在一起，他怕考试名次下降回家挨骂，试卷都是抄我的，他妈妈一直没发现他成绩退步了。”夏夏说，“他虽然是因为我晕倒才跑出去的，可他就算不出去，以他的高考成绩也读不了专科。我到现在都不知道他那天做的事是真的担心我，还是怕出了成绩挨骂，随便找个理由弃考。”

谢淮：“肯定是担心你。”

夏夏笑了笑：“他因为我被禁考三年，偷偷从他家人银行卡里取钱的事情也被发现了，他妈妈以为他偷的钱是花在我身上，可他只是拿去上网和请朋友吃饭了。”

“他妈妈来找我的时候他明明在场，却连一句解释都不肯。”夏夏自嘲地笑笑，“他真的只是担心我吗？”

那天平嘉澎得到消息匆匆赶来，把夏夏挡到身后，女人被夏夏那一耳光打蒙了，好久才醒过神来。她指着夏夏：“骗澎澎和你谈恋爱，还骗他给你花钱，你花了我们家那么多钱，谁给你的胆子打我？”

夏夏冷冷地看着平嘉澎：“你在我身上花了多少钱？你自己说。”

平嘉澎拦住女人：“妈，你别打夏夏了，都是我不好，是我的错，不关夏夏的事。”

女人一边哭一边捶他的肩膀：“你被她害得连高考都不能参加，你还要护着她？”

她推开平嘉澎，捡起夏夏掉在地上的书包，用力抡在夏夏头上，里面的书本和笔散了一地，一张单据飘出来掉到女人脚下。

女人捡起来，看到那张医院的单据上面铅灰色的字体印着“黄体酮胶囊”五个字，那是夏夏当初为了推迟例假请医生给她开的药。

黄体酮胶囊，女人当年为了怀上平嘉澎，吃这药吃了好久。直到现在她都记得医生开药时同她阐述的功能——备孕、保胎。

面前的夏夏那张漂亮的脸在她眼里瞬间长出恶毒的獠牙，女人理智全无，甚至不愿意思考她吃这药是否是因为有别的病症，她疯了一样厮打夏夏：“你以为吃药就能怀上小孩吗？你以为你怀了澎澎的孩子我就会让你进我们家吗？”

平嘉澎恼火地推开她：“你别胡说，我们没做那种事！”

女人抹掉眼泪：“是吗？那她吃这药是想给谁生小孩呢？”

平嘉澎哑然：“……你别乱讲。”

女人：“她今年才多大？如果不是在外面有男人，为什么要吃这种药？”

她说着从皮夹里掏出五百块钱摔到夏夏脸上：“我也是从你这个年纪过来的，为了嫁给有钱人使尽浑身解数的女人我不是没见过，但我第一次见到这么小的狐媚子。你勾引澎澎我不跟你计较，骗他花钱也算了，只要你以后别缠着他。澎澎说了他没跟你做过那种事，你别想赖上他，这钱当我施舍你的，留着以后怀了孩子去打胎。”

夏夏盯着落到她鞋面上的粉红色人民币。

平嘉澎把钱捡起来递给她，夏夏拍开他的手，他不由分说把钱塞进她牛仔短裤的口袋：“你先拿着去看医生，我妈这儿我来跟她说。”

他转身拉住女人，吼道：“你有完没完？有事回家说行不行？别在外面丢人现眼。”

夏夏站在原地，神情恍惚，周围看热闹的人越来越多，入目全是鄙夷，入耳全是奚落。白杨树枝叶间洒下傍晚金黄的日光，那光刺痛了她的眼睛，她看了平嘉澎一眼，转身走了。

平嘉澎追上她的时候，她正坐在十字路口的花坛边发呆。

她一个娇俏的小姑娘带着一脸瘀青，来往的路人纷纷侧目。

“夏夏。”平嘉澎跑得气喘，蹲在她面前看她的脸，“我妈刚才说的话你别放在心上，我回去会和她谈的，我先陪你去医院吧。”

夏夏不吭声，平嘉澎忍不住问：“那药到底是怎么回事，你是给别人买的吧？”他自言自语，“你刚刚怎么不解释？我知道你不是那种人。”

夏夏静静地看着他：“你为什么不问问我疼不疼？”

平嘉澎满眼都是心疼，摸着她肿起来的脸："疼吗？"

夏夏声音疲惫："我们分开吧。"

平嘉澎："为什么？你生气了是不是？我妈她确实过分，我今晚会……"

夏夏冷静地说："那药是我买给自己的。"

平嘉澎顿住，过了好一会儿，他干涩地问："你真的有别人？"

"我问你话呢！"见夏夏不说话，他有些恼了，"你吃药做什么？你是不是有别人了，才故意找个借口跟我分手？"

夏夏无力地笑了笑，她站起身："随便你怎么想吧。"

平嘉澎扯住她的手腕："你不准走！"少年眼睛通红，表情吓人，"我不同意分手，你想也别想。"

他拦在夏夏面前，因为愤怒口无遮拦："你跟谁上床了？是三班那个跟你告白的体育生，还是九中那个追你的混混？"

"你说话呀！"他吼道，"他们睡你睡得就那么舒服？舒服到你为了别人要跟我分手？"

夏夏给了他一巴掌，她刚刚打女人那下用了十成的力气，手掌都打得发麻，此刻打平嘉澎却连半分力都使不出来，拍在他脸上只有个响，红都没红。

平嘉澎被她打蒙了。

他捂着脸颊，冷漠地说："被我说中恼羞成怒了？夏夏，你贱不贱啊？"

夏夏期期艾艾地解释："那天我不是想那个，我就是……"

谢淮捏她的脸："都分手了，跟他置什么气？幸亏你遇到的是我，如果你遇到一个大腹便便色眯眯的中年秃顶大叔，你怎么办？将错就错？"

夏夏听了他的描述，皱着眉头："当然不会。"

谢淮捏到她被魏金海打的地方，她哎哟了一声捂住。谢淮拿开她的手，低头看她脸上的红肿："你爸下手太狠了吧，你手怎么这么凉？"

他把女孩的手握在掌心："我的外套太薄了？我陪你去买件衣服。"

“我不要。”夏夏连忙说。

她巴不得自己的手再凉一点，这样谢淮说不定会帮她焐暖。

“你不冷我冷。”谢淮说，“我想穿衣服。”

夏夏：“……哦。”

谢淮带她进了一家店：“挑一件。”

夏夏看了眼店里的装潢，觉得自己可能买不起这儿的衣服。她犹豫道：“你知道我是被我爸赶出来的吧？我身上没带钱。”

“说得好像你带钱了就能买得起一样。”谢淮挑眉，一副嚣张的纨绔模样，“跟淮哥出来逛街，难道还能让你付钱？”

夏夏：“那也不行，你跟我什么关系啊，怎么能让你给我买单？”

谢淮：“我说过要给你买单了？”

夏夏不解：“难不成你要抢？”

谢淮挑了一件浅黄色棉服在她身上比量：“这件怎么样？”

夏夏说：“还行。”

“这件呢？”他又挑了件浅蓝色的大衣。

夏夏说：“还行。”

谢淮：“……”

“选一件。”他把衣服递给她，“别给我‘还行’。”

夏夏去翻衣服上的标价，谢淮一巴掌打在她手背上：“别看价钱，你喜欢哪件？”

夏夏揉着手，慢吞吞地指着旁边一件看上去平平无奇的黑色风衣：“这件吧。”

谢淮把衣服取下来看标价，一千二。

夏夏扒开谢淮给她挑的那两件的标签，黄色五百，蓝色八百。她改口：“我又觉得这件黄色比较好看了，但还是不够好看，我再去逛逛，找件更好看的。”

她刚要跑，被谢淮揪住衣领拽了回来。

“就这件。”他语气淡淡的，好像这衣服不是一千二，而是十二块一样。

可他没有拿衣服去前台付账，而是把衣服挂回原位。

“给我五十块。”他朝夏夏说，“我帮你买下这件衣服。”

夏夏眼睛眨了眨，愣着没动。

“五十块也没有吗？”谢淮问。

夏夏翻了翻裤兜，掏出一把零钱：“五十块没有，五块钱可以吗？”

谢淮：“……算了。”他四处看了看，牵着夏夏朝外面走。

夏夏低头，看着谢淮牵她的手，他手掌很大，温热又干燥，可以完全把她的手包在里面。

情人节的万达广场很热闹，一对对情侣依偎在一起，提着水桶卖玫瑰花的小妹穿梭在熙熙攘攘的人群里。谢淮拉着她就像拉着女朋友一样自然，他和她混迹在满街的人群之中，和其他情侣看上去没什么不同。

谢淮停在一家店门口。

“当年我爸白手起家的时候比你更穷，他一分钱也没有。”谢淮笑着说，“没钱也没什么大不了的，赚就好了。”

他摘下手上的菩提手串，带夏夏进去。

这是家卖文玩的铺子，店里的摆设不多，却样样精致。夏夏闻到店内香炉里点的檀香清幽的香味，墙上挂着几串和谢淮手上戴的差不多的珠子，却没谢淮的好看。

谢淮走到柜台旁，自来熟地说：“姐姐，借五十块钱。”

店主是个中年女人，穿着条宽松的棉麻长裙，化着雅致的淡妆坐在柜台后看书。她听见动静抬起头，谢淮把自己的手串放到她面前。

“借我五十块钱，这个抵给你。”他笑嘻嘻地说。

店主接过他的手串，犹豫着问：“五十块？”

谢淮看了眼身边的夏夏：“今天情人节，我想给女朋友买束花。”

店主：“你这凤眼菩提的成色最少得四万块吧，五十块给我就为了给你女朋友买束花？”

“五万二。”谢淮说，“这是我爸留给我的，我不卖，只是抵押。你借我五十块，一小时后我还你钱，如果我不来，手串就是你的了。”

夏夏连忙制止：“不可以，你爸留给你的东西怎么能随便抵押？我不要衣服了，我们走。”

谢淮把她按在怀里不准她动，他看着店主：“你不亏。”

店主笑了笑，收下手串，从抽屉里拿出张五十块给他。

谢淮道过谢，拉着夏夏出去。他孩子一样把钱夹在指尖，炫耀地朝夏夏晃了晃："看仔细了，接下来用这五十块钱赚一千二，给你买那件衣服。"

"怎么赚？"夏夏满心都是谢淮为了她把父亲留的手串抵押出去了，丧丧地打不起精神，"你把它种到土里，明早说不定就长出一千二了。"

中心广场的正中央，一个年轻人正抱着电吉他卖唱，偶尔有行人驻足，朝他脚下的吉他包里投下几张零碎的票子，情人节大家各有事做，生意实在不算好。冷风呼啸，年轻人被冻得受不住，放下吉他收拾东西准备回家。

谢淮把钱放到她手心："你拿上钱，请他去对面的星巴克喝杯咖啡，吉他留下。"

夏夏虽然疑惑，但还是接过钱朝场中央走过去，谢淮站在原地看着她的背影。他的衣服宽宽大大，衬得女孩格外娇小，她站到那年轻人面前说了几句话，年轻人朝她爽朗地笑笑，随后点头。他要把吉他带走，女孩不知跟他说了些什么，年轻人又把吉他放下了，他把钱收好，跟她进了星巴克。

"今天是情人节，路上人那么多，却没赚到多少钱。"年轻人的黑框眼镜进店后蒙上了一层白雾，他摘下来用兜里的眼镜布擦拭，"是我唱得不好，不过很幸运，收摊前竟然有人请我喝咖啡。"

夏夏："你唱得很好听。"

年轻人点了杯焦糖玛奇朵，夏夏点了杯香草星冰乐。她偏着头问："你是学生吗？"

年轻人摇头："从前不懂事只顾着玩，成绩不好就没有再念书了。"

对面的女孩漂亮清纯，气质如同初雪后地里新生的一朵洁白的百合花。她大方又健谈，说话的嗓音甜而温柔，听他说话时眼睛耐心礼貌地直视着他，让他脸红的同时又忍不住想要侃侃而谈。

"……几年前和朋友玩乐队，去酒吧驻唱。"

透过年轻人背后的玻璃窗，夏夏看到谢淮抱着吉他坐到凳子上，他低头试音，注意到夏夏在看他，温柔地朝她笑了笑。音试好，他指尖拨弦，吉他声与他唱歌的声音同时通过面前的麦克风传出来。

无聊望见了犹豫，达到理想不太易
即使有信心，斗志却抑止
谁人定我去或留，定我心中的宇宙
只想靠两手向理想挥手……

“……后来酒吧倒闭，乐队也解散了。以前的朋友都结婚生子找到稳定的工作，只有我还扎在音乐里出不来，没钱没家。”

年轻人苦涩地笑笑：“我有时候就想，眼前的不幸也许都是上天给的考验，跨过去功成名就，可以有大把的时间和精力去挥霍，去做我想做的事，去完成自己的梦想；跨不过去一败涂地，人生也就这样草草过了。”

窗外飘起小雪，谢淮穿着一件白色毛衣坐在来往的人群中央。他额角贴着纱布，眼下与嘴角有片片乌青，刺眼又耀眼。他全然不在乎路人的目光，那张俊美的脸颊上挂着伤，像个痞帅的混混，而他挑眉不羁的笑容，又透着些许从前桀骜的少爷模样。

问句天几高心中志比天更高
自信打不死的心态活到老
哦……我有我心底故事
亲手写上每段得失乐与悲与梦儿

夏夏收回目光，她淡淡地笑了笑：“我从前也想不明白，为什么同样都是一生，别人安乐顺遂，我却要吃苦，别人生来就有的东西，我无论再怎么努力也碰不到一个边角。”

“你说得对，眼前的不幸或许都是上天给的考验，能撑过去的人很厉害。”夏夏垂下眼，再抬起时眼神清朗，“可撑不过去也没什么。”

“人活一辈子，不止有苦难、功成名就和梦想。”

她的目光情不自禁地落在玻璃窗外，人群中央那个抱着吉他弹唱的少年身上。

我有我心底故事
亲手写上每段得失乐与悲与梦儿
纵有创伤不退避
梦想有日达成找到心底梦想的世界
终可见

“也许有一天，你的生命里会有一个人出现。

“也许那时候你还是很落魄，日子像从前一样总也熬不到头。”

她神情明亮：“可每当你难过、茫然、不知所措时，你看着他，哪怕他只是笑一笑，揉揉你的头发，你也会觉得能够来这世间走一趟是件再好不过的事情，从前的痛苦看起来也没那么难挨了。

“生活还是日复一日的柴米油盐酱醋茶。

“可是他，他在你身边，能让无趣的生活开出花。”

年轻人：“看来你已经有了那个人。”

夏夏笑了笑，没有说话。

谢淮一首歌唱完，面前围了十几个观众。他抱着吉他，温柔地笑：“先生，今天情人节，给你身旁这位美丽的小姐点首歌吧。”

他虽然在卖唱，神色却坦然骄傲，懒洋洋又潇洒，鼻青脸肿的样子没有磋磨掉他半分张扬。他坐在人群中央，好像会发光。

夏夏的唇角忍不住弯了弯，她确实有了那个人。

谢淮是个落魄的王子。

而她，愿意做他的灰姑娘。

那晚谢淮唱了六首情歌，夏夏坐在星巴克和年轻人聊了许久。世界安静祥和，霓虹灯流光溢彩，光亮混入漫天雪花，飘落在松树翠绿的松针上。

年轻人咖啡喝得见底，起身穿外套。

窗外的谢淮把吉他从身上摘下，弯腰整理琴包里的钱。

人群嘈杂，一个男人搂着怀里的女孩站在最前排：“帅哥，也给我女朋友唱一首吧。”

谢淮在北风里坐了一个小时，鼻头吹得通红。他手指微微发僵，点了点手里的钱：“今天就唱到这儿了，我赶着去陪女朋友。”

夏夏钻过人群，谢淮拉她到身边：“她来了。”

年轻人跟在夏夏身后过来，看见谢淮和他手里的钱，茫然：“你谁啊？”

谢淮把钱揣起来，厚着脸皮笑：“谢了，兄弟。”

他握住夏夏的手：“快跑！”

年轻人后知后觉地反应过来，哭笑不得：“你们别跑！等等！”

两人跑到商场后面才停下来。夏夏气喘吁吁地朝后看，年轻人没有追上来。

“他挺好的，应该不会怪我们。”

“我是怕他要钱。”谢淮从兜里掏出一把票子，“这钱不能分他，还要给你买衣服呢。”

“这么多！”夏夏不可思议，“卖唱也太赚钱了吧，以后天天唱岂不是要发财了！”

“你做梦呢。”谢淮轻笑，“今天运气好才有这么多，换到平时十分之一都没有。”

夏夏数了数钱，谢淮点歌一首两百，加上路人零零碎碎的打赏，总共有一千四百七。她觉得不可思议：“竟然真的会有人花两百块在路边点歌。”

谢淮：“无聊的有钱人哪有那么多？赚钱除了靠运气，还要靠脑子的。”

夏夏不解。

“今天什么日子啊？”谢淮说，“你别小看了男人的好胜心。”

“先生，给您身旁这位美丽的小姐点首歌吗？”他微微勾唇，彬彬有礼，温柔到极致，“淮哥这么帅一男的，言语又是在赞美他的女朋友，换成是你，你能摇摇头转身就走吗？”

谢淮说：“他们虽然失去了两百块钱，可得到了绝美的爱情和男人的自尊，这是用多少钱都买不来的，懂？”

他回文玩店把手串赎回来，又拉着夏夏去把她看中的黑色外套买了下来。夏夏站在穿衣镜前，镜里的女孩头发梳得整齐，别在耳后，眉清目秀，面容姣好。黑色风衣包住膝盖垂到小腿，她挺直脊背朝镜中的自己笑了笑，甜美又温柔。

谢淮站在她身后，比她高出一个头：“好看。”

夏夏从前只穿过别人的旧衣服和几十块的淘宝货，人生第一次穿这么好的衣服，拘谨得四肢都不敢大力伸展：“可是好贵啊，要不我们还是买那件便宜的吧。”

谢淮静静打量她：“你再说一遍，我吹了一个小时冷风才赚够钱，你敢不要，信不信淮哥把你头打爆？”

“我没有不要，我心疼钱。”夏夏低声说，“就是因为你赚得辛苦，我才不舍得用。”

谢淮忽然笑了，夏夏不懂他笑什么。谢淮说：“再早几年认识你就好了，那时候淮哥有的是钱，什么都能买给你。”

夏夏听着他的话，心里甜丝丝的，她忍着不让自己笑出来，故意说：“就算你有钱也没有给我买东西的道理啊，你该买给你女朋友才对。”

谢淮嗤道：“兄弟如手足，女人如衣服，你是我小弟，给你买东西是应该的，给她们买算什么？如果重来一次，我就算把钱捐给贫困山区，把钱冲进下水道，也不会在她们身上多花一分。”

夏夏头顶的天线触觉灵敏：“她们？你从前有过很多女朋友吗？”

谢淮：“……还好。”他别过脸。

“有多少？”夏夏追问。她从来没思考过这个问题，可现在想想，按照从前谢淮的条件，说他身边没有女人，夏夏是不信的。

谢淮：“真没多少，我记不清了。”

夏夏默不作声地看着他，他局促地说：“十个？十五个？反正肯定不超过二十个。”

“按照从前追我的那些女生的数量，二十个已经很克制了。”谢淮见夏夏的脸色越来越差，没来由地一阵慌，“读书的时候我去趟厕所回来桌上都能被奶茶和蛋糕摆满，两天不收拾东西，桌洞就被情书挤爆了。我如果说没交过女朋友，你肯定得怀疑我的性取向吧？”

夏夏还是不说话。二十个女朋友，也就是说谢淮在认识她以前已经抱过亲过二十个漂亮的女孩，他除她之外曾经对二十个女孩这样好过。他也会为了别的姑娘出头，为了别的姑娘在马路上飙车，为了别的姑娘在漫天大雪里唱歌。

夏夏想到这儿，心如死灰，脸如菜色。

谢淮见她那越来越难看的脸色，解释道：“虽然数量多了点，但我从前的女朋友都是‘周抛’，短的三天，最长也才一个月，我现在连她们的名字都不记得了。”

夏夏的心情稍稍好了点，但下一秒又差了：“你这么渣吗？”

谢淮：“……”

“夏夏。”女孩钻了牛角尖，他终于正色，“那时候的我跟现在不一样，从前我混的圈子里都是些富二代败家子，都一个德行。那时候的女朋友不能作数，顶多算带出去玩撑撑场面的女伴，真心想谈恋爱的清纯小女生我从来不碰。”

“那些和我交往的女孩不傻，说是喜欢我，鬼才信，在一起时花我的钱，哪怕分手了她们也赚足了目光。”谢淮说，“从前谁认识她们？和少爷在一起几天，转眼就成了学校的风云人物，一个个男朋友换个不停，混得风生水起。她们亏吗？亏的人是我好吧。”

夏夏脸色明朗了一些，她小声问：“那你亲过她们吗？”

谢淮屈指敲她额头：“认识一周就交换唾液，指不定嘴里有蛀牙舌苔和食物残渣，恶心不恶心啊？你会和才认识一周的男生接吻吗？”

夏夏又问：“那你为她们唱过歌吗？”

谢淮笑了：“没有，从来没有。”

情人节的夜晚酒店爆满，谢淮在网上搜了一圈也没订到能睡觉的房间。他找了家二十四小时营业的肯德基，拿卖唱剩下的钱买了两份套餐当晚饭。

夏夏坐在窗边的皮椅上，趴着看外面的雪景。

谢淮端着饭过来：“你打算怎么办？”

夏夏啃着全家桶里的鸡翅，含糊地说：“我爸明天白天上班，等他出门了我回家把行李拿出来直接回学校，再过两天宿舍应该就能住人了。”

她放下啃了一半的鸡翅，期待地问：“你要跟我一起走吗？”

她想让谢淮和她一起回去，多些相处是一方面，另一方面她也担心谢淮留在家里会再被讨债的人缠上。

谢淮摇头：“过完年我再走，不能把我妈自己扔在家里。”

夏夏嗯了一声，又说：“我去陪你也可以。”

“陪我？”

夏夏认真地说：“你别觉得我柔弱，我打起架来很凶的，我可以保护你。”

谢淮：“女孩子是用来宠的，不是用来挡在身前的。我是个男人，架我自己会打，打不过就受着，也没什么大不了的。”

夏夏沾了油的指尖在餐巾纸上蹭了蹭：“就没有别的办法还钱吗？这样赚钱太慢了，什么时候才能还完啊？”

谢淮：“曾经确实有个赚快钱的机会摆在我面前。”

“机会？”夏夏问。

“那时候我自以为游戏打得不错，打算做主播赚钱。”谢淮说，“可我自我感觉太良好了，打了一个月才发现其实并不是我游戏打得真的好，是因为从前他们让我，好的装备给我，人头也给我，只剩我自己了，玩得那叫一个菜。”

谢淮轻描淡写地说：“播了一个月，钱没赚多少，黑粉倒挺多，每天组团来直播间骂我。”

“太过分了吧！”夏夏气愤，“游戏打得差又没吃他家大米，凭什么骂你？”

“吃了。”谢淮说，“有个女人每天给我刷礼物，她男朋友吃醋，加上忍受不了我那菜鸡手法，追着我喷了一个月。”

“过分！”夏夏说，“这种人怎么还会有女朋友？要是让我碰见，我一定要教教他该怎么做人。”

“你已经碰见了。”谢淮说，“那人就是赵一雷。”

夏夏：“……”

“刚开学那几天我在大学城闲逛想找点商机，赵一雷在店里看见我，觉得我眼熟，请我进去喝奶茶。他那时候刚被女朋友绿了心情不好，喝完奶茶又请我喝酒。”谢淮说，“我问他为什么要请一个素昧平生的人喝酒，他不说话，喝大了抱着我在路边哭，一边哭一边吐，吐了我一身。”

“雷哥也挺不容易的。”夏夏刚刚那教做人的气焰降了降，觉得谢淮看她的目光不对劲，连忙改口，“我是说雷弟也是可怜人，我还是不要教他做人了。”

谢淮：“游戏打得菜，我又去做颜值主播，唱唱歌聊聊天，晚上回家直播写写作业。四体不勤五谷不分了这么些年，没一点技艺和特长，除了这些我想不到别的赚钱办法。”

“挺好的。”夏夏说，“做主播也是自食其力，后来呢？”

“后来被一个糟老头子看上了。”谢淮淡淡地说，“五十多岁，地中海、啤酒肚，据说是浙江的一个富商，资产不亚于我爸全盛时期，他原配死了十多年没再另娶，家里两个儿子、七个情妇还有四个私生子，他要包我做他的第八个情人。”

“只要我陪他一年，不仅八百万他帮我还，我爸欠亲戚朋友的那些钱他也一并还了。”

夏夏眼睛瞪得溜圆：“那……那你答应了吗？”

谢淮没回答，而是问她：“换作是你，有人用八百万买你一年，你答应吗？”

夏夏想了想，摇头，她虽然穷，但还没穷到要卖身赚钱的地步。

“那如果你欠了八百万的高利贷呢？黑社会每天堵在你学校和家门口逼你还钱，你拿不出钱来，他们就要把你和你家人溺死到水泥桶里扔到江心去。”谢淮问，“这时候有人用八百万买你一年，你答应吗？”

夏夏没说话。要么还钱要么死，谢淮没有第三个选择，如果只有他自己，以他的气性，他肯定宁愿去死。

可谢淮还有他妈妈。

“所以我同意了。”

夏夏忽然想起姜景州曾经对她说过，谢淮原本和他同级，他高中休学过一年，而这一年他去做了什么？她心里一阵说不出的难受，别人在无忧无虑上学的年纪，谢淮却要周旋在一个五十多岁的油腻老男人身下。

她想到那个画面，精神有点恍惚。

“他给我订了机票，我收好箱子就去睡觉了。可我那一晚没睡着，脑子里翻来覆去都在想未来一年要怎么过，我妈夜里起了三次，我要走的事情她还不知道。”

“你别说了。”夏夏闷闷的，“我知道了。”

“你知道什么？”谢淮漫不经心道，“你知道我第二天早起便秘了吗？”

“那几天没休息好，水也喝得少，那是我人生第一次便秘，以前从来不知道那种感觉那么难受。”谢淮说，“我蹲在马桶上想，便秘尚且这么疼，更别说一个五十岁还能养七个情人的变态老男人，谁知道他会怎么玩我？”

谢淮扬起凌厉的眉梢：“我就把机票冲进马桶了。”

他笑了笑：“淮哥也曾经差点走上弯路，没人告诉我该怎么做，也没人能帮我。自己还钱或许很难，但如果那天我去了，就算把债还清，我这辈子也毁得差不多了。也许是我爸在天之灵罩着我，在我鬼迷心窍的时候，用一泡屎警醒了我。”

夏夏沉沉憋着的一口气，此时终于吐出来了：“那你爽约了，他有报复你吗？”

谢淮垂着眼睛看桶里的翅中：“我要吃那个。”

夏夏捏起来递到谢淮嘴边，谢淮张嘴咬住，笑得灿烂：“好吃，不愧是我小弟递来的东西，味道都和别的不一样。”

夏夏追问：“他没有对你怎么样吧？”

谢淮吊儿郎当地笑：“没有。”

夜半时分雪停了。夏夏躺在肯德基的长椅上睡觉，店员见店里没什么人，把空调温度调低，自己躲到员工间取暖。

谢淮一直没睡，他坐在夏夏对面，偏着头看窗外银装素裹的世界。

夏夏不安地翻动，谢淮走过去轻声问："冷吗？"

夏夏睡得迷糊，喃喃道："有点。"

谢淮把外套脱了搭在她身上，只穿一件毛衣走到店外。十二点的街上静悄悄的，没有行人，只有寥寥几辆车从主路上飞驰而过。

一旁的小卖铺马上就要打烊，谢淮走过去，掏钱："来包烟。"

老板问："几块的？"

谢淮想了想，从裤缝里摸出个硬币："还是来根棒棒糖吧。"

他没离开多远，嘴里嚼着棒棒糖在肯德基前的空地上踩雪。下了整晚的雪盖住了不远处冬青的叶子，盖住了远处松树的枝头，连路边的广告牌也盖上了一层白雪。

谢淮孩子气地把原本光洁的雪地踩满了脚印，嘴里的棒棒糖也吃完了。

兜里的手机响了两声，他掏出来，是齐达给他发的消息。

"谢淮，到底来不来？哥儿几个等你一晚上，酒都快喝完了，你想放我们鸽子吗？"

谢淮回头。路灯的光亮直映在肯德基的玻璃窗上，映出女孩熟睡的面容。她蜷缩在沙发上，身上盖了两件衣服，头发因为翻动搓得毛茸茸的，她睡得很熟，毫无防备。

谢淮回复齐达："都说了不去，我忙着呢。"

Chapter 9 你喜欢谢淮吗

春暖花开，南城樱花锦簇，校园粉盈盈一片，鲜花缀满枝头。

春和路上搭起一间板房做快递收发点。南大从前的快递是由快递员送到学校，随便找个路边摆着，发短信叫学生两小时内来取，双方都不方便，现在有了快递点，晚上九点以前都可以取件。夏夏几天前去食堂吃饭时见谢淮在板房附近晃悠，和负责人聊天，今天再路过的时候，他已经气定神闲地坐在里面装快递了。

夏夏：“淮哥，吃饭了吗？”

谢淮两手都是黑灰，在裤子上拍了拍：“没。”

夏夏去食堂打了两份饭，带到板房里陪谢淮吃晚饭。学生下课，陆续有人来收寄快递，谢淮刚吃了几口饭又起来继续忙活。夏夏把他碗里的虾剥好摆在米饭上，又把他不爱吃的葱花和青椒都挑到自己碗里。

寄东西的人走了，谢淮还蹲在地上用胶布缠箱子，他手法不是很熟练，快递箱裹得和木乃伊一样。夏夏夹了虾仁送到他嘴边，谢淮张嘴吃了。

“怎么想起来做这个了？”

谢淮说：“我总不能在街头摆一辈子地摊吧？”

他仰头看了眼面前十来平方米的板房，表情不算满意：“还可以，暂时先这样吧。”

谢淮快速吃完饭，从抽屉里掏出一颗油纸包的果脯剥开塞进她嘴里："甜吗？"

果脯的味道甜丝丝的，脆而不腻，夏夏点头："哪里买的？"

"软院一个朋友家里给他寄的特产，他妈手工做的，外面买不到。"谢淮把剩的几颗全都放进她衣兜，"你喜欢就行。"

谢淮手抄进夏夏的口袋，坠了坠她的衣服，他笑得偷偷摸摸，像个偷家里的糖给喜欢的女孩吃的十岁小朋友。

夏夏中午下课回到宿舍，赵珊琪正在分零食。她捧着一盒果脯，脚边地上还摞着二十盒，像要开小卖部一样。夏夏看着她手里那谢淮口中据说外面买不到的果脯，愣了一下。

蔡芸："你别说，这东西还挺好吃。"

赵珊琪兴冲冲地说："是吧？我给家里人每人买了两盒，你也去买吧，健康营养，价格也不贵。"

蔡芸："瞧给你兴奋的，又不是你赚钱，你开心什么？"

赵珊琪笑盈盈的："看他赚钱我就高兴。"

夏夏打开微信，这学期谢淮还没送过外卖，她已经很久没打开群聊消息了。昨天谢淮在群里发了几张果脯的照片，他一冒泡纷纷有人跳出来问淮哥什么时候送外卖，开学这些天食堂已经吃够了，还有人打趣地说他也开始接广告了，问他一次能拿多少广告费。

谢淮嘻嘻哈哈聊了一会儿，开始说正事："口味挺不错，我们夏夏都说好吃。"

夏夏看到这句话，悄悄瞥向赵珊琪。明眼人都能看出来赵珊琪喜欢谢淮，谢淮却一直对她不冷不热。在学校除了夏夏和辛浦，他对任何人都是一副疏离的模样，可赵珊琪也不气馁，她做了二十年千金小姐顺风顺水，乍一下踢到谢淮这块铁板，不仅不灰心丧气，反而对谢淮的冷淡乐在其中，觉得新鲜。

赵珊琪下单的时候肯定看到过谢淮这句话，也知道夏夏和谢淮关系匪浅，可她似乎从来没对此有过什么表示和反应，既没有吃醋，也没有嫉妒，更没有来夏夏面前示威。

不过赵珊琪确实也没有理由嫉妒，夏夏想，自己跟谢淮也没什么特殊的关系，不过是纯洁的大哥与小弟。

她盯着赵珊琪，想事情想得出神，赵珊琪朝她笑笑：“夏夏吃吗？”

“不吃。”夏夏摇头，出于一种宣示主权的心理，又接了一句，“谢淮他给过我了。”

暖风和煦，春天是最容易让人发懒犯倦的季节，讲台上教选修课的女老师读课本的声音闷沉，催人入睡。谢淮坐在后排的窗边，已经睡过去了。

“对于初入校园的大学生来说，做好一份有条理的人生规划对未来四年甚至整个人生至关重要……”

日头正高，夏夏被太阳晒着也开始犯困，她手掌托着下巴，假装在听课，眼睛已经闭起来了。

“现在拿出一张纸，写下你们的人生规划……”

夏夏睡得迷糊，手肘没撑住，头砰的一声掉到桌子上，一旁睡着的谢淮被她吵醒了，讲台上的老师听到声音转过脸来。谢淮揉着惺忪的眼，人还没清醒，夏夏问了后桌同学老师布置的课堂作业，从本子上撕了两张纸递给谢淮。

谢淮心不在焉地拿起笔，在纸上唰唰写着。

夏夏轻声说：“珊琪昨天在宿舍分零食，她买了很多果脯。”

“赵大小姐有钱，买多少都不稀奇。”谢淮突然来了精神，弯腰从挂在桌侧的包里掏出两盒塞给夏夏，“你不用吃她的，我专门跟朋友要了一些，你留着吃。”

谢淮：“别给蔡芸吃，那女的心术不正，也别给赵珊琪，她自己有，祝子瑜也不准给。”

夏夏：“为什么？”

“我不喜欢祝子瑜。”谢淮说，“天天拉你去逛街，晚上值班都没人陪我吃饭了。”

“源太不是在帮你吗？”

“不想和他一起吃。”谢淮板着脸，“就知道拿手机看动画片，跟他说话只会傻笑。”

夏夏手下的笔在纸上描描画画：“你还送外卖吗？子瑜之前让我问你，她好久没吃过北街那家烤肉饭了。”

谢淮摇头：“送外卖来钱慢，只赚个辛苦费，每月还完就不剩什么了，根本攒不下钱来做别的。过段时间我出去走走，手里几个群那么多人，都是潜在客户，不能浪费了。”

夏夏没问他要做什么，谢淮有他的考虑，做事也稳妥，他不会做让自己吃亏的买卖。

“你们两个同学，刚刚在睡觉，现在又在说话。”老师在班上溜达，看同学们写的人生规划，“我看看你们写了什么。”

她拿过夏夏手里的纸，那纸上没写字，画了一个简笔小人。

“如果你的人生规划能画出来，当成作业交上去也不是不可以，我看你完成作业的方式新颖，说不定还会给你打个A+。”老师说，“可你只画个小人，我怎么知道这是什么意思呢？”

夏夏一脸窘迫，把纸接过来折起夹进课本。她刚才和谢淮聊天，注意力分散，不知怎的就顺手画了个小人，画着画着还在那小人手腕上添了一条手串。

她重新撕了一张纸，认真想着人生规划的问题，那是她从未企及的领域。夏夏从前很少去想以后的事情，年少的日子太苦了，除了繁重的课业就是如蛆附骨般怎么也摆脱不掉的贫穷。未来，还是能由自己规划的未来，是一件再奢侈不过的事情。

好比一个形如枯骨即将饿死的人，你问他梦想是什么，他一定会啐你，骂道饭都吃不饱，谈什么梦想。夏夏半只脚刚迈进温饱线，这个问题确实难倒她了。

老师拿起谢淮的纸，他的字写得比狗爬还丑。老师脸色难看，夏夏偏头去看，只见那纸上满满当当写着同一个字——钱。

宿舍。

赵珊琪唉声叹气：“我那弟弟从小娇生惯养，最让人头疼，这个月气走了三个家教，除了我爸没人管得了他。”

蔡芸："小孩子嘛，打几下屁股就听话了。"

"打？他就是我爸的心肝宝贝，前两天家教罚他写单词，他和我爸告状，我爸第二天就把人家辞退了。"

"我家现在就需要一个脾气好、有耐心，又能管得住熊孩子的老师。"赵珊琪说，"最好是女孩子，他在漂亮的女孩子面前还能收敛一点，要是男生，他捉弄人的鬼点子多的是。"

蔡芸涂着指甲油，漫不经心地说："别急，肯定能找到的。"

她这学期交了个男朋友，大三的学长，是学生会的现任主席，姜景州的顶头上司。今天周五，她洗了澡，把自己打扮得漂漂亮亮要出去约会。

"珊琪，我晚上不回来睡，查寝帮我应付一下。"

蔡芸出去了，祝子瑜昨天就翘课和网上认识的驴友出去旅行了，宿舍里只剩夏夏和赵珊琪。赵珊琪在座位上写专业课的读书笔记，夏夏去楼下洗衣机房取了洗好的衣服晾在阳台，两个人谁也没有说话，屋子里像没人一样安静。

夜里温度降了，小雨淅淅沥沥地拍打着窗户。夏夏戴着耳机背英语，肩膀被人拍了拍，她转头，赵珊琪站在背后，她鬓边的头发湿了，身上的T恤也湿了一半，手上拿着夏夏刚晾的衣服。

"下雨了。"她把衣服递给夏夏，笑着解释，"你在做听力，我就没叫你。"

夏夏连忙说："谢谢。"

衣服已经不滴水了，她把衣服挂在床头，赵珊琪爬上自己的床拉上帘子玩手机。

雨越下越大。晚上十点半，夏夏的听力做到一半，宿舍的灯忽然灭了。床上的赵珊琪翻了个身，撩开帘子："夏夏，是停电了吗？"

夏夏摘下耳机："我去问问宿管。"

她下楼去，走廊黑黢黢的，宿管值班室门口围了好多女生。宿管操着口浓重的南城口音："断电咯断电咯，都回去等着。"

夏夏回了宿舍，赵珊琪穿着条纯白色的睡裙站在走廊："什么时候来电啊？"

夏夏说："要等到明天。"

她拿上脸盆和牙杯出去洗漱，再回来时赵珊琪依旧在走廊上。走廊里也没有灯光，不过来往的女生不少，夜里十一点还很热闹。

“珊琪。”夏夏叫她，“你不回来吗？”

赵珊琪进门，夏夏把房门反锁。她换上睡衣爬上床打算玩会儿手机就睡下，外面一道刺眼的闪电划过，惊雷炸响，夏夏那浅色的床帘上映着一个人影，夏夏吓了一跳，猛地从床上坐起来。她拉开帘子，看见赵珊琪站在地上。

赵珊琪看起来快哭了：“我害怕打雷，夏夏，我今晚能和你睡吗？”

她这话说得纠结，上牙咬着下唇。

她也知道自己和夏夏的关系微妙，贸然提出这种请求很叫人为难，如果不是怕极了，她麻烦谁也不想麻烦夏夏。

夏夏先是愣了一下，而后侧开一个身位让她上去。赵珊琪爬上床，宿舍的床很小，两个娇小的女孩子躺着仍不免有些拥挤。夏夏把被子甩到床下抖了抖，示意赵珊琪躺到里侧。

“我睡觉不老实，这个床栏也不高。”夏夏笑着说，“我怕半夜把你挤下去，你睡在里面吧。”

赵珊琪感激地看了她一眼，两人缩在一个被窝里。夏夏没再玩手机，她闭上眼睛酝酿睡意。温暖的春天，她和赵珊琪都只穿了一条睡裙。女孩子肌肤温热光滑，身上又有各自淡淡的体香，被子暖和，偶尔手脚碰到一起摩挲，温热又舒服。

“你想做家教吗？”赵珊琪忽然问。

夏夏已经快要睡着了，听到她说话又迷糊着醒了。

“想啊。”她说，“可是靠谱的家教很难找，我之前找过几次，都是骗人的中介。”

“如果你想做，可以来我家教我弟弟。”赵珊琪说，“我弟弟上初一，他平常虽然很皮，但对女孩子很温柔的。我爸妈离婚了，我家平时只有我爸和保姆，我爸人特别好。”

夏夏想了想：“还是算了……”

“你别因为其他理由拒绝我，除非你真的不想做。”赵珊琪说，“我请你做家教也不是为了别的，你成绩好，性格又好，还知根知底，我不是施舍你，我是真的很需要人帮忙。”

她的眸子在黑夜里亮晶晶的。

夏夏被她戳穿，略微窘迫：“我从来没做过，怕做不好。”

“没关系。”赵珊琪笑笑，“只要能管住我弟弟，让他乖乖把作业写完就行了。”

她笑嘻嘻地往被窝里拱：“那说好了，明天你跟我回家一趟。”

夏夏答应了，她刚刚准备睡却被赵珊琪闹醒，现在想睡也睡不着了。

赵珊琪一丝睡意都没有。她面朝夏夏，侧身躺着，忍不住问：“我感觉从开学起你就对我特别疏离，是因为我和蔡芸走得近吗？”

夏夏说：“不是。”

她确实和赵珊琪不太亲近，仅仅维持在普通线以上的舍友关系，而最近一段日子因为谢淮，两人的关系又有一点点微妙。可夏夏最开始选择和赵珊琪疏离确实不是因为蔡芸，赵珊琪和她不是一种人，两人性格迥异，从小的生活环境和经历更是天差地别，就算走在一起也未必有聊得来的话题，况且开学那段时间蔡芸常常在背后吐槽她没钱，她再去和赵珊琪处好关系反而看起来动机不纯。

“不是因为蔡芸……”赵珊琪喃喃道，“那就是因为谢淮了？”

夏夏沉默，她看向赵珊琪，两人对彼此的心思心知肚明，今晚之前却从没人说破。

“你会不会觉得我很讨厌？”赵珊琪声音低低的，“谢淮不喜欢我，我还总缠着他，想方设法花钱也要创造和他相处的机会。”

“可我真的控制不住，我就是喜欢谢淮。”赵珊琪看着她，认真地问，“你知道那种感觉吗？夏夏，你也喜欢谢淮，是不是？”

雨夜风寒，阳台的门没关紧，地砖沁着潮气。夏夏脚底板一阵凉，动脚蹬住被子踩在脚下：“你喜欢他是你自己的事，我喜不喜欢他不影响你。”

赵珊琪拿被边将自己裹得像个钻地鼠：“谢淮喜欢你，如果你不喜欢我就可以追他，可如果你们互相喜欢，我这样就很像插足的小三。”

夏夏静住：“谢淮喜欢我？”

“谢淮当然喜欢你。”赵珊琪说，“不然他为什么对你好？不要我的围巾要你的，不吃我的海底捞吃你的盒饭，我请他打篮球赛他不理我。我说只要他参加，就让舅舅撤销你的通报处分，他才同意。每次我跟他说话，他三句话两句不离‘我们夏夏’。”

夏夏半边脸埋在枕头里，不让赵珊琪看到她控制不住的笑意。赵珊琪每说一句，她的笑就加深一分，嘴角都快咧到耳根了。

“我想不明白。”赵珊琪说，“你很漂亮，我也不丑，你很温柔很可爱，可我性格也不算坏。”

“谢淮为什么不喜欢我？”她语气哀怨。

夏夏把脸从枕头里抽出来，和她对视。女孩刚刚憋了半天笑，脸颊有些红了，好在这漆黑的夜里看不出来。她说：“刚才的问题我还没回答，你说这话合适吗？”

赵珊琪怔住，她补充：“在你的情敌面前说这种话，就不怕惹我生气把你踹下床？”

赵珊琪：“你果然喜欢谢淮！”

夏夏：“我有不喜欢他的理由吗？”

赵珊琪性子糯糯的，又忍不住问：“那你喜欢他哪里啊？”

夏夏冷静地说：“你喜欢他哪里，我就喜欢他哪里，但我远比你更喜欢他。你见过的、没见过的他，或许还有你接受不了的他的另一面，我全都喜欢。”

赵珊琪问：“他还有我没见过的样子？”

“有。”夏夏俨然一副正宫模样，“可我不会告诉你，你死了这条心吧。”

“我也未必一点机会都没有。”赵珊琪想了想，“万一你们分手，或者他不喜欢你了……”

她话说到一半，抬眼撞入夏夏的眼眸。

夏夏：“我真的会踢你哦，你敢再说一句，就算现在不动手，半夜装梦游我也要把你踢下去。”

赵珊琪：“……”

她翻过身去，趴着不说话了。

夏夏问：“明天我是不是不用去你家了？”

赵珊琪听到这话又翻过身来：“要去。”

“谢准喜欢你我没办法，这是你的床，你威胁我我也只能认㞞，但你等着吧，”赵珊琪信心满满地说，“从小到大我弟弟和我感情最好，他一定会给你添麻烦帮我报仇的。”

赵珊琪家在市中心闹中取静的黄金地段，小区内假山池塘流水淙淙，入眼全是欧式风格的三层别墅。赵珊琪约了闺密逛街，带夏夏过去以后就离开了。

今天周六，赵晋松在家休息，他年近五十，保养得当，丝毫不显年龄，第一眼看上去倒像个三十多岁的男人。他穿着家居服，鼻梁上架着金框眼镜，温文尔雅。

他正给夏夏倒水，这时从楼上跑下来一个抱着足球的男孩子。

赵晋松招手：“世杰，过来见见夏老师。”

“什么老师啊？”赵世杰一脸不耐烦，“都说了别请老师，我要出去踢球，让她哪儿来的回哪儿去。”

他话音刚落，就看见了坐在沙发上的女孩。

夏夏端正地坐在那儿，笑着和他打招呼：“世杰你好，我是夏夏，你姐姐让我来教你学英语。”

夏夏今天穿了件红色T恤和黑色雪纺半身裙，半截胳膊和脚踝露在外面，皮肤白莹莹的。赵世杰发育快，才初一已经长到一米七了，他比夏夏还高，看着夏夏就像看着一个白净娇小的瓷娃娃。

“夏夏？”赵世杰摸了摸后脑勺，“爸，你该不是找了个高中生给我补课吧？”

夏夏接过话，声音甜而温柔：“我是你姐姐的同学，你不愿意叫我老师，也可以叫我姐姐。”

“姐姐？”赵世杰扁嘴，“不叫。”

他依依不舍地看了看手里的足球，随手朝客厅角落扔过去。

“不是要教我学英语吗？”赵世杰酷酷地说，“来吧。”

赵珊琪在外和姐妹血拼了一天，傍晚提着大包小包回到家的时候，赵晋松正一个人坐在客厅喝茶。

“世杰呢？不会又出去玩了吧？”她看了眼腕表，已经六点了，天色擦黑，赵世杰却不在屋里。

赵晋松指指楼上。赵珊琪狐疑地上楼，赵世杰的房门虚掩着，她趴在门口，听里面传来赵世杰笑嘻嘻的声音。

“我姐就是个两副面孔的老女人，她在外面性子好，在家里对我可凶了，总和我爸告状。

“我姐喜欢的男生不喜欢她，我一点也不觉得奇怪，要换成是我，我也喜欢你。虽然我不待见我姐，可她在外人眼里怎么也算个女神，那男的竟然看不上她，好酷一哥们儿。”

赵珊琪：“……”

赵世杰：“夏夏，你能不能告诉我，你们喜欢的那个男生有什么过人之处？我也学学去追我们学校的女生。”

夏夏淡淡道：“你把这十个单词背了，我就告诉你。”

赵世杰趴在桌上嘀嘀咕咕地背起单词。

赵珊琪表情复杂地走下了楼。

赵晋松：“那女孩是你舍友？挺有意思，性格和看上去完全不一样。”

赵珊琪气不过：“赵世杰他就是个吃里爬外的白眼狼！”

“从前的家教都是顺着他的心思，把他当小孩哄，夏夏不理他，他倒自己贴上去了。你也别怪世杰，你跟他一个德行。”赵晋松说，“那个叫谢淮的男生，如果你实在喜欢他，爸爸可以帮你，他缺钱用，和我宝贝女儿在一起还怕没钱花吗？”

“算了吧。”赵珊琪没精打采的，“他又不喜欢我，干吗强求呢。”

夜里九点，夏夏乘地铁回到学校，谢淮守在板房里整理快递。

夏夏没回宿舍，特意绕了一圈来找他，她从背包里掏出两个塑料餐盒：“赵珊琪家保姆做的饺子，我还没吃饭，再陪我吃个消夜吧。”

她看向谢淮的目光满是温柔和笑意。

谢淮去外面水龙头洗过手，回来坐下：“你去她家做什么？”

夏夏问：“我不能去吗？”

“她喜欢我。”

夏夏笑吟吟的：“我知道啊。”

谢淮没再说话，他不用筷子，手指捏着饺子朝嘴里塞，狼吞虎咽地吃了一整盒。

“你没吃饭？”

晚上赵晋松留夏夏在家吃了饭，临走前又叫保姆给她打包。夏夏已经吃饱了，但想到谢淮夜里有去超市吃夜宵的习惯，就拿了两盒回来。

“没胃口。”谢淮说。

夏夏把自己面前的那盒也推给他，谢淮看起来丝毫不像没胃口的样子，又吃了半盒。垃圾桶里有一个食堂专用的圆饭盒，夏夏捡起来，里面的米饭被吃了，菜却基本没动过，是谢淮最讨厌吃的青椒小炒肉，不知是谁给他带的。

夏夏坐不住，把谢淮弄乱的台面收拾干净，又帮他整理放快递的架子。谢淮吃完饭一声不吭地去丢垃圾，夏夏跑出去跟在他身后。

她全然没有了下午对赵世杰爱答不理的样子，蹦蹦跳跳的：“淮哥，你怎么不开心？我今天去给赵珊琪的弟弟做家教，那小孩挺有意思……”

谢淮停下看她，夏夏对上他的视线，能清晰地读出他眸子里的烦躁——

他心情不好。

谢淮似乎想说什么，又别过头去，语气淡淡：“算了。”

他拉上板房的卷帘门，没回宿舍，而是一个人朝操场走。夏夏不知道谢淮怎么了，她摸不着头脑，但还是追了上去。

谢淮在前面走，夏夏怕烦到他，在离他几米远的地方静静跟着。深夜十点，路上学生不多，操场附近漆黑一片，四周小树林茂密，不少情侣在隐蔽的地方亲热。

谢淮从来不是一个沉得住气的人，他更像一个热血冲动的少年。他今天不似平常那样嬉皮笑脸，用不可一世的语气说话，也没有因为生气威胁说要收拾她。夏夏觉得这样的谢淮有些陌生。

谢淮坐在操场边的台阶上，夏夏坐在他身边。

刚刚他问她为什么要去赵珊琪家，她反问他不可以去吗？他没说话。

赵珊琪说谢淮喜欢她，夏夏不傻，即使没有亲耳从谢淮嘴里听到那些话，但她也能感受到谢淮对她和对别人不一样。谢淮不说，她就一直装傻。

谢淮是在生我的气吗？夏夏想。她明明知道赵珊琪喜欢他，还要装作毫不在意，想让他先说出心里话。

微风如醉。

夏夏歪着脑袋，她看谢淮的目光是连她自己都不知道的灼热。

谢淮手撑在台阶上，懒洋洋地靠着，仰头看星星。

“珊琪昨晚跟我聊了很久，说她喜欢你。”夏夏喃喃道，“我知道她喜欢你，可那又怎样呢？”

谢淮的目光从星星挪到夏夏脸上，他今晚比平时沉默，眼睛里的光却依然很亮，夏夏与他对视时，脸都被灼得烫了。

“我确实不在意她啊。”女孩轻巧一笑。

她嗓音温柔，在如水的春风里令人迷醉：“我为什么要在意她？”

谢淮一个姿势坐久了，半边身体麻了，他想要站起来，肩膀却被女孩的手掌按着。她学着他往常捏她脸的手法，原封不动地捏了回去。

谢淮怔怔看着她。

“谢淮，你喜欢我吗？”

月色温柔，映着女孩甜美的面容。她神情里有一丝紧张，但更多的是羞怯与期待，她笑容明媚，带着孤注一掷的洒脱和勇敢。

她松开捏着谢淮脸颊的手，偏头过去，轻轻吻了吻他的下巴。

谢淮的下巴很硬，被夏夏温热的嘴唇蹭了蹭，原本冰冷的皮肤顷刻热了起来。夏夏直起身，拉开与他的距离，又问了一遍：“你喜欢我吗？”

她的吻突如其来，谢淮愣了一下。女孩笑容纯净，眸光盈盈，鬓边的发丝被晚风拂动。她安静地陪在他身边，像只软绵绵的小猫。

谢淮没作声。

夜晚寂静，体育馆前栽了一排春樱。有风吹过，他耳朵动了动，在某一刹那，听到花朵坠下枝头，砸落地面的声音。

“你答应打篮球赛，是为了消除我的处分，珊琪送东西你不要却要我的。”夏夏红着脸，一件件细数，“帮我整夏军，还有之前你在群里说我们夏夏……”

“对不起啊。”谢淮忽然打断她的话，“拿你做挡箭牌了。”

“赵大小姐太黏人了，我被烦得没办法，不过咱俩关系这么铁，你肯定不会生气吧？”

他指着下巴，脸上神色淡淡的，看不出喜怒：“亲我就算了，以后可别这么傻随便亲人，外面那些男人坏得很，你一个小姑娘，这样容易被人占便宜。”

夏夏满腹的话还没说出口就呆住了：“我为什么要随便亲人？”

谢淮不与她对视，偏头看一侧的樱花树。夜色深邃，锦簇的花团失了白日娇艳的色彩，在这漆黑的夜里缀于枝干，与叶子无异。

他说：“我怎么知道？”

夏夏咬着嘴唇，解释：“珊琪说你喜欢我，我也……”

“赵珊琪是我吗？”谢淮说，“她说什么你就信？”

夏夏那句“我也这样觉得”被他一句话堵了回去。

满腔赤诚的爱意与少女心思被天降一盆冷水浇灭，她怔怔看着谢淮，鼻头忍不住发酸。

今晚谢淮心情差，她连问都不问就自以为是，认为他的异样是因为她，她还自以为是地亲了他。她所说的话所做的事都是基于“谢淮喜欢她”这个命题下，可如果谢淮不喜欢她，她的做法会让他觉得恶心吗？

谢淮眉心蹙着，其间藏满化不开的烦躁，他冷漠地盯着脚下操场的塑胶地面，一言不发。

夏夏压住心里的难受，问：“那你为什么要对我好？”

“这个问题你之前问过我。”谢淮说，“我已经解释了。”

“就因为把我当小弟？”夏夏说，“你看着我说话。”

谢淮把视线挪回她身上，对视之间，夏夏读到他的眼神里有很多她不明白的未知情绪。

“是。”

女孩的神情从温柔娇羞变为震惊失落不过短短片刻，她久久没吭声。

“你喜欢我吗？我问你最后一次，你想清楚再回答，你说什么我都信。”

谢淮嘴唇动了动，几次张开又合上，他与夏夏的影子被月光照得细长，如两棵并排的树平行矗在塑胶地面上。

“我知道了。”夏夏站起来，拍了拍裙子，“对不起，淮哥。”

她平静地说：“刚才你就当被狗咬了一口，别放在心上。”说完转身走了。

谢淮回头，朝她的背影喊：“夏夏！”

女孩的背影纤细单薄，她脚步很快，磕磕绊绊，几次差点摔倒，直到走入甬路下的树影里，月光照不到的地方。

谢淮起身追了上去。

夏夏憋了一路眼泪，进了宿舍后忍不住蹲在地上哭。

她印象里这些年来自己哭的次数屈指可数，上一次是谢淮帮她整了夏军那晚，她百感交集，抱着一杯泡面哭得满脸花，再上一次是和平嘉澎分手那天，她一个人待在会所漆黑的屋里，对那些人与生活深恶痛绝，对将要发生的事心惊胆战。

再向前数，夏夏已经记不得了。

她以前没这么爱哭，也不会当着别人的面哭，可自从遇见了谢淮，似乎每一次流眼泪的糗样要么被他看到，要么和他有关。

“傻×谢淮！”夏夏哽咽着，“傻×，垃圾，臭男人！”

她抱着小腿，脸埋在膝间，争相涌出的眼泪把裙子和T恤打湿了。

夏夏说不清到底是不被谢淮喜欢更难过，还是在谢淮面前丢人更难过。她只要一想到刚刚问谢淮喜不喜欢她还不由分说亲了他的画面，就想一头撞死在背后宿舍的防盗门上。夏夏哭得满脸鼻涕眼泪，她从地上爬起来坐到位子上抽纸擦鼻涕。

“当个锤子挡箭牌，不喜欢我还对我好，还唱歌给我买衣服，是傻子吗？”

她进屋灯也不开，室内漆黑。她就这样趴在桌上边哭边骂谢淮，声音不知是因为哭的还是骂的，听起来沙沙的。

头上忽然响起拉帘子的声音。夏夏哭声停住，听见背后床上传来蔡芸的声音：“夏夏你有病吧，大半夜让不让人睡觉了？”

夏夏进门时灯关着，屋里也没动静，她以为宿舍没人才敢肆无忌惮地哭，没想到蔡芸十点刚过就躺到床上了，那窘迫的样子被蔡芸看见了，她本来就崩溃的心情这下更崩溃了。

她拿上抽纸出门，坐到走廊去哭。

手机里有电话打进来，是谢淮的，她想也没想就挂断了。

宿舍在走廊尽头，转过头就可以看到楼下棕榈的树梢和天上皎皎的月亮。月晕惨白，像拴在树上一样，恍恍惚惚，看在眼里一阵模糊。

夏夏沮丧地想，什么落魄王子和灰姑娘。王子虽然落魄了，但到底曾经是个王子，而她，水晶鞋都没有一双，还妄想做他的灰姑娘。

夏夏不停地用纸巾擦着鼻涕，忽然听见宿舍门咔嗒一声，被蔡芸从里面锁上了。

谢淮站在女生宿舍楼下。

两个宿管在楼前台阶上聊天，一对对情侣从谢淮身边擦过，男生将女生送到宿舍却不急着走，还要在楼下的柱子后面抱着吻别。

谢淮的手指轻轻抚着夏夏亲吻过的下巴，继续拨电话。

关机了。

谢淮脸色阴沉，眼睛红得吓人，他静了几秒，甩手将手机砸到地上。

正在聊天的宿管被他吓了一跳，她捡起谢淮屏幕炸了的手机："年轻人，火气这么大？"

两个女生穿着睡裙从楼上下来去热水房打水，路过谢淮身边时正在八卦："你认识社会学系的夏夏吗？我住她隔壁，刚刚出门的时候她就坐在走廊哭，抽纸都用掉了一整包，好像是和她室友闹矛盾被锁在门外了。"

谢淮眼皮子抬了抬，他没接手机，绕过宿管径直朝女生宿舍走去。

宿管拦住他："那个男同学你干什么？现在十一点了，不准进女生宿舍。"

谢淮被两个宿管一人架着一只手臂，不耐烦地甩开："你没听见她们说有人被关在门外吗？"

"女生宿舍的矛盾关你什么事？"宿管说，"进不去宿舍她不会下来拿钥匙啊，你别想找借口混进去。”

谢淮顶着夜风坐在台阶上，刚刚那两个女生的话还响在耳畔。

“她就坐在走廊哭……”

“抽纸都用掉了一整包……”

心脏像被人夹在指尖捏来捏去，一阵烦躁和心疼。

谢淮划开摔烂的手机屏幕，继续给夏夏打电话，她一直没有开机。他起身再次朝宿舍门口走去，值班的女同学一早得到宿管的交代要盯紧他，拦在门口不准他进去。

谢淮面无表情，那眼神让人看了害怕。

他没再进去，转身往回走，台阶下放着一个铁皮垃圾桶，谢淮经过，一脚踹在上面。垃圾桶焊在地上纹丝不动，只是他那一脚过后，表面留下一处深深的凹陷。

夜里十二点半，宿舍断电锁门。

夏夏的眼泪刚刚收回去，手边地砖上散着一堆鼻涕纸。她把垃圾收拾干净，下楼去找宿管拿钥匙。凌晨的走廊偶尔有女生穿梭在洗漱间和宿舍之间，夏夏下了楼梯，正对着的宿舍大门外，谢淮站在那里。

他什么也没做，只是手插口袋站着。男生宿舍此时也已经锁门了，夏夏不知道他在这儿做什么，一会儿又要去哪儿睡觉。

她的目光从他身上掠过，像没看到他似的，走到宿管值班室的窗口。

宿管还没睡觉，两个人在里面核对查寝记录。

“门口那男生站了一晚上了，到底想干吗呀？”

“谁知道呢，一会儿摔手机一会儿踹垃圾桶，怪吓人的。”

夏夏接过钥匙转身上楼，谢淮一直看着她，她走了几步脚步停住，回头和他对视。

他目光落在女孩带着泪痕的脸颊和胸口湿透的T恤上，嘴唇动了动，似乎有话要说。而他又什么都没说，轻轻别过了眼睛。

夏夏在躲谢淮。一连两个星期，她上课踩点到，下课打铃了就跑，回去不走春和路，特意绕一个大圈回宿舍。

谢淮好久没在食堂见过她了，后来有一次远远地看见她从校门口过来，手里提着外面买来的盒饭。他刚要走过去，她也看见他了，转身就跑。

半个月没说一句话，两人之间的微妙气氛明眼人都看出不对劲了。

周末姜景州陪谢淮出去办事，两人就近在外面吃午饭。

饭间，姜景州问："你和夏夏吵架了？我很久没在你那儿看见她了。"

谢淮："没吵架，夏夏那性子吵不起来，她也有自己的事，不可能天天和我混在一起。"

姜景州打量着他的神色，放下筷子："出什么事了？"

谢淮说："没什么。"

姜景州心思剔透："男女之间冷战无非几个原因，你们还没在一起，我猜是你告白人家不愿意，被拒绝了吧。"

"没有的事。"谢淮说，"你还不了解我吗？"

"说的也是。"姜景州笑笑，"按照少爷的性格，就算被拒绝也会死缠烂打穷追不舍，气馁是不可能的，不是你被拒绝，那就是反过来了。"

他问："你不喜欢夏夏？"

从前读书时谢淮就和他玩得好，姜景州性格温和，人也通透，什么都知道但看破不说破。那时谢淮身边人很多，但大多都是圈子里攀比胡闹的败家二代，真正算得上朋友的只有姜景州和齐达两个。

姜景州挺了解他的："不可能吧。"

谢淮手里的筷子敲着碗边："喜欢又不能当饭吃，谈个屁的恋爱。"他自嘲道，"就我现在的情况只能耽误她，她跟着我能得到什么？摆一辈子地摊，喝一辈子西北风吗？"

姜景州："你都不问问她就知道她不愿意和你受穷？况且你也不一定会穷一辈子。"他唇边挂着温文尔雅的笑，"机会来了，赚钱不过一眨眼的事，可缘分没了说不定就再也找不到了，你真的舍得？"

"我不用问她。"谢淮专制地说，"她从前那么苦，难得好起来，我凭什么还要让她和我吃苦？她跟谁都比跟我好。"

"穷不穷放在一边。"他说，"前提是我得有命活一辈子。"

他摸了摸额角，寒假时贴着纱布的伤口留下了一道疤，平时用头发遮着看不见。他撩开头发，姜景州眯了眯眼，看到那是一道刀割的口子，不过一个手指骨节长短，却刺得很深。

“因为那年的事，他们绑了我妈威胁我还钱。”谢淮神色平静，“如果我和夏夏在一起，谁敢说下次我拿不出钱来，被绑的人不会换成她？我命这样我认，夏夏她做错了什么，为什么要跟着我过提心吊胆的生活？”

姜景州：“你既然想得这么明白，当初为什么还要去招惹她？”

“一开始没想招惹她。”谢淮说，“我只是看她可怜。她刚开学时的样子你见过吗？身上一分钱没有，人穷就算了，性子还𡚸，我同情心泛滥，莫名其妙就想罩着她。”

“后来……”谢淮沉默。

他脑海中晃过一些画面，每一幅、每一帧里都有女孩清秀的脸和甜美的笑，她总是跟在他屁股后面，或是安安静静坐在他身边，开口时嗓音软软，叫他淮哥。他挨了打自己还没觉得疼，她倒是气得跳脚，一副要去找场子的凶狠架势。

后来就习惯了她在身边，也习惯了低下头就能看到她甜甜的笑脸。

“你就当我是没忍住吧。”谢淮盯着面前的碗发呆，轻声说，“那么乖那么招人疼，那么好一个姑娘……我只是想保护她几年让她过得好一点，没想到她会开口跟我提这件事。”

姜景州：“夏夏也许没你想的那么懦弱，她未必会在意这些。”

“她懦不懦弱是她的事，我不带她蹚浑水是我的事。”谢淮说，“就算她不怕死，我也不能拖着她去死。”

姜景州沉默片刻：“一雷兄之前跟我说了个事，他犹豫要不要告诉你，你记得咱们整夏军那天吗……”

街外一阵吵闹，姜景州的注意力被分散了。

他话留了半截在嘴里，朝窗外看过去。

谢淮：“什么事？”

姜景州：“……谢淮，对面那个人，我怎么觉得像夏夏？”

谢淮转过脸去。

正午的太阳毒辣，只见对街的马路边围着一堆行人，在人行路上，有人在打架。

谢淮的目光转过去就挪不开了。

只见刚刚他们口中那又乖又招人疼还有些懦弱的女孩，把一个五大三粗的男人骑在身下，她揪着那人的衣领，拳头抡得老高，一下一下砸在他脸上。

谢淮搓了搓眼睛，以为是自己眼花。

紧接着，耳边传来夏夏熟悉的声音，没有和他说话时的软糯和温顺，嗓音带着冷冽的怒意："来啊，不是要打架吗？有种你就干死我，你们干不死我，我就干死你们！"

一连两个星期，夏夏情绪低落，脾气暴躁。

她的心理活动不停地在"谢淮这个狗东西，我再也不要理他了"与"谢淮其实也没错，他只是不喜欢我而已，爱情这东西是不能强求的"这两者之间反复横跳。

她身边一团低气压，祝子瑜不敢惹她，赵珊琪也不敢跟她说话，就连在家称王称霸的赵世杰见到夏夏进门，也老老实实地扔下足球跑回屋里背单词。

她狠不下心当面骂谢淮，也不好拿别人撒气，只能拼命压抑，时间一久，她觉得自己快要精神分裂了。

周末，夏夏收到燕姐的消息，问她有没有空做兼职。这次的活儿是给一家淘宝店做试装模特，店家是卖长筒袜的，对模特的身材和脸要求严苛，不过出手也大方，拍一天四百块钱。

拍摄地点在市区的写字楼里，夏夏在早上九点如约赶到。店主是个年轻男人，姓李，摄影师叫他李哥，夏夏却不想叫他哥，礼貌地喊他李先生。

拍照的屋子是租的，不到一百平方米的房间，一大半堆着货物、包装袋和用完就丢的垃圾，在一个小角落里摆上穿衣镜和毛绒地毯，搭上粉红色的背景布，看着邋遢的地方拍出来的照片倒也很清新。

李哥满意地打量夏夏："刘燕这次给我找的模特还不错，你多大？"

夏夏说："快十九了。"

李哥递给她一套水手服："去试衣间换上。"

他口中的试衣间是用布帘围起来的一块狭窄地方，一面靠墙一面是帘子，夏夏这样纤细的身材在其中转个身都会擦到墙壁。

李哥就在一帘之隔的外面整理拍摄要用的袜子，夏夏迅速把衣服换了，在系水手服的红领结时，帘子忽然被人拉开了。

她吓了一跳，转头看见那个身材魁梧的摄影师站在外面。摄影师见她已经穿好衣服了，一副乏味的表情咂巴嘴："对不起啊，没看见里面有人。"

李哥："穿好了就来试袜子吧。"

他准备的袜子全是带白色蕾丝的长筒袜，夏夏套上脚的时候摄影师也不调设备，就在旁边盯着看。

"腿真漂亮。"他和李哥对视，"之前刘燕找的那几个，腿又粗又黑，比例还不好，我P了一晚上图都拯救不了，这个妹妹拍出来的片子原图调个色就行，都不用大动。"

夏夏勉强笑笑："可以拍了吗？"

李哥摇头晃脑："你的腿不该这样站，分开一点。"

他双手比画了一下，没等夏夏动作，就蹲下来掰开她的小腿。

夏夏腿上穿着丝袜，被他的手一碰，触感又痒又奇怪。她往后躲："要什么姿势你跟我说，我自己会摆。"

李哥笑笑。

一上午夏夏换了十几双袜子，那摄影师要求又多又怪，一会儿让夏夏坐在窗台上，一会儿让她躺在地毯上，一会儿又让她仰躺在沙发上，将腿搭在沙发背上。

夏夏没动："我穿短裙，做这个动作会走光。"

摄影师言语粗俗："你怕什么？我又不拍你的内裤。"

夏夏："换一个姿势。"

"搞错没？"摄影师说，"李哥花这么多钱请你拍照，你不敬业就算了，还在这儿耍大小姐脾气。"

夏夏眼神冷了。

李哥打圆场："算了，我们先吃午饭，下午再拍。"

外卖到了，摄影师去拆饭盒。夏夏站在一旁没动，她盯着李哥，他正蹲在地上收拾东西，拿起夏夏穿过的一双袜子放在鼻子下闻了闻。

他回头看见夏夏在看他，也不觉得尴尬："下午我们不拍长筒袜了，改拍丝袜。我们店丝袜销量更高，尤其是开裆黑丝的，如果你想赚钱，我可以把你拉进老顾客群，那里买家很多，但苦于有价无市，像你这么漂亮的姑娘，一条一个月的原味袜子卖三千块不成问题。”

夏夏问：“你们店铺叫什么名字？”

李哥说了个名字，夏夏掏出手机搜，发现他的店并不是单纯卖袜子的，而是卖情趣袜子。

“李先生，”她收回手机，“我学校临时通知补课，下午没办法继续拍了。”她甜甜地笑着说，“是我给您造成了麻烦，今天的报酬就不跟您要了，我先走了。”

她弯腰捡起自己的衣服，要走出房门时被摄影师拦下：“你现在走，我们去哪儿找模特啊？”

他动手按着夏夏的肩膀，夏夏蹙眉：“放开。”

摄影师：“说好了一天就是一天，你必须拍了开裆袜再走。”

夏夏：“如果我不拍呢？”

男人：“那你别走了。”

李哥：“别欺负小姑娘。”他话虽这样说，却不上前阻止。

夏夏反手拍掉摄影师满是汗毛的手掌，推开他却不朝门口走，而是进了卫生间，反手把门锁上。她把自己的衣服换上，掏出手机坐在马桶上给燕姐打电话。

燕姐听完她的话沉默了几秒。

夏夏挂上电话，紧接着听见外面李哥的手机响了起来。

燕姐的声音清晰地传出来：“姓李的，你做什么恶心生意我不管，但我介绍去的姑娘你敢为难她，今晚老娘就去你家闹，你把人给我放了，该给的钱少给一分，我把你家房顶掀了。”

李哥没有生气，反而挺平静的：“刘燕，你不厚道。”

夏夏相信燕姐是不知情的，摄影师也说过从前她介绍来的女孩外形不出挑，也许正是因为这个而没有受到为难。夏夏听李哥的语气没有丝毫惊慌，知道今天这事麻烦了。

李哥在房间里接电话，摄影师就站在卫生间门口堵她。他一身腱子肉，身材魁梧，夏夏得仰头看他，而李哥体型虽然偏瘦，身高却也有一米八。

夏夏起身去翻卫生间的东西，洗漱台上有瓶喷雾，她把里面的水倒了，把洁厕灵混着水兑了进去。

李哥把燕姐的电话挂了，夏夏没敢再拖，趁着他在房间的工夫拧开厕所的门。

摄影师堵在门外："舍得出来了？"

夏夏藏在背后的手掏出来，把稀释的洁厕灵喷了他一脸，摄影师捂住眼睛哀号。他看不清东西，却还记得伸出手去抓夏夏。夏夏灵活地侧身躲开，提膝猛地顶在他两腿中央，男人捂着裆部跪在地上，李哥闻声出来，夏夏趁着这空隙飞速地开门跑了出去。

电梯不在这层，夏夏跑进逃生通道，顺着楼梯朝下跑。她听见楼上两个男人追出来的声音，一秒都不敢停，一口气从八楼跑下去。

她跑到一楼的时候，电梯也停到一楼，男人走出来："你往哪儿跑！"

夏夏一路狂奔，临近马路边被追上了。摄影师扯住她的手臂，因为疼痛涨红的脸色还没褪去："打了人就想跑，哪有这么便宜的事？"

夏夏走不掉，但人已经在外面了，她也没什么好怕的。她抬起明亮的眸子，看着他轻笑："那你想怎么样？"

四周的行人见两个男人围着一个小姑娘拉扯，停下脚步观望。

"看什么看！"摄影师不耐烦地吼，"这丫头拿洁厕灵喷我，你们在这儿看热闹，还不如回家看家里的狗。"

他语气又凶又狠，路人被他这么一吼，纷纷散了。

男人说："你问我想怎么样啊？"他手指向下，"你把我踹疼了，给我舔舔消个肿呗。"

男人笑得满脸邪气："舔完再把开裆丝袜拍了，这事就算完，你给刘燕打电话也没用，你以为她能救你吗？"

他话说完，发现女孩不仅没怕，反而异常冷静。

她淡淡地问："我要是不呢？"

男人阴恻恻地挑起浓黑的眉，掌心拍拍她的脸，虽然不疼，那动作却很侮辱人："你觉得我在这儿教训你，有人敢管闲事吗？"

夏夏把肩上的书包摘下来："你今天真的惹着我了。"

她说完一脚蹬在男人的膝盖骨上。面前的女孩长相太过柔弱无害，具有极大的欺骗性，哪怕着过一次道的男人还是毫无防备，他踉跄一下跪倒在地，夏夏抡拳朝他眼睛砸去，而后整个人前扑，把他按死在地面上。

她翻身骑在男人身上，面无表情："不是要打架吗？来啊。有本事你们干死我，你们干不死我，我就干死你们。"

姜景州："真是夏夏吗？我又觉得不像了，我们再观察一下？"

对面那女孩打人的架势凶狠又不要命，她膝盖死死压着男人的小腹，一手揪着头发一手打人，还专朝脆弱的部位打，那出拳的速度和刁钻的角度，一看就是久经沙场的老将。

男人反应过来，凭借力量优势把夏夏推了下去。他刚要反身骑上去，夏夏柔软地将腿屈起，脚掌顶着他的胸口把人蹬了出去。李哥从后面上来，架住夏夏的手臂将她拖起来，摄影师骂骂咧咧地爬起来，臂膀抡圆给了夏夏一巴掌。

谢淮嗓音冰冷："还观察什么！"

夏夏的坏情绪憋了半个月，借着打架的引子全都宣泄出去，虽然挨打很难受，但她也没有多强烈的痛感，只觉得身上像装了永动机，能把所有的愤怒转化为力量，仿佛有着用不完的力气。

她被李哥按住动不了，眼见摄影师从垃圾桶里翻出一个啤酒瓶。

他抡着啤酒瓶朝她头上砸过来的一瞬间，夏夏脑子里出现的不是小时候夏军拿酒瓶砸她的画面，她满脑子都是谢淮。

如果我受伤了，谢淮会心疼吗？夏夏控制不住地想，再看那酒瓶时，心里竟然隐隐期待男人能下手重一些，最好把她打出个脑震荡。

然而预料之中的痛感没有降临，男人的手停在半空，粗黑的手腕被一只骨骼明晰的手死死钳住。夏夏像是做梦一样，看着他身后突然出现的谢淮。

谢淮脸色阴沉、冷漠，他手劲很大，壮硕的男人被他拿捏住手腕，一时竟也挣脱不出来。

夏夏看着他，以为他会说些开场白什么的。

比如"你再碰我小弟一下试试"，又比如"给你几个胆子敢动淮哥的人"……诸如此类。

然而谢淮什么都没说。

他面无表情地从男人手里抢过酒瓶，反手砸碎在他头顶。男人痛叫一声，被碎玻璃扎了满头的血顺着太阳穴流了下来。

酒瓶壁薄，一击就碎在手里。

谢淮脸上是浓到化不开的寒意，他目光遗憾："这么不经打？"

他将碎掉半截的瓶颈握在手里，转身盯着李哥抓着夏夏的手。女孩皮薄，手臂上被他捏出两道深红色的指痕。

李哥识相地松开夏夏，谢淮朝她伸手："过来。"

夏夏揉了揉胳膊，没有听他的话，而是站到了姜景州身边。

谢淮眼眸一暗："我叫你过来，你听不见吗？"

夏夏又朝姜景州身边靠了靠，故意不理他："学长，他们俩都不是好东西。"

谢淮问："他们怎么你了？"

夏夏不理他，垂着眼睛看向脚下的石砖，谢淮拽着手腕把她拖到自己身边："我问你话呢！"

他一副不耐烦的样子，看似粗鲁的动作手下却收着力道，捧起她的脸检查："打你了？"

夏夏单方面跟谢淮闹了半个月的别扭，突然又和他贴得这么近，被他温柔的呼吸拂在脸上，那些女孩矫情难过又委屈的心思再也藏不住了，她眼眶一热，就这么当着谢淮的面哭了出来。

谢淮以为她是受了委屈，拳头绷紧，回身一拳打在摄影师的鼻梁上。

男人鼻骨被他砸断，满脸都是血。

谢淮揪住他的衣领将人拎起来，眼睛红得渗血："你对她做什么了？"

男人痛得吸气："……没有。"

谢淮听不得夏夏哭，他忍了这么久的火一点不漏全都发在男人身上。

李哥要上来帮忙，被姜景州拦住。

谢淮嗓音冰冷："不说是吧？"

他将被揍得鼻青脸肿的男人摔回地上，朝李哥走去。

谢淮一上来就把摄影师开瓢了，李哥很聪明，没有选择动手，就剩他一个人怎么也不会是三个人的对手。

李哥长相斯文，推了推眼镜："有话好好说，我们没伤害她，不信你可以检查。"

他瞥了眼地上躺着的男人："是他不会说话，惹妹妹生气了。"

夏夏哭了一会儿，开口时声音还在哽咽："他们要我穿开裆黑丝拍照，还要我给他舔那个。"

李哥神色僵住："开个玩笑而已，看给妹妹吓的。"

谢淮面色阴冷，弯腰捡起酒瓶碎片，夏夏拉住他的手。她手掌温热柔软，沾着眼泪。

"淮哥，别打他。"女孩抹掉眼泪，两手挽着他的胳膊，"我拍了一上午，他还欠我两百块钱。"

谢淮和李哥身高相仿，气质却天差地别。李哥那张斯文的脸勉强维持着面子上的淡定和微笑，少年身形瘦削，气质却冷到令他发颤，站在他面前给他沉重如山几乎喘不过气的压迫感。

"钱。"谢淮言简意赅。

李哥干涩地笑着，他是个能屈能伸的人，掏出两百块给了谢淮。

谢淮明明在笑，却让人不寒而栗："你要谁穿开裆丝袜？"

李哥："都说了是开玩笑……"

谢淮："开你妈。"

他手里的碎片抵到李哥眼睛旁："我再问一次，你要谁穿开裆丝袜？"

李哥被他按在背后的树上，轻松的表情装不下去了："小兄弟，人你打了，钱我也给了，有必要做得这么绝吗？刚才我听到旁边有人报警了，我不信你敢动手。"

谢淮一言不发，手腕动了动，把碎片朝他眼球戳去。

"好好好。"李哥不敢拿自己的眼睛来赌谢淮到底有没有这个胆子。

他说："我拍，我拍行了吧？"

谢淮问："你让谁舔那玩意儿？"

李哥一个男人，脸色瞬间难看了："你把他打成那样，拘留所跑不了。咱们找个地方坐下平心静气地谈谈，说不定还可以私了，你非要撕破脸皮，我也没办法。"

谢淮手下用力，他眼眶旁的皮肤一痛，被划出血痕。

李哥说："我舔，我舔。"

谢淮把碎片扔了，牵起夏夏的手。

李哥："你能跑哪儿去？你读什么学校叫什么名字，警察调查一下就知道，整条街都是监控，你刚才打人的画面已经被录下来了。"

谢淮满不在乎地一笑："谁跟你说我要跑了？"他挑眉，一脸让人恨得牙痒痒的叛逆，"我饭还没吃完呢，警察来了叫他去旁边餐馆找我。"

李哥阴森森地盯着他的背影，又看着他身边的夏夏，嘴里碎碎地骂："臭婊子，装什么纯呢，都出来做网拍了还跟我假清高。"

谢淮刚迈出去的脚步停住，他回过头，目光对上男人写满不甘和屈辱的脸。他笑笑，又折了回去："你说得有道理。我今天把人打成这样，拘留所跑不掉，反正都是十五天牢饭，打一个不亏，打两个血赚。"

谢淮揪住他的头发掼到路旁的石墩上，面无表情："你骂你妈呢？"

【未完待续】

Staread
星文文化

夏日梦想家

SUMMER DREAMER

中

星河蜉蝣——著

浙江文艺出版社
Zhejiang Literature & Art Publishing House

目录
CONTENTS

Chapter 10

谁要当你小弟

夏夏走出校门，燕姐的车停在马路对面。车厢内烟雾缭绕，弥漫着呛人的气味，烟灰缸里落满烟头，全是燕姐在等她这段时间里抽的。

“东西都拿了？”

夏夏扒开手里的袋子：“换洗的内裤袜子，两件T恤，一条裤子，还有他的棒棒糖。”

“棒棒糖就算了。”燕姐说，“里面不让带吃的。”

夏夏咬着嘴唇：“会不会有人打他？”

燕姐安慰她：“警察不会打人，他顶多吃得差，给他多带些钱，没事去商店开个小灶也能凑合。”

“万一犯人打他怎么办？谢淮脾气不好，我怕他在里面过不习惯。”

燕姐笑笑：“这是拘留所又不是看守所，谢淮这种打架进去的，人家看见他都得绕路呢。”

她笑了一会儿，忍不住点了根烟：“这事赖我，我跟那姓李的接触过几回，也介绍过几个女孩，从来没人跟我说他是拍那种东西的，幸亏有谢淮，不然姐就把你害了。姓李的那边我去处理，你们不用管，等谢淮出来，姐请你们吃饭。”

燕姐把车停到拘留所门外。

夏夏下车，面前的大院白墙红瓦，墙头挂着电网，大门两边白底黑字写着副对联——苦海无涯法为船，回头是岸盼君归。看起来庄严肃穆。

夏夏感受着拘留所肃穆的氛围，想象着谢淮被带去剃了小平头，换上犯人服，手脚都拴着铁链子，嚣张全无的可怜样子，心里忍不住难受。

警察听说她是来送衣服的，把谢淮叫了出来。

谢淮没有她想象中那么落魄，身上甚至还穿着自己的衣服，更没戴什么手铐。他接过衣服：“你干吗一脸苦兮兮的表情？”

夏夏：“我给柴警官打过电话，他说行政拘留不会记入档案，你不用担心出去以后别人会用有色眼光看你，不过学校知道这件事了，伊老师说等你回去要给你处分。”

谢淮说：“别人为什么要用有色眼光看我？我又没做错事。”又淡淡地说，“就算看了又怎么样，你以为我会在乎？”

他弯着唇角，邪气地笑：“你不是在躲我吗？怎么舍得来给我送衣服了？”

夏夏眼睛通红，盯着他：“你有没有良心啊？”

“我没良心还是你没良心？”谢淮说，“做不成恋人就连朋友都不做了，你把淮哥对你的好忘得一干二净了是不是？这几天我没空，夏夏你给我等着，等我出去以后一定收拾你。”

警察示意他该回去了，谢淮把衣服里夹的一千块钱掏出来：“钱我用不着，你拿着吧，剩这半个月对自己好点。”

说完又威胁道：“吃点好的，喝点好的，多看看世界，不然等我出去，你就没机会看了。”

拘留所的房间是七人寝，有独立的厕所。谢淮进去时里面已经有五个人了，和他一起被送进来的，还有一个大腹便便的中年男人。

男人显然是第一次接触这种地方，对拘留所和监狱分不清楚，平时影视剧看多了，一脸警惕地盯着屋里的人，防备着自己被拖进去一顿暴打。

原来屋里的五个人在打扑克，见有人进来打了个招呼，又低下头玩自己的。谢淮在窗边找到自己的床铺，把衣物放在柜子里。中年男人一句话也不说，脱了鞋躺在床上，周围五个人停下打牌，目光全都聚到他身上。

一个寸头年轻人开口：“别上床。”

中年男人还在发怔，就听见门外的警察用铁棍把门敲得乒乓乱响：“许大龙你给我下来！谁让你白天躺在床上的？！”

许大龙吓了一跳，连忙爬下来。警察走了，打牌的年轻人笑作一团：“这边无聊得很，基本没人管，就一条，白天不准躺在床上。”

许大龙见这里的环境也没他想象中那么可怕，抹了抹额头渗出的汗。屋里除了谢淮都在打牌，许大龙凑近他：“小兄弟，你是怎么进来的？”

谢淮埋头收拾东西，没理他。

许大龙哼哼了两声，靠床边坐着，眉眼神态间流露出一丝自然的富态。床上的被子被他靠得歪歪扭扭，房间内的监控红灯亮了一下，刚刚的警察去而复返。

他这次直接用钥匙打开了房门，几个打牌的年轻人连忙放下扑克站了起来，谢淮坐在窗边的椅子上，动也没动。

“许大龙。”警察指着他的被子，“这被子怎么回事？”

许大龙看着自己歪歪扭扭的被子，又看着别人床上的“豆腐块”，额头流了几滴汗：“我马上叠好。”

这人一看就是在家从没叠过被子的，别说豆腐块，就连普通的平整程度都叠不出来。狱警等了一会儿，不耐烦了：“我先去上个厕所，回来时你最好给我原样叠好。”

狱警离开后，许大龙朝寸头求救：“小兄弟，你能不能帮我一下？我实在不会叠豆腐块。”

寸头摊手：“我也不会，我晚上睡觉都不盖被子，反正现在天气暖和也冻不死，叠豆腐块这不是折磨人吗？”

许大龙本身就胖，一紧张汗水直流，更显得整个人油腻腻的：“那怎么办？他回来会打我不？”

年轻人摆摆手：“那倒不至于，顶多骂你一顿。”

谢淮观察了一会儿，起身走过去。他将男人的被子铺在床上，舀了一瓢水泼在上面，用手把被子的褶子捏出来。

谢淮一言不发，低着头把湿漉漉的被子叠成方块，摆在床头。

许大龙感激地说：“太谢谢你了，兄弟。”

谢淮没说什么。

拘留所的日子无聊又乏味，谢淮才进来半天，已经有些不耐烦了。晚上十点熄灯，他上了床仰躺望着天花板发呆，脑子空空的什么都没有，闭上眼脑海里全是女孩清秀乖巧的脸。

屋里的男人开起了夜谈会，有的聊自己的女朋友，有的聊自己的工作。

寸头骂骂咧咧：“等我这回出去，我还要去堵那包工头的家门，欠了几万块不还，还成天吃香喝辣，真不拿我们民工当人看。”

没人回应他，他问：“许哥是做什么工作的？”

许大龙尴尬地笑笑：“我是接工程的。”

寸头：“接工程？说得好听，那不就是包工头吗？”

许大龙说：“是是是，但我跟那些欠钱不还的工头不一样，我是有原则的，我从来没拖欠过工资。”

寸头又问：“那你是怎么进来的？”

许大龙：“扫黄扫进来的，昨晚请建筑公司的负责人喝酒，一时犯浑……”

寸头：“……”

房间里弥漫着尴尬的气氛，许大龙转移话题：“看小谢的模样还是个学生吧？你是犯什么事了？”

谢淮的目光从天花板收回来，轻描淡写：“打架。”

“哦，打架啊，打架不算什么大事。”许大龙很健谈，“我读书的时候也常常打架，那时候喜欢跟大哥混，大哥一声令下，我们一群小弟就冲上去和另一群小弟干群架。”

“年轻人都有热血鲁莽的时候。”他笑笑，“你打谁了？为什么打架？”

谢淮瞥向窗外，狭小的窗口透进一抹清透的月光，洒在他脸上，衬着他俊美的脸无比温柔。

他淡淡说：“他动我女人。”

拘留所的伙食很简单，早饭一个白馒头两根萝卜条，午饭和晚饭都是白水煮菜。

许大龙平日在家吃香喝辣，待遇瞬间从朱门酒肉沦为水煮白菜炖肥肉，一时接受不了，每天都要唏嘘几遍人生悲惨。

谢淮把碗里的白菜片挑着吃了，留了小半碗漂着油花的肥肉。

许大龙：“你不吃就把肉给我吧，这菜素得我吃不下。”

他边吃饭边胡侃：“这年头什么都不好做，要在过去几年，那包工程是又挣钱又有面，手下乌泱泱一群工人，出门开大奔回家抱情人，简直就是时代的弄潮儿。”

“现在提起包工头，别人就想起欠钱讨薪，你看那寸头。”许大龙瞄了瞄，“我总觉得他要捶我。”

他满肚子水煮白菜，饭后又拉着谢淮去小商店买面包吃。柜台后坐着个老头，许大龙问他要烟，他浑浊的眼珠子翻了翻，伸手比了个一，许大龙掏出一百递到柜上，老头从柜台桌子里摸出一根烟。

老头：“一百一根。”

许大龙在拘留所里不敢乱说话，谁知道这老头是不是哪个领导的亲爹，他又掏了张票子：“再来一根。小谢，抽根烟吧，许哥请客。”

他看上去憨憨的，实则很精明。这地方说恐怖也没多恐怖，说好混也没那么容易，他和谢淮同一天进来，容易说上话。谢淮帮过他，且看上去就和房间里那些打群架进来的混混不一样，他身上有股清冷的傲气，不像这地方的人。

许大龙这两天吃饭放风听思想教育都和谢淮一起，一口一个“小谢”叫得亲热。

谢淮："我不抽烟。"

饭后半个小时，他绕了一圈走到商店背后蓝花楹的树下。温暖的四月，暖风拂过，头顶树枝飒飒作响，吹落一地浅紫色的碎花。

谢淮叼着根草叶仰躺在草地上，眯着眼睛晒太阳，看着灿烂的日光把花楹的花瓣晒成浅薄的透明色，缭绕的烟圈袅袅向上，被风一吹，撞到下落的花瓣上消散无踪。

"小谢，你那天帮了许哥，这份情我记着，以后会还你的。"许大龙笑问，"豆腐块叠得那么熟练，你以前当过兵吧？"

谢淮不说话，许大龙打量他的神色："那就是进过局子，谁没事会在家里练习怎么把被子叠成豆腐块啊？"

谢淮没说话，许大龙也识趣地没再问。谢淮有着远超同龄人的沉稳，他对这个年轻人有几分好奇，但碍于谢淮冷漠的气场又不敢轻易接近。

许大龙满足地吐了口烟："想妞呢？"

谢淮："没有。"

"许哥虽然不年轻了，但对于你们这些年轻人，一个眼神我就知道心里在想什么，都是从那个时候过来的。"许大龙说，"如果不是想女人，有几个男人会看着一朵花发呆？"

"隔壁床那几个每到晚上就偷摸搞事，就你一点动静没有。"许大龙坏笑，"憋坏了吧？"

谢淮乏味地嚼了嚼嘴里的草叶，吐出来："还行。"

许大龙："想女人也不是什么丢人的事，男人这东西，成也女人，败也女人。你看许哥，十年前就是个装卸队小队长，每天领着十几个人做苦力，开不起大奔也住不起海景房，要只有我一个人，这辈子也就这么浑浑噩噩过了。

"可还有你嫂子跟着我，我吃点苦没什么，总不能叫她跟我一起受罪吧？要不是想为了她搏一把，现在的我指不定还窝在哪个犄角旮旯里卸货呢。"

谢淮："那你还能进来？"

"所以说败也女人，男人有钱就变坏，这个无解。"许大龙说，

"我那工作，对上得请建筑公司的人应酬，对下得和工人喝酒大保健，我不去怎么谈生意？不谈生意怎么赚钱养家？别人都玩你不玩，跟你谈生意的人也不安心啊。你不参与，人家就提防你是不是玩仙人跳，会不会拿着把柄要挟人家把活承包给你，你能怎么办？"

"你还年轻不懂这些，做我们这行能管住自己的男人不是没有，但太少了，稀有程度和熊猫也差不多。"

谢淮："我爸就不这样。"

许大龙："你爸是谁啊？这生意和生意也不一样，生意谈得大了动辄几十上百万，这些肯定免不了，你爸只是没接触到这个级别而已。"

谢淮看他一眼。

许大龙："不过我这次也算长记性了，出去以后得换个路子。现在接工程赚不了几个钱，还两头受气，不如做材料供应商，倒腾些钢筋水泥，两头联系好了，躺着赚钱多舒服。"

谢淮说："房地产的黄金时代已经过去了，基建行业发展也冷热不均，市场需求少，倒卖钢铁赚不了几个钱。"

许大龙一愣："你一个学生懂什么？我做这行十多年了，看得比你清楚。"

"哦。"说完，许大龙恍然大悟，"我忘了你是漳市人，你肯定听说过谢致生破产自杀的事情吧？既然这样，我就来跟你讲讲谢致生是怎么发的家。"

"谢致生你知道吧？曾经的漳市首富，还上过央视财经，做我们这行多少都听说过。他确实是个人才，八十年代倒卖钢铁赚了第一桶金。那时候的人胆子小，钢铁是能碰的吗？搞不好就是投机倒把罪，他敢做第一个吃螃蟹的人也活该他发家。他凭倒卖钢铁赚的钱开了家钢厂，一点点做大，民企做到他这份上也算风光，后来投资失败，资金链断裂一朝破产，可惜了。"

许大龙接着说："我不开厂，做个中间商赚差价，就算破产也算不到我身上。你许哥和谢致生不一样，我是要做时代弄潮儿的人，而他，他是时代的眼泪，是大浪冲过淘尽的泥沙。"

“今天你这话如果换成谢致生对我说，我不仅得好好考虑一下，我还得重金请他来给我做顾问。”许大龙伸出食指朝谢淮左右晃了晃，牛气哄哄地说，“可你这个毛头小子不行，你没见过世面。”

谢淮眼珠黑白分明地盯着他。

许大龙问：“你看什么？”

谢淮说：“谢致生，他就是我爸。”

南城春夜温暖，楼外草丛里响起窸窸窣窣的虫鸣。十点熄灯后，谢淮洗漱上床。夜里没有任何娱乐活动，唯一能打的扑克玩了十几天也没人愿意碰了。

谢淮躺着酝酿睡意，那几个年轻人聊了会儿天，也各自蒙上被子睡过去。夜里寂静，对面床上忽然传来一阵闷闷的吭哧声。

谢淮撕了块卫生纸揉成团塞进耳朵里，他翻来覆去睡不着，到后半夜困意才涌上来。

身周阳光灿烂，他睁开眼，躺在蓝花楹树下。温暖的阳光细碎地洒下来，落在他眉心之间，谢淮撑着手臂坐起来，碰到草地上一个滑滑的东西。

他扭过头，看见夏夏穿着一条白色纱裙，乖巧地躺在他身边。掌下是她手臂细腻的皮肤，透着凉意，像触碰着一块成色上好的羊脂玉。

谢淮喉结滚动：“你怎么在这儿？”

夏夏撑起半边身体，居高临下地看着他，她头发垂落，发梢挠得他脸上痒痒的。

“淮哥，你喜欢我吗？”她眼睛睁得大大的，神情娇软又无辜。

谢淮别开脸，用不耐烦掩饰心里波动的情绪：“我只是把你当兄弟，到底要我说几遍？”

“我不信。”

“你爱信不信。”

夏夏小声哽咽，她不说话，也不埋怨他，安静地把脸哭得一层花。

谢淮给她抹眼泪：“别哭了行不行？你打人的时候不是挺横的吗？”

夏夏哭得更凶了，谢淮声音软了：“别哭了夏夏，淮哥还没这么哄过人呢。”

夏夏的裙子被眼泪打湿，透明的料子紧紧裹住她玲珑有致的娇躯，她伸出白藕似的手臂，搂住谢淮的脖子。

“夏夏！”谢淮后退，带着身上的女孩仰在背后的草地上。

女孩跨坐在他腰间，按住他的手臂：“不行，你必须喜欢我。”

谢淮笑了：“这么霸道啊？”

夏夏不由分说地吻住他。女孩的嘴巴和果冻一样软，蹭过他眉心脸颊向下封住他的唇，灵活的舌头飞快地钻入嘴里缠住他。

那一瞬间，谢淮整个人都麻了。

她的目光纯洁又无辜，贴着他轻声问：“这样你会喜欢我吗？”

谢淮嗓子哑了：“别闹。”

他目光所及之处白得刺目，如春色入了画，让他身体控制不住地发热。他闭上眼睛，少女漂亮的身体像有魔力，铺开横陈在他面前。

夏夏抱住了他。他眼睛猩红，喘息越来越重，手掌按住她纤细的腰，把人推开：“我叫你别闹，不听话是不是？”

女孩不管不顾，重新抱住他。

春天叫人发躁，这季节的风、这季节的云，还有这季节的花开和日光都让人心痒难耐。谢淮压抑到了极点，再也忍不住破笼而出的冲动，翻身将女孩压在身下。

……

谢淮醒来时，窗外天际刚刚擦开一抹亮色。清晨五点，他浑身湿透躺在床上，怔怔看着天花板。那梦太过真实，残余的感觉至今没有褪去，晨间反应有些难受，他起身拿上毛巾准备去冲澡，发现裤子黏糊糊的。

过了十几秒，他脸色难看，低声骂了句：“靠。”

南城的蓝花楹一夜之间全开了。满城柳絮飞扬，春樱花期将尽，春日里的阳光绚烂，将季节交替时的阴冷晦暗晒得无影无踪。

夏夏揉着酸痛的脖子，从英语课本上抬起头，赵世杰抱着足球兴冲冲地从花园里跑过来："夏夏，我给你看个东西。"

他把手中的柳叶放在她面前，顽皮地观察她的反应，柳叶上有一条蠕动着的毛毛虫。赵世杰下午的任务没有完成，夏夏和赵晋松告状，他被罚傍晚不准出去踢足球。小孩是在报复。

夏夏笑了笑，捏起毛毛虫放到他T恤上。赵世杰只敢用小棍把虫子挑起来，被夏夏这一行为吓傻了，嗷的一声把虫子抖掉。

夏夏起身收好东西："这两篇练习做完，下星期我来检查，你敢不做我就捉一盒毛毛虫，通通扔你被子里。"

无法无天的小魔王赵世杰活了十三年，遇见了胆大包天的大魔王夏夏，大魔王油盐不进、冷酷无情，不仅罚他写练习题，还用毛毛虫吓唬他，小孩一脸生无可恋。夏夏走了他球也懒得踢，没精打采地翻开练习册趴在书桌前做题。

夏夏出了小区朝公交站走，一辆宝马停在路边。

车窗摇下，赵晋松的脸露出来："回学校吗？我送你。"

夏夏："不用了，我还要去别的地方。"

赵晋松："现在是晚高峰，你挤不上车，附近也没有的士，还是我送你吧。"

夏夏犹豫了一下，上了他的车："我要去拘留所。"

赵晋松在路口转弯，向城郊开去。他是个温文尔雅的男人，举止得体，说话与笑容都很有分寸。车上点着熏香，赵晋松穿着一身银灰色的西装，神情惬意："去接谢淮？"

他笑笑："你别用这种目光看我，珊琪喜欢的男生，我肯定要留意一些，查到这些事情也不困难。"

"您是为了送我，还是为了看谢淮？"

"都有。"赵晋松说，"世杰总想知道能让你和珊琪都喜欢的男孩子长什么样，我也很好奇。"他转头瞥向夏夏，"你今天的裙子很漂亮。"

夏夏："谢谢。"

赵晋松似笑非笑，夏夏看到他握方向盘的左手中指戴着一枚婚戒。

"做家教辛苦吗？"他说，"世杰是个不听话的孩子，一定给你惹了不少麻烦。”

夏夏说：“小孩子爱玩是正常的，世杰很乖，也很可爱。”

赵晋松嗯了一声，目光依然没从夏夏身上收回，他语气淡淡：“你这个年纪的女孩才是最可爱的，是应该享受青春尽情挥霍的时候，这么辛苦到处做兼职，你家里人不心疼吗？”

“我都心疼了。”他说。

夏夏一愣，别开眼睛：“谢谢您的关心，可我没觉得辛苦。”

夹路两旁的蓝花楹开得正好，沥青路上铺满了紫色碎花，远远看去像幅油画。时隔半月再次见到外面的天空，谢淮被夕阳余晖刺晕了眼，他轻轻眯起，掏出手机看时间。

傍晚六点，落日正圆，他回头看了眼拘留所的大门。

许大龙笑眯眯的：“因为个女人进来受这种罪，后悔吗？”

“后悔。”谢淮浑不懔地说，“后悔没多踹他几脚。”

许大龙哈哈一笑：“我就喜欢你这性子，年轻人跩一点好，跩一点才有闯劲儿。”

许大龙的儿子开车来接他，他揽住谢淮的肩膀：“走，小谢，许哥送你回学校。”

谢淮淡淡道：“不用。”

他望向沥青路的尽头，花楹的树枝和花朵挡住视线，没有车也没有行人。

许大龙问：“有人接你？”

他说：“没有。”

只有夏夏知道他今天出来，但她没说她要过来。

远处路口缓缓驶来一辆宝马M6，夏夏从副驾驶下来。赵晋松摇下车窗，目光流连在夏夏与谢淮身上：“上车吧，我顺便把你们送回学校。”

夏夏礼貌地说：“谢谢您，不用了。”

许大龙两颊肥肉嘟起，眯了眯眼睛，低声说：“小谢，那男人看你女朋友的眼神不对。这种人我见多了，生活安逸钱没处花，一人能包三四个大学生。他的车可不便宜，小女孩就喜欢他这种事业有成的中年男人，你得当心了。”

谢淮语气淡漠：“一个老男人而已，夏夏才不喜欢。”

“喜欢的不是老男人，是老男人的钱，现在的小女生多现实啊。”许大龙说，“你觉得他是老男人，许哥告诉你，真要比起来，你可哪哪儿都不如人家，只要女生不傻，肯定会选他。”

“谁没有过几个钱？”谢淮说，“宝马M6从前我都当碰碰车开着玩，夏夏见过世面，她不是那种人。”

夏夏走过来，谢淮说：“你走吧，改天联系。”

许大龙刚走，谢淮的淡定就装不下去了，他问夏夏：“这人谁啊？”

赵晋松坐在驾驶室里，成年男人稳重冷静，看谢淮的眼神就像在看一个幼稚不懂事的小孩。谢淮不客气地回视，目光带着锋利的敌意。

赵晋松：“我是珊琪的父亲。”

“赵叔叔好。”谢淮漫不经心地说，“谢谢您送夏夏过来，晚上一起吃个饭？”

赵晋松看出他的敌意：“不必了，我还有事，有麻烦记得给我打电话。”最后一句是对着夏夏说的。

宝马消失在视线中，谢淮问：“有麻烦为什么要找他？”

夏夏：“不然找谁？”

谢淮说：“你真的皮紧了，一看就是太久没挨过淮哥的毒打。”

夏夏低眉耷眼，宁肯看脚下铺着的落花也不看他，谢淮转身走了，她又拉住他的手腕。

“等等。”她绕到他身前，“让我看看。”

谢淮瘦了不少，他虽然本来就是劲瘦的身材，但瘦而不弱。半个月没见，下巴尖了，脸色也因为关在屋里许久不见太阳，略微有些苍白。

夏夏说：“你瘦了。”

谢淮的手腕被她握在掌心，目光落在女孩细白的手上，脑子里不可抑制地想起昨晚那清晰又真实的梦来。梦里的夏夏清纯又娇媚，汗涔涔地抱住他，她浑身软得不像话，张口咬住他的脖颈，软滑的唇舌把他留在了梦里，一时三刻逃不出来。

谢淮觉得自己禽兽又畜生，一边让人哭得稀里哗啦，一边又在梦里念念不忘地肖想，天底下没有比他更浑蛋的人，如果年少时的谢淮知道他有一天会窝囊成这样，一定能气死当场。

别人说喜欢，谢淮拒绝，原因是不想浪费时间。而这个人换成夏夏，他装作毫不在意，是不想让夏夏在他身上浪费时间。

夏夏咬着嘴唇，问："你在里面是不是没吃好？他们打你了吗？"

"没有。"谢淮回过神，"陪我吃个饭吧。"

谢淮点了两百块的冒菜，一个人吃掉一桶米饭。

"这些天你不在，快递都是源太帮你打理，我偶尔也会过去帮忙。燕姐把事情善后了，她说姓李的以后不敢再找麻烦，还说等你出来要请我们吃饭。"

谢淮夹牛肉给她，又给她空了的杯里倒上酸梅汁。两人一个说话一个吃饭，就像从没闹过别扭一样，夏夏一个月没好好看他了，难得有机会心平气和地坐在一起，心里酸酸的。

"淮哥，谢谢你。"她放下筷子，轻声说，"那天的事你把它忘了吧。你说得对，我是挺没良心的，所以你以后别对我这么好了，你心里怎么想我都知道。"

"你知道个屁。"谢淮说。

他结了账，夏夏跟在他身后。

"我知道你不喜欢我，就把我当个小玩意儿。"夏夏认真地看着他，"你就是可怜我，同情我，看我一个人在苦海里扑腾，路过顺手救了我。是我想太多，我自己一身水，还想把你身上也沾湿了。"

谢淮站在眼前，她控制不住地难过，絮絮叨叨把这一个月来胡思乱想的话全都吐了出来。她低眉顺眼，乖巧又柔顺。谢淮看着手里喝完水的空塑料瓶，忽然想起夏夏在街上打架的事情。

她神色冷漠，满脸怒火，几下就把一个男人按在地上打得抱头哀号。

在拘留所的日子他每每想到这事总在疑惑，那个状态下的女孩和平日里判若两人，凶起来的模样令他看了都有些害怕。他一时拿捏不好夏夏是真的被惹急了，还是平时都在和他装乖，那天刚好被他碰见流露本性。

谢淮颠了颠塑料瓶，又软又轻，他抬起手，带着尝试的心理朝夏夏头上打了一下。

“啊！”夏夏捂住脑袋，“为什么打我？”

谢淮不能说是为了试探，他想了想，一副兴师问罪的口吻：“姓赵的为什么要送你？”

夏夏无辜地说：“我是他儿子的老师，我打不到出租车，他就送我过来了。”

谢淮又打她一下：“他是看上你了吧！”

“他那么有钱，什么样的女人找不到，怎么会看上我啊？”

“哦？”谢淮继续打她，夏夏的头发已经被他弄乱了。

夏夏理了理头发：“淮哥，你能别打了吗？”

“不可以。”谢淮打得越发起劲，“他就是对你不怀好意！他就是想追你！他就是个阴险猥琐的老男人！”

他手下的塑料瓶噼里啪啦响，夏夏被他打烦了，吼道：“别打了！他想追我行了吧！”

谢淮：“你吼什么？还分得清谁是大哥谁是小弟吗？”

夏夏脾气上来了，忍不住说：“谁要当你小弟啊？”

谢淮说：“难不成你还想当我爸爸？”

他只是随口一说，看见女孩表情变了，才想起现在和从前不一样。夏夏说这种话不再是开玩笑了，她的言语里藏着许多女孩细致敏感的小心思，而他这样说话有些伤人。

谢淮刚要补救，夏夏疲惫地说：“是妈妈。”

她神色平静：“赵晋松想追我，赵珊琪想追你，咱们俩再各自努力一下，几年以后，你说不定就得喊我一声丈母娘了。”

谢淮被噎得一句话都说不出来。

夏夏转身就走，谢淮又控制不住看向手里的瓶子。夏夏以往在他面前说话温声细语，就连音调都没抬高过，刚刚吼他是有史以来头一次，他怎么想都觉得不可置信。

可也不能只凭这个就说夏夏在装乖吧？谢淮想，兔子急了还咬人呢，他那么欺负人家，吼他一句也是正常的。他想着，手又不安分地抬起来。

他像个顽皮的孩童，玩心重又闹腾，再次把瓶身在女孩头上敲了敲，夏夏转过头，冷漠地看着他。

谢淮眨眨眼，紧接着，手里的瓶子被女孩夺走。她反手把瓶子砸在他头上，用力一顿猛敲："你没完了是吧？你打谁呢！你再打一下试试！再打一下老娘搞死你信不信！"

"社会角色是指我们对处于特定位置上的人的行为期望，当某种行为方式被认为是有效的，它就会被加以固定，成为指导人际关系的准则……"

初夏阳光明媚，教授的目光从PPT上挪开，扶了扶眼镜："后排那位男同学，你想出去踏青吗？"

谢淮听课走神，他在看窗边的夏夏。女孩脊背笔挺，谢淮只能看到她单薄的背影与姣好的侧脸。她在认真听课，偶尔低下头做笔记，鬓边新生的绒毛跟着上下颤动，被窗外的阳光一晒，泛着淡淡的金黄。

谢淮笑笑："不想。"

他低头，翻开自己的笔记本，本子里某一页夹着一张白纸。他展开，纸上画着一幅卡通简笔画。

"……角色扮演是指具备某种角色的条件者去承担这种角色，并按其行为规范活动的过程，此概念最早由米德提出。角色扮演常会面临种种失调现象，而角色失败就是角色失调的表现之一……"

简笔画是刚开学的班会上他画来威胁夏夏的，被夹在书里大半年，碳素笔的痕迹已经褪了大半，画的内容却依然可以看出来——代表谢淮的小人拿着棒槌殴打代表夏夏的小人。谢淮拿过笔，在简笔画的旁边打了个叉。

他将纸折好夹回本子里，照着PPT认真抄写笔记，教授讲完这一课，他在“角色失调”的笔记旁又画了两个小人，这次两人对调，打人的换成女孩。

谢淮最后一笔落下，挑起眉梢。夏夏那晚拿着矿泉水瓶追着他打了一条街的事情，过了这么久他都记得清清楚楚，一想起来就牙痒痒。

谢淮想，一定是我太宠她了，让她这么无法无天。得找个机会从头到脚好好给夏夏做个认知教育，让她重新明确对自己的定位。

夏夏下了晚课，顺路去取快递。快递亭前排着长队，都是刚下课的学生。夏夏站在队尾假装玩手机，眼睛时不时瞄向在亭子里找快递的谢淮。

队伍一点点挪动，轮到夏夏，谢淮坐在椅子上不动了，他盘着菩提珠，静静看着她。她报了快递号，梁源太帮她取过来。

“夏夏，帮我撕一下。”梁源太没指甲，快递盒的胶纸抠不下来。

谢淮：“别跟她说话，这女人凶死了。”

夏夏没理他，低头给梁源太撕纸。

谢淮递给她一个快递：“我也撕不下来，你帮帮我呗。”

夏夏：“滚啊。”

夏夏后面已经没人了。

谢淮把纸盒朝桌上一磕：“源太你出去。”

梁源太刚要听话地出去，夏夏说：“不准出去。”

梁源太：“……”

谢淮直接把梁源太推到门外，他拉下卷帘门，扯开门旁的电灯拉线。外面世界的声音被隔绝开，漆黑的夜色也被挡在外面，小小的一方空间被灯光照得温暖明亮。

谢淮逼近，夏夏后退，身体贴到卷帘门上。

“你越来越能耐了，敢让我滚。”谢淮说，“抬头，让我看看这么硬气的人长什么样子。”

夏夏抬起头，瞳孔黝黑，眼里倒映着橘色的灯光。

“原来是夏夏啊。”谢淮语气散漫，“可我记得夏夏从前不是这样。”

他问：“你是精神分裂，还是之前的样子都是装的？”

夏夏被他堵在身体和门之间，没有空隙逃出去。她鼻子正到谢淮胸口，他身上的T恤是刚换的，离得近了，洗衣液清新的味道就钻到她鼻孔里，她心猿意马地闻着，甚至忍不住深呼吸了几口，脸上却装作波澜不惊。

“没有装。”她平静地说，“在你面前乖是因为我喜欢你，可你不喜欢我，我干吗还要对你温柔？”

她先是在街上打架，又是暴躁地拿矿泉水瓶殴打谢淮，这些样子被谢淮看到了，她也有些自暴自弃。谢淮曾说过喜欢她乖，现在她乖巧的假象破碎，谢淮原本就不喜欢她，看到这些后更不可能喜欢她了。

她问：“你把门打开，我要回去。”

谢淮说：“不开。”

夏夏疑惑地看着他：“现在已经很晚了，孤男寡女待在一个屋子里合适吗？你到底想做什么？”

她这样问，谢淮也说不清。从拘留所出来后，两人的关系变得很微妙，说是闹别扭，夏夏没再躲着他；说是和好了，却也再不像从前那样亲密。

夏夏不黏着他了，也很少主动和他讲话，除了谢淮来不及吃饭依然会给夏夏发消息叫她带饭，就只有她来取快递的时候谢淮能短暂地从正面看她几眼。

两人各有各的心思，一个没法开口，一个不知道说什么，蹉跎着日子也就一天天拖过了。

谢淮很久没这样近距离看她了。夏夏天生一张乖乖女的脸，哪怕见过她的另一面，在谢淮心里她依旧是那个又甜又软的女孩——生气很甜，暴躁也很甜，就连当街打他时手里举的塑料瓶子都挺甜的。

夏夏低着头，她好不容易有机会凑谢淮这么近，正在抓紧时间偷偷闻他身上的味道。下次就不知道是什么时候了，她得一次闻个饱，留着回去慢慢回味。

谢淮："孤男寡女，你还怕我非礼你？"

夏夏说："该怕的人是你吧？你最好把门打开，不然我能做出什么事情还真不好说。这里没人看见，我一个冲动把你推倒也不是没有可能。"

谢淮："……"

他明白了，夏夏现在是彻底破罐子破摔了，张口随便一句话都能把他噎死。

他侧身挪开，桌上放着夏夏的快递盒，他拿起来晃了晃："买了什么？"

夏夏最近天天有快递，次次都是一个小盒，轻飘飘的半分重量都没有，谢淮每次都好奇里面装着什么。

夏夏说："给我。"

谢淮更好奇了："看一眼都不行？"

夏夏啪的一巴掌打在他手背上："给我！"

谢淮咝了一声："你他妈的……"

他对上女孩冷静的眸子，将要脱口而出的那句"你他妈的敢打我"咽了回去。

"行。"谢淮完全忘了自己要教育夏夏这件事。

他㞞了："给你就给你。"

夏夏回到宿舍，把没拆封的快递盒随手扔进垃圾桶里。她打开淘宝个人主页，物流显示还有三个包裹在路上，一个包裹未发货，全是九毛钱包邮的黑色橡皮筋，明天到一个，后天到一个，大后天还会到一个。

她点进店铺，把大大后天的订单下好，关掉手机，从书桌上抽出一张交换生申请表。

南大社会学系每年都有一个交换生名额，对象是邻省的海大。海大是国内重点大学，社会学专业的学科排名也在南大之上，学生去交流一年后经历会写在个人档案上，如果交流期间学业出色可以顺延一年，直接在海大学习两年，大四回校，到时毕业证上会盖上两所学校联合培养的钢印。

这一个名额是整个专业的人挤破头都想抢的，只看学年绩点和英语四级分数，谁成绩高谁就有资格得到交换名额。邢鑫开班会说这件事的时候，夏夏留意听了，等班会结束人散去以后，她去找邢鑫要了一张表。蔡芸当时也在，见她来拿表格脸直接拉了下来。

夏夏填好表格夹在书里，戴上耳机做英语听力，马上就要考四级了，她每晚都会刷一套题。

蔡芸洗漱回来，冷嘲热讽："我劝你还是别参加考试了，你高考英语才九十分，再怎么做真题也过不了四级。"

夏夏把耳机音量调大，淡漠地说："你闭嘴吧。"

四级考试在上午九点，夏夏提前出发，先去食堂吃早饭，又赶去伊美贤办公室递交换申请的表格。伊美贤还没来上班，谢淮跷着脚坐在她的位子上。从开学到现在，一个学年快要过去了，谢淮和伊美贤的较劲还没有结束，为着伊美贤骂他一句蠢，谢淮去她办公室考了一年的校规，日日必到，风雨无阻。

窗台边有个纸箱专门用来装谢淮的考试卷，一年过去，里面已经要塞不下了。而拜谢淮所赐，伊美贤手上有个校规考了二百次没过的学生，她也与学年中期的优秀辅导员评选失之交臂。

谢淮卷子做了一半，跷着脚揪伊美贤养在窗台上的绿萝叶子玩。夏夏跟他打了个招呼，把表格放在办公桌上最显眼的地方就走了。

谢淮拿起表格看了一眼，起身追出去，夏夏没走远，被他拽住手臂拉了回来。

谢淮手里扬着她的申请表："你要去海大交流？"

夏夏："只是写了申请，能不能去还要看专业课成绩和四级分数。"

"你什么时候拿的申请表？"

夏夏想了想："五月。"

谢淮眼神暗了："一个月前就做好了去交流的打算，我们天天见面，你却一个字都不对我说？"

"这是我自己的事情。"夏夏说，"而且你每天那么忙，我什么事都对你讲，你也会烦的啊。"

谢淮这学期除了做快递还在经营微信群，他去校外找商家合作，回来在群里帮忙宣传商品，而后从商家手里收取一定数额的广告费。

这工作听起来简单，做起来却不容易。他面对的群体是在校生，选的商品就要控制在学生的消费能力之内，有时是零食特产、数码电子，有时是新开的餐饮店、农家乐，或者一些娱乐场所的优惠活动，有时是附近培训班辅导班的招生广告。

谢淮在商家与客人之间得小心维持关系，他每天上课、发快递，剩下的时间大部分都在外面跑，夏夏很少能在除了上课以外的时间见到他，她偶尔出去吃夜宵，会在校门外遇见刚刚回来的谢淮。

他不进校门，而是一个人坐在校门口的石墩上吃棒棒糖。他嘴上不说，但夏夏能感觉出他压力很大也很累，如果没有重要的事，她也不想再用自己那些小心思去打扰他。

"我会烦？你问都不问就知道我会烦你？"谢淮脸色阴了。

夏夏小声说："我能感觉出来，你现在心情就很烦，是因为我哪里又惹你生气了吗？"

谢淮捏她手腕的力气很大，她有点痛了，挣脱开来。

谢淮："你是想去交流，还是为了躲我？"

夏夏抿唇："去交流。"

"我要听实话。"

"去交流。"夏夏说，"我高考没发挥好才来了南大，我也想看看水平更高的大学是什么样子，机会很难得，大家都在争取，你为什么会觉得我是为了躲你才申请交流呢？"

谢淮不动声色，但他的沉默也掩饰不了眼神里的晦暗。他问："如果我们在一起了，你还会走吗？"

夏夏没说话，她心里有答案，却没办法当着谢淮的面说出来。如果她和谢淮在一起，别说主动申请交流，就算对方请她她也不会离开这里一步。而刚刚她的话里也掺了假，想去更好的环境学习是真，但为了躲开谢淮也是真，现在两人的关系尴尬又奇怪，她做不到被谢淮拒绝了之后还能像什么都没发生过一样守在他身边。

她不吭声，谢淮会错了意。

“我知道了。”他走回办公室，重重摔上了门。

临考前十分钟，谢淮才冷着脸进来，他把书包扔在讲台上，拿着听力耳机和笔坐到座位上。他的位子正好在夏夏后面。

夏夏能听出他收敛不住的怒意，也能听出他不加控制摔东西的动静。谢淮发脾气时就像个孩子，永远都在用他独特的方法吸引人的注意。

听力开始试音。夏夏把耳机调到四级频道，按了几下，耳机的灯却不亮。她戴上耳机，听不见声音。昨晚在宿舍试音的时候还是好好的，快要考试却出了这么大的问题。她掰开电池匣子，发现里面的电池不翼而飞。

夏夏愣了。早上收拾书包的时候她还检查过电池没有问题，她把耳机放进书包里便出去洗漱，回来以后直接拿着包走了，当时宿舍里祝子瑜和赵珊琪都还在睡觉，只有蔡芸在书桌前化妆。

祝子瑜坐在她右手边，趁老师不注意问道：“耳机坏了？”

“电池没了。”夏夏说。

祝子瑜也反应过来：“蔡芸拿的？昨晚你不在，她在宿舍说你英语成绩差，我顺口说了一句你只是高考没发挥好。一定是她，你专业课成绩比她好，如果四级分数再比她高，她就没有交流的机会了。”

夏夏把耳机扣到桌上。听力在四级分数中占的比重很高，她耳机不能用，听力算是作废了，她和蔡芸的成绩差得不大，如果她四级考不过，交流的名额一定会被蔡芸拿下。考试马上就要开始了，夏夏也没办法凭空变出一块电池来。她趴在桌上，满脸烦躁。

凳子腿动了一下，是谢淮在踢她。夏夏把凳子朝前挪了挪，谢淮又踢了她一脚。夏夏直起身，刚要转头和他吵架。背后的桌子朝前推了推，一阵温暖的感觉靠近，夏夏头顶被挂上了一个耳机，听力试音的声音一瞬间钻进她耳朵。

她回头，见谢淮起身，他伸长胳膊，把她桌上的耳机拿了过去。

听力考试开始。

他一脸冷漠，把夏夏那没有声音的耳机戴在了自己耳朵上。

谢淮蹲在食堂外的花坛边，午饭时间食堂人来人往，只有他不去吃饭，叼着根从超市买来还冒着白烟的老冰棍，咬一口冰碴子噼里啪啦地朝下掉。

夏夏远远看着，觉得他仿佛一只被遗弃在路边的小流浪狗在啃骨头。

她小跑过去，把耳机还给他。

谢淮不接，抬起眼，漆黑的眸子盯着她。

“谢谢。”夏夏小声说，“早上的气消了吗？耳机给了我，你四级一定过不了吧。”

谢淮咬着雪糕棍子：“别跟我装可怜。”

夏夏也不去吃饭，坐在他身边懒洋洋地晒太阳。

谢淮：“再过几个月你就可以跑得远远的，海大不会有一个叫谢淮的人欺负你，逼你叫他哥，让你流眼泪，还对你这么坏。”

夏夏静静说：“你没有对我坏。”

谢淮吐掉嘴里的棍子：“你的奸计得逞了，很开心吧？”

他没精打采的，此刻十分后悔刚才把耳机给了夏夏，也给了她远离他的机会。

女孩的神情波澜不惊，对即将到来的分离丝毫没有表现出伤感，她越平静，他心里越不舒服。

“只得逞了一半。”夏夏伸出白净的胳膊，没头没脑地说，“淮哥，掐我。”

她皮肤清透，如一抹白瓷落入谢淮眼里，他不想掐她，倒想按住她咬一口。

“随便你做什么，只要能弄疼我，让我哭出来就行。”

谢淮：“……你这是什么特殊癖好？”

夏夏把胳膊向上抬了抬：“咬也可以。”

谢淮握住她羸弱的手腕，放到嘴边。

他张开嘴，夏夏预想到即将到来的疼痛，身体绷紧。谢淮牙齿抵到她的皮肉，轻轻刮了一下，落眼即是她细腻光滑的皮肤纹路，甜甜的奶香味钻进他的鼻孔。谢淮没有下口，嘴唇贴蹭时那温热的触感令他愣了愣，他此刻的动作，像在亲吻夏夏的手臂。

谢淮放开她的手，别过脸去："不咬，臭死了。"

夏夏："……"

"我不臭。"她委屈道，"我昨晚刚洗过澡，还用了海盐牛奶味的身体乳，你再闻闻。"

谢淮又举起来闻了闻："还是臭，是不是身体乳的问题？你用的哪个牌子？"

夏夏说了牌子，谢淮装模作样地哦了一声。

他拎起书包："走了，你好自为之，有消息记得告诉我。"

他绕过花坛，包带斜挂在半边肩膀上，回头朝后看。夏夏不信邪地嗅来嗅去，她鼻头皱着，眉心拧住，一脸疑惑："哪里臭了？"

谢淮莞尔，他进了超市，在一排卖沐浴乳的货架间徘徊。夏夏用的海盐牛奶味在货架的最下层，一个椭圆形的浅蓝色瓶子，谢淮打开瓶盖闻了闻，与夏夏身上的味道一模一样。

他若无其事地合上瓶盖，拿去前台结账。

夏日午后微风拂面，夏夏还坐在原地。她在草丛里揪了朵薄荷，用手指碾碎了放在鼻子下面闻，那味道呛鼻，她眼圈被刺得发红。

谢淮站在超市的柱子后，看夏夏摇头晃脑地把薄荷扔了，她看上去不太满意，一溜烟跑进食堂，在麻辣烫的调料区抓了一把洋葱，又一溜烟地跑出来。

青天白日，她就站在路边，把洋葱挤碎的汁水涂在眼睛上。

谢淮："……"

夏夏打了好几个喷嚏，洋葱的味道呛鼻，眼泪控制不住地哗哗流。她一张小脸被泪水盖住，一边走一边流泪，一路回了宿舍。

蔡芸看见她哭着回来，假装诧异："哟，夏夏这是怎么了？"

夏夏哽咽得说不出话，趴在桌上号啕大哭。

祝子瑜说："她耳机不知道怎么坏了，听力全是蒙的，四级恐怕过不了了。”

蔡芸伪善地笑笑：“不就个四级考试嘛，有什么可哭的？不及格来年再考，多大点事。”

“你说得轻巧。”祝子瑜瞪她，“你知不知道不过四级就没有资格申请交换生？夏夏她就算专业课成绩再好，这次交流项目也没戏了。”

蔡芸摊手：“那没办法，谁让她倒霉呢？”

夏夏偷偷露出一条眼缝，压在臂下的手伸出来，朝祝子瑜比了个拇指。

祝子瑜的演技越发逼真：“就不该跟你说，你除了冷嘲热讽还会说什么，一点同情心都没有！”

蔡芸冷笑，塞上耳机爬上床看韩剧。

期末考前一星期，夏夏开始收到鲜花。一天一束，都是清晨刚从花市买来挂着露水的玫瑰花苞，用牛皮色的旧报纸包着，艳而不俗。花店的人把花放在楼下就走了，夏夏不知道是谁送的。她人生第一次收到花，不舍得扔，用喝完酸奶的玻璃瓶插了起来。

夏夏打电话给赵一雷：“雷哥，你给我买花了吗？”

赵一雷：“祖宗，我这个月房贷还没还呢，我喝西北风给你买花？”

夏夏去问梁源太：“源太，你给我送花了吗？”

梁源太笑得憨憨的，弯腰摘了朵白色野花别在她头发上：“夏夏你喜欢花吗？我现在送你。”

回去的路上，夏夏遇到姜景州，她又去问他。

姜景州笑笑：“你为什么不问问谢淮呢？”

夏夏眼珠狡猾地转了转：“我才不问他。”

她故意把谢淮身边的朋友问了个遍，没过几天，谢淮就知道夏夏收到花了。

考完最后一门专业课，出了考场，夏夏后衣领被人揪住。谢淮绕到她身前，看似不经意地说：“听说最近有人送你花？”

“是啊。”夏夏慢吞吞地比画，“每天一束，有这么大一捧呢，我抱上楼胳膊都要压断了。”

她满脸无奈："要修枝，要换水，为了延长它的花期还要滴营养液，好辛苦的，每天手都很酸呢。"

"是吗？"谢淮说，"我帮你揉揉。"

他手劲大，把夏夏按得哇哇叫："疼死了，放开我啊臭傻×！"

谢淮："你骂谁？我看你是……"

"我是皮紧了。"夏夏说，"皮紧了你能怎么样！"

夏夏已经摸透了谢淮的脾气，知道他嘴上再凶再刁钻再怎么威胁她，手上也不舍得碰她一下。她现在不仅不怕他，还敢当面挑衅他

谢淮快被气得脑出血了，揪住她背包的带子："到底是谁送的，你说不说？"

夏夏得意扬扬："关你屁事啊。"

她拍开谢淮的手，无视他阴云密布的脸，转身走了。

期末考试刚结束，赵珊琪就飞去日本了。赵珊琪离开那天，楼下送来的花里多了一张手写卡片，钢笔字遒劲，一看就是练过的人。

卡片上只写了一句话——美人如花隔云端。

夏夏闻了闻玫瑰的香味，将前几天枯萎的花从瓶里抽出来，把新的插进去。

她瞥了一眼卡片，随手扔进垃圾桶里。

夏夏暑假没有回家，在大学城附近的小区租了一个单间。她面试了一家辅导班的假期老师，周一到周五给初中生辅导数学和英语，周六周天去给赵世杰做家教。

她租的房子是精装修过的，两室一厅，家具电器一应俱全。由于放暑假，原来租住在这里的学生情侣退房回家了，房东临时找人来住，价格要得很低，一个月只收三百块。

房东把她领进门："次卧是你的，隔壁主卧有一个男生在租，物业、Wi-Fi免费，水电平摊，卫生间是公用的，那男生平时不在家，很晚才回来，你如果要洗澡上厕所记得把门锁好。"

夏夏问："那人好相处吗？"

“看起来酷酷的，不怎么搭理人。”房东说，“不过他也是刚来，相处久了可能会好些吧。”

房东走了，夏夏把东西整理好，躺在自己的小床上玩手机。

屋子不大，但隔音很好，这里是二十楼，从阳台眺望出去，远处镜湖绿色的水纹在阳光下闪着金黄的波光。

夏夏无聊地登录教务系统，期末成绩还没有公布，她能不能去海大要等月底才知道。她打开微信，很久没和谢淮发过消息，他的对话框已经被压到了很下面。她浏览了一遍谢淮的朋友圈，他很少发动态，哪怕发一条也是广告或转发链接。

她想找谢淮说说话，又不知道怎么开口，最后还是把手机放了回去。

从期末到现在的这段时间，谢淮格外忙，听辛浦说别人都在复习考试，谢淮不知道出去干什么了，每天都卡在宿舍关门前才回来，夏夏原本以为他是去谈广告，可微信群里也很久没有动静了。

闹钟响了，提醒她下午要去给赵世杰上课，夏夏去上洗手间，冲厕所的时候出了意外。夏夏从来没遇到过上厕所堵马桶的事情，她尝试用旁边的工具通了通，她从小在家上的都是筒子楼的公用厕所，定时冲水，生活上别的技能她都会，就是通马桶这事还真的没有经验。

她越搞越糟，最后实在没法解决，只得把马桶盖扣下来，给房东打电话。

房东笑呵呵的：“马桶一直不太好用，你找个水管工来清理吧，茶几下面有电话。”

夏夏窘迫：“可我下午要去做家教，时间来不及了，你离得也不远，能不能来这里给修理工人开门？”

房东一口答应。

夏夏：“尽快吧，我担心隔壁回来会影响他用卫生间。”

房东：“事情交给我你放心，下午两点前一定解决好。”

夏夏松了口气，出门了。

英语课晚上七点结束，赵晋松留夏夏吃晚饭。

夏夏原本不想吃，可赵世杰的姐姐走了，没人陪他玩，他磨着夏夏留了下来。小孩玩心重，吃饱饭就跑到楼上玩电脑，留夏夏和赵晋松两个人坐在餐厅。餐厅吊灯泛着浅色的光，夏夏不复下午和赵世杰说说笑笑的模样，她在赵晋松面前显得拘束沉默。

赵晋松问："饭菜不合胃口吗？"

今晚阿姨做了滇菜，汽锅鸡太油，撒撇太酸，折耳根又太腥，夏夏口味偏淡，吃得很少。

赵晋松："开瓶红酒吧。"

"我该走了，晚上大学城人少，回去晚了不安全。"

"我送你回去。"

"不用麻烦了。"夏夏拿起包，"我坐地铁就可以。"

"你可以不用急着离开。"赵晋松唇边带笑，"珊琪去日本陪她母亲了，她房间空着。反正你明天还要来，不如今晚在这里住下，如果你不喜欢珊琪的房间，家里还有很多客房。"

"我不习惯睡在别人家，谢谢您的好意。"

夏夏走到门口，脚步停了下来。她回头，赵晋松没有动，他坐在椅子上端详她，目光里蕴含着浓厚的兴趣。

"赵叔叔。"夏夏嗓音柔软，"谢谢您的花，不过那花挺贵的，以后别送了。"

赵晋松："如果我没记错，我没有在花店的顾客信息表上留下名字。"

"之前都只有花，卡片是从珊琪离开以后才加的，您是怕被她看到认出字迹吧？"夏夏眼眸轻垂，"您的书房我进去过，墙上挂着一幅毛笔字，您的字很漂亮，也很容易辨认。"

女孩冷静地分析，不卑不亢，她站得笔挺，天鹅颈至两肩的线条流畅优美。

赵晋松笑意渐浓："卡片上的字你看了？"

"看了。"

"卡片呢？"他问。

夏夏说："被我扔了。"

小区外面是个夜市，晚上繁华吵闹，香味四溢。夏夏被那香味引诱，没忍住买了烧烤和奶茶回去，初入大学这一年虽然过得辛苦，但也攒下了一些积蓄，她不仅不用担心一日三餐，偶尔还能吃个零食或消夜。

夏夏进了门，屋里一片漆黑，玄关处摆着一双男人的运动鞋。夏夏摸黑进了客厅，知道隔壁的租客已经回来了。快十一点了，灯关着说明对方已经睡下，她原本打算在客厅边看综艺边吃烧烤，现在只能回屋悄悄吃了。

她怕吵醒对方，踮着脚尖蹑手蹑脚地朝自己屋里走，走过两个屋子中间的过道时，对面的房门忽然打开，一个人形物体倚在门框上。

“我说，这位兄弟，”少年不耐烦的声音在黑暗里响起，“在家没人教过你拉完屎要冲水吗？你平时什么样我不管，但跟我合租，下次再这样放任你的屎漂在马桶里害我不能用卫生间，当心我搞你。”

夏夏沉默好久，问：“你怎么知道是兄弟？”

“废话。”少年的声音咬牙切齿，“你见过哪个女人能拉那么一大坨……”

声音顿住，谢淮按开电灯开关，与门外的夏夏两相凝视。

他呆滞。

夏夏面无表情：“能拉这么一大坨的女人，你现在见到了。”

房东是个老头，挂上夏夏的电话就去午睡了，睡醒起来跑到小区棋牌室和其他老头下了半天象棋，傍晚又牵着自己的小泰迪去公园遛，等到吃晚饭的时候，他才想起夏夏请他给水管工打电话的事情。可是当时工人已经下班了，只能明天再来，房东看了会儿晚间新闻，又看了会儿黄金档抗战打鬼子就去睡觉了。

夜里十点，谢淮回到住处。他晚饭喝了很多酒，进门就钻进卫生间，马桶盖扣着，他没当回事，直接掀开了。

十秒后，谢淮沉着脸去敲次卧的房门，没人回应，他给房东打电话，也没人接。谢淮原本昏昏沉沉的脑子瞬间清醒，一点睡意都没了。

他坐在客厅边玩手机边等，沙发躺得不舒服，他又回卧室。外面防盗门声音一响，他立即从床上跳下来守在门口，打算等对面那小子路过抓他个现行并让他去清理马桶，如果他敢不做，他就把他的脑袋按进马桶里。这个想法在谢淮脑子里过了很多遍，也许是意念太强，露了一丝端倪在脸上。

这种糗事被谢淮看到，夏夏觉得尴尬又丢人，恨不得钻到地板缝里，可当她看见谢淮脸上的表情时，又不想钻了。

不能上厕所的人一句话没说，拉屎堵马桶的人却理直气壮。

夏夏问："你这是什么表情？"

"你要怎么搞我？"她平静地问，"难不成还想把我的脑袋按进马桶里吗？"

谢淮："……"

夏夏坐在客厅沙发上盘腿看电视，一侧阳台的落地窗敞开通风。夏夜吵闹，二十层楼上吹来的晚风清爽，夏夏左手奶茶右手烧烤，舒服又惬意。

谢淮穿着背心在卫生间清理马桶，又是抽水器又是马桶刷，不知道他做了什么，碰得陶瓷马桶砰砰乱响。

他将门拉开一条缝。

夏夏捏住鼻子："臭死了，快关上！"

谢淮只是想透透气，听见夏夏的话，认命地把门合上。他也不明白发生了什么，自从上次在街上被夏夏打了一顿后，一夜之间，他俩的角色似乎完全对调了。

夏夏不仅敢凶他，敢打他，还敢指使他去刷马桶，而他竟然就这么乖乖去刷了，完全忘了夏夏进门之前他那一番暴怒的心理活动。

谢淮用了半个小时把马桶清理干净，洗手出来时夏夏正在吃最后一串五花肉，他飞速跑过来，借着惯性在沙发上打了个滚，劈手要夺她手里的肉串，夏夏连忙咬掉最后一口，转头笑嘻嘻地看着他。

茶几上的油纸袋里空空的，奶茶杯也见了底。

谢淮："我给你刷了半小时马桶，你连个肉串都不留给我！"

夏夏狡辩："我是为你好啊，你刚从里面出来，肯定没有胃口吃东西。"

谢淮按着她的头发一阵乱揉，夏夏苦着脸："放开我！你臭死了！"

"你有没有一点良心啊？"谢淮捏着她的脸，"我清理的可是你的屎。"

夏夏："我的屎就不是屎吗？你去阳台吹一吹身上的臭味。"

谢淮刚要出去吹风，突然反应过来："夏夏，你现在是在命令我吗？胆子见长啊。"

夏夏把沙发靠枕摔到他身上："快去。"

谢淮郁闷地抱着靠枕站到阳台上，隔壁一家老小刚在阳台吃过烤肉，正在收拾炉子，吃不完的烤肉都丢给家里养的小狗。谢淮收回目光，狗都吃得这么好，夏夏却连口肉都不给他，还让他在这儿吹冷风。

他晚上酒喝得多，饭没吃几口，胃里烧得慌。他回头看夏夏，她抱着膝盖专心地看综艺，谢淮的外套刚刚脱在了沙发上，此刻正被她坐在屁股下面。她坐了一会儿，也觉得压着了什么东西，把外套拿了出来。

夏夏闻了闻："你今天喝酒了？"

谢淮倚着阳台的栏杆看星星，嗯了一声。

"喝了多少？"

"不多。"他想了想，"半瓶红的，两瓶啤的。"

谢淮回到沙发坐下，随手拿过遥控器换到体育频道。

夏夏立即扭过头："为什么动我电视？"

"你的电视？"谢淮懒懒地说，"家电公用，水电平摊，你看了这么久，现在该我看了。"

夏夏不吭声。

"辛浦告诉你我住在这儿的？"

"没有。"

"那你怎么知道？"

"自恋。"夏夏说，"你以为我是因为你才住进来的吗？和附近几个小区比，这里房租最低，我这么穷，你用屁股想也知道我会选便宜的吧？”

她起身走了，谢淮以为她要回去睡觉，她却进了厨房。油烟机的声音响起，十五分钟后，她端了碗打卤面放在客厅的餐桌上。

夏夏：“你喝酒了少吃油腻，饿了就吃点面条吧。”

谢淮故作不经意地看了眼：“哦，我现在不饿。”

夏夏刚进屋，他立马丢下遥控器跑到餐桌旁，面的卤是用番茄鸡蛋调的，混着切碎的木耳，颜色鲜艳漂亮，味道闻着就让人流口水。

屋里，夏夏趴在门上竖着耳朵听屋外的动静。她听到谢淮的脚步声、椅子的拖动声，还有碗筷的碰撞声和谢淮狼吞虎咽的吃饭声。她把自己摔到床上，狡猾地笑了笑。

谢淮就睡在一门之隔的对面，那一晚夏夏没有因为换了新的环境认床而失眠。她睡得很香，梦里她置身于一片无垠的花海，四周清香扑鼻，白鸽环绕。她回过头，谢淮站在身后，轻轻地对她笑。

Chapter 11

您可真是个少爷

次日。

夏夏手机昨晚忘记充电，早上没电关机了，闹钟没响，她比平日晚起了半个小时。

赵世杰今天的课在上午，夏夏飞速穿衣服收东西。卫生间门没锁，她冲进去洗漱，倒水挤牙膏一气呵成，牙刷塞进嘴里才发现好像有什么不对。

她回过头，见谢淮坐在马桶上，手里拿着一张报纸，静静看着她。

夏夏差点被牙膏的泡沫呛死，她吐出嘴里的牙刷头，磕磕巴巴地问："你……你你你干吗呢？"

"这话该是我问你吧？"谢淮把报纸盖在大腿上，把自己挡得严严实实，"我在干吗你看不出来吗？"

"你变态啊！"夏夏喊道，"上厕所为什么不锁门？"

谢淮："你教教我这门怎么锁。"

夏夏拨弄了两下门锁，发现里面没有锁芯。

“你是故意的吧？”谢淮问，“明知道我在里面，却假装不知道，想趁机偷看我。”

“不好意思啊。”他欠揍地说，“淮哥上厕所喜欢看报纸，没能得逞，你一定很失望吧？”

夏夏面红耳赤，拿上牙缸去厨房洗漱。

“垃圾谢淮。”她满嘴泡沫，看着窗户玻璃上自己的倒影，“就会看我笑话。”

卫生间响起冲水声，夏夏连忙闭嘴。可谢淮没有出来，过了十几秒，里面又响起第二阵冲水声，又过了十几秒，第三阵冲水声响起。

夏夏头顶智慧的小灯泡一闪，脑子里回响起昨天房东的话。

“马桶一直不太好用……”

夏夏摸了摸头发，把智慧的小灯泡按灭，她三两下漱了口，跑到卫生间外敲门：“淮哥，我洗面奶忘记拿了。”

卫生间里一阵安静，过了会儿，门拉开一条缝，谢淮手伸出来，把洗面奶递给她。

夏夏说：“我还想用下卫生间。”

谢淮把门拍上：“去外面上公用厕所。”他的语气不太自然，“我还没用完。”

夏夏故意把防盗门打开又关上，而后轻手轻脚回到卫生间旁，阴险地蹲在门口。谢淮以为她走了，又冲了几遍还是没冲下去。他出来找手机打算给房东打电话，在门拉开的那一瞬间，夏夏如离弦之箭，嗖地蹿了进去。

谢淮反应也快，手臂一伸揽住她的腰，把人抱起来朝外拖。夏夏两手死死扒住门框，她身体轻盈，双脚离地被谢淮抱起，却挣扎着在空中扭动，落地时脚掌直接踩在谢淮的脚上，谢淮痛得松手，夏夏滑得和泥鳅一样，闪身进了卫生间。

谢淮吼道：“夏夏！”

他跟在后面进去，只见女孩毫不犹豫地掀开马桶的盖子。紧接着，她那阴险的表情在脸上发生了一百八十度全方位的巨变，当场给谢淮表演了一下什么是精分的最高境界。

她眉毛挤成一团，嘴巴微微张开，清秀的五官染上一丝奇异的悲伤。眼睛瞄了下马桶，之后连忙挪开视线，嘴里惊呼："哦，天哪……"

她又瞄了一眼，又挪开："哦，天哪天哪……"

夏夏侧过脸，一手捂着胸口，一手摆成兰花状挡在眼睛前。她一副要喘不过气的神情："哦，天哪，怎么能拉这么大一坨？这可真是太可怕了！"

谢淮："……"

没等夏夏继续矫情，谢淮拽着她的后衣领出了卫生间，把她摔在沙发上。夏夏扳回了昨晚的一局，又找回了今早的场子，心情好得不得了，她坐在沙发上，笑吟吟地看着谢淮。

手侧是谢淮今天要穿的衣服，不是平日的休闲装，而是黑西裤和白T恤，最上面还放着一条银灰色的领带。

谢淮居高临下地看着她："你不会以为这回我还没脾气吧？"

"当然不是。"夏夏本能地抱住膝盖，可怜兮兮地看着他，"淮哥，可以不要打我吗？"

"昨晚的马桶是我清理的，礼尚往来，今天你来吧。"

夏夏说："可我不会，我会越搞越糟糕的。"

"装可怜也没用。"谢淮慢条斯理地脱掉身上睡觉穿的T恤，"不会你就给房东打电话，让他想办法，我现在要出门，如果晚上回来马桶还没有修好……"

他指了指赤裸的上身："看清楚了吗？"

夏夏从前说谢淮没有赵一雷的肌肉，她此刻只想把那句话打碎了咽回肚子里。谢淮确实没有夸张的肱二头肌，但他是穿衣显瘦、脱衣有肉的类型，六块肌肉紧致又漂亮。

夏夏的脸瞬间爆红，她不知道谢淮让她看什么，厚着脸皮把他上身看了个遍。

谢淮按着她的脑袋，贴到腹肌前面："让你看这个。"

夏夏被迫贴近去看，脸颊热得能烫熟鸡蛋了。

他松开手，穿上白衬衫："别以为从前我不舍得打你，你就能在我面前无法无天了。现在你跟我住在一个屋檐下，惹我不开心了，我要收拾你，没人救得了你。

“晚上我回来之前解决好，听明白了吗？”

夏夏捂着脸，喃喃道：“明白了。”

夏夏为了不迟到，出了地铁站直接打车去赵晋松家，下车时刚好遇见赵晋松带着赵世杰晨跑回来，父子二人都出了一身汗。

“今天怎么坐出租了？”赵晋松笑着问。

夏夏头发披散在肩膀，轻风一拂有些凌乱，赵晋松伸手要帮她捋头发，夏夏后退躲开。她动手把头发理顺好：“起晚了。”

赵晋松穿着运动装，膝盖上裹着护膝，头上戴着条黑色头带。他皮肤保养得很好，不显年纪，气质和路边来往的年轻人没什么两样。他没介意夏夏的抗拒，善解人意地说：“以后起晚了给我打个电话，晚点到也没关系。”

夏夏：“谢谢，我知道了。”

赵晋松说：“这段时间世杰的英语进步了不少，今天我休息，带你们找个地方放松一下，给世杰换个学习环境，怎么样？”

夏夏没多想，以为这是有钱人的独特爱好，连教育孩子都要变着花样，赵晋松给她发工资，在什么地方做家教理应他说了算。

她点头：“可以。”

赵晋松口中的地方是一家私人游泳馆，坐落在郊区。游泳馆与温泉和疗养院相邻，四周静谧，是片茂密的树林。

赵晋松将这里全包下来了，偌大的场馆里只有他们三个人。赵世杰跑去更衣室换泳裤，赵晋松不急着进去，在泳池边的沙发旁坐下，服务人员端来蛋糕和花茶。

夏夏看着周围的环境，蹙眉：“赵叔叔，我看这里不太适合学习，要不您今天带世杰在这儿玩，我改天再来给他补课。”

赵晋松不为所动，他垂眸扫过几个装茶的玻璃瓶：“夏夏想喝什么，玫瑰、茉莉还是菊花茶？”

夏夏不答，他自言自语：“还是喝青柑吧，天气热，静心去火。”

他泡上茶，赵世杰换好衣服出来，穿着橘色的小泳裤跳进水池里蛙泳。

“夏夏会游泳吗？”赵晋松说，“别拘束，坐。我是带你来玩的，你不要害怕。”

夏夏只能坐了，她说：“不会。”

“不喜欢游泳吗？”

“没钱学。”夏夏说，“游泳培训班很贵，一个夏天就要一千块，那是我爸大半个月的工资。”

她这话说得平静，没有一丝因为贫穷而造成的窘迫和自卑。

赵晋松笑笑，他今天包这泳池都不知道花了几个一千块，可他是很有教养的男人，没有对夏夏话里他从没体验过的贫穷流露出过多的惊讶。

他问：“想学吗？我可以教你。”

夏夏想也没想，拒绝道：“不想，泳衣布料太少，和您在水下学游泳很奇怪。”

赵晋松饶有兴趣地看着夏夏：“是和异性学游泳奇怪，还是和我学游泳奇怪？”

“和您。”夏夏说，“您是珊琪的父亲，我叫您一声叔叔，有过多的肢体接触难道不奇怪吗？”

赵晋松给她倒茶：“夏夏，我真喜欢你这性子。”

他没再和她弯弯绕绕，直白地把想法说了出来，夏夏抬头看他。

“从你第一天来给世杰做家教起，我就觉得你和其他女孩不一样。”赵晋松说，“从前不是没有和你同龄的女孩子来给世杰做过家教，但我从没像注意你这样注意过谁。表面上看起来柔弱，可很有自己的想法，我喜欢有想法的女孩。”

“我和很多家长打过交道，他们大多都有同一种特质，常常对孩子的成长抱有一种欣喜的态度，孩子听话，他们开心，孩子懂事，他们开心，孩子学会忍让和分享，他们开心，孩子自食其力赚到第一桶金，他们也开心。”

“我并不是很赞成这种观念。”他笑笑，“人这一生短短几十年，青春尤为短暂，年轻就该用来享受和挥霍，在象牙塔里做着美梦，为了金钱让自己每天身心劳累是很不值得的。”

夏夏偏着头：“叔叔，我没听懂，您还是说重点吧，不然我还以为您说这么多是想给我涨工资呢。”

女孩在装傻。

赵晋松莞尔：“珊琪每年寒暑假都会去国外旅行，迄今为止已经去过二十四个国家，她平时逛奢侈品店买服装首饰眼睛都不眨，如果不是舍不得离开家，我会送她去欧洲最好的艺术学院念书。等到大学毕业，如果她想出去历练，我会动用人脉帮她找到一份薪水高并且轻松的工作，如果她想安逸地生活，我也可以养她一辈子。对于一个不到二十岁的女孩子来说，这样的人生不值得羡慕吗?

“只要你愿意，珊琪有的你也可以有。”

夏夏撇嘴，不屑地说：“什么嘛，谢淮总疑心您要追我，原来只是想包养我啊。”

赵晋松没能说出口的那个词就这样被她轻飘飘地说了出来。

她神色认真，与他对视：“说实话，您刚才的条件很诱人，如果您是真心喜欢我，或许我真的会心动，可如果只是想把我当个玩意儿，玩几年就扔，那还是算了吧。”

“我今年还不到二十岁，虽然现在一无所有，可以后怎样谁说得准呢？”夏夏笑，“说不定就在未来的某一天，您口中的生活我也能过上，那时候陪在我身边的人是真正喜欢我，而我也喜欢的。”

“用您口中那不知道什么时候就会被厌倦和抛弃的安逸，去换我有无限可能的未来，不合算。”夏夏抿了口茶，“况且，您口中描述的我并不认为是真正的象牙塔，如果我对您点头说愿意，那从这一刻起，我就已经从象牙塔里走出去了。”

她拒绝得从容又平淡，赵晋松的目光丝毫不舍得从她身上挪开，把女孩脸上每一个细微的表情都收进眼底。

“还有……”夏夏一番拒绝的言辞说完，又变回温柔的小姑娘那种细腻的嗓音。

她盯着赵晋松左手无名指上的戒指："叔叔以后走点心吧，哪怕只是包养情人，戴着不知道和谁的情侣对戒说这种话，也会让人觉得很敷衍。"

赵晋松低头看着手指，无奈地笑笑："那倒是我没注意了。"

酒席散场，建筑商今晚喝得尽兴，弥漫着烟雾的包间里笑声不断。

谢淮起身敬了今晚最后一杯酒："王总，那说定了。"

许大龙也端起酒杯："定了定了，王总，现在还早，别急着回家，一会儿带您去个好地方。"

他眯起眼睛，王总心领神会，跟他对了个眼色，两人一同笑了起来。

出了酒楼，月色清亮，凉风习习。

许大龙亲热地揽着谢淮："小谢，这些日子真是谢谢你了，不愧是谢致生的儿子，我包了这么多年工程，对钢材的了解还不如你。等许哥第一单签成，我一定带你吃香的喝辣的，今晚先别走，跟哥去玩，顺便犒劳一下你。"

"去嫖？"

许大龙笑得坏坏的："一起去吧。"

谢淮抖开他的手："不去。"

许大龙："这次找的会所保准不被查，你不说我不说，你女朋友肯定不知道。走嘛，都是男人你跟我装什么？"

谢淮说："不去，我回家看看马桶修了没。"

他下了出租车回到小区，刚巧夏夏也从赵晋松的车上下来。谢淮站在路灯下看着她，夏夏隔着很远的距离停下脚步和他对视，被他这眼神盯得莫名有种做错事的感觉。

我又没接受赵晋松，夏夏想，我有什么可怕他的？不对啊，夏夏又想，我就算接受了赵晋松关他屁事？他又不喜欢我。

谢淮走到她身边，问："马桶清理了没？"

夏夏："……"她这才明白那种不对劲的感觉从何而来，她把修马桶的事情忘得干干净净。

谢淮看她表情就什么都明白了："没修是吧？你他妈……"

"淮哥！"夏夏握住他的手臂，"你想不想逛超市？家里没有吃的了，我们去买点吃的吧！"

谢淮被分散了注意力，看了眼表："现在已经八点了，超市九点就关门。"

"去嘛去嘛。"夏夏不由分说拖着他走了。

谢淮在生鲜区挑蔬菜，夏夏推着车躲到水果区偷偷打电话："……你家马桶有问题，又不是我有问题，你不修谁修啊？我白天要工作，你成天没事做打个电话很难吗？我是租客，这些本来就该是你来做的吧？

"大爷你救救我吧，跟我同租的人那么凶，今晚马桶修不好我要被搞死的，我一个花季少女你忍心吗……"

突然肩膀被人拍了下，夏夏挂上电话，回过头见谢淮站在身后，他拿了几根黄瓜和杏鲍菇丢进推车里："给谁打电话？"

夏夏随口瞎编："祝子瑜。"

她捡起谢淮丢进去的蔬菜看了看，黄瓜又蔫又软，表皮泛黄，嫌弃地把它丢回货架上。

"你为什么丢我黄瓜？"谢淮不满意了。

夏夏说："黄瓜都老了，杏鲍菇的菇头也掉了，这么烂怎么吃啊？"

谢淮："我自己买的菜我自己吃，你给我放回来，谁准你动我黄瓜了。"

夏夏："……"

夏夏心里暗骂，又把黄瓜放了回去。她顺手拿了两个青椒放进购物车，谢淮又不满意了："青椒不准拿。"

夏夏："……没让你吃，我自己吃。"

谢淮淡淡道："谁说你可以自己吃了？难道你做饭我不要蹭的吗？"

夏夏忍不住了："你买的菜你自己吃，我买的菜你就要蹭？"

谢淮挑眉："蹭你的饭怎么了？一会儿我付钱还不行吗？让开，别挡路。"

沃尔玛八点过后商品打折，许多留不到第二天的熟食都半价出售。夏夏在打折区闲逛，买了几个白面馒头，几个素馅包子，打算放在冰箱冻着，哪天起晚了拿微波炉热一下就可以直接吃了。她买了几块炸鸡架，准备留到明天早上加工一下当早餐吃掉。

面包区保质期只剩两天的切片面包也半价促销，夏夏拿了一包。她有些可惜地说："刚才那个是甜椒，夹在面包片里做三明治很好吃的。"

"麻烦。"谢淮说，"买现成的吧。"

他要拿旁边做好的现成三明治，十二块一个。夏夏拦住他："这袋切片只要四块钱，算上鸡蛋火腿和蔬菜，做四个三明治也不用十二块。"

谢淮不耐烦："谁会做三明治啊？我连泡面都懒得煮。"

"我做。"谢淮嘟嘴困扰的模样像个小孩，夏夏忍不住捏了捏他的脸，"您可真是个少爷。"

房东被夏夏一个电话从床上叫起来，半夜穿着拖鞋大裤衩从对面小区来给他俩掏马桶。夏夏把买好的日用品和吃的分类放好，谢淮正聚精会神坐在餐桌旁玩手机。

房东戴着口罩，从卫生间里探出半个脑袋："小伙子，过来帮个忙。"

谢淮懒洋洋的："不去，臭。"

房东："……昨天的马桶不是你掏的？"

"是。"他说。

"昨天你怎么不嫌臭？"

谢淮还是那副懒散的模样，吊儿郎当地走过去："拉一次堵一次，您家这马桶还是尽早换了吧。"

房东："一个月就三百块的房租，你还想换成什么样？给你整个象牙马桶你要不要？”

“不换也行。”谢淮说，“你要不嫌麻烦每天来清理马桶，我也没意见。”

房东举起马桶刷佯装要打他，谢淮捂着鼻子帮他把管道疏通了。

房东离开以后，谢淮才反应过来。今早说的明明是让夏夏清理，到头来清理的人又变成他，而他说好要收拾她，如果这次把她放过了，以这丫头片子蹬鼻子上脸的性子，以后指不定敢怎么对他。谢淮转身找夏夏，发现她闪身钻进房间了。谢淮敲门，里面没人应声，谢淮拧门把手，门从里面反锁了。

“夏夏。”他嗓音平静，“开门，找你有事。”

夏夏趴在门板上听动静，谢淮就站在门外，挡住了客厅灯光，门缝里透进来的光线昏暗。

夏夏企图装可爱蒙混过关：“有事吗淮哥？我已经躺下了，今天很晚了，有事明天再说吧。”

“已经躺下了吗？”谢淮淡淡道，“那算了。”

夏夏听见外面谢淮进卫生间洗漱的声音，他又走去关灯。门缝里一点灯光都没了，随着一声关门的动静，谢淮回到了房间。

夏夏像只警惕的兔子，又过了五分钟，直到外面一点声音都没有了，才爬起来翻找浴巾和内衣。她已经两天没洗澡了，身上黏糊糊的很不舒服，今晚一定要洗干净了才能睡觉。

夏夏拉开门，一道黑影从面前闪过，没等她看清黑暗中谢淮的轮廓，整个人已经被谢淮抱着腿扛在肩上带到了客厅。谢淮扛她简直像扛一只小鸡仔一样轻松，一只手就能制住她所有挣扎，路过开关旁还顺便把灯打开了。

沙发柔软，谢淮把夏夏扔到上面。

他刚刚冲过澡，头发湿着，发梢还在朝下滴水，深黑的眼眸里含着一丝浅淡的光，站在夏夏面前静静看着她。

夏夏早上怎么坑的谢淮，晚上他用同样的招数还了回来。

夏夏抱紧怀里的浴巾，装得凶狠：“你别乱来！我告诉你，以咱俩现在的关系，你敢乱来吃亏的是你自己！”

“哦？”谢淮发出他那标准的淮式反问，“你确定是我吃亏？”

他俯下身子，手掌撑在沙发上。离得近了，他身上那沐浴乳淡淡的柠檬味钻进她的鼻子，叫她脸颊忍不住泛红，声音都结巴了：“做……做什么？别离这么近。”

“你敢耍我。”谢淮按住她的肩胛，把人死死压在沙发上，“我说过要收拾你的吧？”

夏夏浑身的细胞因他这句话忍不住战栗，离得这样近，他喷出的鼻息与她的呼吸交融，让她情不自禁沉醉在他那清爽的气息里。大脑有一瞬间的空白和凌乱，想起许多从前的事情。谢淮也低头看她。女孩穿着浅蓝色的睡裙，裙摆垂到小腿，肩带窄细，露出她圆润的肩头和一双白藕似的手臂。

从前的夏夏很可爱，乖巧听话，像只依偎在他身边的小兔子。现在的夏夏也很可爱，聪慧又狡黠，她是只光芒四射的小狐狸，一句话能把他耍得团团转，一个嗔怒的眼神就能让他心甘情愿挨打，连还手都觉得多余。无论是乖巧还是狡猾，那仿佛就该是她身上带来的东西，谢淮从未觉得这些特质与夏夏匹配有一丝突兀。

只要是她身上的，那就是好的。

谢淮嗓音低沉，又重复了一遍：“我说过要收拾你的。”

夏夏：“别……我们再商量商量……”

“不商量。”谢淮手向下，探到她腰间。

夏夏的脑子一瞬间放空了，满心想的都是谢淮现在把我压在沙发上！他的手还伸到了我的腰上！我穿着睡衣而他刚洗完澡！今晚的月色真好，微风不躁！这样美妙的夜晚一定会发生点什么吧？

谢淮还没说话，她已经脑补出了一百个谢淮待会儿要怎样非礼她的场面，又顺便脑补出了自己的反应。她要适当拒绝，要欲擒故纵，要先声泪俱下地嘶喊：“淮哥不要……不可以……”

她必须要矜持一下，等时机差不多了，她再假装没有力气奄奄一息躺在他身下任他摆弄，这样不仅能爽到，也许还能激起谢淮的怜爱之心，等一切结束，他说不定还会将她抱在怀里温柔地吻掉她装模作样挤出来的眼泪。谢淮一定会照她想的做吧，夏夏想，如此月色配上这样的姿势，如果他不做，那他就不算男人。

然而谢淮没有照她的剧本走，他指尖微屈，在她腰上挠了挠。夏夏腰上那两块敏感的痒痒肉几乎在一瞬间有了反应，脑子里那些旖旎的画面都不见了，她哈的一声笑了出来。

谢淮冷淡："耍我是吗？

"还敢骂我是狗？

"还敢在街上打我？

"还敢让我刷马桶？"

他每说一句，就在腰间挠她一下痒痒。

"还跟我装乖乖女，骗取我的心软和同情？"

夏夏笑得眼泪都出来了，无助的喊叫声隔着层楼板上下邻居全都能听到，她想动，可谢淮的手跟钳子似的按着她，让她丝毫动不了。

"是不是我不教训你，你就忘记自己姓什么了？"谢淮问，"还敢吗？"

夏夏嗓音哽咽，眼里带着雾气："淮哥饶了我吧，我再也不敢了。"

谢淮定定地看着她，女孩眼泪挂在脸上，又纯情又可怜。他喉结微微颤抖，顶着女孩求饶的目光，心被萌得一颤一颤的，嘴上却说："做梦吧，我再也不会信你了。"

他只是逗逗夏夏，哪知道女孩得知自己逃脱无望后破罐子破摔，她恶从胆边生，抓着浴巾朝谢淮脑袋砸去。

"垃圾谢淮！谁要跟你求饶了！"夏夏恶狠狠地说，"你个臭男人，有种你今天挠死我，否则我一定要报仇！"

一个不明物体从浴巾里甩飞出去，正好落在谢淮头上挂住。

他拿下来，那东西轻轻软软，棉质布料，三角形，小小的，浅蓝的底色上印着淡粉色的小鸭子。

"我要报仇你听见没！"夏夏因为痒泪眼婆娑，情绪激动，"以后你上厕所最好把门关好了……"

谢淮把那东西拿到夏夏眼前，夏夏把眼里溢出的泪擦干净，看清了他手里拿的东西，那是夏夏洗澡时准备换上的干净内裤。夏夏嘴里絮絮叨叨的恶言恶语一下戛然而止，她的脸颊本来就哭红了，乍然看到谢淮手里的东西红上加红，粉色的唇微微张着，愣在当场。

谢淮脸上被砸过的部位泛着奇异的酥麻，他仿佛还能闻到那洗过之后淡淡的肥皂味。他刚刚还扬言不肯放过夏夏，这时也顾不上整治她了，趁夏夏没有看到他不自然的脸色，一头钻回了房间。

房门猛地拍上，夏夏从呆滞中惊醒。她的内裤被谢淮扔在沙发上，她捡起来，捂着头在沙发上打滚。

“啊……”

夏夏把自己的头发揉得乱糟糟的，连把自己揉碎了塞进地板缝里的心都有了，把内裤甩飞到谢淮头上这件事，她是多幸运才没被他当场打死。

夏夏此时也顾不上生气了，她赤脚跑到谢淮房门外敲门。

“淮哥？”

里面没动静。

夏夏诚恳道歉：“对不起，真不是故意的。”

依然没动静。

谢淮倚在门板上，仰头贴着房门轻轻喘了口气。房间黢黑，他心里乱糟糟的，心想好端端的没事去招惹她做什么，就一只精力旺盛的小狐狸，被她捉弄几下就捉弄几下，和她玩了一会儿，困窘的人反而变成自己了。他心里有一团难灭的火，本来就无法浇熄，夏夏又来惹他，让他说不出地躁。

“你如果生气不要自己憋着，你要不出来再挠我几下，当我给你赔礼道歉了。”

“淮哥？”夏夏不停地敲门。

“没生气。”谢淮说，“你回去睡吧。”

“还说没生气，刚刚还好好的，突然就回房间了。”夏夏轻声说，“如果你不想挠我，换你来把内裤丢我头上吧，我们一人一次，权当扯平了。”

“都说了没生气，我叫你回去睡觉，你听不懂话吗？”谢淮不耐烦地说。

夏夏能听出他语气里的烦躁，情绪一低落，抬脚就朝自己房间走。

惹他烦了，她不安地想。

走出没几步，她反应过来，她又回到谢淮房门外，屋里很安静，没发出一丝声音。

夏夏忽然问："谢淮，你该不会是害羞了吧？"

谢淮许久没说话，就在夏夏以为他是在用沉默否认的时候，他嗓音带着不自然的沙哑，低沉开口："滚。"

清晨。

夏夏今天不赶时间，慢悠悠地在厨房做三明治，她煎了鸡蛋和香肠，油香味刚刚冒出来，谢淮就从屋里出来了。他早起脸色不太好，头发乱糟糟的。

夏夏主动把做好的三明治端到他面前，意为求和。

谢淮昨晚躺在床上，闭上眼睛脑海里全是同一个影子，他不敢睡觉，怕再和拘留所那晚一样，做起自己都控制不了的梦。

他玩了半宿手机，凌晨睡不着爬起来喝水。客厅的饮水机咕噜咕噜响，他的杯子忘记放哪儿了，鬼使神差地拿起夏夏放在餐桌上的玻璃水杯。人在做坏事时多少会有些心虚，谢淮听见阳台风吹玻璃的声音，回过头瞧，又装作漫不经心地看向夏夏的房门。

像个变态，他心想，而后用夏夏的杯子接满整杯水，一口气全喝了。他回到屋里，脑子更清醒了，晚上被夏夏内裤砸得麻麻的脸好多了，可嘴唇却陷入自我臆想中火辣辣的烫。

他没有倦意，翻出桌上堆的课本，点着台灯看了一晚上《社会学概论》。从小到大他都不算老师眼里的好学生，这一幕如果让他的中学老师看到，一定得来摸摸他脑袋看是不是发烧了。

谢淮在餐桌旁吃三明治，夏夏拿过水杯，疑惑道："昨晚明明还剩半杯，怎么空了？"

她看向谢淮，目光带着思索。谢淮镇定自若："看我干什么，难不成我还会喝你的水？"

夏夏摸摸头发："也是，可能我记错了吧。"

她说完又看着谢淮，凶巴巴地说："你喝什么水啊？喝屁吧你。"

虽然住在一起，可谢淮与夏夏见面的时间并不长。夏夏走得早，谢淮回来晚，平时交集最多的地方就是餐桌。

"我这里最近闹鬼了。"

周末夏夏休息，一边在沙发上晒着太阳涂指甲油，一边给祝子瑜打电话。

"有好几次，我的水杯晚上睡觉前还装了半杯水，早上起来就一滴不剩了。"夏夏严肃地说，"还有我吃剩一半放在冰箱的零食，第二天连个渣都没剩。"

"我也是！"祝子瑜说，"我水杯里的水总会莫名其妙消失，后来有天晚上我起夜才发现是我家猫喝的。它有自己的水碗不用，偏偏要把脑袋钻进我杯子里舔我的，它那嘴可是每天舔屁股的！"

"可我没有猫啊。"夏夏说，"再说猫也不会开冰箱吧？"

祝子瑜："那不就剩谢淮了吗？"

夏夏认真道："绝不可能是谢淮，你不知道他有多嫌弃我。我前天不小心把内裤扔在他头上，他好几天没怎么搭理我，他会吃我碰过的东西吗？臭男人一个，就算是小偷吃的都不会是他。"

祝子瑜声音里带着笑："怎么又变成臭男人了？以前不是一口一个淮哥叫得亲热吗？"

夏夏双手摊开，放在太阳下晾干，她指甲圆圆的，墨绿色的指甲油被阳光一晒，颜色清晰透亮。

"反正他现在也知道我是什么样子了。"夏夏皱皱鼻子，装作毫不在乎，"我装乖也没用，他不会信了，我跟你说，谢淮可能是个饭桶转世。"

"我每天早上走之前做好饭，回家以后餐盘都被舔干净了。晚上我都要去睡觉了他才回来，跟饿死鬼投胎似的要我给他煮夜宵。"夏夏雀跃地说着谢淮的坏话，"他真是太霸道了，我凭什么要给他煮夜宵，难道我是他的用人吗……"

门铃响起，夏夏跑去开门，谢淮进来，递给她一包超市买来的食材。

“饿死了。”他说，“给我下个面。”

“好的。”夏夏没等祝子瑜说再见就挂断电话，态度和刚才嚣张的样子判若两人，“想吃什么面？”

谢淮：“都行。”

夏夏进了厨房：“你最近在做什么？”

谢淮把自己摔在沙发上：“认识了一个朋友，他现在做建材生意，我爸从前也是做这个的，我帮他忙，顺便赚点钱用。”

夏夏嘀咕：“什么朋友啊，这么晚了饭也不管？”

谢淮没说话，许大龙当然不是舍不得这一顿饭，而是谢淮不想吃。

许大龙从前接工程的时候习惯了请人应酬，谈生意必定要吃饭喝酒唱歌大保健一套齐全，谢淮不喜欢那种氛围和环境，往往就提前走了，只有实在需要的时候才会留下喝酒。今天许大龙带他去邻市的钢厂看材料，傍晚还要拉着他去找乐子，谢淮找了个由头拒绝，一个人坐高铁回来了。

夏夏放在茶几上的手机响了，电话是祝子瑜打过来的，谢淮今天很累，手指头都恨不得瘫痪掉，实在不想动。他叫了几声让夏夏来接，那边水流太大没听见，他自作主张接了：“夏夏在做饭，你一会儿给她打。”

祝子瑜愣住：“做饭？给你做？”

谢淮反问：“难不成是给你做？”

祝子瑜意味深长地哟了一声：“我说怎么着急挂我电话，这丫头的面孔还不止一两副呢。”

谢淮：“什么意思？”

夏夏擦了手出来：“炸酱面还是……谢淮，你在跟谁说话？”

谢淮按开免提，她听见祝子瑜的声音传出来：“夏夏出来了？听说你去做饭了？你刚才不是还跟我说谢淮是个饭……”

夏夏嗷的一声冲过去抢电话：“你闭嘴啊！”

谢淮把手机举高不准她拿，他看似平静："饭什么？话别说一半。"

祝子瑜听出夏夏话里的警告意味，识相地闭嘴了。

夏夏的两只胳膊在谢淮眼里短得不能再短，任凭她再怎么伸直也抢不回手机。

夏夏骂过他滚，还骂过他臭男人。无论这次夏夏说什么，他保准连眼睛都不眨一下。他只是想知道夏夏对他的意见到底有多大，从她嘴里还能冒出什么稀奇古怪的话。

祝子瑜不吭声，谢淮一个人揣测："饭什么？饭粘子？"

谢淮压根没朝饭桶那方面思考，他想起张爱玲说过的一句话：

> 娶了红玫瑰，久而久之，红的变成了墙上的一抹蚊子血，白的还是"床前明月光"；娶了白玫瑰，白的便是衣服上的一粒饭粘子，红的却是心口上的一颗朱砂痣。

这话的意思浅显易懂，夏夏怎么骂他他都能忍受，可如果夏夏对他的感情消退不喜欢他了——

谢淮的表情一下子变了。

夏夏察觉出他神情不对，又要去拿手机。他一手别开夏夏的肩膀，对着手机："祝子瑜，你说不说？"

祝子瑜沉默片刻："大哥大姐，你们有话好好说，小妹我先去睡觉了。"

谢淮："你敢挂！"

夏夏眼疾手快，趁谢淮转头和祝子瑜说话的空隙，手脚灵敏地朝前一扑去抢手机。她冲撞力太大，谢淮被她推到沙发上，夏夏感觉到小腹下压着一团沉甸甸的东西，还没等她反应过来，谢淮惨叫一声。夏夏赶忙下来，发现她刚刚扑向他时衣服上的拉链蹭到他了。夏天裤子薄，谢淮脖子上的青筋几乎是瞬间涨了起来，手机没拿稳摔在了地板上。

祝子瑜刚要挂电话，听见声音不对，问道："怎么了？"

夏夏捡起手机："我不小心刮到他了。"

她挂上电话，忐忑地问："没事吧，淮哥？"

谢淮缓了一会儿，脸上暴起的红色退去一些，他弓着身子："得不到的就要毁掉吗？"

"爱而不得，痛下杀手。"他一字一句，说话时还带着疼痛的喘息，"夏夏，你真是太狠了。"

谢淮饭也不吃了，一个人回屋冷静。外面油烟机的声音停了，夏夏没有继续做饭，谢淮躺在床上翻来覆去不安生，等到疼痛消散，肚子却饿得睡不着了。

"妈的。"他想起夏夏刚才那没轻没重的一下，强忍住想把她拉进来修理一顿的冲动。

谢淮在床上打了个滚，爬起来在柜子里翻泡面，从暖壶里倒热水泡上。这次他是真的生气了，夏夏不给他好好道歉他绝不会原谅她。他一边加调料包一边恶狠狠地想，她得亲自端着碗进来请他吃饭他才能消气。

面的味道溢出来，谢淮吸了一口："泡面都能煮这么香，谢淮真是好绝一男人。"

面泡软了，谢淮刚要吃，忽然想起夏夏说她也没吃饭。他灵机一动，将房门拉开一条小缝，把泡面端到门口，拿起桌上的扇子朝外面扇风。

老坛酸菜牛肉面的味道飘出去。谢淮心想，夏夏知道他一个人在屋里吃泡面，应该能感受到他的怒意吧？她一定会来道歉求饶的。

可面快凉了，夏夏都没进来。谢淮忍不住开门去看，夏夏确实没开油烟机做饭，可她昨天买了周黑鸭藏在冰箱里，此刻正一手鸭脖，一手刚冲的奶茶，被辣得满头大汗，她面前还摆着切好的果盘，西瓜、哈密瓜摆在一起，看着就让人食欲大开。

谢淮再低头，手里的老坛酸菜牛肉面怎么看都没有滋味了。

夏夏听见开门的声音，回过头叫他。她神色轻松，像什么都没有发生过一样："淮哥好点了吗？来吃东西吧。"

谢淮没理她，进屋把门锁了。

谢淮晚上只吃了一碗泡面，半夜饿醒，他轻手轻脚地起床出去，夏夏屋里的灯熄灭，人已经睡下了。

“没心没肺。”他骂道，“都不知道问问淮哥怎么样了，把我弄坏了，你以后的日子就不好过了。”

谢淮翻了翻冰箱，捏了几块哈密瓜吃，餐桌上放着夏夏的水杯，里面装满了水，他顺手就拿起来喝。这些天用惯了她的杯子，他脸上丝毫不见第一次偷用她水杯时那做贼一样的紧张。

门锁咔嗒一声，谢淮手里还握着水杯的杯柄，夏夏的房门打开了。女孩抱着她的玩具小兔子，赤脚踩着地板走出来。

她看了看开着的冰箱门。

谢淮说：“看什么看？我饿了。”

夏夏又看向他手里的杯子：“原来我的水真是你喝的。”

谢淮有些窘迫，但他的气焰依然嚣张：“我晚上喝水忘记开灯了，屋里这么黑，我拿错水杯很正常吧？”

“哦。”夏夏淡淡道，“那你每晚都拿错也正常吗？”

“正常。”谢淮面不改色。

夏夏问：“那你刚才说的话也正常吗？”

谢淮蹙眉：“刚才什么话？”

夏夏抬头，不解地盯着他：“把你弄坏了，我的日子会不好过。”女孩神色疑惑，“我为什么会不好过啊？”

谢淮语塞，夏夏探究的目光徘徊在他身上，让他一阵说不出的尴尬。

“神经病，我什么时候说过这句话。”他试图掩饰，“你刚睡醒脑子还不清醒吧？小女孩没事做就多读书多学习，不要成天意淫淮哥。”

夏夏把怀里的玩偶丢到他身上：“你醒醒吧，你有什么值得我意淫的？”

没有哪个男人在自己的魅力被人否定后会不感到愤怒，谢淮这种男人中的男人、哥中的哥当场就怒了。他扬起那只掉了毛的兔子玩偶，可没等他动手，女孩一副无所谓的表情扬着头：“气急败坏，要动手了？”

她问：“怎么，你还想打我吗？”

谢淮正有这个打算，但被夏夏毫不留情地戳穿后，再动手就显得没有风度了。他不屑地挑眉，拍了拍玩偶上沾的碎毛，随手扔回夏夏怀里：“淮哥是会打女人的男人吗？”

夏夏没吭声，慢吞吞地朝房间走，她出来一趟仿佛只是为了气谢淮，能把他气死最好，气个半死也不亏，而她得偿所愿了，曾经又乖又软的女孩如今变成这副恶劣的样子，谢淮真的快被她气吐血了。

他喝了口凉开水让自己平心静气，女孩忽然转过头来。

“谢淮。”她语气笃定，“你是喜欢我的吧？”

她只是试探，谢淮乍一听她这么说，却一个没控制住，嘴里的水喷了出来，沿着下巴流下，沾湿了T恤的领口。他手忙脚乱地拿纸巾擦身上的水，听见夏夏继续说：“你喜欢我，喜欢得要死，对不对？”

谢淮故作平静地擦干唇边的水渍：“你再不闭上嘴滚回房间，淮哥真的搞死你。”

“谢淮真的太奇怪了。”

又一个周末，夏夏无事可做，趴在沙发上和祝子瑜煲电话粥。

“他偷用我杯子喝水就算了，我问他喜不喜欢我，他的举动也很奇怪。”

祝子瑜深表赞同：“他绝对喜欢你，在学校的时候谁都不搭理就只对你好，哪怕你跟他闹翻了，他也能为你打架进拘留所，你都骑在他脖子上欺负他了也没见他和你生过气，这不是喜欢是什么？”

“可他说他不喜欢我啊。”夏夏在沙发上滚来滚去，放声哀号，“谢淮这个狗男人，心里到底在想什么啊？”

她又忍不住揪出一撮头发，一根一根数：“谢淮喜欢我，谢淮不喜欢我，谢淮喜欢我……”

“你说他会不会有什么难言之隐？”祝子瑜问，“你说他小他那么生气，该不会是有问题吧？”

夏夏脸一红：“你别胡说，谢淮他没问题……不聊了，他快回来了，我要去做饭。”

自从住在一起后，夏夏自觉包揽了做饭这一家务。谢淮发消息说他今天会早些回来，她特意把饭菜准备得很丰盛——红烧鲈鱼、虾仁茭白、番茄肥牛汤，一人一碗八宝米饭，桌角还摆了一盘洗好的水果。

晚上谢淮回来，在门口换拖鞋，他闻到香味，鼻子动了动，目光朝餐桌瞄去。

夏夏问：“饭做好了，要来看看吗？”

谢淮扭过脸，换上一副满不在乎的表情：“不就是晚饭吗？吃来吃去都一个样，有什么可看的？”

夏夏进厨房洗锅，刚刚还一脸高冷的人迅速踢飞鞋子跑到餐桌旁，谢淮看着琳琅满目的菜色，偷偷捏了块虾仁塞进嘴里。厨房水声停了，他连忙擦掉嘴角的油渍，装模作样地坐到沙发上打开电视。

夏夏：“淮哥，吃饭了。”

“不想吃。”谢淮眼皮子轻抬，懒洋洋的，“累，没胃口。”

夏夏推他：“必须吃，为了做饭我都没跟子瑜打电话，你这样是不尊重我的劳动成果。”

谢淮眯了眯眼睛：“又跟祝子瑜说我坏话了？”

夏夏心虚，连忙说：“怎么会呢。”

谢淮看似一脸不情愿地被她推到餐桌旁，实则早就饥肠辘辘想吃饭了。夏夏给谢淮盛饭，谢淮给她夹菜，两人虽然每天都在闹别扭，但吃饭时默契的模样俨然一对相处许久的情侣。

吃着饭，夏夏忽然想起祝子瑜下午说的话。她咬着筷子头，犹豫着编故事：“淮哥，我今天在家看了个情感访谈，妻子要离婚，原因是丈夫那方面不太行……”

谢淮挑眉：“哪方面？”

夏夏压低声音，神秘地说：“就是夫妻生活不和谐。”

“要我说，就算丈夫有问题也不是离婚的理由吧？只是不够爱而已。”夏夏意有所指，“如果我喜欢一个人，我根本就不在乎这些，不行就不行啊，大不了我带他去看曙光男科。”

谢淮：“……”

他听明白了夏夏想说什么，脸色阴沉：“吃饭堵不上你的嘴是吧？”

夏夏正要分辩，手机响了。

她接起电话，蔡芸怨恨的声音传出来：“夏夏，我真是低估你了。”

夏夏面不改色，把手机调成免提放在桌上，一边吃饭一边问：“有事？”

“你四级考了650分，那天跟我装什么耳机没电？”

夏夏笑了一声：“四级650分这么让你惊讶？我英语本来就好，祝子瑜不是跟你说过吗？如果不是考试那天心情不好，我能考700分给你看看。”

“哦！”夏夏装作恍然大悟，“你是想说明明我的耳机没有电池，为什么我还能考650吧？”

她咀嚼着虾仁，慢悠悠地说：“是这样的，虽然考前有一个卑鄙的狗东西偷偷把我的电池拿走了，但考试的时候谢淮坐在我后桌，他把他的耳机给了我……”

蔡芸愤怒：“你耍我？”

“我没耍你啊。”夏夏无辜地说，“我那天只是趴在桌上哭而已，我可什么都没说，难道我连心情不好哭一下的权利都没有吗？骗你的人是祝子瑜吧，是她说我耳机没电了，你该骂的是她，给我打电话做什么？”

“哦！”她又恍然大悟，“看你这么气冲冲地给我打电话，该不会是交换名额下来了吧？”

夏夏打开教务系统，发现期末考成绩单出来了，她的专业课和四级成绩是学院里绝对的第一名，第二名蔡芸比她低0.3个绩点，根本没有可比性。

“真可惜呢。”夏夏说，“听说我四级考砸以后，你好像完全没把我放在眼里呀，就连期末考都不认真复习了，如果你当时再努努力多背几页书，说不定还真能超过我。”

“夏夏，这事我记着了。”蔡芸声音阴冷，带着股咬牙切齿的狠劲，“别以为去交换是什么了不起的事，等你从海大回来，我整你的机会多的是。”

“整人还有这样放在明面上说的吗？你是真傻还是装蠢啊？”夏夏先是百思不得其解，而后忍不住装可爱，“那你可要加油哦！我等着。”

她挂了电话，谢淮放下筷子：“定了？”

夏夏：“定了。”

谢淮饭碗见底，夏夏问：“再吃一碗吗？”

“不吃了。”他起身把椅子推回去，“我回房间睡一会儿，碗筷放水槽里，晚上我洗。”

谢淮走了，夏夏食之无味，她玩了会儿手机，也回房间躺着了。夜里星光璀璨，夏夏趴在房间窗户上看星星，心里说不出的烦。

“什么垃圾交换生。”她难过地说，“不去了。”

“可我不去又能怎样呢？”夏夏很纠结，“我就算留下来，谢淮也不会和我在一起的。”

外面传来关门声和脚步声，谢淮没睡着，在房间待了几分钟就出去洗碗了。夏夏又在飘窗上坐了一会儿，打算找谢淮谈谈。她拉开门，见谢淮跪在客厅正中央，面对餐桌双手合十，嘴里神神道道不知在说些什么。

夏夏：“淮哥，你干什么呢？”

谢淮嘘了一声：“小声点，我在拜财神。”

夏夏顺着他的视线看过去，只见他把手机放在餐桌边缘，用支架竖立起来，手机屏幕上，是一张百度出来的财神图片。

夏夏啼笑皆非：“这算哪门子财神啊？”

谢淮严肃地说：“闭嘴，不要渎神。”

他从沙发上拿了一个坐垫摆在旁边：“一起拜？”

夏夏觉得有些弱智，但想想跟谢淮一起弱智也挺有意思的，于是跪在他旁边："怎么拜？"

谢淮虔诚地说："财神在上，保佑我下周生意谈成，大赚一笔，如若心愿得灵，信男谢淮一定供奉香火，以示感谢。"

夏夏有样学样："财神在上，保佑我淮哥下周生意谈成，大赚一笔，如若心愿得灵，信女夏夏一定供奉香火，以示感谢。"

谢淮说："磕头。"

夏夏："……还要磕头？"

谢淮一本正经："不磕心不诚。"

于是夏夏又开始学他，谢淮也是第一次做这事，不太熟练。他学着电视剧里的样子，嘴上喊道："一叩首……"

夏夏完全忘了要找他谈谈的事情，俯下身子对着手机磕了个头。

"姿势不对。"谢淮给她示范，"两手交叉，额头贴手背，还有屁股，屁股要撅高一点，再高点……"

"这样可以吗？"夏夏问。

谢淮思索片刻，说："还不够高。"

夏夏心想再撅高点也太奇怪了吧，她不动了，两丸黑溜溜的眼睛盯着谢淮："还要高？"

谢淮也意识到这个姿势有点暧昧，别过脸："算了，这样也行。"

谢淮说："再叩首……"

夏夏再次跪拜，心想谢淮的磕头口令听起来有点奇怪，但具体哪里奇怪她也说不上来。

谢淮："三叩首。"

那奇怪的感觉越来越强烈，夏夏满脑子疑惑。

防盗门没关，房东端着一盘饺子来送给他们，见谢淮和夏夏表情严肃，正对着一张餐桌三拜九叩。房东的表情十分精彩："你们俩……这是在拜天地吗？"

夏夏："……"

夏夏一连小半个月没怎么见到谢淮，他最近似乎在谈很重要的生意，每天忙得脚不沾地夜不归宿，偶尔回来也是一身酒气，夜里睡觉，清晨就走。暑假马上就要结束了，海大给夏夏发来邮件让她准备报到，她辅导班和家教的兼职也结束了，这几天一直在跑商场买东西。

夜。

夏夏一个人在房间整理行李，已经过了十一点，谢淮今晚应该不会回来了。

床上放着夏夏的火车票，明早七点，南城—海城。

夏夏收好箱子，明天要早起赶火车，可她还是不想睡觉，总觉得再等等谢淮说不定就回来了。她窝在客厅沙发上看电视，翻开手机找出谢淮的号码，犹豫要不要打电话问问，还没等她决定，谢淮居然回来了。

他今晚喝了很多酒，隔着一个客厅的距离，夏夏都能闻到他身上的酒味。谢淮喝酒不上脸，喝再多脸都不红，他扶着墙，脚步微颤。

夏夏跑过去扶他，谢淮抱住她，眼神迷离："夏夏？"

他赖在她身上，下巴抵着她的肩膀，嘴里念她名字："夏夏……"

许大龙站在门外："这祖宗，喝多了不睡觉非嚷着要回来，害我大半夜还要跑一趟送他回来。"

"怎么喝了这么多？"夏夏问。

许大龙："今天谈了单大的，我胃病犯了不能喝酒，全是小谢替我喝的。"

夏夏蹙眉："谢淮是去帮你做事的，不是帮你喝酒的，再有这种场合你找别人挡酒，别叫谢淮。"

她这话说得不客气，脸色也冷，好在许大龙是个好性子，讪笑着答应了："人交给你了，我就先走了。"

夏夏把谢淮扶到房间床上，谢淮闭着眼睛一动不动，夏夏把他的领带解开，衬衫脱掉摆在一旁，手放在他皮带上时停了停，片刻后脸不红心不跳地把他西裤脱了，给他换上柔软的睡裤。

她拿洗过的热毛巾替他擦脸，自言自语："男孩子家家喝这么多酒，在外面被人占便宜了可怎么办？"

夏夏仔细打量着谢淮的脸，他眼眸紧紧阖着，睫毛很长，皮肤细腻得不像个男生。她放下毛巾，捏了捏谢淮的脸，打算趁谢淮喝醉了，先占他个便宜。

谢淮被她捏得不舒服地哼了一声，眉头紧蹙，但没有清醒。

夏夏胆子大了点，嘴唇贴上去亲了亲他的脸颊，他脸很烫，带着葡萄酒馥郁的甜味，仿佛酒精融入了他的每一寸呼吸和血液里。

夏夏忍不住吧唧吧唧亲了他几下，她的亲吻落到谢淮鼻尖时，目光向下，看到他薄薄的唇。谢淮说他没有亲过从前那些女朋友，夏夏看着他，忽然一个吻落下，印在他唇上。

“以后还说不准是谁的，不如让我先占了。”

她要离开这么久，回来时说不定谢淮连女朋友都有了，趁他现在不清醒先把他初吻拿了，反正他也不知道。夏夏坏坏地想。

她的鼻息与谢淮相融，嘴唇简单相贴，一触即分。夏夏刚要起身，醉酒的谢淮忽然睁开了眼睛，他的目光里含着一丝茫然，还有半分清醒。

糟糕，夏夏瞪圆了眼睛，心想他该不会这样就醒酒了吧？她要爬起来，谢淮手臂一揽，环住她的腰把人按了回去。不等夏夏挣扎，他一个翻身把她压在身下。谢淮的衣服刚刚被夏夏换过，此刻身上只穿了一条睡裤，被夏夏温热的身体一贴，整个人滚烫如同火炉。

他捏住夏夏的脸，目光平静：“偷亲我？”

夏夏的嘴被他捏成鸟嘴状，唔唔说不清话，她害怕被打，紧张地眨眨眼：“没有！绝对没有！那是你的幻觉！”

谢淮松开手，低头对着她的唇吻了下来，夏夏脑子顷刻爆炸，晕乎乎的仿佛飘在云上。她支支吾吾：“淮哥，唔……”

谢淮不会接吻，动作粗鲁又生涩，含着她的唇瓣吮吸，夏夏的嘴唇被他吸得发痛。

她推开谢淮：“你知道我是谁吗？”

谢淮没有说话，静静地盯着她瞧，眼里的清醒又消失不见了。

夏夏漠然地说：“你是耍酒疯随便找人来亲，还是把我当成别人了？”

过了许久，他哑着嗓子说："夏夏。"

他知道她是谁，他还残存着不知多少的神志。

"是喝醉了吧？"夏夏确认他没认错人后，红着脸喘息，"这可是你要亲的，你别怪我。"

她反手搂住谢淮的脖子，按着他后脑的头发贴向自己，唇向上迎合，柔软的舌头顶开他的牙关。她被他口腔中甜甜的酒味溢满，呼吸也沾上了酒气。主动权几乎在一瞬间就被谢淮抢走，他蛮横而霸道，像要剥夺生命般封住她的每一寸呼吸，夏夏整个人陷入一种奇异的麻痹中，脑子炸成天边的烟花，完全混沌不清，浑浑噩噩不知道自己在想什么做什么。

谢淮松开嘴，身下的女孩呼吸紊乱，因缺氧胸口不停起伏，她眼睛里蒙上了一层透明的水雾。谢淮抱着夏夏，下巴别在她脸侧，手掌温柔地抚摸她的头发。夏夏不经意地将手抵在谢淮胸膛，他的肌肉硬得像块石头，她不知怎么有些紧张。

谢淮将头埋进她的颈窝，呼吸喷洒在她颈侧，喃喃自语："我赚到钱了，你别离开我。"

清晨日光温柔，半开的纱窗外传来马路上车流涌动的嘈杂声，混着卖早点小贩的吆喝，带着一阵晨风拂过脸颊。

"卖馄饨嘞……"

谢淮死猪一样趴在床上，被那声音吵得头疼，他翻了个身，用被子堵住耳朵，整张脸写满烦躁。本打算继续睡觉，但逐渐清晰的意识里忽然闪过几个醉酒后的画面，他猛地坐起身来。身上除了睡裤没有一丝布料，他宿醉后头昏脑涨，但不需细想脑子里就自动回放起昨晚的事。

仅存的记忆片段是他按着夏夏索吻，激烈又肆无忌惮。他忘了夏夏什么反应，一时也记不起来那是两相情愿还是单方面强迫，只记得自己借着醉意格外大胆，仿佛要将这些日子隐忍的情绪通通宣泄出来，把平时肖想了一万次却不敢做的事通通做了一遍。

夏夏温柔又乖顺，静静承受着他的亲吻。再后来，他脑子不太清醒，似乎想去撩女孩的衣摆，到底有没有做什么他也记不清了，这事不能深想，一想头就开始疼，再再后来……

谢淮崩溃地抓着头发。

再再后来，女孩把他推开，神色平淡："别摸了，你都醉成这样了还能做什么？"

"你行吗？"她满脸不信任。

男人喝多了是真不行。夏夏的话不是无的放矢，她是感觉到了什么才这么说的。谢淮想死的心都有了，放在平日就算了，现下在喜欢的女孩面前丢了这么大面子，他真的没脸见人。不过谢淮的心理素质到底还是强的，他自我忏悔了几分钟，套上衣服去敲隔壁夏夏的门。

"夏夏，出来，我们谈谈。"他故作淡定，"现在七点半，我知道你起床了。昨晚我真不是故意的，淮哥喝多了，你别生气。"

"你如果生我气，我就站在这儿，你出来打我一顿。打我一顿不解气的话……随便你做什么都行，你别不说话呀。"

"夏夏？"

屋里没人应他，也没人开门。谢淮疑惑，拧了拧门把手，门没锁，直接开了，里面原本属于夏夏的东西一件不剩，只有光秃秃的大床和衣柜。

谢淮第一个念头是夏夏退房回学校了，他给她打电话，电话未接通的那十几秒，他心里翻来覆去地想一会儿要说什么，怎么说，才能把昨晚的尴尬解释清楚。

电话不通，他滚到客厅沙发上继续打。沙发被他的身体一压就陷下去了，他现在看到什么都能联想，看到楼下葱翠的植被就想起女孩昨晚穿的绿色睡裙，看见太阳就想起女孩明媚的笑脸，看到白花就想起女孩娇嫩的皮肤，看到沙发……

沙发柔软，他想起前夜那半醉半醒间的触感。

夏夏看上去纤细，却没有谢淮想象的那么瘦弱，昨晚的种种犹如幻境，让他想起小时候做过的梦，梦里的他长了双翅膀，飞到无垠的天空，把云彩当成棉花牢牢抓在手里——又软又滑。

谢淮更崩溃了，他从沙发滚到地下。

他抱着头："我昨晚到底做什么了啊！我他妈的还是个人吗……"

夏夏一声不吭退房离开，一定是昨晚被他吓着了，谢淮把自己骂得狗血淋头，还不解气，又坐在地板上扇了自己几个耳光。他跑回房间，将被子踢到地板，趴在床上像只狗一样神经兮兮地从床头闻到床尾，他又把自己的裤子和卫生间的垃圾桶检查了几遍，确认没有奇怪的味道和东西以后，才安下心来。

但没过多久他又开始神经，蹲在卫生间门口，脸红红的，自言自语："夏夏不会觉得我是变态吧？"

夏夏不接电话，谢淮肚子饿了，去客厅角落拿泡面。太不是人了，他边走边心想，昨晚把人家姑娘那样了，现在他还有心情吃东西。泡面的纸箱被人拿黄色胶布封住了，胶布上贴了一张便利贴，谢淮拿起来，上面是夏夏清秀的笔迹。

"淮哥，是不是又想吃泡面？"

他把便利贴翻过来，背面还有字。

"做梦吧你。"

谢淮："……"

便利贴的底部画了一个箭头，配了一行小字："去冰箱。"

谢淮打开冰箱，里面被塞满了食物。几挂水面，一罐夏夏提前做好的卤肉酱，几个塑料盒，里面整齐地摆着切好的食材，用塑料膜包好，在盒盖上贴着一张小纸条，写着基本做法和用料。在这些东西的最外面，放了一张折叠的白纸，谢淮打开，又见夏夏的字迹。

"亲爱的淮哥，自己一个人住晚上记得锁门，应酬少喝点酒，如果喝醉了神志不清醒被人占了便宜我是会生气的。虽然我还没有得到你，但那也是早晚的事情，你别想始乱终弃，摸都摸了，亲也亲了，不敢负责的人是渣男。

"平时尽量不要吃泡面，很容易肾虚，饿了就用卤肉酱拌面，或者开火炒菜，我都给你准备好了。"

谢淮摩挲着塑料盒，纸条最下面，夏夏用很小的字写着："别装了，我知道你喜欢我，你昨晚喝醉叫了一晚上我的名字。"

她的字越来越小："你装你的，等我回来再收拾你。"

“谁喜欢你了？可真自恋。”谢淮又仔细看了遍纸条上的字，蹙眉，“她去哪儿了？”

他给夏夏打电话，依旧没人接听，他又给房东打电话。

“那小姑娘走了啊。”房东大着嗓门，“说是去海城了。”

谢淮挂了电话，好久才晃过神来，最近他一直陪许大龙在外面跑，对夏夏离开的日期一无所知。八月底烈日灼人，他坐在落地窗前的日影里，被太阳晒得头晕。

手机响起，是夏夏打来的电话。

谢淮接了。

“刚刚在过隧道，手机没有信号。”夏夏问，“你找我有事吗？”

谢淮原本憋了一早上要跟她道歉、谈谈的想法通通不见，他嗓子发干，像是几天没喝过水，说不出话来。

“没事。”他说，“路上注意安全。”

“不打算说点什么吗？”夏夏嗓音轻软，“昨晚的事。”

谢淮又沉默了，他开口时声音里带着不易察觉的沙哑：“对不起。”

“没什么好对不起的，我巴不得你多占我点便宜。”夏夏满不在乎，“没有别的话要说吗？”

谢淮认真地想了想：“我行不行，有种你回来试试。”

Chapter 12
淮哥爱你

没和夏夏住一起前，谢淮的生活很随便。不吃早饭是常态，午饭在外面解决，晚上回家煮碗泡面，和夏夏住的这两个月，饭来张口，从来不用为吃饭发愁，嘴巴和胃都被养刁了。

夏夏一走，谢淮的生活水平直降了好几个档次。夏夏用胶布把他的泡面箱子缠得没有一丝缝隙，又把他冰箱里囤的辣条和榨菜全扔了，给他留了一些新鲜食材，逼迫他自己做饭。谢淮照做了几天，用同样的料煮出来，却和夏夏做的不是一个味道。

他坐在餐桌前，对着面前青椒小炒肉的食材发呆。

夏夏用保鲜膜把盘子裹了好几层，特意把它放在冰箱外围，在上面贴了一张便利贴。

“亲爱的淮哥，这是给你准备的晚饭，首先，把油下锅烧热，调小火加入蒜末爆香……”

夏夏写了整整一面青椒炒肉的做法，谢淮把便利贴翻过来：“明知道我不爱吃青椒，皮痒了吧……”

便利贴另一面也有字。

“青椒维C含量高，你平时太挑食，必须适当摄入一些维C。如果不想吃青椒就去楼下的水果店买两个橙子回来，买完记得给我拍照，如果让我知道你既没有吃青椒也没有吃橙子……”

夏夏用文字威胁他：“那你死定了。”

下楼去水果店对谢淮这种懒人来说无异于天方夜谭，他权衡了一下，老老实实拿着青椒去厨房按夏夏写的步骤给自己炒了盘黑乎乎的菜。他用手机给夏夏拍了张照片当作完成任务，坐回桌边却怎么都下不去筷子。

“这他妈是人吃的东西吗？”

谢淮挑挑拣拣吃了几口，一股生肉的腥味直钻味蕾。

夏夏不知道在干吗，迟迟不回他的消息。

日薄西山。

谢淮无聊地摆弄着手机，他刚洗过澡，头发只擦了半干，凌乱地贴在脸侧。他起身去翻冰箱里的速冻饺子，煮好饺子后又去碗柜里翻醋。

厨房平日都是夏夏整理的，他找不到醋，习惯性地回头喊：“夏夏！”

话音刚落，他愣住了，屋里空荡荡的，没人回应。

谢淮回到餐桌前。

夜色渐深，月亮在远处深蓝的天际挂上一道浅白的印子。面前一盘冷掉的青椒炒肉，一盘煮得稀碎的饺子，他一个人坐着，像个孤独的小孩。

手机振动，夏夏回了消息。

“刚刚在和学长聊天，你吃完饭了吗？”

谢淮出现一瞬间的恍惚，他把“学长”两个字拎出来反复琢磨，可文字是冷冰冰的，看不出任何情绪，只剩那字眼让他眼睛发痛。谢淮坐立难安，给夏夏拨了一个电话。

夏夏很快就接了：“淮哥？”

谢淮问：“这么晚了，你和谁在一起？”

夏夏说："一个学长，他说要带我逛逛校园。"

"什么学长？"

"同专业的研究生，专门负责带我们这些交流生。"夏夏老实交代，"怎么了？"

谢淮望向墙上的时钟，晚上九点半了。

他一堆话哽在喉咙里吐不出来，最后用淡淡的语气说了一句："没什么。"

夏夏鬼鬼祟祟地藏在灌木丛后，她挂了电话，对等在外面的陈曼希笑笑："不好意思啊，接了个电话。"

陈曼希："是男朋友吗？"

夏夏在刚认识的舍友面前切换回那副乖巧的小兔子模样，她羞涩地低头："算是吧。"

陈曼希见她害羞也没再追问。

夏夏问："学校逛完了，我们回宿舍吗？"

陈曼希是她在海大的舍友，见她第一面起，夏夏就觉得这女孩像祝子瑜和赵珊琪的结合体。陈曼希的外表是和祝子瑜一样胸大腿长的美艳款，一身奢侈品能晃瞎人的眼睛，从前夏夏不懂这些牌子，但和赵珊琪住了一年后，多多少少也有些了解。

比如陈曼希现在全身上下这行头，夏夏看一眼就知道不会低于三万块。

"我就不带你了，你自己回去吧。"陈曼希说，"我男朋友叫我出去玩。"

陈曼希走后，夏夏没有着急走，她坐在花坛边，打开手机微博。前几天她注册了一个小号，上面记着些琐碎的东西。

"八月十五日，偷亲淮哥被发现，他耍酒疯，把我按在床上亲，他完蛋了。

"八月十六日，淮哥打电话给我，我戳破他傲娇的伪装，他恼羞成怒，扬言要我试他的那个。"

……

夏夏手指飞快地编辑：

“八月二十三日，淮哥给我发消息，我故意没回，他打电话问我和谁在一起，我说和学长，听他声音好像生气了。”

夜风沉醉，夏夏托着腮想了想，又加了一条：

“活该，憋死你得了。”

她合上手机，脑子里全是谢淮那晚抱着她喃喃自语的模样。谢淮喝醉酒后像个缠人的小孩，只保留着几分本能，连说话都磕巴。可他抱着她的力道却大得出奇，她肩膀都被揉痛了。屋里没有空调，两人的身体交贴在一起，那暧昧的触碰与燥热的空气令心跳频率都加快了。

夏夏热得大汗淋漓，听见谢淮一遍又一遍叫她名字。

夏夏：“你又不喜欢我，凭什么不许我离开？”

谢淮的神志被酒精熏染，眼睛红通通地盯着她，半句话都说不出来。过了好久，他嘴唇翕动：“我有钱了。”

夏夏哄小孩一样问：“有多少？”

“五万。”谢淮声音低低的，没有半分平日嚣张的样子。

夏夏随口说：“才五万啊。”

她话音刚落，被谢淮死死扣住按在怀里，他嗓音沉而压抑，带着不易察觉的颤抖。

他的嘴唇贴着她的脖子：“以后会有更多。”

夏夏快要被他揉碎了，好不容易才从他怀里挣扎出一丝空隙，她借着窗口透进来的清冷月光，细细打量他的眉眼与神色，回想起许多事情。

谢淮对她的好、对她的凶……

她再细细想，想起冬天与他坐火车回常市时他身上好闻的肥皂香味，想起他在漫天雪花里抱着吉他远远朝她投来的微笑，想起月光下他被她亲吻后不耐蹙起的眉，想起蓝花楹盛开的季节他站在拘留所门外望向她的眼神……

谢淮不停地叫她：“夏夏……”

那一瞬间，夏夏脑子里冒出无数个想法，突然，许多事情豁然开朗。

谢淮的古怪、谢淮的善变、谢淮的言不由衷……

夏夏不由得敲了敲脑袋，暗骂自己平时挺聪明的一个人，怎么遇上谢淮脑子就变得这么笨。那一晚夏夏没有睡觉，等谢淮酒醉睡熟后，她坐在房间的飘窗上看了一晚月亮。直到天光破晓，她才站起身来，走到床前端详谢淮熟睡的容颜，弯腰在他鬓角的头发上亲了亲。

她声音轻柔，但很坚定："淮哥，我不会离开你的。"

许大龙实在算不上一个高明的生意人。倒卖建材无非是利用工厂与建筑商之间的信息不对等赚取差价，许大龙上半年在钢材上狠狠赚了一笔，野心十足，又想涉足其他方面，水泥、河沙、砖头……只要他能想到的都要试一试。

谢淮不赞成他这种遍地开花的经营方式，但他不得不承认，许大龙承包工程这些年人脉确实很广，如果没有那些人脉为他铺路，他的生意能做到哪一步还不好说。

大二上学期风平浪静，最大的波澜就是谢淮总陪许大龙在校外跑，从而缺勤了好多专业课，教授在连续三堂课点他名字没人应后找人通知谢淮，如果他下节课不去，以后就都不要来上课了。

从那以后谢淮安分了一段时间，没课就守在学校的快递点看书。他大一的成绩一塌糊涂，有些课程的分数连及格线都达不到，大二再这样下去，估计毕业都会有困难。

之前每个月赚的钱都要打回家里，还完高利贷不剩什么。现在手头宽裕了许多，他没事做的时候，就会上网看看大学城附近有没有好的项目。

赵一雷听说他在找项目，急匆匆赶过来和他谈心，想跟他合伙开奶茶店。

谢淮没同意，赵一雷赖在快递亭里不走："我生意不好不是因为经营问题，你懂吗？是因为地址问题！我最近看上一个铺子，就在外国语大学对面，外国语大学女生多，一到放学那一片全是人，保证稳赚不赔。"

谢淮缩在藤椅上，手里抱着碗食堂打来的米线，听着赵一雷说话，左耳进右耳出。

“我跟你说话呢。”赵一雷用胳膊肘捅捅他。

谢淮懒洋洋的：“听着呢，让我出钱可以，先去给我做一份商业计划书来，包括市场分析、项目分析、商业模式、行业背景……不能低于五千字，等你做出来了，我再考虑这件事。”

“五千字？”赵一雷说，“不想合伙直说啊。”

“要回到几年前，我头脑一热没准就给你投了。”谢淮说，“现在不行，手里没几个钱挥霍，我还得存钱娶媳妇儿。”

“拉倒。”赵一雷不屑，“来一个女生告白你就冷着脸把人家赶走，就你这样的还想娶媳妇儿？”

谢淮没说话，他刷了会儿朋友圈，看到夏夏更新了一条动态。她晒了一张吃烤肉的照片，烤肉桌明显是双人座，夏夏的对面摆了一双碗筷，但照片上没有出现任何人。

谢淮立马坐直，把碗搁在桌上，饭也顾不上吃。他放大图片，努力从旁边窗户的倒影、烤肉设备的反光里找寻可能出现的蛛丝马迹。赵一雷看见他这样严肃的神情，以为他找到什么项目了，倾身一看，只见谢淮目光炯炯有神地对着一堆烤五花肉发呆。

赵一雷：“……”

“源太。”谢淮把手机合上，“你发消息给夏夏，问她在干吗。”

梁源太听话地打开手机，谢淮又叮嘱：“就说你想她了，别说是我让你问的。”

梁源太消息发出去没多久，夏夏就回复了：“在和朋友吃烤肉。”

谢淮直接拿过他的手机，回道：“和哪个朋友啊？”

他为了让自己的语气看起来像梁源太，还特意在后面加了一个可爱的表情。

夏夏：“和舍友。”

谢淮心放下了，又瘫软成一团，毫无形象地窝在那儿。目睹了全程的赵一雷表情精彩：“你该不会喜欢夏夏吧？可我听景州说你之前把人家拒绝了啊，你装什么高冷？”

谢淮威胁：“你最好把嘴闭紧了。”

“不是。”赵一雷不懂，“喜欢她不敢说，又怕她跟别人在一起，难道你这样拖着，她就能等你一辈子吗？”

谢淮摘了菩提串，一颗一颗数珠子。他的目光落在街对面正落叶的红枫上：“至少得把高利贷还清，我不会让她等太久的。”

“谢淮。”赵一雷一反吊儿郎当的样子，认真地劝他，“你可以拖，但夏夏能拖吗？当你觉得自己可以去谈恋爱的时候，夏夏说不定已经不在原地等你了。女孩的青春是最宝贵的，尤其是夏夏那样的女孩，她从来不缺男生的喜欢。”

谢淮盘珠子的手指顿了顿。

祝子瑜从对街的枫树下走过来，边走边打电话：“那学长像谢霆锋？真的假的？海大的男生都这么帅吗？回头你拍张照片给我看看，先不打扰你俩吃饭了，有进展了记得告诉我哦。”

祝子瑜挂了电话，站在快递亭前：“375号。”

谢淮没起身：“你在和谁打电话？”

祝子瑜：“夏夏啊，她正在和学长吃饭，没空理我。”

“学长？”谢淮声音轻轻的，咬着这个词，眸子里灌满深沉的情绪。

“夏夏没跟你说过吗？海大有个学长很照顾她，最近好像在追她，人长得帅成绩也好。”

谢淮的手指死死攥着菩提珠子，抿唇一言不发，冷漠的神情让祝子瑜打了个冷战。

“谢淮。”祝子瑜试探道，“我的快递能拿给我吗？”

谢淮起身帮她找快递，祝子瑜手机上夏夏发来一条消息：“怎么样？他什么反应？”

祝子瑜回：“好像有点生气。”

“什么叫好像有点生气？能不能具体一点？”

祝子瑜天生心大，也不能准确判断谢淮到底是生气还是没生气，她挠挠头，觉得这样下去对不起夏夏交给她的重任。

谢淮把她的快递纸撕下来，盒子递给她。祝子瑜戏精上身，忍不住在夏夏给的剧本之外为自己加了一场戏。

“夏夏也喜欢那个学长。”她煞有介事道，“学长打算考研，寒假待在海城不回家过年，他约了夏夏一起在校外租房子，夏夏同意了。”

谢淮没作声。祝子瑜偷偷打量他，他看起来很平静，无论是脸色还是动作都看不出一丝怒意。祝子瑜没滋没味地转身离开，忽然听见一阵噼里啪啦的声响。她回头去看，只见谢淮右手捏的那条菩提手串线断了，一颗颗菩提珠跳到地面上滚来滚去。

谢淮抬起手，漠然地看着手里一颗珠子都不剩的细线。

祝子瑜愣了愣，给夏夏回消息：“我好像说错话了。”

她忐忑地说：“完蛋了，谢淮看起来特别生气，你自求多福吧。”

夏夏听祝子瑜说了谢淮把手串握断的事后，提心吊胆了一整个星期，总觉得以谢淮的性子下一秒就要来找她算账。她每天既惴惴不安地想该怎么和谢淮解释，又稍稍有些期待，巴不得下一秒谢淮就出现在她面前。可一个星期过去了，谢淮毫无动静。

从她到了海大以后，谢淮隔三岔五就会找她聊天，虽然内容都是一些没意义的话，比如问她吃了没，跟她说晚安，但夏夏每次收到谢淮的消息，都会抱着手机傻笑很久。从谢淮的手串断了到现在，他已经一个星期零三天没有给她发过消息了。

夏夏之前的不安消失无踪，每天窝在宿舍没精打采地等谢淮的消息，哪怕谢淮骂她她也能开心得跳起来，可谢淮偏偏就是不理她。

她气得去骂祝子瑜。

祝子瑜自觉理亏，乖乖让她骂：“是是是，你说的对，这是我的错，可你为什么不直接去找他说清楚呢？你跟他说你不介意他的情况，愿意跟他一起还钱，你们俩不就成了吗？”

“如果我一句话就能改变他的想法，那他就不是谢淮了，这事我说什么都没用，必须让他自己想明白才行。”

夏夏仰躺在宿舍床上，看着吊顶的节能灯出神：“我问过景州学长，谢淮他妈妈从前差点被放高利贷的人轮奸，他是怕和我在一起，他还不出钱的时候那些人会来为难我吧。”

“听起来好危险。”祝子瑜说，“要不你移情别恋吧，又不是没有别的男生喜欢你。”

夏夏说：“是有其他男生喜欢我，可谢淮只有一个。”

夏夏挂了电话，又抱着手机发呆，她想了很久，主动发了一条消息过去：“淮哥，我有些想你了。”

谢淮没有回复。

会所包厢。

谢淮坐在离人群最远的沙发边上，隔他三四米远的地方，一群中年男人脱了西装外套懒散地靠在沙发背上，十几个艳丽的女人把他们团团围住，手里端着酒杯一口一个“总”，叫得十分亲热。

“小谢，过来玩。”一个男人叫他。

许大龙连忙说：“小谢家里女朋友管得严，他一般不碰这些。”

谢淮没吭声，给自己空了的杯子里倒上半杯酒。

“家花哪有野花香？男人风流点是好事。”那男人随手指了两个衣着暴露的女人，“一个人喝酒多没劲，你们俩去陪陪他。”

包厢里六七个男人，除了谢淮都年过半百，清一色的秃顶啤酒肚，满嘴烟酒混合味，偏偏还不安分地搂住个女人就凑过去又亲又啃，女人们脸上虽然笑着，心里却很抗拒。早在进来的时候，她们就注意到谢淮了，可他冷着一张脸，想要靠近他的通通被他一个眼神瞪了回去。

两个女人听话地围住他，娇柔的手臂挽着他的胳膊：“帅哥叫什么啊？”

谢淮把杯里的酒喝完，女人极其有眼色地帮他满上，谢淮抽出手臂继续喝酒。

“酒不是这么喝的。”女人媚眼如丝，夺过他的酒杯在边缘轻轻抿了一口，而后主动贴了上去，按住谢淮的肩膀，要嘴对嘴喂他喝酒。

谢淮攒着她的手臂把她推开，他有些醉了，手上力道没轻没重，那女人直接被他推到地上，酒杯掉在地板上应声而碎。

正在唱歌的男人把音乐掐掉，回头看他："小谢，你怎么回事？"

谢淮站起来，脚步虚浮："李总，我喝多了，身体不太舒服，今天就先回去了。"

李总蹙眉："小谢今天兴致不高啊，是不是我找的地方你不满意？就这么走了哪行，下半场还没开始呢。"

许大龙见气氛不对，上来打圆场："哪能啊李总，你也不是第一天认识小谢了，他哪次不是这样？来了就一个人喝酒，你什么时候见他碰过女人。"

李总听了他的话眉头松了松，许大龙又去拉谢淮："你也给我坐着，走什么走，好好的气氛就你事多。"

他把谢淮身边那两个女人唤回来："你们别去招惹他，万一不当心把香水味口红印蹭他身上，他回家就倒霉了。"

女人娇媚地笑了笑："老板，男人可不能怕媳妇哦。"

谢淮被许大龙按在座位上，他今天喝的酒已经超量了，头脑混沌。他靠着沙发眯了一会儿，不知过了多久，有人架着他的胳膊把他扶了起来，他睁开眼睛，见是会所的男服务生。服务生把他带到楼上的酒店，解了外套让他休息。

谢淮酒醉睡了一会儿，梦里不能自抑地晃过夏夏的影子。他不是第一次梦见她，夏夏离开的这半年，他每晚睡前都会对女孩的出现有所期待，但梦见与否不是他能控制的。谢淮的意识出现过一瞬间的清醒，他看见夏夏站在他面前，穿着和会所女人一样的衣服。

薄薄的一层裹胸根本遮不住什么，白色的蕾丝花边托住她柔软的两团，混着她白皙细腻的皮肤，入眼一阵花。她穿了条很短的裙子，刚过腿根，朝谢淮走过来，每走一步谢淮都能经由她的步伐看到她裙底短裤的颜色。

他蹙眉："你怎么穿成这样？"

夏夏搂住他，在他耳边轻轻喘息："淮哥。"

几乎是一瞬间，谢淮的质问憋了回去，他哑着嗓子问："都有学长了，还来找我做什么？"

夏夏没说话，只是紧紧抱着他，谢淮嗅到她身上的味道，海盐味的身体乳又甜又清新。

他刚要搂住她，夏夏的背后突然伸出一双手，不由分说将女孩拉走，谢淮勾住她的手指，女孩指尖黏滑，从他手心脱了出去。谢淮抬头，见夏夏身后站了一个男人，他的面孔模糊不清，望过来的眼神带着满满的敌意。

谢淮从睡梦中惊醒，酒醒了大半，屋里空调开得太高，额头渗出了汗。床边坐着个女人，她穿着黑丝袜和皮裙，托着下巴静静看着谢淮："老板，你醒啦？"

她凑上来，动手想去碰谢淮的裤子："李老板叫我过来的，我叫小菲。"

谢淮把她的手拍开，不耐烦地说："出去。"

"李老板已经付过钱了，我们会所可不便宜哦。"小菲笑了，"包夜三千八，你真的要我出去吗？"

她说着又朝谢淮靠了靠，谢淮冷着脸抬高声调："出去。"

小菲愣了。她做这行也有几年了，见过形形色色的男人，欲火焚身的有，色欲熏天的也有，但像谢淮这种上来直接赶人的却是第一次见。

她也是第一次见这么帅的男人，来这里消费的要么是喝酒应酬的老男人和陪玩的业务员，要么是自身条件差找不到女友只为泻火的，要么是那方面能力有问题，来这里找回自信的……诸如此类。

被李总叫过来陪夜的时候，她除了应付工作之外还有一丝期待，她给数不清的男人提供过服务，却是第一次服务谢淮这样既年轻长得又帅的。她不愿意就这么离开，身体柔若无骨地轻轻挨着谢淮蹭了蹭，唇瓣微动，吐出一股果味的甜香，她把手里的东西举到谢淮面前，那是一盒口膜和情趣果冻。

"帅哥，我来教你玩个新花样。"

她刚要撕开包装纸，东西就被谢淮拿走了。

谢淮说话时每一个字眼都染了寒气："我让你出去，你听不懂话？再让我说一遍，我就不会只动嘴这么简单了。"

他眼睛都不眨一下，把那盒子扔进垃圾桶："滚。"

明明是少年人俊朗的长相，沉着脸的模样却让人不寒而栗，他眸子黑得深邃，如一汪幽深的寒潭，盯得她发怵。

小菲吓了一跳，连忙起身走了。

谢淮把空调温度调低，打开了屋里的窗户。冬日南城的气温在十度左右，一股清爽的风吹进来，让他被酒精挤满的脑子恢复了些许理智。

他想起去年夏天第一次见夏夏时的情景，也是在一个会所。女孩刚和男朋友分手，加上高考失利、被人为难，哭得满脸眼泪。从那往后许多个夜里，谢淮睡不着的时候总会想起那天夏夏在他面前泣不成声的样子，每每想到，心里都是一阵接一阵抽搐般的疼。

如果早点认识她就好了，他曾无数次在心里晃过这个念头。如果早点认识她，那时候他还是个玩世不恭的败家子，人人见面喊一声少爷，那时候的他能把天上的星星都摘来送她，能把她捧在手心不叫她吃一点苦，能用钱砸出一摊任意大的水花，为她创造所有她想要的生活。哪怕不能早点认识她，晚一点也是好的。谢淮胡思乱想，再晚几年，等他清了身上的负债，有了足够的积蓄，哪怕不能像从前一样挥霍，至少能让她无忧无虑，不用跟着他提心吊胆，穷困潦倒。可偏偏遇见她是在这样的年纪，他一无所有，无能为力。

谢淮灌了半夜的冷风，脸被吹得麻木。凌晨两点，万籁俱寂，只剩街边的路灯在亮。一辆摩托车开过，开车的是个胡子拉碴的中年男人，穿着个破棉袄，戴着顶鹿皮帽，他车子后座绑着一个小音箱和扩音喇叭，喇叭上拴着一道道飘扬的彩旗。

谢淮在大学城见过这人很多次，学生背后议论说他精神不正常，平日没事可做就载着音箱沿街放歌。男人途经灯火通明的会所，他打开了音箱，一阵激昂的音乐飘出来。

你我皆凡人，生在人世间，终日奔波苦，一刻不得闲
既然不是仙，难免有杂念，道义放两旁，利字摆中间
……
多少男子汉，一怒为红颜，多少同林鸟，已成分飞燕

人生何其短，何必苦苦恋，爱人不见了，向谁去喊冤

……

摩托车像被晚风吹拂着朝前走，车身后的彩旗张扬，把音箱罩起来，那音乐断断续续地传到耳朵里。

人生何其短，何必苦苦恋，爱人不见了，向谁去喊冤

问你何时曾看见，这世界为了人们改变

有了梦寐以求的容颜，是否就算是拥有春天……

谢淮心里微动。

他掏出手机看时间，发现夏夏几个小时前给他发来了一条消息：“淮哥，我有些想你了。”

在某一刻，他觉得这冬日的晚风里似乎带着酒精微醺的味道，他刚清醒过的头脑又含糊不清了。下一秒他又觉得，醺人的未必是这晚风，也许是夏夏这一句话。

他在兜里找了找，身份证带在身上。谢淮几乎没用多久考虑，他掏出手机，买了一张两小时后去海城的机票。

下课铃响，夏夏走出教室。海城今年严寒，花坛里的植物叶子蔫黄，被北方涌来的冷空气冻死了一片。夏夏裹紧衣服，走出教学楼的时候忍不住打了个哆嗦。

“夏夏。”一个男生追出来，“要去食堂吗？一起吧。关于刚刚教授上课讲的迪尔凯姆，我想和你探讨一下。”

夏夏躲过他伸来帮她抱书的手：“不了，我不打算吃饭。”

男生叫武书杰，和她同届，从她到海大被班主任带到班上做自我介那天起，这人对她进行了长达半学期的追求。男生长相清秀，打扮也爽利，但夏夏实在对他不感冒，甚至有些反感。

“你不去食堂，一定是想去图书馆学习吧？”武书杰脸上洋溢着自以为体贴的笑，“也是，你从南大交换来，在海大学习一定很吃

力，多读书是好的。”

男生笑眯眯地说：“今天课上讲的社会分工理论，你如果不懂，可以请教我。”

夏夏哦了一声：“那谢谢你了。”

她要走，武书杰却一直跟着她。

夏夏问：“我真的不去食堂。”

“我知道。”武书杰说，“我陪你去图书馆学习，晚上再一块吃个消夜，你不用担心让我破费，饭钱我们可以AA。”

夏夏一个头两个大，正色道：“我也不想吃消夜……”

“对了。”男生突然打断她，“你和大三那个陈曼希是一个宿舍的吧？你以后离她远点，我最近听来一些闲话，说她在校外被老男人包养了。”

夏夏：“你无凭无据背后说人坏话不好吧？”

武书杰：“当然不是无凭无据，前些天我帮老师管理档案室看过她的家庭资料，她爸妈都是普通上班族，如果不是被人包养了，她哪来那么多钱买奢侈品？”

夏夏：“……”

武书杰寸步不离地跟着她：“夏夏，女孩子洁身自爱才招人喜欢，虽然你和她住在一起耳濡目染很容易学坏，但你别担心，我相信你不是那种人。”

夏夏停下脚步，冷冷地问：“我是不是那种人和你有关系吗？”

“当然有。”武书杰说，“我已经告诉我妈我在学校谈女朋友了，我们家比较传统，不能接受像陈曼希那样的人，你跟她走得近，这已经让我很不开心了。”

夏夏问：“你们家传统关我屁事？”

武书杰蹙眉：“别说脏话，女孩子粗鲁很没有教养。”

这人既对自己没有一个明确的认知，又像个牛皮糖一样缠着她不放。夏夏的忍耐已经快到极限了，她站在他身前，纤细的眉一扬，正打算和他把话说清楚，忽然看见武书杰的目光越过她落在她的身后。

他扶了扶眼镜，问：“你哪位啊？”

夏夏随着他的视线转头，看见身后两米处，站着一身风尘仆仆的谢淮。他从温暖的南城过来，只穿了一件单薄的风衣，被海城的寒风一吹，显出瘦削的身形。他双手抄兜随意站着，目光灼热地落在夏夏身上。他脸上满是疲惫与困倦，黑眼圈很深。

“淮哥？”夏夏恍如做梦，“你什么时候来的？”

“刚到。”谢淮神色淡然。他原本买了今天凌晨的票，可南城突降暴雨，他被滞留在机场等了一整天，傍晚才落地。

夏夏很长时间没有见到谢淮了，愣了很久。两人就这样不言不语地对视，恍惚中竟然觉得擦耳而过的时间犹如一个世纪那么漫长。

夏夏昨晚给他发的消息他一直没回，白天她一会儿胡思乱想，一会儿唉声叹气，在心里责备自己怎么这样憋不住事情，她那贸然的一句话过去，谢淮心里一定翻起了滔天巨浪。她望着谢淮，很想上去抱一抱他，而谢淮没动，他的目光从她身上挪开，去看她身旁的武书杰。

过了许久，谢淮开口，问：“他是谁？”

夏夏：“是我……”

“我是夏夏的准男友。”武书杰抢过话茬。

夏夏唇抿得紧紧的，脸上隐忍的怒意衬得小脸冰凉。她看了谢淮一眼，刚要开口，听见谢淮嗓音平静地问道：“你是夏夏的准男友，那我是什么？”

武书杰一时没反应过来他话里的意思，脸上还带着礼貌的笑：“就是说啊，夏夏，你都不介绍一下这位是谁吗？”

夏夏没说话，谢淮的唇微微弯成个弧，看不出喜怒：“介意我和你们一起吃晚饭吗？”

夏夏还没开口，武书杰先心花怒放地答应：“当然不介意。”夏夏今晚原本没打算和他吃饭，平白得来个机会，他当然不会介意。

谢淮又看向夏夏，夏夏见他听了武书杰的话还这样平静，脾气也有些上来了，冷着脸说：“想去就去吧。”

武书杰找了家深巷里的小馆子，他一路进去一路回头对走在后面的两人解释："这家店我常来，你别看他门面小，但东西做得好吃，常常连位子都订不到呢。"

夏夏没仔细听他说话，鞋底踩着小巷地面流出来的脏水，目不转睛地看着脚下。谢淮走在她身边，冷风灌顶，夏夏裹紧围巾，脚下冷不防踩到一块黏滑的石头，整个人歪歪斜斜朝一侧倒去，谢淮探手接住她。他手臂有力，从背后环住她的腰，把她整个人带起来。

夏夏找准平衡站稳后，他立即松开了手。

"小心。"他的声音不冷不热。

谢淮今天有点奇怪，他过于稳重过于平静了。夏夏心里千头万绪，说不出的凌乱，她快走几步，甩开谢淮进了饭店。

饭店里并没有武书杰说的人满为患，大厅很空，只坐了两桌人。

老板过来接客："大厅还是雅间？"

武书杰说："雅间。"

"雅间得加钱。"

武书杰："那还是大厅吧，都一样。"

武书杰去前台点菜，夏夏刚要坐下，却被谢淮拉住。他抽纸把她的凳子和面前的桌子仔细擦了一遍，抬手时纸上沾满了灰尘和油花。他边擦桌子边用余光打量夏夏，她这半年几乎没怎么变，只是头发长了，穿衣的风格更显气质。一件焦糖色的大衣搭着米色的针织裙，衬上浅红色的围巾，文静又乖巧。

"坐吧。"谢淮随手把纸扔进垃圾桶。

武书杰回来了，见两人坐在同一侧有些不开心，对谢淮说："我和你换个位子吧。"

夏夏看着谢淮，以他的性格别说换位，一个暴脾气上来能直接把人拎着教训一顿。可谢淮却出乎她的意料，他什么都没说，起身和武书杰换了座位。

武书杰点了四菜一汤三碗米饭，饮料都没点，直接喝店里不知道泡过几轮的大麦茶。谢淮看着眼前的白菜炒肉、洋葱炒肉、韭菜炒鸡蛋和爆炒猪大肠外加一碗青菜豆腐汤，菜上一层亮晶晶的油花，汤里不知道漂着什么菜渣，他拿起筷子又放下，最后去柜台前买了一罐冰可乐。夏夏也吃不下，这家店的菜又咸又油，她扒了几口米饭，从饭里夹出一根头发。

她落了筷子，武书杰吃得倒挺开心的："不好吃吗？"

没人说话。

武书杰又问："谢淮也是南大的？"

谢淮嗯了一声，武书杰有些惋惜："可惜了，读这样的学校没什么竞争力，毕业以后很难找到工作，夏夏是幸运才能交换到海大来读书，换成别人就没她这么好运了。"

谢淮眉峰一挑，把可乐瓶按扁："是吗？海大原来是这么牛的学校，我孤陋寡闻，还是第一次知道。"

"那你得多读点书了。"武书杰说，"海大在国内怎么也能排进前十，倒是南大，在认识夏夏以前，我都没听说过。"

他给夏夏夹了块猪大肠："多吃点，这是绿色食品，不要学那些女生去吃什么火锅麻辣烫，那些东西是能毒死人的。我最看不上吃路边摊的女生，对自己的健康都不在意，还能指望她在意丈夫的健康？还能指望她结婚以后用心煮饭吗？"

谢淮唇间露出一丝若有似无的嘲讽，夏夏的眉越蹙越紧，小店里空调开得暖和，她有些热，挽上衣袖露出一截小臂。

武书杰见状，连忙扯过她的手，夏夏脸一沉把他甩开："你干什么？"

武书杰见她生气，连忙哄她："我就是想让你把袖子放下来，当着我的面没事，可是……"他瞥了眼谢淮，"这里不是还有别人吗？我妈说女孩子这样不好，容易被人动歪心思。"

谢淮哧了一声，直接笑出声来，夏夏听见他的笑声，又气又尴尬，她站起来骂武书杰："我说你是不是有病啊？我不想让你脸上难看，你还真把自己当我男朋友了？整天管我的事，你他妈到底算哪根葱啊？"

她饭也不吃了，朝厕所走去，武书杰脸上一阵红一阵白，起身要追她。

夏夏转过身来，冷漠地说："你敢跟过来试试。"

卫生间。

夏夏把被武书杰碰过的手打着洗手液仔仔细细洗了三遍，明明看起来挺干净的一个男孩，但不知为什么，被他碰过就是觉得很恶心，尤其是当着谢淮的面。

她十分后悔刚刚为了和谢淮赌气没当场让武书杰滚蛋，搞得自己现在这么丢脸。谢淮听了武书杰那些话，估计能笑死。

身后走进来一个人，夏夏看也不看：“都说了别跟过来，你听不懂人话？”

那人没吭声，站在她背后，离她很近的距离。夏夏抬起头，在洗手池前的镜子里看到谢淮的脸。谢淮神色戏谑，她转过身，被他堵在身体和洗手台之间。

“都洗第四遍了。”谢淮看她的手，“碰了什么脏东西这么难受？”

“要你管。”夏夏一见到他又忍不住赌气，“走开，你离我这么近，不怕我准男友打你吗？”

“准男友？”谢淮嘴里玩味着这个词，“半年不见，审美水平低成这样了？”

他微微低下头，脸贴近她：“你要是能看上这种男人，我脑袋割下来给你当球踢。”

他呼吸灼热，夏夏偏头避开，脸颊被他的气息拂过的地方一片红，她死鸭子嘴硬：“他是什么样的男人啊？你了解他吗？”

她眼睛红红的，质问：“现在不信了？刚才他说是我男朋友的时候你为什么不说话？你信他说的了是吗？在你心里我只要离开你就能立即喜欢别人是吗？”

谢淮怔了怔，轻声说：“祝子瑜说你在和一个学长交往。”

夏夏委屈：“我没有。”

“嗯。”谢淮应了一声，“知道你没有。”

谢淮的身体几乎要和她贴在一起了，夏夏推他手臂，谢淮却很沉，一动也不动，固执地把她堵在那儿。

“你放我出去。”夏夏害羞，声音低了低，“这像什么样子？”

“不放。”谢淮近乎贪婪地看着她，从她头顶的发丝到尖了些许的下巴，一丝都不肯错漏。

“让我看看。”他轻轻捧起女孩的脸，仔细看了一遍后，捏了捏她软乎乎的脸颊。半晌，他评价，“瘦了。”

卫生间外传来武书杰和老板聊天的声音。

“小武，以后要常常给我带客人来啊，我给你打折。”

武书杰：“那是当然了，结下账吧。”

老板按了按计算器，一共七十块钱，武书杰掏出手机扫了二十三块三毛三。

老板：“……”

武书杰：“我们AA，剩下的等他们出来付。”

谢淮憋不住笑了，夏夏觉得很丢脸：“我真不喜欢他，他就是个傻子。”

“知道。”谢淮看向她的目光温柔澄澈，“你都有我了，还能看上谁？”

夏夏抬眼撞入他满是红血丝的眸子：“眼睛怎么这么红？”

谢淮：“昨晚喝了酒，临时订了机票想来看你，但是飞机延误了，我在机场候机一整天没怎么睡觉。”

夏夏喃喃问：“来看我做什么？”

谢淮：“有些事要和你说清楚。”

他刚要开口，武书杰走了进来。他一眼就看到两人以一个暧昧的姿势贴在一起，谢淮身体前倾，像把夏夏搂在怀里一样。

一股怒意自心底升起，他悲愤地吼道：“你们干吗呢！”

夏夏平静地回头看着他，谢淮也很平静，他甚至又靠近了夏夏一些。

武书杰：“恬不知耻！”

他脸涨得通红，说话都结巴了：“你……你离他这么近做什么，你怎么能这么不自爱？你……你竟然让他碰你？我妈不会接受你的……她最讨厌同时和许多男人纠缠不清的女孩了，你太令我失望了……”

他愤愤说着，要上前分开两人。

夏夏动也不动，谢淮看着武书杰，脸色阴沉，低声吼道：“滚。”

江岸灯光璀璨，平静的江水在入海口处暗流涌动，汇出一汪泛着螺旋的旋涡。夹岸是海城灯火通明的城市夜景，跨江大桥上车辆川流如梭，被桥灯照出明亮的色泽。

夏夏沿着江边漫无目的地走，谢淮静静跟在她身后。

武书杰被谢淮吼过后怔了许久，半晌，嘴唇发白颤抖着朝他说：“你敢抢我女人，你等着，我现在就回去找人。”

谢淮锋利的眉峰一挑，嗓音冰冷：“你女人？”

他神情戏谑，虽然是在笑，但看在武书杰的眼里却好像带着几分狠意，明明还是初次见面互不了解，但他就是能从谢淮眼神里看出这样一种情绪。

他现在走还来得及，不然一会儿想走都走不成。武书杰㞞了，又恶狠狠地撂下一句：“你给我等着！”而后转身跑了。

谢淮刻意放慢步子和夏夏保持在同一频率。他手里拿着夏夏的书，目光落在她雪白的颈外裹着的那条红色围巾上。红色很衬她的肤色，也很衬她，她娇俏地站着，脊背笔挺，如一蓬开在冰天雪地里生机勃勃的花。

谢淮的手机振了两下，是天气预报提醒他海城今日有雪。他向来很少关注天气预报，哪怕阴雨天也从来不带伞出门，可从夏夏来了海大以后，他手机主界面的天气预报里就多了一个城市。谢淮平日与夏夏聊天不多，除了叫她早点睡觉，最常发的一句话就是“下雨，带伞”。

他每一句话都尽力精简，怕说得多了让夏夏对他更依依不舍，而消息发出后他又长久地望着手机出神，怕夏夏草草了事回他一个“嗯”或“好的”。

人的心思千回百转，精妙绝伦，有些想法连他自己都捉摸不透。

从前他只希望夏夏能不被他拖累，能有人让她过得更好，可听完祝子瑜那些话后，以前的想法通通被打碎咽回肚子里，飞到海城也不过是一瞬间的念头。

天气预报说，海城今夜会落下冬日的第一场雪。

夏夏停下脚步，江边风大，脸被吹得通红："你刚才吃饱了吗？我有些饿了。"

她眼睛亮晶晶地看向谢淮："我知道有家店很好吃。"

街边大排档挤满了人，夏夏挑好菜，让老板给她煮了一碗麻辣烫。谢淮点了盘炒饭，陪她坐在外面吃。这家店生意很好，位置背风，又全是人围着，即使露天也不怎么冷。

夏夏在麻辣烫里加了许多辣椒，吃得嘴角全是辣油，吐了吐粉粉的舌头："辣。"

谢淮拉开凉茶的易拉罐推到她面前，夏夏咕嘟喝了半瓶。谢淮趁她喝饮料，偷偷把炒饭里的青椒挑到垃圾桶里，夏夏眼尖看见，一巴掌拍在他手上。

她说话的模样像个恶霸："你还挑食？"

谢淮不耐烦地用筷子戳米饭："我不爱吃这个。"

夏夏："蔬菜吃得少，水果也不爱吃，牙龈总是出血，你这样下去免疫力会变差的。"

"跟我妈一样，啰里吧唆的。"谢淮慢吞吞地把青椒吃了。

夏夏的目光看向他光秃秃的手腕，明知故问："你手串呢？"

谢淮："断了。"

他从兜里摸出一个小塑料包扔在桌上，里面装着他捡回来的菩提珠子。

菩提珠原本一百零八颗，他只捡回来一百零六颗，另外两颗找不到了。

"怎么断的？"

谢淮没说话，夏夏嘴角弯了弯，忍不住偷笑。吃完饭夏夏拉谢淮去逛街。她进了一家手工玉石店，在柜台前挑挑拣拣，从一堆细线里拉了拉又捏了捏，挑出一根黑色的。她付完钱后，坐在店里研究谢淮的手串。她认真做事的模样温顺乖巧，谢淮不出声，他在看她。

"说话呀。"

"说什么？"

“是你说有事情要对我说的。”

谢淮嗯了一声，然后又不说话了。

夏夏看他，目光满是疑惑，可她也不问，决定不理这个纠结的男人了。她手指灵活，把细线绕在指尖，一颗一颗菩提珠往上穿。女孩的手小而巧，不一会儿就穿了十几颗珠子。

谢淮起身在店里逛了逛，站在一个玻璃柜台前看了很久。柜员从柜台里拿出一个小盒子递给他，透过面前窗户映出的影子，夏夏看到谢淮去前台付了钱，而后柜员拿去屋里打磨。

谢淮去而复返时，夏夏已经把一百零六颗珠子都穿上了。

她买的线长出一小截，刚要拿剪刀剪掉，谢淮把那小盒放在她面前。

他拇指一按，打开，里面的红色丝绒上躺着两颗浅白色的小玉珠。玉珠比菩提稍稍小一点，剔透澄澈，中间钻着孔洞，是用来做配饰的。

“不用剪。”谢淮说，“把这个穿上吧。”

夏夏拿起珠子，质感光滑，触手冰凉，看得出来是上好的成色。

她指腹摩挲着这两颗珠子，觉得表面坑坑洼洼的，她对着灯光仔细一看，两颗珠子上刻了两个字母，一个是X，一个是H。

搞什么。她看了眼谢淮，心想看起来挺酷一帅哥怎么娘们儿唧唧的，净学些小女生的玩意儿，还要把自己的名字刻在手串上，是为了丢失后容易找回吗?

夏夏把珠子穿上去，线的接口处也用打火机燎好，手串恢复了原来的样子，又和原来不大一样。她把手串递给谢淮，谢淮没有戴，而是拿过她的手，把手串套在她的手腕上。谢淮手腕粗，能套三道，夏夏手腕细，套了四道。

“不是谢淮。”谢淮像是能看透她的内心一样，淡淡开口，“是谢淮和夏夏。”

夏夏愣住。

谢淮干燥的掌心将她的手紧紧握住：“别和他们在一起。”

夏夏眨眨眼：“他们？”

谢淮面不改色："除我以外的所有人。"

夏夏脑子一团糨糊，这下是真的愣了。她想不明白谢淮这是玩的哪出，但觉得他不是在开玩笑，她怔怔地看着腕间昂贵的凤眼菩提，把手从谢淮手里抽出来，一副要摘下手串的架势。

"对不起淮哥。"夏夏故意说，"虽然你这手串挺贵的，但是想用一条手串就把我买断，我觉得不行。"

"你不喜欢我，又不准我和别人在一起，这是典型的占着茅坑不拉屎的行为，你知道现在男女比例失衡已经成为严重的社会问题了吗？你不准我谈恋爱，社会上少我一个优秀的女人，说不定就会发生严重的动荡。"

谢淮不准她摘："社会没了你不会动荡，我没了你才会。"

夏夏呼吸停住，谢淮却神色如常，平静得似乎刚刚说话的人不是他一样。

"给我点时间。"他的口吻不似说笑，看向她的时候漆黑的眸子带着星星点点细碎的微光。

夏夏倏然明白了他的意思，哪怕他一个多余的字眼也没有提，可她就是明白了。她任由自己的手被谢淮握着，安静了一会儿，放软声音问道："要多久？"

谢淮的声音听起来有些哑："不会很久。"

"那也要给一个明确的时间啊。"夏夏说，"我是女孩子，最好的那几年都用来等你了，最后你又反悔，没人娶我了怎么办？"

"我说话算话。"

"我不信。"夏夏说，"你骗过我，我不信你了。"

谢淮望着女孩狡黠的面容，她在听到他说这样的话后不仅没有惊慌失措小鹿乱撞，反而镇定地和他讨价还价，明显是对他的心思探知已久。直到这一刻他才发现，夏夏就是只小狐狸，从头到尾都是狡猾的，看似他才是握着主动权的那方，可他不知道什么时候就已经稀里糊涂地被她玩弄于掌中。

"半年。"夏夏说。

"不够。"

“一年。”

“不够。”

“我不等你了。”夏夏嘴巴一噘，娇气地说，“我要去和别人谈恋爱，反正追我的人一大把，我想找男朋友还不简单吗？”

谢淮握着她的手骤然缩紧，夏夏啊了一声：“疼。”

“一年就一年。”谢淮松了松力道。

夏夏唇边绽开一个狡黠的笑：“那说好了，一年。”

她的笑容灵动，看向谢淮的目光蕴含着数不清的温柔，对他的喜欢已经快要控制不住满溢在空气里了。少女稚嫩的爱意是糖、是浆，呼吸一口，扑入鼻里的全是甜蜜。

夏夏俯在他耳边，悄悄说：“其实我早就知道你喜欢我了。”

谢淮问：“什么时候？”

“在你刷马桶的时候就怀疑过，不喜欢的人怎么会心甘情愿忍着臭味给我刷马桶呢？真正确认是在你喝醉的那晚。”夏夏亮莹莹的眸子看着他，“你一整晚都在叫我的名字，你梦见我了？梦见我什么了？”

谢淮脸红了，不想让夏夏看见，偏过头不和她对视。

夏夏一脸天真烂漫地问：“淮哥，你可以亲亲我吗？”

谢淮说：“不可以。”

“那我可以亲亲你吗？”

谢淮喉结轻轻颤动：“最好不要。”

他走出店门，街上飘起小雪，被风吹到他额前的碎发上，他抬手拂掉，站在昏黄的路灯下沉默不语。

远处大排档人声鼎沸，老板立起挡风的塑料油纸，麻辣烫锅里冒着蒸腾的热气，雪花从天空洋洋洒洒飘下，飘到一半被锅子散发的热气融化在空气里。

夏夏在谢淮身后蹦蹦跳跳，伸手去接天上飘下的雪花：“那现在这样算个球啊？亲也不能亲，抱也不能抱，什么都不能做，因为你一句话我就要守身如玉等你一年，怎么想我都很亏啊。”

她掰着手指算：“喜欢我的男生那么多，如果不答应你，这一年里我还可以发展几个……"

她话刚说到一半，手腕就被谢淮攥住，他嗓音凉凉的："再说一遍。"

夏夏不敢说了，声音低了低："也不用非要把债还清吧？他们来就让他们来，我不怕的。"

谢淮没出声，目光落在远处天空中团团密布的厚重云层上，雪渐渐大起来，那年冬天的画面不受控制地涌现在脑海里。

少年顶着呜咽的北风闯入地下室，乔茹躺在地上，衣服被撕得粉碎。

男人狞笑："到底是谢致生养了一辈子的，四十岁的人皮肤还这么嫩。"

寒风呼啸而过，如刀片般锋利，刮过地下室窗口的铁栏杆，发出噌棱的碰撞声，雪片扫进窗口，一室透骨的寒冷。

那夜警察来得很晚，破门而入时鞋底踩上了黏糊糊的东西，低头一看，满地鲜红的血。二十分钟前打电话报警的少年一身敛不住的凛冽寒意，他的外套盖在女人身上，只穿一件单薄的针织衫站在屋子中央，白色针织衫被血染红。他瞠目欲裂，眼睛赤红，比嗜血的野兽更令人心惊。

地板上躺了两个满身是血的男人，捅人的刀掉落在地上，少年被血染湿的鞋子旁。

……

"我真的不怕。"夏夏说，"和你在一起我什么都不怕。"

谢淮思绪回笼，看着女孩甜甜的笑脸："是我怕。"他轻声说，"我怕，行吗？"

谢淮把身份证放到柜台上："两间房。"

夏夏像只性软的兔子，不紧不慢地跟着他，听见他要了两间房，心里暗暗施咒，默念："没有房没有房没有房……"

前台小姐："抱歉，先生，我们店今天只剩一间房了。"

夏夏心里又开始默念："大床房大床房大床房……"

谢淮："标间吗？"

前台说："只剩大床房了。"

夏夏惊了，心想自己的嘴是开过光吗，说什么中什么。她觉得这么好的运气不能轻易浪费，又继续祈祷："谢淮今晚上我床，谢淮今晚上我床……"

谢淮转过身，看到她此刻狡诈的表情，问："你在做什么？"

夏夏立马无辜地说："没有啊，没做什么。"

谢淮："换家店吧，这家只剩一间了。"

夏夏低头为难地看了眼自己的脚："我鞋子磨脚，走路很疼。"

"那算了。"

谢淮把两人的身份证交给前台登记入住，带夏夏上了楼。他进门先把空调打开，而后脱了外套进卫生间试水温。夏夏磨磨蹭蹭地脱衣服，黝黑的眼珠滴溜乱转。

谢淮出来："把鞋脱了。"

夏夏："啊？"

谢淮把她按在椅子上，脱了她的鞋袜检查她的脚趾和后脚跟，夏夏刚刚走路脚上出了点汗，被他这样握着有些难为情。她要缩回来，谢淮捏她脚踝的力气重了重："哪里磨破了？"

夏夏只是笑，不说话。

"骗我？"谢淮站起来，用捏过脚的手捏她的脸。

夏夏哎哎叫了几声躲开："我这不是看你太累了吗，想让你早点休息。"

"放屁。"谢淮说，"就一张床，你让我怎么休息？"

"睡这儿啊。"夏夏指着床，脸不红心不跳。

"我睡这儿你睡哪儿？"

"也睡这儿。"

谢淮没理她，浴室水热了，他站在水汽朦胧的隔间里，问："你先洗？"

夏夏说："还是你先吧。"

谢淮连夜赶过来，一定很累。

谢淮也没推让，他用十分钟洗了澡，头上顶着毛巾出来。夏夏进去，他坐在电视柜前的椅子上玩手机，浴室里哗哗的水声响起，他的视线从手机上挪开，朝那个方向瞥了一眼。卫生间挂着帘子，磨砂玻璃上弥漫了一层诱人遐想的水雾。浴室的橘黄色顶灯把女孩的身形浅浅映在塑料帘子上，模模糊糊的一道影子，谢淮不敢多看，又把眼神挪走。

他喉结动了动，忽然坐立难安。浴室水停，谢淮打开窗户，外面北风裹着雪花吹进来，把他刚刚那一瞬燥热起来的体温压了下去。

夏夏裹着浴巾出来，打了个哆嗦埋怨："淮哥，大冬天你开什么窗啊，冷死了！"

谢淮在窗玻璃的倒影里看见她此刻的模样。软白的手臂露在外面，肩胛窄细的一条，湿漉漉的头发朝下滴的水珠沿着锁骨滑下。

谢淮没回头，声音沉了沉："你穿成这样做什么？"

夏夏心里想：当然是想勾引你。

她嘴上说："我没带睡衣。"

谢淮订的酒店档次不低，他打电话到前台，五分钟后，服务员送上来一条干净的浴袍。夏夏不情愿地穿了，她坐在床边，用手抓着湿乎乎的头发。

她偷看谢淮，今天的他实在太安静了，沉默寡言，看起来心事重重。他在忧虑，夏夏能明显感觉出来，和她坦白心意这么让他担忧吗？夏夏又想，不对啊，谢淮哪里和她坦白心意了，他只说了一句不准她和除他以外的其他人谈恋爱，她就毫无芥蒂地点头答应，这样看来似乎有点太便宜谢淮了，她之前受的那些委屈谁来赔？

她经过一番深思熟虑，用商量的口气问："淮哥，刚刚在店里你说的那句话我有点忘记了，可以再对我说一遍吗？"

谢淮没说，他从柜子里翻出吹风机走到她面前，修长的手指抓了抓她的头发，按开了电吹风。他站在夏夏面前帮她吹头发，自然得像相处了许多年的情侣。

夏夏耳朵里全是电吹风的噪音，她看见谢淮的嘴唇动了动，却没听见声音。她手掌一抬，按上了吹风机的按钮。

“大声点。”女孩眨眼，“我没听见。”

谢淮脸有些红，语速极快，用不耐烦掩饰少年的害羞：“我离不开你，行了吧？”

夏夏满意了，她甩了甩头发，乖巧地笑了笑。她用过沐浴乳，身上的香味淡淡的，谢淮鼻子皱了皱，把目光从她白净的锁骨上挪开。

他把夏夏的头发吹至半干，刚要回椅子上坐下，腰却被她搂住了。

“淮哥。”夏夏把脸贴在他腰上乱蹭，用柔软的嗓音说，“我们谈个地下恋爱吧，你不说我不说，他们不会知道的。”

谢淮转过身，就在夏夏以为他被打动了，要和她来个激情的拥抱时，谢淮弯腰拿薄被把她裹成一个蚕蛹丢到了床上。

夏夏：“……？”

“能别勾引我了吗？”谢淮俯身，一手按着她的肩膀，“知道‘死’字怎么写吗？”

夏夏摇头：“不知道，你教教我吧。”

谢淮：“……”

女孩热烈又大胆，他快被折磨疯了，原本隔着一层玻璃看她洗澡的那点旖旎心思被她一激，通通化作一团无形的火焰蹿出来，燥热、狂野，沿着他体内的每一根血管、每一个毛孔蜿蜒向下。谢淮揪住夏夏的耳朵：“有种再说一遍。”

“疼啊……”夏夏哀号，“臭男人，放开我……”

谢淮松手，夏夏揉了揉被揪红的耳朵，骂道：“你嚣张不了几天了，别以为我会一直这样任你宰割，将来有你跪在我面前求我接受你的时候，到时候你可别哭！”

谢淮沉着脸坐回椅子上，和夏夏隔开一段距离：“闭嘴睡觉，再吵把你丢出去。”

夏夏故意重重哼了一声，表示自己很生气，她气鼓鼓地抱着被子，把自己缩成一团。谢淮关了屋里的灯，看样子是想在椅子上坐一晚到天亮。

夏夏假装睡着，在床上翻来滚去念念有词地骂：“狗谢淮，臭男人……”

谢淮听她骂了一会儿，忽然起身站到床前。夏夏直觉他靠近了，回过身，于黑暗中露出两丸黑水银般的眼珠瞪着他："干吗？"

谢淮一言不发，撩开被子钻进去抱住了她，夏夏柔软的身体刹那间僵硬了。

"我抱你睡觉，别吵了。"谢淮声音低低的，在极力压抑什么。

见夏夏不说话，他沉声问了一句："听懂了吗？"

夏夏有些害羞，小声说："懂了。"

过了一会儿，她又叽叽喳喳地问："为什么突然想开了？"

谢淮："没忍住。"

夏夏得寸进尺："那你亲我一下行吗？"

谢淮静住，揽着她的手臂骤然紧了紧："别闹，再闹真的忍不住了。"

夏夏睡醒时，一侧的床铺冰冰凉，谢淮已经离开很久了。他搭乘清早的飞机回了南城，昨夜的种种像场来去无踪的幻梦，如果不是电视柜上他买来的早饭飘着香味，夏夏几乎要以为昨晚真的只是她做的一场梦。

她本来不该睡这么熟，连谢淮什么时候走的都不知道，可晚上同睡一张床，彼此手脚亲昵地抵在一起，那肌肤摩挲的触感细腻温热，让人神经异常活跃。直到凌晨三点夏夏都是兴奋的，来回不安地翻身，谢淮也没睡着，她轻轻一动他就有所感应。她要背朝他，他就稍稍松开手，她朝他翻动，他就把手臂揽得更紧。

"睡不着吗？"见夏夏还在翻身，谢淮问。

"嗯。"夏夏窝在他胸口，"你打算怎么用一年的时间赚八百万？高利贷利滚利，一年后八百万又会翻好几倍吧？"

谢淮微不可闻地笑了一声："害怕了？"

夏夏摇头。

"不会再多了。"谢淮说，"他们不敢逼我，万一惹急了我自杀一分钱都还不上，损失的是他们……"

夏夏捂住他的嘴，神色愠怒："你胡说什么？"

谢淮笑笑，把她的手握在掌心："我爸出事后我妈把她名下的房子卖了两百万，这几年我也还了一百多万，还剩差不多五百万。"

"五百万也不少啊。"夏夏揪着他衣领上的毛球玩，情绪低落。

谢淮："许大龙的运气和人脉都不错，对我也算交心，短期内跟着他混是有赚头的。"

"为什么是短期内？"夏夏问。

谢淮解释："大环境使然，建材这一行的黄金时代已经过去了，况且现在做的人太多，信息又发达，中间商赚的钱刚刚够装满自己的腰包，再多是不可能的。许大龙之所以赚钱是因为他包了这么多年工程的人脉使然，可这些人脉总有用尽的一天。"

夏夏似懂非懂："做这行不赚钱？"

"秋后的蚂蚱，没什么大赚头。"

"那做什么赚钱？"夏夏问。

谢淮想了想："环保材料和新型材料，国家现在支持绿色环保项目，这两样目前做的人还不多。"

夏夏："那你为什么不让许大龙做这个？"

谢淮笑了："你傻吗？"他手心抵着她的额头，语气平淡，"现在跟他混是为了学经验攒人脉，难道我还能跟他做一辈子吗？"

夏夏眨了眨眼，懂了，她朝谢淮怀里拱了拱。谢淮又和她说了些话，夏夏困意上来，应了他几声抵不住困意睡着了。她把谢淮的手臂枕麻了，谢淮却不敢动，怕把她吵醒。

房间的窗帘拉了半截，缝隙里透进窗外白雪反射的光，在正对窗户的墙壁上投下一道清晰的白影。谢淮就着屋外的光线痴迷地看着夏夏的脸，她皮肤白皙细腻，没一点瑕疵，唇软而薄，像六月正红的樱桃。夏夏睡得熟了，毫无防备的睡颜如婴儿一样。谢淮轻轻侧下身子，在她挺翘的鼻梁上落下一吻，只是轻轻一蹭，她身上好闻的味道就钻进了鼻子，让他难以自拔，他的唇又向上，吻了吻她薄薄的眼皮。

夏夏睡梦里感觉有人碰她，烦躁地要翻身，谢淮手臂一伸，把她紧紧锁在怀里。那晚谢淮没有睡觉，他抱着夏夏，望着墙上雪花落下的影子，睁着眼睛直到天亮。

夏夏从床上爬起来，伸了个懒腰。她瞥到谢淮躺过的褶皱的床单，嘻嘻笑了两声，一个飞扑把自己埋进软趴趴的被子里，在留有谢淮气味的地方滚了滚。

她滚了一会儿，坐直身体，不去刷牙洗脸，而是掏出手机登录微博编辑动态。

“十二月十日，小雪。好爱他啊，想把所有的一切都给他。”

她发完微博，唇角上扬，跑去拆谢淮给她买回来的足足两人份的早餐。早餐的包装袋上贴着一张便利贴，上面是谢淮潦草的字迹：

“多吃点，你瘦了。”

夏夏把便利贴翻过来，只见谢淮在反面用小学生的字体一板一眼写着：“淮哥爱你。”

Chapter 13 他不会骑一辈子电动车的

对夏夏而言，过了这一晚，日子好像发生了翻天覆地的变化，可她表面依旧像没事人一样，该吃吃该喝喝，有条不紊地学习和兼职。

谢淮依然时不时给她发消息，叮嘱她好好吃饭，提醒她下雨带伞，或是跟她说一些最近生意上遇到的烦心事，他的语气用词和从前没什么两样，但夏夏就是能敏感地从谢淮每一个语气里揪出他隐藏其中的不一样的情绪。

“淮哥爱你。”

夏夏将那张便利贴夹进本子里，本子压在枕头下，每晚睡觉前都拿出来看一看。

谢淮不是她的初恋，可高中和平嘉澎谈恋爱的时候，她并没有现在的这份心跳和悸动，也没有这么多少女巧妙暧昧的心思，相比而言，那时的日子青涩无聊，上课、吃饭、溜操场，话题翻来覆去也逃不开学校里的边边角角。可有了谢淮，天光仿佛在这一瞬间大亮，她的世界里飘浮着数不清的星星与萤火虫，闭上眼，点点炫目的光就在面前闪耀。

夏夏很少主动打扰谢淮，他很忙，况且一年时间是他提的，她答应了，如果这时候再每天以谢淮喜欢的女孩的身份嘘寒问暖，说不是谈恋爱却胜似谈恋爱，反而不好。

谢淮是成年男人了，他有自己的想法和考虑。夏夏尊重他，也愿意给他时间，只要他心里有她，别说一年，多少年她都等得起。

夏夏常常会收到一些包裹，里面或是几包五香瓜子仁，或是几包坚果仁，或是去了壳的爆炒栗子。这不是淘宝现成的，而是谢淮买回来一颗一颗剥好，用真空袋打包后寄过来的。夏夏每次看到寄件人那栏出现谢淮的名字都忍不住想要给他打电话，更想一个冲动回南城看他。她脑海里时常幻想谢淮忙完一天后安静地坐在书桌前剥干果的模样，她想他修长却笨拙的手指没有指甲，该是怎样一颗颗把果仁从果壳里剔出来的？

每每想到这些，她就笑得缩成一团，然后又没那么想回去看他了。

距离是种很玄妙的东西，它像个抽气泵，把所有深沉的情感压缩在一方窄窄的袋子里，等到某一天，盖子打开，风一吹拂，那日夜不断累积起来的思念喷涌而出，曾经有多难挨，释放的那一瞬就有多美妙。

冬去春来。

夏夏又在傻笑。

她桌上摆着期末复习用的课本，手边放着一包核桃仁。

陈曼希："看书你都能笑，是不是傻了？男朋友又给你寄东西了？"

"没有。"夏夏说，"还不算男朋友呢。"

陈曼希马上就大四了，和她同届的学生每天忙着找公司实习，她却不紧不慢，晃晃悠悠地过日子，睡到中午才起，化个妆就出门逛街购物。有时傍晚才回来，有时干脆不回寝室，但只要她回来，都是一辆黑色的凯迪拉克直接送到宿舍门口。

夏夏见过一次开车的男人，年轻英俊，放到海大绝对可以评得上院草级别，和陈曼希可以说是郎才女貌。可她后来才知道，那个男人只是给陈曼希男朋友开车的司机，她男朋友的年龄比夏夏想象中要大得多。

陈曼希靠在椅子上涂指甲油："真搞不懂你们这些年轻人，谈恋爱就谈恋爱，还流行搞暧昧呢？"

夏夏没有跟她解释，只是笑了笑，把核桃仁递给陈曼希："吃点吗？"

陈曼希接过来："以后让你男朋友别这么麻烦了，淘宝上有卖现成的，虽然贵了点，但是省力气。"

夏夏说："不是钱的问题。"

陈曼希看着牛皮纸袋外面用歪歪扭扭的字体写着"马上考试了，给你补补脑"，回忆起自己年少时的岁月，忍不住笑着说："我念高中的时候有一个男孩子疯狂追求过我，那些稀奇古怪的手段和花样直到现在我都还记得，可最后我们还是分手了。"

夏夏随口问："他给你剥过核桃吗？"

陈曼希不知想到了什么，神色黯然："他给我剥核桃？我想也不敢想。夏夏，等你走出社会就知道了，学生时代的感情虽然美好，但没了钱的爱情狗屁不是，人活着，不只有谈情说爱这一件事，更要为自己考虑。"

陈曼希手掌翻动，目光落到包装袋的另一面，那面写了四个字："淮哥爱你。"

陈曼希问："你男朋友叫什么淮啊？"

夏夏嗯了一声："谢淮。"

陈曼希愣住，过了一会儿轻声问："就是上次来找你，和你在外面过夜的那个？"

夏夏说："对。"

陈曼希没再说话，她把核桃仁还给夏夏，继续低下头给自己涂指甲。

夏夏看了会儿书，脑子有些不清醒了，她站起来去阳台吹风。

陈曼希放下指甲油，叫住她："你是常市人，你男朋友和你是高中同学吗？"

夏夏说："不是，他是漳市人，我们大学才认识的。"

陈曼希没再说话。夏夏见她神色古怪，想问她也认识谢淮吗，可话到嘴边又咽了回去。陈曼希怎么可能认识谢淮呢？夏夏想，她是海城人，和谢淮八竿子也扯不上关系。

海大的期末考试在六月下旬，考完就直接放暑假。

夏夏交流的这一年里无论学业还是综测成绩都很突出，如果她愿意，可以继续在海大学习一年，负责老师问她的想法时，她只犹豫了半分钟，就做出了回南大的决定。

老师半开玩笑地问："南大就那么好？我们海大这种名牌大学都留不住你。"

夏夏莞尔："海大当然很好，只不过我出来太久，有些想南大的朋友了。"

六月底的南大还处在复习周，正紧锣密鼓地上课。夏夏回校的事和谁也没说，她买好车票，打算悄悄潜回学校，给谢淮一个惊喜。

她打包行李的时候，隔壁床的陈曼希也在收箱子。

"你要去旅行吗？"每次放假陈曼希都会和她男朋友去国外旅行，而后在朋友圈晒风景秀恩爱，见她又在收拾东西，夏夏好奇地问了一句。

陈曼希点点头，又摇摇头："不去国外，我打算去南城找个朋友，反正你也要回去，干脆一起走吧。"

"你男朋友也去吗？"

陈曼希的神情有些不自然："我去找我自己的朋友，他为什么要去？"

陈曼希原本订的是机票，为了和夏夏一起走又特意买了张火车票。她看上去心事重重，一路上很少说话，夏夏不叫她，她就戴着墨镜坐在窗边看着窗外飞速掠过的风景发呆。夏夏没工夫理会她的情绪变化，火车离南城越来越近，想到马上要见到谢淮了，她就忍不住一个人坐着傻笑。

她无事可做玩了会儿手机，发现陈曼希刚刚看过她朋友圈，给她许久前的动态点了个赞，QQ空间也有消息弹出来，提示她陈曼希还顺便去她空间转了一圈。夏夏的QQ八百年没用了，上面许多心情还是和平嘉澎在一起的时候留的，现在看来既矫情又非主流。她上大学后基本不用QQ了，一些过去的记忆就放在那儿没删。她有些尴尬，连忙把空间锁了。

陈曼希看到一半看不了，疑惑地看她："怎么了？"

夏夏："你才怎么了？好端端的干什么翻过去的动态啊，查户口吗？"

下了火车，夏夏要坐公交回南大，陈曼希拉住她："人太多了，打车吧。"

见夏夏用审视的目光看着自己，她淡淡地说："我朋友也在南大。"

陈曼希打了辆出租车，夏夏把一半车费转给她，陈曼希没收。她坐在副驾驶座自顾自地掏出包里的粉饼补妆，又涂了个正红色的口红，打扮得光彩照人。

"陈曼希。"夏夏严肃地问，"你是不是要去给那老男人戴绿帽子啊？打扮成这样要去见谁？"

陈曼希不屑地说："他还用我戴绿帽子？他那些二奶三奶不知道给他戴了多少顶了，头上本来就绿。"

夏夏："……"

陈曼希像个牛皮糖一样，亦步亦趋地跟在夏夏身后。夏夏下车她也下车，夏夏进校门她也进校门，夏夏朝宿舍走她也朝宿舍走。夏夏拿她没辙了，站在女生宿舍楼下看着她："陈曼希，你能不能别跟着我了？我现在要回宿舍，你朋友不是在南大吗？去找他啊。"

陈曼希的视线越过她，落在她身后不远的地方。夏夏跟着她的目光转头，见谢淮和姜景州刚从食堂吃完饭，肩并肩从春和路走过来。

半年没见谢淮，他的模样没怎么变，只是气质比从前内敛了许多。不知不觉间认识谢淮已经两年了，夏夏想起两年前谢淮的样子，那时他少年意气，棱角分明，身上的傲气浑然天成，脊骨铮铮仿佛什么都压不弯。

而现在，她这样看着他，说不出谢淮到底哪里变了，但那变化不是不好，反而让他更加迷人。她觉得他举手投足间，一个动作、一个神情里，不仅装了从前那个半大的少年，更装着一个成熟的男人。

姜景州先发现了夏夏，他脚步顿住，碰了碰谢淮示意他看那边，谢淮不经意抬起头，猝不及防地撞入夏夏的眼眸。他短暂的惊愕后，唇角微翘，情不自禁地露出一个温柔的笑。

夏日的合欢花缀满枝头，他朝夏夏走过来。

夏夏刚准备跑上去抱一抱他，身边的陈曼希却动了。

陈曼希放下行李箱，越过夏夏走上前去，她弯唇朝面前的两人笑了笑："姜景州，还记得我吗？"

她随手摘下墨镜，一双含水多情的眸子又望向谢淮，嗓音温纯，带着一丝娇媚："谢淮，好久不见。"

夏夏停在原地，神情怔住，她下意识地去看谢淮。

谢淮的脸上因看见夏夏展露的笑容敛去，脸色骤然阴沉至冰点。

夏夏坐在宿舍楼前的长椅上。

姜景州的视线从不远处棕榈树下的两人身上收回来："谢淮没跟你说过？"

"说过啊。"夏夏垂着眸子，脚下的青砖地面爬过一只毛毛虫，她用脚尖碰了碰它。

"谢淮说他有十几个前女友，最短的三天，最长的一个月。"夏夏瞥了眼陈曼希，"她不会就是那一个月的吧？"

姜景州说："谢淮跟她在一起不超过半个月。"

"半个月？"夏夏不信，"可我看她的样子不像。"

陈曼希的行为举止太不把自己当外人了，她毫无前任见面的尴尬和窘迫，刚才摘下墨镜同谢淮说话时神采飞扬，一张精致的脸蛋上满是骄矜与自信，她虽然嘴上没说，但夏夏能感受到她心里的想法——陈曼希认为，哪怕过去这么久，她在谢淮心里依然有很高的地位，那是其他任何女人都不能相比的。

夏夏不知道她这种自信从何而来，只知道自己看着陈曼希的表情就来气，恨不得变成一只猫，挥舞着爪子把她的脸挠花。

"虽然才半个月，但她确实跟其他人不一样。"姜景州说，"别的女生都是主动追谢淮，而陈曼希，她是谢淮倒追的。”

据姜景州的说法，当年谢淮在学校里受欢迎的程度远比谢淮自己口中的更甚，喜欢他、对他有好感的女生不仅有本校的，还有外校的，每天傍晚，总会有成群结队的外校女生来校门口看他。

那年元旦，一中在礼堂举办晚会，谢淮他们班准备的舞蹈演出因为服装损坏没法表演，老师和班委急得焦头烂额，正巧谢淮和一群狐朋狗友打完篮球，人手一瓶碳酸饮料，汗流浃背地从操场回来。

礼堂最后排的女生小声啜泣，谢淮路过，随口问了句：“哭什么呢？”

女生跟他解释，不能表演节目他们班级的活动分就没有了，而辛辛苦苦准备了半个月的同学个人分也加不上。谢淮听后，吊儿郎当地笑着说：“我当什么事呢。”

他把篮球扔给随行的男同学，在主持人报幕后，拿起台下摆的电吉他，穿着球衣就上去了。那天晚会的热闹气氛在谢淮上台后被推至顶点。谢淮毫无准备，全靠临场发挥，情歌唱到一半忘词了，他笑了笑，又改唱了一首儿歌。下台以后，他嬉皮笑脸地去和老师套近乎，请他们把活动加分算到原本应该上台跳舞的女孩们身上。

有人录下他唱歌的视频发到学校贴吧，他打完篮球，身上染的汗渍未褪，抱着把电吉他用清亮的嗓音唱《小星星》，那无可取代的少年感像迷人的毒药，谁见谁疯狂。视频被二中的人看到，当晚十几个女生一起翻墙到一中看谢淮上晚自习，最后被闻风而来的教导主任捉了回去。

……

姜景州：“谢淮打篮球，谢淮踢足球，谢淮去食堂吃饭、去游泳馆游泳，只要他出现的地方，要么围着一群女生，要么全是女生投来的注目礼。”

“怪不得。”夏夏有些明白陈曼希的得意来源于哪里。

那样青春正好的年纪，换成任何一个女生被谢淮这样的男生追求，自身的虚荣心一定会得到极大的满足。别说陈曼希这么多年后回想起来依然念念不忘，换成夏夏也一样，如果是她，说不定走路都要翘着尾巴。

夏夏：“谢淮是怎么追她的？”

姜景州：“你不会想知道的。”

夏夏黑白分明的眼珠盯着他：“学长，你还是告诉我吧，你不说我也会去问谢淮，不过我不敢保证从他嘴里听到那些事情后，还能像现在这样平静。”

南城紫外线很强，陈曼希怕被晒黑，从包里掏了顶帽子戴上。

她压低帽檐：“这么多年没见，你变了很多。”

谢淮瞧着她举手投足间的动作和神情，不客气地说：“你倒是没变。”

陈曼希哦了一声：“外表还是气质？”

她一身奢侈品，品牌的标志露在最显眼的地方。谢淮扫了几眼，嘲讽地一笑，没有说话。

“我没想到你现在是夏夏的男朋友，上次你来海城，怎么也不来看看我？”陈曼希声音恳切，“就算分手了，好歹也同学一场吧？见见面叙叙旧是人之常情，夏夏她不会介意的。”

谢淮挑眉：“夏夏她或许不介意，但我介意。”

陈曼希愣了愣，随即问：“你该不会……”

她想问“你该不会这些年还在想着我吧”，话到嘴边又觉得太过自作多情。陈曼希没有说出口，谢淮却看出她在想什么。

“我确实想着你。”他面不改色，明明该是缠绵的情话，听在耳朵里却带着冷冽的味道，“从前那些女孩的名字我已经记不住了，只有你我一直记得。”

陈曼希嘴唇微张，有些愕然。她本能地回头看了眼夏夏，夏夏刚和姜景州说完话，也朝这边看过来。陈曼希有些做贼心虚，但更多的是因为被偏爱而有恃无恐的底气。和谢淮在一起时她最不缺的就是其他女孩羡慕、嫉妒、怨恨的目光，那些目光里包含的情绪越激烈，她的虚荣心被满足得就越彻底。

她挑眉回视夏夏，眉尖扬到一半听见谢淮说："毕竟我爸破产自杀第二天就跟我提分手，分手后立即和我的死对头在一起，在一起后还挽着手来我面前炫耀的人，我活这么大除了你还真没遇见第二个。"谢淮冷漠地说，"陈曼希，我就算想忘了你也很难吧？"

陈曼希："……"

谢淮回忆起从前的事，眉宇之间染上了几分暴戾和烦躁。他下意识地去摘菩提手串，想盘珠子静心，却发现手腕空空的，才想起来手串在夏夏身上。

他回头看，夏夏也正在看他，同时脚下动了动，踩死了那只柔弱的毛毛虫。谢淮虽然很直男，但这一瞬间心里涌上几分不妙的感觉。

陈曼希："谢淮……"

谢淮打断她："那年春节我爸给我包了十八万八千八的压岁钱，你说没衣服穿了，我把卡拿给你刷，三天后卡回到我手里，就剩下八块钱。

"十八万八千八，请问你是买空服装店把衣服都捐去贫困山区了吗？"

陈曼希："……"

"过去的事我不和你计较，你也说我变了，我这些年确实变了很多，我今天心情好让你离开，下次见面别怪我让你还钱。"

谢淮语气平静，听不出激烈的情绪："还有，离夏夏远点。"

陈曼希的脸一阵红一阵白，尴尬得无以复加，她问："为什么？"

谢淮："你还和孙峰在一起吗？"

陈曼希别过脸："早就分了。"

谢淮瞥她手里的爱马仕提包："我说孙峰也买不起这些东西。"

他淡淡道："离夏夏远点，别让你这一身铜臭味熏着她。"

姜景州问："你和陈曼希很熟吗？"

夏夏起身推箱子："在海大住一个宿舍，但算不上多熟，她很少回宿舍，大多数时间都翘课和男朋友在一起。"

"她有男朋友了？"

夏夏点头，但没告诉他陈曼希的男朋友是个四十多岁儿女双全有家有室的男人。

谢淮走过来，伸手去提夏夏的行李箱："回来也不跟我说一声，吃饭了吗？"

夏夏眼疾手快，一巴掌送出去拍在他手背上，声音清脆。谢淮痛得抽回手："夏夏，你抽什么风？"他揉着手，递到她眼前，用撒娇的语气说，"你自己看，都给我打红了！"

谢淮的话听在陈曼希耳朵里，她咬紧嘴唇。哪怕她自诩在谢淮心里地位特殊，也从来没见过谢淮这副模样对待哪个女孩。高中时谢淮还在青春期，比起甜甜腻腻谈恋爱，他更喜欢和男孩子玩，只有许多人一起玩时才会叫上她。

陈曼希曾经让谢淮陪她逛街，得来的只是少年不情愿的言语。

"不喜欢逛街，累。"

"你找家店坐着等我，帮我拎下东西嘛，我又提不动。"

"不拎。"谢淮更不情愿了，"重。"

陈曼希挽他胳膊："谢淮，你就陪我去嘛，去嘛去嘛……"

谢淮把手臂抽回来，不耐烦地说："热死了，别黏黏糊糊的行不行？卡给你，自己去买。"

那时她以为谢淮生性如此，不喜欢和女孩子玩，却没想到有一天能看见谢淮对另一个女孩体贴备至，不光是行为举止，就连目光、眼神都在诉说着喜欢。他朝夏夏撒娇的样子，像只摇着尾巴吐舌头的小狼狗。

陈曼希满心欣喜而来，却被尴尬地晾在原地。她的眼睛被刺痛了，不想再看，戴上墨镜，转身离开。

夏夏冷漠地问："不去追吗？"

"追她干吗？"

夏夏拖着箱子进楼，万向轮的轱辘磨蹭地砖缝隙时发出骨碌碌的声音。

谢淮拦在她身前："重吗？我来拎。"

夏夏躲过他的手，直男谢淮终于察觉出她情绪不对了。他求生欲极强地说：“虽然是前任，但我跟她真的不算熟，不信你问景州，我们才谈了……多少天来着？”

“是吗？”夏夏冷笑，“不算熟你请她全班同学吃哈根达斯？不算熟你给她在教学楼下摆了九百九十支蜡烛，一千九百九十九支玫瑰？不算熟你让你家司机开着四辆车堵在她家小区门口就为了让她和你一起上学？不算熟你在国旗下不念检讨书念写给她的情书？”

“我信你个鬼跟她不熟！你现在给我滚开，马上滚。”

谢淮：“……”

他先是愣了愣，随后转身吼道：“姜景州，你给老子滚过来！”

姜景州脚底抹油，飞快地溜了。

夏夏没搭理他，一个人拎着沉沉的箱子上楼，谢淮快走几步，把箱子从她手里夺下来。

夏夏眉梢一扬，刚要开口，谢淮堵住她的话头：“你生气就生气，骂我就骂我，干吗跟自己过不去？我帮你拿，你歇一会儿，歇够了再骂。”

他把夏夏的箱子提到宿舍外，夏夏站在门口，脸沉着。

谢淮把行李送到，人却不走，他捏捏夏夏的脸：“气消了吗？”

夏夏说：“没有。”

“姜景州说的是实话，这些事我确实做过。”谢淮蹙眉，“不过我是有原因的，陈曼希刚转来的时候挺轰动的，隔壁二中的孙峰看上她了……”

据谢淮说，陈曼希高二那年因为父母工作原因转来漳市一中读书，因为漂亮的相貌、诱人的身材和时尚的穿衣风格，刚转来就成为周围几所学校的话题人物。谢淮班上的男生下课后最喜欢趴在隔壁班的后窗看新来的转学生，唯独谢淮一个人待在教室拍篮球。

事情的转折发生在那天傍晚，放学后，谢淮走到校门口自家司机停好的劳斯莱斯旁。

二中的孙峰带着一群小弟围过来。

男生语气里带着炫耀：“谢淮，你们校花让我泡了。”

谢淮问："校花是哪个？"

孙峰的小弟说："新转来的那个陈曼希，峰哥送给她两千块钱的表，她收了，过几天我们说不定就得喊她大嫂了。"

谢淮对此毫无兴趣。他见过的漂亮女人很多，陈曼希还真没办法引起他的特别关注，况且两千块的表对他而言实在算不上什么，他手上戴的表是谢致生买给他的，表盘镶钻，四十万一条。

谢致生的原话是这么说的："你还小，不要戴太贵的炫耀，等你念大学以后，我再给你换个好的。"

孙峰见他没反应，故意用话激他："你们一中没男人了吗？自己的校花都看不住，还要我们二中的人来照顾。"

小弟说："就是，我听说一中男的都特娘，他们学校女生不喜欢在校内找男朋友。"

……

"那个孙峰跟我有仇，每周跟我约架，上周刚和他打过，他带四个小弟打我一个，我没打过，挨了点揍。本身就结着梁子，又拿话激我，他要是说我娘我也就忍了，他说我们学校的男生娘……"谢淮一身十足的正义感，"这我能服他的啊？"

夏夏："……"

"我不是为了个人私欲，我这是为了学校荣誉。"谢淮振振有词，"陈曼希聪明得很，周旋在我和孙峰之间就是不松口，所有人都知道我在追她，我要不来点狠的，她被孙峰追到手了我面子往哪儿搁？"

夏夏被他气得一口气提不上来，差点心梗。

见她还冷着脸，谢淮继续解释："那些事我做过我认，但都是些花点钱就能解决的事，唯一一封在国旗下声情并茂念的情书，稿子还是姜景州给我从网上抄下来的，不信你问他。"

"你别生我气了，我那时候哪知道将来能遇见你啊？"谢淮声音软了软，"我他妈恨不得穿越回去打死当年的自己，可我能吗？你拿过去的事情来要求现在的我，这对我不公平，你以前不是也有平嘉澎吗？"

"你是在跟我翻旧账？"夏夏问，"既然你提起平嘉澎，那这样好了，反正我们现在还没交往，公平起见，从前你有过多少个女朋友，从现在开始我就去交多少个男朋友，等我们前任数量一样了，谁也不用对谁的曾经耿耿于怀的时候，我们再在一起，你看行吗？”

谢淮：“你开什么玩笑？我十几个前任加起来都没你一个平嘉澎来得刻骨铭心吧？”

“你的意思是不同意咯？”夏夏冷静地问，“那还有另外一个解决办法。从现在开始到我消气为止，你不准靠近我，不准跟我讲话，不准碰我，我要安静一段时间。”

谢淮问：“你怎么才能消气？”

“简单。”夏夏说，“把你追陈曼希时做过的事都对我做一遍，你现在不比以前，我也不要求你做别的，既然你能在国旗下给陈曼希念情书，那你也当着南大所有师生的面给我念个情书吧。”

谢淮：“……”

“你能做到这个，我就消气了，怎么样？”

夏夏说完，把箱子拎进宿舍，砰地关上门。

谢淮站在门外，恍惚想起那晚在海城酒店时夏夏说过的一句话：“将来有你跪在我面前求我接受你的时候，到时候你可别哭！”

那本来只是一句玩笑，可时至今日，却一语成谶。

谢淮傻眼了。

海城物价高，在食堂吃顿饭要十三四块。夏夏在交流期间很少去食堂吃饭，而是买了个锅藏在宿舍床下，每天给自己做饭吃。初回南城，夏夏一时还不太适应南大食堂便宜的饭菜，她打了三荤两素才花了十块钱，美滋滋地掏出饭卡准备付钱。饭卡正要贴上刷卡机时，身后一只手伸过来，把自己的饭卡刷上去帮她付了钱。

夏夏不用回头就知道是谁，她不说话，端着餐盘找了张桌子坐下。谢淮跟着坐在她对面，殷勤地帮她拿筷子和汤匙，夏夏接了，安静地低头吃饭。

“广播站的人不让我用播音室，说南大建校到现在都没这个规矩。”谢淮俊美的脸上写满遗憾，“如果给我开了先例，那以后是个人就要用播音室和女朋友表白，广播站就不用做别的了。”

“你可不要胡说八道。”夏夏淡然道，“和女朋友表白？谁是你女朋友啊？”

谢淮：“……你别得寸进尺啊，已经三天没理我了，我觉得你差不多该消气了。”

“得寸进尺？”夏夏用筷子把碗里的米饭戳成马蜂窝，“知道吗，祝子瑜昨晚和我聊天了。”

祝子瑜看着挺美艳高冷一女的，平时最大的爱好就是看娱乐八卦和刷微博。谢淮最怕夏夏和祝子瑜聊天，那么单纯的小姑娘，每每和祝子瑜说完话，回来时脑子里就会多很多奇怪的思想。

“她说男人都是贱坯子，轻易到手的不会珍惜，只有得不到的才会心痒难耐。”

“祝子瑜说话就跟放屁一样。”谢淮说，“我就不这样。”

“但我觉得她说得有道理。”夏夏平静地说，“你追陈曼希的时候费那么大力气都没有不耐烦，我才三天没理你，你就说我得寸进尺，我们现在还没在一起呢，真要在一起以后，只要吵架你就会想到……”

“……想到夏夏是主动和我告白的，和她在一起没有浪费我的时间和精力，不去哄她也没什么大不了，分手了也没什么大不了，再去找下一任就好了。”

谢淮：“……”

“臭男人。”夏夏说，“你一定会这么想。”

“祝子瑜还说，你的话都是借口，如果你真的喜欢我，怎么可能忍得住不跟我在一起？祝子瑜她新交的男朋友黏人得很，几天不见就要撒娇，一起出去玩从来不准她回宿舍睡。

“再看看你都做了些什么破事。”

谢淮无辜：“我做什么了？”

“跟我睡了一整晚，碰都没碰我一下，你别是个……”

“算我求你了。”谢淮声音无力，“以后别他妈跟祝子瑜聊天了行不行？”

夏夏冷漠：“你凶我……我让你跟我告白你磨磨蹭蹭拖延时间就

算了，你还跟我说‘他妈的’，你追陈曼希的时候也会跟她说‘他妈的’吗？”

谢淮真的要给她跪下了。原以为夏夏聪明剔透，善解人意又可爱，却没想到天底下妒火中烧的女人都是一样可怕，死死抓住他每一字眼里的漏洞来攻击他。

谢淮饭才吃了几口，被她气得饱饱的，端着餐盘走了。夏夏倒是胃口挺好，打了五个菜，吃了四个半，还吃干净了二两米饭。

伊美贤中午下班，正要去吃饭，拉开门看见谢淮守在门边。

“伊老师。”谢淮打了个招呼，闪进她办公室。

他大一入学时因校规考试和伊美贤起的纠纷现在还没解决，先前办公室墙角的纸箱里堆满了他考试用过的卷子，前几天伊美贤找收废品的来称，足足卖了十块钱。

谢淮端正地坐在办公桌前，伊美贤因为他连续两年没评上优秀辅导员的称号，此刻看着他直蹙眉头，总觉得他不怀好意，像黄鼠狼来给鸡拜年。

“老师，对不起。”谢淮一番深思熟虑后，诚恳地说，“从前的事是我太幼稚了，我给您道歉，您别跟我一个不懂事的一般见识，气坏自己就不好了。”

伊美贤：“……”

“我愿意认真答题通过校规考试，也请您给我一个改过自新的机会。”谢淮话锋一转，“我知道每个宿舍都装着播音喇叭，我愿意当着全校师生的面，为我之前的所作所为和您道歉。”

伊美贤：“……”

她恨谢淮恨得牙痒痒，而且不是一天两天了，谢淮这个问题学生总能用各种匪夷所思的行为挑战她的忍耐极限，抛开逃课做生意不说，在学校摆摊、替学生送外卖，校领导就谢淮的问题约谈过她好几次，最后连校规都因为他都改了。

——严禁本校学生在校内摆摊。

——严禁本校学生在校内送外卖。

看见他突然在她面前变得这么懂事，伊美贤一时不敢相信自己的耳朵，觉得要么是自己幻听了，要么是谢淮疯了。谢淮很有诚意，不等伊美贤说话，掏出一张试卷开始认真做题。伊美贤见他完整无错地做完了校规试卷，决定也大度一次。

“广播检讨就算了。”伊美贤说，“我也累了，你回去吧。”

谢淮不走：“不行，一定要检讨，伊老师，我对不起您！”

伊美贤不想把事情闹大，被校领导知道对她也不好。她蹙眉：“都说了不用检讨，而且宿舍里的播音喇叭多少年没用了，你就算想检讨，它也放不出声音啊。”

谢淮对检讨这件事特别执着：“那您看我用广播站的喇叭怎么样？得麻烦您开张条子，我去和广播站的人说说。”

伊美贤：“这么丢人的事我还要闹到全校人尽皆知是吧？”

她说：“赶紧滚，我要去吃饭了。”

夏日炎炎，谢淮坐在办公楼前的榆树树荫处吃棒棒糖。

姜景州从楼里出来，坐到他身边：“你吃错药了？竟然主动去跟伊老师讲和？”

谢淮慵懒地抬了下眼睛：“没办法，媳妇生气了，非要我当着全校的面跟她表白才算完，我能怎么办？”

“你还有没有别的办法能搞到学校广播站的钥匙？”谢淮用牙齿把糖咬碎，恶狠狠地嚼了几下，“为了陈曼希那破事，夏夏给我甩好几天脸子，半年多没见，我就想跟她吃个饭说说话，她倒好，见面不是造谣攻击我，就是骂我臭男人。”

“我有朋友在广播站。”姜景州说，“我帮你问问吧。其实你也不用非要听夏夏的，女孩子就爱口是心非，她肯定不是真要你当众表白，只是想让你表现出对她的在乎和爱。”

“你很懂啊？”谢淮的目光瞥到姜景州身上，不依不饶，“你为什么这么懂夏夏？”

姜景州：“……”

“就你这样的有什么资格说夏夏给你甩脸子？”他说，“夏夏吃醋是因为你以前对陈曼希做过的事，我不过就说了一句话，你醋味大得都快熏死我了。”

姜景州：“别因为你自己直男就把所有人想得跟你一样直。”

谢淮问：“我要怎么表现出对她的在乎，难道我还不够在乎她吗？”

“最简单的就是送礼物。”

“免了。”谢淮说，“夏夏精明得跟个鬼似的，就我俩现在的状态，我去问她喜欢什么，想要什么，企图用物质贿赂她，她不指着鼻子把我臭骂一通，‘夏夏’两个字倒过来念。”

“你不用非要自己去问。”

“你们去问也一样。”谢淮困扰地拧着眉毛，“她知道你们跟我是一伙的。”

姜景州说：“许愿长廊马上就要搭起来了，夏夏肯定会去许愿的，只要你认得她的笔迹，把她的愿望找出来，再偷偷把她的愿望实现，看起来就很有心意，也很浪漫。”

许愿长廊是管理学院一项历史悠久的活动，每逢六月下旬，管理学院的学生都会在食堂前的空地上搭起一座临时的棚子，棚子长长的一条，学校里的人又叫它许愿长廊。许愿长廊营业期间，每个学生都可以在长廊前的桌子上拿卡片和绳子把自己的心愿写好系在长廊的棚顶，而每个许愿的人同时又是实现别人愿望的人。心愿卡上一般会留下个人的联系方式，如果你能实现别人的心愿，就可以把心愿卡解下来联系许愿的人。

谢淮听了这话，眼前一亮。

“淮哥，夏夏去许愿长廊了。”

梁源太这一年来一直帮谢淮管快递亭，他生活稳定了，人也成熟了不少，虽然偶尔说话还是傻里傻气的，但与人交往多了，也逐渐明白哪些事能做，哪些事不能做。他浓眉大眼，面相可爱，学校里的女生都挺喜欢他的，把他当成小孩，时不时分他零食吃。

谢淮一听，连忙放下手里的东西朝许愿长廊去。晚上九点半，是学生下晚自习的高峰期，谢淮挤在人堆里，在一片心愿卡片里找夏夏的笔迹。

许愿卡上的心愿千奇百怪。要一杯奶茶的、要一把遮阳伞的、要一册毛概课本的，还有要一笼子做实验用的小白鼠的，更有甚者，需要一个人帮忙写毕业论文。

谢淮翻到一个卡片，上面写着要YSL限量口红套装，他心想这女人胃口不小。他再看联系方式，觉得那串电话号码似乎见过，掏出手机翻了翻，发现是祝子瑜。

祝子瑜的在这儿，夏夏的想必也不会太远。谢淮翻过旁边的卡片，上面清秀的字体写着："希望我喜欢的人能喜欢我，但更希望他能守护在他的爱人身边。"

这张卡片没有留联系方式，只是在底下写了名字：赵珊琪。

谢淮愣了一下。

梁源太说："淮哥，这个好像是夏夏的。"

谢淮的注意力立即被吸引了，他偏头去看，发现确实是夏夏的笔迹。

"希望下学期的学年论文能顺利完成，希望申请的暑假调研项目能顺利通过。"

她的心愿不是实物，和谢淮也完全无关。谢淮脸沉下来，说："这不是夏夏的。"

"这明明是夏夏的字。"

"我说不是就不是。"谢淮霸道地说。

他走到一侧的桌子旁，拿过一张心愿卡，在上面写道："想要一个帅气的男朋友。"

写完他又觉得不满意，划掉重写："想和谢淮舌吻。"

最后落款写了夏夏的名字。

他举起卡片，对梁源太晃了晃："看好了，这才是夏夏的。这丫头片子胆子越来越大，竟然敢这么肖想我，我今天一定得去找她算账才行。"

他把卡片揣起来，准备去找夏夏"算账"。

梁源太久久无言，他和这帮学生混得久了，学会了几句流行语。

他满脸复杂："淮哥，你真是太骚了。"

祝子瑜交了一个比她大十三岁的男朋友。

蔡芸和她不对付，赵珊琪又是个没心没肺的傻白甜，她憋了一年的话在夏夏回来以后迫不及待地拉着她说，夏夏陪她聊了好几个晚上，眼圈乌黑，今晚又被祝子瑜拉着去见她男朋友。祝子瑜的男朋友三十四岁，据说开了两家茶庄、一家餐厅，有房有车，帅气多金，至今未婚。

闻名不如一见，夏夏坐在祝子瑜身边，餐桌对面坐着祝子瑜那英俊的老男友。

郑智明确实很帅，一身随性却不随便的打扮，看起来不过二十七八，举止谈笑间礼貌十足。祝子瑜最近因为准备期末考试，一个星期没见他了，进了包厢就腻腻歪歪地扑上去搂着他的脖子喊老公，那黏人的劲让夏夏看了目瞪口呆。

郑智明见有外人在，尴尬地笑笑："你也不嫌害臊。"

祝子瑜大大咧咧地说："夏夏是我姐们儿，她才不介意呢。"

郑智明和夏夏打了个招呼，去外面点菜。

"这是他的餐厅吗？"夏夏用筷子敲着碗，八卦地问。

祝子瑜给她倒茶水："他的餐厅是家东南亚菜馆，人均消费两百多那种，咱俩这种关系，请你吃饭那么破费干吗？"

夏夏："那你去过他的餐厅和茶庄吗？"

"没有啊，他没带我去。"祝子瑜说，"我既不能帮他管账又不能帮他端饭洗盘子，我去干吗？"

"好歹你也算准老板娘吧？"夏夏说，"去看看不是很正常的吗？"

祝子瑜傻傻地说："也是哦。"

郑智明点完菜回来，祝子瑜托着脸看他："老公，吃完饭带夏夏去你的茶庄喝茶吧，我们聊聊天，今天不着急回学校。"

郑智明先是一愣，随即笑笑："夏夏喜欢喝茶？我的茶庄都是些年纪大的人去，没意思得很，你们两个小姑娘，一会儿我请你们喝咖啡。"

祝子瑜立即忘了喝茶的事："咖啡有什么好喝的？喝多了晚上要

失眠的，不如我们去喝奶茶吧。”

郑智明温柔地看着她，眼神里全是宠溺和笑意。

夏夏抿了口茶，笑笑没说话。

饭间，郑智明一直给祝子瑜夹菜，给夏夏倒水。他言语风趣，做事体贴，成熟男人的魅力彰显无遗。夏夏能理解祝子瑜为什么会喜欢郑智明，很多年轻女孩对这种事业小成、自身条件又好的男人没有丝毫抵抗力。祝子瑜是单亲家庭，从小缺少父爱，对年龄大的男人有天生的好感，沦陷也不过是时间问题。

她安静地吃菜，听两人聊天，插话问了句：“你的餐厅叫什么名字啊？”

郑智明：“小餐厅，不提也罢。”

祝子瑜：“夏夏想知道你就告诉她吧，再说我也不知道呢。”

郑智明搂着她：“那我改天带你们去。”

饭后，郑智明去结账，服务生端来餐后甜点和水果。

夏夏犹豫了一下，开口：“你不觉得奇怪吗？你们在一起都快半年了，他不带你去店里就算了，店名总该告诉你吧？”

祝子瑜眨眨眼：“你怀疑他骗我？他什么经济水平我清楚，不可能是装有钱骗我，况且我看中的也不是他的钱啊。你不觉得他真的很好吗？又温柔又贴心，对我好，还喜欢小动物。他家养了一只边牧和三只猫呢。”

夏夏：“我不是说他骗你……”

她不想当着祝子瑜的面质疑郑智明，换了种委婉的方式问：“他这么好的条件，为什么现在都没结婚？”

祝子瑜：“他曾经差点就结婚了，他和他初恋女友谈了八年，最后因为家人反对没有在一起，后来又没有遇到合适的，就一直单身到现在了。”

她看到夏夏一脸思索，搂着夏夏的肩膀：“你别想太多，我心里清楚的，再说他和珊琪她爸是朋友，如果真有什么瞒着我，珊琪也会对我说的啊。”

夏夏问：“赵晋松？”

“对。”祝子瑜说，“之前我和珊琪出去逛街，正好碰到智明在和珊琪她爸吃饭，一来二去就这么认识了。”

夏夏没说话。在她去海城那一年里，赵晋松没有和她断了联系，他隔三岔五就会给她发消息问她好不好，虽然不算频繁，但也像蚊子嗡嗡似的，时不时来一下让人心神不宁。

去年冬天谢淮离开海城后，夏夏收到了赵晋松的消息，他当时正在海城旅行，客气地问她能不能带他在海大逛逛。抛开赵晋松追求她的事情不提，在给赵世杰做家教期间，他一直很照顾她。夏夏没有拒绝，陪他在学校里转了转，还请他吃了食堂的砂锅饭。赵晋松的神情言语丝毫不见尴尬，同她说话时彬彬有礼，如果不是明确知道他是什么样的人，夏夏几乎要以为从前的事是她的幻觉。

郑智明结账后没进来，坐在大厅的沙发上和人说话，那人背对着她们。

夏夏和祝子瑜出来，那人转过头来，和她们打了个招呼：“夏夏，回南城了怎么也不告诉我？”

郑智明笑笑：“晋松也来吃饭，我们刚好遇到，就坐下来聊聊。”

夏夏：“你们玩吧，我先回学校了。”

赵晋松站起来：“我送你。”

他的话不是商量也不是问句，不等夏夏拒绝，已经站起来掏出了车钥匙。

祝子瑜说：“正好你一个人回去不安全，让赵叔叔送你吧，我也放心。”

夏夏轻挑了下眉，没再说什么。赵晋松的车停在停车场，夏夏要去后座，赵晋松手臂一拦，帮她打开副驾驶的车门。

“我有这么可怕吗？”他眸光带笑，“坐前面吧，陪我说说话。”

夏夏也没矫情，坐到了副驾驶，赵晋松将车开出停车场，付了两元停车费。

夏夏忽然说：“你特意来找我有事吗？”

赵晋松：“我是来吃饭，碰巧遇到智明……”

“停车场的收费标准。”夏夏指向窗外，“半小时内收费两元，超过半小时另算，你吃饭只用了半小时吗？”

赵晋松忍不住弯唇：“还是和以前一样，张口就能让我说不出话来。”

他把车灯打开，暖橘色的光映在他握着方向盘的左手上，借着微弱的光线，夏夏发现他无名指上的戒指不见了。

“是智明打电话叫我过来的，这么久不见，就想看看你。”

夏夏听到郑智明的名字，视线从车窗外的繁华夜景里收回来：“赵叔叔，子瑜是我的朋友，她虽然看起来成熟，但心思很单纯，您的朋友如果真心实意喜欢她，我为她高兴，但如果他别有目的或者有所隐瞒……”

夏夏看着赵晋松：“子瑜也是珊琪的朋友，她的年龄和珊琪一样大，对你们而言，她还是个孩子。”

赵晋松没有急于为自己的朋友辩解，而是问：“为什么这么说？”

“一个条件这么优秀的男人，就算对初恋念念不忘，身边的女人也不会少，他在分手后五年内一直单身，这本来就很可疑。”夏夏理智地说，“子瑜被爱情冲昏了头脑，但我没有，他为什么不带子瑜进他的圈子，甚至连自己的店都不敢带她去？”

前面遇到红灯，赵晋松停下车子，他侧头，眼神温柔地看着夏夏：“她是你的朋友，但更是一个成年人，你还小，有些事未必懂。等你离开学校就知道这社会的残酷，不为钱不为利，一碗麻辣烫就能满足的爱情只存在于学生时代。你觉得她受骗了，可她自己未必不知道郑智明有问题。”

夏夏：“您什么意思？”

赵晋松：“知世故而不世故是种可贵的品质，你能做到，却不能要求人人和你一样。”

夏夏：“您的意思是，祝子瑜和郑智明在一起是为了他的钱？”

赵晋松扬眉，不置可否。

夏夏的脸色沉了：“停车。”

赵晋松没有理会："人之常情而已，你没必要反应这么激烈。"

"我让你停车。"夏夏冷着脸，同他说话时敬语也不用了。

赵晋松只得把车停了，夏夏下了车，站在马路边打车，夜间的昌平区人烟稀少，路上连个车影都没有。

赵晋松耐着性子："你叫不到车的，这里离南大还有段距离，上车我送你。"

"不必了。"夏夏说，"和你没什么好说的，也不想坐你的车。"

"刚才是我失言，可是夏夏，你何必为这种事情生气？就算祝子瑜真是为了钱和郑智明在一起，那也是她的选择，不值得你为她惋惜，也不值得你为她难过。如果她不是为了钱，那我为我刚才的言辞道歉。"

"你以为我生气是因为这个？"夏夏一脸傲气逼人，眉眼却无比澄澈，"赵叔叔，你刚才在说话的时候，态度里充满了优越和不屑，虽然语气平和，但我感受到了你的轻蔑。"

"你站在一个事业有成的中年男人的立场，看年轻女孩前赴后继围在你和你的朋友身边，嘴上不说，心里一定很得意吧？"夏夏面无表情，"我不知道你到底是种怎样的心情，左右不过把这些女孩当成低着眼睛看的玩意儿。"

"不管是祝子瑜还是我，你都没有给予最基本的尊重。你认为祝子瑜和比她大十三岁的郑智明在一起是为了钱，那你对我做的事算什么？在你心里，哪怕现在我不肯点头，但只要你攻势不断，早晚有一天我也会为了钱和你在一起，对吗？"

赵晋松："我没有这么想。"

"你有。"夏夏说，"你觉得自己没有，但你的潜意识里就是这样想的。"

"夏夏。"赵晋松伸出手，"你错怪我了，对别人也许我确实存在这样的想法，但对你我真的没有。之前我手上戴的戒指是和珊琪妈妈的婚戒，戴了十几年已经养成习惯了，今天为了见你，我特意把它摘下来。我是真的很喜欢你，想好好疼你。"

夏夏静了静，许久后说："可我不想给珊琪做后妈，我有男朋友。"

“谢淮？”赵晋松蹙眉，“他欠了一屁股债，自己都顾不过来，能把你照顾好吗？”

他看见夏夏投来的目光，淡然道：“别用这种眼神看我，我说过我是真的喜欢你，你喜欢的人我也感兴趣。谢淮他父亲很有名，有些事根本不用调查，问几个朋友就知道了。”

夏夏：“我的事就不用你费心了，我是成年人，可以照顾自己。”

她掏出手机拨了一个号码：“来南京路接我。”

她挂了电话，不再和赵晋松说话。路上一辆车都没有，夏日的夜晚很安静，有一丝燥热，唯一晃动的只有天上云层走过遮住月亮的影子。

“他怎么来接你？走来？”赵晋松问，“这么远的路，你们回去至少要一小时。”

夏夏说：“他有车。”

她看着赵晋松：“赵叔叔，你说一碗麻辣烫就能满足的爱情只存在于学生时代，我还就不信这个邪。在我看来，能否在爱情里得到满足不在于吃的是街边的麻辣烫还是米其林餐厅，而在于陪你吃东西的人是谁。

“比起坐在宝马车上被你当成一个可以随时抛弃的小玩意儿，我更愿意坐在电动车后座，听他对我说今天的烦恼、明天的计划，听他跟我聊未来和理想，哪怕他对我发牢骚，我也喜欢。谢淮他是很穷，可二十岁出头的男孩子，穷一点也没什么。”

夏夏没有看赵晋松，她望向远处道路的尽头。

辉明的路灯下，黑色的电动车吱嘎吱嘎地驶来。

“我可以陪他，也可以等。”夏夏语气坚定，“他不会骑一辈子电动车的。”

“如果他骑一辈子呢？”赵晋松说这话时声音干涩，在生意场上游刃有余这些年，他第一次觉得在一个女孩面前词穷。

夏夏想了想：“那坐一辈子电动车也挺好的。”

黑色电动车停在路边，嚣张地正对着宝马车的车头。谢淮刚从床上爬下来，身上还穿着条皱巴巴的T恤，他摘下头盔，冷漠地瞥过来。

他在宿舍门口等了夏夏一晚上，她却在这儿和老男人幽会。他与赵晋松对视时目光里沾染了浓重的敌意，年轻、浑然不顾，带着尖锐的刺和锋芒。

谢淮刚要开口，夏夏朝他嫣然一笑。紧接着，她朝他扑过来，整个人埋进他怀里，白藕般的小臂搂紧他的脖子："老公，你终于来了……"

夏夏仿佛被祝子瑜附体，她的声音甜得腻死人，毛茸茸的头发在他胸口蹭了又蹭。谢淮当场失语，他下意识地搂住夏夏的腰，感受女孩柔软的身体在他怀里微微颤抖。

"砰！"一阵关门声响起，伴随着发动机的声音，赵晋松离开了。

夏夏没滋味地咂巴着嘴，从谢淮怀里直起身来。她还没来得及完全脱离他的怀抱，谢淮手臂一揽，把她按回怀里。

"再喊一遍。"他的嗓音又沉又哑，仿佛下一秒就要控制不住把她整个吞吃入腹。

"再喊一遍。"他说，"没听够。"

月色朦胧，街道空荡安静，弯弯的月影洒下一道温柔的清辉。

夏夏贴着谢淮硬硬的身体，感受着他的体温，像只黏人的猫一样，谢淮不松手她就赖赖唧唧地不起来，可嘴上却装傻。

"叫什么啊？"

谢淮没说话，揽着她腰的手臂收紧，用力道表达不满。

夏夏："我说，你是不是该放开我了？没名没分的，总搂着算怎么回事？"

"没名没分？"谢淮按着她的头发在胸前狠狠蹭了蹭，"没名没分你叫谁老公？"

"你别造谣哦。"夏夏坏坏地问，"说我叫你老公，有证据吗？"

谢淮的手臂像根浸了水的牛皮绳，捆在她细软的腰间，越收越紧，勒得她有些气短。

夏夏用指尖揪他的衣领，眉头弯蹙了蹙："轻点，疼了。"

“跟我撒娇？”

夏夏的模样委屈又可怜，一如当初在他面前伪装的小可怜模样。谢淮明知夏夏是装的，可还是忍不住松了手。他挑眉：“你以为我会信？”

夏夏：“真的疼，你都把我腰捏红了，不信你看。”

谢淮等着她撩开衣服让他看，可夏夏动作磨磨蹭蹭的，只嘴上说，身体却毫无行动的打算。

谢淮从兜里掏出那张被他揉得皱巴巴的许愿卡片：“装可怜没用，看看你都做了些什么事！”

“我做什么了？”

夏夏疑惑地接过卡片，一眼望过去，只看到第一行的字：“想和谢淮舌吻，半小时那种。”

她的脾气一下就被点燃了，把卡片摔在他胸前：“你很得意吗？有女人想跟你舌吻了不起啊？跟我炫耀什么？赵晋松刚才还和我深情告白，我说什么了吗？”

谢淮本来想叫她看看落款，一听她的话也炸了：“我他妈就知道那个老男人对你不怀好意，还想老牛吃嫩草，也不看看自己多大岁数，他都跟你说什么了？”

夏夏：“关你什么事？吃屁吧你。”

谢淮扯着她的手腕把她带到电动车旁，手抵着肩膀将人按在后座上。

“你说不说？”

夏夏的注意力很不集中，左顾右盼。

一侧是茂密的冬青丛，一侧是夏日里四周嗡嗡着蚊虫的暖色路灯。云翳从天际拨开，露出清透的月影，她目光所及之处，看到草丛里飞出一簇簇闪着青绿色光芒的萤火虫。

“淮哥。”她叫。

“别人壁咚都是按在法拉利车前盖上的，壁咚完再来个车震野外激情什么的，你这把人按在电动车上，也太寒酸了点吧。”

谢淮：“……”

夏夏："一年时间还没过完，五百万赚够了吗？"

"没赚够你还是松手吧。"夏夏诚恳地说，"这荒郊野外的，咱俩也没什么关系，你又是质问我赵晋松说什么，又是搂我抱我的，传出去对我名声不好。毕竟搞不到你，我还是要准备找下家的。"

谢淮的忍耐已经达到了极限，他把卡片摆在她眼前："都对我做出这种事了，还想找下家？"

夏夏这才看见，卡片的末尾写着她的名字。

她愣了："这不是我写的。"

"你说不是就不是？名字都写在上面了还想狡辩？"谢淮痞痞地笑，"舌吻半小时，夏夏，你这人思想可真够污秽。"

谢淮的表情恶狠狠的，带着几分他不擅长的表演成分，浮夸到夏夏一眼就看出了问题。夏夏瞬间就想明白怎么回事了，但她没有说破，假装那是自己干的。她一副认错的表情："对不起淮哥，我也觉得我思想污秽了，你就当这事没发生过吧。"

谢淮："不行。"

"那你要怎么样呢？"夏夏困扰，"骂我？还是打我？你总不会想亲我吧？"

她自问自答："我想太多了，淮哥怎么会亲我呢，他可是有一个轰轰烈烈念念不忘，为她干尽所有出格的事情，一掷千金的前女友啊。前女友前几天才来过，他现在每晚应该还会梦到她吧？那么好的青春时光，那么美的花样年华，那么动人的爱情故事，我算个球呀。"

"你他妈怎么不去当作家？"谢淮骂她，"损我的时候一套一套的，排比句都蹦出来了，就陈曼希那一件破事你要跟我记一辈子是吧？"

"是的呢。"夏夏面无表情，"我就是嫉妒，我就是吃醋，我就是要跟你提，怎么样？有种你打我啊！陈曼希她凭什么呀？她不就比我早认识你吗……"

她话说到一半，意识到一个严重的事情，忽然卡住。她口中陈曼希只是比她早认识谢淮，可她忘了考虑一个问题。

谢淮一开始对她好是看她可怜觉得与她同病相怜，而当年的谢淮根本不会对贫穷有这么深刻的体会，就算当年她就认识谢淮，也未必能引起他的注意。

她是清纯素雅的类型，而陈曼希是人间富贵花的长相。夏夏凝重地拧起了眉头，看着谢淮，心想谢淮难道喜欢陈曼希那种类型吗？谢淮见她这样的目光看过来，觉得头皮发麻，淮哥的风采能耐通通消失，变成柔弱无助的淮淮，大气都不敢喘。

他哄她："我错了，真的错了，要不你打我消消气？"

夏夏平静地问："如果，我是说如果。如果当年没有和别人较劲那件事，你会追陈曼希吗？"

"当然不会。"谢淮想也没想，"淮哥这辈子还没对哪个女人像对你这么上心过。"

"那……"夏夏套他的话，"如果陈曼希追你，你会答应吗？"

谢淮："……"

"说话啊。"夏夏说，"我要听实话，你不准骗我。"

谢淮迟疑："一定要这样吗？"

夏夏点头，他诚实地说："应该会吧。"

见夏夏眼神变了，他立即补救："你先听我说完理由，再决定要不要骂我。"

谢淮见夏夏没有异动，心里骂了一句自己怎么能在她面前尿成这样。这好像哪里不对吧？一开始明明是夏夏又软又尿，一口一个淮哥叫着，被他一个冷冷的眼刀扫过就连忙低头认错。现在别说角色对调了，他甚至还不如当初的夏夏。

"……他们都说陈曼希漂亮，但在我眼里也就那样，比她漂亮的我不是没见过，她不是我喜欢的类型。"

他瞥向夏夏。女孩的脸被月色浸染得白皙清透，她海藻般的长发柔软，松散地披在背上，发梢弯弯卷卷，像个漂亮的洋娃娃。见她第一眼时，只觉得刚刚好是他喜欢的类型。过了这么久，又觉得类型也并没有那么重要，哪怕夏夏长成别的模样，对的人总归会喜欢上的。

"陈曼希是校花，漂亮得体、会来事，那时候不懂事，喜不喜欢是其次，男人的尊严，尊严你懂吗？”

“我打个比方。”谢淮说，“南大几千学生，哪怕学生会主席也做不到所有人都认识他，这个学院一个花，那个学院一个草，听起来很有名气，可你放到学校里看，谁认识啊？你说你跟管理学院的院草谈恋爱，别人知道他是谁吗？但如果你说你是淮哥的女人，就很有面子。”

夏夏：“……”

谢淮没说大话，学生会主席未必人人都认识，但学校里还真没有几个不认识谢淮的。他从大一就出名了，虽然现在收敛了，但之前又是摆摊、送外卖、卖奶茶，又是和辅导员对着干进拘留所，早已变成南大不可磨灭的神话。可夏夏听着他的话总觉得哪里奇怪，谢淮确实没骗她，他诚实得让她忍不住想咬他。

夏夏不客气地说：“你快醒醒吧。”

她转身就走，谢淮追她：“我骗你你要生气，说实话你也生气，你教教我该怎么哄你。”

夏夏眼睛红红的，谢淮拿她的手捶自己胸口：“打我能消气吗？”

夏夏摇头，女孩不言不语，一脸委屈。

谢淮看得心疼，低头吻了吻她泛红的眼角。

夏夏推开他，手掌抵在他胸口：“越界了，你说不能亲的。”

异地时只觉得思念的滋味难熬，回到一起后发现日子更难熬了。看不见摸不着还可以自我麻痹，现在人整天在眼前晃，让他忍着不碰不抱，谢淮难受得快疯了。

他忽然后悔自己当初为什么要说等一年这种话了。如果当时不是和夏夏离得很远，而是近在眼前，这种话打死他也说不出口。

夏夏说是推，力气却很小，别说谢淮一个男人，连只猫都推不开。

谢淮的嗓音沉得醉人：“没人看见。”

他贴近她耳边，嘴唇衔住她的耳朵，夏夏耳郭红了。

“这事翻篇行吗？”谢淮说，“你对我不满、生气、埋怨我都认，答应你的事我也一定会做到，但你别不理我了。你难受就一次性发泄出来，打我、骂我、把我绑起来都行，过了今晚就把陈曼希打包丢进垃圾桶，以后再也不准提了。”

夏夏软绵绵地说：“你做梦。”

谢淮说：“那就是不气了。”

“还气的。”夏夏声音小小的。

“那怎么办？”谢淮的手掌抚上她后脑勺，“你不打我，也不骂我，那我亲亲你吧。”

他没等夏夏说话，低下头在她唇上啄下浅浅的一个吻，轻柔，点到为止。

夏夏刚刚跟他对着干的模样敛去，脸红红的：“这算什么？连个身份都没有就接吻。”

“未来的媳妇，这个身份行吗？”

谢淮见她没那么生气了，松开她：“赵晋松到底和你说什么了？”

夏夏抬眸，眼睛明亮，看着他。

“我不管他跟你说了什么，不准答应他。”

“你真霸道。”

云层缥缈，月亮罩上了一层雾气。

谢淮低了低身子，温柔地把她抱在怀里，他又重复了一遍：“你不准答应他，不然我会发疯的。”

他偏过头，嘴唇蹭过她带着橙子香味的柔软发丝：“再给我几年，我会比他更有钱，更体贴，我会对你好。”

“淮哥不会让你一直吃苦的。”

“我保证。”

Chapter 14

二十岁的我一无所有

七月。

棕榈树在碧蓝如洗的晴空下舒展翠绿的叶子，衬着南大橘红色外墙的教学楼，放眼望去，一片热烈的勃勃生机。

谢淮站在教学楼前，若有所思地凝视着楼侧挂着的黑色喇叭。

半个月来，谢淮因为频繁犯事，被伊美贤拎到办公室八次。三次逃了学院里最严厉的教授的课，两次蓄意在食堂浪费粮食，一次缺席年级大会，一次无视新校规以身试法在春和路上卖糖葫芦。

还有一次夜不归宿，等宿舍关门后跃跃欲试爬男生宿舍楼后花园的铁门想翻进来，他翻墙也不好好翻，把铁门撞得咣咣乱响。宿管原本不想管他，可他撞了半个小时门还没进来，蠢得像只猪一样，吵得宿管不能睡觉，想放他一马的心情也被失眠的暴躁取代。他出门逮人的时候，谢淮没有爬门，正无聊地靠在铁门上，脚一下一下地踹着那铁门。

大学不像高中每周一要举行升旗仪式，全校大会四年也不见得开一次，除了用广播站的喇叭，谢淮根本没有别的机会当着全校师生的面哄夏夏开心。他故意制造事端，绞尽心思只为了得到一个挨罚的机会，可伊美贤没有让他如愿。南大校风如此，哪怕通报批评也只是以书面形式贴在宿舍门口的布告栏上，当众广播检讨这种伤害学生自尊的事情，哪怕伊美贤批准，校领导也不能同意。谢淮在考试周一通胡闹，不仅没如愿以偿，还被通报批评了三次。

棕榈树上两只松鼠跳来跳去，在树杈间打闹。谢淮被灼热的日光刺了眼睛，抬起手背挡住，预备铃打响，他放弃爬上树捉只松鼠放进校长办公室吓人的打算，乖乖进了教学楼。

这是社会学专业最后一门专业课考试，考完放暑假。

谢淮没叫人帮他占位，他到教室的时候只剩下第一排空着。夏夏的期末考试在海大考过了，她不用再参加南大的考试，正无所事事地倚着走廊的墙玩手机，见谢淮过来，直起身子。她穿着朴素的牛仔裤和白T恤，戴着顶黑色棒球帽，身上背着一个看起来很重的书包。

“复习好了吗？”

“没有。”

“这么长时间还没复习好，你都在做什么？”

谢淮心想我在绞尽脑汁想办法完成答应你的事，但他嘴上不说，懒洋洋地挠着乱蓬蓬的头发，一脸烦躁。

夏夏：“会挂科吗？”

“不好说。”

夏夏拧他耳朵：“你再说一遍！”

“啊啊啊，疼……”谢淮龇牙咧嘴，“谋杀亲夫啊？”

“分数低一点不要紧，敢挂科你就死定了。”夏夏威胁道，“你挂一科，我们的事就顺延一年，听见了吗？”

谢淮：“……”

女孩狠起来就没他什么事了，谢淮心想，夏夏总算反应过来了。他们之间的事，主动权其实从来都不在谢淮手上，而在于她。相比之下，更担心被抛弃的人，是谢淮。

“不就挂个科吗？又不是没挂过。”

“不行。”夏夏音调抬高，“我是专业第一，专业第一你懂吗？

在海大我也是专业第一，你是我男人，挂科丢的是我的人。”

谢淮：“……知道了。”他抬手捏夏夏的脸，“我尽量。”

正式考试铃声响了，他松开手：“我进去了。”

夏夏眸光澄澈，温柔地看着他：“好好考试。”

谢淮摆摆手，满脑子都是夏夏刚刚的威胁和到底做什么才能得到一个利用广播的机会。考试两个小时，谢淮用一个小时把试卷写得半满。教室里已经陆续有学生交卷了，他没有着急做题，而是炯炯有神地盯着监考老师。

手机在口袋里，如果掏出来，一定会被讲台上的老师发现，这应该会按作弊处理。作弊能获得全校广播检讨的机会吗？好像不能，但可以一试。如果情节特别恶劣，比如他无视严肃的考场纪律，当着监考老师的面嚣张地玩一局打地鼠，绝对可以激怒老师。

谢淮想着，手不由自主地朝口袋伸去。他正准备把手机掏出来，抬眼瞥到夏夏站在教室门口盯着他。

一个小时过去了，她还没走。她用口型问：“想做什么？”

谢淮只能收回手，放弃玩打地鼠的念头。夏夏看了他一会儿，口型比道：“我走了。”

谢淮以为她要回宿舍，朝她摆了摆手。

考完最后一科出来，谢淮坐在教学楼前的花坛旁给夏夏发消息，问她中午要不要一起吃饭。

学校的播音喇叭沙沙作响，一阵尖锐的机械声后，低沉的男音开始广播南大暑期的放假时间与返校时间，播完后又放了一些大学生志愿者、暑期山区支教项目的广告，鼓励学生踊跃参加。

播音的男声谢淮熟悉，是姜景州在广播站的朋友，姜景州先前去问过那男生借钥匙的事情，可没有老师的同意，男生也做不了主。

谢淮听着广播，恶从胆边生。他看了眼腕表，马上就是食堂吃饭人最多的时候，男生播完音再去吃饭，一定会被食堂的人山人海挤出来。

谢淮想到这儿，慢悠悠地走向食堂。

男生关上广播设备，正要走出播音室，回头看见谢淮站在门口，手里拎着两盒炒饭。

“吃了吗？”谢淮笑得阳光，咧出白净的牙，“给你带了饭。”

男生怔了一下，谢淮把袋子放到他面前：“趁热吃。”

“就算你给我带吃的，我也不会把钥匙借给你。”男生接过饭，觉得谢淮不怀好意，忧心忡忡，“老师会杀了我的。”

“放心放心。”谢淮自来熟地揽着他的肩膀，“我不是来跟你借钥匙的，就是单纯送饭，你是景州的朋友，我也是景州的朋友，朋友的朋友就是好朋友，兄弟，一起吃个饭而已，别紧张。”

男生打开饭盒，谢淮对他格外照顾，给他加了双份牛肉还有一颗卤蛋。

他边吃边和谢淮闲聊：“其实追女孩的方法很多，不必局限于这一种。广播告白听起来浪漫，但善后很麻烦，一旦校领导找你算账，有你受的。”

谢淮嗯嗯啊啊敷衍了几声，埋头吃米饭。他扒了半碗饭，忽然朝门外瞥了一眼：“我听到姜景州叫你。”

男生耳朵动了动：“没有啊。”

“叫了。”谢淮指着门外的走廊，“在那边。”

男生放下筷子去看，他刚踏出去，广播室的门就被谢淮扣上，紧接着锁扣咔嗒一声，谢淮把门锁了。

男生：“……”

“校领导不会杀了你。”谢淮坐在播音设备前，淡淡道，“钥匙不是你借我的，是我把你赶出去的，要杀就让他们来杀我。”

谢淮按开播音按钮，对着话筒喂了几声，在听到窗外校园角落里传来回音后，不太满意，将音量键又调大了些。

他清了几声嗓子，手慢悠悠地摸向裤兜。

“夏夏。”他在一个人的播音室里挑起桀骜的眉毛，神情不可一世，嗓音又跩又清亮，“你给老子听好了……”

大话放到一半，他愣了。

裤兜里空空的，他熬了好几个晚上写好的两千字情书——忘带了！

播音室和办公室在同一栋楼上，闻讯赶来的老师砰砰敲门："谢淮，马上关掉设备，从里面出来！"

谢淮充耳不闻，又把音量调高，从小到大他语文作文就没及格过，好不容易写出来的稿子又没带，只好脱稿发挥。

"夏夏……"

正午的微风裹着阳光，卷着热浪，从窗口涌进来。太阳光炙热、明亮，驱赶着空气里一切潮湿与阴郁，灰尘在阳光的照耀下闪着浅浅的银光，在眼前跃动。

少年手边摆着一盒吃到一半的牛肉炒饭，嘴角还黏着饭粒。他看上去有些紧张，在无人的室内，俊美的脸颊泛上淡淡的红。

他抹掉脸上的饭粒，按开手机。手机锁屏是夏夏的相片，那年大雪纷飞的情人节，他忍不住去常市找她，夜深人静，女孩披着一身灿烂的雪光，趴在肯德基的沙发上睡得正香。

谢淮喃喃地喊："夏夏。"

脸更红了。

夏夏费力地将行李提上大巴车，过道被旁边人伸出的脚挡住。

她转头，看见蔡芸的脸。

"麻烦让让。"

蔡芸漫不经心地瞥她，把脚收了回来。

姜景州坐在车子的最后排，看见夏夏上来，面露诧异："你怎么来了？"

夏夏摘掉帽子朝他笑："我是临时申请的，之前一直没有名额，但是有个女生昨天急性阑尾炎住院，教授就让我来替补了。"

姜景州看了看手机，又问了一遍："你不在学校？"

夏夏在他面前转了个圈："我不是站在你面前吗？学长今天怎么了？说话奇奇怪怪的。"

姜景州面色复杂："那谢淮在跟谁告白？"

夏夏没听清："什么？"

姜景州把手机递给她，上面是好友发给他的一段音频。

夏夏不明所以，接过来按开。

谢淮经过话筒扩大了几倍的声音传出来："夏夏，你给老子听好了。"

夏夏吓了一跳，差点把手机摔了，紧接着音频空白了许久，就在夏夏以为接下来没有内容的时候，谢淮的声音再次响起，没有她想象中的温情告白，也没有深情款款诉说心意。

谢淮说话毫无逻辑和章法，嗓音又凶又霸道。

"都跟你说了一万次了，没喜欢过别人，没喜欢别人，你非不信，我现在当着整个学校的面跟你说，你信了吧？

"淮哥从小到大就喜欢过你一个，喜欢你喜欢得快发疯了，你不理我我饭都吃不下去，觉也睡不好，每天晚上做噩梦你跟别人跑了，梦话骂了把你拐走的男人一晚上，吵得辛浦觉都没睡好，你还跟我瞎矫情，我真的快被你气死了。

"你听到后立刻来广播室找我，我等不了一年了，一天都不想等。

"淮哥爱你，听见没？"

谢淮声音里满满的颓败："副院长和辅导员在门口堵我，他们肯定要把我抓到办公室思想教育，我连广播室的门都出不去，你过来找我，我要跟你谈谈。"

夏夏捂着嘴巴，一脸的不可置信，惊愕到说不出话，满满的情绪交杂，她一时间失语。

谢淮话说完没多久，她听见音频里传来一个音调略低但气急败坏的声音。

"谢淮，你是个傻×吗？"伊美贤被他气得直接爆了粗口，"夏夏早就跟着项目队去乡间调研了，你谈个屁吧你。"

调研的村子在群山深处。夏夏一行人从南城出发，坐了十个小时的大巴又转乘当地村民的电动三轮，到达住处时已经夜里十一点了。

山里宾馆很小，住不下这么多人，村委会特意空出几套没人的院子给学生们住。房子是用青砖砌的，前几天刚下过雨，墙壁沁着潮意，而这几天天气闷热，在湿热的天气里，到处都是蚊虫蛇蚁。院里有只黑尾巴的狼狗，见生人进来，凶神恶煞地龇牙咧嘴。

蔡芸吓了一跳，哇地惨叫一声躲到姜景州背后抓他手臂。姜景州眉头一拧，出于男生基本的绅士礼仪没有躲开，只是把手臂抽了回去。

夏夏从小在村子里野蛮生长，什么凶猛的狗都见过，和狗打的架也不在少数。她朝那只狼狗吹了声口哨，原本还对蔡芸凶巴巴的狼狗喉咙里呜呜一声，瞬间摇起了尾巴。

夏夏摸了摸它的脑袋："它叫什么？"

村主任："旺财。"

他笑："不用害怕，旺财是我牵来给你们看门的，不咬人。"

"旺财。"夏夏笑眯眯的，她指着蔡芸，"咬她。"

蔡芸："……"

旺财傻乎乎地吐着舌头，夏夏从包里掏出一根火腿肠在它鼻子前晃了晃，然后摆出要朝蔡芸丢过去的姿势。旺财垂涎欲滴地盯着火腿肠，顺带盯着蔡芸。

蔡芸要被吓傻了，尖叫："夏夏，你敢……"

夏夏顽皮地笑了笑，露出上牙的尖尖，她蹲下来，剥开火腿肠喂狗。

蔡芸转头和教授说："老师，我不住这里，这里有狗，我一天都待不下去。"

村主任笑笑："你如果害怕，我把狗拴起来。"

蔡芸恶狠狠地瞪着夏夏："拴起来有用？谁知道某些人会不会故意把狗放出来咬我？"

夏夏挑眉，清冷的目光与她对视。

蔡芸："我不住，调研期间不是有报销额度吗？村头有家宾馆，我去那儿睡。"

夏夏懒得听她讲话，喂完狗拎着箱子进门了。

姜景州是这次调研的学生带队人，老师负责考察项目，他负责生活上的安排。女生两人一间，蔡芸自己去住宾馆，少了一个人，他把单人院子分给了夏夏。

夏夏进屋简单打扫了一下，铺好床铺和行李。

山里温度三十五度，到了夜里也没有半点清凉。夏夏一动不动还是出了一身汗，手机电量在路上用完了，她把手机充上电，径直进了冲凉间。

冲凉间里只有一个简易的淋浴头，水流很小，时好时坏。旁边放着一个大缸，里面装着清水，上面挂了个硬纸牌，写着："洗澡用水。"

夏夏用凉水冲了个澡，回到屋里发现刚开机的手机被谢淮的消息挤爆了。他给她打了二十多个电话，微信上也发来几十条消息。

还没等夏夏仔细看内容，他的电话又打来了。

谢淮："为什么不接电话？"

夏夏委屈："手机没电了。"

"没电之前呢？"

"山里没信号。"

谢淮的脾气一下没了，他嘟囔："我找你一天了。"

夏夏将手机夹在耳朵和肩膀之间，一边整理东西一边和他聊天："你在做什么？"

谢淮沉默了几秒，说："在办公室写检讨，三万字，不能抄，副院长要用论文系统给我查重。"

夏夏抱着电话，滚到床上捧腹大笑。

"我都是为了你才沦落到这个境地的，你他妈还笑！"谢淮不开心了，"再笑淮哥今晚就坐车过去找你。"

夏夏憋住笑，认真地说："我帮你写吧，千字一百。"

"还收费？"

"收的啊。"夏夏明明白白地跟他算账，"我为了这次调研推了好几个实习，不赚点钱下学期生活费怎么办？"

"那你写吧。"谢淮说，"千字给你算五百，写得好另有奖励。"

夏夏问："什么奖励？"

谢淮不说话了。

夏夏诚恳地问："我可以自己要求奖励吗？"

谢淮说："可以，只要我有，什么都行。"

"今天在广播里说的话可以再对我说一遍吗？"

谢淮想也没想："不行。"

"我就这么点心愿你都不能满足，还说什么都行。"夏夏哼了一声，"臭男人。"

谢淮最怕听她骂臭男人："除了这个什么都行。"

"那……"夏夏坏坏地笑，"景州学长说，你熬夜给我写了两千字的情书，下次见面可以当面念给我听吗？"

"你可要想好了再回答哦。"夏夏话里带着威胁，"答应我的事一再做不到，我会对你很失望，夏夏如果失望，后果很严重。"

谢淮这回没说不行，他直接把电话给挂了。

山里调研的日子单调又辛苦，每天探访村民、村委，和他们交谈、吃饭，时常要参与当地人的日常生活，插秧、下田，回到住处后累得散架，许多同学要么睡觉，要么窝在房间玩手机。夏夏一个人住一个院子，回去后就抱着电脑给谢淮写检讨。

谢淮挂了电话以后没再联系过她，夏夏却不着急，每天活泼快乐，遇上有女生来她院子里聊天，问她在做什么，她就美滋滋地告诉别人："我在帮谢淮写检讨呢。"

"谢淮的检讨为什么要你来写？"

夏夏眉眼温柔，完全不提千字五百的事："他有自己的事要忙啊，犯错本来也是因为我，能给他分担一点也是好的。"

女生八卦地问："我听说谢淮在校外和别人做生意，他是不是赚了很多钱啊？"

夏夏："我不知道。"

女生不信。

夏夏坐在院子里吹晚风，纤细的指尖噼里啪啦敲动笔记本的键盘。来她院里玩的女生回去了，狗趴在墙角，忽然对着木制大门狂叫了几声。

“旺财。”夏夏喊它，“别吵，隔壁的姐姐睡觉了。”

旺财不叫了，只是盯着门口发呆。

夏夏朝门外瞥了一眼，收起笔记本进了屋子。今天淋浴喷头又不好用了，她在淋浴间用水瓢舀缸里的水冲凉，冷不防听见院子里一阵噼里啪啦的声响，紧接着墙角堆的木箱倒在地上，发出砰的一声。

夏夏拿浴巾把自己裹住，随手擦了擦还在滴水的头发。她扒开门缝朝外看了眼，院子里没点灯，黑漆漆的什么都看不清。一片漆黑里，旺财的叫声更大了，它嘴里呜呜的，似乎咬着什么东西。夏夏耳朵动了动，听见院子里有鞋底摩擦地面的脚步声。

前几天有女孩大白天单独行动被当地男人言语调戏过，晚上这些人又来敲女孩的房门，在调研队里引发过一阵骚乱。村主任知道后给他们介绍了一下当地的情况，这里穷乡僻壤，大龄单身男青年很多，思想也很落后。他叮嘱女孩们晚上要锁好门，没事不要自己一个人出去。

蔡芸听说这事以后脸色苍白，可她又不肯回这里的民房住，于是向教授申请要个男生去陪她，教授拿她没办法，为了安全考虑，又在宾馆给姜景州开了间房，让他有事照应着蔡芸。

夏夏之前没怎么把这件事放在心上，她院子里有狗，晚上也会锁门，只要旺财不叫，院子里就肯定安全。她回想旺财刚才的奇怪反应，心里毛毛的。

脚步声越来越近，被地上的东西绊了一下。来人低低咒骂：“靠！”

那声音刚刚入耳，夏夏就愣了，她拉开门，被谢淮抱了个满怀。

谢淮在三十多度的高温里奔波了一天，T恤湿了干，干了又湿。他身上带着不明显的汗味，咸咸的、淡淡的，扑入鼻子里，让她意乱神迷。

夏夏刚冲过澡，身上冰凉，抱在怀里像抱着一块冰。她被谢淮箍着，一动不能动，身上的浴巾在动作间被扯松了。她里面不着寸缕，脸一红，用力推谢淮的肩膀。

谢淮没松手，反而把她抱得更紧了。他低头，没有叙旧也没有寒暄，滚烫的嘴唇毫不客气地含住她软薄的耳郭。

“还骂我臭男人。”

“你才是臭女人吧。”

要极力压抑才能不让自己有其他多余的动作，他在她耳边咬牙切齿：“整天勾引我，老子偏偏就被你吃得死死的。”

夏夏委屈：“我什么时候勾引……”

她无辜的眼珠圆溜溜地瞪着，一句话没说完，感觉谢淮的手放开了对她的钳制。她一个晃神的空隙，他的手捧住她的脸，招呼也不打，嘴唇压了下来。

夏夏一手扯着浴巾，一手伸在两人嘴唇间格挡。

谢淮炙热的吻落在她掌心。

夏夏眨了眨眼睛，提醒他：“五百万。”

“我不想等了。”谢淮暖融融的呼吸喷洒在她手心，他轻吻了几下，“怕吗？”

夏夏知道他的这句“怕吗”不是问此时此刻他要吻她的事情，也不是问刚刚深夜里他翻墙进来吓到她的事情。他问的是以后，囊括了所有未知的人生的以后。

如果她说“不”，那她的未来就和他绑在一起了，那样生活里或许会出现数不清的狂风和巨浪，通通都要她去面对。

可夏夏眼神明亮，她揽着谢淮的脖子，笑吟吟的：“我从来都没说过害怕呀。”

谢淮眸子里闪动着数不清的情绪。女孩身体温软，主动贴着他，他再也忍耐不了，低头堵住她柔软的嘴唇。

夏夏放软身体，如一汪春水瘫软在他怀里。谢淮舌尖轻触试探，她放行，感觉他滚烫的唇舌滑入，粗鲁地勾住她纠缠。

气息灼热，相贴的皮肤也灼热，夏夏快喘不过气了。她低低嘤咛了一声，随后整个人被谢淮揽住，按在背后的墙上。谢淮手掌垫在她背后，隔绝了那一下的撞击。

他的嘴唇短暂离开，给夏夏喘了一口气的机会，就在夏夏脸颊通红望向他的那瞬间，他又不留缝隙，霸道地吻了上来。

夏夏的嘴唇被死死堵着，鼻子和谢淮抵在一起，呼吸受阻，吭哧吭哧喘不过气，脸憋得通红。她手指扣着谢淮的肩膀，刚剪过的指甲秃秃的，没法给他造成一星半点的伤害，只能揪住他的T恤，攥成皱巴巴的一团。

谢淮放开她，低头，唇在她脸上点了点。夏夏抓紧时间呼吸，离得太近，体温交融，刚冲过凉的身体又出汗了。

谢淮像只狼狗，嘴唇在她颈窝一阵乱蹭："这样就喘不过气了？平嘉澎没教过你接吻吗？"

"当然教过。"夏夏不服输，"是我笨，没学会而已。"

谢淮不满地捏她腰上的软肉，又毫不客气地一口咬住她的脖子，嗓音沙哑："他都亲你哪儿了？"

夏夏葱白的手指指指嘴唇，又在秀气的脸蛋上点了一通："这里，这里，这里，还有这里……我想想，好像还有别的地方……"

谢淮脸阴得不像话，他故意一问，没想到夏夏还真敢说，手下掐她的力气加大了些："他也像我这么亲你吗？"

夏夏久久凝视着他，扑哧一声笑了："你傻不傻呀？当然不像，你跟头狼似的，就知道用牙齿啃，弄得我疼死了，平嘉澎可比你斯文多了。"

谢淮脸一沉，她搂着他的脖颈，眼睛亮莹莹的："可我喜欢你这样的。"

谢淮："他比我早亲过你。"

夏夏眨眨眼，听他蛮横的嗓音里带着丝委屈："他凭什么比我早亲过你啊？你还整天跟我提陈曼希，我他妈都没说过什么。"

夏夏摸摸谢淮的头发，像哄小狗："那从今天起，谁也不准再提从前的事了，行吗？"

谢淮抬起漆黑如墨的眸："可以，但他亲过的地方，我都要再亲一遍才行。"

他神情认真、严肃，又有些幼稚，像只领地意识极强的雄性动物。

夏夏笑得明艳又张扬："来啊。"

她说这话的时候没有多想，只是想和他亲昵。可十分钟后她就后悔了，谢淮一抱着她就变身成狼狗，又亲又咬又舔把她整张脸啃得全是口水，还没有要停下来的迹象。他亲完脸亲下巴，亲完下巴亲脖子，又沿着锁骨向下。

“可以了。”夏夏推他。

谢淮纹丝不动，低头亲她嘴唇。

“可以了。”夏夏嫌他身上全是汗，捶他肩膀，“你先去洗澡吧。”

谢淮狗性大发，在她身上嗅了一圈，表情十分满意：“没别人的味了。”

他松开她，夏夏扯着岌岌可危的浴巾钻回房间。她换好内衣和睡裙，出门时月色正好，圆圆地悬在无垠的天幕之中。

谢淮把脏衣服挂在门口的木架上，夏夏从他背包里掏出新衣服放在门边，把他换下来的衣服拿去洗。他裤腿烂了个洞，夏夏举起来对着灯光照了照，发现上面有两排可疑的齿印。

谢淮洗澡飞快，十分钟就出来了，他用干净的毛巾擦着头发，迈出门槛时见夏夏坐在院里水井旁的板凳上打水给他洗衣服。

院里的灯光芒微弱，映在她纤细的身躯上，她手里正拿着他换下的内裤。

谢淮脸红了红。

“在帮淮哥洗内裤？”他只穿着一条五分裤，赤着上身走到夏夏身边。肤色被月光照得很亮，上身肌肉线条紧致、刚硬，给人极大的安全感，又不失少年的清朗。

夏夏手上沾满肥皂泡沫：“十块钱一条。”

谢淮：“……”

“又收钱？”

女孩无辜地说：“我要赚学费啊，别人不好下手，你的钱比较好赚。”

谢淮痞笑：“能洗出香味吗？不香不给钱。”

“当然。”夏夏挺着胸脯，“只要钱给得够多，把你内裤搓出窟窿都没问题。”

谢淮敛回玩闹的笑意，他搬了个板凳坐下，从她手里接过衣服：“我来。”

“哎哎哎……”夏夏抢回来，“开玩笑的，不要钱不要钱，给淮哥洗内裤怎么能要钱？”

“我没开玩笑。”谢淮低着头，随手拿过肥皂盒里的肥皂打在内裤上，“又脏又臭，哪舍得让你洗。”

他看着夏夏：“你脸红什么？”

夏夏指指他脚边另一盒肥皂：“这才是我拿来给你的。”她声音低了低，“你用的肥皂是我的。”

谢淮笑：“你的？是洗脸的还是洗手的？”

夏夏说：“洗内内的。”

谢淮吹了声口哨，活像个痞子：“夏姐还会害羞啊？现在就害羞了，将来可怎么办？以后内裤说不定都得混着穿，有你不好意思的时候。”

夏夏收起小女生的娇态，掬起一捧谢淮洗内裤的水，泼到他脸上。

谢淮：“我靠！”他抹了把脸，“夏夏，你报复心这么强的啊？”

“这就嫌弃了，将来可怎么办？”夏夏以牙还牙地说，“以后说不定还会朝你脸上泼我洗内裤的水，有你嫌弃的时候。”

谢淮挑眉：“泼啊。”

夏夏拿洗衣液浸泡他的裤子，问：“裤腿怎么破了？”

旺财围在他们身边打转，谢淮踢它屁股：“这个狗东西咬的。”

旺财嗷呜一声，夹着尾巴跑了。

夏夏：“谁让你有门不走偏要翻墙？”

谢淮把衣服挂到院里的晾衣绳上：“我那不是以为你在睡觉，怕吵醒你吗？”

夏夏瞥谢淮，见他回过头，炯炯有神地盯着屋里的大床，于是学他刚踢旺财的样子踢了他一脚：“你怕是有别的心思吧？”

谢淮的视线转回她身上，女孩的白色吊带睡衣很薄，两根白藕般的手臂端在胸前，手指一搭一搭点在手肘上。她穿了件黑色胸衣，肩带露在外面，和白色吊带的细绳缠在一起，纯情又勾人。谢淮没忍住，多看了几眼。

夏夏扬起下巴："你看什么呢？"

谢淮没说话。

夏夏："问你话。"

谢淮蹭干手上的水珠，一声不吭，弯腰把她抱起来扛在肩上。

夏夏很瘦，抱起来没几分重量。

"哎……"她双脚离地，被失重感惊吓到，死死抱住谢淮的脖子，"谢淮你干吗？"

谢淮笑得邪气，把人放到屋里的单人床上，骑压在她腿间："胆子肥了，你叫谁谢淮呢？"他俯身凑近，理她耳边凌乱的碎发，"叫哥。"

夏夏扭捏，偏偏不叫，拿手背捂住眼睛，她有些紧张，单薄的身体轻颤，胸脯微微起伏。

谢淮凝视着她，眸子比山里的夜空还要璀璨。他低头在她额头吻了吻，而后翻身下去，侧躺在她身边，手臂环住她纤软的腰肢，把她脑袋按在胸口。

夏夏睁开眼，不解的目光看向谢淮。谢淮轻笑，原本清澈的声音在黑暗里显得低沉而富有磁性，呼吸洒在夏夏脸上，让她一阵难以自抑地战栗。

"你以为我要做什么？"

夏夏低低地问："不做吗？"

她能感受到谢淮身体起了明显的反应，就像那年冬天在海城两人睡在一张床上那样。不同的是，今天他更激动，每一寸肌肉都紧绷着，体温几乎要把她烫伤。

"这么想？"谢淮喉咙里发出闷闷的一声，手掌贴在她后腰不放，下巴抵在夏夏刚洗过的松软温香的头发上，狠狠蹭了蹭。

他眼眸深邃："做不了，什么东西都没有。"

他按了按掌心下的凉席，因为天气湿热有些发霉，夏夏之前在大太阳下暴晒两天终于晾干了，但还是去不掉上面的些许霉味。

“和你的第一次，我不想在这种地方。”

谢淮炯炯有神的目光看向她：“如果你心疼淮哥憋得难受……”

夏夏瞪大眼睛，听他讲话。

他的拇指在夏夏红软的唇角来回蹭，眼里带着渴望：“也有办法，不会我教你。”

夏夏扭动身体，挣扎出他的桎梏：“不，我不……”

她一个不到二十岁的姑娘，再怎么喜欢，躺平不动默默装死已经是极限了，让她主动去这样那样，还是这种羞羞的事情，不是不愿意，而是这念头刚在脑海里出现，她的脑子就轰然炸开了。

大脑一片空白。

夏夏支支吾吾：“别，淮哥，这也太那个了……”

“哪个？夏姐，把话说清楚啊。”

夏夏不说话了，脸红得快烧起来了，好在屋里光线昏暗，看不清楚。

谢淮笑笑：“社会我夏姐，还带这么害羞的？”

他松开她，安静地躺在她身边，单人床狭小，两个人多少有点挤。

夏夏松了口气，偷偷瞥谢淮。他闭着眼睛，神色不太平静，英俊的眉微微勾着，双手交叠在一起搭在肚子上。他没有多余的反应，也没再抱她。

夏夏心里忐忑，担心谢淮会不会生气了，她像只黑夜里窸窣乱动的小松鼠，用手指戳了戳谢淮的手臂。

“淮哥？”

谢淮嗯了一声，代表自己在听。

夏夏没有实质性的问题，又叫：“淮哥。”

她嗓音里是满满的自己都听不出来的依赖和喜欢，又甜又软，谢淮听在耳朵里，全身骨头酥了一半。

“别叫了。”他语调懒洋洋的，又暧昧，“再叫真憋不住了。”

夏夏吓得噤声，又忍不住问：“你什么时候回去？”

谢淮："明天，订了最早班次的车票，要去趟鞍山，和许哥约好了谈几个项目，顺利的话能拿到不少分成。"

"明天就走啊。"夏夏嘀咕，"那你坐这么久的车过来不会只是为了看看我吧？"

"当然不是。"谢淮挑眉，手又去摸裤兜，"我是来……"

他又愣住了，刚刚洗过澡，现在身上穿的不是来时的裤子，而他被旺财咬破了裤腿的那条裤子……谢淮看向窗外，被他刚刚洗过，随手搭在院里的晾衣绳上。

"我靠！"他连忙爬起来，赤脚跑到院子里掏裤兜。

夏夏一脸蒙，扶着门框露出个脑袋，看谢淮掏出一团似乎是纸，但被洗衣水泡得稀烂的东西，他艰难地扯下一层纸糊，碎掉好多渣渣。

夏夏走过去，谢淮手里的纸摊开了，已经碎得不成样子，上面的字迹模糊不清。

"这是什么？"她好奇地问，见谢淮一脸想死的表情，随口猜道，"你该不会把许大龙的合同洗了吧？"

"是我写给你的情书。"谢淮说，"想来念给你听的。"

夏夏："……"

原本郁闷的人只是谢淮，现在连她也跟着一起郁闷了，更郁闷的是，这裤子好像还是她泡水里的。

"我不管。"夏夏霸道地说，"我要听你念，记得多少念多少。"

谢淮背着月色，光影落在他耳边的碎发上。他回忆了很久，夏夏就这样静静与他对视，等他开口。刚刚旖旎的亲热似乎是一场夜里浅浅的春梦，山风拂在脸上，清爽又温柔，气氛变得不同了。

这与谢淮设想里的情景不符，他以为自己能没有障碍地把那洋洋洒洒的两千字念出口，可当他真的站在女孩的面前，看着她那张期待的脸时，却觉得再多的语言都华而不实，烦冗多余。

他抬手，戳戳夏夏的额头。

"念个屁。"他不自然地别过眼睛，"淮哥爱你，你还不知道吗？"

他说完，把湿透的情书晾在井边的石头上，转身进屋。夏夏嘴边泛起柔软的微笑，她嘻嘻哈哈地蹦到他身边，轻盈一跃跳到他背上。

谢淮手掌托住她的屁股，感受女孩抻着脑袋在他脸侧亲了亲，声音如银铃般清脆。

“淮哥，我也爱你。”

那晚夏夏和谢淮睡在一张床上，他身体紧实，手臂充满力量，把她紧紧搂在怀里。夏夏睡得很安稳，谢淮怀中那一方天地安全感十足，仿佛只要在他身边，这世界上就没有任何东西能伤到她。

想一辈子被谢淮抱着睡觉。临睡前，夏夏这样想。

夜里两点，夏夏少女的春心荡漾完了，原本的安全感也被夏日湿热的天气驱散得一点不剩。她出了一身汗，越来越觉得谢淮灼热的身体像个火球。她翻来覆去睡不着觉，没忍住，一脚把谢淮踹了下去。谢淮半夜滚到地上，头上被夏夏扔了床被子。

女孩没完全清醒，迷迷糊糊地说：“热死了，你睡地上。”

他又气又想笑，拿被子当铺盖垫着睡了。

五点。

清晨的阳光照了进来，谢淮在感受到熹微的日光时就醒了，他轻手轻脚地起身，坐在床边看了夏夏一会儿。女孩睡姿极差，趴在凉席上睡得像只青蛙，她半边脸被竹片硌出一片红红的印子，嘴角口水流出，浸湿了枕套。

谢淮玩心大起，拿起桌上的马克笔在她脸上画了个小猪头。

早上空气清新，远处几个村民牵牛沿山间小径走着，满山翠绿的植物，入目即是清爽与生机。村口小卖部前停了辆老旧的摩托车，谢淮围着车转了一圈，去敲那户人家的大门。

八点。

夏夏院落的门没锁，姜景州以为她起来了，直接推门进去。

“夏夏！”姜景州一脸阴沉，“我真受不了了，今晚跟你换换，你去宾馆陪蔡芸……”

他满腹牢骚，进院没看见夏夏，却在水井边看见了本不该出现在这儿的谢淮。谢淮踩着拖鞋，靠着井边的木桩刷牙，一脸没睡醒的颓废和慵懒。

姜景州诧异："你什么时候来的？"

"昨晚。"谢淮吐掉满嘴的牙膏泡沫，"找我媳妇有事？"

姜景州："……"

谢淮把牙具放好，从井里打了桶水洗脸，他用手当梳子，随手抓了两下头发。

"你是领队，有麻烦自己处理，别推给夏夏。"谢淮蹙眉，"蔡芸那事儿逼，夏夏也懒得搭理她。"

他换上自己的衣服："我先走了，夏夏起了记得提醒她吃早饭。"

直到谢淮走出门，姜景州都还没反应过来。他看向院里的石桌，那里放着一个塑料袋，里面装的是谢淮早上借村民的摩托车骑去镇上买的油茶、小菜和炸糕。村里物资匮乏，早餐只能吃小卖部快要过期的面包和火腿肠，这些东西是根本看不到的。

谢淮坐了一整天的车过来，清晨又坐班车离开，只为陪夏夏睡一晚。而他在山路上来回骑了三个小时的摩托，只为了给夏夏买一份早饭。

在袋子最下面，压着一张皱皱巴巴、凌乱破碎的纸，姜景州打开，上面被水泡得几乎看不清字迹，在纸的最后，写着几行小字。

姜景州看了一眼，回头看了眼屋门。

夏夏睡得正香，什么也不知道。

清晨灿烂的日光落进窗子，她翻了个身，嘴里喃喃道："淮哥。"

旭日东升，晒走清晨缭绕在山间的雾气。

夏夏披头散发地跑出来："啊啊啊……要迟到了，淮哥，你怎么不叫我起床啊？"

昨晚闷热，加上心情激动，她直到后半夜才睡着，可她睡不安稳，中间被热醒了好几次。昨天解散前教授通知，今天九点在村口集合去山另一边的村寨走访。夏夏一觉睡到八点五十，醒来看了眼时间，哀号着跑出门洗漱。

屋里不见谢淮，院里也不见谢淮。

“淮哥？”她转了一圈，甚至去猪圈里看了看，到处都没有谢淮的影子。

姜景州坐在石桌边，淡定地偷吃谢淮买给夏夏的早餐。

“学长，谢淮呢？”夏夏一边刷牙一边问。

姜景州一脸迷惑：“什么谢淮？没看见，他不在南城吗？”

夏夏刚睡醒，头脑还不清醒。她呆呆地“啊”了一声，一时间怀疑自己：“难道我做梦了吗？”

姜景州装模作样地吃着炸糕，夏夏缺了根弦的脑子终于转过弯来了，她问：“学长，你在吃什么？村里哪来的炸糕啊？”

她掏出手机，看到谢淮一小时前给她发的消息，他已经坐八点的车离开了。

夏夏只和他腻歪了一晚，刚在一起就要分开，还没亲昵够。她有些失落，但想到他去努力赚钱，为了两个人的未来而努力，又不由得开心起来，嘴里哼着轻快的歌。

谢淮买的早餐分量很大，足够三个人吃，夏夏来不及吃早饭了，洗漱后提着剩余的早餐和姜景州一起去集合点。

一路上，姜景州好几次偏头看她侧脸，想说什么却欲言又止。

夏夏：“你为什么总看我，我脸上有东西吗？”

姜景州忍笑别过脸：“没有。”

夏夏以为自己脸上糊了眼屎，伸手摸了摸，平坦光滑，什么都没有。

两人是最后到达集合点的。蔡芸喝着小卖部买来的杯装香飘飘奶茶，冷淡地打量夏夏，目光掠过夏夏时顿住，愣了一下，随即捧腹大笑。

教授和司机说好目的地，回头招呼姜景州来点人，看见夏夏也呆滞了一下。

夏夏正在翻谢淮买的早餐，她早上吃不惯太油的，只挑了杯豆浆出来喝。她插好吸管，抬头时发现所有人都在看她。

夏夏："？？？"

教授轻咳，指着右脸提醒她："脸上。"

夏夏和旁边的女同学借了个镜子，对着右脸照了照，差点原地晕厥。谢淮在她脸上画了只猪头，如果只是猪还好说，他还在猪头后面画了颗心，心的旁边写了"谢淮"两个字。

女生们笑作一团。

"我说昨晚怎么听见隔壁有淮哥的声音，还以为幻听了。"

"这才来了几天呀，淮哥就想夏夏了，还专程跑来看她，羡慕死了。"

从大一开始，学校里的人就默认谢淮和夏夏是一对，早已对二人的关系见怪不怪，但谢淮晚上跑来，清晨又走，时间点卡得太正好了。面对十几双落在自己身上的眼睛，和其中夹杂的或调笑、或暧昧、或别有深意的目光，夏夏的脸烫得能蒸熟鸡蛋了。

她捂着脸，到处去借湿巾。

教授和善地笑笑，招呼大家上车。

马克笔的痕迹实在不好擦，夏夏脸皮都磨红了，也只是把痕迹擦淡了一点而已，该在的还在，来往路过的人还是会看她的脸调侃。

"昨晚睡得怎么样？应该不太好吧。"夏夏头靠在椅背上，姜景州坐在她身边笑。

"学长！"夏夏快疯了，"你为什么不告诉我！"

姜景州明显和谢淮是一伙的，无辜地说："少爷画上去的，我哪敢告诉你。而且告诉你也没用啊，你看，擦得干净吗？"

夏夏手机响了，电话是谢淮打来的，她正在气头上，把电话挂了。

谢淮锲而不舍地打，打来第四遍的时候，夏夏接了。

"醒了？"

她原本想对他发个脾气，来表达自己的不满，可一听谢淮的声音，身体一酥，底气先没了一半。

"你干吗呀。"夏夏不仅没能把脾气发出来，她的话听在耳朵里还变成了撒娇，"所有人都在笑我，你还敢打电话过来。"

“让他们笑。”谢淮跩得要上天，“谁笑你告诉我，回去我收拾他。”

夏夏把手机换到另一侧，背后传来蔡芸和同伴的窃窃私语。

“太夸张了吧，生怕别人不知道似的。”

“你看夏夏那个浮夸的样子，我不信她早上起来不照镜子，在这儿装什么啊。”

“我跟你讲。”蔡芸刻薄地说，“一开始谢淮根本不搭理她，是她没皮没脸地追了谢淮两年，才从赵珊琪手里把人抢走的，在一起了就忍不住炫耀，一身小家子气，真是搞笑。”

“不说别的，就她那家庭条件，如果不是死缠烂打，换成任何一个男生都不会放弃赵珊琪选她吧？”

夏夏把音量键按小，先小声对谢淮说了句“不用”，而后冷漠开口：“蔡芸，你有种大声说，躲在背后碎嘴子我也能听清，知道的是你怕别人听见了觉得你喜欢嚼舌根，不知道的还以为你怕我不敢当着我的面说呢。”

蔡芸：“……”

谢淮在电话那头笑了：“夏姐厉害啊，骂人自己骂，打架自己打，事情都让你做了，岂不是显得我这个男朋友很没用？”

他说：“把手机给蔡芸。”

夏夏：“算了。”

“给她。”

夏夏爬起来，把手机递给后座的蔡芸：“我淮哥找你。”

蔡芸被夏夏怼了一通，脸本来就白，一听谢淮要找她，脸直接绿了。

她抬眼，不屑道：“我为什么要接？”

夏夏把免提开了，谢淮慵懒的声音传出来：“蔡芸，背后说我们夏夏坏话的时候掂量着点。声音大了、用词过了、态度不好了、敢编些乱七八糟莫须有的事情，当心我回去找你麻烦。”

原本嘈杂的车厢内顿时鸦雀无声。蔡芸嘴角抽搐，偏偏她怕谢淮怕得要死，对着夏夏还能回几句嘴，对上谢淮一句话都不敢说。她翻了个白眼，偏头假装去看窗外的风景。

夏夏把免提关了。

谢淮声音里带着笑："看我留给你的情书了吗？"

"没有。"

"拆开看看。"谢淮说完挂了电话。

夏夏从塑料袋最下面翻出那张情书，心想都糊了谢淮要她看什么？

她将纸打开，最下面的空白处写了几行新的字迹。

谢淮的字很丑，歪歪扭扭像狗爬一样，但这几行字他却写得很板正，每一笔每一画都很用力，中性笔的痕迹渗透到了纸背。夏夏的指腹摩挲着他的笔迹，眼眶有温热的湿意。

给夏夏：

我曾以为，十六岁前是我人生最好的时候。

十六岁以后，天翻地覆，颓废过、绝望过、自暴自弃过，也怀疑过自己为什么要活着。

在相当长的一段时间里，我找不到活下去的理由，眼前是看不到边的黑暗和还不完的债，让我挺过来的唯一念头是照顾我妈，现在的人生规划里又多了一个你。

曾经犹豫过，害怕把你带到我的世界里又保护不了你，害怕给了你承诺，却给不了你未来，更害怕你跟着我吃苦，跟着我东躲西藏颠沛流离。

我以为能忍住不对你坦露心意，但我显然高估了自己的自制力。

都说二十岁是一个女孩最好的时候，可二十岁的我一无所有。从你说喜欢我的那天起，我常常会在梦里梦到你，醒来后觉得，人生最好的时候也许远远不止十六岁。

有你在身边，每一天的阳光都算得上晴朗明媚。

我会尽我所能为了我们的未来去努力，我会尽我所能让你看到我们的未来是什么模样，我会尽我所能保护你。很遗憾没能早几年认识你，但从今天起，我会尽我所能，不让你受一点委屈。而你，你什么都不用做，我只想让你每一天都过得开心、无忧无虑。

我也想从今天起，以后的每一天都能听你说一句：淮哥，我爱你。

我也爱你。

谢淮

信很简短，是谢淮早上临时写的，没有多华丽的辞藻，也没有多深情的言语。夏夏用一分钟看完，脑子里幻想着谢淮一边苦恼地咬着笔头一边绞尽脑汁抠手指的样子，忍不住笑了。

她将那破破烂烂的信纸折起来，珍之重之地收到自己书包的夹层。

大巴车开动，沿着悬山峭壁缓慢行驶。眼前匆匆掠过的是夏日山涧的葱翠景色，夏夏的额头贴着车窗，阳光打在上面，暖意沿着玻璃传来。

夏夏晒着温暖的太阳，困意泛上来。

她做了一个短暂的梦。

她梦见十六岁的谢淮，那时的少年少不更事、意气风发，每一句言语都嚣张，每一个笑容都放肆。他站在阳光下，最灿烂耀眼的地方，而十六岁的夏夏，只敢站在阴晦潮湿的角落里远远看他。

她见厚重的云彩擦着天际而来，遮住绚烂的日光，她见少年站在黑暗里彷徨无措，狂风裹挟暴雨劈面而至，少年谢淮一个人披荆斩棘，走在最深邃的黑暗里。

夏夏跑到谢淮身边，毫不犹豫地牵起他。

前面的路是湿冷的泥泞，谢淮偏头看她，夏夏笑容灿烂，眼睛笑出一道弯弯的月牙，她没说一句话，只是紧紧握着他的手。

车速慢下来，夏夏从睡梦里醒过来。

姜景州在看朋友圈，她的目光不经意间扫过去，见他在看谢淮刚发的动态。

谢淮那常年只发广告和链接的朋友圈今天破天荒发了一张自拍。

照片里的谢淮眉眼俊朗，满满的少年感。

夏夏看到他的脸上，用马克笔画了只和她一样的猪头，猪头后面画了颗心，而心的后面写着“夏夏”两个字。

夏夏打开手机，收到谢淮的消息：“情侣印记，喜欢吗？”

夏夏回：“傻。”

她打完字，想起谢淮那封信，手指动了动，打上一句：“淮哥，我爱你。”

寨子里的村民不多，年轻人背井离乡去外地打工，留下来的大多数是老人和孩子。夏夏进了村子，一群放了暑假的小孩穿着破旧的凉鞋围着她打转，好奇地看她脸上的字。教授在村头的小卖部和老板聊天，夏夏去商店买了几根棒棒糖，和孩子们坐在一起分给他们吃，有一搭没一搭地闲聊。

午饭是在村主任家吃的。山里的食物虽然口味一般，但胜在新鲜，几个女生食欲不振，吃了一点就放下筷子推说吃饱了，只有夏夏吃得起劲，又去添了一碗米饭。她坐在教授身边，听他和村主任交谈，时不时插几句话。

夏夏：“刚才过来的时候，我注意到村里到处贴着横幅，现在打击力度很大吗？”

她口中的横幅是指村里贴的红色横幅，每条街都有，内容全是关于开展扫黑除恶专项行动的。她从前在南城也见过，不过不像村子里这么多。

村主任：“是的嘛，坚决贯彻政府的指示，扫黑除恶要落到实处。”

夏夏来了兴趣，放下筷子，问：“怎么落实的，有具体案例吗？”

村主任笑：“你们来的路上有没有看到一条卖东西的小街？”

据他的说法，那条街半年前被一群混混控制。那些混混是一群中学没读完辍学回来的半大男孩，没什么正经工作，每过一个月就挨家挨户上门收保护费，数额也不多，一次几十块，走时扬言如果有人来店里闹事，只要店主给他们打电话，他们就立即过来摆平。可当地民风淳朴，根本不存在上门闹事的情况，许多店主只能吃了这个哑巴亏，每个月掏些钱出来破财消灾。

半年前，街上来了个外地人开宾馆，这群混混去收钱，店主不给，被打伤住院。店主出院后给市扫黑办写了一封邮件，本以为不会有结果，谁知道一个星期后上面突然派人下来调查，那几个混混全都被抓进去了。

“涉案金额不超过一万块钱，你知道判了几年吗？”村主任眼睛眯成一道弯，神情夸张，“领头的三年，从犯两年。”

“就几个混混而已，说到底也没造成什么实质性伤害。”村主任吃饱喝足，优哉游哉地抽着旱烟，“可没办法嘛，当下扫黑除恶严得很，一抓一个准，他们正好撞枪口上了。”

夏夏若有所思。

“小姑娘对这方面感兴趣？”村主任问。

夏夏笑了笑，摆摆手没说话。

调研时间过得飞快，因为经费不够，再住下去就要自掏腰包，于是蔡芸住了几天宾馆就搬回民房了。姜景州不用再陪她，也得以解脱，整个人都松了口气。

夏夜，微风拂面。

夏夏在院里石桌前用电脑写东西，姜景州坐在她对面整理调研记录。

“你好像很讨厌蔡芸啊。”夏夏打趣地问道。

姜景州：“讨厌算不上，只是不想接触。”

夏夏记得刚入学时姜景州言辞里就对蔡芸表现出明显的疏离，她好奇，问：“怎么说？”

“这女孩没这个年纪的人该有的样子，功利、复杂、做事目的性太强。”姜景州合上笔记本电脑，“我对这种人敬而远之。”

他解释：“你们大一入学前，蔡芸提前一个星期到学校给伊老师送礼，那阵子高年级学生会的骨干也提前到校准备迎新，我每天出入伊老师办公室，她要了我微信。”

“……每天和我尬聊，一个星期后告白。”姜景州想起从前的事，觉得可笑，“我没答应，她转头又加了团委负责人的好友，再见面就像从来不认识的陌生人一样。”

这两年蔡芸谈过的男朋友，不是院会负责人就是在校会有职务的学长，又或是社联的主席。夏夏去海城交流的这一年里，蔡芸在学生会混得风生水起，隐隐有成为这届大二干部骨干的趋势。如果不出意外，开学后学生会换届，她去竞选部门负责人，成功率不会太低。

“谢淮来的那天晚上，她洗完澡裹着浴巾来敲我房门，说房间空调坏了。”姜景州嘲讽地笑，“那宾馆根本没有空调，我不知道她是看上我学生会副主席的位子了，还是看上我手头的调研项目了。”

夏夏目瞪口呆：“……这么奔放吗？”

“还有更奔放的，想听吗？”

夏夏小鸡啄米般点头，姜景州说：“你先告诉我你在写什么。”

夏夏见他眼神瞟过来，连忙伸手捂住自己的电脑屏幕：“没什么……”

姜景州抱着手臂，意思很明显——你不说我也不说。

夏夏只得把手拿开：“给你看也行，但不准告诉谢淮。”

“你在给扫黑办写邮件？”姜景州蹙眉，“你知道胡书荣？”

“谢淮告诉我的。”

“你的邮件可能没用，胡书荣和那些小打小闹的流氓不一样，他能横行这么多年，漳市有他的倚仗。”姜景州说，“虽然谢淮他爸破产，可你别忘了，他爸生前多少人脉和关系，他刚去世胡书荣就敢绑架谢淮的家人，仗的是什么？”

“我知道。”

夏夏有些许近视，读书看电脑时会戴眼镜，她鼻梁上的圆框银边眼镜大大的，遮了小半张脸：“就算会有困难，也要试试才行啊，我帮不了他别的，这个总能做到。”

“你看过《肖申克的救赎》吗？”夏夏扶了扶镜腿，脸颊被柔美的月色照得白皙干净，“安迪每周给州长写一封信，我可以每周写两封邮件，有用当然好，没用也没关系，不过多花些网费和电费。”

姜景州：“所以，你想做谢淮的救赎吗？”

“不，谢淮他才是。”夏夏摇头，唇边笑容温柔，“他才是我的救赎。”

回南城那天下起暴雨，地面积了深深的水，蹚一脚进去能没过小腿。一行人被困在汽车站，暴雨天打不到车，教授带人躲在站牌下避雨，打电话叫车来接。

夏夏的白色鞋子被雨水打湿，满是黑乎乎的痕迹，她啧了一声，被这恶劣的暴雨天气搞得心情烦躁。

“回学校的隧道被雨淹了。”教授接了通电话，揉揉眉心，“校车司机绕路过来，要多等一会儿。”

远处走过来一个瘦削颀长的身影，来人撑着黑胶雨伞，走到站牌下，他收起雨伞，露出一张清俊的面孔。

“老师好。”谢淮笑容阳光，“我来接夏夏。”

他的裤腿挽到膝盖，鞋子湿淋淋的，小腿上沾满水珠。

夏夏看见他，原本烦闷的情绪一瞬间消失无踪，心里凭空开出了花。颓者见颓，丧者见丧，而恋爱的人眼中的世界，全是粉红色的泡泡。

瓢泼大雨顷刻瓦解得水珠都不剩，夏夏只觉得眼前的世界如此多彩，一眼望过去，阳光普照，绚烂明媚。

教授：“你来得正好，有车吗？顺便带几个女同学回去吧。”

蔡芸：“他怕是骑电动车来的，我可不坐。”

谢淮掏出车钥匙：“说得像你想坐我就会载你似的。还能坐三个人，有人要走吗？”

南城一下雨气温骤降，刚从闷热的山里回来，许多女生只穿了一件单薄的裙子，冻得瑟瑟发抖，恨不得早些回去。

有女生看着面前的积水犹豫：“这怎么过去啊？”

“走过去。”谢淮很直男地说，“难不成你还想游过去？”

他接过夏夏的书包挂在胸前，把雨伞递给她。夏夏就要踏进台阶下的深水里，被谢淮拉住。他在她面前蹲下：“我背你。”

这么多双眼睛看着，夏夏脸颊微红，趴在他背上小声说：“还有行李箱。”

谢淮一手拎着她的小号行李箱，一手托住她，转头朝教授打招呼：“老师，既然没人要一起，我们就先走了。”

他背着夏夏走进雨中，夏夏撑开伞罩住两人的头顶。谢淮深一脚浅一脚踩进水里，身上的T恤被狂风吹来的雨珠打得湿透，在前面为夏夏挡住呼啸而来的风雨。

谢淮的车开不进来，停在车站门口的路边。他把夏夏放到副驾驶，浑身湿透地钻进驾驶室，拿后座的毛巾擦头发。

“谁的车啊？”

车是奔驰，不是梁源太的。

“许哥的，最近借我开。”

“那几个女孩想一起回学校的，你走太快了。”夏夏接过毛巾帮他擦头发。

“本来就没想和她们一起。”谢淮孩子气地说，“这么久没见，干吗带一群电灯泡？”

他头发上的水珠已经擦干了，随手扯开毛巾丢到后座。

“想我没？”他弯唇笑着问。

“想了。”夏夏掰着手指头，“从你走了以后我就在想，每天想你好多好多遍……”

她话还没说完，身后的座椅缓缓放下，原本在她旁边的谢淮身体前倾，微微压住她。

车内空间狭小，气氛一瞬间暧昧起来。

谢淮低头，亲昵地用鼻头蹭她：“有多想？”

暴雨瓢泼，冲刷着车窗，谢淮没开雨刷，任由雨水在玻璃上留下纵横交错的纹路。

他压着她冰凉的手臂轻擦：“这么凉？帮你焐焐。”

他炙热的掌心贴着她的皮肤一路向下，从手臂游走到腰线。夏夏衣边被他撩开一个角，刚一接触冰凉的空气，忍不住打了个哆嗦。

谢淮抽出手，指着嘴角：“我冒着这么大的雨跑来接你，亲一口。”

夏夏捧住他的脸，奖励式地在他指的地方吧唧了一下。

谢淮像个要糖吃的难哄小孩：“不够。”

夏夏又亲了一下，刚要挪开，头顶被谢淮抚住。

谢淮滚烫的唇压下来，看上去猛烈，实则极致温柔，他吮着夏夏软滑的舌头，嘴里的味道甜丝丝的，让他舍不得松口。夏夏脑袋晕乎乎的，呜呜叫了他几声。谢淮松开她，湿漉漉的头发在她胸口一阵乱拱，把她胸前的衣服蹭湿了。

夏夏脸红心跳，用手背揩拭唇上接吻后留下的水渍。

谢淮起身，帮她理了理凌乱的头发："昨天陪许哥应酬，一起吃饭的建筑商亲戚家有个小孩明年参加高考，可小孩不爱学习，每天打游戏，他托我在学校里给找个靠谱的家教，你想去吗？"

"有钱人家的小孩？"夏夏想起之前给赵世杰做家教每天和他斗智斗勇的日子，忍不住说，"有点难搞。"

"难搞就算了。"谢淮说，"我去回了许哥。"

"也不用……"夏夏纠结，"钱多吗？"

"一小时一百五，每周四小时，成绩提高有额外的红包。"

夏夏想了想："去吧，我正缺钱呢。男孩？"

"嗯，年纪和我们差不多，听说当年因为一些原因没能参加高考，一直拖到现在。"谢淮说，"你也不用担心，那天我会陪你一起去，他如果不听话，我就帮你揍他。"

夏夏笑："好啊。"

Chapter 15 把淮哥伺候好了

建筑商姓李，住在郊外的高档住宅区。小区景致和赵珊琪家很像，建筑奢华大气，在靠近边缘的人工湖环境优美的地段建了几幢独栋别墅。

谢淮在外面停了车，拿好谈项目用的资料，牵着夏夏的手进来。

湖里散养了几只黑天鹅和一群锦鲤，两人坐在湖边喂了会儿鲤鱼，直到午饭时间过了才去敲门。

站在门口等人开门的间隙，谢淮目光掠过自己和夏夏，开玩笑地问：“像不像两个卖保险的？”

谢淮今天不只是来陪夏夏，他还有工作在身，穿着西裤和蓝色衬衫，打着浅色领带。夏夏第一天来，想给人留下一个好印象，也不敢穿得太随性，她上身一件红色碎花雪纺衬衫，下身一条黑色包臀裙，既衬气质又显身材。

谢淮趁没人注意，搂住夏夏的腰，手不安分地捏她屁股。他扬眉，痞痞地吹了声口哨：“好翘。”

夏夏啪的一巴掌打在他手上：“光天化日的，你还穿着西装呢，能不能要点脸？”

谢淮把手收回来：“成，要脸，回去再摸。”

大门开了，来人是个胖胖的中年男人。谢淮理了理领带，笑容礼貌得体，和他握手：“李总，您好。”

李家敏温和点头：“进来吧。”

别墅一共四层，背山面湖，装修是欧式风格，简约又大气。

保姆准备了黑森林蛋糕和红茶当作下午的茶点。李家敏先和谢淮寒暄了一会儿，又和夏夏聊天，他为人温和健谈，相处时如沐春风。

“我那外甥性格还算好相处，可让他学习就像要了他的命一样。”李家敏头疼，“在家成天跟他妈妈吵架，吵到最后两个人都烦，干脆把他送到我这里待一阵子。”

李家敏对保姆说：“你去把他叫出来，说我给他请的家教过来了，让他来一起说说话，吃点东西。”

保姆上楼叫人，敲了半天门都没人给她开，又为难地回来：“他说在睡午觉，等等再下来。”

李家敏蹙眉：“是在睡午觉还是在打游戏？”

保姆不说话了。

“午饭就没出来吃，早饭也不吃，他和游戏过一辈子算了。”李家敏脸色不太好看，要亲自去叫人。

夏夏连忙起身：“李总，还是我去吧，下午茶就不喝了。”

李家敏：“小谢和我是生意上的关系，叫我李总合适，你给我外甥做老师，叫我李叔叔就可以。”

夏夏看向谢淮。

谢淮笑了笑，勾了勾夏夏的小指：“这是我女朋友。”

李家敏恍然大悟。

谢淮放开夏夏，目光温柔：“去吧。”

保姆带夏夏上楼，走到楼梯上，她回头看。

谢淮坐在李家敏对面，掏出一沓材料放到面前的茶几上。他低声给李家敏分析建材的性能和报价，语气谦逊却不卑微，说到重点处还会微微倾身，辅之手势和解释。

她喜欢谢淮穿牛仔裤和T恤，也喜欢他穿五分裤和背心，现在觉得他穿西装衬衫也帅。归根到底，她喜欢的是他那慵懒随性的模样，仿佛什么事都能一笑而过不放在心上。

这是她第一次见谢淮穿正装谈生意，全然没有她见过的那些社会人士的成熟和一丝不苟，他穿上大人的衣服，依然澄澈得像个少年。

夏夏记起第一次见谢淮时他的模样，那时他眉目里锋芒耀眼，桀骜逼人，转眼间认识他已经两年，两年过去，他的眼神干净如初，傲气半分不减。

这是她的少年。

夏夏想着，甜蜜又得意。

保姆将她带到房门口，小声说："就是这里。"

夏夏朝她道了声谢，轻叩房门。

不多时，屋里传来一个男孩不耐烦的声音："烦不烦啊？都说了我在睡午觉。"

保姆尴尬地说："小澎，老师来给你上课了。"

屋里先是静了一会儿，随后一阵嘈杂的收拾东西的声音响起，过一会儿又恢复安静。

保姆拧开门，对夏夏笑："夏小姐，您进去吧。"

夏夏踏入房门，一股味道钻入鼻端，倒不是臭，而是密闭了许久没有通过新鲜空气的憋闷味，叫人喘不过气来。

夏夏走过短短的一条走廊，拐进房间。屋里很干净，一看就是保姆定期打扫过，采光也好，正对小区里翠绿的湖泊，再远处是连绵的丘陵。

房间很大，差不多五十平方米，靠近窗户的墙边摆着一张玻璃书桌，李家敏口中那只打游戏不爱学习的外甥正背对着她坐在书桌前，脚踩电竞椅，看着面前一本摊开的练习册发呆，旁边电脑主机的灯光刚刚熄灭。

夏夏只能看到他瘦削的身形，她组织了一下语言，声音温柔：

“小澎是吗？我是你舅舅请来的家教，南大的在读学生……”

她瞥向他的书桌，想找些生活的痕迹以此判断这个男生的兴趣爱好，只有达到一定的了解，待会儿才能找到话题。桌上东西不多，只有一台电脑、一瓶可乐、几瓶保健品和几本书，在书桌的正中间，靠近男生视线的地方，放了一个相框。

夏夏的目光刚落过去，就像被胶水黏住似的，挪动不了分毫。相框里的相纸泛黄，背景是片湛蓝无垠的海，男孩亲密地搂着女孩肩膀，那时的面孔还很稚嫩，可胜在眼神无畏而明亮。

夏夏眼睛刺痛，尘封许久的记忆破开一条深深的裂缝，勾出那些她早已不想回忆的事情。

照片是用拍立得拍的，在海边。拍立得当场出片，夏夏只在电视上见过这种相机，拿在手里新奇地看。她和平嘉澎的相片缓慢呈现，两人容貌漂亮，怎么拍都好看。夏夏兴高采烈地拿着相片去给平嘉澎看，听见他在岩石后和朋友聊天。

“阿澎，你女朋友怎么连拍立得都没见过？”那女生发出惊天动地的笑声，言语中满是不可置信，“我刚才要她手机号，她掏出一个小直板，直板手机！我都多少年没见过了。真是太好玩了，她的兴趣爱好是收集古董吗？”

平嘉澎：“别开夏夏的玩笑。”

夏夏不经意听到这些话，牙齿不知不觉在嘴唇上咬出一排深深的齿印。

平嘉澎回来时若无其事，像什么都没发生过一样，他孩子气地举着相片对着阳光看：“夏夏，你看，我们多般配。”

那天夜里回去，走在繁华的闹市里，平嘉澎拉住她的手。

“我爸妈出去旅游了，今晚家里没人。”他亲昵地摩挲她的手指，嗓音暧昧，带着一丝期待，“去我家吧。”

夏夏摇头，一言不发。

路过一家手机店，平嘉澎问：“要不要逛逛？”

夏夏：“随你。”

平嘉澎挑了一款女生用的白色智能手机，摆在她面前：“喜欢吗？”

夏夏没吭声，他握着她的手指在滑溜的触摸屏上试了试：“你快过生日了，这个就当我送你的生日礼物吧。”

夏夏已经不记得那晚自己说了什么，只记得在平嘉澎面前从来温顺的她发了好大一通脾气，她当时说不清到底是因何生气，许多年后能一笑置之时再回想起来，觉得不过是出于女孩心底的自卑和难过。自卑是因为贫穷，难过是因为平嘉澎。

他虽然嘴上不介意，但心底还是觉得她让他在朋友面前没了面子。

午后房间里的光影细碎刺眼，夏夏怔了许久，将将缓过神来。两年不见，平嘉澎的声音变了许多，从前他在变声期，说话总带点哑，刚刚在门口那一句，夏夏竟然没听出是他。

平嘉澎转过脸，怔愣、诧异、无法置信。他的嘴唇因不爱喝水而起了层干皮，唇瓣颤抖，喉结滚动，许久没说出一句话。他没怎么变，还是当初俊美的模样，只是因为常年不出家门，皮肤更白了，人也显得没什么精神。

夏夏却变了。从前女孩只是单纯的漂亮，秀气干净，因为年轻而洋溢着蓬勃的朝气。现在的女孩书读多了，路走远了，从头到脚散发着令人深陷其中的温柔气质。

她只是静静站着，就让平嘉澎挪不开眼睛。

“夏……夏夏？”

夏夏被他这句话惊醒，她后退一步，没多犹豫，转头就走。平嘉澎跳下椅子，赶在她出门前那一瞬间堵住了房门。他挺拔的身体堵在她面前，手先一步握住门把，将门反锁。

夏夏没看他，嗓音平淡：“让一下。”

“真的是你。”平嘉澎每一个字都像是从牙缝里咬出来的，他抬手，指尖落在夏夏鬓角的发丝上，“这些年你去哪儿了？”

夏夏没答他的话，别开他的手，抬起眸子凝视他：“我说，让一下。”

“我去过你家，你妈说你两年没回去了，你刚刚说在南大读书？”平嘉澎语无伦次，“你是不是怪我当初闹分手的时候没去哄你？我不是故意的，我那天回家就被我妈关起来了，手机也被没收了，等我出来你已经不在常市了，我根本联系不到你。”

平嘉澎情绪激动，几次三番想抚摸夏夏的头发和脸颊，都被她躲了过去。

“我真不是故意的，我一直在想你。”他声音哽咽，眼睛红得像随时能哭出来，“我知道当初是我不成熟，我也和我妈吵过架了……”

他被乍然相逢的惊喜冲昏了头脑，话匣子打开，嘴里念念叨叨总也停不下来。

“平嘉澎。”夏夏打断他说话，“有话一会儿再说，能先让让吗？”

“我男朋友就在楼下。”夏夏平复了心情，看向他时目光不再闪躲，“他知道我和你独处一室会生气，我不想让他不开心。”

夏夏忘记在哪里看到过一句话——前任对于男人是另存为，对于女人是已覆盖。除了谢淮这种连前女友名字都记不住的特例，夏夏认为这句话有些道理。

平嘉澎之于她，不仅仅是已覆盖，更是右键删除后还要清空回收站的那种。

她割裂开来不愿提起的不是这个人，而是那段时光——一方逼仄狭小的天地，云翳密布，铅灰色的天空阴沉，如暴雨来临前沉闷异常，压得人喘不过气。

再见平嘉澎，勾起她许多或清晰或模糊的记忆。虽然不尽相同，但无一例外，都牵连着贫穷和因贫穷而小心翼翼遮掩的敏感与自卑。

从前的事，她不想记起。

平嘉澎用了很久才反应出她话里的意思，惊喜和激动的眼神顷刻变了。

他琢磨着夏夏的话：“今天来找舅舅谈项目的是你男朋友？”

他静了静，问："那我是什么？"

平嘉澎家境优渥，虽然在外为人处世礼仪周全，但到底是从小娇生惯养的，面对亲近的人难免有些突如其来的脾气。他从来不是什么好性子，一沉下脸，夏夏就知道他生气了。

他的脾气不是来得快去得快的疾风骤雨，而是焚烧后不灭的星星之火，如果没人扑灭，会再一次燎原而过。在一起两年，夏夏见识过无数次，也哄过他无数次。

可换成如今，夏夏对哄他这件事没兴趣了。

她淡淡道："前男友。"

平嘉澎扯住她的手腕拖到桌前，把桌上零散的物品推到一边。他拿起相框摆在她眼前，力道之大让夏夏忍不住蹙眉："你疯了？"

他脸上突如其来的惊喜被愤怒和暴戾取代，从前少年小心珍视的温柔在他身上通通不见，他像只被激怒发疯嘶吼的幼狮："我现在还留着我们的相片，你说你男朋友在楼下？"

夏夏想甩开他的手，奈何他力气很大，手掌跟钳子似的。她没再挣扎，平静片刻，仰头看他："有这么刻骨铭心吗？已经过去这么久了，我现在过得很好，梦里都不会见到你了，你为什么这么难忘？"

平嘉澎嗓音嘶哑："过去多久？才两年而已。"

"才两年而已？"夏夏笑了笑，"两年时间对我而言可以改变很多事情，从前我想也不敢想、只有在梦里才会出现的世界，现在我已经可以看到一个边角了。我每一天都在努力地生活，这两年带给我的改变足以抵过从前的十八年。"

"你为什么会说，才两年而已？"

平嘉澎头发有些长了，刘海垂下遮住漂亮的眼。

夏夏视线环顾房间。堆满球鞋的鞋架、床头柜散乱的漫画、墙壁上贴的梅西海报、墙角脏兮兮的足球和成箱的碳酸汽水，书架上的书寥寥无几，已经蒙了灰尘。

夏夏收回目光，望着平嘉澎。

她忽然想起刚在一起时的春夜，男孩牵她到海边浪花拍岸的礁石上，手舞足蹈地对她聊未来与梦想，他讲起冬天时全家去北海道看雪，讲夏天家人带他到法国看巴黎圣母院，讲他喜欢踢足球，将来要做绿茵场上最耀眼的球员。

暮春的海风拂过侧脸，温热潮湿。月下海浪泛着粼粼波光，时至今日她都记得平嘉澎那时自信的神采与眼睛里的光亮。他如同童话里的王子，从遥远的深海里破开层层海浪、踏着细碎浪花朝她走来，沐浴在温柔的夜色里，比月光更亮。

那是夏夏记忆里年少时平嘉澎最清晰的模样。

可她此时用同样的角度望向他，却发现曾经的男孩陌生得只剩一个轮廓。平嘉澎肤色比从前更白，兴许是宅在家里太久不见太阳的缘故，带着几分不健康的病态。

夏夏不像从前一样哄他，他也意识到了什么，刚刚暴躁的模样敛去，眼眶红了。

"让你难忘的从来都不是我。"夏夏说，"你说找不到我，可我连从前的QQ都没换。"

"两年了，我没有收到你发过的任何一条消息说你还在想我。你所谓的喜欢，就是把相片摆在桌角，每天窝在家里打完游戏后看着它缅怀然后自我感动吗？"

平嘉澎急急地说："不是的，我妈把我QQ注销了……"

"平嘉澎。"夏夏叫他，"你舅舅对我说，你每天不学习、睡懒觉、打游戏，已经气走了三个家教老师了。"

"从前的平嘉澎不是这样的。我认识的平嘉澎上进、温柔、体贴，他做事认真专注，我没见过比他更优秀的男孩。"

夏夏迷惑："你什么时候变成这样了？"

夏夏努力回想，发现她口中的平嘉澎在她脑海里只剩下一个模糊的影子。似乎从很久以前，久到她都记不清是哪一月哪一年，他已经慢慢变了。

平嘉澎把眼泪锁回眼眶，嗓音低哑："就连你都这么说，你也觉得我无可救药了吗？"

夏夏淡然一笑："我是愧疚啊。"她温柔地说，"你今年二十岁，已经不是小孩子了，二十岁的成年人知道自己该做什么。"

书桌上的日历撕到九月八号这一页，夏夏看了一会儿：“你明年就要高考了吧？”

“你要这样打一辈子游戏？”夏夏问，“还是说，你要让我带着愧疚过一辈子？你是因为我才没办法参加高考的。”

平嘉澎没吭声，他沉默许久，开口：“我幻想过很多次我们再见面的场景，我以为你会对我说很多话，说你想我，说你没忘了我，再不济也是说说你这些年过得如何。我没想到你是来对我说教的。”

“不是说教。”夏夏淡淡解释，“我只是觉得，爱情最动人之处不是所谓的痴情和等待，它最美的地方永远在于，相爱的两个人能够为了彼此的未来努力，能够为了对方成为更好的自己。”

她自嘲地笑：“我不仅没能做到，甚至还让你变成这样。也许你妈说的对，我们当初在一起就是错误。”

“我这样和你没关系！”平嘉澎有点不耐烦，额角暴起一层薄薄的青色筋络，“你和我在一起是错误，那你和楼下那人在一起就是对的？你和他在一起能做到你口中更好的自己？你就那么喜欢他？喜欢到连我们两年的感情都不要了？”

夏夏没有一丝犹豫，坦然地说：“是啊，我喜欢他。和他在一起对不对要等以后才知道，但至少他能让我看到未来长什么模样。”

平嘉澎挑眉：“他？一个跑业务的？他要靠我舅舅赚钱你知道吗？我看他不顺眼，一句话就能让他一分钱都拿不到。”

夏夏平静的神情敛去，眼神逐渐冷漠。她不动声色，眉眼中却蕴含着轻易就能感受到的怒意：“你真是幼稚。”

“对，我幼稚。”平嘉澎毫不介意被这样评价，“你不是第一次这么说我。”

“随你。”夏夏垂着眼睛，“你尽管做，看看是能影响到我们的感情，还是能让我对你有所改观。”

她越过他去拉房门，平嘉澎扯住不让她走。

夏夏忽然想到谢淮还在楼下。谢淮对她说过，这个项目很重要，平嘉澎的舅舅并非等闲之辈，如果生意谈成，利润可观。虽然今天不是最终敲定合同，但她这样贸然冲下去，平嘉澎一定会在身后拉扯，他如果不管不顾地闹起来，不管怎样都会影响到谢淮。

“我话还没说完，只要我在这里，你就别想走。”平嘉澎眼神里满是不甘心，他如同一个精神病人，情绪极其不稳定，一会儿平静一会儿暴烈，撕扯间将夏夏的衣袖拽了下来，露出里面的黑色肩带。

夏夏甩开他的手，整好衣服，淡漠地看他死死堵在门口：“你让不让？”

平嘉澎转而去摸她的脸，眼神带着几分柔软：“夏夏，我真的每天都在想你。”

夏夏咬着嘴唇，她掏出手机要打电话，被他劈手夺去。夏夏抬起胳膊挡住，她将衬衫的衣袖挽到手肘，拉开落地窗走到阳台。再继续待在一个屋子里，还不知道他能做出什么越界的事，脚下是翠绿无垠的湖光山色，夏夏翻过栏杆跳了下去。

“夏夏……”

平嘉澎跑到阳台，湖水很浅，夏夏从水中站起来，沿着湖底的台阶上岸。平嘉澎跟着跳下去，追上夏夏拽住她。

谢淮杯里的茶见底，李家敏给他重新斟满。

“你才读大三？”男人眼里满是欣赏，“有兴趣来我这里发展一下吗？你我都清楚，许大龙走不长远，你这么年轻，未来不可限量，帮他做事实在屈才。”

谢淮礼貌地笑笑：“谢谢李总，不过我暂时还没有跳槽的打算。许哥在我没有经验的时候提携了我，现在我摸清了这个行业的一些门道，也不能说走就走，您说是吧？”

“那以后呢？”李家敏笑眯眯的，“你这种人，总不会想给许大龙打一辈子下手吧？”

“毕业后或许会考虑自己创业，不过还远得很。”谢淮说，“能把当下过好就很不容易了。”

他举手投足、言语礼数几乎无可挑剔。

李家敏笑笑：“我那外甥要能有你一半成熟，我就烧高香了。”

他话音刚落，大门从外打开，平嘉澎湿漉漉地进来。

李家敏："……你不是在楼上学习吗？"

平嘉澎步子踱得很慢，浑身滴着水珠，头发上还黏着翠绿的水草。他路过谢淮时停下，眼神里的敌意像能把空气绞碎。

谢淮在一瞬间就接收到了那目光传递的讯息。他视线扫过平嘉澎，听见男孩用火药味十足的语调问："你叫什么？"

谢淮回头看了眼楼上，夏夏刚刚进去的方向。

李家敏问："老师呢？"

平嘉澎没答，他跑上楼拿了条浴巾，又跑出去。

谢淮觉得不对，他站起来："我出去看看。"

虽然九月的天气还算暖和，但夏夏骤然跳入水里，还是冷得直哆嗦。她抱着手臂，沿小区蜿蜒的鹅卵石小道走着，平嘉澎跑出来，要把浴巾披在她身上。

夏夏躲开他伸过来的手，不耐烦地说："有完没完？"

"你能不能不要别扭了？"平嘉澎说，"都湿成这样了，不逞强行吗？"

夏夏没理他，平嘉澎眼睛赤红："我没说，我看见他了，但我他妈什么都没说，耽误不了他和我舅舅的生意，你满意了吗？"

夏夏偏头，见李家敏和谢淮从大门口出来。

谢淮的表情看不出情绪，路过平嘉澎，从他手里扯过浴巾把夏夏裹了个满怀。夏夏浑身湿透，绷紧的神经稍稍松了松。她被干燥的浴巾裹着，身体停止颤抖，撒娇似的朝谢淮怀里缩了缩，像只落了水可怜巴巴的小狗。

谢淮抱在她腰间的手沉稳有力，他开口，嗓音冷漠："李总，我需要一个解释。"

平嘉澎见夏夏被谢淮抱在怀里，脸色难看到极点，他上前一步，拽住夏夏纤弱的手腕要把她拖出来。谢淮眼神一冷，松开夏夏将她挡在身后。他钳住平嘉澎的小臂，虽然没有出声，眸里的光却冷峻危险。

李家敏抓着平嘉澎的后衣领把他拖回来，一巴掌抡在他后脑勺，他看着面前浑身湿透的两人，不用想也明白是怎么回事。自家晚辈没出息就算了，还当众丢人，让他面子上过不去。

“给老师道歉。”他声音严厉。

平嘉澎捂着头，不服地扬起唇角，指着夏夏：“老师？她吗？”

他指尖刚摆正，就被谢淮拍掉。谢淮看见夏夏这副模样，理智本来就没了一半，是被夏夏拉着才没当场就冲上去和他打架。

平嘉澎指着夏夏，这让他仅存的理智也消失殆尽。

“你再指她一下试试。”谢淮沉着脸。

平嘉澎缩回手，回头看李家敏：“我为什么要道歉？”

手下谢淮的身体绷紧，透过皮肤的接触，夏夏能直接感受到他的愤怒。她抱着他，手掌在他腰间摩挲，带着安抚的意味。

平嘉澎的目光一刻没有离开夏夏，唇线抿得死死的。

谢淮将夏夏的手从自己腰间挪开，宽大的掌心把她的手裹住：“李总，我需要知道发生了什么。”

他没问夏夏，而是把话头对准了李家敏。

没等李家敏再回头找平嘉澎的麻烦，夏夏开口：“淮哥，我没事。”

谢淮看向她，女孩把脸上的水珠擦干：“真的没事，你事情谈完了吗？”

“已经谈完了。”李家敏说，“先进去洗个澡再走吧，我叫阿姨给你煮姜汤。”

“不用麻烦了。”夏夏客气道，她擦了擦头发，把毛巾递还给他，“我们回去吧。”

后一句是对谢淮说的。

平嘉澎的目光死死锁在他们交握的手上，神情恍惚，他想说话，嘴唇动了动，最终还是没有说出口。

上了车，谢淮打开暖气，从后座拿了一条毛巾递给夏夏。夏夏安静地在副驾驶擦头发，好不容易把水珠擦干，听见谢淮忽然啊了一声。

她疑惑地抬眼看他。

谢淮："我忘记了，那天下雨鞋弄湿了，我用这条毛巾擦过脚。"

夏夏："……"

她把毛巾扔到谢淮头上，谢淮扯下来蒙住她的脸一阵揉。

夏夏隔着一条毛巾咬他的手，谢淮痛得撒手："夏夏你属狗啊？"

夏夏哼唧了一声，神情扬扬得意。

谢淮看着虎口上一排整齐的牙印："现在没人，你可以说了。"

"说什么啊？"夏夏装傻。

谢淮发动车子："那男的是谁，你们认识？他怎么你了？"他挑眉，"刚刚你不想在那儿久留，我就没问，但作为你男朋友，我有权知道。"

谢淮不是有权知道，他是太有权知道了。此刻就剩两个人了，夏夏也没瞒着他，她挠挠头："平嘉澎。"

谢淮脚下没踩稳一个刹车，车子在马路中间熄火了。

夏夏眨了眨眼睛，语气柔软："我不是想瞒你，但刚才那种情况，要是让你知道他是谁，那不得打起来啊？"

谢淮侧过脸，黑白分明的眼珠盯着她。他不说话，夏夏硬着头皮解释："我们在房间里闹了点不愉快，他不让我离开，我也不想闹起来让你不好做，所以才跳窗……"

"你他妈脑子是不是有坑啊？"谢淮骂她，"到底是闹起来更让我为难，还是你们俩湿身从湖里爬出来更让我为难？你跳窗他也跟着跳，搞什么？为爱殉情吗？"

夏夏："……"

她不敢说平嘉澎抢她手机，还把房门反锁的事情，怕谢淮真的气起来哄不好："你好好说话，为爱殉情我不得找个深水湖啊？谁知道他会进去拿浴巾？我本来打算直接走的。"

谢淮的脸沉得如阴云密布，他发动车子，掉头回去。

"淮哥！"夏夏声嘶力竭，叫得无比凄惨，"你别去啊……我在这种地方遇到前任已经很尴尬了，能不能让我走得体面一点啊！"

谢淮把车靠在路边，一派审问的架势：“你们在房间闹了什么不愉快，说来听听。”

他掏出手机，久久盯着看。

夏夏问：“你在看什么？”

“时间。”谢淮面无表情，“从你上楼到我出去，其间半个多小时，我要听听你怎么说。”

夏夏：“……”

“就说了些以前的事。”夏夏尽量避开敏感词汇，小心翼翼地说，“表达了对过去的追悼和分手后好聚好散的祝愿，还有近况，我说我有男朋友了，还和男朋友过得很好。”

“哦？”谢淮弯唇，“你也知道自己有男朋友？那你和前任待在一个屋檐下，为什么没有第一时间给我打电话？”

“我怕影响你谈生意啊。”夏夏说，“而且……”

谢淮静静听她说。

夏夏嗫嚅：“……而且我想给你打电话来着，手机被他抢走了。”

谢淮不动声色：“抢走了，然后呢？”

夏夏支支吾吾，还是不敢说平嘉澎想摸她脸的事情，她说：“没了。”

谢淮平静了一会儿，强压下怒意。

“别走得体面了。”他说，“你还是走得安详吧。”

谢淮把车开到校内停车场。路上他一句话都没说，送夏夏回到宿舍楼下分开时也只是叮嘱了一句记得洗热水澡。一路上车窗开着，夏夏的头发已经被风吹干了大半，她站在宿舍楼下，心情因为谢淮生气而低落。她想了想，没有上楼，而是朝男生宿舍楼走去。

谢淮回到宿舍，辛浦不在，发消息给他说下午去网吧玩今晚不回来了。谢淮臭着脸脱掉上衣，正准备去浴室冲澡，听见有人敲门。

夏夏站在门口，刚刚已经干了的头发被她自己拿水打湿了，碎发黏在脸上。

“淮哥，可以收留我洗个澡吗？”她楚楚可怜，“我被蔡芸锁在门外了。”

谢淮：“……”

夏夏拿蔡芸挡枪就算了，还明目张胆地把他当傻子。她脸侧的湿发粘黏，看上去柔弱无比，实际上她头顶早就干了。

谢淮也没揭穿她，侧开一个身位让她进来。

夏夏在屋里转了转，自来熟得像这里是她家一样。谢淮的桌子收拾得很干净，只简单摆了些书本和日常用品，夏夏坐在他的座位上，好奇地拿起一个蓝色的玻璃罐左看右看。

“这是什么？”她疑惑。

谢淮伸手夺过来。

夏夏笑吟吟地看着他：“淮哥精致啊，还用面霜？”

谢淮脸色有些不自然：“不是我的，辛浦又他妈把东西乱放。”

那面霜分量不轻，还没用掉多少。

夏夏托着下巴，眸子亮莹莹的：“是跟我在一起后才买的吗？想保养皮肤，在我面前更帅一点？”

“不是。”

夏夏又拿起他桌上真空抽气的工具和袋子看：“这是用来给我打包坚果的吗？”

“淮哥。”她一脸崇拜讨好星星眼，“可以给我示范一下，你是怎么剥核桃的吗？”

谢淮不耐烦：“你到底要不要洗澡？”

夏夏慢吞吞地进了浴室，谢淮站在原地没动。过了会儿，他看见浴室门推开一道小缝，一只白生生的胳膊伸出来，把换下来的脏衣服揉成一团丢到门口的盆子里，那是夏夏湿掉的衣服裤子，还有内衣和内裤。谢淮走过去，把盆里的衣服拿去走廊的洗漱间洗了。

回来时浴室的水已经停了。

夏夏听见门开的声音，柔弱的声音又响起：“淮哥，我没有浴巾。”

谢淮拿浴巾给她，夏夏从门缝里露出一双明亮的眼偷看他："辛浦不会回来吧？"

"……不会。"

谢淮已经忘了自己还在生气，满脑子都是刚刚不经意瞥过的一抹春色。夏夏没有刻意遮掩，虚虚拿手臂捂了一下，看在谢淮眼里，是一抹圆润奶白的弧度。他别过脸，喉咙干涩，咽了下口水。

夏夏拿了毛巾，又叫："淮哥，我没衣服。"

谢淮从衣柜里翻出一件宽松的T恤给她，这次他没有看，目光一直盯着脚下的地砖。他以为到此为止了，然而夏夏的作妖还没结束。她套上衣服，里面完全真空，可衣裳宽大也看不出来什么。

她把浴室的门大开，坦然地笑："淮哥，我还没有内裤。"

谢淮："穿我的？"

"你也可以用吹风机把我的内裤烘干。"

女孩的脸被热水洗得红扑扑的，一脸纯净无辜。谢淮强忍着把她按在怀里弄一通的冲动，拿了条没穿过的内裤让她先穿，而后他一个生闷气的人认命地拿着吹风机给夏夏吹内裤。

夏夏洗了澡，晃晃悠悠、大摇大摆地出来。谢淮风筒声开得大，等他把内裤吹得半干，抬头时发现夏夏不知什么时候钻到他床上去了。

夏夏把自己裹在夏天的薄被里，脑袋也用被子包着，只露出一双眼睛圆溜溜地瞪着他。

谢淮把内裤递给她："干了。"

"不穿。"夏夏撒娇，"我要穿你的。"

她在他床上打了个滚，将自己包裹成一条蚕蛹，对着谢淮发嗲："淮哥，你看我可爱吗？"

谢淮没说话。

夏夏继续发嗲："你想抱抱我吗？"

谢淮还是没说话。

"那你想亲亲我吗？"

"不想亲。"谢淮嗓音沙哑。

他脱了鞋子三两下爬到床上。

宿舍单人床窄小，两个人挤在一起一丝空隙都没有。

谢淮把被子扯到她胸口，露出一张清秀白皙的脸蛋和擦得半干还有些湿的头发。

夏夏笑嘻嘻地看着他，谢淮低头咬住她的嘴唇："我看你就是欠收拾。"

夏夏不怕死地挑眉："有种你来。"

谢淮报复性地在她唇上啃了几口："我他妈还在生气呢，都不哄我，你还想挨收拾？"

"说得好像我上赶着一样。"夏夏撇了撇嘴，又无奈道，"那我哄哄你吧。"

她一手一边揪住谢淮的耳朵，指腹轻轻揉他的耳垂。

"我现在终于明白你的感受了，今天遇见平嘉澎，我才知道那是种什么样的心情。"她望着谢淮的眼睛，"我还因为陈曼希和你闹脾气，淮哥，对不起。"

夏夏之前气谢淮为陈曼希做那些出格的事，总觉得陈曼希在他心里有特殊的地位。那时谢淮说什么她都听不进去，满心都是嫉妒，可直到今天遇见平嘉澎她才明白，哪怕有过美好的曾经，分手后再相遇心里也翻不起什么旖旎的念头了，更别说谢淮和陈曼希的曾经并不美好。今天夏夏根本无暇顾及平嘉澎，满心想的都是谢淮知道了会生气，而发现谢淮真的生气了，她连热水澡都没洗，衣服也来不及换就跟在他身后上来。她虽然嘴上不说，但每句话、每个举动都带着讨好的意思。

夏夏朝他怀里缩了缩，她洗完澡抹了谢淮放在浴室的海盐牛奶身体乳，身上有股香甜的奶味，那是她常用的牌子，看见浴室有就随手拿来用了，她也不明白谢淮一个大男人为什么要在宿舍里放一瓶女生用的东西。

谢淮按着夏夏的手臂抵在枕侧，逼供般地问："我和平嘉澎谁帅？"

夏夏笑道："你帅。"

谢淮重重咬了下她的脸颊，夏夏痛得哎哟一声：“我说你帅啊！”

谢淮眼睛明亮：“答慢了。”

“你喜欢我还是喜欢平嘉澎？”

夏夏这次不敢犹豫，连忙说：“当然是你啊。”

谢淮又咬了她一口，在她左右两边脸留下一模一样清晰的两排牙印。

夏夏：“你干吗啊！”

谢淮语气淡漠，眼里却含笑：“只是喜欢我吗？”

夏夏也笑了，她摸了摸发痛的脸颊，低声说：“我爱你。”

谢淮吻了吻那排齿印，沉着声音：“我是个男人，我的事情能自己解决，不用你来委曲求全。下次遇到这种事，你就堂堂正正从大门走出来，生意可以谈不成，但别让我再看到你浑身湿透从湖里爬上来，明白吗？”

夏夏仰头，乖巧地承受着他的亲吻：“知道了。”

秋风微弱，夏天的尾巴尚有高温的余热。

谢淮把她身上的薄被踩在脚下，和她接吻。寝室安静，只有风从窗口吹过的声音。午后三点的阳光灿烂，映得一室明亮，耳畔传来篮球场上男孩子洋溢着朝气的喝彩声，棕榈树刀片般锋锐的叶子在楼壁投下一道道漂亮的影子。

夏夏的目光越过谢淮的肩膀，看那叶影张牙舞爪，交相错杂，像只沐浴在阳光下的猛兽，要将她吞吃干净。谢淮的下巴抵着她头顶，滚烫的嘴唇沿着耳根向下，含住她的耳垂，嗓音低哑在她耳边说了句话。夏夏搂着他的脖子，被他的动作弄得很痒。她去按谢淮的手，手腕间谢淮送她的菩提珠磕到床边的栏杆，发出清脆的声响。

谢淮眼里笑意深浓，摩挲着她的下巴：“你说不行，我就不碰。”

夏夏的脸颊因为瘙痒憋笑泛起了红，谢淮却以为她是害羞，打趣道：“又不是没摸过，我喝醉那次虽然没意识，醒了以后可是记得清清楚楚，你现在才想起来害羞？”

“夏姐，行不行啊？”他笑，“行你就给句话，小淮真的要憋死了。”

夏夏忍不住笑：“我也没让你忍着啊。”

谢淮笑出了声音。夏夏面红耳赤，捂住眼睛不敢看，脑子一片混乱。谢淮轻吻她，以前总看书里用温香软玉来形容女孩，没有依照全凭想象，他觉得书上是在骗人——哪有玉是软的？可真轮到自己亲身上阵才发现，那说法毫不夸张，甚至根本不足以形容。

夏夏身体战栗，谢淮松开她，夏夏窥见他眼中的炙热，也能通过他滚烫的皮肤感受到他的渴望，她眼神明亮，毫不犹豫地点头。

谢淮掏出手机找出一个片子：“看过吗？”

夏夏眼睛亮了，她摇摇头，满脸好奇。

谢淮点开播放却没有看，他全部的注意力都放在夏夏身上，她没有多余的神情，黑水银般的眼瞪得滚圆，看得十分认真。

“怕吗？”

夏夏想了想：“不怕，就是……”她找了合适的措辞，“不那么美观。”

她说完瞪着谢淮：“你不会要我给你做这个吧？”

谢淮嗓音低低的，指腹抹了抹她红润的唇：“不行吗？”

夏夏连忙摇头：“不不不，我不要，你想都不要想，这也太丑了。”

谢淮：“见还没见过，你就知道丑？”

“不是说你。”夏夏小声说，“做这个表情特别难看啊。”

谢淮笑了，富有磁性的嗓音落在夏夏耳朵里，叫她脸红心跳：“我们夏夏怎么都不丑。”

夏夏还在犹豫，谢淮撒娇：“试试看，难受就算了，又不玩别的花样……”

夏夏好奇地问：“别的花样是什么？”

谢淮说给她听，夏夏越听脸色越难看：“你好像很懂啊？”

谢淮：“……”

“我也是听别人说过。”两人距离很近，他对夏夏表情的变化也观察入微，求生欲极强地说，“之前跟许哥去会所，他们告诉我的。”

他话语的中心含义在解释自己没有做过，而夏夏的重点落在“会所”两个字上。

“你还去过会所？”她一脸冷漠，“淮哥了不起。”

谢淮：“去过一次，只喝了点酒，什么都没做。”

他说的是实话，可看着夏夏的脸色，不知怎的就觉得自己的解释苍白无力。

夏夏：“会所有小姐吗？”

“……有。”

“你陪他们去谈事情，他们没给你发一个小姐？”

谢淮诚实地说：“发了，可我把她赶走了。”

夏夏给他鼓掌：“淮哥真是坐怀不乱，这种时候想的不是享受而是把人赶走，真的太自律太节制了，要我夸夸你吗？”她从他怀里挣脱出来，满脸怒容，“让开，我要回去了。”

谢淮拉住她，低声哄道：“我真没碰她，一根头发丝都没碰。”

夏夏转过脸看他，眼睛因为生气红红的。

“我在你心里就是那种见色眼开的人？就算我是，那种地方的女人我也嫌脏啊。”谢淮蹙眉，“你不信我？”

他接着解释：“去海城找你的前一晚我喝多了，有个承包商把小姐塞到我屋里……”

他话说到一半，听见钥匙插入锁芯的声音，辛浦回来了。谢淮将夏夏按回床上：“别动，辛浦是个大嘴巴，让他看见你在我床上，明天整个学院就都知道了。”

夏夏冷着脸：“我在你床上很让你丢人吗？”

“你别不识好歹。”谢淮揪她耳朵，“我是怕他们背后议论你，懂吗？”

辛浦进门大叫大嚷：“淮哥，看见我身份证了吗？我都走到网咖了，结果发现身份证没带。”

谢淮拉好遮光帘，挡住两人："没看见。"

辛浦在下面一通翻，一边找一边嘀咕："桌上没有，书包里也没有，能去哪儿了呢？"

谢淮没吭声，他垂眼看着夏夏，女孩面无表情，静静地趴在他怀里，可谢淮知道她不可能平静，心里一定在憋着什么坏点子来修理自己。

夏夏脑子里翻来覆去不停地在想谢淮口中那几个词，又想到谢淮曾经去过会所喝酒，还有小姐进过他的屋子，她越想越气，耳边是辛浦叽里呱啦的声音，心里不知怎的，猛然生出一个歹毒的念头。

她推了推谢淮，谢淮以为把她抱得不舒服了，手臂松开稍许。

夏夏得了自由，伸手狠狠掐在他腰上。

辛浦走到谢淮床前："淮哥，咱俩去资料室办借阅证那天，我身份证是不是放你那儿了？"

"没……"

谢淮刚要说话，腰间一疼，差点叫出声来。

"不可能吧……"

"真没有。"

简单的三个字，谢淮是用尽全力从牙缝里挤出来的。他要拉夏夏起来，手被女孩拍开，她又张嘴咬住他胸口的肉。

辛浦撩他帘子："你下来帮我找找，肯定在你那儿。"

谢淮急忙把被子蒙在夏夏头上，反手拉好帘子："你别动我帘子！"

他语气里清晰的怒意把辛浦吓了一跳，辛浦不敢再惹他，自己在他桌上找，过了会儿，他兴奋地喊："淮哥，我找到了！"

谢淮没吭声，辛浦自讨没趣，又出去了。

夏夏松口，谢淮疼得咝咝喘气，咬牙切齿："你长本事了。"

夏夏推开他下床，谢淮跟下去抱住她。女孩的拳头跟棉花似的软，捶在他身上一点分量都没有，半撒娇半闹脾气地打他："你别碰我！"

“你说不碰就不碰？”谢淮用指腹抹去她嘴角残余的痕迹，“你咬了我，就这么算了？”

“你去找个不咬你的女朋友啊。”夏夏小心眼。

“不找。”谢淮哄她，“你不喜欢，我以后就不去那种地方了。”

夏夏：“那你还跟他们喝酒吗？”

谢淮低头吻她：“听你的，你说不准，我就不去。”

夏夏气来得快去得也快，但她还想再晾谢淮一会儿，让他知道这事的严重性，故意板着脸不理她。她以为自己看起来很严肃，但那点小心思在谢淮面前暴露无遗。

谢淮抱着她，嬉皮笑脸地问：“你咬疼我了，怎么补偿？”

夏夏刚刚一时冲动被怒意支配，想给他点教训，让他不好受，现在想想觉得可能真的咬疼他了，她小声问：“你想怎么办？”

谢淮挑眉：“我要咬回去。”

傍晚天光灿烂，通往食堂的小路上人流不息。

谢淮牵着夏夏的手慢悠悠朝食堂走：“想吃什么？”

女孩做贼心虚，只要身边有人经过，她就假装撩头发，挡住脖子上的吻痕。

谢淮笑得灿烂：“别挡了，又看不出来。”

夏夏懊恼地放下手：“你还笑。”

谢淮凑到她耳边，借说话的由头吻她耳朵：“下次换别的地方咬。”

夏夏听他嘴里说着些乱七八糟的话，脸上的红晕一直蔓延到耳根。

远处路口站着一个人，夏夏脚步停下来，羞涩的笑容敛去。谢淮跟着停下，他遥遥与平嘉澎对视，抱着夏夏的手示威一样搂得更紧了。

平嘉澎手里拿着夏夏的包，那是先前夏夏匆忙离开时忘在他房间的。

“淮哥。”夏夏轻声说，“可以让我自己处理吗？”

谢淮想了想，松开手看了眼时间：“五分钟，多一秒我都要和他打架。”

夏夏走过去，接过平嘉澎手里的东西："谢谢你给我送回来。"

平嘉澎眼睛很红，像是刚哭过一样："你手机落在我房间，没有锁屏，我打开看了。"

夏夏问："看到什么了？"

"都看了。"平嘉澎说，"你和他的聊天记录，在微博上发的心情，我全都看了。"

夏夏一直用微博记录心情，几百条内容，或短或长，都和谢淮有关。她一下明白了平嘉澎为什么这样反常，因为她微博里的每一个字都在诉说她对谢淮有多喜欢。

"不道歉吗？"她淡淡道。

"我们真的一点可能都没有了吗？"平嘉澎不死心地问，"从前我是不成熟，我的想法很单纯很蠢，但你就不能等等我吗？所有男孩都需要一个成长的过程，你给我点时间，陪我走完这个过程，好不好？"

夏夏摇头。

平嘉澎二十年的人生顺风顺水，从没受过磋磨。他被夏夏这样当面拒绝，情绪激动，眼眶湿润："夏夏，你真自私！你怎么能这样对我！"

夏夏不仅没生气，反而笑了："我不自私。"

"我也想过陪一个男孩长大，看他失意、看他得意，看他哭看他笑，看他慢慢成长为一个成熟的男人，我也想用我全部的青春陪着他。"夏夏静静地看着他，"我不自私，但我心里的那个人，已经不是你了。"

平嘉澎沉默了很久，哑着嗓子问："那你为什么还留着我送你的杯子？你还留着它，我不信你真的忘了我。"

他指的是夏夏装在包里的保温水杯。夏夏念旧，东西用得久了会有感情，只要没坏就不会丢，平嘉澎不提，她都快忘记这杯子是他送的了。

夏夏从包里掏出杯子，杯底两人名字的印花已经磨得只剩浅浅的笔画。她垂下眼，随手将杯子扔进路边的垃圾桶里，然后抬起头，淡淡地问他："这样你信了吗？"

平嘉澎没有再来找过夏夏，几天后，夏夏接到李家敏的电话，对方要解除和她的家教合约。夏夏那天离开后就知道这份工作做不成，而违约的一方是她，她早已做好被对方责骂的心理准备。可李家敏并没有为难她，反而语气里充满歉意，要给她赔偿，以弥补她耽误的时间。

挂了电话，夏夏收到一条陌生号码发来的短信。

"我说是我的问题，舅舅不会为难你的。夏夏，我没你想的那么幼稚。"

夏夏点了已阅，把短信删掉。

阶梯教室里坐得满满的，毛概老师在前排放PPT。

夏夏在最后一排给谢淮占了座位，他直到上课前一分钟才卡着点进来。

夏夏见他穿得正式，问："晚上和我一起吃饭吗？"

上课铃响，谢淮放下书包，趁周围人的注意力都在讲台上，拿课本掩着，在夏夏脸上吧唧亲了一口："李家敏在许哥那儿订了一批钢材，下午签合同，一会儿我要提前走。你下课帮我签个到，晚点回来接你，我们在外面吃饭。"

夏夏："今天什么日子啊，怎么想起去外面吃？"

谢淮看着她笑，没有说话，他翻开毛概课本无聊地看了看，趴在桌上："我睡会儿。"

夏夏坐在他身边，她也没听课，一直在玩手机。谢淮说要睡觉，却睡不着了，他枕着手臂打量夏夏。她今天扎了个马尾，头发柔顺地别在耳后，侧脸轮廓秀气立体，白皙又素净。

谢淮凑过去，见夏夏在看招聘信息。

"你要去工作？"

"我想找实习。"夏夏怕吵到别人听课，声音压得很低，"已经大三了，再做家教之类的工作也没多大意义，实习经历多一点，毕业后简历会比较好看。"

谢淮玩着她手腕上的菩提珠，阳光灿烂穿过窗户，映得珠子上那两颗玉石璨璨夺目。

“毕业别工作了，读研吧。”他说，“我养得起你。”

“淮哥不得了了。”夏夏捏捏他的脸，温柔地笑，“你赚了多少钱啊，就敢说养我？”

夏夏手腕很细，手也很小。谢淮把她的手握在掌心，软乎乎的没什么重量。读书时吴丽很少要求她做家务，都是夏夏放假回家主动帮忙，她活做得不多，手上没什么茧子，皮肤轻薄细腻，白得能清晰地看到淡蓝色的血管。

“不读书你做什么？”谢淮尾指轻轻勾住她，“出去朝九晚五、九九六，还是回家给淮哥做饭洗衣服？这么多年你爸妈都没让你做什么事情，总不能跟了我反而让你吃苦吧？”

他捏着她的掌心：“手这么软，不能变粗，你先读几年书，以后再考虑工作的事情。”

“读书也很累啊。”夏夏故意说，“要看书要写论文，读了研究生还要给老师做项目跑腿……我想做个米虫，你愿意养我吗？”

谢淮笑道：“养你没问题，但你得把淮哥伺候好了。”

他语气暧昧，夏夏脸一红，唇一抿，手指狠狠在谢淮胳膊上掐了一下，不理他了。

谢淮只陪夏夏上了一节毛概，中间下课就逃课跑掉了。

夏夏筛选了一些实习单位，打算过几天发邮件投简历去问问。下课后她回宿舍换了身衣服，给谢淮发消息让他不用回来接她，自己一个人慢悠悠乘着巴士晃到市区。

她坐在双层巴士上层，挡风玻璃上映着夕阳红晕，前方沥青马路开阔平坦，路两边是枝繁叶茂的蓝花楹，虽然没有春日紫盈盈的漂亮，也翠绿欲滴，随着晚风轻轻摇摆叶子。

夏夏小憩一觉，醒来时天色薄暮，车子到站。她走到谢淮发给他的地址，看到茶楼二层谢淮的背影，天际淡薄的云色映上他衬衫的后背。

夏夏想进去，走到门口时掏出手机查了查。这是家私人茶室，专门供人开会谈生意用，进店消费一壶茶至少三百，还不包括房间的费用。

夏夏已经快要踏进门槛的脚又缩了回来。

谢淮坐了三个小时，起身时腰酸背痛。

许大龙叫他去玩，他笑笑：“不去了，夏夏在等我吃饭。”

外面天色黑得深沉，他回头，看见夏夏站在路对面璀璨的路灯下吃臭豆腐。她一手端着臭豆腐的碗，手腕上还挂着份油炸鸡排，被辣得直吐舌头。冷风一吹，她冻得瑟瑟发抖。

谢淮下楼，夏夏朝他挥手，把鸡排递给他：“饿了吗？给你买的。”

谢淮确实饿了，狼吞虎咽把鸡排吃了，拉夏夏去停车场取车。地下停车场黑漆漆的，谢淮一进去就开始多动，热恋期的少年对亲热这件事新鲜感十足，他毛手毛脚地抱着夏夏就要亲。夏夏看他嘴角沾着油花，一脸嫌弃地推开。

谢淮不情不愿：“女人可真善变，这才多久就嫌弃我了？我这么年轻这么帅，连我脸上有点油都不能接受，等我中年发福了可怎么得了，估计那时候你得把我扫地出门吧？”

夏夏见他一脸小孩子赌气的模样，忍不住笑：“看你那傻样，害怕被扫地出门你就别发福啊，身材管理都做不好，要你干什么？”

谢淮不开车，她说：“走啊，不是要带我去吃饭吗？”

“亲一下。”谢淮指指脸颊。

夏夏脸上写满抗拒。

“不亲我不走，大不了咱俩就在停车场待一晚上，我干得出来。”

夏夏拿他没办法，抹掉他唇边的油渍，倾身在他脸上吻了吻。

谢淮满意了，发动车子。

谢淮将车停在一家农家乐门口。农家乐开在大学城的山里，却不算偏僻。附近有近十所大学，乘车过来最远不过三公里，比起大学城繁华的街区，这里更安静。

夜里农家乐亮了灯，碧绿色的灯牌挂在大门上。进了门是片葱翠的竹林，铺着青色石砖，朝里走路逐渐变宽，出现一片宽阔的鹅卵石空地。空地上摆着十几个烤炉，只有一个点着炭火，草丛里偶尔传出一阵嘶鸣的虫声，林间的粗壮树干上拴着星星点点的彩灯，挂着秋千和吊床。再远处是厨房、卫生间、棋牌室、麻将厅、吧台和台球桌，娱乐设施应有尽有。

谢淮说："这里的老板在转让，我打算把它租下来。"

夏夏先是一愣，而后说："你疯了？这地方鸟不拉屎的，连个鬼影都没有，租下来做谁的生意啊？"

一个青年从后面走过来，看样子是这儿的老板，笑着说："我们这儿平时热闹得很，今天安静是因为……"

谢淮用眼神制止他继续说下去。

夏夏问："因为什么？"

老板笑笑，转移了话题："食材已经准备好了，火也生起来了，随时可以烤肉，我去给你们拿饮料。"

他刚走，夏夏就拉住谢淮："淮哥，我知道你赚钱心切，但这地方不能租……"

谢淮接过老板腌好的肉，在铁架上刷花生油，把五花肉和金针菇放上去烤。炭火正旺，香味几乎是一瞬间就飘出来了。

夏夏咽下口水，在他耳边絮絮叨叨："明天就周末了，这里连个人影都看不见，虽然老板说平时很热闹，但我总觉得他在忽悠你，他一定是赚不到钱想要快点脱手，你租了绝对会吃亏，听见没？"

谢淮烤好肉，夹到她盘子里。夏夏一边吃，一边还要说，谢淮塞了块肉进去把她的嘴彻底堵住："你说完了没？"

"我是为你好啊！"夏夏挥舞着筷子，"你别嫌我烦，那老板一看就精明得要死，一看就不是好东西……"

"今天不是没人。"谢淮说，"是我把这里包场了，淮哥给你包场了，懂？"

夏夏："……"

她第一个念头不是感动，不是狂喜，也不是问谢淮为什么给她包场。贫穷了小半辈子、从未享受过如此待遇的夏夏甚至来不及惊喜，她脸色苍白，小心翼翼地问：“多少钱？能退吗？”

谢淮：“……不能退。”他强调，“这是我为你包的，这里只有我们两个人，明白吗？”

夏夏欲哭无泪：“知道了，一定很贵吧……”

谢淮：“还行。”

“好端端的包场做什么啊？”夏夏嘴里嚼着肉，把它换算成这里包一晚的价格，心疼得要死。

谢淮看她：“你忘了今天是什么日子吗？”

夏夏一脸疑惑：“什么日子？”

谢淮彻底没法跟她交流了，他开口，声音有些虚弱：“你生日。”

“我生日不是今天……”夏夏话说到一半，想起了什么。

她是北方人，北方大多过农历生日。她从小到大基本没庆祝过生日，唯一一次还是那年在乡下，吴丽给她买了蛋糕遭到夏军一顿毒打，她把夏军的耳朵咬掉半边，从那以后她再也没过过生日了。她对生日的唯一印象，是身份证上的公历日期。

谢淮放下筷子。

“我本来想请你的朋友来玩，人多热闹，不过又临时改变主意了。你一年就一个生日，凭什么让别人分散你的注意力？我想了很久要送你什么，可总觉得买花买礼物太庸俗。”

他诚实地说：“我想过给你包个游乐场，不过钱不太够。这里虽然没有游乐场浪漫，不过挺有意义的，你再多看几眼，说不定以后就是这儿的老板娘了。”

“这是不庸俗的礼物。”谢淮走进一旁的木屋，抱了个箱子出来，“庸俗的礼物也有。”

他打开箱子：“我问祝子瑜你喜欢什么，她说你护肤品用完了还没买新的。你喜欢这个牌子？祝子瑜说你大学两年一直在用，我给你买了一箱，你以后不用担心没护肤品用。”

谢淮打开箱子，夏夏目光呆滞，箱里整整齐齐摆了四十瓶郁美净面霜。

谢淮：“祝子瑜说你洗面奶也快用完了……”

“没有！”夏夏想到自己十块钱一瓶的大宝洗面奶，不等他说完，连忙制止，“我洗面奶还有很多，你千万别买。”

谢淮见她一脸想死的表情，问：“怎么了？不喜欢？”

夏夏欲哭无泪，又不忍心告诉谢淮真相，她硬着头皮：“喜欢……就是太多了，大学毕业都用不完吧？”

“不是让你拿去用的，是让你拿去炫耀的。”

夏夏：“？”

谢淮是要让她拿二十块一瓶的面霜去跟卖火柴的小女孩炫耀吗？

“蔡芸不是觉得你用二十块的面霜寒酸吗？”谢淮拍拍箱子，眉一扬，嚣张地说，“这里是八百块的面霜，如果不够，我再去买八百的。”

夏夏：“……”

此等猛男的想法，绝不是她这种凡人可以随意揣测的。

谢淮说：“我不知道女生爱用什么，也上网查了好多资料，那些干皮油皮混干混油敏感肌，对应肤质要用不同的护肤品，还有什么早霜晚霜精华水粉底液……乱七八糟，我看不懂，所以才问了祝子瑜。如果你不喜欢这个牌子，我给你买别的。”

夏夏说：“我喜欢的。”

“骗人。”谢淮放下烤肉的夹子，“看你那纠结的样子。”

“我真的喜欢。”夏夏声音柔柔的，一副乖巧小绵羊的模样，“你买的东西我怎么会不喜欢？我纠结是因为我昨天刚在淘宝上买了，在考虑要不要退款。”

谢淮伸手：“我看看。”

夏夏把手机给他，谢淮翻她订单，发现她昨天真的买了一套护肤品，一百出头，水乳洗面奶三件套。他点了申请退款。

夏夏：“哎！”

谢淮一手拿着夏夏的手机，一手拿着自己的手机，把两人的淘宝账号绑定成亲情账号，给她的备注打上“媳妇”。

他打开夏夏的购物车，看到里面有好几套护肤品：“这有什么区别？”

“我也不知道，可能贵的比较好吧。”

夏夏偶尔会刷刷微博和小红书，逛淘宝时看到推荐的东西就随手添加购物车，她也不买，只是摆着看。谢淮哦了一声，帮她代付了一套最贵的神仙水。

夏夏：“……”

“早说就给你买这个了。”谢淮下拉购物车，看到下面有一堆口红和乱七八糟他看不懂的化妆品，没等夏夏来得及阻止，他全都付款了。

“我又不化妆，是随手加进购物车的。”夏夏连忙抢手机，“你别浪费钱了，快退货。”

谢淮把手机举高到她够不到的地方。

“化不化妆是你的事，但别人有的东西你都要有。”谢淮说，“我喜欢给你买东西，也让蔡芸看看，你男朋友给你买的东西，她男朋友能给她买吗？”

夏夏说不出话了，谢淮继续看她的购物车，指尖划动：“你在看香水？”

夏夏啊了一声，随后又尴尬地说：“没没没，我就随便看看，你别买……”

她神情越慌张，谢淮越觉得有鬼，他打开链接里的客服，看到夏夏和客服的对话。

“男生会更喜欢哪种香味？”

“您好亲亲，这个是因人而异的呢。”

“哪种香味会更让人意乱情迷呢？”

“亲亲的意乱情迷是指？”

夏夏发了几个害羞的表情：“就是让他会忍不住亲我抱我的那种意乱情迷。”

客服：“亲亲，这里建议您选这一款，前调是玫瑰……”

客服发了一大段香评，谢淮没有看下去。他扬着手机摆到夏夏面前：“这是什么？”

夏夏狡辩：“这是祝子瑜那天用我手机逛淘宝问的，她想买香水去勾引她男朋友。”

谢淮说：“那个四十岁的老男人还用勾引？长得就一脸饥渴。”

夏夏：“人家才三十五，哪有四十岁啊？”

谢淮淡淡道：“你别担心，香水我不会买，用不着香水，你在我面前一站，什么都不做我就意乱情迷了。”

他又给夏夏清空了购物车里的零食，继续下划到一处手指顿住：“夏姐可以啊，我都还没想到呢，你已经准备买了。”

夏夏正在心疼钱，见他表情奇怪，凑过去看，脸当场爆红。

“不是，淮哥……”她叫得凄惨，“你听我说，这真是个意外！”

谢淮若有所思地望着购物车里冈本旗舰店卖的避孕套和润滑剂发呆。

“我那天逛淘宝无意间看到，不小心碰上的，我……”

“不小心碰上的？”谢淮把手机朝她脸上凑近了点，“二十盒套子，二十盒！这得用到什么时候？夏夏，你这哪是喜欢我的人啊，我看你是想要我的命。”

夏夏：“……”

谢淮把手机还给夏夏，夏夏被辣椒面呛到，剧烈地咳嗽起来。谢淮给她倒了杯水喝，她平静下来，古怪地看着谢淮：“不买吗？”

“买也是你买。”谢淮笑得邪气，“你是夏姐，我是小淮，夏姐不发话我哪敢买？不过二十盒实在太多了，就算夏姐承受得住，小淮也会累死的。”

夏夏：“你要点脸行吗！”

谢淮没再逗她，开了罐啤酒，给她要了杯鲜榨果汁，继续烤肉。他让夏夏坐在身后，用身体挡住炭火冒出的烟雾。夏夏晚上吃了小吃垫肚子，本来不觉得饿，可谢淮烤出来的肉又嫩又鲜，她忍不住又吃了好多。

谢淮痞的时候叫人牙痒痒，安静的时候也温柔得让人心痒。他自己不吃，东西都放到夏夏盘子里，等她快吃饱了才一边喝着啤酒一边吃肉。

夏夏摸他头发，托着脸凝望他，觉得他像只温顺的狼狗。

“小淮。”夏夏眼睛睁得如猫眼一样圆亮，“你真的要租这里？”

谢淮：“你觉得这儿怎么样？”

夏夏想了想：“挺安静的，设施也完善，就是地方偏没人知道，接手后能回本吗？”

“这里离南大两公里，骑共享单车二十分钟就到了，拼车一个人也就三块钱。”谢淮放下筷子，给她算了一笔账，“年租十万，转让费五年三十万，我算过了，这里六个烤炉，最多能同时容纳五十个人，按人头收费，一人八十。我们只提供设施和场所，农贸市场就在附近，食材要他们自己买，这样就省了一道人工服务的开支。”

谢淮收敛起刚刚玩笑的神情，他垂着眼睛，思考的样子认真又迷人。

“工作日人少，周末和节假日人多一些，按每天接待四桌，每桌六个人算，抛去房租水电仪器维修的成本，一个月净收入三万块。”谢淮无奈地笑笑，“不过每个月还两万高利贷，剩下的一万块还要填补转让费，前三年我户头基本是不会有收入的。”

夏夏惊讶：“这地方一个月能赚三万块？那老板为什么还要转让？”

“他这一天撑死也就两桌，做了两年转让费都没赚回来才着急脱手。”谢淮笑着说，“淮哥能赚三万块，未必人人都能，你忘了我最擅长的是什么？”

夏夏眨眨眼，懂了。

农家乐主要是面向学生群体的，谢淮最不缺的就是这部分的客户资源。

夏夏吃得肚皮圆鼓鼓的，瘫软在摇椅上动不了，谢淮掏出手机查附近的酒店。

夏夏：“我今晚要回宿舍的。”

“别回了。”

谢淮把她抱起来，夏夏搂着他的脖子，两腿一弯缠在他腰间，整个人挂在他身上。

“不行。”

老板回了房间，夜里静悄悄的，只有竹林里传来隐约的虫鸣声。

“蔡芸这学期做了学生会的副主席，每晚带着学生会的人查宿舍，我不回去她第一个找我麻烦。”夏夏撇嘴，“我还想要这学期的奖学金呢，被她记一次就拿不到国奖了。”

“别回去了。”谢淮咬她耳朵，“今天你生日，让我多陪你一会儿。”

夏夏想了想：“不行，要回去。”

谢淮舔着她的耳郭，含住耳垂，又报复性地恶狠狠咬了一口。

谢淮把车放在农家乐，牵着她的手散步回去。一路上没什么行人，宽阔的路上只有两人狭长的影子，混着张牙舞爪的树影，纷纷乱乱看不清楚。

夏夏在前面跑，追赶着去踩谢淮的影子。她今天穿了条鹅黄色的长裙，动起来晚风吹拂着裙脚。谢淮走在后面，眼睛一刻没离开她，回程的路很长，夏夏玩得累了，又让谢淮背她。

“你不喜欢，我回去把郁美净退了。”

“别退啊。”夏夏想到那是谢淮买给她的，有些舍不得，但又觉得八百块的郁美净实在是造孽，想了个折中的办法，“要不你退一些，给我留一瓶吧，这是你送我的生日礼物，我想留着。”

“那就都留着，也不值什么。用不完就当身体乳，再用不完就拿给我用。”谢淮笑着说，他牙齿洁白，看上去完全是青葱的少年模样，“我也沾沾你身上的奶味。”

夏夏红着脸：“奶味是天生的。”

“哦？”谢淮说，“那我只能多蹭蹭你了。”

夏夏搂紧他的脖子，不说话。

谢淮也不说话，安静吹着清凉的晚风，惬意又温柔。

“累吗？”

“累。”谢淮说，“你亲我一口就不累了。”

夏夏乖乖亲了亲他，谢淮忽然停下脚步。

“夏夏。”他声音认真，“去外面租房子吧，我想和你一起住。”

夏夏先是怔了一下，随即笑笑：“好啊。”

Chapter 16
一切都会好的

谢淮是个行动派，那晚以后夏夏连续半个月只有在吃晚饭时才能看见他的人。谢淮一次性拿出四十万把农家乐转租下来，又拿了三万块简单进行装修，添置了一些设施。

夏夏惊愕于他手里竟然有这么多钱，谢淮笑得欠揍又得意：“说了要养你，说到做到，你也别出去找工作了，回家跟淮哥混吧。白天你安心学习，学累了逛街看剧，淮哥赚钱养你……”

正在夏夏因为他的话感动得不可自拔时，谢淮又戏谑道：“晚上换你养我。”

夏夏没反应过来，傻乎乎地问：“我怎么养你？”

谢淮搂住她的脖子，嘴唇贴在她耳边说了句什么，夏夏的脸瞬间红了。

南大湖边绿草如茵，时值深秋凉爽的时候，湖里的野鸭恣意划动脚蹼，月光下的湖水泛着亮莹莹的波光，不远处两对情侣坐在湖边玩水，身后的校园小径上人来人往。

夏夏从他手下挣开，按着他揍了一顿。谢淮老实了，揉着被夏夏揪得发痛的耳朵承认："钱花得差不多了，不过后续不用再拿钱，下月初就可以试营业了，到时候在学校里宣传一下，再跑跑昌平的公司试试能不能建立长期的合作关系，毕竟公司搞团建也需要场地。"

"旅行社也要跑，昌平很多景点，可以找旅行社拿底价门票代售。"谢淮躺在草坪上看月亮，手枕着后脑，"还有采摘园，学生最喜欢去这些地方逛，到了水果上市的季节，应该能赚一笔。"

夏夏原本以为开农家乐只要烧烧炉子添添炭、打扫卫生、采购日用品，没想到谢淮竟然想了这么多。谢淮确实很有做生意的头脑，他辟出一条路的同时还能开出无数条小径。

谢淮笑着说："以前我一个人怎么都能过，可现在有了你，不能再将就了。"

谢淮的农家乐在十一月初开始营业。

他整个十月都在做宣传、谈生意，每天顶着烈日在外面跑，硬生生晒黑了一圈。

夏夏偶尔会问他在做什么，他的回答永远简单：谈事情。谢淮从来不和她说遇到的困难，也不说受到的刁难。夏夏问起，他就吊儿郎当地骂几句龟孙子，骂完笑笑全当不在意。

早在一个星期前，谢淮就花钱在附近各院校的公众号和表白墙等流量大的地方做广告，开业第一天半价酬宾还送酒水。

开业那天是周六，农家乐里坐满了人，夏夏从早忙到晚，端炭、点火、送水、指路、收银……她一个人扛着啤酒箱在鹅卵石路上跑来跑去，到了晚上手臂酸得抬不起来。

夜里天空云翳堆得厚重，遮住月亮的光华。客人吃完烧烤转战棋牌室和台球厅，谢淮在吧台泡茶调酒，夏夏收完炉子进来，瘫倒在椅子上起不来了。

桌上是姜景州在店内厨房做的饭，夏夏有气无力地捏起一个鸡腿，闻了一天烤肉的味道有点反胃，到嘴边又吃不下去了。

她拿了根玉米，虚弱地啃："饿死了。"

谢淮泡完饮品坐到她身边给她揉肩，夏夏把脑袋倚在谢淮胸前撒娇："淮哥，我不想喝这个，我要喝橙汁。"

谢淮又起身去后台拿橙子给她榨果汁。

姜景州轻笑："少爷真是没救了，现在都学会怕老婆了，指哪儿打哪儿，连个'不'字都不敢说。"

谢淮的声音从吧台后幽幽传出来："姜景州，别以为我没听见你在说什么。"

姜景州连忙闭嘴。

祝子瑜是郑智明开车送来的，郑智明把她送到以后没有走，而是跟着她进来。在座的都是谢淮的朋友，姜景州、辛浦、梁源太和赵一雷，郑智明看到一桌男的有些不开心，见祝子瑜要坐到姜景州和夏夏中间，将身体横插，隔住他俩。

祝子瑜大大咧咧地拉着夏夏说话，完全没注意到郑智明的小动作。

谢淮给她俩一人榨了一杯橙汁，又拿了几瓶啤酒过来。郑智明开车不喝酒，祝子瑜嫌喝橙汁没意思，伸手要拿啤酒，被郑智明拉住："女孩子在外面，能不喝就别喝。"

辛浦神经大条，乐呵呵地说："叔叔，我们都是子瑜的同学，平时在学校玩得很好，喝点酒也没事。您不用担心，一会儿吃完我亲自给她送回学校，保证不会出事的。"

郑智明脸色难看，夏夏低声说："这是子瑜男朋友。" 辛浦："……"

祝子瑜眉毛画得精致，微微上扬时冷艳动人："怎么，他很像我爸吗？"

辛浦连忙摆手："不不不……"他垂头丧气地低声嘟囔，"怎么是男朋友啊……"

祝子瑜瞪了他一眼，拉着夏夏聊八卦。

"蔡芸知道谢淮今天开业，阴阳怪气了一晚上呢。"祝子瑜又学蔡芸说话，"承包一个农家乐要几十万，谢淮他上天了能拿出这么多钱？每天在外面跑，谁知道他在做什么？被老富婆包养也不一定。"

夏夏不小心吃进去一块辣椒籽，被呛了一下，拼命地咳。

“她就是眼红。”祝子瑜说，“你知道这女的多贱吗？学生会六个部长，她上学期睡了三个。还记得鲁朔吗？外联部特猥琐的那个，我五月份去找智明的时候，在酒店前台看见蔡芸和他开房。”

“鲁朔啊！鲁朔她都下得去手。”祝子瑜一脸反胃，“学生会遍地是她炮友，开学换届选举超过半数的部长投票直接把她投到了外联部部长的位子上。”

夏夏的世界观几乎被祝子瑜一番话震碎了：“太扯了吧，你都听谁说的？”

“蔡芸睡了人家当然不敢说，可那些男的又不怕被人知道，我一个在学生会的哥们儿告诉我的，他们换届聚餐的时候一交流，发现大家竟然睡过同一个女的，都跟吃了苍蝇一样。”祝子瑜说，“不信你问景州学长。”

姜景州笑笑：“确实有这事。”

“我……我靠！”夏夏想起调研时蔡芸去敲姜景州房门的事，震惊到结巴，顺带爆了个粗口，“……她真的跟鲁朔？她不是和伊美贤关系好吗？没必要为了部长的位子去做这种事吧？”

“学生会干部是学生选出来的，辅导员话语权不重，而且蔡芸也不一定觉得吃亏啊。”祝子瑜神秘兮兮地趴在她耳边，“那天她整理衣柜的时候不小心掉出来一个小怪兽，被我看见了还装模作样说那是橡皮泥，她那方面需求应该挺强的。”

夏夏问：“小怪兽是什么？”

祝子瑜看了眼谢淮：“太土了吧你，这都不知道？谢淮没给你买过吗？”

谢淮没听见她们窃窃私语的内容，见两人齐刷刷看向他，随口问：“你们在说什么？”

夏夏连忙按住祝子瑜，不让她语出惊人：“没什么。”

饭都堵不上祝子瑜的嘴，她一直和夏夏八卦：“蔡芸这人真逗，每天在宿舍和赵珊琪鼓吹结婚要男人全款买房买车，彩礼不能少于二十万，婚后还要做家务带小孩，这才算是二十四孝好男人，她呢？她以为结了婚她就是祖宗？”

“还要求男人年轻多金，学历硕士起，身高不能低于一米八，脸要长成金城武。她也不照照镜子看看自己什么样。”祝子瑜冷笑，“老娘都不敢奢求金城武，赵珊琪现在都不搭理她了……”

郑智明听她言语粗鲁，又提及男明星，适时抬手打断了她的话。他站起来，端着杯子，以茶代酒：“今天很高兴，通过子瑜认识了你们这些朋友……”

郑智明是生意人，出社会许多年，在饭桌上很有自己的一套。其他人只是纯粹的吃饭，偶尔讲个八卦大家笑一笑，朋友聚会也不需要多拘束，各吃各的，酒没了自己倒，饭没了自己盛。郑智明一开口，大家齐刷刷放下筷子，一脸疑惑地看着他。

“今天对小谢而言是很重要的日子，作为子瑜的家人，我也为他高兴，来，以茶代酒，我们干一杯……”

谢淮才第一次见面就被郑智明用长辈的口吻叫小谢，觉得莫名其妙，蹙眉说：“都是朋友，叫我谢淮就行。”

郑智明端着杯子还要说话，祝子瑜也受不了，拽他手臂：“我们年轻人不兴你们敬酒这套，快坐下。”

郑智明露出明显不悦的神情，但他没有多说，而是听祝子瑜的话坐了下来。

散席后，郑智明掏出两个红包递给谢淮：“一个是我的，一个是晋松的，祝你财源滚滚，生意兴隆。”

谢淮没收：“心意领了，红包就算了。”

“赵晋松的你还给他。”他神色淡淡的，“我跟他没什么交情，见过几面话都没说上几句，他这样贸然送礼会让我觉得他对我媳妇别有用心。”

祝子瑜笑嘻嘻的：“别有用心又怎么样？你们没结婚之前赵晋松都有追求夏夏的资格，你当心夏夏被人抢走了。”

她故意对夏夏说：“谢淮如果对你不好你来找我，我保准给你找个有钱的老男人谈恋爱。”

谢淮眯眼，祝子瑜感觉到气氛危险，跳上郑智明的车跑了。

院子里没人了，谢淮把炉子擦好收起来，到前台算账。夏夏安静地坐在他旁边，察觉到谢淮的情绪有些异样，戳了戳他的手臂："怎么了？"

"妈的。"谢淮后悔，"刚刚就该把祝子瑜打一顿，还敢撺掇你去找老男人，我看她是不想活了。"

夏夏忍不住笑了，谢淮凶她："你还笑？祝子瑜的话是不是正合你心意，以前要没有我整天缠着你，你就直接跟赵晋松跑了吧？"

谢淮吃起醋来逻辑全无六亲不认，仿佛忘了当初装酷说不喜欢的人是谁，连他缠着夏夏这种话都说得出口。

"赵晋松是不是对你念念不忘？他有什么资格送红包？"谢淮忍一时越想越气，"也不照照镜子看看自己多老。"

夏夏还在笑，他不耐烦："别笑了！"

夏夏却不怕他，仰着明艳的小脸，眉眼盈盈："我笑你能怎么样？"

谢淮低头与她的目光对视，威胁道："你试试我能怎么样？"

夏夏笑容依旧不收，谢淮扯住她的胳膊将她抵在背后的冰柜上："还笑是吧？"他嗓音低沉，"不把淮哥放在眼里？"

夏夏嫌他啰唆，踮着脚主动亲了上去。她手心攀附上他的肩膀，红而软的嘴唇在他唇上轻轻辗转："有种就来欺负我啊。"

女孩甜美的笑容是最佳的催化剂，而挑衅的言语又是点燃火药桶的引线，谢淮的理智燃烧殆尽，按着她重重亲了上去。夜里的虫鸣短暂停歇，冰柜摇晃，里面的饮料滚落，噼里啪啦地响。

寂静中传来谢淮小狗一样嗅味道的动静，又过了一会儿，他埋入她的颈窝，声音陶醉暧昧："你好香啊。"

农家乐刚开业那一个月，谢淮几乎没回过宿舍，他在吧台后放了一张折叠床，遇上打烊太晚就直接睡在店里。南城十一月蚊虫依旧猖狂，谢淮手臂被咬了一片红疹子，他懒得买药，用手一通挠，不仅没止痒，反而更肿了。

谢淮很会做生意，遇上客少的时候他会搞半价活动，但只限于女性客人，同时在微信、QQ空间、学生群里做广告宣传。女生来得多了，男生自然也多，因此开业头一个月，店里每天都爆满。

谢淮白天看店招待客人，晚上打扫卫生，整理烤炉，算账进货，一个人忙得晕头转向。十一月底来了场寒流，连轴转了一个月累得半死，加上睡眠不足免疫力低下，谢淮感冒了。夏夏说了一个月让他请几个人来帮忙他都充耳不闻，在他发着三十八度高烧还要冒雨搭遮雨棚的时候，夏夏终于爆发了。

她一发脾气谢淮就㞞，遮雨棚也不敢搭了，直接歇业一天窝在店里养病。夏夏把药端来，谢淮裹着毯子缩在软皮座椅上嬉皮笑脸，见夏夏面无表情，伸手拉她，夏夏气呼呼地甩开。

谢淮抱住她，因为发烧嗓子干哑："等退烧了我就去找人帮忙。"

他一脸蚊子叮的包，带着几分可怜："别不理我了。"

夏夏原本在生气，见他这副模样心又忍不住软了："请人又用不了几个钱，你宁愿自己撑着都不愿意花钱请人，会让我觉得是因为和我在一起才让你有这么大的压力。"

谢淮笑："买瓶郁美净都能开心半天，你给我什么压力了？没错，我是想多攒点钱让你过得好一点，不过这里也确实需要人手，等第一个月熬过去，后面就可以找人看店了，上来就教给别人我也不放心啊。"

夏夏被他蹭得痒痒的，别扭地推开他。谢淮不依不饶地抓着她按回怀里，可他烧得手脚酸软没有力气，夏夏的身体被他带回来的时候他胳膊没劲，带着两个人后仰摔在地上。

谢淮想霸道一回，不仅没成功，还丢了个人。他用身体做肉垫隔绝了那一下的冲击力，没摔着夏夏。他手肘撑地，搂着夏夏的腰想把她抱起来，一不当心又摔了一下。

夏夏笑："谢淮你行不行啊？"

谢淮很没面子，但他神色依然嚣张："你笑吧，等我病好了再收拾你。"

谢淮病好后请了一个前台帮他看店，梁源太的奶奶在家没事做又想赚钱给梁源太娶媳妇，于是谢淮一月一千二请她来打扫卫生，活不累，就是扫地擦桌子浇花做饭，梁奶奶不知从哪儿要了只小花狗养在店里，闲的时候就在门口晒太阳逗狗。

谢淮每天都要去店里一趟，忙的时候待上一整天，不忙的时候去了就走，或陪夏夏约会，或陪许大龙看看货。

农家乐步入正轨后，谢淮在大学城租了套房子。房子是精装修的两居室，坐北朝南，在南大和农家乐中间，无论去哪处骑电动车都不超过十分钟。

房子谢淮看了好几趟，雨天看渗水，阴天看返潮，白天看光线，晚上听噪声。中介被他折磨到头秃，终于在一个冷风瑟瑟的天气签下了合同。

谢淮一次性付了半年的租金，趁夏夏不在宿舍，大摇大摆地进去把她的行李打包绑在电动车后座，一路载到新家。

夏夏去听了场职业宣讲会，回去后宿舍就空了，她以为进贼了差点当场报警。

祝子瑜提醒她："贼不会只偷你一个人吧。"

夏夏冷静下来，给谢淮打电话。彼时谢淮正把夏夏的衣服用衣架撑起来挂在衣柜里，夏夏的内衣被他单独放在一边，其他都整理好后，他捏起夏夏内裤的两角放在面前展开，从里到外仔细打量，连一个线头都不放过。

夏夏的内裤是浅蓝色的，前面系着一颗带珍珠的小蝴蝶结，屁股后面绘着云朵印花，小小的一只，看起来还没谢淮的脸大。

"这么小，兜得住吗？"

谢淮脑子里幻想出内裤兜不住夏夏的模样，耳梢一红，假装什么都没发生过，悄悄把内裤塞回内衣收纳盒里。他又拿起夏夏的内衣，像得到一个新奇玩具的孩童，碰碰肩带又碰碰海绵罩。

"这也太厚了吧！"他惊异地想，"原来偷偷垫了。"

夏夏的内衣带着洗衣液的薰衣草味，还沾着点穿久了从身上蹭来的奶味，谢淮做贼一样，放在鼻子下闻了闻。他无聊又多动，被即将同居的喜悦冲昏了头脑，玩一会儿夏夏的衣服又去玩她的日用品，他好奇地拆开一个卫生巾，正在琢磨这东西的构造和用法，夏夏的电话打了进来。

谢淮："这么快就回来了？"他把东西收好，"我去接你，顺便去找老师请假。"

夏夏凌乱了："等等，这也太快了吧，我一点准备都没有呢。"

"你还要什么准备？"

"请假哪有那么容易？要找辅导员开长期假条，要去院长办公室盖章，还要家长确认，我妈怎么可能会同意我在外面和男生同居啊！"

"不用担心。"谢淮说，"我给你找个妈。"

谢淮前几天把许大龙的车还了，一路骑着小电驴风驰电掣地回学校接夏夏。夏夏在楼下等他，谢淮给她戴上头盔，骑车带她去开假条盖章。伊美贤虽然不想同意，但怕谢淮脑子一抽再和她杠上，不敢卡他们的假条，长期离宿假条的手续很麻烦，但有谢淮带着，一路也算通畅。

夏夏本意是和谢淮分开盖章，两个人一起去目标太明显了，是个人都能看出他们要同居。可谢淮却不在意，进一个办公室就敲敲门，亲热地喊老师的名字，跟他嬉皮笑脸地说："麻烦给我和我女朋友盖个章。"

他脸上洋溢着笑容和得意，恨不得让所有人都知道夏夏是他女朋友。

院长办公室。

谢淮拨电话给他妈妈，不多久，一个女人接了电话。

谢淮直接按开免提："妈，我要去校外租房子。"

这是夏夏第一次听到谢淮妈妈的声音，那嗓音干净、细腻，言语温柔又极有礼貌和分寸。乔茹先是问他为什么要出去住，在得到谢淮要陪女朋友的答复后，转而和院长说了同意。

谢淮刚挂上电话，夏夏的手机响了，备注是"妈妈"。

她愣住了。

那年和魏金海闹掰以后她就没有回过家，每逢假期都是留在学校做兼职赚学费。她很少主动和吴丽联系，而吴丽不知是不是因为害怕魏金海，只偶尔给她发短信问问过得怎么样，打电话的次数也少之又少。

夏夏按开接听，电话那头传来燕姐的声音。

“夏夏，把电话给老师。”燕姐干脆利落。

夏夏这才回忆起，来的路上谢淮把她手机拿走了，一定是那时把燕姐的备注改成了妈妈。

出了办公室，夏夏还处于一种迷迷糊糊的状态。明明上一刻还在宣讲会现场，沉浸在对未来的期许和迷茫的氛围之中，下一秒就被谢淮拖出来办好长假手续，她所有的迷茫和不知所措通通被打散，哪怕现在还不确定未来会怎样，但能和他在一起，就是可以预见的未来最好的模样。

天空飘起丝丝凛凛的小雨，北风灌进衣领，瞬间凉透。

夏夏全部的衣服都被谢淮拿走了，只穿着一件单薄的针织衫，冻得发抖。谢淮脱下外套把她包住，夏夏摇头：“你病才好，还是你穿，阿嚏……”

夏夏打了个喷嚏，晶莹的鼻涕泡冒出来，她连忙捂住脸，掏卫生纸去擦。谢淮用手指给她揩掉，夏夏窘得面红耳赤：“脏死了，快去洗掉。”

谢淮笑着说：“夏姐你多大？我六岁以后打喷嚏就不流鼻涕了，身体差成这样，还是你穿吧。”

雨一直下得不大，虽然凉，却不会打得人浑身湿透。

谢淮路过菜市场时停了车，拉夏夏去买菜。虽然之前夏天租住在一起时偶尔也会逛超市，但心境全然不同，那时两个人都别扭，一个遮掩，一个委屈，各怀心思，就连用什么样的眼神望向对方都要好好思量才能不露出异样，而现在，手拉着手俨然一对小夫妻。

谢淮跟在夏夏身后，看她挑菜买菜，笑容甜甜地和摊主撒娇抹零头。他抬起头，见市场外的路边放着个自动贩卖机。那机器位置隐蔽，不仔细看根本发现不了，谢淮走到贩卖机前站了一会儿，而后掏出手机百度搜索型号不同有什么区别。

夏夏拎着菜出来，谢淮资料查到一半，胡乱投币买了一个。

“淮哥。”夏夏问，“你在看什么？”

谢淮把小盒子揣进兜里，转身搂住她，不准她探头探脑看那机器。

他别过脸，语气淡淡的：“没什么。”

夏夏好奇地在房间里走来走去。屋子八十平方米，不算大，胜在装修温馨，家具干净，两间卧室只有一间的床上铺了床单被褥，另一张是光秃秃的硬床板。

夏夏正疑惑谢淮为什么不给自己铺床，谢淮把门打开，毫不遮掩，大大方方地说：“一间我们睡，一间给你做书房。”

夏夏：“我说过要和你睡一间吗？”

“没有。”谢淮扬眉，“但你不想又能怎么样？淮哥不同意，你的反抗就跟放屁一样。”

夏夏：“……”就没见过这么不讲理的人。

“我先去做饭。”夏夏别开谢淮要走，没逃出多远被谢淮拦腰抱回来。

“我现在不想吃饭。”他咬她耳朵，“想吃你。”

谢淮将她扛着丢到床上，一阵天旋地转，好在床够结实，也够柔软，倒没摔疼。夏夏推他：“你不饿我饿啊，我要吃饭！”

谢淮邪里邪气地笑，修长的手指松开裤扣。

夏夏狼狈地啊了一声，翻身朝床沿爬，被谢淮拽着脚踝拖了回来。

她脚踝白莹莹、细窄的一只，谢淮一手就可以握过来，他哑着嗓子：“还跑？”

夏夏无处可逃，央求：“你别闹。”

谢淮抱着她：“夏夏，夏姐……”

谢淮了解夏夏，她擅长以柔制柔，以暴制暴。他如果拿出强硬的淮哥搞你那一套，不出三秒就会被夏夏踹到地上，可他把狡诈掩藏在眼角，拿出小狗眼巴巴摇尾巴祈求骨头的模样，夏夏就心软了。

平时那么跩的一个人撒起娇来和十六七岁的少年一样，夏夏经不住他这样，松口：“好……好吧，但你要轻点哦，要是敢弄疼我……”

谢淮从兜里掏出自助机器里买来的小盒，夏夏脸红红地问：“你知道怎么做？”

谢淮仗着阅片量惊人，毫不谦虚：“知道，不让你疼。”

窗外雨势渐大，寒风挟着冰冷的雨珠拍在玻璃上，砰砰作响。

屋子里很潮，待久了觉得每寸骨头都朝外冒着凉意，夏夏将自己埋进被子里，不易察觉地发抖。她皮肤光滑，如刚剥了壳的蛋白，掐掐就能挤出水似的。

耳边传来谢淮撕塑料纸的声音，夏夏忐忑地闭上眼，却久久没有触碰落下来。夏夏又睁开眼，见谢淮掏出里面的东西，一本正经地放在唇边吹气球一样朝里面吹气。

夏夏：“……”

“你真的会吗？”她不信任地问道。

“会。”谢淮其实不会，但不想丢了面子，强撑着狡辩，“看过周星驰的电影吗？这玩意儿就是这么用的，还能用来嚼口香糖吹泡泡，你这是什么眼神，不信？不信我吹给你看啊。”

夏夏：“不看，你快一点。”

谢淮费了好大的劲才歪歪扭扭地戴上，每个动作都透露着生涩。

夏夏原本就紧张，现下更是僵硬得手脚冰凉。

“你真的会吗！”她又确认了一遍，“淮哥你别玩我！你如果不会，我们改天再来也没关系，我可以等的……”

“我等不了。”谢淮恼羞成怒，“你到底在质疑什么？”

“没有质疑你啊。”夏夏紧张得手脚冰凉，委屈地说，“我怕疼……”

谢淮忽然笑了，他低头吻她，眼神温柔，呼吸擦过她耳侧，痒痒的：“在我身边你怕什么？”

他臂弯有力，宽阔的肩膀充满安全感。

夏夏忽然又没那么怕了。

谢淮轻声呢喃："别紧张。"

夏夏强迫自己放松，但显然无用，她攥着床单，声音听起来快哭了，她推谢淮："疼……"

谢淮嗓音低哑："忍忍。"

"忍不了……"夏夏虚弱地抓他的肩膀，疼得理智全无。

谢淮不为所动，夏夏疼得嘶气，说话一字一顿："谢淮，我去你的……"

窗外惊雷乍起，雨势大起来，倒豆子一样噼里啪啦朝下洒。

屋里发出砰的一声巨响。

同居第一天，进度条才刚走了一点，正片都还没开始播放，自诩什么都会的淮哥因为不可言说的技术原因被夏夏一脚踹到了地上，落地时脑袋还碰到了地板，磕出一个大包。

"夏夏，你抽什么风？"

谢淮捂着头刚要找她算账，见她眼圈红了，泪珠子一颗一颗剔透地朝外掉，不比窗外的雨小多少。

夏夏脸憋得通红，哭得哽咽："都说了疼啊……"

十二月时雨时晴，天空总是阴沉沉的，偶尔出太阳，也是从天际的流云里破开一条缝来，洒下一道说宽不宽、说窄不窄的光线。走在阳光里，顷刻就能驱散身上的阴郁湿冷；走在乌云处，浑身凉意又沁入骨髓。

系里的教授给夏夏在民政局找了一份实习。

谢淮每天都会早起去逛菜市场买菜给夏夏做早饭，或是皮蛋瘦肉粥，或是刚杀的鲜鸡肉混着香菇丁熬一锅香菇鸡肉粥。谢淮活了二十年从来没做过饭，对着菜谱一点一点磨，过程常常要拖一两个小时。

他六点起床，七点多煮好粥烙好鸡蛋饼，回到房间时夏夏还在睡觉。

偶尔出太阳的时候，日光会从落地窗的正面倾透进来，映得女孩脸上莹莹发亮。谢淮原本想叫她起来吃饭，但大多数时候又忍不住跳上床抱着她腻歪。

夏夏常常是被谢淮摸醒的，少年人的方刚血气清晨最盛，可他又不敢真做什么——夏夏怕疼。继上次失败后，两人又试了几次，不是找不到地方就是夏夏眼泪汪汪地喊疼。她哭得眼圈通红，谢淮也不能强来，不过例行的亲亲蹭蹭是免不了的。

谢淮的手总也不安分，夏夏被他捏疼了，嘤咛着翻身，紧接着唇被他堵住。谢淮亲了一会儿，夏夏还是迷迷糊糊地睡着，时不时给两下回应，人却半点也不清醒。他觉得乏味，裹着被子把女孩抱到客厅的沙发上。

夏夏昏昏沉沉的大脑重新启动，推他肩膀："再让我睡一会儿，昨晚改研究设计睡得晚……"

"再睡就迟到了。"

夏夏听见这话瞬间醒了，翻身看表已经七点半了，她顾不上赖床，慌里慌张地爬起来洗漱。

谢淮跟在她身后："你慢点！"

他刚拖过地，夏夏拖鞋打滑，差点在瓷砖地上摔个跟头。她进浴室刷牙，谢淮黏黏糊糊地跟进来，自身后抱着她的腰。

夏夏满嘴泡沫："唔……不要抱了，要迟到了，唔……"

"看你一天天的，"谢淮不满，"上课上班，回来就写什么狗屁研究设计、期末作业，你留多少时间给我？"

他这样一说，夏夏也不好意思了。她最近确实很忙，白天的时间要实习、上课，晚上还要看专业书、写期末设计，等她想起来陪谢淮的时候，谢淮已经困得不行，玩不了多久就睡了。

比起她忙得脚不沾地，谢淮最近算得上很闲。许大龙做的是熟人生意，有些交情好的朋友签了合同没付货款只打了张条就把货拿走，甚至还有口头白条，货款他都自己垫着，一来二去手头周转困难。谢淮跟他提了很多次，他充耳不闻，说到最后谢淮也不想管他了，每天守着农家乐过养老的日子。

谢淮的期末作业通常只是随便写写，课也不常上，大多数时间都在看店，无聊得要死就给夏夏发消息骚扰，可夏夏根本没时间理他，久而久之，他难免有些不开心。

“今天周五。”夏夏漱完口，跳到谢淮背上让他背着，两腿晃悠一甩一甩，温柔地哄他，“下班约会去吧。”

谢淮脸色这才好转。

清晨堵车，吃完早饭谢淮先开电动车把夏夏送到民政局，又折回去看店。

夏夏是新来的实习生，有许多东西要学，忙了一上午，直到食堂收饭了她还没吃东西。她去街上买盒饭，远远看到对街有家电动车专卖店，心意一动，跑过去看了看。

下午五点下班，谢淮很早就来了，他混在大厅来来往往办结婚办离婚的男女中坐着玩手机，工作人员嫌他占椅子，把他赶出去了，谢淮又去附近的咖啡店喝咖啡，续到第二杯的时候夏夏才跑出来。

谢淮等得脾气都没了：“少爷这辈子还没这么等过人。”

夏夏跑得气喘吁吁：“对不起，带我的姐姐特意加班教我一些东西，她都留下了我也不好意思提前走。”

她一路跑过来热得出了汗，发丝黏黏地贴在脸侧。

谢淮故意冷脸，夏夏戳戳他的腰眼：“淮哥？”

谢淮面无表情：“世纪广场离这儿一公里，你背我过去我就不生气。”

夏夏权衡了一下，觉得谢淮生气了还是不太好哄的，乖乖让他趴在背上。

谢淮毫无做男朋友的宽广心胸，两腿离地真让她背。夏夏走了十几步就摇摇晃晃气喘吁吁了，她商量：“淮哥，脚能不能放在地上？”

“不能。”

“可是……”夏夏撒娇，“你这么重会压坏我，把我压坏了，晚上就没人让你亲亲了。”

谢淮：“又开始娇气了？”他说，“老子憋了这么久，也不差这一天。”

夏夏静了静，又撒娇："那我喊你一声'老公'，你可以把脚放下来吗？"

谢淮身高腿长，挂在一米六的夏夏身上，像只巨大的毛绒熊玩偶吊在棵摇摇欲坠的小树上。不等夏夏喊累，他也快挂不住了。

他拧眉，故意装出一副困扰的模样："唔，好吧。"

夏夏嗓音甜甜："老公，我好累啊，求求你下来好不好？"

谢淮耳朵动了动，被她这样叫，耳梢微微发红。他从夏夏背上下来，牵着她的手在冬日傍晚的夕阳里慢慢走着。夏夏和他讲今天上班遇到的趣事：一对夫妻在民政局激情闹离婚，吵得热火朝天，工作人员怎么劝都没用，就要办手续的时候，家里孩子放学回家不见父母打电话抱怨饿了，两个人又灰溜溜地回家煮饭，扬言下周再来离婚。

谢淮笑得前仰后合，跟她说今天店里的收入、明天的预订，说梁奶奶中午做了红烧肉，肉炖得软烂，入口即化，梁源太特意开车跑过来吃午饭。

天边最后一抹暮色藏进云层之后，谢淮牵着她的手，从夕阳将尽走到夜色漫天。

日子一如往常地平静，看似没有波澜的水面又因为有彼此在身旁而泛着漂亮的波光。这是夏夏梦寐已久的生活，没有多么刻骨铭心、惊心动魄，但这温馨、幸福的感觉，她从前只在梦里见过。

晚饭吃自助火锅，六十块一个人，夏夏怕吃不回本，拼了命地往肚子里塞毛肚，最后瘫倒在椅子上走不动路，捂着胃叫谢淮再给她拿一碗红糖凉粉，最后离开的时候，是谢淮把她扶出去的。

夏夏摸了摸衣服下微微鼓起的肚子："淮哥，我像不像饿死鬼投胎？"

谢淮忍笑："还好。"

"我是不是给你丢人了？"

"没有。"

"你会因为我吃这么多不喜欢我了吗？"

"不会。"

夏夏蹬鼻子上脸："那你背我吧。"她扁嘴，委屈地说，"吃太多了，走不动路。"

谢淮："……"

夏夏趴在他背上，拿手机看电影票。世纪广场人来人往，依偎在一起的情侣不少见，男孩背着女孩走的却只有他们两个。

夏夏选了几个电影都不满意，脸颊一阵冰凉，她抬起头，看见天上飘起了细碎的雪花。

南城已经五年没下过雪了，行人驻足仰头。路灯橘色的暖光熠熠发亮，映得雪片辉明，如镀上一层金边一样。

"下雪了。"夏夏短暂地愣了愣，莞尔一笑，"淮哥，下雪了。"

谢淮也跟着笑。

兜里的手机振动了许久，他接听，是乔茹打来的。她声音哽咽，一直在哭，夜晚的欢快气氛在这一刻变得剑拔弩张。

夏夏懂事地从他背上下来。

谢淮脸色凝重，乔茹说话含混不清，一句里只能听懂几个字眼。不知道多久，他神色凝滞，嗓音微哑："胡书荣跑了？"

夏夏微微张唇，露出一条惊愕的缝。

她从谢淮嘴里听说过胡书荣，他是漳市高利贷的头头，谢致生当年就是和他借了钱。夏夏每周两封的举报邮件里，胡书荣是永远不会漏提的名字。那些邮件发出后从来没有回应，如石沉大海。夏夏一周不漏地写，以为至少得写上几年，因此乍闻这个消息时也愣住了。

乔茹的声音激动又难以自抑："上个月没人来要钱，我以为是他们记错了时间，今天才听说……"

女人的温柔和冷静被突如其来的惊喜冲击得零散错乱，她开口语无伦次，每个字里都带着难言的欣喜："小淮，他跑了。"

谢淮反应过来，冷静道："妈，你最近不要一个人在家，去外婆家或者舅舅家住。我打给你的钱也别动，胡书荣那么深的根基不会说走就走，应该只是为了躲避调查暂时去外面避风头了，他就算真的要跑，钱也不会不要，我担心他缓过劲会回来找麻烦。"

“我年前回家。”谢淮说，“你一个人注意安全。”

乔茹静默，似乎从一场遥不可及的梦里被谢淮唤醒。她止住哽咽，嗓音变回温柔，开口时却还能依稀听到破碎的水音，是她刚刚哭过的动静。

“小淮。”她温声说，“如果胡书荣真的走了，带那姑娘回家过年吧。”

谢淮挂上电话，转眼见夏夏眼睛澄澈明亮，看向他时眸光水盈盈的，如星星般闪亮。夏夏没有说话，只是甜甜地笑，她胃也不胀了，忽然拽着他朝来时的路上跑。

谢淮怕她摔了，拉她：“慢点。”

“他走了吗？”

“不知道，也许还会回来。”

夏夏的眼睛眯成一道弯弯的月牙，牙齿整齐洁白：“是不是要好起来了？”

谢淮茫然：“我不知道。”

夏夏踮脚，用温热的手掌捂住他的眼：“把眼睛闭上。”

谢淮闭上眼，夏夏把手掌拿开：“我说睁开，你才准睁开。”

女孩远远跑开，谢淮站在僻静的甬路上，很长一段时间，耳边擦过的只有呜咽的风和路上汽车引擎的隆隆声。雪花落在他脸上，湿润清凉。

他轻声叫：“夏夏。”

谢淮睁开眼，夏夏不在身边。

远处开过来一辆粉红色的电动车，夏夏隔着一段距离兴奋地朝他挥手。

“谁的车？”

她将车停在他面前，笑嘻嘻的：“白天就看好了，正好今天发工资，买来送你。你那辆电动车骑了两年，该换新的了。”

谢淮：“发了多少工资？”

“两千。”

“车多少钱？”

夏夏没心没肺地笑："两千五。"

她将车钥匙挂在谢淮的钥匙扣上，天真地眨眨眼睛，让自己看起来可爱又真诚："这个月没钱吃饭了，要靠淮哥养，你愿意养我吗？"

谢淮没答，看着那车："你觉得我适合这个颜色？"

"不适合。"夏夏挠挠头，"可粉色便宜。"

谢淮笑了："反正车都买了，我随时可以甩掉你。要我养你，得拿出点诚意。"

夏夏掰着手指："我可以给你洗衣服，给你做饭，给你做家务，给你提供一些特殊服务。"

谢淮挑眉："什么服务？"

夏夏扭捏着不说话。

谢淮抱她，她反手搂住他的腰。没有再谈刚刚的话题，也没有谈及有关谢淮妈妈那一通电话带来的冲击。她安静、乖巧地窝在他怀里，像只懒洋洋晒太阳的猫。

夏夏用头顶在他胸口一阵乱蹭，仰起头来眼眸里繁星灿烂："淮哥，都会好的。"

临近年关，学生放假，附近的公司也早早开完年会，一派要过年的热闹氛围。连着几天店里都没什么客人，谢淮在小年夜关了农家乐，买了牛肉和番茄回家包饺子。

他想自己和面，搞了半天和出一团湿漉漉的糨糊，打电话给夏夏求救。夏夏刚下班，走在地铁站看到谢淮发来的照片哭笑不得。

南城的气温日渐降低，夏夏抱着手臂站在地铁的黄线外和谢淮有一搭没一搭地聊天。面前玻璃门上映出她的影子，牛仔裤、粗孔白色毛衣，套着军绿色的大衣，头上戴着顶圆沿羊毛帽。倒影中的女孩白皙清秀，一双杏核般的眼睛璀璨明亮，她头发长了，弯弯的波浪松散地垂到腰间，鬓边碎发毛茸茸地张扬着。

夏夏伸手将不安分的头发捋到耳后。这几年她的模样没怎么变，穿着打扮却变了不少，一眼看上去不再像稚嫩的中学生，气质成熟了，然而说上几句话笑一笑，身上的少女感也丝毫不少。

谢淮："以后干脆还是我去接你吧。"

夏夏随着人流挤进地铁，将电话换了只耳朵："不用。"

天气越来越冷了，民政局离家远，谢淮因为熬夜看店免疫力差了不少，每天接送夏夏在寒风里来回两趟，这个冬天感冒了好几次。后来夏夏就不准他来接了，每天自己坐地铁上下班。

夏夏刚打开门就被谢淮抱了个满怀，他将她手里的包放下，拖她进屋："快点！"

他的面揉得像稀泥，夏夏洗了手把面和好，又把谢淮粗制滥造的肉馅重新剁了一遍，加调料拌匀。

"你还不如去买现成的速冻水饺。"夏夏剁肉剁得腰酸背痛，趴在沙发上哀号，"就会折磨我，坐了一天，腰疼死了。"

"别不知好歹，我是想亲手包饺子给你吃。"

"我看你是想累死我。"夏夏说，"给我揉揉。"

谢淮乖乖说："好的。"

他走过来，夏夏回头瞥见他的眼神，本能地说："算了，哎……"

谢淮笑得蔫坏，夏夏又一阵哀号："我让你揉腰，你别乱碰！"

夏夏被他欺负得满脸通红，眼角泛泪的模样纯情又勾人，谢淮比小孩还幼稚，揉完又挠她痒痒。夏夏挣扎无效，只能装哭，可她很久没装可怜了，演技退化得厉害，谢淮根本不信，按着她又挠了一顿，挠着挠着夏夏真的被痒哭了。

谢淮看着女孩一边哭一边骂他的模样不敢再闹了，可夏夏还是哭得停不下来，像受了天大的委屈似的。谢淮指天发誓再挠她痒痒自己就是狗，把人哄笑以后老老实实煮饺子去了。

农历腊月二十九，夏夏放假了，谢淮早起将行李箱搬到楼下保安亭，回房间叫夏夏起床。

夏夏被他叫醒时才凌晨五点，两眼发蒙。谢淮推她去卫生间刷牙，夏夏刚睡醒，手软脚软没有力气，整个人赖在他身上，像个软糯的娃娃。

谢淮按开电动牙刷塞进她嘴里，夏夏勉强清醒了点。昨夜她因为要见谢淮的家长焦虑了一晚上，害怕谢淮妈妈不喜欢她，提议让谢淮一个人回去，自己留在南城过年就好。不管谢淮怎么说她都摇头，甚至打算拿出手机退票，被谢淮按着收拾了一顿才老实。

睡了一晚，夏夏那点忐忑的心思又开始作祟。

“你妈不喜欢我怎么办？她觉得我不漂亮、不贤惠怎么办？她看我不顺眼怎么办？”夏夏哭丧着脸给自己进行心理施压，五官皱巴巴地挤成一团，“她如果给我五百万让我离开你怎么办？要不我还是别去了……”

“五百万？”谢淮冷淡道，“那也得她拿得出来才行。”

夏夏被谢淮打包丢上出租车，又打包丢上飞机。

飞机落地时，漳市正在下雪。夏夏许久没有呼吸过北方冬天的空气了，走出机场被冷风一裹冻得瑟瑟发抖，直到上了出租车她还在哆嗦。

谢淮问：“有这么冷吗？”

夏夏快害怕死了：“你妈讨厌我怎么办啊？她当了那么多年富太太，肯定喜欢那种很有涵养的女孩吧？我从小在村子里摸爬滚打，又野又凶的，她肯定看不上我。”

谢淮：“……你又野又凶？”他捏捏她的脸，“你对自己的认知有什么障碍吗？”

夏夏眼神瞄向窗外，忽然喊：“师傅，停车。”

她下了车跑到路边的花店：“要给阿姨买点礼物才行，她喜欢什么花？”

谢淮摸摸后脑勺：“不知道，没买过。”

夏夏挑了几支香水百合的花苞，插上满天星，用浅色的花纸包成一扎。年关将近，冬日花市的价格贵得要命，百合四十一支，夏夏那一捧花几百块钱，谢淮要付，被夏夏按住。

“我来。”她执着。

谢淮：“过不了几天就蔫了，你有这钱买花还不如给我买肉吃。”

“要买的。”夏夏轻声说，“第一次上门，不带礼物不像样子。”

她看过谢淮手机上乔茹的照片，她穿着豆绿色的亚麻上衣，头发用木簪子挽出一个高高的髻，岁月没有在这个四十多岁的女人身上留下过多的痕迹，她气质温婉端庄，弯唇含笑的模样如山间的清风，只是看着，就沁得人心脾清凉。

乔茹从前生活精致，会插花会茶艺，闲时会烘焙会做瑜伽。

谢淮很少对夏夏提起破产后的生活，但她也能窥知些许端倪。谢淮的妈妈现在住在谢淮舅舅家的旧房子里，每月交租，从前的家当已经被法院查封了，写在乔茹名下的房子车子也为了还高利贷卖掉了。谢淮每月会固定给家里打两万块钱，乔茹做了一辈子全职太太，家务样样不会，但迫于生活，也出去租了个小店面开烘焙教室。

乔茹这样精致的女人一定喜欢花，夏夏笃定。她也笃定，乔茹一定许多年没有给自己买过一束花了。

老式小区没人清扫积雪，只在路中间留下一排人来人往踩出的脚印。天气寒冷，融化的雪水结冰，踩上去一脚一个跐溜，路两边的松树上堆着厚雪，谢淮经过，孩子气地抱住树干摇晃，洒了夏夏一头的雪。

夏夏面色严肃，比面试时还要紧张。乔茹开了门，屋里温暖的热气扑面而来，夏夏却手脚冰凉。乔茹真人比照片上更年轻，皮肤莹白细腻，状态丝毫不输二十岁的夏夏。她眼神明亮，眼角没有丝毫细纹，只是耳后横生了许多白发。

正对门的客厅摆着一个神龛，供着佛像，他们回来前乔茹刚点过香，室内弥漫着浓郁的檀香味。

夏夏刚要鞠躬问好，乔茹穿着棉拖过来给了她一个拥抱。她穿着家居服，体型很瘦，身体却温热，下巴亲昵地蹭了蹭夏夏肩膀，手掌摸上她后脑。

“夏夏你好。”乔茹声音温柔，“我是小淮的妈妈。”

夏夏被她抱着，闻到她身上沾染的檀香味道，原本紧张的心情一瞬间舒缓下来。她脸红了，低声说：“阿姨好。”

乔茹拉她进屋，帮她脱掉外衣挂好，谢淮慢悠悠地跟在后面。

他们回来前乔茹打扫过家里，窗明几净，地暖温度正好，透过脚底板向上升腾着干燥的空气。茶几上放满了乔茹准备好的圣女果、金橘、坚果和糖瓜。

乔茹拉夏夏坐到沙发上，目光没有一刻离开女孩清秀的脸，眼神里满满都是喜爱。直到谢淮咳了一声，乔茹这才想起自己还有个儿子。

谢淮将手里的百合花递给她："夏夏送你的花。"

乔茹接过，手指轻轻触了触含苞待开的骨朵："好漂亮啊，谢谢你了夏夏，我现在就去插上，正好过年摆在客厅。"

夏夏脸上的红晕刚褪，声音还是小小的："谢谢阿姨。"

谢淮："？"

乔茹一愣，温柔地看向她。夏夏因为紧张话都说错了，连忙摆手："不是，不是谢谢阿姨，我是想说不客气，阿姨您喜欢就好，我……我很开心。"

乔茹忍不住笑起来，她看出夏夏的拘谨，善解人意地拿上花瓶去厨房插花，把大厅留给两人。

谢淮回到家就缩进沙发，手臂一揽把夏夏抱在怀里："夏姐今天这又是什么人设？说着话眼眶就会泛红的结巴小可爱吗？确实挺可爱的，过来让我亲一口。"

夏夏轻声说："你不懂。"

"你从前生活富足，虽然现在回不去了，但那些经历带给你的东西是这辈子都抹不去的。"夏夏垂着眼，"当我看着阿姨的时候，我完全可以想象出她从前过着什么样的日子，完全可以想象她从前多精致多优雅，那是刻在骨子里的痕迹。"

"可是我……"她顿了顿，"换成我妈妈、我的家里人，我想也不敢想。我害怕见你家人，也害怕让你见我家人。你妈妈不喜欢我，抑或我父母不喜欢你，我都会很难过。"

谢淮笑笑："平时不是挺自信挺横的吗？今天怎么了？"

夏夏静了静，轻声问："你想要我装小甜心吗？那是你妈妈，虽然她可能不会喜欢我真实的样子，但我不想在她面前演戏骗她。"

她没有明说，但谢淮听懂了她的意思。谢淮开农家乐赚来的钱全都用来填高利贷的窟窿，两人手头并不宽裕，平日在家做饭肉菜都很少吃，偶尔清闲的周末才会奢侈地出去吃顿好的。夏夏从小穷惯了，谢淮也穷，两个穷鬼搭伙过日子也很有意思，夏夏从没觉得这样的日子哪里不好，反而每天乐呵呵的，可当她来到谢淮从前生活的圈子，见到了乔茹，那隐藏在心底深处，害怕不被认可的恐惧就控制不住地蔓延而出。

谢淮没钱，可谢淮和她不一样。他从小受到的教育、经历过的生活给了他足够的见识和底气，让他哪怕遇到再多的挫折和苦难都能应对，他在风雨面前从容不迫，脊骨永远挺得笔直。而夏夏在泥浆里一路摸爬滚打才有的今天，藏在甜美外表之下的是骨子里的野蛮。夏夏自卑于乔茹那富家太太的优雅气质，担心她看不上真实的自己。

“阿姨一定是看在你的面子上才对我这么客气。”她沮丧地说。

“你真是够傻的。”谢淮笑着说，“我妈不是看在我的面子上对你客气，她是在讨好你，知道我欠了那么多钱还愿意不离不弃做我女朋友，这样的傻子跑了，下家可不好找。”

谢淮捏着她的脸：“我说得明白吗？”

“小淮。”乔茹在厨房叫他。

谢淮趁乔茹背过身去的空隙倾身在夏夏唇上吻了吻，威胁道：“再敢胡思乱想，当心晚上淮哥收拾你。”

乔茹把百合插在淡青色的长颈瓶里，拿剪刀修剪枝叶，她笑眯眯地问谢淮：“妈妈表现得怎么样？”

谢淮嬉皮笑脸：“不错，可以给奖励。”

“夏夏似乎有些紧张，没关系吗？”乔茹忧心，“是不是我刚刚看上去太严厉了？”

谢淮：“严厉倒没有，就是……”他认真而严肃，“本来这话我不想说的，怕影响你们婆媳关系，可是妈，你能别上来就抱夏夏吗？还有一直挽着她手臂，我们俩现在热恋期呢，男朋友做的事情都让你做了，我干吗呀？”

乔茹：“哟哟哟，不得了，还吃妈妈的醋了。”

乔茹早已备好了午饭的材料，四菜一汤，她提前问了谢淮，准备的都是夏夏爱吃的。她把花修剪好摆在一旁：“夏夏晚上跟我睡还是睡你屋？如果睡你屋，我下午找条毯子给你，晚上你就睡沙发吧。”

“睡沙发？”谢淮说，“开什么玩笑！”

乔茹：“不睡沙发你睡哪儿？你都二十岁了，睡妈妈屋里也不像话……”

“谁要睡你屋了？”谢淮的神色带着几分扬扬得意，“夏夏跟我睡。”

乔茹怔了片刻，随即抬手在他脑袋上敲了一下：“人家女孩才多大呀，你别胡来啊。”

谢淮揉着脑袋：“没胡来，只是抱着睡个觉而已，我有分寸。”

“还有，老妈。”谢淮打量着她一身亚麻料的衣服。

这衣服质地极好，她穿了很多年，身上却连一个线球都没有，得体又舒适，看上去丝毫不像家居服，穿出去上街都没问题。

“就我们三个在家，随便穿穿就行了。你都把夏夏吓坏了知道吗？她本来就紧张，你还穿这么正式，夏夏都快给吓成鹌鹑了。”

乔茹看了眼自己的装束，洗手回了卧室。几分钟后，她出来，换了条谢淮初中时穿剩下的运动裤和底边露了线的白毛衣。

她笑着把水果推到夏夏面前：“夏夏，多吃点呀。”

夏夏的见家长综合征在和乔茹吃了一顿饭后终于缓解了。

她要帮乔茹做饭，乔茹说什么也不准，一个人没用多久就把饭做好了。吃饭时她讲话很注意，一句都没有提过夏夏的家里，偶尔会问两人在学校的生活，大多数时候是在给夏夏讲谢淮小时候的糗事。夏夏从没有感受过这样的家庭氛围，既觉得温馨又有些想哭。

饭后乔茹也不用她洗碗，把谢淮赶去了厨房，她拉着夏夏看她养的多肉和芦荟，兴奋地跟她说水仙马上就要开花了。

腊月二十九已经到了置办年货的时候，下午谢淮带两人去商场买衣服。

乔茹没有过多和谢淮说话，也没有再搂着夏夏，她原本安静地走在后面，是夏夏觉得让她一个人走不像样子，主动放慢步子挽着她的手臂。比起谢淮，她和乔茹反而更像一对母女。乔茹脸上始终挂着温和的笑，拉夏夏进店试衣服连价格都不看，只要觉得顺眼就让谢淮去付钱。夏夏最贵的衣服不过是那年谢淮卖唱买给她的一千多块的风衣，她在试衣间偷偷翻乔茹拿给她的衣服价签，看到五千六的价格时心跳都要停了。

她不好意思要这么贵的衣服，都没有上身试，打算直接拿出去跟乔茹说不合身。

谢淮和乔茹站在试衣间的拐角说话。

“我没有教过你要怎么对女孩子吗？”

乔茹语气不满，她一手抱着夏夏的大衣，一手抚在上面摸料子：“你就给夏夏买这种衣服？”

夏夏脸一红，那件外套是她夏天清仓时淘来的反季品，不过一百多块。学生生活费不多，大家都这么穿，夏夏不觉得有什么，但这衣服显然入不了乔茹的眼。

夏夏有些窘迫，可听到乔茹接下来的话，眼眶又泛起潮热。

谢淮对面料的好坏一无所知，茫然道：“这是她自己买的。”

“那你的衣服呢？”乔茹对比谢淮身上明显高档很多的料子，淡淡地问。

谢淮：“也是夏夏买的。”

乔茹：“你现在不是一个人了，能不能对女朋友上点心？”

她冷着脸把谢淮教训了一顿：“现在不比从前，钱不用抠搜着花，人家姑娘愿意跟你同甘共苦，你就不能好好对人家？”

谢淮懊恼：“你别造谣行吗，我对夏夏哪里不好了，我又不懂这些，她买我就穿了。”

过了会儿，他问：“胡书荣真的走了吗？”

“你舅舅托人去打听，说胡书荣跑到南方去了……”

隔壁试衣间帘子撩开，一个漂亮的女孩抱着几件试过的衣服走出来。她没看到夏夏站在拐角处，抬头只看见谢淮和乔茹。

陈曼希：“谢淮？伯母好。”

乔茹显然是认识她的，她弯弯的柳叶眉上挑，目光不咸不淡地从陈曼希身上掠过，像没听见她说话一样，转头去看垃圾桶。

陈曼希一阵尴尬，她又看向谢淮：“你什么时候回来的？”

谢淮那不咸不淡的目光和乔茹如出一辙，他弯唇笑笑，一言不发。

乔茹转头见夏夏走出来，主动接过她手里的衣服递给服务员：“麻烦包起来，这件我儿媳妇喜欢。”

夜里风凉，陈曼希乘电梯到了负一层停车场，娇美的脸蛋上染了一层寒霜。她开家里的车来逛街，上车后发现左右两边的轿车离得太近，她车技不算好，直接倒车难免会剐蹭。

她见隔壁车上有人坐着，拉开车窗敲对面的玻璃。车里的人没回应她，她下了车，怒火冲天地拿手包砸对方的车窗：“能不能让一让？靠这么近叫人怎么过？”

她话音刚落，车上下来两个穿黑色兜帽戴口罩的男人，粗鲁地拽住她将她扯到车上。陈曼希大惊失色，用脚蹬踹，小腹挨了男人一拳，她痛得如虾子般弓起身体，人老实了，汗水涔涔往下流。

驾驶座上的男人转过头来，色眯眯地看着她：“大哥，她就是陈曼希。”

陈曼希觉得这声音耳熟，抬起脸看见一张似乎在哪儿见过的脸，可她一时也想不起来。

坐在副驾驶的男人戴着墨镜，用低低的鸭舌帽遮着脸，闻言嗯了一声。他摘下墨镜，凌厉的目光在后视镜里与她对视，陈曼希没来由地一阵发冷。

“谢淮的女人？”他问。

陈曼希脸色苍白，本能地摇头：“不是，我不是。”

驾驶座的男人说：“你放屁呢，就算不是谢淮的女人，也是谢淮最在乎的女人吧？他当年为你干的那些事多轰动，你敢说他不喜欢你？”

陈曼希捂着小腹，终于想起他是谁了。

她咬着牙："孙峰。"

胡书荣无聊地玩着手里的墨镜腿："谢淮欠我钱，你应该知道。最近准备出去避避风头，苦于手头有点紧，想让他把欠我的钱一次性还清，可手里没点有分量的筹码，总觉得不太安心，还得麻烦你跟我们走一趟。"

陈曼希："我跟谢淮不熟的，他妈妈在家，你们为什么不去绑他妈？"

她身边的男人嗤笑："那年因为绑他妈，老子被捅进重症监护室住了半个月，谁还敢碰她？"

"那你们可以绑他女朋友啊！"陈曼希尖叫，"他女朋友就在楼上商场，他们刚刚还一起逛街呢！我跟谢淮高中就分手了，他早就不喜欢我了，你们绑我没用的。"

她吓得眼泪横流："我说的都是真的，他女朋友叫夏夏，和他一个大学的。夏夏现在应该住在他家，不信你们去看！"

Chapter 17
别碰她

八岁之前，夏夏的每一个新年都活在恐惧和尴尬里。

夏军会在年三十的傍晚打上一桶劣质高粱酒，让吴丽煮一锅白菜猪肉饺子，再炒一盘花生米下酒。电视里播着春晚，声音开到最大，他坐在炕头小酌，夏夏在地下的矮桌前坐着小板凳写寒假作业。白炽灯的钨丝年头久了，光线昏暗微弱，夏夏又挪到门边，对着门玻璃透进来的雪光写字。

夏军喝醉了，手舞足蹈，大吼大叫，玻璃瓶子摔得粉碎，发出砰啪的声响。他时常会心血来潮把她拎到面前，罚她在板凳上站稳不准动，动一下就抽她一巴掌。

春晚无趣，小脸惨白，眼眶潮红溢着泪花，肩膀缩成一团的夏夏有趣。夏军像看马戏一样捧腹大笑，直到酒精的后劲涌上来才趴回炕上睡去。第二天一早，他又会把睡意蒙眬的夏夏从床上薅起来，让她穿上像样的衣服，戴上红色的针织帽，和他一起挨家挨户串亲戚，每年如此。夏夏虽小，但也能清晰读懂那些人眼里极度的不屑和厌恶。

夏军总是谦卑地笑，咧开嘴，因抽烟使得牙垢褐黄，牙齿参差不齐："夏夏，快给舅姥爷拜年啊。"

夏夏低着头、垂着眼，声音闷闷地小声问好，随即脑瓜被夏军甩了一巴掌："大点声都不会吗？"

老人家虽然不喜欢夏军，但见这场景也尴尬，淡淡掏出二十块钱说和："大过年的，别打孩子。"

夏军收了钱，准备拿去买酒，笑眯眯地不再说话。

八岁以后，夏夏住进魏金海家，从此除夕夜没了例行的恐惧和羞辱，日子平淡如白开水。魏金海抠搜着过活，大鱼大肉不舍得买，挂鞭烟花也不舍得买，就连门上的对联横幅都是吴丽找筒子楼一层收废品的老头免费写的。

魏金海向来是守不到十二点的，他一个人占着客厅的沙发，十点多就两眼迷糊睡过去了。夏夏不出客厅，她在一道帘子之隔的自己的那方小天地里静静坐着，听窗外彩炮齐鸣，看无数柳叶状的烟花在无边深邃的天空中依次绽放。

魏金海睡着后，她会悄悄下楼踩雪，用地上堆得薄薄的、脏脏的积雪垒砌一个小小的雪人。再抬眼时穹顶被十二点的烟花炸得明亮耀眼，一年又这样过去了。

去年她没有回家，一个人留在海城打工。除夕夜家教的学生回老家过年，夏夏去超市找了份临时兼职，过年时的工资是平时的三倍，可也累，从早站到晚一刻不得闲，她十点下班，路上打不到车子，一个人慢悠悠走回住处时已经十一点了。

春晚的歌舞节目已到尾声，声音喧哗气氛热烈，夏夏却融不进这样的氛围之中，她累得浑身散架，煮了包速冻饺子吃完就睡下了。

她第二天早起时才看到谢淮给她发的消息。谢淮问她睡了吗，许久得不到回应后尝试给她打电话，那晚他打了七个电话，夏夏一个都没接到。

乔茹早早地就把家里过年的摆置一一添好，门上的对联要放到除夕当天再贴，但阳台的红灯笼和中国结已经挂好，客厅左右一边一棵金橘树，上面缀着黄澄澄的小橘子。夏夏买的百合花被乔茹放在餐桌最显眼的位置，她修剪好花枝，拿营养液浇灌，期待能在过年前开花。

家里的许多物件都被换成了红色，床单、被套、枕巾，喜庆得像要嫁女儿一样。乔茹还给谢淮和夏夏买了红色的内衣和袜子，尺码她早早问过谢淮，不大不小正合适。

夏夏没用多久就适应了谢淮家的氛围。来之前她那些疑虑和担忧通通被打散，那发自内心的喜爱和热情装是装不出来的，乔茹是真的喜欢她。夏夏放松了很多，也拿出平日在谢淮面前的可爱劲，甜甜地叫乔茹阿姨，和她抢着做家务。

晚饭是夏夏煮的，乔茹养尊处优了二十多年，厨艺是这两年迫不得已才慢慢学会的，然而也仅仅处于加油加盐把菜炒熟的入门水准。像夏夏喜欢吃的红烧肉和鱼香肉丝这种复杂的菜式，她是提前问过谢淮，在家练习了十几次才能做出香甜的口感。至于其他菜，她还是两眼抓瞎，会不了多少。

“多吃点。”乔茹给夏夏夹菜。

谢淮得意：“怎么样？我说夏夏做菜好吃吧。”

“还好意思说。”乔茹淡淡道，“夏夏做饭，你做什么？”

“我洗碗。”谢淮扬眉，“洗衣服、拖地、修灯泡、刷马桶，还有专门负责收拾……”

夏夏在桌下踩了他一脚，他那句差点脱口而出的“还有专门负责收拾她”硬生生憋了回去。乔茹不明所以，只见夏夏脸红，谢淮也脸红，夏夏脸红是羞的，谢淮是疼的。

吃完饭，谢淮去厨房洗碗，乔茹带夏夏进了自己房间。谢淮探头探脑地要跟进来，被乔茹赶了出去。她拉夏夏坐到床上，从柜子里翻出一个大的彩色铁皮饼干盒。

乔茹：“这是谢淮小时候的相片。”

夏夏接过来打开，相册厚厚一沓，硬壳封面上是谢淮一家人的彩照。

那时谢淮还小，看上去不过五六岁，粉雕玉琢十分漂亮，乔茹给他穿了一件橘红色的小衬衫，在他的锅盖头短发上绑了一个小小的辫子，谢淮被谢致生抱在怀里，搂着谢致生的脖子捏他耳朵。

谢致生和夏夏想象的不一样，她原本以为靠倒卖破铜烂铁起家的漳市首富、一个敢于纵身跳进硫酸池的人，怎么也要长得五大三粗胡子拉碴，肌肉虬结在一起，腹肌至少八块，肱二头肌能让小孩拽着在上面荡秋千。可照片上的谢致生却出乎她意料的斯文，他是标准北方男人的个子和身材，一米八多，看着清瘦却不给人白面书生的感觉。他手上戴着谢淮的那串菩提珠，鼻梁上架着的无框眼镜衬得他的气质像个教书匠。

“这是谢淮爸爸。”乔茹见她在看谢致生手上的菩提串，笑笑，“手串是我们结婚时谢淮外公送他的，他原本也打算在谢淮结婚时亲手送给未来的儿媳，可他没机会见到你，只能让谢淮送了。”

她温柔地眨眼：“谢淮什么时候送给你的？”

夏夏：“去年冬天，我们还没在一起的时候。”

乔茹唇边的笑容一直扬着，她翻开相册，给夏夏看谢淮的相片。

“这是谢淮一岁半的时候，他说话早，已经会摇摇晃晃走路叫爸爸妈妈了。

“这是谢淮三岁，他小时候脾气怪得很，三岁了还吵着要穿开裆裤在路上跑，见到漂亮姑娘就要人家抱。”

照片上的谢淮穿着天蓝色的小短裤，上身赤着，露出软白的肚皮，见有人拍照还骄傲地挺着腰。

夏夏哧哧地笑：“真流氓。”

“小时候脾气虽怪但也可爱，越长大越难捉摸了。”乔茹说，“上学以后就喜欢装酷，玩那些男孩子玩的汽车模型和篮球，从前我买给他的衣服也不穿了，嫌颜色像女孩子的。”

“我当初就想要个女孩，顺产后在产房知道生的是个男孩，我还难过得哭了好半天。”乔茹的笑容无奈地收了收，“不过他爸出事以后，我又庆幸谢淮是个男孩，否则这样的日子真不知道要怎么过。”

夏夏声音柔软：“阿姨别难过了，从前的事情都已经过去了。”

乔茹的目光在她腕间的手串上流连：“他爸爸留给他的手串，我们最难的时候他都没有卖掉，谢淮舍得送给你，一定是喜欢你喜欢到心坎里了。”

夏夏抿着唇，低下头不让乔茹看见她脸红。她翻着相册，看谢淮五岁时抱着皮球在一栋四层别墅的大花园里拍球，周围聚集了一帮小孩。

六岁时谢淮打着红领结，戴着小黄帽，被谢致生送到小学门口，小豆丁谢淮不情不愿地扁着嘴，被乔茹硬拉到学校门口摁着拍了张照。

八岁时谢淮长高了许多，和谢致生穿着黑色的亲子泳裤在自家泳池里游泳。

十一岁的谢淮在同龄人里已经算很高的了，脸颊微显稚嫩，依稀能看出现在俊美的模样。他在学校文艺晚会上表演节目，西装革履，戴着领结，耀眼得像个闪闪夺目的小王子。

十三岁，谢淮早恋被校领导当场逮住，从小乔茹教他要礼貌低调，那时学校里没人知道他是谢致生的儿子，校领导怒不可遏地叫了家长，谢致生顶着一张时常出现在漳市晚报上的脸进到办公室后，原本剑拔弩张的气氛一下子和缓了。

校领导笑眯眯地和他聊了半天，又笑眯眯地把谢淮放走，走时亲切地叮嘱：“早恋是美好的，一定要好好珍惜现在纯洁真挚的感情，但是千万不要影响学习啊。”

乔茹为了纪念儿子情窦初开，无视校领导奇异的目光，兴高采烈地硬拉着谢淮在办公室拍了张照片，还将那女孩一起照了进去。

“这就是谢淮的初恋？”夏夏手指在这一页顿住。

照片上的女孩黑黑瘦瘦的，平心而论是放在人堆里一眼望过去很容易就被忽略的样貌。夏夏曾经想过无数次，第一个让谢淮动心的女孩该是什么模样，但她从来没问，怕自己知道了会吃醋。可当她真的见到时，发现自己还是在意的，这是谢淮的初恋，是他第一个喜欢的女孩。

夏夏有些沮丧，可左看右看也不知道谢淮喜欢她哪里，问：“她一定很优秀吧。”

乔茹：“她是谢淮他们班的学习委员，当初和谢淮告白的时候承诺以后每天帮他写作业。”

夏夏：“……”

“谢淮喜欢她吗？”

“谢淮喜欢打篮球。”乔茹说，“这女孩帮他写了作业，他每晚就多出两个小时的打球时间。我知道以后把他们拆散了，还把谢淮骂了一顿，不过不是因为我反对早恋，而是因为他动机不纯，这种做法太伤人了。”

夏夏哭笑不得。

“今天在商场遇见的那女孩我也见过，和谢淮在一起的第二天就提着礼物登门拜访，还给我和谢淮的爸爸做了一顿甜品，很漂亮也会来事。”

“可我原本就不看好他们。”乔茹看向夏夏，“一个人的嘴巴会说谎，表情会骗人，可一个人的眼睛瞒不住事情。陈曼希看谢淮的眼神很热烈，可里面掺杂了许多别的东西，她和你不一样，你喜欢谢淮，喜欢的是他这个人。”

夏夏笑了：“淮哥他很好，只是从前他的好被别的光芒遮掩了，别人发现不了。”

“你对他的滤镜真重。”乔茹损儿子时一点也不像亲妈，“从前谢淮性格古怪得很，这两年才慢慢变好的。他去年回家时和我说起你，眼睛亮得发光，那时我就想看看，到底是什么样的女孩能让他把坏脾气完全改掉，就像变了一个人。”

夏夏想起刚认识谢淮时，他坐在路边摆摊，眯着眼对人爱答不理的死样子，又想起他对她的凶，摆出“淮哥搞你”那一套，心想现在的谢淮确实变了很多。她说不清这种改变是从什么时候开始的，在她发觉的时候谢淮已经很温顺了。

他温柔、体贴、爱撒娇。

乔茹不提，夏夏都快忘记谢淮以前生人勿近的模样了。

夏夏的思绪恍惚回到在学校时的一堂课上。

冬日金黄的阳光洒向墨绿色的课桌，谢淮趴在桌上，无聊地拿手表晃来晃去，将阳光折射到教授胸口亮晶晶的钢笔帽上，在他的条纹衬衫上落了道漂亮的光斑。

“自我感情与爱，是对立的或是补充的，如果把自我看作是意识中的一座城堡——外围设防，里面藏着许多挑选好的财宝，那么爱就是宇宙中不可分割的共享物……”

教授发现了谢淮的恶作剧，他停下讲话，扶了扶眼镜腿，笑笑不理。谢淮手腕上抬，又将光斑投在他脸上。教授的眼睛眯成一条细缝，淡淡地威胁：“谢淮。”

谢淮调皮地朝他挥了挥手，安分地坐好，本子摆正低头写笔记。

“在一个健全的大脑中，自我与爱彼此促进对方成长，对于那些我们强烈地、长久地爱着的事物，我们很可能就会将其带进城堡，认为那是我们自身的一部分。库利认为……”

“谢淮。”教授见谢淮头也不抬，停下来温和地问，“你怎么认为？”

谢淮歪头想了想：“爱会促进自我成长。”

教授微笑点头：“还有呢？”

“爱会让人放下防备，将爱人带入自己意识的城堡。”

“还有呢？”

谢淮扬眉：“老师，您已经问了我两个问题了。这么多人不问偏偏提问我，是不是羡慕我有女朋友啊？”

谢淮有了女朋友，恨不得让全世界都知道，夏夏大窘，拉着他的衣角让他坐下，不许他继续张扬。

见夏夏在笑，乔茹看向她。

夏夏解释给她听那节课上发生的事情：“我觉得谢淮也许并没有因为我改变，他只是和我亲近后，将我当成了他的一部分，所以才会对我不设防……”

“谢淮的性格依然古怪，依然很跩，但我喜欢他跩。”夏夏有些害羞，但还是直视着乔茹的眼睛，只是声音小了小，“如果他对所有人脾气都好，我也会吃醋的。”

乔茹莞尔，捏了捏她的脸：“夏夏，你真可爱。”

夏夏手下相册翻至最后一页，那张照片上的谢淮看上去不过十六七岁，头发理成很短的板寸，脸颊凹陷，下巴尖尖，脸色苍白而虚弱。他发现有镜头在拍他，眉梢蹙起，十分不耐，抬手放在脸前想要挡住。

“这是谢淮舅舅去接他时拍的。”乔茹的声音忽然变得很轻，“他在少管所待了七个月，瘦得不成人形。”

夏夏抬眼，惊讶地看着乔茹：“少管所？”

谢淮站在门口敲门，脸上带着倦意：“你们聊完没？已经十点了，明天还要早起逛批发市场呢。”

乔茹将相册收好，夏夏被谢淮带回房间，刚进门就被谢淮掐着腰抵在书柜上。

“我妈跟你说什么了？”他在她耳边吹气，弄得夏夏直痒痒。

夏夏认真想了想：“说你三岁还吵着要穿开裆裤，露着屁股在外面走，不要脸。”

“我靠！”谢淮说，“我就知道我妈会揭我的糗事，还说什么了？”

“还说你的初恋。”夏夏说，“淮哥牛啊，为了篮球甘愿献身，一份作业就收买了你的灵魂。”

谢淮：“……”

他嬉皮笑脸，试图把这件事揭过去。夏夏脸上没有笑，她推开谢淮，趴在他床上躺着。夏夏睡觉很安分，从不多动，只老老实实睡一个床角。她喜欢侧躺的姿势，总是把自己缩成一个小小的团，看上去极度没有安全感。刚同居的时候，谢淮对她这样的睡姿很不满意，每晚一定要拉扯着把人按进自己怀里，搂上一晚不松手，久而久之，夏夏也习惯了在他怀里睡着，在他怀里醒过来。

夏夏很久没有缩到床角睡觉了。她静静躺着，谢淮以为她生气了，不敢嬉皮笑脸，蹲在她面前，打算先认错再哄她。

“你别不理我呀。”谢淮抓耳挠腮，“那算不上初恋，初恋难道不是第一个喜欢的人吗？那时候是我年轻不懂事，要不你打我两下消消气？”

夏夏手捂着眼睛，鼻子翕动。谢淮不由分说拨开她的手，见夏夏在哭。她眼里蓄了满满一汪眼泪，原本死死憋着，被他看见便再也忍不住，搂着他的脖颈哭出了声音。谢淮僵住，他直觉夏夏不是因为那个初恋的女孩而哭，可他一时也不明白她在难过什么。

夏夏嗓音哽咽："你为什么从来不和我说？"

"说什么？"

"少管所。"夏夏的指甲抠进他肩膀上的衣服布料里，直到刚刚从乔茹嘴里听到谢淮在少管所待了七个月，她才彻底明白他休学那一年是去做什么了。

谢淮没想到是这件事，无奈地笑笑："你没问啊，况且这也不是什么光荣的事情。"

他将夏夏抱到床头，让她靠着自己坐好，拿抽纸给她抹眼泪："你想听我就告诉你。"

夏夏止住哭泣，刚刚情绪一瞬间失控，连她也不知道自己到底在哭什么。

"我不是跟你说过有个老头子要包养我吗？"谢淮的语气听起来很平静，"我之所以答应是因为胡书荣给我下了最后通牒，要我一个星期内还清八百万。我当了十六年败家子，除了给他烧冥币就只有跟那老头子走这一条路，可我最后还是没去。"

"他们绑了我妈。"谢淮搂着她，下巴无意识地架在她头顶的发旋上蹭，"我赶到的时候我妈衣衫不整地躺在地上，屋子里的两个男人都被我捅进了医院，其中一个进了重症监护室，最后判定故意伤人，但我未成年，在少管所待了七个月了事。"

夏夏咬着嘴唇："阿姨她……"

"我去得早，他们只是把我妈衣服扯烂了，还没来得及动手。"谢淮眼里带着股狠劲，"他们如果真敢对我妈做什么，拼着坐一辈子牢我也会让他们付出代价。"

"所以你知道当初我为什么不敢让你待在我身边了吗？"谢淮轻声说，"我怕给不了你未来，更怕保护不了你。"

夏夏沉默了一会儿，问："那七个月里，他们打你了吗？"

"没怎么挨打。"谢淮含糊不清地说，随即看着她笑，"心疼了？"

夏夏仰头与他对视，眼圈红红地问："如果我也被他们抓走了，你会怎么办？"

谢淮思考了一下："还是别做这个设想了，我也不知道我会做什么。"

"可能会发疯。"他说。

"如果我被他们抓走了，你千万别做傻事。"夏夏忽然严肃地说，"你现在已经成年了，要付出的代价比从前多得多，没了我你只是失去一个女朋友，可你如果动手，失去的可能是一辈子。"

"如果我死了，你一定不要为我悲伤。"夏夏陷入自己构想的苦情剧里无法自拔，"找下一任女朋友时擦亮眼睛，陈曼希不能要，她太败家，一定会花光你的钱。你记得娶赵珊琪，珊琪温柔又可爱，还有个有钱的老爸，你可以吃她软饭，积攒力量东山再起……"

"然后为我报仇。"

谢淮蹙了下眉，起身把她按在床上，埋首在她脖子上狠狠咬了一口，夏夏一阵惨叫。谢淮看着自己留下的清晰的齿痕，威胁道："娶谁？有种你再给我说一遍。"

夏夏不敢说了，讨好地搂着谢淮的脖颈，亲吻他的唇角。

谢淮："就算真有那一天，我也不会让你有事的。如果连自己的女人都保护不了，我还有什么资格和你在一起，还有什么资格承诺你未来？"

手机响了，他看了一眼，忽然起身穿衣服。

"怎么了？"

"齐达给我带了一箱大闸蟹，我出去拿。"谢淮说，"你先洗澡，我一会儿就回来。"

夏夏看了眼窗外深沉的暮色，大雪纷飞，在地上堆了层厚重的积雪。她问："明天拿不可以吗？现在这么晚了，外面很冷。"

谢淮穿好衣服，俯身吻她额头："齐达明天就回老家过年了，开车路过漳市特意来找我的，哪能让他明天再来。"

夏夏慢吞吞地穿拖鞋："那你注意安全，我去煮牛奶，你喝吗？"

"喝。"谢淮说，"记得打个鸡蛋。"

谢淮出去了，夏夏去厨房煮牛奶。乔茹正在厨房泡豆子，打算明早磨豆浆，见她出来，笑笑什么都没说。夏夏不由得有些尴尬，心想这房子的隔音也不知道好不好，说不定刚刚自己情绪爆发时矫情的哭声和叫谢淮去娶赵珊琪的话都被乔茹听见了。

她试探地问："阿姨，您刚刚听见什么了吗？"

乔茹疑惑："没有啊。"

夏夏安下心，乔茹忽然说："是不是有人敲门？"

夏夏竖着耳朵去听，发现确实有敲门声。

"可能是谢淮回来了。"她将煮好的牛奶倒入长颈玻璃杯，窗户拉开一条缝隙，把牛奶放在窗边降温。

乔茹示意她别说话，走到门边，警惕地问："谁？"

门外是个男人，嗓音沉沉地回应："物业，楼下说你家厨房漏水，我要进来看看。"

乔茹瞬间将房门反锁，速度熟练到夏夏来不及反应。她伸出胳膊将夏夏挡在身后，声音极力保持平静："我家没有漏水，你还是让他们检查一下是不是自家水管漏了吧。"

门外响起一阵铁器与门碰撞的声音，紧接着是钢丝插进锁孔的声音。

"也许是地暖漏水，你开门。"

在锁孔自外面被插进东西的那一刻起，夏夏也发现不对劲了。她掏出手机毫不犹豫地拨了110，对面刚接通电话，整栋楼的灯在一瞬间熄灭了。

小路上的雪没人清扫，齐达的车开不进来，只能停在大路上撒过盐的地方。谢淮一步步踩着雪出了小区，他走出很远，不经意回头看了眼，发现自己家那栋楼停电了。

手机上接到一条夏夏发来的消息："淮哥，千万别回来。"

他的所有表情瞬间凝固在脸上，疯了一样折身往回跑。

一片寂静中，乔茹回过神来。

她吞咽下因紧张而分泌的口水，跑去电视机下面的柜子里取出存折，而后把夏夏推进房间：“他们只是来要钱，拿了钱就会离开，你不要出来，也别发出声音。”

乔茹要把房门反锁，夏夏按住她的手，目光在黑暗里发亮。

“阿姨，我不进去。”她的声音轻柔但坚定，“如果来要钱大可以敲门堂堂正正进来，他们直接撬锁，还刚好是在淮哥不在的时候，事情没那么简单，他们一定是蹲点很久冲你来的，我不能留您一个人在外面。”

乔茹：“没关系，警察很快就会过来……”

“警察没那么快。”夏夏说，“昨晚下暴雪把路堵了，就算大路撒了盐，雪天路滑他们也不敢把警车开得太快。何况胡书荣知道警察在找他，肯定把您报警的时间算进去了，他敢直接上门，一定做好了万全的准备。”

“谢淮出去了，如果他回来以后您出事了，我怎么跟他交代？”

乔茹苦笑：“这是我们的家事，是谢淮爸爸作下的孽，理应由我来承受，把你牵扯进来我才没办法和你家人交代。”

夏夏说：“您不用和我家人交代，估计他们也不想认我了。”

“而且，”她顿了顿，眸子明亮地看向乔茹，“你们的家事，不也是我的家事吗？”

撬锁声越来越大，防盗门一阵接一阵地晃动。

乔茹回头看向大门，趁这空隙，夏夏忽然抢过她手里的钥匙和存折本，反手把她推入房间，她的动作没有一丝拖泥带水，手脚利落地把房门反锁，将钥匙从五楼的窗户扔了出去。

“夏夏！”乔茹在房间里扭门把手，“你干什么？快把门打开！”

“阿姨您别出声。”夏夏轻声说，“让他们听见了，我们两个都得完蛋。”

她说完又去把厕所、厨房、书房和另一个卧室的门通通锁上，用以混淆视听，哪怕有人闯进来，一时之间也不知道到底哪个房间藏了人，一扇一扇门打开需要时间，如果运气好，乔茹足以撑到警察过来。

夏夏心情紧张，贝齿咬住嘴唇。如果是来要钱最好，如果这帮人还有别的目的……夏夏刚才注意到乔茹指尖控制不住的颤抖和在黑夜里眼中清晰的恐惧。谢淮不在，绑架和强奸对女人的伤害是难以估量的，夏夏不能眼睁睁地看着这些人再碰她。

夏夏对于门外的人而言是张生面孔，她之前也隐约听过道上的规矩，要债归要债，无关的人不碰，她在外面反而安全，还能帮乔茹拖延时间。

夏夏手里攥着茶几上削水果的小刀，又将乔茹刮眉的刀片藏进牛仔裤的后口袋。

门锁咔嗒一声响，门被人从外面拉开。

夏夏神色仓皇，如受惊的小白兔，慌乱地看着门外两个身穿黑色兜帽外套的高大男人。照明没有恢复，女孩的面孔在黑夜里不甚清楚，只能勉强看出一个纤细的轮廓。

她结结巴巴地问："你……你们是谁？为……为什么进我家？"

瘦高的男人掏出手机："胖子，打个灯。"

胖子拿手电朝夏夏脸上照去，夏夏被突如其来的光线刺了眼睛，抬手挡住，紧接着听男人说："妈的，谢淮那小子真是有福气，女人一个赛一个漂亮。"

瘦男人笑得猥琐："是了，就是她，跟姓陈的给的照片一样。"

夏夏柔弱地说："你们是不是找错人了？我没有得罪过什么人啊。"

胖子："谁让你不开眼找谢淮当男朋友？他欠我们老大钱，知道吗？"

夏夏茫然摇头："他欠了多少？"

胖子撇嘴："别问这么多，你今天得跟我们走一趟。"

夏夏以为他们是来找乔茹麻烦，没想到他们竟然是冲她来的。

胖子上前粗鲁地拽她手臂，夏夏甩开他的肥手，转身朝卫生间跑，瘦男人咧嘴笑了笑，手里的工具箱遥遥一甩，在漆黑的屋里正中夏夏后脑。夏夏被猛地击中，捂着头跪在地上。感觉到脚步声临近，她咬牙看着手里的水果刀，头疼得厉害，现在别说伤人，就连反抗都成问题。她犹豫片刻，把刀丢到沙发底下，不让男人们看见。

“你再跑啊！”瘦男人揪着她的头发把她从地上拽起来，按着她的头磕到玻璃茶几上。

夏夏疼得脸色煞白，汗珠子一滴一滴沿着额角朝下滚。

“你有种再跑啊！”

夏夏鼻尖一红，说话一抽一抽的：“求求你别打我了……”

胖子看了眼：“二条，下手轻点，别把脸打花了。”

乔茹在屋里发疯似的敲门：“你们冲我来，动一个小姑娘算什么本事！”

二条把夏夏揪到门外，看向房门：“乔茹，我们老大的手段你也知道，你敢报警，我保证这丫头死无全尸。”

夏夏嘴里塞了一团口罩，被他扯着头发拖下楼梯。家里暖气温度高，夏夏只穿了一件短袖T恤，手臂赤在外面，拉扯间在楼梯扶手的木刺上划出长长的血痕。

夏夏眼泪扑簌簌地朝外流，肩膀颤抖：“你们放了我吧，救命啊！”

她脸上挨了男人一巴掌，有邻居听见声音，拉开防盗门上的小窗看外面的情况，被胖子用手电照了回去：“不想死就别多管闲事。”

楼后停了辆高轮越野车，车轮上绑着防滑链。

夏夏被塞进后座，胖子开车，二条将她双手绑在身后，死死按着她。他掏出手机打电话：“大哥，到手了。”

夏夏还在抖：“哥哥们，你们放过我吧，如果你们想要钱过个好年，楼上存折里有六万块……”

“六万，你打发叫花子？老子冒着这么大风险过来绑你不是为了捡破烂的。谢致生跟大哥借了五百万，连本带息还八百万是谢淮亲口答应的，现在只还了一半，我们大哥马上要离开漳市，这笔钱能这么算了？”

夏夏眼中带泪，看上去楚楚可怜：“我跟谢淮感情很一般，我死了他顶多掉几滴眼泪，转过头就能去找新欢了，何况他也拿不出那么多钱的。”

“那可未必。”胖子说，“他舅舅上个月刚卖了房子，听说手里有一笔闲钱。”

二条蹙眉：“你跟她废话什么？”

车里不敢开灯，沿街路灯的光透过车前玻璃映在夏夏脸上，将她原本就漂亮的脸蛋镀上一层橘红色。二条偏头看她，见她白软的脸蛋被他那一巴掌打得红肿，带着些凌虐的美感，心里忍不住地痒痒。他挠了挠裤裆，又拿出来放在鼻子下嗅了嗅味道，而后在夏夏没有丝毫防备的瞬间欺身压了上去。

“这女的好香。”他笑容淫邪，“一身奶味，就跟刚奶完孩子一样。”

他凑近去闻，身上的烟味钻入夏夏鼻孔。她发出惊恐的惨叫，二条连忙堵住她的嘴，夏夏白眼球一翻，直接晕了过去。

二条拍她脸颊：“醒醒。”

夏夏没动静。

他咒骂了句：“谢淮的女人可真够孬的。”

谢淮疯了似的朝家跑，手机铃声催命似的响，他停在路边，眼睛猩红喘着粗气。来电显示是一个陌生号码，谢淮接了。

“别白费力气了。”胡书荣的音质独特，他嗓音很沉，但说话总带着几分上扬。谢淮五年前见过他一次，对他的声音记忆深刻，过了这些年也没有忘。

“夏夏，对吧？”

谢淮捏紧手机：“你想做什么？”

胡书荣说：“我在你爸的厂子等你，你不来也行，但这几个月东躲西藏，我那些兄弟风餐露宿，脾气不好，耐性也不好，难保憋得久了管不住下半身，对你那小女友做些什么。”

谢淮垂在身侧的拳头捏得死死的，一字一句从牙缝里蹦出来：“别碰她。”

“我只能保证在我耐心耗尽之前不碰她，这就要看你什么时候过来了。”胡书荣说，“谢淮，我是个亡命徒，好好想清楚是一个人来还是带一群警察来。你要知道，警察解救一个人质也许需要几天的策划，但我动手做了她一分钟都用不到。我跟你保证，如果让我发现警察跟来，你能得到的只有你女朋友的尸体。”

“我身上那么多条人命债，死后是一定要下地狱的，也不怕再多一条。”胡书荣轻笑，“别做傻事，明白吗？”

谢淮声音发狠，又重复了一遍：“你别碰她。”

胡书荣挂了电话，谢淮站在漫天纷飞的雪里。手心隐隐刺痛，他冷漠地摊开手掌，掌心正中的位置，握拳时被他的指甲划破，留下四道清晰的血印。

夏夏装晕，偷听他们说话。

“他妈的，老子什么都没干就吓成这样，胆子还没陈曼希大。”

胖子蹙眉：“你脑子里能不能别光想着那点破事？等把钱拿到手了有的是时间给你玩。”

“我能不想吗？”二条丧气地说，“当初那么多兄弟，条子一锅端下来就剩我们几个，跟大哥东躲西藏了这么久，找个小姐都不敢，老子三个月没泻火了，你说我能不想吗？”

“兄弟一场，我劝你一句。”胖子冷静地说，“谢淮的人能别碰就别碰，我可不想看你再进一回ICU。”

二条舔了舔牙尖，狭长的眸子泛着冷光：“放心，这事我还没忘。”

车子开了四十分钟停下来，二条把夏夏扛下去，雪夜里气温已经降到零下，夏夏冷得打了个哆嗦，睁开眼睛。面前是座废弃的工厂，断壁残垣，被烧得焦黑一片。

二条进了厂房，随手将她丢在地面堆的麻袋上，夏夏被麻袋上扬起的灰尘扑了满脸，重重打了个喷嚏。她冷得缩着肩膀，环顾四周，一个黄发男人倚在柱子上玩手机，远处有两个男人开着电烤炉一边烤火一边打牌。

黄发男人走来托住夏夏的下巴，他吹了声口哨，捏她的脸：“知道我是谁吗？”

“孙峰。”他自我介绍，说完冷笑道，“不知道谢淮有没有跟你说起过我？”

夏夏：“说过。”

“哦？”孙峰饶有兴趣，“说什么？”

“说你是个傻×。”夏夏说，“抢女人都抢不过。”

孙峰脸色一僵，揪着她的头发：“再说一遍。”

夏夏嘴唇哆嗦，不敢再说话了。几个男人哄笑成一团：“看她吓得那样。”

夏夏心想你们先笑吧，等谢淮带着警察来救我有你们好看的。

头顶的悬梁上吊着发黄的灯泡，每一个角落都被映得清清楚楚。厂房一共两个门，大门敞着，北风呼啸灌入，卷进纷飞的雪片子，另一个侧门在角落里，被卷帘门锁着。

夏夏正对着风口，被风吹得半边身体都麻了。她嗫嚅着朝看起来最温和的胖子说：“哥，我冷，你能不能让我去那边烤烤火？”

胖子把她带了过去。

夏夏靠着墙壁，那两个正在烤火的男人朝她投来目光，和她刚刚所见的眼神淫中带欲的二条不一样，那目光深沉凛冽，仿佛有形有相，只是看着就足以让她起了层鸡皮疙瘩。

胖子提醒：“你最好老实点，这里的人跟着老大出生入死，手上都不干净，把他们惹急了，有你好受的。”

“哥你也是吗？”

胖子的神色有些不自然：“我是撬锁的。”

门口停了辆车，两个烤火的男人起身去迎，夏夏朝门口看，根本不用任何人指明，她第一眼看过去就知道那人是胡书荣。

胡书荣样貌平凡，普通的国字脸，高鼻梁，可是气场很强，哪怕只是穿着朴素的白衬衫，也盖不住他身上那浑然天成的上位者气质。

谢淮曾跟她说过，放高利贷原本只是胡书荣的副业，他是靠开夜总会起家的，生意做大后慢慢在漳市发展了放贷的行当，比起经营夜总会，高利贷才是一本万利的生意。

谢淮也说过，胡书荣心狠手辣，早几年有人在夜总会闹事，直着身子进去，被横着抬出来，而夜总会第二天照常营业，丝毫没受影响。他做放贷人以后，在当地更是没人敢惹。可夏夏看着面前的人，他手腕上戴着一串佛珠，嘴角甚至挂着温和的笑，丝毫不像传说中的那样。

胡书荣蹲在她面前："你就是夏夏？"

夏夏装了一路傻，妄图扮猪吃虎先降低自己在对方心中的危险值，而后找机会逃走。可她所有的伪装在胡书荣面前根本使不出分毫，他一双眼睛光是盯着就叫她头皮发麻，仿佛能看透她所有的小聪明。她鼻子动了动，神经质地觉得胡书荣身上有股血腥味。

夏夏喉咙干巴巴的，轻声说："是。"

胡书荣没再说话，他仰头静静看着从厂房天窗上洒下来的雪光。那两个烤火的男人围在他身边，胖子、二条和孙峰他们没有过来，一群人俨然分成两个团体。

不多久，门口望风的人进来："大哥，谢淮来了。"

夏夏的呼吸都要窒住了。只有自己的时候她还没怎么怕，也许是因为这个世界上除了谢淮，她本来也没什么牵挂，死就死了。可谢淮一来，明明该是让人有安全感的事情，她反而全身僵直，难以抑制地打了个冷战。比起谢淮跑来救她，她宁愿他别来，至少他是安全的。

胡书荣没有回头。

谢淮从大门走了进来。

明明才分开没多久，夏夏却觉得这时间如一个世纪般漫长。谢淮一进门视线就急切地投向她，夏夏轻轻摇头，示意他自己没事。

胡书荣转过身，看着谢淮微笑。

谢淮脸色阴沉："不就是要钱吗？欠你的人是我，你把她放了。"

胡书荣说："两个多月前，我开在市区的一家歌厅被警察查封，紧接着我上了公安系统的黑名单，当时我人在外地旅游，侥幸躲过一劫。有人告诉我，之所以发生这样的事情，是有人把我的名字写在邮件里发到了扫黑办。

"一百多封邮件，和你有关吗？"

谢淮说："我不知道。"

"但愿你是真不知道。"胡书荣冷笑，"我所有的账户和产业都被查封了，身上只有几万块现金，临近年关，日子不好过。"

"还记得这里吗？"胡书荣眉头蹙起，挤出一条干涩的皱纹，"那年谢致生资金链断裂，濒临破产，他时运不济，半个月内工厂接二连三发生事故，其中最严重的一次是这里的爆炸。"

"十死二十五伤。"胡书荣眯了眯眼，"工人家属聚众闹事，谢致生为了补偿家属同我借钱，因为他是鼎鼎有名的谢致生，我甚至连担保人都没要。"

"谢淮。"他问，"欠债还钱，天经地义，你认不认？"

谢淮的目光从夏夏身上挪开，与胡书荣对视。他沉默片刻，答："认。"

"谢致生从我这儿借走五百万，把我戏耍一通，让我成为道上的笑柄，你认不认？"

"认。"

"五年前你伤了我的人后闯进我的舞厅，恳请我别伤害你母亲，并答应父债子偿，连本带利还我八百万，你认不认？"

谢淮嗓音沙哑："认。"

"那好。"胡书荣说，"既然你都认，现在是你履行诺言的时候了。"

"不瞒你说，我很缺钱，从前每月两万按时还款我恐怕等不及了。"他抬腕看了眼手表，"都说债不过年，现在十二点整，距离明年正好二十四个小时。"

"你还欠我四百二十万，二十四小时后我在这儿等你。"

"你也看到了，我这五个兄弟，全都年富力强。"胡书荣望向夏夏，虽然脸上笑着，说出的话却让人不寒而栗，"你每迟到一个小时，我就让人玩她一个小时，等他们玩腻了你还凑不到钱，就不用回来了。"

胡书荣说："去卧龙江里捞她吧。"

胡书荣的话掷地有声，回响在空旷的厂房里。

地砖罅隙里满是黑色焦灰，与呜咽的北风和碎纸片般的雪花混在一起，沿着碎裂的砖石翻滚。雪与灰吹到谢淮的脚面，被他如横生枝蔓般突兀竖起的鞋带勾住。头顶的吊灯一晃一晃，犹如摇曳在风里燃到尽头的烛火，下一秒就要熄灭。

谢淮面孔背光，夏夏看不清他的模样，只见他攥着拳头抬起头。

她感觉自己好像在悬崖边，下面就是万丈深渊，她的心因谢淮的动作摇摇颤颤，怕他控制不住情绪爆发，惹得胡书荣暴怒，连带着两个人一起推下悬崖，摔得粉身碎骨、尸骨全无。

谢淮的声音从喉咙缝里挤出来："放她走，钱我一分不少还你。"

胡书荣："'我会还钱'这句话，这些年我不知从多少人嘴里听过。曾经我也信过，可后来才懂，人这一张嘴，骗起人来可以说得天花乱坠。我现在放了她，你转头就会报警。手里没有筹码，全凭口头承诺，我不相信。"

夏夏想要站起来，孙峰一巴掌扇在头顶将她推回地上，喝道："老实点。"

谢淮推开拦着他的两个男人，阔步走到夏夏身边，揪住孙峰的衣领一拳抡在他鼻梁上，孙峰的鼻骨当场被他打断，鼻血喷泉般朝外涌。

谢淮将他后脑抵到墙上，眼睛赤红，阴森吓人："你再敢打她试试！"

孙峰捂着鼻子，鲜血沿着指缝流出来："我不还手，你最好一次性打够本，不然等你拿不出钱来的时候，看老子不玩死她。"

他半张脸被血糊住，笑得丑陋："少爷，现在怎么沦落成这样啊？"

谢淮目光里迸发的怒意如烈火，他理智尚在，甚至清醒，可正是这理智驱使他再一次扬起了拳头，抓着孙峰的头狠狠撞墙。

胡书荣身边的两个男人站着看了一会儿，见孙峰被打得头破血流才过去制止。男人手上戴着四指虎，掰过谢淮的肩膀手握成拳，猛地捣在他小腹上。

“谢淮，孙峰打你女人，我默许你还回来。”胡书荣的声音响起，“可他只打了一下，你这样不合规矩。”

谢淮的脸色瞬间惨白，小腿骨被男人踩住要让他跪下，他膝盖微弯，稳住身体想要站起来。男人走到他面前，将指虎戴紧，又狠狠给了他十几拳。他一松手，谢淮不受控制地倒在地上，掌心撑地直起身体，哇地吐出一口血。

夏夏：“谢淮！”

她跌跌撞撞地跑过去，肩膀撑着他的下巴，谢淮灼热的呼吸落在她肩头。夏夏低头，看到他腹前的衣服被血染红了一片。

“让我看看。”她要看他衣服下的伤势，被谢淮按住。

谢淮揩去嘴边的血，说话时嘴里喷溅出丝丝血沫。

他看着胡书荣：“她必须跟我走。”

胡书荣不作声。

谢淮唇角微勾，笑得浑不懔，仿佛吐血的人不是自己一样：“要么她跟我一块走，要么你把我们俩都弄死。”

他挑眉：“老子不怕死，老子的女人更不怕死，要杀要剐随便你，但我绝不可能把她留在这儿……”

男人走上前，照着他的侧脸给了一拳，打断他后面的话。谢淮脸上的皮肤划出一道血口，先是出现四个鲜红的印子，而后迸开，血丝渗出，淌了满脸。

夏夏发疯般尖叫：“别打他了……”

她被胖子拉开，谢淮想还手，但余光瞥见夏夏的脖颈被人用小臂勾住，那人拧眉看向他，威胁之意溢于言表。他捏起的拳头缓缓松开，死死咬着牙，并没有还手。

指虎打人最疼，一拳下去就能破皮，多打几拳身上铁定出现几个血口子。

男人停手。

夏夏眼角干涩，见谢淮满脸是血从地上爬起来，想哭却又哭不出来。

她的双手被缚在身后，指尖向下，去勾裤兜里的刀片。一双温厚的手从后攫住她纤弱的手腕，紧接着，她听见胖子压低的嗓音："不想死就别掏出来。"

谢淮抬手去抹脸上的血，可血是从伤口里流出来的，他怎么擦也没少多少。他面色可怖，比地狱中爬出的恶鬼更慑人，一双眼睛明亮异常。

他盯着胡书荣："那年你只给我一个口头承诺，我信了，今天你也信我一次。"

胡书荣静静听他说，脑海中勾勒出五年前少年稚嫩青涩的模样。

那时同今晚一样，也是个北风呼啸的雪夜。谢淮一个人闯进迪厅，彼时场里气氛正浓，钢管舞女郎脱得只剩蕾丝内裤和透明内衣。他被手下的人拧着送到胡书荣面前时，狼狈的模样不比现在好多少。

胡书荣想起少年冷静的眼神，即使过去这么多年依然记忆犹新。

"我爸欠你的我会还，报复女人算什么本事。"

胡书荣垂眼："谢致生欠我五百万。"

少年一脸桀骜："我还。"

"我是放高利贷的，五百万可远远不够。"

谢淮说："只要你别再为难我妈，钱我慢慢还，还到我死，总有还清的一天。"

胡书荣问："要是我为难了呢？谢致生让我颜面扫地，我凭什么给你时间慢慢还？"

谢淮静了静："那我就只剩这一条命了，你拿去吧。"

他顿了顿："可我不会就这么让你拿，我就算死，也要拉一个人垫背。"

那之后，每次胡书荣回想起谢淮当时的模样，记忆最深的不是他请求自己不要伤害乔茹的话，也不是他一口许下还钱的承诺，而是他的神情——冷静、淡漠，他没有从一个十六岁的孩子身上看到半分恐惧。他孤身一人来到这儿，看似莽撞无知，但显然已经考虑过最坏的结果——他根本没想活着走出去。

胡书荣人生中第一次妥协，不是因为心底被一个孩子激起了怜悯，而是他知道，他不答应，谢淮真的会以命相搏。

胡书荣不惜命，更不惋惜谢淮的命，他心底滋生的念头古怪离奇。

谢淮死了，五百万打了水漂，该丢的面子半分没少。只有谢淮活着，他想着自己正在折磨谢致生的家人，并会折磨一辈子，心中会产生一种报复的快感。

胡书荣蹙眉，可此时此刻，生存都成问题，他没有心思再想如何报复。

他需要钱，这是当务之急。

“既然答应了我就会还钱，这是男人的承诺。只要你让她跟我离开，我绝不报警。”谢淮的目光瞥向四周漆黑的厂房墙壁，“如果你不信，我以我爸起誓。”

胡书荣略微思考后发话：“松开她。”

胖子松了夏夏手上的束缚，却依然扯着她的手臂不准她去谢淮身边。

胡书荣淡淡说：“我也跟你保证，在你没回来前，不伤她一根汗毛。”

谢淮静了半晌，嗓音嘶哑：“你还是不肯放人？”

胡书荣：“我已经表现出诚意，再纠缠就是你不识抬举了。你或许不怕死，但我不信你真舍得让她跟你一块死。”

“大不了这钱我不要了，拿你们两条命抵这四百万刚好。”胡书荣说，“我容忍你在这儿放肆这么久已经足够宽容了，你别挑战我的底线。当年这里的爆炸事故死了那么多人，今天多你们两条命也不嫌多。”

他话音刚落，一旁的男人打开折叠刀，刀刃蛮横地抵在夏夏白皙的脖颈上。

谢淮抬手，将脸上的血蹭到衣袖上。他的脸色因剧烈疼痛涨成熟透的李子色，胸膛似汹涌的波涛般起伏，每次呼吸时气管都发出如破旧鼓风匣子般吭哧的抽拉声。

两个戴着指虎的男人盯着谢淮，不动声色地朝胡书荣靠了靠，随时准备保护他。

一片紧绷的寂静中，夏夏开口，她轻声说："谢淮，你先走。"

谢淮看向她，她偏头，黑白分明的眼珠看向拿刀的男人："放开我。"

男人得到胡书荣的示意，将刀收起。

夏夏跑到谢淮身边，捧着他的脸检查伤口。谢淮身上很冷，从外面沾了满身雪花，大半融成水珠，还剩小半挂在羊绒衣的毛领上来不及化。他眼睛通红，红血丝布满白眼球。夏夏握住他的手，能清晰地感受到他的身体在颤抖。

"淮哥，我没事。"

她安抚地理顺他的头发，看他一身血，几乎要心疼死了："你先去医院包扎，然后想办法凑钱，我会保护好自己。"

她抱住他，谢淮一动不动，像个孩子般被她揽在怀里。

"我等你回来。"她压低声音，在他耳边喃喃说了句话，她要放开手，谢淮死死拉住不放。

夏夏笑笑："别做傻事，我还想好好跟你走下去呢。"

那一刻她看见谢淮抬起眼，眸子里的情绪一反往常——是她能一一细数出来的、不可言说的绝望。

Chapter 18 你要抱抱我吗

夏夏脑袋蒙了一个粗麻袋，又被丢上了车。几经辗转，车停在郊区一栋废弃的破楼前，夏夏头上麻袋摘下来的时候，面前只有胖子、二条和孙峰，胡书荣和他的心腹都不在，其余的人也不知道去了哪里。

夏夏身上裹着谢淮留给她的外套，可怜巴巴地窝在墙角，抱着膝盖没精打采地缩成一团。三人把电热器带过来，温度调到最大围在一起打牌。二条心思不在牌上，打着打着眼神就瞄向夏夏，夏夏困得要命，似有感应般睁开蒙眬的眼瞥了他一下。就这一眼，二条心思被勾了起来，他扔下牌走到夏夏跟前，油乎乎不知黏着什么的手指摸上她的脸颊。

夏夏躲开，他笑："脸上有脏东西，你看。"

他手指上是谢淮沾在她脸上的血，已经结痂，硬硬地黏在夏夏的脸颊上。

女孩丝毫没有因为他的解释而松动，她目光警惕，厌恶地瞪他。

二条抿了抿干涩的唇，回头和孙峰对了个眼神："我说，你们不会真觉得老大说不动她是认真的吧？他也就骗骗谢淮哄他去借钱，我们跟了老大这么久，他犯得上因为这点小事难为我们？”

“而且话说回来。”二条本性难移，色眯眯地掠过夏夏T恤下玲珑有致的身材，“咱们只要轻一点，别给她身上留印子，回头老大问起来，你觉得他是信我们还是信她？”

夏夏脖颈纤细，靠近下巴的位置印着朵淡红色的痕迹，是几小时前谢淮和她玩闹时弄上去的。

二条看着，眼睛不由得热了：“我靠，这娘们儿可真玩得开。”

孙峰嗤笑：“谢淮都沦落成这样了，还上赶着给他搞，你贱不贱啊？谢淮曾经最喜欢的女人甩掉他跟了我，他现在的女人还在老子手里，他过去那么跩，现在混得连条狗都不如。”

夏夏折腾了一晚上没睡，又冷又累，听见他这话，眯了眯眼睛。孙峰不满她的眼神，踹了她一脚：“你他妈瞪谁呢？”

夏夏吃痛，闷哼一声，她压着嗓子，酝酿出哭音：“我没有……”

她哭得鼻涕眼泪混了满脸，仿佛被吓破了胆，可怜又纯情。

二条咒骂了一句，他色欲熏心已久，眼球被不可启齿的心思激得通红。他拽着夏夏，把她拖到角落里积满灰尘的垫子上，跪在垫子前解裤带。

夏夏咬着嘴唇，说了句：“谢淮不会给你们钱。”

她的泪水朝外流，因为恐惧，白皙的小脸染得通红：“如果我有什么闪失，谢淮绝对不会给你们钱的。”

“也许胡书荣会信你们说的没伤害我，但我说你们伤害我了，谢淮也一定会信。”夏夏噎住眼泪，“你们敢碰我，我就一头撞死在这儿，谢淮见不到我的人，一分钱都不会给你们。你觉得如果胡书荣拿不到钱，会不会迁怒你？”

二条一愣，原本兴奋的脸即刻冷了下来，被欲望冲昏的脑子也清醒了些许。他恨恨地咬着牙，虽然不敢真的动她，但还是耐不住心里的烦躁和愤怒，抬脚把夏夏踹在软垫上。夏夏蜷缩起身体，尽量保护住自己的要害部位，二条踹得不解气，又捡起地上的棍子抽她。

胖子坐在炉边烤火，出声道："差不多得了，你给她打伤了，老大问起来怎么办？"

二条把棍子甩飞，骂骂咧咧地在屋里走了一圈。

夏夏抬起头，脸上沾满垫子上蹭来的灰，她被呛得打了个喷嚏，泪水一融，黑乎乎的污渍沿着脸边流下来。

二条烦躁："老子要去找小姐，现在就要。"

他拿上皮夹和车钥匙就要出去，孙峰拦住他："你疯了？满世界都是条子，你怕他们找不到你？你自己死不要紧，别他妈连累我们，傻×！"

二条挥开他的手："你他妈才傻×，我们犯什么事了要躲条子？你高中辍学跟着老大混都干了些什么事？不就上门要个债，给厅子看个场？我呢？别说吃香的喝辣的，老子这些年连个汤底都没喝着！"

"唯一那么一次……"二条话说到一半，恶狠狠地瞪着夏夏，"还被谢淮那小子捅进了医院，我能咽得下这口气吗？条子要抓的是老大，脏事都是他们干的，老子什么都没干，老子不怕。"

胖子似乎觉得屋子有些冷，将电暖气温度调高："他们扫黑的名单上有你，你就是从犯，想跑也跑不掉。"

"靠。"二条情绪有些失控，抱头蹲在地上哭，嘴里反复重复着那么几句，"老子做什么错事了要被条子追得满世界跑，连个小姐都不能找，我不就打过几个人吗？那些脏事都是老大他们干的！"

他骂了几句，摔门出去。

胖子对孙峰说："你跟去看看。"

室内一时间安静下来，只有胖子在烤火，还有夏夏啜泣的声音。

她被灰尘呛得难受，小声说："哥，能给我张纸吗？"

胖子起身，撕了张卷纸弓身递给她，脖子上的项链掉出来。那是条金链子，上面拴着个心形的框，框里镶嵌着小小的一张大头贴，照片里是个白皙漂亮的婴儿。

"我女儿。"见夏夏在看他的项链，胖子说，"刚满两个月，她出生的时候我没能回家，我老婆拍了照片发给我的。"

“警察对老大的案子势在必得，我们几个的家里人也被盯着，我老婆不敢用手机发给我，还没出月子就跑到小区外面的网吧……”

夏夏擦干眼泪：“她很可爱。”

她倦得很，捂着小腹蜷缩到墙角假寐。

她听见寂静的夜里北风拍打窗户的声音，夜更深时孙峰和二条回来了，胖子去睡觉，两人轮流在炉边值夜。胖子清晨醒过来，他关了电烤炉，拿了瓶矿泉水在角落漱口。

夏夏一晚上没敢深眠，每当觉得要睡过去的时候就用手指偷偷掐自己醒神。

胖子开门出去，半小时后买了一袋子面包和火腿回来。他递给夏夏一包吐司：“年三十，外面没东西卖，凑合吃吧。”

夏夏小声道谢，她嚼了几口被冻得干巴巴的面包，忽然捂着嘴巴干呕。

她吐得眼角泛红，胖子看了眼保质期，离过期还有三天。

夏夏抹掉因呕吐挤出来的眼泪，低声说：“我怀孕两个月了。”

“谢淮的？”胖子问。

夏夏没胃口吃了，把面包放在一边，无力地点头。

清晨。

乔波拉开门，差点踩到坐在防盗门外的人。谢淮一身干涸的血渍，静静靠着白色的墙壁，他的外衣留给了夏夏，只剩件单薄的卫衣。

他一晚没睡，看乔波时满眼难掩的疲惫。

乔波穿着过年买的棕色夹克，脖子上戴着红色围巾，一家人喜气洋洋准备开车回家过年。

“舅舅。”谢淮开口时嗓音沙哑。

乔波连忙拉他进屋：“这是怎么了？先进来坐。”

“不坐了。”谢淮说，“我是来借钱的。”

乔波身后的女人一听，脸当即板了起来：“听说过年前还钱的，还没听说过年前借钱的，我们家这些年给你们姓谢的做得还不够多吗？一到吸血的时候又想起我们来了？”

乔波蹙眉：“借多少？”

谢淮问：“你有多少？”

话题僵住。

谢淮：“胡书荣昨晚去了我家，夏夏为了保护我妈被他带走了，我需要四百万。”

“四百万？”女人惊叫，“你干脆去抢算了，我一辈子还赚不上四百万，当你舅舅是冤大头吗？”

谢淮抿唇，他给认识的朋友打了一晚上电话，借到手的不过寥寥十几万，离四百万还差得远。

“小淮。”乔波说，“这事你应该去找警察，警方现在正在找胡书荣，他们完全可以帮你把夏夏救回来。”

“胡书荣的人一直跟着我，刚才我进来之前他们还在你楼下。”谢淮说，“他能在道上混这么多年，不会连这点都考虑不到，如果我报警被他们发现，他什么都做得出来。”

“生活不是影视剧，我不能拿夏夏的安全冒险。警察想要的是胡书荣没错，可今天过年，他们不知道什么时候出警，就算出警了也未必能百分百保证夏夏的安全，我不在乎胡书荣进不进监狱，我只要夏夏平安。”

“你给他钱就能息事宁人吗？”乔波愤怒地说，“如果他拿了钱不放人呢？那你不是人财两空？”

“舅舅。”谢淮平静地说，“我是来找您借钱，不是来听您教训我。胡书荣只给了我二十四个小时，现在已经快过去一半了，您如果不想借说一声就行，我立刻走。”

乔波没说话，女人尖着嗓子说：“借钱？怎么个借法？按照你们家那无底洞大的窟窿，谁能受得了你这么借啊？你爸活着的时候我们也没捞着多少好处，你爸死了以后要债的都追到我们家了。你外婆看你妈可怜，把自己的房子卖了给她还钱。是，你妈可怜，我们就不可怜？你舅舅把我们家的老房子都给你们住了，每个月才要四百块钱房租，你还想怎么样啊？

“你也别怪你舅舅无情，你弟弟妹妹马上就要读大学了，一年光学费就好几万，将来还要给你弟弟交首付买房子，这房价一年年涨，钱借给你了，等你弟弟结婚的时候买不起房子，你给他找媳妇啊？”

女人冷漠地说：“今天要被绑走的是你妈，你舅这个当弟弟的怎么说也得尽一分心力，可你女朋友谁认识啊？我们现在借你钱，怎么就知道她以后会不会跟你分手，你们俩要是不能在一起，那钱不是白打了水漂？要我说你也别拿钱换她，让她死了算了，自己都一穷二白呢，还谈什么女朋友？”

女人的话字字刻薄，却句句在理。

谢淮什么也没说，他身上血腥味浓得刺鼻，怕沾在沙发上，坐都没坐。他的表弟表妹坐在客厅的沙发上无聊地啃着苹果看电视，偶尔抬起头瞥他一眼。

他犹记得，谢致生没出事前，他在外面虽然胡闹，可回到家时总会给弟弟妹妹带一份礼物，或是新款的PSP游戏机，或是女生最爱的潘多拉手链。那时两个孩子还小，每天跟在他屁股后面跑，叫他表哥。谢淮不记得多久没听过这句称呼了，此时此刻，两个孩子投来的眼神冷漠而疏远，仿佛陌生人一样。

“舅舅。”谢淮人生中从未有哪一刻如此狼狈，“这些年过得再难，我也没开口朝你借过一分钱，这是第一次，也是最后一次。你当年开店的本钱是我爸借你的，营业许可证也是我爸找关系……”

“别说得好像你舅舅的一切都是你爸给的一样。”女人一听这话仿佛被踩到痛脚，打断他，“你爸是借钱给我们没错，可那又怎么样？那钱他自己说过可以不用还，我们现在的家业是你舅舅亲手挣来的，跟你爸没关系，难不成你还想来抢啊？”

谢淮静了静：“不是抢，是借。我在南城的店正在联系朋友转手，只要拿到钱，我一定尽快还你。”

乔波沉默许久，才缓缓开口：“钱我可以借，但我这一次借了，还有下次怎么办？就算乔茹是我亲姐姐，我也不能被她拖累一辈子啊。”

谢淮没吭声，乔波想了想，说：“今天我把钱借你，从今往后，你家不管发生什么事，都和我没关系。”

女人：“你有病吧你……”

谢淮眼圈干涩，嗓子也干，他用沙哑含混的声音说：“谢谢舅舅。”

“只能借你一百万，我得留点钱为你弟弟妹妹的将来打算。”乔波递给他一张纸，“如果真的想好了，就把欠条打上，按银行的利息算，十年后本息一起归还……”

谢淮走出小区，下了整晚的雪在这一刻停了。

路上几乎看不到车子，世界银装素裹，空荡安静。阳光破开云层投下朵朵金光，映到雪上，一块一块灿盈盈的亮，白雪反射回去，光芒耀得世间如有两个太阳般绚烂。

远处街角闪过两个男人的身影，谢淮掌心的手机发烫，他拆掉手机外壳，零件的某一个部位贴着一个小小的圆形铁片。

他站在雪地中央，耳边不可抑制地回响起夏夏昨夜在他耳边的低喃：“淮哥，别听他的，你一定要报警，一定要。”

除夕这天，街上静得出奇，世间一切仿佛销声匿迹了。暴雪停在破晓时分，天际流云压沉，层层卷卷，在旭日初升的那刻破开一条金色缝隙，灿烂至极的日光倾洒下来。

夏夏蒙眬着睁开眼，见天光大亮，她扶着墙走到窗边朝外看。昨天夜里黑幽幽一片，看不清外面，隐约只记得被带着爬了好几层楼。

脚下大地白茫茫一片，积雪压弯了松树的枝梢。她站在四楼窗边，望着楼下高大的松树，巧克力色的松果簌簌掉下来，如黑宝石般镶嵌在雪面，松针翠绿欲滴，扬展着锋利的尖端，风一吹过，虚虚刺开成团的雪花，于冬日的寒风里招摇。

这是四楼，夏夏苦恼，四楼的高度想逃也逃不了。

胖子值了一晚上被换去睡觉，夏夏装作漫不经心地瞥了眼唯一的大门，孙峰打着哈欠，捧着手机坐在门口的马扎上玩斗地主。

他感受到夏夏的注视，回视她。夏夏刚一接触他的目光，就红着眼睛、肩头颤抖地把视线挪开，孙峰很看不上她这模样，冷笑："比起你来，陈曼希倒算是个有种的。"

夏夏惊惧不止："陈……陈曼希是谁？"

"陈曼希你都不知道？"孙峰不可思议，随即嘲讽道，"你不认识她，她倒是认识你，如果不是她，我们都不知道谢淮带他女朋友回家过年了。"

一整天夏夏都没精打采的，她不吃不喝，恹恹地窝在墙角，孙峰打了一天游戏，二条睡醒了，喝了两罐冰啤酒坐着和他聊天。从他们的谈话里夏夏得知，她所在的地方是漳市郊区的一栋废弃民房，周围五公里内都是工厂和村落拆迁后未完工的工地，荒无人烟，就算她能逃离这栋房子，也不可能从这里徒步跑回市区。

胡书荣和他的心腹躲在别的地方，就连他们三人也不知道在哪儿。那是一个更隐蔽也更安全的处所，哪怕警察真的找到孙峰他们的藏身之处，胡书荣依然可以逃得游刃有余。

胡书荣不是个头脑简单的人，他懂不能将鸡蛋放在同一个篮子里的道理，他能将买卖做得这么大，还敢在警察眼皮子下回漳市要债，不是没有倚仗的。

"老大的人刚从谢淮舅舅家出来。"孙峰看着手机，忽然说，"他舅劝谢淮报警他还不敢，借完钱就走了。他打了二十多个电话借钱，没有一个电话是打到警察局的。"

他言辞里不无可惜："这还是当年的谢淮吗？孬种一个。"

二条耷拉着眼皮："他借了多少？"

"一百万。"孙峰看了眼手机上的时钟，"剩七个小时，还有三百万。"

他呵了一声，捏起夏夏的下巴："我已经忍不住在想一会儿要用什么姿势玩你了，我们这么多人，希望你体力别太差。"

夏夏捂着小腹，呕吐出一口酸水在他手上。

孙峰："……"

"对不起。"夏夏弱弱地说，"我孕吐严重，不是故意的。"

孙峰作势要打她，胖子拎着一兜饭店打包来的米饭小炒进来：“先吃饭。”

二条啐了口：“年夜饭就吃这个？”

“难不成你还想吃满汉全席？”胖子在地上铺了两张报纸，饭菜摆上去放好，“快点吃完，晚上还要干活。”

他给夏夏单独买了份炒饭，没让她凑到他们面前一起吃。

夏夏饿了一天，扑鼻的香味从饭盒里飘出来，让她忍不住分泌口水。胖子给自己点的菜都是重油重盐的肉菜，给夏夏点了份青菜炒饭，上面盖着沾着盐巴的水煮牛肉和卤蛋。

夏夏把饭端在手里，没动筷子。

“毒不死你。”胖子嘴里嚼着肉，含糊不清道，“运气不好，这可能就是你最后一顿饭了，吃不吃随你。”

夏夏动了筷子，她吃得很慢，吃一会儿就停下来捂着胸口，一脸难受。胖子给她递了瓶水，夏夏接过，抬头看了他一眼。

日落已经很久了，暮色深深，一望无际的黑夜笼罩着无垠的大地。除夕夜的烟花从七点开始陆陆续续，天幕被染成斑斓的彩色，混在月色和星光里，模糊绚烂。

夏夏贴墙坐着，失神地看着窗外的烟花灿景。一整个夜晚，她心里想了很多事情，有小时候吴丽抱着她在院子里数星星，有读书时平嘉澎带她去海边踏浪，但最多也最清晰的还是谢淮，几乎占据了她思维与记忆的全部。

夏夏将认识至今，谢淮同她说过的话、做过的事，一点一滴，一丝不漏地仔细回味，美好而清晰，那是她人生仅有的亦是全部的甜蜜。

夏夏的脑袋贴着墙，汲取瓷砖上的凉意，好让一天一夜没睡的自己保持清醒。一朵粉红色的烟花在遥远的天边炸开，也许是精神太过疲惫，她脑子里忽然冒出一个奇怪的念头——

这样没什么不好。

如果就这样死了，或许会有遗憾，或许会有点疼，但死在谢淮最爱她的时候也没什么不好，谢淮会记住她最漂亮的模样，说不定还会记上一辈子。

夏夏反应过来时被自己这个念头惊呆了，连忙晃晃脑袋坐直，将那想法赶出脑海。还是要好好活下去，她想，该体验的世界她才触摸到小小的一角，该看的风景谢淮也还没有陪她去看，如果就这样死了，那她大概不会瞑目。

她又想到谢淮。

谢淮现在在做什么？她发挥全部的想象力，想他拼了命四处筹钱的样子，想他无助又绝望的眼神，眼角忍不住泛潮。

万家灯火璀璨通明，十字路口烧纸的铁桶燃烧着熊熊火光。

路上行人稀少，店铺漆黑一片，只有卖烟花爆竹的小店生意兴隆。

谢淮鼻尖被冷风吹得通红，他身上依然穿着那件染血的卫衣，瑟瑟寒风一吹，衣服裹紧，现出他瘦削的身形。没有处理的伤口已经结痂，脸上的创可贴失去了黏性，上扬着翘起尾梢。

谢淮在路边的小店买了一墩纸钱和一个打火机。他回头，远处街角两个男人死死盯着他，指尖夹着刚刚点燃的香烟。

谢淮站在烧纸桶前，将纸钱投进去。火舌热烈燃烧，风将纸钱刮出桶沿，火星点点蹿出，碎成飞灰，在谢淮的眉眼前散过。

他眼中的绝望在这一刻消失不见，剩下的唯有少年澄澈坚毅的眼神。

“爸。”谢淮将手里剩下的纸钱扔到桶里压住火苗，乌云遮盖月华，天上飘起了雪花。

他轻声说：“你一定要护着夏夏。”

胖子正拿手机看春晚直播，孙峰推门进来：“到点了。”

夜里十一点，胡书荣发来交钱的地点，让他们带夏夏过去。胖子接过手机，眉头蹙紧，可他没说什么，只看了一眼就把手机还了回去。

孙峰和二条下去开车，胖子掏出麻绳绑夏夏的手。

“哥。”夏夏后退，躲过胖子伸来的手。

她先前懦弱颤抖的模样敛然一空，与他对视：“我知道你和他们不一样，你只是个撬锁的，为什么要跟他们做这么危险的事？”

胖子不动声色：“我只是个撬锁的？警察可不这么想。”

夏夏：“如果今晚的事成功了，不管我和谢淮是死是活，你都在警方的黑名单上，只能东躲西藏一辈子。要是失败了……你也不想你女儿有个坐牢的父亲吧？”

“我可以帮你作证。”夏夏说，“你以为跟胡书荣真的能混出头吗？他让你们去接头，自己躲在后面，如果谢淮带警察来呢？他根本没把你们的性命当回事。”

夏夏声音柔软：“如果警察朝你开枪……你女儿才两个月大。”

她低头看向自己的小腹：“我不想让我的孩子一出生就没有爸爸，甚至也许都没机会到这世界上看一眼，你也是吧？”

胖子的眼神里出现一瞬间的动容，随即收敛：“你说这些没用，道上有道上的规矩，如果我放了你，不用警察动手，胡书荣就能弄死我。既然下场都一样，还不如搏一搏，哪怕我死了，也能给我女儿挣点嫁妆。”

“我没有让你放了我。”夏夏说，“我只是想和你做个交易，不会让你为难的。”

她将手反背到身后，示意他来绑：“哪怕你心里有了决定，也要给自己留条后路不是吗？万一被捕，你也不想连自己的女儿都没看上一眼，就一头栽到监狱待上十几年吧？”

胖子沉默片刻，问：“什么交易？”

“你告诉我胡书荣定的地点在哪里。”夏夏说，“还有绳子，给我留个活扣。”

胖子绑她的手顿了顿，他只是一愣，又紧紧把夏夏的手腕缚住。

夏夏咬着嘴唇，以为自己的劝说没有用。这二十四个小时里，她看似一直在睡觉，实则暗地里观察着三人，二条是典型的街头混混，跟着胡书荣挣口饭吃，他没读过书，满脑子都是钱和女人，离亡命之徒只差一步，讲不通道理。

孙峰上过学，读书时家里条件也不差，可他对谢淮积怨已久，巴不得看谢淮落魄狼狈，因此也是一个绝对不能说动的人。

只有胖子。

夏夏不是无缘无故对他说这些话，白天他们闲聊时夏夏得知，胖子从前只是街头配钥匙的，自己爱瞎琢磨，熟能生巧练了一身开锁的本事。他给胡书荣做事是意外，源于某天胡书荣场子里锁衣服的柜子坏了，客人的东西取不出来，请原厂的人来修至少要三天，有人把胖子请去，不到三十分钟，柜门就开了。胡书荣觉得这手艺有用，就留他在舞厅给了一个安保的闲职。他是这群人里唯一一个不是出于自己的意愿走上这条路的人，况且刚有了孩子的男人，有几个会真的想在这条道上一头走到黑?

胖子闷不吭声，将她的手腕绑得紧紧的——不知是死结还是活结。

过了许久，久到夏夏已经放弃的时候，胖子拢了下外套：“卧龙江。

“在卧龙江边。

“胡书荣根本就没想让你们活，等拿到钱，他会直接把你们绑上石头丢进江里去。”

卧龙江是本省最长的淡水河，源头在常市，一路蜿蜒下来，于漳市入海。胡书荣把交易的地点选在上游一座偏僻的桥上，这一段水流湍急，水底暗石层叠不穷，来往的渔船都很少经过。

车子停到桥边。

借着路灯昏暗的光，夏夏看到谢淮倚在桥头。他脚下放着两个二十四寸的行李箱，听到车声后，原本盯着幽深江水的目光望了过来。

他嘴里叼着根棒棒糖，不知是不是为了缓解紧张。

胖子坐在副驾驶，他先下了车，胡书荣不在，他的两个心腹开着另一辆车从远处过来，和他们的车并排停在一起。

谢淮踹了一脚箱子，人却不过去。

他神色冷漠："我要见夏夏。"

男人说："我先检查钱，没问题就让你见她。"

"我要先见人。"谢淮不退让，"你不同意，我就把箱子从桥上丢下去。"

男人给二条比了个手势，二条拉开车窗让夏夏探出头去。

谢淮眼睫颤动："把她放了，钱就在这儿。"

男人轻蔑地笑："我们的规矩可不是这样的，钱没问题了，我们一定会放人。你可以继续坚持，不过我也告诉你，箱子掉下去未必会散架，人从这么高的地方摔下去可就不一定了，不信你试试。"

谢淮静了静，把脚下的箱子踹了过去。

胖子喊："二条，下来数钱。"

二条原本在后座看着夏夏，拉开车门刚要下去，回头看了眼孙峰："你自己没问题吗？"

孙峰不屑："能有什么问题？就一个娘们儿而已，别说她绑着，就算没绑，尿得跟什么似的，我也不信她敢做什么。"

"对了，别忘了把后备厢的东西拿上。"孙峰舔着牙尖。

二条拿出后备厢里的麻袋，麻袋里装着绳子和石块。

夏夏背在后面的手微微动了动，隔着远远的距离，她能清晰地看到谢淮的眼神。眼神明明不会说话，但夏夏瞬间就明白了他想传递的信息。

孙峰在后视镜里看她，女孩无畏地回视。

孙峰："你看什么？"

夏夏反问："你看什么？"

孙峰斜着眼，伸手去旁边拿烟："我看你的样子，活不过今晚……"

他低头点烟，车子忽然猛地一震，后座的女孩瞬间暴起，以一个让他根本反应不过来的速度环住驾驶座的靠椅，刚从裤兜里掏出来还带着体温的刀片横在他颈部的动脉上。绑住她手腕的绳子不知什么时候脱落在座位上，孙峰也无暇细想她手里的刀片是哪里来的。

"开车。"那个几小时前还泪眼模糊，他稍稍靠近就眼圈发红、颤颤巍巍的女孩用他听过的最冰冷的声音说。

孙峰晃过神来，才发现冷的不是她的声音——夏夏一手按着他的脑袋，一手持着刀片，她发狠，用了全部的力气。

锋利的刀片刚贴上他的颈部，就已经割开一条切口。

“开车。”夏夏又重复了一遍，“否则活不过今晚的人就是你了。”

孙峰抬手去摸方向盘，夏夏手中刀片缩紧，毫不客气地在他脖子表皮割了一刀：“你敢按喇叭，我就敢保证下一刀划开的是你的喉咙。”

孙峰疼到嘴角抽搐，他从镜中看见夏夏淡漠的眼，那根本不是一个懦弱的、畏首畏尾的人该有的眼神。

孙峰发动车子，夏夏冷静地说：“打开远光灯，开到谢淮旁边。”

孙峰知道她懂车子的构造，不敢再试图用喇叭或是危险报警灯提醒同伴，径直朝桥上开过去。

桥上的男人打开箱子，里面整整齐齐地码着一万一扎的人民币，他探手下去掏，却掏出来一手浅黄色的冥币。他眼神阴森地看向谢淮，刚要发作，听见身后车轮碾过的声音，两人回头，刚好被打开的远光灯刺得睁不开眼。

谢淮在车子停到身边的那一刻，拉开后座的门跳上了车。他面色沉稳而冷漠，接过夏夏手里的刀片，抵住孙峰的动脉。

孙峰咬着牙，一声都不敢出。车子飞速驶过桥面，没开出多远，忽然一个急刹车停下。夏夏抬眼，见前方的路面正在修路，一片砖瓦狼藉的景象，警示牌高高立着，黄底黑字写着“禁止通过”。

路面上全是石块混着瓦片，车子开不过去。

谢淮拔了车钥匙，拉夏夏下车，反手将孙峰锁在车上，后面的车追了上来，停在路口，几个人下来围住他们。

“跑啊。”男人冷笑，“怎么不跑了？”

他手里抓了一把黄色的纸钱，是从谢淮的箱子里取出来的：“谢淮，敢耍我们老大的人，你是第一个，你不按规矩做事，今天命要交待在这儿了。”

谢淮却也坦然，他嘲讽地笑：“是胡书荣不按规矩在先。我说过，既然答应了，钱我就一定会还，可他敢动我的人，这事没那么轻易算了。我的命就在这儿，有种你来拿。”

说完他握紧夏夏的手，朝江边狂奔，男人们一路追着。

夏夏的体力在女孩子里还算不错，可这一通跑下来也几近脱力。

十二点的钟声敲响，除夕夜里，天上万千烟花同时绽放升空，五彩斑斓地交织在无垠的天幕上。

夏夏第一次和谢淮过除夕，怎么也不敢想是这样被黑社会一路追杀的场景，丝毫没有电影里的刺激和惊心动魄，她脑子仿佛木了，空空如也，什么都无暇去想，能感受到的只有冷风刮脸的疼痛和嗓子里甜腥的血味。

沿江的水流稍稍和缓，谢淮终于停了，后面人的距离越来越近。

谢淮扯掉夏夏身上碍事的羽绒服：“待会儿一定要屏住呼吸，懂吗？”

夏夏跑得气喘，被耳边的烟花轰鸣声炸得听不清谢淮说什么，但她知道他的意思，吓得直摇头：“不行，淮哥，我不会游泳。”

“别怕。”谢淮温柔地抱住她，“我不会放开你的。”

谢淮死死搂着她的腰，带着她跳入湍急的水里。

冬天的江水冷得刺骨，夏夏刚进水的那一瞬间就感觉自己被冻麻了。她四肢僵硬，嘴里呛了几口水，眼前一片模糊，在水里根本无法视物。她脑子混沌不清，只觉得有双手一直紧紧托着她的腰，直到将她带上水面。

急促的江水擦身而过。夏夏被水淹没，神志不清，浮出水面的空隙，她听到了耳边响起警车的鸣笛声，那声音隔得很远，又似乎很近，她又听见岸上的人慌了阵脚的嘶喊。

“不可能，我们一直跟着他，他怎么可能有机会报警？！”

一声过后，夏夏又什么都听不到了。

她溺水了，肺部憋到爆炸，谢淮不准她呼吸的话早已忘在脑后。

手指冻得麻木，沿江而下的水流骤急，冲开了谢淮揽着她的手。

缓缓沉入水底的那一刻，夏夏脑海里开始放空，最后一个念头是后悔。

前天晚上和谢淮躺在床上，她不该撒娇让他娶赵珊琪做老婆。

此刻，夏夏的心里只剩悲伤和难过，如果谢淮真的娶了赵珊琪，那么她大概做鬼也不会瞑目。

她明明该让谢淮记她一辈子的。

夏夏吐出一口积水，缓缓转醒。她睁开眼，入眼是谢淮湿淋淋的脸，他的伤口被水一泡全都胀开了，朝外流着淡红色的血水，看上去触目惊心。

他脸上的神情是夏夏从没见过的无措，双手正放在她胸口给她做心肺复苏。他见夏夏睁开了眼睛，先是一滞，随即俯身死死抱住了她。

夏夏咳嗽几声，谢淮又松开了她，手掌捧起她的脸检查，又去检查她浑身上下："没事吧，你没事吧？他们有没有对你怎么样？"

夏夏虚弱地摇头，耳边警笛声越来越响，她才发现在溺水前听到的声音不是幻觉。

谢淮脸上全是水，初时夏夏以为那是江水，凑近了看才发现是他在哭。她从没见过谢淮哭，他不出声，眼球红得令人害怕。他死死地抱着她，身体止不住地颤抖，夏夏原本就浸了水的肩头被他的眼泪滴滴答答打着，心里也难以控制地涌起一股难过。

她揽住谢淮的腰，头发轻轻蹭他的下巴："淮哥，我没事。"

一辆轿车停在江边，车上下来一个英俊的年轻男人。

"谢淮。"齐达面色凝重，"警察只抓到三个人，胡书荣跑了，你带警察来抓了他的人，他一定不会放过你的。"

谢淮静了很久，冬夜的寒气自脚底弥漫而上，他用了很久才控制住颤抖，松开夏夏时脸色阴沉得瘆人。他站起来，嗓音冰冷："帮我把她送回常市。"

夏夏一愣："淮哥？"

谢淮一言不发，也不上齐达的车。

夏夏拉住他："我回常市，你去哪里？"

谢淮甩开她的手，沉默不语，一个人顶着最猛烈的寒风在夜里走。夏夏追上去挡在他面前，两人浑身湿透，如同两只可怜巴巴的落水狗。

"我可以回常市，也可以不给你添麻烦，但你要去哪里、做什么，至少要告诉我吧？"夏夏被他的态度一瞬间激起怒火，但说着说着言语又不由得软下来，她看着他身上的血渍，"你的伤还没处理，我们先去医院。"

她说："我陪你去。"

"你凭什么陪我去？"谢淮没有因她的话动容，而是冷漠地问。

夏夏被他言语里的冷意吓到了，谢淮从来没用这种语气和她说过话。她怔了怔，小声说："当然要陪你去，我是你女朋友啊。"

"女朋友？"谢淮挑眉，猩红的眼珠死死盯着她，"我这种人，配有女朋友吗？"

"我昨晚才说过我能保护你，我能给你未来，我能不让你出事，不让你受一点伤害。"

"结果呢？"谢淮如一只愤怒发狂的幼狮，在冬日冷风里嘶吼咆哮，"他们动你的时候，我束手无策，我什么都做不了！"

"我他妈连自己的女人都保护不了！"

谢淮的情绪濒临崩溃，夏夏一句话都不敢说。她安静地站着，听谢淮嘶吼，等他发泄完所有的情绪，展开双臂打算抱住他。

谢淮挡住她伸来的手臂，语气淡漠疏离："从现在起，你和我没有任何关系了。"

齐达抬眼，兴趣盎然的目光落在后视镜里的女孩身上。

车里暖气开得很足，她浑身衣物湿透，披着他的外衣，疲惫地以头抵着车窗玻璃。女孩仿佛卸尽了全身力气，自上车起就一言不发，静默地沉浸在自己的世界里。

高速路上撒了融雪剂，路面被车轮碾过，淌着污黑的雪水，轮胎压过，碾着路面的雪吱嘎吱嘎响。

“我说。”齐达笑笑，“你是不是得对我表示下感谢？虽然相遇的过程不怎么美好，但怎么说你和谢淮也算是我撮合的吧？”

女孩耷拉了整晚的眉眼终于松动了一下，她语气疑惑：“你刚才没听到谢淮跟我提分手？我谢你什么？谢你送了我一段失败的恋爱体验吗？”

齐达痞笑：“多漂亮一姑娘，火气别这么大。”

夏夏闷声用头撞车窗：“谢淮这个狗东西，他是不是有病？我去他……”

她想起乔茹春风拂面般的气质和对她的善意温柔，生生把准备脱口而出的那句脏话给咽了回去。

齐达：“别撞了，玻璃撞坏了不要紧，你脑袋撞出包，谢淮肯定要找我麻烦。”

夏夏眼圈红了：“他都跟我分手了，才不会管我……”

齐达没说话，狭小的车厢之内气氛有些沉闷，雪夜安静，耳边一时只有女孩低低的抽泣声，齐达将车停在服务站，给谢淮发消息。

“你家小妹妹在我车上哭得昏天黑地，眼睛哭肿了不说，头还磕了个大包，我很难办。”

夏夏见他在给谢淮发消息，倾身抢他手机，噼里啪啦打了几行字上去。

“她发高烧了，做梦还在喊你名字，我把她送回你那儿吧。”

齐达提醒：“我劝你不要，今晚让胡书荣跑了，他那种人睚眦必报，但凡给他一点喘息的机会，一定会回来报复，谢淮让我送你回家，是为了你的安全着想。”

夏夏：“谢淮就是个自以为是的傻×，就算胡书荣真的要报复也不会只报复他一个人，我回了常市又怎么样？漳市到常市三个小时车程，他去找我很难吗？你现在送我回去，说不定明早我就上《常市晚报》了——《花季少女被黑社会先奸后杀，正月初一横尸街头》。”

女孩的表情淡定得出奇，仿佛口中横尸街头的人不是自己一样：“你现在就打电话给谢淮，让他想清楚了再赶我走，你问问他，如果我在常市出事，他会不会自责一辈子？”

“就算胡书荣要来报复你，先踩上的也一定是谢淮的尸体。你和谢淮在一起这么久，还不了解他吗？”齐达冷静地说，“胡书荣动了你，谢淮哪怕死，也会拉他一起下地狱。”

深夜两点，万籁俱寂，彼时热闹的新年盛景消失殆尽，穹顶没了烟火华彩，余下幽深的黑。服务站空无一人，自助咖啡机在黑夜里亮着电源的蓝灯。

齐达买了两杯美式咖啡，递给夏夏一杯。

夏夏的头发被车内暖气烘干，披着齐达的大衣，衣摆垂到小腿倒也不觉得冷。她靠着车子，疲惫地说：“我不想让胡书荣下地狱。”

“我只想要谢淮好好的。”夏夏捧着温热的咖啡，方才被江水浸得冰凉的手掌慢慢渗出暖意，“我熬过暗无天日的十八年，好不容易才遇见谢淮，我都没来得及和他一起好好生活，还没来得及让他好好爱我。”

热咖啡被冷风一吹，热气散在凉夜的空气里。

“那种垃圾。”夏夏将手中温了的咖啡饮掉半杯，因为苦涩的口感忍不住蹙起眉，“那种垃圾，有什么资格让谢淮陪他下地狱？”

她轻声呢喃：“苦。”

奶精在齐达手里，他撕开包装的动作慢了一步。

夏夏倒掉剩下的半杯咖啡，决定：“我要回去找他。”

齐达拦住：“不行。”

“你是不是有事瞒我？”夏夏定定地看向他，“谢淮到底想做什么？”

“我不知道。”齐达顶着她探究的目光，别开眼睛，“我跟谢淮交流也不多啊，他昨晚一个电话打过来说胡书荣把你带走了，害我大过年的连老家都没能回，除此以外什么都没跟我说……”

“除此以外什么都没说……”夏夏顿了顿，毫不留情地戳穿他的谎言，“那你怎么知道我们在卧龙江？谢淮离开的时候，胡书荣派人跟着他，还在他手机里装了监听，他没办法打电话报警，警察是怎么知道胡书荣在这儿的？”

齐达尴尬地笑笑：“我和谢淮打小认识，熟得不能再熟，一起打了十多年游戏，有好多别人听不懂的暗语。胡书荣盯他盯得死死的，他给我打电话表面是来借钱，可真正的意思只有我懂，毕竟兄弟一场，这忙我不能不帮。”

夏夏：“兄弟一场，熟得不能再熟，你连他在想什么都猜不出来？”

齐达见夏夏不好骗，索性不装了，坦然道：“对不住，猜出来也不能告诉你。”

夏夏说：“不用告诉我，你把我送回去就行。”

“那不行，我答应过谢淮。”齐达正色，“如果你有危险，这责任我担不了。”

“真不送？”夏夏静静看着他。

“不送。”

夏夏脱掉身上的外套，拉开车门扔了进去。她身上依旧是那件昨晚在家穿的T恤，经过一天磋磨已经脏得不成样子，藕节般水白的手臂被寒风一吹，不多时就冻得红红的，她抱着手臂，耳边碎发被吹得凌乱。

“我自己走。”她冷漠地说。

齐达：“……”

“你知道这里到市区多远吗？等你走回去天都亮了。”他眯眼威胁，“你再闹我就给谢淮打电话，让他亲自收拾你了啊。”

“谢淮回你消息了吗？”夏夏问。

齐达瞥了眼手机，没有收到任何消息，谢淮不知道在做什么。

“知道他为什么不回你吗？”夏夏淡淡道，“我刚刚忽然想起，落水的时候谢淮的手机装在口袋里，就算没有被江水冲走，泡了那么久估计也报废了。你还要继续打吗？”

齐达放下手机，无奈地仰头看天，打算想办法拖延时间。可他什么也看不到，天上除了厚厚的乌云和飘落到他脸上的雪花，屁都没有。

夏夏转身，沿着空荡漫长的高速路一个人走。

齐达：“你们俩的事自己说清楚，别折磨我一个外人行不行！”

夏夏充耳不闻，固执地踩着路边没有完全消融的积雪，一步一个脚印朝漳市的方向走。

齐达追上去，被女孩搞得几近崩溃："这都什么野路子啊？！"

清晨，光线朦胧，太阳还未完全从地平线升起。

街上行人稀疏，偶尔有车辆穿行在笔直的城市街道上，年初一的鞭炮声轰鸣在耳侧，无数受到惊吓的犬吠声从城市林立的高楼间扩散出来，和爆竹声一起震得鼓膜隐隐作痛。

谢淮走出警局，身边的警察一再叮嘱："如果胡书荣再来找你，一定要第一时间联系我们。"

谢淮淡漠地点头，警察的话响在耳畔，又被更响的鞭炮声冲散，过了耳朵也就作罢。他身上的伤口简单处理过，近三十个小时没睡，人被寒冷和困倦包裹，几近麻木，对疼痛的感知已经不明显了。那噼啪的声音响了很久，带着谢淮的思绪回到很久之前。他恍惚记着，某年某月的某个清朗冬日，也曾听过这样的鞭炮声。那时的他被前拥后簇，走到哪里身边都围着一群人，或赔着笑脸小心翼翼，或勾肩搭背和他一起胡作非为。

高一下学期，班上一个平日寡言的女孩被数学老师猥亵，苦于证据不足无法立案，犯罪的人扬扬得意，将女孩叫到办公室言语侮辱，这事被同学无意听见，回到班上气愤地对同伴讲述。谢淮前一晚通宵打游戏，这时正趴在桌上午睡，被耳畔嘈杂的声音吵醒。同学们义愤填膺，嚷着要一起翘掉下午的数学课，联名给教育局写信，请他们开除数学老师。

谢淮靠窗坐着，灿烂的日光落在他俊美的脸旁，光圈打在他长长的睫毛上。他被晃了眼，不耐地蹙起英挺的眉："吵什么？"

男生见他一副置身事外的模样，气不打一处来："少爷继续睡，我们吵我们的，跟您没关系，您老每天两耳不闻窗外事，学校里那么大的事听在您耳朵里也就不知道是谁放了一个屁。"

谢淮被讽刺一通，却没发脾气，他忍着躁意，又问了一遍："你们吵什么？"

下午学生们没能翘课成功，闻讯赶来的班主任将人堵在班里大骂了一通。他骂完已经过了上课时间，可数学老师还没有赶来，和他一起消失的，是永远不学习，上课只知道坐在角落里看漫画书的谢淮。

谢淮犹记得自己当时将一万响鞭炮绑在那人身上时的心情，平淡如无波纹和浪花的水面，没有任何多余的担忧和同情。

他拇指按动打火机，眉眼轻抬："你去自首，或者我点火，选一个吧。"

男人惊惧："谢淮，我是你的老师！你怎么敢胡来！"

因为恐惧，他的脸上淌着大片汗水，看上去油光满面，嘴里碎碎念着："可不敢胡来，可不敢胡来……杀人是犯法的，你不怕警察抓你坐牢吗？"

谢淮提醒他："老师，我今年不到十六岁，杀了你不会坐牢。"

他疑惑地问："况且，我有什么可怕的？杀人犯法没错，但您也配叫人吗？"

数学老师被吓尿裤子去警局自首后，任课老师看见谢淮全都躲着走，生怕自己不小心招惹了这位凶神被他拿去绑鞭炮，班上同学对他的态度也变得微妙。从前只敢偷看他打球的女生一夜之间变得勇敢起来，写满爱慕的便利贴与小纸条堆满他的桌洞。从前对他满是不屑的男生也没有再阴阳怪气地喊他少爷，下课后三五成群抱着篮球喊他去操场打球。

谢淮窝在一堆书后，乏味地摆弄着月初刚用零花钱买来的新款智能手机："不去，晒。"

男生："谢淮，你胆子真的太大了，那种事都敢做，真酷，你当时绑那畜生的时候，心里是怎么想的啊？"

手机屏幕上响起谢淮最爱的佐罗动画开场前奏："在深夜里，我化妆出发，举起锋利的剑来主持正义……"

"没怎么想。"谢淮戴上耳机，淡淡道，"中二病犯了。"

谢淮从来没有说出口的是，当年的他除了少年热血疾恶如仇，更多的是仗着家世有恃无恐。哪怕事后被谢致生骂得狗血喷头，他也不觉得怎样，吊儿郎当地耸耸肩膀，全当听了阵蚊子嗡嗡。

那时他捏打火机的手没有丝毫颤抖，稳稳当当停在鞭炮上方。任凭男人吓得疯狂嘶吼，他也无动于衷，甚至根本没有想过如果他拿不稳松掉手，这条人命会何去何从。

年少的谢淮从不瞻前顾后。

他性子里生来带着不服管教与胡作非为的基因，他身后有足以荫蔽他一生的大树，无须细想后果，反正谢致生能帮他摆平。

七小时前刚跨过农历新年，二十一岁的谢淮站在警局门口。

冬日淡薄的太阳在遥远山涧里露出柔红色的边角，短短几分钟的时间，他脑海里晃过许多事情，有从前，有现在，也有他曾幻想过的未来。

他脑海中出现最多的，是女孩或温柔俏皮或嗔怒含娇的脸。

“你每迟到一个小时，我就让人玩她一个小时。”

“等他们玩腻了你还凑不到钱，就不用回来了。”

“去卧龙江里捞她吧。”

耳畔胡书荣的话一遍又一遍地回响，他心底全部的暴戾火焰被燃烧起来。

谢淮去街旁的商店买了一盒烟，他从前被狐朋狗友教过抽烟，但他不喜欢烟味，不爱抽，因此也没上瘾，只有偶尔压力极大的时候才会抽一两根清醒一下。他太久没睡，神经绷紧成一条细弦，一根烟下去脑子爽利了很多。

一辆车停在路边，夏夏从里面下来，她的薄T恤根本挡不住清晨的凉意，寒冷透过皮肤每一个毛孔朝身体里钻。

齐达拿着外套跑下来，尴尬地看着谢淮：“她不穿我衣服……”

谢淮把烟掐了，转身就走。

“谢淮。”夏夏叫住他，“你真的要走吗？”

女孩嗓音柔软，带着不用细听就能感受到的颤抖，说话时含着破碎的水音。谢淮心里多暴戾的火焰都在一瞬间被浇灭，通通化成绕指柔，他回过头，见女孩眼圈泛红，鼻尖也红。

“你今天凌晨跟我提分手，我知道你是怕我受伤，怕我作为你的女朋友被胡书荣报复，可我特别难过，我会当真的。”夏夏望着他，“我再问一次，你真的要和我分手吗？你如果说‘是’，我绝对不纠缠你。”

她哽咽：“你想好，如果你还是执意分手，就算你把事情解决再回来找我，我也不会答应你了。你凭什么觉得，在你最难的时候不准我陪在你身边，过后我还会原谅你？”

谢淮眼睛一疼，像是被什么刺了一下，他看见夏夏哭得满脸泪花，身体里的某根神经相连，心也跟着疼，可他却一言不发，沉默地看着她。

夏夏一边哭一边说：“我现在就给平嘉澎打电话，还有赵晋松。那么多男人喜欢我、排队追我，你不要我了，我现在就去找别人……”

谢淮嗓音沙哑：“你敢。”

他言语霸道，夏夏却没生气，温柔地问：“那还分手吗？”

谢淮薄唇死死抿着，如同一个苦恼的小孩，心里的杠杆在一刻不停地来回摇摆。夏夏没有逼他，她抹去脸上的眼泪：“我好冷啊，你要抱抱我吗？”

光秃秃的树枝上落了两只挥翅的黑色乌鸦。

夏夏倒计时：“三、二……”

“别数了。”谢淮动容，他伸手，“过来。”

夏夏问：“你为什么不过来？”

谢淮拿她没办法，他就算有天大的气性和脾气，也不忍心对着女孩一张柔弱无害的面孔发。

他走过去，抬手摸她头发，夏夏没让他摸，而是躲开：“还分手吗？”

她眸中含喜含嗔，桃色的唇抿紧，一双圆溜溜的眼睛倔强地瞪着他。谢淮昨夜那句“以后没有任何关系”说出口时不经脑子，只想将她推得远远的，永远别再回到他身边。

在警局待了一整晚，他一刻都没有合眼，人生第一次眼睁睁看着云是怎样缓缓挪动遮住月亮，看夜是怎样渐渐破晓升起太阳。他整夜都很清醒，哪怕身体已经到达极限，大脑却依然没有倦意。他翻来覆去，脑子里揪扯的全部痛苦在听见她这句话后瞬间释然。

——从来也没想过分手，那只是一时情绪失控说的疯话。

谢淮按着女孩的后脑勺将她带进怀里："对不起。"

夏夏肩膀微颤，挣脱出他的怀抱，扬手朝他脸上甩了个巴掌。她力道用得很轻，谢淮的脸甚至没什么感觉，一声啪嗒过后脸颊连个印子都没有。

齐达站在一旁吓傻了，从前打过谢淮的人没一个有好下场。他犹记得，中学时揍过谢淮的人最后都被他找人不知几倍地揍了回去，拿书敲过谢淮脑袋的老师事后在办公室当着校长和家长的面老老实实给谢淮道歉……他印象之中还没见过他的哪任女朋友敢动手打他。

印象中唯一一次，某个女生跟他闹脾气耍小性子玩冷战那一套，她不理人谢淮也不找她，一个星期后女生灰溜溜地回来找话题求和，谢淮却一脸茫然地问人家："咱俩不是分手了吗？你……你叫什么来着？"

完了，齐达心想。刚破天荒地头一回听见谢淮和人道歉，这才过去不到十秒，马上又要见证一对恋人感情破碎了。

谢淮说："不疼。"

夏夏又给了他另一边脸颊一下，第二次问："疼吗？"

"不疼。"谢淮顿了顿，"别打了，手酸。"

"你如果不解气，我自己来。"谢淮甩手给了自己一巴掌，耳光声音响亮，正好打到侧脸被指虎刮出的伤口上，疼得嘴唇直抖。

他没吭声，问："满意吗？"

夏夏也不说话，静静看着他，谢淮又甩了自己一巴掌。

齐达："……"

他受到的冲击还没结束，谢淮打完后，认真地问："两下够吗？现在可以抱了？"

夏夏垂眸，盯着脚下斑斓的大理石地砖，故意不看他。谢淮摸她手臂，如同刚从冰柜里掏出来的冒白烟的冰棍，触手冰凉。

“是我犯浑，是我该打。”谢淮哑着嗓子，“别生气了。”

夏夏刚刚才收住的眼泪又忍不住了，好容易平静下来，听到这话眼圈立马又红得不像样子。她被谢淮抱在怀里，偏头用锋利的虎牙咬他肩膀。

“狗东西。”夏夏边哭边骂，“如果再有下次，我真的不要你了。”

齐达盯着后座安静的两人。

夏夏脑袋靠在车窗上浅眠，谢淮侧枕着她大腿，他的神经许久没有放松，因此到了令他感觉到安全的地方，不多时就睡着了。车子漫无目的地在城市的主干道上开，车轮颠簸进一个坑洼，夏夏的脑袋被坚实的窗玻璃撞了一下，悠悠转醒。

她低头看向谢淮，他睡得很熟，平静的睡颜如婴儿般惬意。夏夏用尾指卷住他耳侧的碎发一圈一圈打弯，玩得正开心，齐达憋不住问：“我已经开了一个小时，车都快没油了。”

夏夏听出他的潜台词是想让她找个地方停下，可她只装作听不懂。

她继续玩谢淮的头发，轻声说：“再让他睡一会儿吧。”

齐达无奈，又瞥向后视镜里的夏夏，正巧女孩也在看他。

“齐达。”

夏夏嗓音很软糯，长相也甜美可爱。可经过昨晚今早这些事，再听到她无缘无故地喊自己名字，齐达心里有些抗拒。

他将平日败家子的气质抛之脑后，乖得像个问老师要糖吃的幼儿园小朋友，笑眯眯地问：“姐，什么事？”

夏夏问：“谢淮是不是没打算报警？”

齐达一怔，见夏夏眼神认真，不似说笑，也收起玩笑的意思，正经道：“你可能不了解胡书荣，这个人之所以有名，不止是因为他开舞厅放高利贷，还因为他睚眦必报、不死不休的做事方式，比牛皮糖还难缠。

“做生意的人多少都信些神鬼之说，前几年胡书荣在南京路新开了家迪厅，对家搞他，花大价钱请绝症病人去他店门口自杀。开业第一天死人是最晦气的，胡书荣那场子当晚就关了再也没开过，你知道后来他怎么报复的吗？”

齐达点了根烟，夏夏瞥他：“谢淮在睡觉。”

齐达只能把还没来得及飘出味的烟给掐了，懊恼地说：“他下血本，每天请打手守在对家店门口，来一个客人打一个，搞得人家生意不景气，又使绊子把对家彻底搞黄了。这还不是最可怕的，他绑了人家老婆和女儿……”

齐达没继续说下去，转而说：“死在他店门口那人得了肝癌，这么做只为着死前赚点钱给家人生活，可胡书荣连他也没放过，一把火把人家房子烧了。你说被这种人缠上怎么办？谢淮把他小弟搞进局子，他咽得下这口气？”

“谢淮当然没打算报警。”齐达目视前方淡淡道，“胡书荣犯的事够他死多少回都不嫌多，但多数的脏事都在暗处，过去那么些年了，警察根本找不到证据，就涉黑一点来说，他撑死在里面待个十几年，到时候表现良好减个刑，出来照样能报复你们。报警有什么用？安心过个十几年，往后还不是要提心吊胆？”

齐达看着夏夏：“谢淮根本就没想让胡书荣活，只有他死了，你和阿姨才是绝对安全的，明白吗？”

夏夏不动声色，却在心底倒抽了一口凉气，她其实已经猜到了谢淮想做的事，可真正从齐达嘴里听到，还是难免手脚冰凉。

“你不拦他？”

“我怎么拦？我凭什么拦？”齐达苦笑，“不管怎么样，胡书荣死了都是最好的解决办法。换成是我，用十几年牢狱换我家人平安，我也觉得不亏。”

“不亏个屁。”夏夏嘴上骂着，手上用劲不小心大了些，狠狠戳了下谢淮的脸，“我觉得亏死了。”

谢淮在沉睡中不安地动了动，脑袋贴在她大腿上，额头朝她小肚子上蹭了蹭。夏夏收手，温柔地看着他毫无防备的睡颜。

齐达正在开车，又听夏夏叫他。

“齐达。”

齐达耐着性子：“姐，我在。”

夏夏：“如果我没记错，当初介绍谢淮去会所的人是你吧？”

她的声音无比柔软，齐达却硬生生听出了一种恐怖的秋后算账的味道。他打了个哆嗦，本能地去看车里的温度，觉得暖气开得还不太足。

他哆嗦过后，老老实实地说：“这事真的是个意外，高考出成绩那天，谢淮和他妈吵了一架，他想留在漳市赚钱还贷，阿姨非要他去南城读书，他心情不好才来常市找我玩……”

“所以你就在会所给他找乐子纾解情绪吗？”夏夏眉眼浅淡，“真是好兄弟。”

齐达：“你别光算我一个人的啊，你不也是出来……”

他对上夏夏恐怖的眼神，那句“你不也是出来找乐子才遇见他的吗”根本说不出口，被自己吞了回去。他想，谢淮这都找的什么女朋友？表面又软又甜，里子凶成这德性。

夏夏垂眸，又变回那副乖巧可爱的邻家妹妹模样：“你玩你的，别带上谢淮，再让我发现你带谢淮去那种地方……”

“姐。”齐达机灵又懂事，“我绝不再犯了。”

直到齐达的车没油停到加油站，谢淮才醒过来，他还没有完全清醒，搓着眼睛看四周窗外的风景。

齐达问他去哪儿，他这才慢腾腾地回过神：“找个地方停车，你回去吧。”

齐达看夏夏：“她呢？”

谢淮握着夏夏的手，闭眼靠在她肩头醒盹，声音里夹杂着些许疲倦：“她和我一起。”

齐达有些惊讶，谢淮笑笑：“谢了，耽误你这么久，害你都没能好好过年。”

【未完待续】

Staread
星文文化

夏日林夕想家

SUMMER DREAMER

下

星河蜉蝣——著

浙江文艺出版社
Zhejiang Literature & Art Publishing House

目录

CONTENTS

Chapter 19
如果是谢淮呢

谢淮带夏夏在市中心的商业区下了车，近些年来新年的氛围没从前那么浓烈，许多年轻人更喜欢留在城市里。大年初一许多广场都大门敞开，餐厅、电影院、KTV齐齐开门营业，店里挤满了人，一派新年的热闹氛围。

“饿吗？”谢淮问，仿佛前夜的惊心动魄和昨晚的隔阂不曾发生过。

夏夏点头，又摇头，谢淮不懂她的意思。

“先洗澡，然后去医院。”夏夏指指他简单包扎过的伤口，“换身干净的衣服再去吃饭。”

谢淮带她去附近的快捷酒店开了个大床房，夏夏钻进浴室洗澡，谢淮去楼下的女装店给她买了一件厚实的外套。夏夏洗澡出来时，他正坐在飘窗上吃棒棒糖，目光落向窗外，不知道在看哪里。屋里空调温度开得高，热度足够，夏夏裹着浴巾，从背后抱住他劲瘦的腰。

“在想什么？”

谢淮静了静，弯起唇角：“想你现在抱着我，香喷喷软绵绵的。”

酒店提供的沐浴乳是椰子香的，夏夏沾染的一身香味直冲冲地刺激着他敏感的嗅觉，他摸了摸鼻子，忍不住笑。

“还有呢？”

谢淮唔了一声，没再说话。

“我知道你在想什么。”夏夏把脸颊贴在他背上轻柔地蹭了蹭，“不用齐达说我也知道。”

她放开他，将他的身体扳正，让他正视她。

正午明黄的光线从背后的窗户穿透进来，雪过天晴，耀得人眼睛发晕。夏夏调皮地笑了笑，躲在谢淮身体为她撑起的暗影里，她心安理得地窝在他的胸口，听着他有力的心跳声。

“你是男人。”她笑，“你知道自己要做什么，该做什么，我不干涉你的决定和选择。”

“我知道你不想让我受伤，我哪里也不去，就在这儿等你回来。”

“就算你杀人进了监狱，我也会等你回来。”夏夏别开目光，不想让谢淮看见她湿润的眼，但哽咽的声音却掩饰不了，“就是……就是你出来以后我可能老了，老了不漂亮，结婚穿婚纱拍照会不好看……还有，听说高龄产妇生小孩很危险。”

“如果胡书荣真的找到了你，你在动手的时候能不能稍微想一想我，还有我们的将来。”夏夏一天之内哭了太多次，嗓子都哑了，“保护好自己。”

她仰起头，亮晶晶的眼凝望谢淮：“你想要我吗？”

“我以前怕疼，从来都不让你做到最后，如果你进监狱，要好久都见不到女人了。”夏夏提议，“要不我们现在去结婚吧，我看国外的片子，囚犯服刑时妻子是可以探监的……”

谢淮扑哧笑了，这是许多天来夏夏第一次见他笑。他温柔低头，额头与她相抵：“别胡说八道了。”

他说：“我会一直陪着你，会陪你变老的。”

谢淮按照警察给的地址来到一片老式小区，小区前有个热闹的年货市场，夏夏拉他过去。

谢淮：“有什么可买的？”

夏夏："当然要买，你见谁过年去别人家空手的？"

"她男人差点把你害死，你还给她送年货？"谢淮不耐烦，"随便买箱八宝粥得了。"

夏夏蹲在摊子前称了一点柿饼和干果，又买了几斤水果。

"付钱。"夏夏结了账，示意谢淮给钱。

谢淮说："我容忍你给她买东西已经很不错了，你还要我付钱？"

"那谁付，难不成要我付？"夏夏指着自己的鼻尖。

那当然不行，谢淮想，一起逛街还要让媳妇付钱，这不是男人干的事，可他只要想到夏夏送这些东西的对象，掏钱的手就带着几分不情愿。

手揣进兜里，他顿住。

夏夏问："怎么了？"

谢淮尴尬："身上没钱了。"

除夕那晚他只凑到一百多万，远远不够胡书荣要的数额，他担心到时间不去胡书荣会伤害夏夏，又不敢耽搁，只能在箱底塞满冥币，上面盖着人民币去了卧龙江边。那一百多万现金被他垒在箱子上，警笛响起的时候，一张不漏，都被胡书荣的人带走了。

夏夏干巴巴地问："一百万，全都没了？"

谢淮嗯了声，夏夏神情沮丧，皱着脸说："不合算。"

"有这一百万，你都能换个新女友了。"

谢淮掐她的腰，夏夏哎哟一声，可怜巴巴地揉着腰上的软肉："淮哥，为什么掐我？"

谢淮的目光带着警告："再说一遍。"

夏夏嘻嘻笑着，掏钱把账结了，她把东西扔给谢淮拎着，偎在他怀里扯他衣角。

谢淮没让她就此揭过去，捏她耳朵："我让你再说一遍，还有那晚让我娶赵珊琪的话，你敢再说一遍，我就敢合了你的心意。"

夏夏讨好地去勾他的小指，又是软绵绵地贴着他蹭，又是保证自己以后再也不开这种玩笑了，谢淮这才回勾起她的手。他体温炙热，如炭烤的炉子，夏夏依偎在他怀里，觉得哪怕前方有望不穿的迷雾和未知的危险，这世界上也没有一个比谢淮的怀抱更安全的地方。

“只有你。”谢淮忽然说。

夏夏望向他，少年低头，吻上她蓬松的发丝：“这辈子都只有你。”

喧嚣的闹市隔绝在耳后，谢淮的视线一刻不离她，那眸光闪耀、专注、熠熠生辉，明亮得如同日光。

这辈子都只有你。

谢淮说：“所以，别再说这种话惹我生气了。”

夏夏站在防盗门外，按了两遍门铃。

女人警惕的声音响起：“谁？”

“你好。”夏夏礼貌地说，“我找陈兰，请问她在吗？”

猫眼另一端闪过一抹亮色，女人急促地说：“不在，你找错人了。”

夏夏对着纸条上的房门号又看了一遍，确认没有找错地方，耐下性子：“我知道你就是陈兰，能不能开门？我有话跟你说。”

屋里没动静了，安静的楼梯间只有谢淮站在门侧嗑松子的声音。谢淮将松子壳吐在脚下的簸箕里：“那么麻烦干什么？”

屋里传来婴儿号啕大哭的声音。

谢淮拍了拍手上残余的松子壳，将刚刚剥出来的一把松仁放在夏夏手心。他不客气地用拳头砸门：“陈兰，开门。”

他嗓音深沉，带着威胁的意味：“大过年的，大家都要点面子。你丈夫昨天被警察抓走的事情想必还没传开，你要是不怕我在这儿闹得邻里皆知，就继续在里面装缩头乌龟。”

谢淮见猫眼里有人在看，笑了笑，转身去敲邻居的房门。

邻居开了门，摸不着头脑：“你是谁啊？”

谢淮站在门口，痞笑着说：“你认识对面的人吗，他们家男人……”

他话没说完，陈兰打开门，脸色阴沉：“进来。”

谢淮牵着夏夏进了屋，夏夏把买来的东西递给陈兰，陈兰不要，冷漠地说：“不是有话要对我说吗？赶快说，说完就走。”

女人两眼无神，面色疲惫，她穿着袖口开线的睡衣，头发干枯蓬松，看人的目光冷冰冰的。夏夏不介意她的态度，甜甜地笑：“嫂子好，我是来道谢的，宋哥前天帮过我的忙。”

她口中的宋哥就是胡书荣身边的胖子。

陈兰的神色出现一瞬间的动容，随即又被警惕和不信任取代，她哧了一声，看向墙壁上的挂钟，盯着嘀嘀嗒嗒走着的秒针，一眼都不看他们。

谢淮打量屋里的布置，家具装修陈旧，墙皮颜色发黄，沙发破损不堪，地板也坑坑洼洼的，大过年的桌上连糖果瓜子都没有，只放了两个干瘪的橘子，每一处都显示出这家主人的生活水平不会太高。

婴儿的哭声撕心裂肺，谢淮问：“不去哄吗？”

陈兰戒备地看向他，夏夏把年货放在茶几上，路过楼下的母婴超市时，她还特意带谢淮进去买了一套小衣服和两罐高级奶粉。

陈兰的目光落在奶粉上。

“宋哥说他有一个两个月大的女儿，特别可爱。”夏夏笑着问，“我可以看看她吗？”

“你口口声声说他帮了你，你也知道他女儿才两个月大，那你为什么还要害他？”陈兰听到她反复提到自己的丈夫，原本淡漠的神情一点点变得激动，“他救了你，你不仅不知感恩，还带警察去抓他？”

相比之下，夏夏的神色平静很多：“我如果要害他，今天就不会来这里了。”

“你丈夫没做伤天害理的事情，到此收手也许会坐几年牢，可继续跟着胡书荣会怎么样？”夏夏说，“警察在通缉胡书荣，他为了钱什么都干得出来，你想让你丈夫去帮胡书荣杀人放火，然后判无期死刑吗？”

“害他的人是胡书荣，不是我。”她问，“你了解胡书荣吗？”

陈兰眼眶红了：“警察已经来过了，能说的我都说了，其余的我不知道。”

谢淮问：“是不知道，还是不敢说？”

他在玩茶几上的烟灰缸，手指推着它在大理石桌面上打转：“胡书荣的手段狠毒，你怕话说多了被他报复，这些我懂。”

“毕竟你女儿还这么小，换我也得考虑仔细了。”他笑笑，话锋一转，“可你有话藏着掖着不肯说，就不怕被我报复吗？你丈夫帮过夏夏没错，可说到底，如果不是他撬开我家的锁，夏夏也不会被绑。我们算不算得上有仇？你自己说。”

陈兰身体绷紧，夏夏想叫谢淮别吓她，嘴唇刚动，手就被谢淮握住。谢淮沉着脸的模样冰冷又暴戾，任谁看了都得胆战心惊。

“把你知道的告诉我，胡书荣他绝对没有机会报复你。可如果你不说，等胡书荣找到我的时候，姓宋的临走前给夏夏松绑这件事，我一定会如实相告。手下的人临阵倒戈，你觉得他会怎么处理你们？哪怕我死了，也不会让你们好过。”

“你以为只有胡书荣才来这套吗？我也会。”谢淮淡淡道，“警察遵纪守法对你礼貌有加，我不一样，只要能达到目的，我什么都干得出来。”

陈兰的脸被他气得涨成红色，指着他骂：“我女儿才两个月大，你这样做跟畜生有什么两样？你就是畜生！”

“你说是就是。”谢淮不怒反笑，言语里极致的冷意让陈兰打了个寒战，“告诉我，或等着胡书荣上门报复，你有别的选择吗？”

放他们进来是看夏夏笑靥灿烂，一副温柔的小姑娘模样，却不想跟在她身后的少年竟然能说出这种话。陈兰身体颤抖，嘴唇发白，气得差点背过气去。

谢淮松开夏夏的手，在她掌心捏了捏。

夏夏明白他的意思。陈兰担心家人安全，一开始态度温和好言相劝未必能问出结果，只有以暴制暴，表现得强硬、无赖，一点点击碎她的心理防线，让她明白眼前的人并不好惹，才能最快最有效地达到目的。而谢淮只是言语上的威胁，总不能真去和胡书荣说，因此在撂完狠话后就要夏夏来扮演另一个角色。

一冷一热，一红一白，多数人都敌不过这样的伎俩。

夏夏按住谢淮，温声说：“你别吓唬她。”

她嗓音恬淡，垂着柔软的眼眸：“谢淮说话不经脑子，您别和他一般见识，宋哥帮过我，我绝对不会恩将仇报。”

“他给我松了绑。”她与陈兰对视，目光诚恳，“如果我向警察证明他没有伤害过我，不出意外是可以减刑的。只要你把知道的事情告诉我们，我一定会去对警察说。”

陈兰沉默。

“我凭什么信你？”她嘲讽地说，“他们那些人最讲信义，我出卖了他们，一旦被发现，连我的家人都要跟着遭殃。我凭什么相信你说的胡书荣没有机会报复我？如果你真有那个本事，还会被他要了这么多年债都摆脱不了吗？”

“我爸欠的那笔烂账我既然认了就会还，欠债还钱天经地义，没什么好摆脱的。”谢淮眉眼间尽是凛然，“可他用我最重要的人威胁我，这一切就要从头算起了。”

“警察要的是他归案，而我想要他死。”谢淮冷漠地说，“我比世界上任何一个人都想他死，这理由够吗？”

陈兰犹豫。

“风险和利益是相对的，看你敢不敢赌。”

陈兰静了许久，声音低哑地说：“胡书荣身边那个叫强子的，他姘头在南京路开发廊，门口亮着红灯招牌，店里好几个年轻姑娘。我以前在南京路的超市收银，下夜班看见他进过那家发廊几次。”

谢淮蹙眉：“只是姘头？”

“相好的吧，我也不知道。”陈兰咬唇，含糊不清地说，“南京路偏僻，如果他们还在漳市，很有可能在那里……强子跟了胡书荣十多年，胡书荣做的事他都有参与，只要他落网，胡书荣犯下的事就跑不了……”

“你们答应我了，”陈兰哽咽，“你一定要告诉警察，孩子的爸爸不是坏人……”

夏夏递纸巾给她。

婴儿安静不多时后又陷入啼哭，陈兰连忙跑进房间去哄。

夏夏跟在她身后。

婴儿房布置得温馨精致，与客厅的潦草破旧格格不入。粉红色的墙纸，象牙白的小软床，米色地毯上铺满大大小小的娃娃，一旁书柜上放着一个相框，照片里的陈兰和胖子依偎在一起，笑得温馨甜蜜。

云影映进窗户，微明的光线落在夏夏脸上，她低头，见婴儿颈下小小的枕侧，也落了一抹光辉。婴儿止住哭泣，脸颊的皮肤比果冻柔软，在夏夏的注视下咿呀咿呀地笑了起来。

谢淮站在她身后，夏夏笑靥如花，回头看他，他回以温柔的笑。

那一刻，夏夏忽然觉得，哪怕离春日尚远，却已有暖风拂面。在这密闭的空间，从窗户的风口里，从地板的罅隙中，四面八方吹拂而来。夏夏闭上眼睛，仿佛闻到雨后天晴，晚风里弥漫着青草的香味。

谢淮靠近婴儿床，陈兰还有些警惕，伸手拦住。谢淮从夏夏的大衣外套里掏出两张粉红色的纸币，他弯腰将钱压在床垫下面，权当是给了压岁钱。

孩子咧唇笑着，粉红的嘴唇如一尾金鱼吐出圆润的泡泡。谢淮用指尖戳了戳小孩的脸颊，触感软滑，充满蓬勃的生机。

那是沐浴在日升月落下，完整、崭新的生命。

夜里风凉，暴雪过后，天空中的厚重云翳消散，露出一弯清冷的月亮。

谢淮提议去看春节档的电影，夏夏摇头，谢淮又提议去吃顿像样的晚饭，夏夏依旧摇头。

“你想做什么？”谢淮问。

夏夏蹦蹦跳跳地在前方的甬路上踩雪，回头看他：“跟你待在一起就好了。”

她站在路灯细碎的光影里，温柔的光线落入她眉间，将她照得梦幻虚渺。谢淮静静看着她，仿佛也跟着沉醉在梦里，那是永远看不够、挪不开眼睛的画面。

酒店就在前方，谢淮停下脚步。

夏夏站在几米外的地方张开手臂，她身上穿着谢淮买来的外套，略显笨拙，像只软绵绵的熊。

“淮哥，过来。”她眉眼弯弯，俏皮地笑，像在唤小狗。

谢淮抱住她。

人声鼎沸的街角仿佛在这一刻寂静，耳畔一切嘈杂的人声、车声与烟花礼炮的声音全都消失。

夏夏埋在他胸口，比幼猫还黏人，蹭得头发乱糟糟的才仰起头："那晚在卧龙江，警察没到，钱也没凑够，如果我没有让孙峰把车开到你面前，你打算怎么办？"

谢淮："我知道你会让他开过来。"

他嬉皮笑脸地说："夏姐这么聪明，怎么可能想不到办法？况且我们有心灵感应，你的想法我都能感知到……"

夏夏正色："你认真点。"

谢淮收敛起玩笑的神情，静静看她："如果我说没有打算，你会后悔和我在一起吗？"

夏夏问："为什么要后悔？"

谢淮不答，但夏夏随即在他眼里读出了答案，她歪着脑袋思考："在一起的第一天你就问过我'怕吗'，我当然考虑过和你交往的风险，但我对你的喜欢远远抵得过那些害怕。"

"说不怕死是假的，怕还是有一点点怕的。可既然你都不后悔冒着生命危险来救我，我当然也不会后悔呀。"她甜甜地笑，"再想到就算是死也会和你手拉手一起，又觉得不太可怕了。"

夏夏扁着嘴巴："如果没有你，活着也没什么意思吧。我从前总觉得世界无趣，直到遇见你才想用尽力气生活，比起你不在我身边，其他所有事情都没什么可怕的。"

夏夏认真地看向他，眸光澄澈："虽然不害怕也不后悔，但我还是想和你好好活下去。"

"你呢？"夏夏问，"还要扔下我一个人，拉胡书荣去死吗？"

谢淮将她按入怀里："哪舍得啊。"

"夏夏。"他叫她，偏头去闻她头发上的香味，嗓音喑哑，"你会跟我一辈子吧？"

不等女孩回答，他手臂收紧，用恨不能揉进骨血的力气死死抱住她。他贴在她耳边低语，语气炙热霸道，替她做了决定："等我回来，你必须跟我一辈子。"

“一口一个淮哥叫了这么多年，勾引我、诱惑我，让我死心塌地，除了你眼里谁也看不见，你要对我负责。”谢淮偏头，滚烫的唇擦过她光滑的侧脸，“除了你，我不想和任何人共度一生了。”

夏夏在酒店待了五天，除了白天去楼下买饭以外足不出户，她晚上会把门窗的锁扣好，再拴上防盗链，然后把电视柜拖到门边堵住。她白天睡觉，晚上看剧，听到一点动静就关掉视频将手机拨到快捷键110。外出的时候，夏夏偶尔会觉得身后有人跟着。她不确定那阴恻恻的感觉是否真实，就算是真的，市中心人流量大，正值过年街上更是摩肩接踵，那些人还在被警方追捕，也不敢在人声喧哗的大街上对她做什么。

夏夏始终记得谢淮临走前叮嘱她的话，精神一刻也不敢松懈。她白天睡多了，夜里总是失眠，常常裹着被子翻从前和谢淮发的消息，忍不住一遍又一遍地看。

最初刚认识时，两人的交流仅限于夏夏给谢淮发整理好的订饭名单。谢淮要么不回，要么只回一个“嗯”或“哦”，众多消息间夹杂着谢淮给她的转账消息，那时她穷得被子都买不起，头一个月只能靠谢淮日结的工资过活。

渐渐的，谢淮话多了，他们可聊的内容也多了。他会叫夏夏晚上一起吃饭，会叫她下来帮忙看摊子，和赵一雷、姜景州的聚会也会叫上她。

谢淮表面看上去大男子主义，私下却很细心。自从那次夏夏军训时因痛经在操场晕倒，往后每个月临近她例假的前几天，谢淮都会提醒她多喝热水。

他第一次提醒时夏夏还摸不着头脑，将他多发的五块钱红包退还了回去。

谢淮不收，夏夏善意地说：“淮哥，钱给多了。”

谢淮酷酷地回复：“员工福利。”

夏夏不懂：“什么意思？”

谢淮更酷了：“去买红糖。”

夏夏翻到这条消息，忍不住在床上咯咯笑。

她笑着笑着肚子疼，去卫生间一看发现来例假了。夏夏换了内裤躺在床上，空调温度调到最高也掩盖不了酸麻的痛楚。她侧躺了一会儿，又趴在床上用身体压着小腹。

好久没这么难受了，夏夏疼得神志不清，胡思乱想。在南城时谢淮带她看过中医，可用中药调理总不见好。同居时正逢秋冬，每次她来例假，谢淮都会提前将电热毯烧得暖暖的，将她裹成蚕蛹包在被子里，然后热好三个热水袋，一个暖脚、一个暖肚子、一个暖被窝。

一切做完后，他钻进被子里抱着她，用在热水袋上烫热的手掌轻柔地捂着她的小腹。

那时其实也是疼的，可是谢淮在身边，精神上有依靠，她便觉得也没那么痛了。谢淮不在，夏夏麻痹不了自己，一阵阵难言的痛感袭来，犹如山崩地裂在身体里齐齐进行着。

夏夏睁开眼睛，透过模糊的玻璃看向窗外。漳市的天气诡谲莫测，才放晴几天，还没来得及好好看一眼太阳，远处的云层又积卷起来。夏夏疼了一整夜，直到天光破晓，才迷迷糊糊地睡过去，枕巾被汗湿透，她脸颊惨白，毫无血色。

手机铃声催命般响起，夏夏从睡梦中惊醒。

陌生号码的归属地是漳市，夏夏睡意蒙眬地接过，对面一片吵闹，人声嘈杂。

一个柔和的女声急促地问："是谢淮的家属吗？"

夏夏出现一阵短暂的耳鸣，在某一瞬间忽然什么声音都听不见了。片刻的怔愣后，她听力恢复正常，攥着手机的掌心被汗液浸湿，单薄的肩脊止不住地颤抖。

"这里是漳市第一人民医院……请您现在马上带着病人的身份证和医保卡来医院，如果家里有献血证也记得带上。"

夏夏眼前发黑，天旋地转。

清晨堵车，夏夏坐在出租车后座，一言不发地望着窗外的风景。司机是典型的北方汉子，同她侃天侃地，可自言自语半天得不到半分回应，也落个没趣，讪笑着不再说话了。

他打开出租车内的对讲机，一群男人的声音传出。

“南京路出车祸封路，一大早警车和救护车全过去了，估计短时间内通不了车，大家今天别走南京路。”

“怎么不早说？我刚从南京路经过，路面全是血，救护车把人抬出来，白布都蒙上了。”

“何止白布，我去的时候人死在路边，头滚到马路中间了，我车上的乘客刚巧看见，早饭吐了一车。”

前方路面拥堵，夏夏恍惚抬头，看见熟悉的小区、熟悉的街角，从小区院墙内探出的松针上积雪已经消融，在阳光下泛着翠绿欲滴的光泽。

救护车在前面呼啸而过，司机眼睛眨了眨，他不经意地朝窗外看，见几个警察在小区门口拉起警戒线，地上是溅射状的血迹。

“今天怪事真多。”司机拿起对讲机，“钢厂家属院门口也拉警戒线了，一堆警察围着，不知道怎么了？”

他说着话，从后视镜瞥见后座的女孩靠在窗边，指尖紧紧握着腕间的菩提手串。她的目光落在窗外，司机看过去，见从小区大门内抬出来一副担架，上面躺着一个满身是血的女人。

阳光微薄，打在女孩脸上，映得她面无血色，漂亮的脸蛋和纸似的惨白。

北风凛冽，夏夏跑进医院时，几乎被刀割般的冷风浸透。

她拉住擦身而过的护士：“南京路车祸送来的人在哪里？”

陈兰口中强子姘头的店正好开在南京路，出租车上夏夏听司机和朋友聊了一路关于南京路的车祸。据说警察今早在南京路追捕犯人，犯人拒捕，从路边直直冲向马路中央意图逃跑，结果和另外两个在人行横道过马路的行人一起被急速驶过的轿车撞飞到对面车道的货车车轮下，车轮碾过，一死两伤，现场十分血腥，无意间看到的人都被吓得够呛。

医院打来的电话里只是叮嘱她带上东西来医院，夏夏的大脑一片混沌，什么都不知道，只听到车上司机们聊天时说死者是个男人。

夏夏一想到南京路的车祸和医院那通电话，心就像被放在刀尖上翻滚一样，一抽一抽，疼得快要窒息。

护士："你是南京路车祸的伤者家属吗？"

夏夏的嘴唇不停颤抖，疲惫地点头。护士同情地看她："跟我过来认一下吧。"

夏夏脑袋蒙了，结结巴巴地问："认……认什么？"

她被带进一间屋子，初入时只觉得冷，手心冒汗，随即闻到一股浓重的血腥味，眼睛落到屋子中间那两张蒙了白布的床上。她神经绷得死死的，腿脚发软，一步都不肯朝里面挪。护士轻轻揭开白布，夏夏的眼泪瞬间就涌出来了。

"一位在救护车上咽气，一位抢救无效刚刚离世，你来认认。"

夏夏不敢仔细看，只用眼角的余光擦过去一分。

床上的人浑身是血，左边的男人一头黄发，不是谢淮，另一张床上是个女人。夏夏紧绷的身体松懈下来，整个人没有一丝力气，扶着门框扑通一声跪在地上。

"不是。"她哽咽。

护士扶她起来："都不是？可南京路送来的伤者只有这两位。"

夏夏的情绪稳定下来，她擦干眼泪，理智渐渐回归。刚刚的电话只是说要她带着谢淮的身份证和医保来医院，院方没有说谢淮是因为什么入院的，她在车上听了南京路的车祸，本能地想到是谢淮去找了胡书荣，现在冷静下来想想，觉得谢淮不会那么冲动。

他说过要两个人好好在一起，既然答应了，就一定会做到。

夏夏虚惊一场，浑身冷汗，坐在医院走廊的长椅上。她重拨号码，刚按下第一个键，就看见几个医护人员推着两辆担架车从门口进来。

车子擦过身旁，她抬眼，看到谢淮被血染红的白色上衣。

"谢淮！"她冲上前，随即被医护人员挡回来。

"谢淮的亲属？"那医生说，"他失血过多，昏迷前留了你的联系方式，我们现在要抢救，你去给患者办理手续。"

夏夏说话时声音都在颤："他会死吗？"

"情况难说。"医生说完，推开她匆匆离开。

后面那辆担架车上的乔茹伤得更重，家居服上除了血已经看不到其他颜色。夏夏愣愣地站着，眼前一阵花，医院洁白的走廊在眼前剧烈地晃，她要伸手扶住墙才能稳住不让自己摔倒。

急救室的红灯亮起。

一位警察跟在后面进来，夏夏眼睛湿红，拽着他的衣角："谢淮为什么会受伤？"

警察先是一怔，随后问："你是夏夏吗？"

"几天前谢淮报警，说胡书荣可能藏在南京路，我们的便衣侦查了几天，今早才最终确定他的位置。胡书荣拒捕，车祸当场死亡。"警察说，"可他被捕前给同伙发了消息，两个同伙一直守在谢淮家楼下，收到消息后闯进他家里……"

夏夏倒抽一口凉气。

"事发时谢淮正在南京路协助我们，我们接到消息赶回去时乔女士已经重伤。"警察说，"这些人都是亡命徒，胡书荣被捕，他的同伙也没想逃跑，打算以命换命。后来抓捕时，其中一名嫌疑人逃出居民楼，谢淮去追，撕扯过程中被捅了两刀……"

他顿了顿："但犯罪嫌疑人已经全部落网了。"

"谁管他们有没有落网？"夏夏咬着牙，声音仿佛是从牙缝里钻出来的，"你们不是警察吗？警察的职责是抓坏人，可谢淮他只是一个普通公民，你们为什么要他帮忙？"

她的话里有因为谢淮受伤而迁怒的成分在，可她无暇思考，脑子混乱不堪。

警察说："胡书荣很警惕，他藏身的闹市区人流量大，如果抓捕计划不够完善会造成误伤，谢淮和胡书荣打了这么多年交道，比我们更了解犯人，是他主动提出协助我们工作的。胡书荣确实拒捕，但他身亡是个意外，当时是绿灯，肇事司机因为醉酒驾驶才会造成事故。"

"至于在钢厂小区发生的事，"他歉疚地说，"我们也很难过。"

夏夏疲惫地抱头，静静坐在椅子上。

她听见警察又说了几句抱歉，但她已经没力气说话了，整个人被窒息似的绝望紧紧包裹，快要化成一只密不透风的蚕蛹。她偏头，看着抢救室外红灯闪烁。

警察安慰她："医生鉴定过伤情，谢淮只是失血过多，应该不会有生命危险。只是……乔女士的伤比较严重。"

"你让我安静一下吧。"夏夏声音微弱细小。

那警察又道了声抱歉，犹豫一会儿，转身离开了。

夏夏的眼泪像断了线的珠子般啪嗒啪嗒朝外流，谢淮和乔茹都在抢救室生死未卜，她不敢想如果谢淮没能抢救回来她会怎样，也不敢想如果乔茹没能活下来，谢淮会受到怎样的打击。

可她不能消沉太久，夏夏哭了一会儿，把眼泪擦掉，打起精神去服务台咨询办理手术和住院手续的相关事宜。

谢淮两刀都伤在小腹，刀口不深，因为失血过多一直处于昏迷状态。他被推出急救室的时候脸色如白纸，身上的血渍已经被清理干净，不见刚刚那浑身浴血的恐怖模样。

乔茹的手术是下午结束的，从急救室出来后就被推进了ICU，她伤得比谢淮更重，全身被划了二十多刀，可每一刀都特意避开了重要部位。

这是黑社会折磨人的惯用伎俩，一刀一万，当欠债人还不出钱来的时候，通常会以这种方式"抵债"，可事实上这只是一种逼债的手段，事实上刀子挨完，钱还是要还。

如果不是警察赶来得及时，胡书荣的同伙会一刀一刀把乔茹的血放干净。失血过多是其次，乔茹最严重的伤在后脑，那里被硬物击打过，这也是她至今还待在ICU昏迷不醒的主要原因。

夏夏守在谢淮的病床边，看着他昏迷的侧脸，一言不发。他鲜少有这样安静的时候，他平日睡觉很不老实，总是说梦话磨牙，尤其喜欢翻身用手臂紧紧抱着她。

现下他面色苍白，安静得过分，丝毫没有醒来的迹象，如果不是时不时将手指探到他鼻下能感受到他的呼吸，夏夏几乎要以为他心跳停止了。

她从早上到现在连口水都没喝，胡书荣的死、警察的抓捕、谢淮受伤……一切如疾风骤雨般接踵而至，来得太快，她甚至还没做好迎接的准备。

夏夏起身去卫生间换卫生棉，因为疼痛腿软得几乎走不动路，她面皮白得透明，血管清晰，冷汗涔涔地沿着额角渗出。

同病房的病人家属见她摇摇晃晃的，连忙过来搀扶住她："你没事吧？"

夏夏摇头，小声道谢。

医生推门进来，低声问："哪位是乔茹的家属？"

夏夏走到他面前，医生说："ICU病房需要先缴纳住院费，多退少补，连带手术费用，一共八万块钱……"

夏夏接过他手中的单据，上面密密麻麻都是她看不懂的仪器和药品名，问："现在？"

"是。"医生说，"一楼大厅缴费。"

夏夏说："能不能通融几天，我现在……"

"ICU一天的费用很高，我们也没办法承担，不能按时缴费院方只能将病人转到普通病房。"医生叹了口气，"病人还没有清醒，如果停了ICU里的仪器和用药，情况会非常危险，就算能清醒过来，也很有可能留下后遗症。"

"我明白了。"夏夏说，"我会去交钱的。"

医生离开后，夏夏回到谢淮床边。病床靠近窗户，蓝色床帘掩了一半玻璃，落在谢淮脸上的光蓝莹莹的。

她看了一会儿，伸出指尖触了触谢淮的脸颊。

冰冷、僵硬，毫无生机。

"你听到警察说的话了吗？"夏夏轻声说，"胡书荣死了，伤害阿姨的人也落网了，我们以后什么都不用怕了。你什么时候才能醒啊，你不想看看我吗？"

夏夏说着说着嗓音潮湿，抑制不住地哽咽："淮哥，你快点醒吧，阿姨进了ICU，我真的不知道要怎么办了。"

ICU病房一天的花费很高，因为担心有拒绝缴费的刺头病人，院方也不敢大意，一个下午催住院费的人来了三趟。

夏夏大学四年的存款加起来不过一万多块，比起乔茹所需的住院费用简直是杯水车薪。她尝试给谢淮的舅舅打电话，对面接听的是个女人，她刚说明来意，对方就阴阳怪气地骂了一通。

“谢淮上次来借钱的时候答应过他舅舅，从今往后他的家事和我们没关系。”女人冷笑，“这才几天就把自己说过的话给忘了？”

夏夏低声说：“乔阿姨现在情况很危险……”

女人挂断电话。

夏夏静了片刻，继续打下一个电话。

打了五通电话，一分钱都没借到，再一次被挂断时她忽然意识到一个问题——在她被胡书荣绑走的那天，谢淮已经把他能想到的人都借了一遍，他的社会关系虽多，但大多并不十分熟络，熟到能开口借钱的人此刻基本已经无钱可借了。

夕阳爬上云端，又隐在山影之间，余晖照亮病房的白色墙壁。

医院催钱的人第四次过来，看神色已经很不耐烦了。

夏夏翻了翻自己的电话簿，打电话给祝子瑜。

祝子瑜很爽快：“我去问智明借，夏夏你别急，肯定能想到办法的。”

她安慰道：“你再去问问珊琪，她一学期的零花钱都不止这些，我们凑一凑，八万块而已……”

听到夏夏气息微弱，祝子瑜问：“你没事吧？声音听起来很没有精神。”

夏夏轻声说：“没事。”

她蹲在走廊的角落，一天没吃饭，胃部隐隐作痛，加上经期小腹疼痛，已经站不直身体了。病房里的人夜里休息早，她没办法待在屋里打电话。

夜光铺洒下来，射进走廊尽头的窗户，将模糊的月色打在她脸上。

赵珊琪接了电话，跟她再三确认：“是谢淮的妈妈？”

夏夏感到很疲惫，身体上的痛苦尚且可以忍耐，但比那更多的是源于心底五味杂陈、绝望难言的心情。

赵珊琪说：“你先等等，我的压岁钱在我爸爸那里，我去问他拿。”

赵珊琪放下电话匆匆离开，不一会儿回来：“夏夏你等我一下，我要跟我爸谈谈。”

“我爸爸不准我借钱，不过你别担心，我挂几个包在闲鱼上，卖出去了我就转钱给你。”赵珊琪听起来快哭了，“等我一个星期可以吗？需要一点时间。”

“没关系。”夏夏轻声说，“为难就算了。”

电话那头传来赵晋松的声音，紧接着赵珊琪的声音戛然而止，不知是谁挂断了。手机上弹出来一条收款信息，是祝子瑜给她转了五千块。

祝子瑜：“智明说他前几天刚把钱拿去投资，现在手里没钱，我把我所有的钱都转给你了，珊琪回话了吗？”

夏夏没有回她，昏暗的走廊里终于亮起顶灯，她坐在冰凉的地面上抱着膝盖发呆。那光线明明不亮，晃在眼里却仿佛带刺一般，叫她下意识地眯起眼睛。

她忍不住想，在那二十四个小时里，谢淮是否也是和她一样的心情，一次次被人拒绝，无时无刻不在担心她的安全，更何况谢淮所承受的压力要远远大过她此刻所承受的，她忽然可以理解那晚谢淮为什么情绪爆发，又是以一种怎样的心情和她提分手。

可我不是谢淮啊，夏夏绝望地想。在她心里谢淮是无所不能的，他强大又坚毅，没什么可以将他打倒。今天以前，夏夏觉得自己也不是懦弱的人，可现在她却忍不住想让自己懦弱一点——如果懦弱有用的话。

谢淮昏迷前将她的联系方式给了医生，如果他醒来时乔茹出了什么事情，夏夏不知道要怎么和谢淮交代。

她将前额抵在膝盖弯上，裤子濡湿，被眼里淌出来的泪渍染了一片，这辈子流的眼泪加起来都没有这两天哭的多。

手机铃声响起，她瞥见来电，是赵晋松的号码。

夏夏按了接听，对面许久没有声音，过了好一会儿，赵晋松那极有特色的低沉嗓音响起。

“还记得那天我送你回学校，你在车上跟我说的话吗？”他语气淡淡的，听不出情绪，“你说二十岁的年轻人，穷一点也没什么，现在还这样认为吗？”

夏夏极力咽下泣音，爬起来握紧电话：“赵叔叔，您能借我点钱吗？利息随便您定，我一定会还的。”

赵晋松笑了：“珊琪平日跟我要零花钱是以万为单位，她最便宜的大衣也要四位数起。

“在你看来，我是差那点利息的人吗？”

夏夏说：“我知道八万块钱对您而言不算什么……”

“夏夏。”赵晋松打断她，“你还没回答我的话，从前的你宁愿跟一个二十岁的穷小子也不愿意跟我，现在你还是这样想的吗？”

夏夏沉默不语。

“我不准珊琪借钱给你，是因为那晚你说的话让我很受伤。”赵晋松嘲讽地说，“我用了半辈子打拼，有了现在的家业和社会地位，我愿意放下姿态去追求你，可在你心里我连一个毛头小子都比不过。”

“八万块对我而言确实不算什么，哪怕扔到垃圾桶里我也不会心疼，可就是这八万块钱，是你现在最需要却拿不出来的东西。”

夏夏脸颊上残留着干涸的泪痕，在灯光的映衬下惨白一片。

“我不会借你钱。”赵晋松说，“我只给你钱。”

“要与不要选择权在你，可我不是慈善家，我是个商人，你明白我的意思吗？

“如果谢淮是珊琪的男友，别说八万，八十万我也会给。退一步讲，哪怕谢淮只是珊琪的同学，家里突遇事故，举手之劳我也义不容辞，可你现在是以什么身份同我借钱？

“谢淮拒绝了珊琪，你拒绝了我，无论从哪个角度来看，你都没有开口的必要了。”

夏夏一言不发，连呼吸的声音都轻柔无比。

赵晋松漠然：“我给你时间考虑，但我的耐心不多，想必医院的耐心也不会太多。

“年轻人飞蛾扑火的勇气我很钦佩，不过夏夏，好好考虑清楚，你们现在是否有对自己的人生和未来负责的能力。如果你有，或是谢淮真如你口中所说能给你未来，你为什么还要来求我借钱给你？”

夏夏挂了电话。

她垂下眼帘，敛去所有存在感，安静地坐在走廊尽头的角落。头顶的节能灯忽明忽暗，光线微弱，她不出声，路过的人几乎发现不了她在这里。

护士柔软的鞋底踩着楼梯咚咚上来，在病房里转了一圈又出来张望，好不容易找到夏夏，过来提醒她："天已经黑了，马上就要下班了，你现在跟我下去缴费。"

夏夏撑着墙壁的瓷砖站起来，她一天没吃东西，因为低血糖眼前发黑，膝盖打弯，腿一个摇晃，身体直直向前倾。

护士搀扶住她："哎，这是怎么了……"

夏夏捂着额头，等那阵眩晕的感觉过去才敢慢慢走动。

护士："你先回房间吃点东西休息一下，我知道这种情况对你的打击也很大。"

她神色不忍，但想了想还是开口："八点前一定把手续办好，否则过了八点他们会把病人转到普通病房，我们重症病房每一分钟都是要花钱的，医院不是救济站……"

夏夏不知道今天第几次轻声重复："知道了，我会付钱的。"

她回到病房，四周的病人都已熟睡，陪床的家属还侧躺在折叠床上用手机看剧，一片黑暗里闪着一点莹莹的光。

谢淮依旧维持着她出去前仰躺的姿势，丝毫没有要醒来的迹象。夏夏坐在床边，头轻轻枕着谢淮的手臂，她不敢压着他，只是用额头侧面的发丝在他刚刚有了些温度的手臂上蹭了蹭。

失去意识的谢淮面容如孩子般纯净，不见平日的张扬，也没有平日和她玩闹时笑起来帅气却幼稚的模样。夏夏从没见过他这样安静、逆来顺受，和她记忆里的谢淮完全是两个人。

夏夏第一次感受到生命之脆弱，仿佛一张轻飘飘毫无重量的纸，哪怕攥在指尖，揣着含着，也会因为这世界上数不清的意外而潮湿或弯折。

但真正可怕的不是意外。夏夏在黑暗里眼睛瞪得圆圆的，她无力地想，比意外更可怕的，是在意外来临时手忙脚乱的贫穷。

屋外响起高跟鞋踩地的嗒嗒声，随后病房的门被吱呀推开。陈曼希拎着挎包站在门口，夏夏从床上直起身，把谢淮的被子掖好。

夏夏没有问陈曼希怎么知道这里，也不问她为什么会来，只是看着她。

陈曼希先开口："听说谢淮住院了。你别这么看我，我爸爸在警局有朋友，最近发生的事我都知道。"

"你当然知道。"夏夏嗓音清冷，"你不仅知道这些，还知道谢淮的女朋友和他回家过年，就住在他家。"

陈曼希一听脸色变了，夏夏说："我知道你是为了自保才会把我说出去，可我现在情绪很差，不会用理智思考。你最好在我没发脾气之前离开，否则你再多待一秒，我不能保证不会对你做出什么来。"

陈曼希："我只是来看看谢淮。"

"他没有女朋友吗？"夏夏挑眉问，"为什么要你来看？"

她一身的刺，扎得陈曼希不爽。陈曼希从挎包里掏出一个封好的红包放在床头柜："这是我的一点心意。"

夏夏看了一眼，薄薄的，总共不会超过一千块钱。

她疲惫地收回视线："拿走。"

陈曼希："我听护士说阿姨的住院费还没交，你别死要面子了。"

夏夏没有死要面子，她笑笑，问："住院费八万块，你拿得出来吗？"

陈曼希全身上下的名牌加起来总价恐怕都要超过八万，她想了想，犹豫道："如果是谢淮需要这笔钱，我可以想想办法。"

言下之意，需要这笔钱的人是乔茹，她不会想办法了。

夏夏将红包封好，塞回陈曼希挎包里，而后将她推出病房。她找到值班的护士，请她不要让陈曼希进谢淮的房间打扰，而后披上衣服一个人下到楼下大厅。

刚刚上楼叫她去缴费的护士在收费窗口整理东西，离下班只剩半个小时，夏夏走过去敲了敲窗户："姐姐。"

女孩眼睛哭得红肿不堪，嘴唇失了颜色，任谁看了都会心生怜悯。她吸着鼻子，轻声问："我能不能先交手术费和今天的住院费？你们不要把阿姨转到普通病房，明天的钱我再想办法，如果逾期交不上，你们再换病房……”

护士为难：“医院的住院费都是一次性缴清的，哪有你这种交法？”

“求你了。”夏夏说，“我的钱真的不够。”

临近下班，大厅里没什么人了，护士看了她好久，心里不忍。她问：“你有多少钱？”

夏夏自己的存款加上祝子瑜借给她的一共两万块。

护士说：“ICU一天要一万块，加上手术费，哪怕我现在只收你一天的住院费，你的钱也不够啊。”

夏夏的脑子嗡嗡作响。

护士看了看她，问：“你什么血型？”

“B型。”

“身体怎么样，最近有来例假吗？”

夏夏红着眼圈看她，护士解释：“剩下的钱我可以给你想办法，医院最近有一个志愿者捐血项目，正好急缺B型血，如果你体检合格，捐400毫升可以拿到四千块补助。”

夏夏问：“是卖血吗？”

“不是，国家不允许卖血。”护士给她解释了一下这个项目，问，“你想好没有？体检科的大夫现在已经下班了，不过我可以找认识的大夫帮你做体检。”

夏夏点头：“我可以。”

护士按惯例询问：“今天吃饭了吗？”

“没有。”

“经期失血量大不可以捐血，你上一次例假是什么时候？”

夏夏顿了顿，说：“半个月前。”

“跟我来吧。”

夏夏跟她上楼，终于从厚重的绝望里看到了一丝希望。她甚至忘了因痛经而翻腾不止的小腹，步子迈得很急，想快一点上楼把体检做完。

她才刚做了心电图，体检的大夫就蹙眉看她：“后面的不用做了。”

夏夏愣住，大夫说：“你心脏有问题，体检肯定过不了，以前查出来过吗？”

上一次听到这话是在大一军训时，那时夏夏对生活没什么热情，后续也没有去正规医院检查。大夫不提她都快忘了，这么多年她也没觉得自己哪里和常人有异，除了偶尔剧烈运动后气喘得厉害，有时心跳忽然加快、胸闷气短，可只要熬过那几分钟，身体也没有明显不舒服的感觉。

她问："是不是看错了？我身体没问题的。"

大夫指着心电图给她看："这么明显的多导联ST-T改变，还没有问题吗？我不是心内科的医生，具体什么情况你明天再来检查一遍，但这个体检对身体素质要求很高，你肯定过不了。"

夏夏："出了问题我自己承担，你们不要管了，直接抽血吧。"

"胡闹。"大夫骂她，"什么叫你自己承担？你出了问题我们医院也要承担责任的。"

护士拉过夏夏的手臂："再想想别的办法吧，总有些亲戚朋友吧，你父母呢？"

夏夏一瞬间从希望重新跌回沾满灰尘不见光亮的绝望里，几乎快哭了，但她没有在科室里哭，拿上心电图报告出去了。

冬日天冷，医院大门紧闭，大厅里的空气油腻而沉闷，夏夏快透不过气了。她走到楼下花园里，今夜气温尚好，一些病人在家属的搀扶下小心翼翼地在楼前散步。

花坛里立着"禁止喧哗"的标识牌，夏夏一路走出医院大门。

门前车水马龙，宽阔笔直的马路两侧林立着明亮的路灯，炫目的光混着积攒在眼眶里的眼泪，世界顷刻间一片模糊，只看得到一片水雾迷蒙的橘色。

夏夏蹲在路边，手指将心电图报告攥得变了形，她压抑了一天的情绪再也控制不住，扶着手边落光叶子秃秃的树干，号啕大哭。

"再想想别的办法吧，总有些亲戚朋友吧，你父母呢？"

耳畔回响起护士的话，夏夏哭得头疼，按着太阳穴止痛。她是有家人的，可对于魏金海而言，哪怕此刻是夏夏躺在ICU需要钱维持生命，他也不会掏一分钱出来。

这样的家人，有比没有还让人无力。

夏夏崩溃地哭，崩溃地想。

如果换作是别人呢？如果谢淮的女友不是她，而是其他女孩子。比如赵珊琪，比如陈曼希，她们也会像自己这样一无是处，手足无措吗？

这念头刚冒出来就被她否定了。怎么可能？哪怕换成一个普通家庭的女孩，总也能想办法凑出钱来，没有人会像她一样因为几万块在人来人往的大街上哭得声嘶力竭。

只有我自己。夏夏难以抑制地想，谢淮昏迷不醒，乔茹需要钱救命。只有她自己，什么都做不了，什么都做不好。

夏夏记不清自己哭了多久，嗓子痛得像被刀子剐过。

路过的行人好奇地驻足，有的还拿出手机来拍照，一个漂亮女孩不知因为什么伤心成这样，这激起了人们探知的欲望。

夏夏掏出手机，翻到最近通话记录上赵晋松的号码。她手指颤抖，满是泪痕的脸颊苍白如雪，嘴唇被自己咬出一排渗血的齿印。

她哭得倒气，却依然做不出决定按下那个号码。在某一瞬间，她心里升起一个可怕的念头——如果现在躺在ICU里的人不是乔茹，是谢淮呢？

如果是谢淮，她恐怕连选择的余地都没有。

那一刻，夏夏心底忽然生出一股难以言喻的愤怒与厌恶——厌恶无能、贫穷、一事无成的自己。

很久以后夏夏回想起这一天，以及因这一天遭遇的种种而做出的选择，从没觉得那时的决定有错。热恋里的人充满勇敢和坚毅，他们想当然地以为这世界上所有的坎坷都可以用爱化解，而自己只要和爱人在一起，就什么都不畏惧。等到爱情慢慢消磨，从前被遮掩起来的矛盾逐渐展露——如果在那时爆发，会一发不可收拾。

总归要解决的事，只在于一个早晚而已。

“夏夏？”

夏夏听到一个声音，抬起头看见平嘉澎。

他穿着得体的大衣，身后跟了一个清秀的女孩子。

平嘉澎拉她起来，语气不可置信：“刚才在马路对面看到，我觉得像你但又不敢认，没想到真的是你，你怎么了？谁欺负你了？”

夏夏无暇问他为什么会出现在漳市，她拽着他的衣袖，像抓住了一根救命稻草。她动作间手机猛然落到地上，屏幕上亮着赵晋松号码的页面还没有熄灭。

夏夏哭音浓重，几乎听不清她在说什么，平嘉澎仔细听了两遍，才明白她的意思。

她问的是：“那年在操场上你给我看的那双鞋子，你还想要吗？”

平嘉澎身后的女孩走上前来，她没说话，只是若有所思地看着夏夏拉住平嘉澎衣服的手。

“那双鞋子已经绝版了。”平嘉澎想了一会儿才记起她说的是哪双鞋子。

“我有。”夏夏用手背揩去眼泪，“我可以卖给你，不，先抵押给你，你借我点钱可以吗？”

平嘉澎静了片刻，问她：“要多少？”

平嘉澎在病房外打电话，跟他同行的女孩站在门边，时而望向外面的平嘉澎，时而看向夏夏，最后目光又落在不省人事的谢淮身上。

医院夜里寂静的走廊上，传来平嘉澎极力压低却很不耐烦的声音。

“……你别问那么多，烦不烦啊？都说了急着用钱，你先打来我再告诉你。我不是要拿去乱花，我朋友做手术缺钱……”

电话对面的人不知说了什么，平嘉澎原本就烦躁的情绪更增了一层，他的鞋底踹上医院墙壁，在洁白的瓷砖上留下清晰的灰色印子。

“是！”少年吼道，“我就是在外面欠别人钱！你爱给不给，不给我今晚就要挨揍，明天回家就缺胳膊断腿！”

夏夏推门出来，平嘉澎挂上电话。

“小声一点。”夏夏提醒他，“医院不能大声喧哗。”

平嘉澎看她：“知道了。”

“对不起。”夏夏低声说，“又害你和家人吵架了。”

平嘉澎哽了哽：“别说又，之前的事明明是我的错，我都还没和你道歉，怎么就轮到你了？”

他提到从前，夏夏不说话了，他尴尬地笑笑："你别着急，我再去问问朋友，总之一定会帮你借到钱。"

夏夏沉默，她抿唇不说话的时候，样子纯净又无辜，恍惚中让平嘉澎觉得自己回到了从前的夏季。

少女羞中带怯，乖巧地站在面前摇他的衣袖："别去网吧了，陪我上晚自习吧。"

那时的平嘉澎还不懂年少时的感情多么脆弱，只以为傻乎乎跟在身后的女孩天生温柔、善解人意，她似乎永远不会生气。

他敷衍地哄她："下次吧，下次一定陪你上自习，他们还在等我，我要走了，老师来了就说我生病请假了。"

夏夏从没因为这种小事和他生气过，许多年后平嘉澎回忆起，恨不能回到那时扇自己几个耳光。在一起快两年，可他真正陪着女孩的时间少之又少，高中课业紧张，除了平日里上课、吃饭外，寥寥无几。年少时无知，总觉得未来的路还长。长大后才发现，时光原来真的如书中所说，是穿过指尖的流沙，眼睛眨一眨就通通不见了，只残余瓶底几颗细细的沙。

他望着眼前的女孩，时光带走了她身上的些许稚气，又馈赠给她更多独特的气质，自信、果敢、让人又爱又恨的牙尖嘴利……

许许多多叠加在一起，迷人到让他挪不开眼睛。可他心里清楚，哪怕外表和从前别无二致，她此刻心里想的人已经不再是他了。

平嘉澎从恍惚中惊醒，听到手机的短信提示音，是银行发来的消息，他的卡上收到一笔八万块的转账。夏夏进了病房，从柜子里掏出一个纸袋，用湿纸巾把谢淮鞋面上的灰尘和血渍擦干净，将鞋放入袋子里。

平嘉澎的女伴看着，忍不住拧起眉头："这鞋八万？就算绝版鞋也不用这么贵吧？况且人家绝版卖高价都是保养得好，这个脏兮兮的，原价卖都没人要。"

谢致生送谢淮的鞋子谢淮一直穿着，磨损得厉害，对他而言，这双鞋存在的价值不是因为昂贵，而是因为那是谢致生送他的。

"这双鞋是谢叔叔送给谢淮的，他不会卖，等我还钱了你再还我。”夏夏摘下手上谢淮送她的菩提手串，“如果觉得不值，这个你也一起拿走。”

平嘉澎没接，把夏夏递给他的鞋袋放到地上：“不用了，我信你。”

同行的女孩离开病房，从关门的声响可以听出心情不佳。

平嘉澎望着夏夏沐浴在月色里略显模糊的脸。

“她和我不是那种关系。”他局促地解释，“我们的父母是朋友，以前吃饭的时候见过几次，我妈叫我过年带她来漳市逛逛，我不知道她怎么想，但我没有别的想法。”

夏夏轻声说：“你不用和我说这些。”

“我知道。”平嘉澎落寞地说，“我知道你已经不在意这些了，但我还是不想让你误会。”

“你休息吧。”他笑笑，别开脸故作轻松，“我不打扰你了，钱是我妈打来的，她不差那几万块，你不用急着还。”

他说完转身推门，一刻都不愿意驻足。

“平嘉澎。”夏夏叫住他。

他回头，见女孩清丽的面容上泪痕已干，挂着淡淡的笑。

“我从来都没有怪过你，你也不要觉得亏欠我什么。”夏夏说，“今晚如果不是你，我真的不知道该怎么办了，谢谢。”

平嘉澎苦涩地笑笑，错身离开。

Chapter 20

夏夏，别不要我

谢淮是第二天夜里醒过来的，当时夏夏正在吃饭，见谢淮手臂动了动，啊了一声，激动得打翻了粥碗，跑出去叫护士。

回来时谢淮已经睁开眼睛了。

夏夏拉着护士的手臂："他醒了他醒了！"

护士被她晃得晕乎乎的，骂她："别吵了行不行？没见过病人醒似的，让一下，我叫医生来做检查。"

医生做了半天检查后离开，谢淮意识彻底清醒了。他失血过多，脸色还是苍白，虚弱地抬起手臂："挨骂了？过来，淮哥哄哄你。"

夏夏靠近他，小心翼翼地撩起被子看他病号服下缝线的伤口，她初时只是眼睁睁看着，看得久了，眼角泛红，吸气都变得潮湿起来。

"怎么哭了？"谢淮长时间没喝水，嗓子干哑。

夏夏倒了杯水给他，按护士的叮嘱，先是拿纸巾蘸水将他嘴唇润湿，而后插了根吸管让他慢慢喝。

"别这么麻烦。"谢淮把唇上的湿纸巾揭掉，"你亲亲我，比这快多了。"

他看出夏夏难过，故意这样说想逗她，可夏夏不仅没笑，眼圈反而更红了，豆大的泪珠滴滴答答朝外掉，直接哭了出来。

谢淮用手臂揽着她，笑得没心没肺：“哭得我都心疼了。”

夏夏不说话，也不出声，只是泪珠子断了线，像总也流不完似的，她这样沉默地哭还不如放声痛快哭一场，或是骂他一顿纾解情绪。谢淮哄着，帮她擦着眼泪，却拿她束手无策。

“阿姨还在ICU，今早刚脱离危险，但医生说还要观察几天。”夏夏将这几天发生的事情说给他听。

谢淮听到赵晋松时眸色暗了暗，他抹去她眼眶的泪：“让你担心了，是我的错，再也不会发生这种事了。”

“钱我来想办法，赵晋松的事我来处理，你什么都不用管。”谢淮扬起锋利的眉，不羁俊朗，言语间依稀可以感受到他身上从未褪去的年少张扬。

“淮哥保证，以后一点委屈都不让你受。”

他虚弱的眉眼难掩欣喜，恨不能现在就将所说的承诺兑现。他把夏夏的头揽在胸口，心跳声鲜活、有力，随着胸口起伏发出怦怦的声响。怀里的女孩娇软，谢淮抱着她，如抱着只乖巧的小兔子，舍不得放手。

夏夏没说太多，只是一句带过，但他不难想象她求助无果一个人哭的画面，心疼得快要炸开，但更多的是温柔——无可比拟、无法言喻的温柔。

谢淮轻声叫她：“夏夏，什么时候嫁给我？”

夏夏愣住，随即被他抱紧，听他在耳边喃喃低语：“你会嫁给我吧？”

谢淮笑：“我答应你的未来已经实现一半了，剩下的一半也不会让你等太久。

“淮哥会有钱的，到时候娶你回家做老婆，你什么都不用做，看看韩剧打打麻将，累了就美美容睡睡觉，用郁美净擦地，用神仙水泡脚……”

“不准说不。”他霸道而温柔，“淮哥真的离不开你了，你不在我身边一天，我都会发疯的。”

谢淮说了许多话，夏夏一个字都没有回应，她乖巧地趴在他身侧，安静得仿佛睡着了一样。

谢淮年轻，伤口恢复得快，几天后就可以正常下床走动。

乔茹的情况稳定下来，从ICU转到普通病房，没过几天也醒过来了。她刀伤不深，最严重的是后脑受到的重击，造成了轻微脑震荡，因为后遗症的影响，醒来后对受伤的记忆有一段缺失，忘记了自己是怎么进的医院。

谢淮的伤口渐渐愈合，在医院待不住，可院方不准他出院。他每天除了跑去乔茹病房骚扰她一通，做得最多的事就是躺在自己床上耍无赖，让夏夏搀扶他去厕所。

谢淮平躺，面朝天花板，在他伤口没有完全恢复前，只能用这样肚皮朝上的咸鱼姿势。

“夏夏。”他喊。

夏夏刚买了饭进门，看见他在床上朝她笑。

他伸手，一副无赖的模样：“背我。”

“你是肚子受伤，又不是脚受伤。”夏夏随手将买来的吃的放在床头，“而且医生说你下星期就可以出院了，别跟我装。”

谢淮被揭穿也不尴尬，看她：“那你背不背？”

夏夏不敢背他，怕压着他的肚子，她坐在床边，让他撑着自己站起来。谢淮将大半重量压在她身上，从床到卫生间短短十几米的距离，他一刻不停地在夏夏耳边喊疼。

胡书荣的事情解决后他心情很好，认识这么久，夏夏还是第一次见谢淮笑得这么轻松。耳朵被他哈出的热气吹得痒痒的，夏夏偏头躲开，谢淮揽着她的腰，力道丝毫不像一个体弱无力的病人。

“别乱动。”夏夏说，“好好上厕所。”

“帮我扶一下。”谢淮说，“我疼，动不了。”

夏夏瞪他一眼，帮他扶了。

半天没有动静。

谢淮低头，嘴唇擦过她头顶发丝：“又不想上厕所了。”

“你要点脸吧。”夏夏抬头看他调皮的笑，脸瞬间红如番茄。

她转身要走，谢淮不让，伸出手臂揽她脖子，身体挨着她撒娇：“宝贝，难受死了。”他眼睛亮莹莹的，“行行好，帮个忙。”

夏夏打了个喷嚏，谢淮不敢再闹，伸手触她额头：“生病了吗？”

夏夏吸着鼻涕：“有点感冒。”

谢淮老老实实地把她送回床上：“我叫医生来看看。”

“不用。”夏夏窝在他床上，嗓音低低的，有些犯困，“睡一觉就好了。”

谢淮醒来后，给警局打了几个电话。

除夕夜他给胡书荣的钱一直被胡书荣带在身边，抓捕当天被警察当作物证一起带回了警局。谢淮取钱时特意留下了凭条，取证结束后，警察将钱送了回来。

谢淮把夏夏借的钱还了，却没有把剩下的钱还给乔波的意思。

夏夏问起，他漫不经心地解释：“当年我爸借他做生意赔掉的钱都不止一百万，他手头不差这点，既然欠条上说十年内还清，那就没必要这么早把钱送回去，这钱留在我手里的价值比还给他要大得多。”

夏夏不懂，谢淮笑：“淮哥创业养你。”

“不用你养。”夏夏小声说，“我自己也可以赚钱。”

“知道夏姐什么都行。”谢淮眼里笑意更浓，看她时目光专注深情，似乎只要她在身边，其他什么都看不见了。

“可我还是想。”

他抓过她的手，冰凉、柔软，颜色冷白，让人心疼。夏夏最近得了流行性感冒，病恹恹的提不起精神，怕传染给谢淮，总是戴着口罩。她脸蛋小，蓝色口罩遮了大半张脸，只露出一双杏核般圆润漂亮的眼珠在外面。

“不让你跟我受委屈，这话我说了很多次，却到现在都没能实现。”

“那么多男人对你虎视眈眈，我不努力，你跟他们跑了怎么办？”谢淮将她的手包裹在掌心，用体温一点点焐热，“再给我些时间，最多五年，我一定给你一个家。”

夏夏眨眨眼，她的睫毛漆黑浓密。谢淮的目光落过去，像看着一柄黑色的羽毛蒲扇，他凑近，轻轻吻了吻她的眼皮。

他嘴唇湿润，水汽沾染到夏夏那里，连她的眼睛也跟着湿润了。

谢淮拆线出院，乔茹的病情也稳定下来。

歹徒闯入家里伤人似乎没有给她造成多大的影响，又或许是那些影响被胡书荣的死冲淡了。她并没有创伤应激后遗症，反而情绪很好，认真配合医生治疗，闲暇时就和夏夏聊天，看夏夏和谢淮坐在她床边拌嘴打游戏。

阳光洒进窗户，擦过窗台上绿植的叶子，一派蓬勃葱翠的生机，屋子亮堂，墙壁雪白，满室温暖与希望。

乔茹接过夏夏递来的削好的苹果："你看，我们像不像一家人？"

她俏皮地问："你打算什么时候嫁给谢淮呀？阿姨都快等不及了。"

谢淮倚在窗边玩手机，闻言看了身边的夏夏一眼，不知是不是因为生病虚弱无力，她近日沉默得过分。听到乔茹的话她先是一愣，而后小声说："阿姨，别开我玩笑了。"

谢淮捏捏她的脸，自然地将人搂在自己怀里，调侃地笑："这个问题很难回答吗？脸红什么？"

他捏完，又嬉皮笑脸："不仅我妈等不及了，我也等不及了啊。"

夏夏的感冒总也不见好，乔茹觉得是医院细菌太多，让谢淮先带夏夏回家。

家里从那日出事后就再没人回去过，客厅地板和沙发上全是已经干涸的血迹，看上去触目惊心。谢淮用了一整天才把家里清扫干净，沙发套拆掉全扔了，地板用消毒液仔仔细细擦了一遍，他把一切做完，傍晚时累瘫在沙发上看电视。

夏夏在厨房给乔茹炖鸡汤，瓦罐里放着从药房买来的中药材，不加油盐，小火煨了一下午。

谢淮在客厅闻到香味，动动鼻子，循着味道一路到了厨房。

夏夏嫌家里太热，将家居裤挽到膝盖，莹白的一截小腿露在空气里，被垂下来的浅红色围裙一衬，扎眼得紧。

油烟机抽动，发出嗡嗡的声响。

谢淮靠在门框上静静看她，夏夏将头发胡乱扎了个马尾，碎发别在耳后，他的视线沿着她松软的头发一路向下，途经修长的脖颈、线条流畅的脊背、纤细的腰肢，再向下，是白皙笔直的小腿。她温顺又乖巧，不吵不闹，像个为晚归的丈夫做晚饭的小妻子，谢淮看得痴迷，只觉得这场景已经是他对未来能想到的最美好的模样。

落日余晖不算刺眼，光跃入窗子将她的周身打上一层金光。再温馨不过的画面，谢淮脑子里却涌起一个无法启齿的念头。

夏夏肤白，围裙这样的浅红色于她而言再适合不过。她踮脚去掏壁橱里的保温桶，手掌撑着案板，身体前倾，腰臀的弧度漂亮，能激起男人全部的保护欲，也能勾起男人所有的占有欲。

谢淮喉结动了动，眼睛发烫。

夏夏将鸡汤灌进保温桶，回头见谢淮站在身后，吓了一跳。

“你干吗？”她差点失手将汤打翻，“哪有这样在背后吓人的？”

谢淮别过眼，不自然地说：“做完没有？”

就算他不是什么纯情的小男生了，但刚才那瞬间心底最深处的念头还是无法坦然宣之于口——想无所顾忌地欺负她，想压着她肆意诉说心意，想看她皮肤泛红地抱着他哭。

那幅画面摊开铺展在脑海里，他虽面色如常，却无法自抑地口干舌燥。

谢淮睡得正熟，被乔茹拍醒。病房夜里需要陪床，连续一个星期，谢淮都是晚上过来待一整夜，清晨给乔茹买好早饭后又乘车回家。

谢淮还没完全清醒，从地上的铺盖里爬起来，去上了个厕所。

乔茹：“我刚才做梦了。”

谢淮困得不行，搓着眼睛打哈欠：“什么梦？”

“梦见夏夏和你分手，都哭成泪人了。”乔茹说，“我心里发慌，总觉得不安心。”

谢淮笑笑：“你想什么呢？”

乔茹看了眼表："反正天快亮了，你就别陪我了，回家看看吧。"

谢淮被她这么一折腾也没什么睡意了，他披上外套，走到门口时被乔茹叫住。

乔茹看着他："我觉得夏夏最近不太开心，这几天你还是别来了，抽时间多陪陪她吧。"

凌晨四点，路灯还亮着。

谢淮一个人走在路上，路边花坛里堆着前些日子扫进去的积雪，这几天气温回暖，风吹得表面落上一层脏黑的灰尘，却依然顽固地强撑着不融化。

谢淮无聊，用鞋尖勾出一块脏兮兮的雪饼子，从小街这头踢到那头，一条路走下来，大大的一块零零碎碎散成许多小块。

乔茹说夏夏心情不好，谢淮当然知道，他比乔茹发现得还早。可夏夏不是喜欢撒娇、会作会闹的女孩，她有自己的想法，对谢淮有不满她会直接说出来，憋着不说就是不想让他知道，哪怕他去问也没有用。谢淮觉得夏夏心情差也许是因为生病，再也许是来了漳市水土不服。总不可能是生他的气，夏夏没理由生他的气，除非是气他没保护好自己受伤进了医院，除了这一点之外，他想不出别的可能。

谢淮站在路灯下乏味地看了会儿天空，遥远的天幕上启明星闪烁着微弱的光。偶尔几辆三轮车嗡嗡着从面前驶过，留下一排长长的柴油尾气，是赶早市的摊贩开车去批发市场采货。

晨风清爽中又有些冷，谢淮将拉链拉好，快步走到小街尽头的粥铺旁。

这是漳市最有名的粥铺，每天清晨排起长长的队伍，食物不到九点就能全部卖光。

谢淮读书时很喜欢这家的雪菜鸡丝粥，家里的阿姨常常要起得很早过来排队给他买粥。

夏夏现在还在睡觉，谢淮干脆直接坐在店门口等。五点刚过，他把手机玩到没电，老板才打着哈欠开门，然而却还没有营业。

几个员工在厨房忙活，老板出来递给他一杯热水："来这么早？"

谢淮嗯了一声，笑着说："给媳妇买早饭。"

六点，铺子前陆陆续续有了人，不一会儿队伍就排了十几米。谢淮站在队伍最前面，六点半营业后买了两碗热腾腾的粥离开。

回到家时夏夏还没醒，冬天昼短，天要七点才亮。她穿着条黑色的吊带睡裙缩在被子里，揉搓了一晚上，肩带滑到手臂，衣衫不整，露出漂亮的锁骨和雪一样的皮肤。

谢淮在冷风里待了两个多小时，进入温暖的室内，头发被热气烘得潮湿出水。他去卫生间用毛巾把头发擦干，粥放在暖气片上温着，换上睡衣钻进被窝里抱住夏夏。

他哪怕换了衣服依然一身寒意，夏夏瞬间就醒了，眼睛眯开一条缝："这么早就回来了？"

厚重的窗帘遮光，屋里依旧是朦胧的黑暗，她在枕头下翻手机想看时间，却被谢淮禁锢在怀里。

夏夏嘤了一声，拗不过他的力气，索性不动了。

"妈说你最近不开心。"谢淮捏她脖子，"怎么了？"

"没有不开心。"夏夏眼里闪过一抹迟疑，随即声音柔柔地撒娇，"好困啊，你再让我睡一会儿吧……"

谢淮松开手，夏夏枕着他的手臂，将脸埋进他胸口。她像只汲取温暖的小猫，熟睡后一刻不停地挨着他蹭来蹭去，拼命朝他怀里拱。

谢淮记不清自己多久没这样抱着她睡觉了，从回漳市那天起，事情就接踵而至，让人应接不暇，上一次这样抱她还是在南城那个温暖的小家里。

女孩的呼吸温热，洒落在他胸口单薄的睡衣上。一瞬间，谢淮心里荡漾起难以言说的情绪，他怕把人吵醒，动也不敢动，一直维持着这个姿势。

夏夏睡得很熟，谢淮却连眼睛都没闭一下。他看着怀里的女孩，从头发到脸颊，每一处每一分都不舍得错漏。他低下头，嘴唇从她的额头往下蹭，直到下巴，一寸一寸轻轻亲吻。

夏夏一觉睡到九点，窗帘将光挡得严严实实，入眼也是昏暗，她一时分辨不出时间。唔了一声想要翻身，却被一个臂弯梏着，睡蒙了的脑子转了几个弯，才记起今天谢淮六点多就回来了。

“淮哥。”她嗓音绵软地喊，“我饿了。”

谢淮漆黑的眸子盯着她，许久才出声：“我也饿。”

他身体朝前压了压，那坚硬、灼热的触感令人难以忽视。他手指轻轻擦过夏夏果冻般柔软的唇，探入唇缝，刚修理过的指甲敲了敲她洁白的牙齿。

夏夏下意识地张开嘴。

谢淮伸进去，指尖触到她软软的舌，夏夏还不太清醒，本能地卷住他的手指吮吸。

潮湿、滑腻。

她一脸懵懂和无辜，足以激起男人所有的侵略与占有欲。谢淮脑子里顷刻爆炸，满脑的飞灰碎屑里夹杂着一个念头，急迫又热切。

他翻身压住她。

夏夏再迟钝也反应过来他想做什么，今天的谢淮和往日许多时候都不一样，她说不清，只觉得看他的眼神，好像恨不得把她嚼碎了整个吞下去。

“淮哥。”她十分没有底气地按住他的肩膀，“我感冒还没好……”

感冒了会传染，夏夏心想，谢淮总不会冒着生病的危险现在就要吧？

谢淮一汪漆黑的眸子深不见底，他缓缓俯下身咬住她的耳垂舔弄，嗓音低沉嘶哑：“感冒了吗？我给你打一针。”

正午光线透过窗帘的缝隙，投下一道淡薄缥缈的光柱，光融入空气中的灰尘，割裂成碎块，精灵般跃动在房间每一个角落。

被褥是乔茹年前刚换的，她平日喜欢素净的颜色，但为了附和新年喜庆的气氛，除夕夜特意铺了条浅红色的。夏夏侧眼盯着红色床单上黄白色的郁金香形状，那是一针一线绣上去的，稍稍一动就磨得后背发疼。

夏夏用手背挡住眼睛，低声啜泣。不是因为疼，也不是因为难过，而是积攒了许久的某些情绪爆发，看起来倒像是在撒娇闹情绪。

谢淮脑子混沌，什么都听不出来，他将手贴在她唇边："疼就咬我。"

夏夏不舍得咬他，嘴唇贴在他掌心的皮肤上，轻轻吻了吻。谢淮出了许多汗，沿额角流下，浑身湿涔涔的，像刚从桑拿房里出来一样，他的下巴埋进女孩颈窝与枕头的缝隙，将她耳侧的碎发也弄湿了。

"难受吗？"他低声问。

夏夏说不出话，摇摇头，仰头亲他。

少年体温滚烫，如一块炽热的铁。

夏夏只是这样看着他，就觉得整颗心脏都被填满了。

夏夏肚子饿得咕咕叫，谢淮起身给她拿粥。

夏夏从背后紧紧搂住他，像只黏人的猫："再抱一会儿。"

谢淮轻声笑："再抱一会儿不怕出事吗？"

"不怕，你才舍不得。"夏夏朝他怀里缩了缩，动作里满是依赖。

女孩如洋娃娃般手软脚软，安静的时候乖得不得了，谢淮的心都要融化了："仗着淮哥喜欢你是吧？妈说昨晚梦见你和我分手了。"

谢淮每次在她面前提起乔茹，用的称呼都是"妈"，而不是"我妈"，刚听时夏夏觉得怪，时间久了也习惯了。谢淮从一开始就做好将她带入自己生活的准备，他所拥有的一切，原原本本，一丝不差全都分给她。

夏夏想，谢淮连妈妈都可以给她，可自己有什么呢？

这个问题不能深想，越想就越沮丧。

"梦都是反的，分个屁的手。"谢淮见她心不在焉，不满地捏她鼻子，"都把淮哥睡了，你可得对我负责一辈子。"

夏夏不说话，谢淮低头恶狠狠地在她唇上咬了一口："听见没有？"

夏夏唔唔了几声，抿着唇不说话，谢淮捏住她的下巴，重复："听见没有？"

夏夏低声说：“听见了。”

房间窗户紧闭，暖气温度开得高，久了味道不好闻。

谢淮跳下床通风，去把暖气片上温着的雪菜粥拿来。

“不是饿了吗？”他捧着粥碗，像孩子小心翼翼捧着心爱的零食，“我喂你。”

夏夏要自己吃，谢淮不准，固执地舀了一勺递到她嘴边：“我来，喂饱媳妇是老公的责任，你不能跟我抢。”

夏夏刚入口的粥差点喷出来，她瞪他一眼，谢淮只是笑，有几分没皮没脸，也有几分洒脱不羁。夏夏的脸微微发红，咂巴着嘴吃完粥，拿被子将自己裹起来装睡。

谢淮不准她闭眼，腻腻歪歪地抱着她说话，幼稚得像幼儿园里刚放出来的小朋友。夏夏被他没轻没重弄得难受，原本不想起床，可谢淮嘴里的话越来越不像样，从还收敛点的“舒服吗”渐渐放开到“晚上再来一次吧”，到最后兴冲冲地跟她讨论什么姿势好玩。

夏夏听得面红耳赤，耳朵尖都烫了，爬起来去洗澡，谢淮这次没拦她，坐在床上看着她笑。风卷动窗帘，吹干了他身上的汗，他懒洋洋地靠在床头，展露他劲瘦却漂亮的肌肉。

少年感十足，安全感也十足。

夏夏回头，问：“你笑什么？”

谢淮直起身：“我笑了吗？”

他伸手摸摸唇角，发现确实是弯着的，他凝视夏夏：“我也不知道。”

他说不清自己在笑什么，只是觉得这样的生活、这样的画面是他从来都不敢想的，可当它真的出现的那一刻，恍然中觉得，以前的苦难都不算什么，磋磨也不算什么，生活再难也可以咬牙撑下去。

只要她在身边，就什么都值得。

少年人食髓知味，对一切新鲜滋味的痴迷是天然存在的。

这些天，谢淮除了去医院陪乔茹外基本不出门，吃饭点外卖，饮料点外卖，生活垃圾请外卖员帮忙带下楼，他每天精力用不完似的，全都放在夏夏身上。

看电影、玩手机、聊天、谈未来的计划……无论原本在哪里、做什么，最后结束时大多是在床上。如果不在床上，那也一定是在沙发、地毯、浴室或是料理台上。家里只有两个人，窗帘一拉可以几天不出门。夏夏温顺得过分，不管谢淮说什么荤话她都乖乖听着，谢淮用什么姿势她也乖乖配合，又甜又软，像颗从蜂蜜罐里捞出来的小软糖，没有半分脾气。

足不出户一个星期后，夏夏闷得受不了了，她推了推身上的人：“去买菜吧，我不想吃外卖了。”

谢淮正在吻她的脖子，翻身下来，笑笑：“好，我做给你吃。”

谢淮坐在地上查菜谱，见夏夏穿好衣服出来，替她戴上围巾牵着她出门。谢淮也戴着围巾，是大一那年夏夏织给他的，往后每年冬天他都围着，虽然已经起球，略微有些粗糙了，可他也没想过要换。

有些东西一旦进入生命，就会留下不可磨灭的印记。缺少了不习惯，丢失了更不习惯，早已不知不觉融进每一寸血液每一寸呼吸里，成为自身的一部分。

傍晚的菜市场人潮拥挤，谢淮对着食谱上的用料在摊位前挑挑拣拣。

周围都是刚下班的中年人，或是退休在家的大爷大妈，年轻人本来就不多，漂亮成这样的更是少见。人对美好事物的喜爱和好奇是天生的，经过的人纷纷侧目，心里猜测这一对是情侣还是刚结婚的小夫妻，就连卖菜的摊主都忍不住多看了几眼。

菜市场人挤人，谢淮的手臂放在夏夏腰上牢牢把她带在怀里，像只忠诚的狼狗寸步不离，怕一撒手她就被人流冲散了。谢淮挑菜付钱时冷着张脸，看上去很不好惹，卖菜的都不敢多收他的钱，甚至还给他抹了零。

走出菜市场，谢淮才松了口气：“差点装不下去了。”

夏夏不解地看他，他解释：“在外人面前要装酷，要表现出一家之主的气势，不能让他们看出我是自愿来买菜做饭的，不能让别人知道我怕老婆，那太没面子了。”

“你怕老婆？”夏夏说，“我怎么不知道？”

她没觉得谢淮哪里怕她，谢淮从来都是一副又跩又酷的模样，这世界上似乎没什么东西能叫他害怕。

谢淮挑眉：“你一喊疼我就不敢动了，你说我怕不怕？”

谢淮站在人来人往的大街上也不知道控制音量，夏夏的脸倏地红了，好在周围没人听见。

她气得拧他胳膊：“你再胡说八道我不理你了！”

谢淮不仅不喊疼，还笑吟吟地看她：“力气这么大，感冒早该好了吧？”

夏夏嗯了一声，谢淮捏她鼻尖：“感冒都好了，怎么还这么没有精神。”

他刚才不正经的神情敛去，正色道：“你在生我的气吗？”

夏夏一愣。

谢淮说：“最近不开心，是因为我？”

夏夏喉间干涩，有千言万语想说却都卡在唇舌以下，被他这样问着，又一句都说不出来了。她怔怔的，回避他的问题：“我没有不开心啊。”

“没有？”谢淮牵着她的手紧了紧，他的手掌温热有力，夏夏冰冷的手被他一焐，没多久就热乎乎的了。

谢淮说：“如果是因为受伤进医院的事，我道歉。我承认我是有些莽撞，但当时情况特殊，警察在楼上，只有我在楼下，那个人跳窗出来，如果我不拦住让他跑了，后续会非常麻烦，按照那些人的做事方式，他一定会再回来报复。我可以受伤，但我不能让他继续伤害你们，你能理解吗？”

谢淮：“我答应过你会保护好自己，却没能做到，你是不是对我很失望？”

“我没有对你失望。”夏夏小声说。

我是对自己失望，她心里想。谢淮一本正经地在她面前为这种事道歉，她忍不住有些难过，却又不敢将心里真实的想法和他说。

她放在口袋里的手机振动，有电话打来。

夏夏掏出手机，看着屏幕上很久没出现过的名字，怔了怔。

回到常市时华灯初上，出租车停到筒子楼外的窄街旁，夏夏付了钱，一个人拖着箱子进了楼道。

吴丽当晚打来电话，哭得上气不接下气和她诉苦，说魏金海找了个小姐当相好。他平日住在那女人家里，所有的钱都拿去给那女人花，难得回家一次，吴丽跟他要钱买菜，被他粗鲁地赏了个耳刮子。

吴丽在家哭了一下午，她心脏本就不好，情绪一激动更是一阵接一阵地抽搐，好几次两眼一翻差点晕过去。她哭到傍晚，捂着发疼的心口去厨房倒水喝。家里断粮已久，连第二天吃的米面都没有，吴丽陷入绝望中，这才想起自己还有个女儿。

夏夏没让谢淮陪她回去，乔茹还没出院，谢淮不方便离开。况且这种难说出口的家事夏夏也不想让谢淮跟着烦恼，便随便编了个理由说吴丽想她了，去几天就回来。

谢淮送夏夏到车站，给她买了好些零食和熟食，她又在路边买了几张油饼和花卷，带回家当晚饭。

一年多没见，吴丽憔悴了不少，鬓边的白发也多了不少。她似乎瘦了，套在魏金海宽大的旧衣服里，弱得仿佛风一吹随时都会倒。吴丽吃着她带回来的食物，没有问她一个人在外面过得怎么样，开口还没说话眼泪先啪嗒啪嗒掉了下来。

“你爸真是鬼迷心窍了，被那个出去卖的狐狸精迷得死死的，人不回来，钱也不给……”

吴丽掩面大哭，她性子懦弱，哪怕丈夫出轨也说不出什么重话，“狐狸精”已经是她能想到最恶毒的措辞了。

夏夏从包里掏出两千块钱，默默推到她面前：“我不是每个月都给你打钱吗？怎么用得这么快？”

“你爸知道你给我打钱，好久没管过我药钱了，你每个月给我那五百块也只够吃药的。”

吴丽泪眼婆娑，问："夏夏，你是不是在外面找了个男朋友？"

夏夏嗯了一声，吴丽又问："家境怎么样？"

夏夏原本盯着客厅缺了一个角的红漆茶几发呆，听见这话抬起头看她。

吴丽说："楼上张阿姨的女儿，她不要的旧衣服你还穿过呢，记得吗？

"她过年带男朋友回来了，听说在省会市区有好几套房子，张阿姨他们喜欢得紧，对女婿那是重话都不敢说一句的。"

夏夏记得楼上张阿姨的女儿，比她大两岁，初中就辍学外出打工了，逢年过节回来一趟总是浓妆艳抹的。

她问："她男朋友做什么的？"

"听说是个小老板，自己开店。"

"多大？"

吴丽支支吾吾地说："四十出头，但我看模样不像，不怎么显老。"

她说完又问："你男朋友家境怎么样？如果你能找个有钱的男朋友，在你爸面前腰杆也能挺直，他说话得看姑爷的脸色，以后就不敢这样对我们了。"

夏夏淡淡地问："他要是没钱呢？"

吴丽小心翼翼地看着她："张阿姨的女儿认识好多有钱的老板，她前段日子来咱们家，还张罗着想给你介绍……"

夏夏沉着脸，起身朝房间走去。

"夏夏。"吴丽连忙叫她，"妈没有别的意思，你不喜欢就算了。"

夏夏说："我有点累，先睡了。"

她语气冷淡，吴丽也不敢多说什么。

夏夏进了那间帘子遮起来的小屋，床上很久没人扫过，落满了灰尘，她拿鸡毛掸子扫了扫，灰尘扑了满脸，她跪坐在床边，忽然感到难言的疲惫。

吴丽在客厅收拾她带回来的东西，不知道碰到了什么，乒乓乱响。

"妈。"夏夏静静待了一会儿，开口问道，"当初怀我的时候，医生有没有和你说过，你的心脏病可能会遗传给我？”

吴丽的病是娘胎里带来的，夏夏外婆怀孕时吃馊饭吃坏了肚子，那个年代乡下医疗水平差，大夫也不讲究什么望闻问切，听说腹泻直接给她开了黄连素。夏夏外婆吃了几天，腹泻止住，却也给腹中的吴丽留下了病根。

吴丽被心脏病拖累了一辈子，没想到还有可能遗传给女儿。她呆滞地望着夏夏，结结巴巴地说：“怎……怎么可能，我的病又不是遗传的，你怎么会沾上？况且你身体不是挺好的吗？”

夏夏垂着眼睛，没有说话，吴丽又问：“你去检查了？”

夏夏疲惫地说：“没有。”

吴丽撩开她房间的帘子：“你穿好衣服，我现在陪你去医院。”

夏夏别开她伸来的手，埋头整理东西：“我不去。”

“这种事情能耽搁吗？”吴丽皱眉，“你不要耍小孩子脾气。”

“检查出来又怎样？”夏夏问，“如果能治，你的病为什么还拖了这么多年？”

“你跟我不一样，你还年轻，恢复能力强……”

夏夏：“一场手术几十万，你给我出手术费吗？”

吴丽哑然。

夏夏面无表情：“既然治不起，还不如什么都不知道，心里清静，说不定我还能多活几年。”

她整理到大一那年冬天谢淮卖唱买给她的那件黑色风衣时，手下动作顿了顿，眉目间清冷的神色瞬间融化，神情无比温柔。衣服几乎是崭新的，夏夏只穿过两次，多数时候叠放在衣柜里。她小心翼翼地将风衣折好，放在床头。

“以后再有人给我介绍男朋友，你直接回绝吧。”

“我有男朋友了，就算没有……”夏夏眼神一黯，“也别耽误人家。”

吴丽嘴上骂魏金海骂得再狠，可多年夫妻总有感情，心里还是期盼他能回心转意。她不准夏夏去那个女人家找他，也不准夏夏打电话骂他，每天一个人躲在房间里抹泪，饭顾不上做，衣服也顾不上洗。

筒子楼的设施简陋，家里没有厕所更没有洗衣机，她攒了好几盆的脏衣服，都是夏夏抱到走廊的公用卫生间洗的。

卫生间是蹲坑，一格一格没门挡着，几天才冲一次水。便坑里恶臭熏天，水泥地面东一洼西一洼积着脏水，满地零散的卫生纸上爬着叫不出名字的百足虫。

一墙之隔的外面是盥洗台，镶着一排黢黑的水龙头，水流开到最大就可以盖过外面震破耳膜的吵闹声。

住在这儿别想有个安静的夜晚，夏夏在这里生活了十年，每晚都能听见不同人家的争吵声，有时是言语上的，有时是摔锅砸碗，噼里啪啦直到夜半才消停。夜深人静的时候，夏夏偶尔会想，生活是否真的不存在童话，而是贫贱夫妻百事哀的现实映像。

吊灯昏暗，犹如油尽灯枯的病人，泛着时暗时灭白闪闪的光。夏夏将衣服撒上洗衣粉在盆里泡好，到走廊透气。

夜色刚刚垂下来，路灯还没开，满城薄暮的暗色叫人的情绪说不清地低落。

谢淮发来很多条消息问她在做什么，夏夏看了一眼，把手机放回口袋，没有回他。她望着天边，冷白的月亮从丘陵的尖尖擦过，越过单薄的云层，爬上天空的一角。

冬日未过，周身寒意深彻。

身后响起沉重的脚步声，她回头，看见魏金海拎着几兜东西上来。魏金海见了她并不惊讶，吴丽一天给他打三遍电话哭着求他回家，早已在通话时把夏夏回来的消息告诉了他。他没作声，像不认识这个人一样，越过她进了家门。

魏金海在外面玩归玩，家还是要回的，毕竟吴丽这种任劳任怨又省钱的女人不好找。他给吴丽买了几件衣服当作这段日子的赔礼，全是夜市上淘来的便宜货，可吴丽却高兴得不得了，张罗着亲自下厨给魏金海炖汤做饭。

夏夏没有劝她离婚，别说吴丽的性子不可能离，就算她愿意，以夏夏目前的能力也养不活她。

“你妈说你在外面交男朋友了。”饭桌上，魏金海开口和夏夏说了见面以来的第一句话。

听见夏夏嗯了一声，他又问：“做什么的？”

“同学。”

魏金海嘴里嚼着油炸的花生米，不屑地说：“小孩子过家家，两个学生能有什么未来？改天让你妈去老张家问问，他们给你介绍的那人好像是个什么经理，年薪二十多万……”

夏夏把筷子摔在桌上，她没收敛力气，啪嗒一声吓了吴丽一跳。

夏夏眉宇间愠色明显：“刚从鸡窝回来，身上鸡屎味都还没洗干净，这么快又想卖女儿了吗？”

“我知道你在想什么。”她从茶几下掏出魏金海的记事本，扔在他面前，“这些年我花了多少钱你不是记得最清楚吗？该还的我还，但凭你现在对我妈这态度，就算我以后嫁了有钱人也不可能多给你一分钱。”

“别人再有钱也跟你没关系。”她冷漠地说，“少管我的事。”

魏金海手一扬，酒盅里剩的半杯黄酒全部泼到了她脸上。

夏夏淡定地抽了张纸把淌下来的酒水擦干净：“你泼你的，听我把话说完。我看你现在这年龄再找人生一个孩子也困难，就你这德行估计也没人愿意给你生，就你那点可怜巴巴的存款，老了也只能住最便宜的养老院。

“拉了尿了护工不管你，兜在纸尿裤里捂一整天，吃不饱穿不暖，等你因为喝酒中风行动不便了只能被人绑在床上……”

吴丽呵斥她：“夏夏别说了！”

夏夏随手把纸巾扔进烟灰缸里，看着魏金海因为愤怒涨成紫红色的脸，唇边扬起淡淡的笑：“好好想想该怎么对我妈，想想还要不要在外面勾搭女人。你如果去我也不拦着，但你再敢放我妈一个人在家不管她，以后别想我给你养老。”

吴丽：“夏夏！”

夏夏饭吃到一半，胃口全无，穿好衣服带上钥匙出门透气。门口走廊上放着个大号不锈钢盆子，里面装了满满零碎的猪肉块，这是吴丽从楼下烧烤店接来的私活，用铁签子把肉穿好，一盆给她三十块钱，吴丽抱了两大盆回来，叫夏夏和她一起穿。

今晚魏金海回来了，吴丽一定无法在夜里烧烤店开门前穿好。夏夏把盆子抱到一楼露天走廊能照到月光的地方，坐在台阶上一个人对着月光穿肉。猪肉是从冰柜里刚取出来的，上面还带着冰碴，夏夏手被冻得通红，脸也被迎面而来的冷风吹红了。

她吸了吸鼻子，打了个喷嚏。

有电话打进来，她擦干净手，接了电话。

谢淮嗓音温柔："在干吗？"

夏夏随口说："在家看电视。"

谢淮在电话那头轻声笑，夏夏不明白他在笑什么，耳朵里忽然听到鞋子摩擦青砖地面的声响。夏夏抬头，看见谢淮站在大院的巷子口。

他背着一个黑色的双肩包，身材颀长挺拔，举着手机："夏姐，在家就这么不修边幅啊？"

夏夏怕蹭脏自己的衣服，穿着吴丽的旧外套，头发松松散散地扎着一个很低的马尾辫，早起时嫌水冷也没洗脸，被冻得瑟瑟发抖团着肩膀坐在那里，一眼看过去确实挺颓废的。

谢淮走过来，眼里带着笑意："在家看电视，骗我好玩吗？"

夏夏轻声问："你怎么来了？"

"我给你发消息为什么不回？"谢淮坐在她身边，"妈昨天出院了，你不回消息还不准我来看看你了？"

"这是什么？"他看着盆子里的猪肉蹙眉，"谁让你做这个的？"

夏夏没吭声，他放下背包，拿过签子帮她穿。夏夏拦他："是我妈接的活儿，我一会儿就做完了，猪肉味沾到手上很难闻，你别碰了。"

"怕什么。"谢淮按着她的后脑，靠近亲了亲她额头，"难闻就难闻。"

他从来没做过这种活计，有些笨拙，要么一根签子上插得满满的，要么稀疏得像无良商家欺客。

"哇，夏姐真厉害。"谢淮偏头看夏夏手速飞快地把一根穿好，忍不住说，“你也太快了吧，教教我。”

夏夏：“做多了你也能这么快。”

谢淮手上油腻腻的，没法抱她，拿脑袋顶了她一下：“喂。”

夏夏疑惑地看他，他语气不满：“一个星期没见，你都不想我的啊？”

“我怎么不想你？”

“那你见我这么冷淡？一点都不激动。”

四周安静，巷子外的夜市人声喧哗，巷子里却像是二人的一方小天地。没人出入也没有嘈杂的动静，一时间只有两人轻微的呼吸声。夏夏抬起眼，谢淮离她很近，呼吸喷出的热气交融在一起，分不出谁是谁的。

谢淮像只多动的小狗，一会儿蹭蹭她，一会儿用胳膊肘撞她一下，时不时偏头看她，趁她不注意吧唧在她脸上亲一口。

夏夏在他的骚扰下把肉穿完，抱到巷外的烧烤店结账。

谢淮问：“你爸妈喜欢什么？”

夏夏一愣，他说：“我都到这儿了，总不能就这么走了吧？他们喜欢吃什么？第一次上门要带点东西。”

夏夏说：“不用了。”

谢淮：“要买的，还是说你不想把我介绍给你家人？”

夏夏没说话，谢淮去路边商店买了两个红包，又去旁边ATM机里取钱：“那封个红包，可以吗？”

夏夏的脸被烧烤店门廊上的白炽灯照得苍白，她呆呆地看了谢淮一会儿，别开脸，轻声说：“上来吧。”

谢淮从没进过这样的筒子楼，脚下水泥地落满黏糊糊的灰尘，一层楼住了十几户人家，都是老式木门，门口放着煤气罐和灶台，还有一些家里堆不下的杂物，没有多少落脚的地方。夏夏家隔壁正在做晚饭，锅里倒了热油爆干辣椒，一时间呛得整个楼道都是辣味。

旁边一扇大门猛地拉开，隔着一道防蚊虫的纱门，屋里传来女人尖锐的嗓门：“神经病吧？大晚上炒什么辣椒？都呛着孩子了！”

这家也不甘示弱，回敬道：“公用走廊我爱干啥干啥，不想呛着孩子你换个地方住啊？哟哟哟，忘了你们家买不起房子。”

谢淮从走廊经过，几家正在做饭的女人纷纷投来视线，她们看得出神，锅里飘出煳味都没发现。

谢淮忍不住笑：“这些人怎么像看猴子一样？”

“因为从这里出去的女孩不会带这么年轻的男朋友回来，你是第一个。”夏夏站在自己家门前，犹豫，“真的要进去吗？我后爸刚刚还想给我介绍有钱的老男人，他不会欢迎你的。”

“进啊。”谢淮无所谓地笑笑，“拜访家长是基本礼貌，他不喜欢我是他的事，大不了骂我几句，再严重点也不过是把我赶出去，难道还能强制我们分手吗？有什么不能进的，我怕他不成？”

他抱着夏夏的肩膀，不屑地说：“还有什么狗屁老男人，你不准见，再过几年，淮哥一定比他们更有钱。”

夏夏刚要敲门，听见里面传来摔东西的声响。

魏金海嗓子沙哑，一听就是在家跟吴丽发脾气骂夏夏骂哑的：“她要反天了是不是？还不想给我养老，我这些年就算喂了只狗也知道给我看家摇尾巴，她会干什么？”

夏夏静静听着，对谢淮说：“等等吧，他们在吵架。”

“经常吵架吗？”

“也没有。”夏夏想了想，“我妈不跟他吵的，一般都是他单方面骂人，今晚我惹他生气了，他肯定得发上半宿脾气。”

谢淮才上楼十分钟，半栋楼的中年妇女都知道夏夏带男朋友回家了，一个个开门趴在自家门口张望。夏夏不想谢淮被当成猴子观赏，拉他进了洗漱间。

她泡好的衣服还在，挽起袖子准备把衣服洗了，谢淮摘了书包塞到她怀里：“我洗。”

他说：“你快来例假了，别碰凉水。”

那水不是凉，是刺骨，谢淮伸手进去的时候也没想到会是这样的温度，乍一入水，没忍住嘡了一声。

夏夏：“还是我来吧。”

谢淮按住她：“如果我不来，你就这么洗了？”

她的手刚刚在楼下冻得冷红，现在还没褪色，谢淮心疼地蹙眉。

夏夏点头："我习惯了，不觉得冷。"

谢淮没再说话。

夏夏站在他背后，目光落在他头顶墙壁上方小小的天窗上。

天窗从来没人擦过，几乎被污垢糊死，只有一点缝隙里透着光亮，可这光也是很浅的，穿过层层灰尘落到眼里时已经不剩多少了。

穿堂风吹着吊灯吱吱呀呀在半空摇晃，夏夏看向谢淮。她的少年正一言不发，低头认真地搓她衣服的袖口，他拧着眉头的模样带着生人勿近的不耐烦，但夏夏知道他并不是因为洗衣服烦恼，他是在生气——气她这么冷的天不知道爱护自己，还把手泡在这么凉的水里洗衣服。谢淮来见她换了身新衣服，他刚洗过的白球鞋踩着洗手台前湿漉漉的地面，时不时有泡沫水落下来滴到他的鞋面上。

台子下藏污纳垢，有喝完的饮料瓶、吃完的食品包装袋，还有从厕所里不知怎么翻出来的用过的卫生巾，通通堆在这里，又湿又潮不见阳光，散发着冲鼻的恶臭。

谢淮一定闻到了那味道，也看到了那些垃圾，他什么都没说。

夏夏不知道他怎么能忍受这样的环境，在她心里，谢淮和同龄的许多男孩不太一样，他帅气、干净，身上永远有清爽好闻的味道，这里的环境没一点配得上他。只要想到谢淮是因为她站在这里忍受这些，她心里就说不出的酸楚。

夏夏自身后抱住了谢淮，脸颊贴在他脊背上亲昵地蹭。

谢淮还在生气，冷哼："你跟我撒娇也没用，跟你说了好多次，从来不当回事。你痛经严重，能不能少碰凉水？"

夏夏低声呢喃："我错了。"

谢淮没搭理她，夏夏手扒着他劲瘦的腰摩挲："我想你，别生气了。"

"他们肯定要闹一晚上。"她冰凉的唇擦过他的脊骨，在上面轻轻吻着，"我们住外面吧。"

她的吻轻如羽毛，却让人难以忽略，谢淮喉结滚动，依旧没吭声。洗漱间的水流哗哗响，他抬起头就可以望见天窗里透进来的朦胧月色。

夏夏搂在他腰间的手紧了紧，音调低软："去外面住吧。"

谢淮转过身，望着她的眼睛："我来找你不是为了这个。"

"是我想。"夏夏说，"我想你了。"

酒店房门咔嚓合上，房间安静，夏夏来不及开灯就被谢淮抵在门板上。他滚烫的唇覆上来，不留一丝缝隙，让她喘息都困难。

夏夏手掌撑住他的胸膛，拉开一点距离，得空呼吸了几口空气："窗帘。"

谢淮鼻尖摩挲她的额头，亲昵地蹭她的脸颊，他平复了片刻，转身去拉窗帘。

夏夏今晚黏人得不像话。谢淮抱着她轻喘，浑身是汗，他要下床拿空调遥控器，夏夏不准他走。她声音潮湿："还要。"

谢淮的额头青筋乍现，嗓子沉哑危险："找死是不是？明天还想不想走路了？"

夏夏对他言语里的威胁充耳不闻，手臂搂住他的脖颈。谢淮眼睛赤红，理智蒸发，他偏头，尖利的牙咬住她颈侧细软的皮肤。

"淮哥……"夏夏口齿不清地叫他。

她眼神迷离，越过少年挥汗如雨的英俊面庞，宽阔有力的肩膀，望向他头顶华丽的水晶吊灯。灯光刺眼，盈盈落了一道在谢淮身上，将他干净的皮肤镀上温暖的颜色。夏夏抬手挡住眼睛，谢淮按下床头的开关。

一室漆黑，一室狼藉。目光探出去撞入黑暗又折回来，眼睛不能视物，连带着羞耻心也降至最低，夏夏张口咬住谢淮的耳朵。她下口用了十足的力道，谢淮疼得闷哼一声，夏夏将脸埋在枕巾上，轻声叫他的名字。谢淮眼里血丝密布，虎口卡着她的下巴，探着舌尖吻她。

他极力抑制，咬住她柔软的唇，嗓子哑得几乎听不出来原本的声音："早晚死在你身上。"

折腾到凌晨才罢休。

谢淮睡得正香，冷不防一只冰冷的小手伸进他衣服里，他睁开眼，见临睡前还抱在怀里的女孩衣着整齐地站在床前。

“谢淮。”夏夏一本正经地问，“你知道北方的冬天几点日出吗？”

谢淮睡眼惺忪，掏出枕头下的手机看了眼——凌晨四点，天都没亮。

夏夏撩开被子，捡起昨晚脱在地上的衣服扔给他：“起来，陪我去海边。”

谢淮翻了个身，没了被子遮掩也毫不在意，大剌剌地在夏夏眼皮子底下裸睡。他身形修长，肌肉清晰却不显粗壮，每一寸肌理都蕴含着少年人坚韧蓬勃的力量。

夏夏锲而不舍地叫：“谢淮。”

谢淮没办法装睡了，从床上爬起来，揉了揉乱蓬蓬的头发，像个受委屈的小孩，边打哈欠边套衣服。

“骡子也没这么用的吧？晚上榨干了还不算，觉都不让人睡。”他嘟囔。

谢淮困得睁不开眼，任由夏夏推出房间。女孩走在他身边，头发松散地披在脑后，头顶露着一个圆圆小小、可爱的发旋，谢淮被外面的空气一吹，瞌睡终于醒了。

他想起昨晚的温存，看向女孩时目光虔诚温柔。

谢淮忽然来了兴致，猛地一弯腰，手臂揽住夏夏的腿弯将她打横抱起。夏夏毫无防备，突然失去重心，吓了一跳。

谢淮笑得邪气，转瞬就变了脸：“淮哥给你当回骡子。”

他又把夏夏放下，蹲在她面前：“我背你去看海。”

清晨的天是沉闷的铅灰色，乌压压盖下来透不出一点光亮，路灯照着才能勉强看清脚下的路。谢淮走得很慢，离海边不过一千米的路，他走了二十分钟。夏夏趴在他肩膀上，摘下手套捂住他冻红的耳朵尖，头发搔着谢淮颈窝。

谢淮偏了偏头，问：“为什么突然想看海？”

夏夏说：“从来没见过日出，想和你看一次。”

海边风冷，飒飒吹在脸上如同刀割，海水被风掀起层叠的浪，拍打着沿岸的礁石，击出破碎四溅的白色浪花，天际依然暗沉，丝毫没有要日出的迹象。

谢淮靠着海边长椅，脱了外套将两人裹住。夏夏依偎在他胸口，被他的体温温暖着，倦意上来，忍不住眼皮子打架。

谢淮：“困了就睡，出太阳我叫你。”

夏夏喃喃道：“我陪你等。”

她嘴上这样说，靠着他没一会儿就睡了过去。她睡也睡不熟，时不时抬起头迷蒙着眼睛问一声：“日出了吗？”

谢淮将她裹得严严实实，只留一双漂亮的眼在外面，声音宠溺：“没有。”

“要是阴天怎么办？”

谢淮说：“那就明天再来。”

夏夏又迷迷糊糊地闭上眼。谢淮搂着她，看着她沉静的睡容轻笑，神色里带着无尽的温柔：“叫我起来陪你，自己睡得跟只猪一样。”

他戳戳她软乎乎的脸颊，又玩玩她乌黑的睫毛，夏夏拍掉他作祟的爪子，咕哝着骂他烦。谢淮不敢扰她睡觉了，坐在寒风瑟瑟的岸边，一个人静静望向波浪层起的海面。

冬天的海水呈蓝灰色席卷翻涌，更遥远处与天交接的地方擦着抹淡淡的黑边。不知过了多久，天际流云破开，一个浅红色的尖尖冒出海面，染红了海水和海面上的半边天。

谢淮轻声叫她：“起来了。”

夏夏揉了揉眼睛，生平第一次见这壮观的海上日出，眼睛一时之间被淡红和铅蓝填满，除此之外，再没有第三种颜色。象征着新生、朝气，充满生命力的红色熠熠生辉，波澜壮阔。

“真漂亮啊。”夏夏呢喃。

不知是不是在风里坐太久受了凉，她的鼻音有些重，黏着水音。

夏夏在看日出，谢淮在低头看她，他唇角上勾，笑容桀骜灿烂：“没你好看。”

日出过后，城市苏醒。

谢淮牵着夏夏坐到一家卖油条的小摊，点了一盘油条，几碟榨菜，两个茶蛋，两碗咸豆腐脑。他飞速把饭吃完，把夏夏装蛋的碟子拿过来帮她剥蛋壳。

清晨空气干净，行人步履匆匆。

谢淮很放松，心情甚佳，边剥鸡蛋边哼起了歌。

“一会儿做什么？”谢淮想到从前的事，笑了笑，“我们第一次见面的会所也不知道在不在，要不要去故地重游？”

“不去了。”

夏夏咽下他剥的鸡蛋，将豆腐脑的碗底刮得干干净净。她擦干嘴唇，抬眼时，刚刚在海边看到的太阳从谢淮身后的天空缓缓爬上来。

她垂着眸子，眼神黯然。

“那我陪你去逛街。”谢淮点她鼻子，“下个月就入春了，去买春装。”

夏夏躲开他伸来的手，摘下手腕间他送的菩提珠，放在面前的桌上，桌面棕褐色的木纹深重，远远盖过了菩提的颜色。夏夏将珠子推到他面前。

“谢淮。”她脸上神情淡淡的，没有一丝波澜，仿佛这场景早已在心里演练了千万遍，“我们分开吧。”

谢淮一愣，随即笑了：“别开玩笑。”

“我是认真的。”夏夏重复了一遍，“我们分开吧。”

谢淮盯了她许久，确认她不是开玩笑，收敛起脸上的笑。刹那间，许多事情纷纷在他脑海里涌现，这些日子夏夏低落的心情、怪异的举止通通有了解释，谢淮虽然不知道她为什么提出分手，但显然这件事在她心里预谋已久了。

“分开吧。”夏夏说了第三次。

谢淮没吭声，拽过夏夏的手腕，动作粗野蛮横，将珠子重新套回她手腕上。

“我说我们……”

夏夏话说到一半，看见谢淮冷峻的脸，他神色阴沉得令人噤声不敢言：“把嘴闭上。”

谢淮捏得她手腕发痛：“我不管你因为什么想分手，但你再敢胡说八道……”他顿了顿，无视面前车水马龙行人纷纷的清晨街道，冷漠开口，“别怪我在这儿办了你。”

夏夏要扯回手腕，但谢淮的力气出乎意料地大，她手腕都勒出一道红印了也没能脱开。

平日和谢淮打闹时稍微挣扎就能脱离他的桎梏，夏夏一直觉得自己力气还挺大的，今天才明白，那不过是谢淮让着他。

他爱她，心疼她，不舍得弄疼她。可他要认真起来，一只手就能轻轻松松制服她，让她动弹不了。

“原因。”谢淮看她，目光冰冷，“我不同意分手，但我要听原因。”

“放在以前你提这种要求，我二话不说放你走，但现在胡书荣死了，一切刚刚好起来，你的想法我一个字也不接受。”他说，“如果你不能给我一个足以支持你这种傻×想法的理由……”

他手下又用了一分力气，夏夏觉得手腕快要被他捏碎了。她刚要说话，心口猛地一阵窒息般的抽搐，仿佛置身真空，整个人所需的氧气被一台抽气泵抽离了，一阵没来由的心跳加速过后，她捂着胸口蹲在地上，死死咬住嘴唇。

谢淮：“怎么了？”

夏夏挣扎了一下，他不敢再用力，松开手紧张地看着她：“夏夏？”

大概十几秒后，心悸的感觉过去了。

夏夏面色颓然，疲惫地说：“我妈有心脏病。

“她犯病的时候呼吸困难喘不过气，成晚睡不着，哪怕不犯病她也不能运动，甚至不能快走，就连家务做得多了脸都会涨得通红，夜里听到一点声音就会心悸失眠到天亮。”

夏夏仰头看他：“没钱做手术，也没有工作能力，她跟废人没什么两样。”

谢淮：“所以呢？你是想跟我说，你遗传了她的病？”

他问：“去医院检查了？”

夏夏没吭声，谢淮拦下过路的出租车：“现在去医院。”

“……你听我说完。”

谢淮没让她说，他阴沉着脸，眉宇间的寒意能将人冻成冰。

“你觉得自己有心脏病，觉得自己以后会变成一个什么都做不了的废人，你怕拖累我，所以要提分手？”谢淮语带嘲讽，清晨时那孩子气的温柔通通不见。

他声音冷酷，阴郁而陌生：“我真想弄死你。”

夏夏被他一路拖到医院门口，挣脱他的手臂：“谢淮，你能不能听我把话说完？”

谢淮从她兜里掏出身份证挂号，夏夏急了：“我今天不做心电图……”

她挣扎得厉害，谢淮不耐烦，懒得和她讲道理，弯腰直接将人扛在肩上进了电梯。清晨医院里人不多，可但凡路过的一定侧目，英俊的男生满脸寒意，按着肩上漂亮的女孩，两人似乎闹了矛盾，让人不由得想去揣测这矛盾是什么。

夏夏感觉羞耻到了极点，拧着她能够到的谢淮的一切部位：“你放我下来！”

谢淮的手臂被她掐紫，疼得蹙眉，但依旧没松手，一路把她扛上三楼心内科做心电图和彩超。

“我不做！”

夏夏看到医生转身想跑，谢淮按住她，像按了条湿滑的泥鳅。

他不耐烦地在她屁股上拍了一下：“你能不能安静点？”

那一巴掌没控制力度，加上夏夏穿着牛仔裤，布料经过拍打后的动静清脆响亮。医生下意识地看过来，瞥见旁人的目光，夏夏的脸刹那间红透了，她的屁股被谢淮打麻了，又酥又疼，半天没缓过劲来。谢淮在外人面前这么不留情面地打她，夏夏既尴尬又委屈，眼圈红红的半天说不出话。

女医生说：“胸衣解开。”

夏夏咬着嘴唇，谢淮说：“解啊，还要我动手吗？”

他说着就要撩她衣服，夏夏拍开他的手：“你别碰我！”

谢淮对她又凶又坏，她强忍着想哭的冲动，缓缓把衣服提到胸口，解了胸衣的系扣。一瞬间，谢淮终于明白为什么提到做心电图她的反应如此激烈。

夏夏白皙的皮肤上密密麻麻全是粉紫色的痕迹，深浅不一，但遍及肉眼可见的每一处，那是昨夜谢淮掐着她的腰，故意吮出来的。

医生素质极好，什么都没说，叮嘱夏夏放松一点，帮她做完了检查。

谢淮拧着眉，那是他紧张时才会做的表情。

医生看了看心电图，淡淡道："预激综合征，要做手术。"

谢淮问："严重吗？"

"发病时偶尔会心悸胸闷，过激运动容易心动过速，但不是什么严重的病。"医生说，"只要不影响生活，许多病人一辈子都不用治疗，你如果难受得厉害可以考虑做个消融手术。"

"还有，最近是不是太累了？"医生扶了扶眼镜，从心电图报告上抬头，"ST段异常伴随轻微心肌缺血，平时要注意休息和饮食，心情也要放松，现在看只是小毛病，但继续劳累说不定会发展成心肌劳损。"

谢淮将吴丽的情况说给她听，医生笑笑："她的心脏病是后天原因，不会遗传给下一代，况且真正严重的心脏病人特征那么明显，怎么可能到二十岁才发现？"

谢淮紧张地问："消融手术现在可以做吗？成功率多高？"

医生说："百分百安全，但现在做不了，手术要预约，我们专家号已经排到下个月了。这病对生活影响不大，拖几年也没关系，但我还是建议早点做，毕竟年轻人恢复能力强。"

谢淮轻声道谢，见夏夏已经穿好了衣服，冷着脸带她离开医院。阳光晴朗，他站在人来人往的街边，松开手沉默地看着她。夏夏一声不吭，安静得过分。

"还分手吗？"谢淮语气冷漠，颇有些秋后算账的意思。

夏夏没有因为病情的阴霾散去而心情好转，她说："分。"

谢淮眸光阴沉，强压着内心的暴戾和冲动："你再说一遍。"

"我说分。"夏夏抬头看他，神色出奇地冷静。

谢淮的胸膛因为愤怒起伏，他死死盯着夏夏，想从她那让人又爱又恨的脸上找出哪怕一丝她今天为什么要说出这种话的蛛丝马迹，可他看了许久，颓然发现在一起这么久，他竟然完全猜不透面前的女孩心里在想什么。

“你为什么就不能好好听我说话？”

夏夏那个“分”字刚一说出口，眼泪就控制不住断了线一样地朝外掉，她没有哭出声，安静地任它流。她眼睛通红，像融了一滴赤色的墨水，要滴血似的。

“那天阿姨躺在ICU等钱救命，我把所有能想到的人都找了一遍，可没人愿意借钱给我。”

“赵晋松趁火打劫，我不敢骂他。”她揩去脸上的泪渍，“我怕他生气，怕到最后真的需要那笔钱的时候他不会再给我了。”

夏夏压抑已久的情绪在这一刻轰然爆发，擦干一茬眼泪下一茬无缝接上，浸得她脸上的水渍总也不干。她哽咽着说：“你有没有想过我没借到钱会怎样？那天躺在ICU的人是阿姨，如果有一天躺在里面的人是你呢？如果是你躺在ICU等钱救命，只有赵晋松能借钱给我，我该怎么办？”

谢淮从没想到这才是她负面情绪的根源，喉咙干涩，心疼得说不出话。

他在她崩溃的情绪里愣了片刻，伸手抱他：“别说傻话了，就算你跟我分手，将来我躺在ICU等钱救命，你能做到不管我吗？”

“做不到。”夏夏打开他的手，不准他抱，“但至少分手了你还可以去找别人，随便谁都好，任何人都比我好。但凡我有个像样点的家庭，有像样点的父母，在我男朋友需要我的时候，我就算跪下来求他们，也一定会拿出钱来去交手术费。”

夏夏哭成泪人：“可我什么都没有。”

谢淮又气又心疼，声音尽力平和：“这不是你的错，是我没能给你安全感，怪我。可从前的事情都已经过去了，我现在不也好好的吗？我保证以后绝对不会发生这种事了。感情是我们两个人的事，你别把所有的压力都揽到自己身上。”

“我原本也以为感情是两个人的事，我也以为只要我们相爱就什么都不怕，可直到你倒下了我才发现，让我产生这种信念的原因是你一直在我身边。你在我身边，给我带来的安全感远远大于生活带给我的磋磨，让我产生了一种不管发生什么我都能处理好的错觉。

“其实我根本什么都做不好，我只能眼睁睁地看你躺在病床上，听医生一遍又一遍重复要把阿姨转出重症病房。我没有钱，也没有能借钱给我的朋友，换作是你能轻松解决的事，我一件都解决不了。”

“我男朋友的妈妈都要被人拔掉管子自生自灭了，我除了蹲在地上哭什么都不会，你为什么要跟我在一起？”她自暴自弃，“我不仅帮不了你，还有那种家人，我会拖累你。”

“你胡说什么！”谢淮捧着她的脸，强迫她看着自己，“我最潦倒的时候你都不觉得我是拖累，现在却说这种话？”

他手下用力，声音低沉：“你再敢说一遍试试。”

夏夏哭着打开他的手：“我处理不好家人，处理不好生活，更处理不好这段感情。我现在连自己的未来都负责不了，我们先分开一段时间吧。”

谢淮的声音里能听出明显的怒意：“你负责不了还有我，有什么困难有我陪你，谁让你一个人去面对了？”

夏夏捂着头：“你让我静一静吧！”

她情绪崩溃，一个人沿着人行甬路的青石砖地面走，谢淮几次上前拉她，又几次被她甩开。

夏夏歇斯底里：“别跟着我……”

她边走边哭，沿着来时的路回到家，上了那幢黑漆漆的楼。谢淮不敢离开，一直跟着她。他第一次见夏夏哭成这样，不难想象他失血昏迷的那两天她是怎样的绝望和无助。那件事给她留下的阴影太重，深深刻在心底，哪怕她嘴上不提，却从没有一刻忘记过。

负面情绪积压久了，爆发出来时的力量足以摧毁原本坚韧牢固的一切。口头支票开起来简单，可女孩那薄弱的安全感一旦破碎，再建立起来就没那么容易了。

谢淮没有生气，相比之下更多的是心疼和自责。他站在院里光秃秃的白杨树下，抬头望着夏夏房间的窗口，恍惚中觉得这个冬天的风竟然如此寒冷。

夏夏在床上躺了一整天，哭得头昏脑涨。

明明就像谢淮说的那样，一切都好起来了，她却整个人沉浸在负面情绪里，里里外外，每一处的细胞都在叫嚣、宣泄，身体似乎被无穷无尽的眼泪填满，甚至多得溢了出来。

吴丽做完饭，来撩她帘子："楼下那个男孩是来找你的吗？"

天色黢黑无光，夏夏爬起来趴在窗口，视线越过墙壁上的小窗望出去，外面亮起了路灯，浅色月亮在天空留下了一道漂亮的印子。她回家十多个小时了，谢淮却还站在大院的树下，夜晚灯火璀璨，他身周一片黑暗，看上去落寞又孤单。

起风了，夏夏看到他头发被风吹得扬起，花坛里松树的松针也跟着摇摇颤颤。谢淮在寒冷的室外待了一整天，鼻尖冻得通红，他偏执地仰着头，与窗口的夏夏对视。

夏夏手机响了，谢淮一下午给她发了许多消息，她一条没回。

最近的一条简单明了："夏夏，别不要我。"

夏夏的眼眶一瞬间又热了，可她哭了一天，已经没什么眼泪可流了。

吴丽说："上午我就看见他站在那儿了，这么久还没走。他都等一天了，外面那么冷，你出去看看吧。"

夏夏趴回床上用被子蒙住自己，嗓音沙哑："别管他，冷了他会走的。"

比起下定决心要分手，夏夏的话更像是情绪积压在心里久了怕憋出毛病，于是找了一个宣泄口爆发出来。谢淮接受她的负面情绪，也认真思考了她说的话，可对于夏夏斩钉截铁要分手的决定，他就只当成耳旁吹过的风，绝不会同意。

他一直等到入夜，夏夏窗口灭了灯。夜色深重，寒风乍起，谢淮走出那条窄巷，搭车回了漳市。过几天就要开学了，他收拾好行李第二天又回了常市，打算和夏夏一起去学校。两天一晚过去，夏夏的情绪应该缓和了。

谢淮拨夏夏的电话，机械女音提示对方不在服务区，他上楼敲门，指骨敲到麻木，一个瘦弱的中年女人才打开门。

吴丽仔细打量了他一通："夏夏今早坐火车回学校了。"

谢淮愣在那儿，眸子刹那间冰冷，周身寒意翻涌。

Chapter 21
凶而不自知

南城早早就进入了春天，绿草如茵，樱花树也绽开了花苞。

南大的夜依旧热闹，晚课下课铃声响后，熙熙攘攘的人群从教学楼涌出，结伴去食堂吃碗米线做夜宵，或是去校园小店内的卡座喝一杯鲜榨果汁。

广场前的喷泉边亮着彩灯，轮滑社的同学在东边玩滑板，散打社的男生在树荫下夜跑。月色压下来，图书馆主楼的圆拱形玻璃顶流光溢彩。

谢淮的行李箱在红砖路上拖行，轱辘咯啦咯啦地响，他从进校门起就一直握着手机，一路上给夏夏打了七八个电话，她一个也不接。谢淮面无表情地继续打第九个，对面响起忙音，夏夏直接关机了。周围都是熟悉的面孔，时不时有人路过和他打招呼。谢淮忍住把手机摔成碎渣的冲动，进路边奶茶店买了一杯夏夏最喜欢喝的椰汁紫米露。

女生宿舍楼外全是夜里分开前依依不舍吻别的情侣，藏在灯柱后，藏在楼梯与花坛间隐蔽的角落里。谢淮将行李箱的万向轮卡住，打了个电话，响了几声，祝子瑜懒洋洋地接了。

“把电话给夏夏。”

祝子瑜："谢淮找你。"

夏夏刚洗过热水澡，脸被热气氤氲得暖红。她上午到的学校，整理了一天行李，直到傍晚才叫了份外卖，正吃到一半。

祝子瑜敏锐地察觉出她和谢淮之间气氛不对。

谢淮听不见动静，又说："叫她出来，我在楼下等她。"

夏夏一言不发，牙齿将花生米嚼得吱嘎作响。

祝子瑜按开免提，谢淮的声音听起来平静，却像蕴藏着汹涌波涛的海面，即将到来的海啸掩在表面之下。

"那天我在楼下等了十二个小时，给你发了几十条消息你都不理我，今天你还打算晾我多久？"

祝子瑜看向夏夏，她虽然看着手下的盒饭，目光却很飘忽，注意力根本不在饭上，连筷子夹了块辣椒都不知道，就那么直直塞进嘴里。她冷不防被辣椒呛到，捂着嘴巴咳嗽。

谢淮叫："夏夏……"

夏夏接过祝子瑜的手机，把电话挂了。

祝子瑜问："你们吵架了？"

夏夏说："我和他提了分手。"

空气安静，祝子瑜愣愣地问："为什么？"

说完，祝子瑜手机上弹出一条谢淮发来的短信："你有坏情绪不肯对我说，也不肯让我陪在你身边，我心疼得要死连哄哄你都不能，这算什么男朋友？"

夏夏半干的头发朝下滴答淌水，滑过修长的脖颈流入层棱的锁骨，又掉进睡衣微微敞开的接口里。那夜谢淮在她身上留下的痕迹还没有褪干净，不过短短几天，世界好像都翻转了一遍。

"想分就分了。"夏夏说得云淡风轻。

祝子瑜不信，搬了凳子坐在她身边："别说屁话，跟我说说。"

谢淮第二条消息弹出来："如果你想静一静，这几天我不烦你，但分手的事你别想。医生说你不能太累，记得别熬夜，早点休息，紫米露放在一楼，下来拿。"

夏夏走到窗边，见谢淮拎着箱子走进对面男寝，她披上外套下去。

大厅桌子上放着谢淮买给她的紫米露，他记得她快来例假了，特意要店家做成了热饮。

夏夏捧着塑料杯，抵在胸前裸露的皮肤上，冰凉的肌肤被烫得发热。她回头，见谢淮寝室的窗户亮起了灯光。

祝子瑜问："你该不会是认真的吧？"

夏夏："很多问题以前我没考虑清楚，直到他进医院后我才发现我们两个对风险的抵抗能力有多低。"

她顿了顿，改口："准确来说，是我对风险的抵抗能力低。"

"谢淮他很强大，哪怕再落魄再潦倒，也能想尽一切办法把事情处理好，如果那天躺在医院的人是我，他一定不会像我那样手忙脚乱。"她低着头，"可我连照顾自己都困难，当他遇到麻烦的时候我给不了他任何帮助，我还有生病的家人……他和我在一起，这些也会变成他的负担。"

祝子瑜："他负债累累的时候你也没有觉得他是负担啊。"

夏夏想起谢淮意气风发的模样，想起他整治夏军时跋扈的笑容，呢喃："因为他会发光，他能让我看到希望，他让我觉得只要跟他在一起就什么都不用怕，刀山火海也可以闯一闯。

"他那天满身是血躺在医院的时候，我才发现谢淮原来不是无所不能的。他也会受伤，他也有脆弱的时候，他在我心里立下的那道坚固的类似信仰的东西也会出现裂缝。"

祝子瑜："以前刀山火海也可以闯一闯，现在呢？你不这么想了？"

"没有。"夏夏说，"我依然这样想。"

祝子瑜不懂，夏夏说："我从没真的要和他分开啊，我只是害怕再发生这样的事，如果多来几次，再牢靠的感情也会松动。我们一无所有，我们互相消磨，哪怕亲密无间也会发生争执和口角。长此以往，谁又说得准我和谢淮会不会被迫分道扬镳呢？

"与其最后变成那样，还不如先暂时分开，等我有足够的能力负担起自己的生活，有能力在我男朋友偶尔软弱时保护他，那时候在一起的话，应该这辈子都不会分开了吧？"

"你不必给自己这么重的心理负担。"祝子瑜说，"这个世界对女孩子很宽容，你漂亮聪明，男人喜欢你还来不及，谢淮都没说什么，你完全可以让他去闯、去拼，然后心安理得地不劳而获。”

她指着自己的鼻尖：“我不就是这样吗？智明也没有厌倦我啊，他还觉得我依赖他的样子挺可爱的。”

夏夏笑了笑：“郑智明进社会这些年，早已打拼出他的资本了，你还是个学生，他多宠你一点没什么不行，可谢淮不是郑智明。”

夏夏戳开紫米露的封口，沿着吸管抿了一口：“谢淮才二十一岁，他一个人很辛苦。我曾经看过一部电影，男主角说过一句话——所有能成大事的男人都是为了女人。”

夏夏顿了顿，轻声说：“不光男人，女人也一样啊。”

赵一雷第三次浏览手里的转让合同，反复确认：“真的不做了？”

谢淮把笔丢给他：“签吧，这么多年朋友，我不会骗你。”

赵一雷接过笔，绕在指尖转了转：“不是怕你骗我，是我不明白。你用了半年时间好不容易把这里弄起来，每个月好好经营怎么也能赚个一两万，用来过日子足够了，干吗突然不做了？”

“太少了。”谢淮说，“我没时间在这里耗。”

赵一雷：“应届毕业生人均月工资才三千块，你跟我说少？别不知足了，你现在去你们学校找个毕业一年每月能赚一两万的出来给我看看。”

谢淮：“他们是他们，我是我。”

赵一雷又问：“再问最后一遍，真转给我？”

谢淮示意他签字，赵一雷把钱打给他，谢淮给了他农家乐的钥匙。他拿过吧台上的电动车钥匙，瞥到台面上的塑料笔筒时停了片刻。

去年冬天夏夏在民政局实习，每周双休，而周末是农家乐最忙的时候，谢淮天不亮就要出门，顶着寒风骑电动车去开门打扫。夏夏睡到九点才起，在家用烤箱烘焙几个焦糖蛋挞或是一个什锦比萨，带去给谢淮当早饭。

谢淮整个上午都在忙，她就用侧屋的小厨房做饭。冬日天冷又没有暖气，她有时做一锅汤面，有时是热腾腾辣乎乎的毛血旺、炖杂菜，两人一人占据小桌的一边，头挤着头能吃得一点都不剩。下午谢淮继续忙，夏夏就窝在他放在吧台后的那张老爷椅上午睡。她睡醒后哪儿也不去，拿柜台下前任老板留的彩纸做手工，谢淮吧台上的笔筒、装零钱的小筐通通被她用彩纸包起来，上面粘着奇奇怪怪的拼接小动物图案。

谢淮在院子里收拾炭炉，不经意回头，女孩手拄着脸颊趴在台面上玩那个彩色的笔筒，她注意到他，笑盈盈地朝他挥手。院里种了一棵冬樱，十一月底压着缀满枝头的鲜花，粉嘟嘟的花蕊里映着远处山间的晚霞，颜色浓烈鲜艳，入了他的眼却不及女孩一根发丝耀眼，他看得眼睛酸了也不愿意挪开视线。

谢淮自嘲地想，他这辈子第一次爱一个人，就这么被吃得死死的，在爱情里半分自我都没有。哪怕他傲气大过了天，只要夏夏一个眼神、一句言语，他就会沦陷，什么都能为她做。

赵一雷见他在看那个笔筒，也跟着看。圆柱筒身上贴着薄荷绿的彩纸，上面用固体胶粘着鹅黄色的剪纸小兔子和橘黄色的太阳，花花绿绿的。

“这是什么？”赵一雷问。

谢淮随手拿过来，倒出里面装的几根中性笔：“我拿走了。”

他回了小区，将电动车放在楼下充电。半年的租期快到了，夏夏前几天特意避开他来将自己的东西取走，屋里的摆设明明只少了一半，看上去却像被搬空了一样。

卧室的衣橱里几乎空了，只剩下他的几件衬衫和秋装。

夏夏喜欢在洗完澡后穿着他的衬衣到处晃，衬衫下摆刚刚遮住腿根，露出一大半细长的腿在外面。谢淮见一次眼睛就红了，直接把人按在沙发上亲了一通，而后又兴冲冲地去网上买了几件不同颜色的衬衫给她当睡衣穿。

柜子上还插着夏夏从花卉市场买来的干花，梳妆台前放着她没拿走的郁美净面霜和扎头发用的皮绳，都是些零零碎碎的小东西。可谢淮不管瞥向哪个角落、哪个墙面，总能看到她留下的痕迹。

他将笔筒摆在梳妆台上的面霜旁，一头扎在柔软的床上。

谢淮想睡一会儿，可屋子里到处都是她的气息，他躺了一会儿，头疼得睡不着，又想起一些烦躁的事，爬起来拿上车钥匙出去了。

电动车开到半路没电了，谢淮站在路边，被倒春寒的天气吹得浑身发凉。这条路人少地偏，往前走两千米才有店铺，谢淮在路牙上坐了一会儿，起来时没忍住踹了粉红色的车身一脚。

“什么破车！”谢淮骂，“犟得要死，跟你妈一个德行！赵一雷昨天跟我借车，我都没舍得让他骑，你就这么对我？”

电动车不可能给他回应，摇晃了两下，脚撑摩擦地面刺啦一声。

谢淮又心疼了，蹲下来偷偷拿袖子抹掉车身上的四十三码灰色大鞋印：“爸错了，爸不该打你，千万别和你妈告状。”

他认命地推着车朝前走，走了半个小时才看到一家五金店，谢淮借了个插座把车充上电，去旁边的快餐店随便吃了点东西。

薄暮时分，电动车的电充得半满，谢淮给老板转了二十块钱权当电费，骑着车子扬长而去。

江锦桥位于昌平区和市区的中间位置，虽然起到连通作用却不是主干道，这条路绕远费油，多数人宁愿下班高峰期在路上堵一会儿，也不愿意烧油钱。可这条路是赵晋松最喜欢走的，静谧、通畅，他现在的身家已经完全可以做到用钱去买时间，他不在乎那点油钱。

江锦桥沐浴在醉人的暮色里，披着远处天边刚洒下来的一抹星光。

电动车停在路中央，谢淮坐在桥头白玉石砌的栏杆上，他手里拿了罐可乐，垂着脚一晃一晃地去踢地面的青砖。

赵晋松被堵了路，车缓缓停下。

谢淮可乐喝到一半，将瓶子小心放到栏杆上。他外套系在腰间，上身穿着一件干净的白T恤，被冷风一吹，拢在身上显出少年劲瘦的身形。

他跳下栏杆，走到驾驶室外屈指敲窗。

赵晋松按下车窗，转头看见谢淮那张英俊却没什么表情的脸。

“赵叔叔。”谢淮淡淡地问，“聊一聊？”

赵晋松："在这里？"

谢淮盯着他，赵晋松解开安全带下车，他为了开车舒适脱了西装，只穿一件白衬衫，坐在开了空调温暖的车内还不觉得，一下车顿觉冷风四起，他要回去拿外套，车门被谢淮先一步关上了。

谢淮从他手里夺过钥匙，将赵晋松的衣服和手机一起锁在车里。

赵晋松："你这是做什么？"

谢淮食指转着他的钥匙圈，漫不经心地说："听说我昏迷期间，你跟夏夏提了一些奇怪的要求。按理说，你愿意借钱是情分，不愿意借是本分，我也不好对你道德绑架。"

谢淮眉目清朗，他虽然在笑，可扬眸看向赵晋松时却带着沁骨的冷意："可你要挟夏夏。

"老子捧在手心不舍得让她吃一点苦的心肝宝贝，在你眼里就值八万块钱？"

他将宝马车的钥匙举到赵晋松面前。

赵晋松蹙眉，理了理衬衫的领口："谢淮，你年龄不小了，别这么幼稚。"

"幼稚又怎么样？你不是最喜欢对夏夏宣扬年轻人鲁莽冲动、一无是处吗？"谢淮随手把钥匙扔到桥下淙淙的江水里，冷笑着弯起唇角，"我今天就幼稚给你看。"

夜更深了，冷风瑟瑟。

赵晋松衣料单薄，被倒春寒的风一吹，穿了个透心凉。

他车开不了，错开谢淮要徒步离开，谢淮拦住他："我说过你能走了吗？"

图书馆。

祝子瑜是被夏夏和赵珊琪强拉过来的，没看上几眼书就昏昏欲睡，可她睡不安稳，刚酝酿出睡意又被赵珊琪敲键盘的声音吵醒了。

她爬起来，睡眼惺忪地看赵珊琪的电脑屏幕："这作业不是下周才交吗？周末写不就好了？"

赵珊琪说："周末要回家照顾我爸，没时间写作业。"

"你爸怎么了？"

赵珊琪叹了口气："说出来你都不信，我爸平时六点就下班了，前天夜里十二点才回家，回去的时候身上就穿着一件衬衫，车也没开，脸都冻紫了，问他怎么回事，他说下班的时候不小心被秘书锁在办公室了，秘书临走前还把冷气给开了。

"他吹了五个小时冷风，回家就开始发烧，昨天刚退烧，不过还在感冒。"

祝子瑜笑得直不起腰："你爸为什么不打电话叫人开门？"

赵珊琪摊手："谁知道呢，我第一次见他说话那么吞吞吐吐，我都怀疑他在骗我，是不是在外面夜店玩嗨了把车丢下了。"

祝子瑜说："你爸还算好，我男朋友才过分，那天我玩手机到半夜，看他手机里有个女的发消息问他在哪儿，凌晨三点问他在哪儿，你说奇怪不奇怪？他跟我解释是做生意认识的老女人在追他，每天发消息骚扰，可我总觉得他是在外面偷人。"

赵珊琪问："漂亮吗？"

"不漂亮。"祝子瑜鼻孔出气，"挺老的，胖得跟个球似的，看上去得有四十多岁吧。"

赵珊琪笑着说："那你担心什么？郑智明他疯了才会偷这种人吧。"

夏夏在旁边很安静，祝子瑜凑过去，见她在浏览电脑上的春招信息。

"你要找工作？"

夏夏嗯了一声。

赵珊琪问："你不考研吗？"

夏夏摇头。

她专注地浏览着信息，谢淮沿着楼梯上来，径直朝她们这桌走。他手里拿着一个透明的保温杯，里面装了满满一杯红糖水，谢淮停在她身边，把杯子放在她面前。

夏夏早就看到他了，从上次他发消息说给她时间静一静后，这是时隔一个多星期以来夏夏第一次见他。他脸色看上去有些憔悴，但神采奕奕，眼睛明亮。

夏夏例假每月六号来，今天四号，谢淮像以前一样已经给她提前泡好了红糖水。

夏夏装作没看到他，谢淮自然地弯腰看她电脑，见上面是实习生招聘信息，蹙眉问："十二月就考研了，你现在看什么实习？"

夏夏躲开了一点，凶巴巴地说："走开，你挡我光了。"

谢淮丝毫没有身为前男友的自觉，掐她脖颈后的嫩肉，像捏猫的后颈皮一样手下用力捏了捏她："我问你话呢？"

夏夏疼得龇牙，他拎着胳膊把人拖起来带走，夏夏想骂他，可图书馆清静，又不敢大声吵闹。赵珊琪只在谢淮来的时候看了他一眼，而后把头低下，直到他走了都没抬起来。

三楼T区哲学类书籍的区域没什么人来，谢淮按着夏夏将她抵到书架上。

"你上学期答应我要考研，现在出尔反尔？"

"我爱干吗干吗，你凭什么管我？"

夏夏刚一挣扎就被他紧紧搂住，她好久没贴他这么近，闻着他身上的味道，腰软腿酥，底气先没了一大半。

"我凭什么管你？你有胆就再说一遍。"谢淮把她压在胸口不准她动，"这都多少天过去了，冷静好了没？"

他温热的胸膛微微起伏，轻声说："我把农家乐转给赵一雷了，现在手头挺宽裕的。之前给许哥做事认识了一些生意人，约好过些日子请他们吃个饭，试试能不能介绍些人脉倒腾新型塑料板。"

"你跟我说这些干什么？"夏夏推不开他，有气无力地问。

谢淮松开她，认真地说："我努力赚钱就是为了给你更好的生活，不跟你说跟谁说？"

头顶书架间连着声控灯，稍微一点声响就会咔嗒咔嗒亮起灯光。夏夏想离他远一点，但她知道谢淮不可能允许，再继续挣扎这灯亮起来没完没了，引得所有人都知道她被谢淮压在这儿反而尴尬，于是她干脆不动了。

"我知道你没有安全感，安全感也不是靠我嘴上说说就能给你的。”谢淮说，“你可以和我闹别扭，也可以等你想清楚再理我，但不准拿自己的未来开玩笑，我一个人赚钱足够了，你必须去考研。”

谢淮的怀抱安全感十足，可夏夏还是想起了之前发生的事，她丧丧地说：“我不想考，你少管我了。”

“我现在对你这么容忍是顾及你的情绪，别得寸进尺。”谢淮面不改色地说，“你可以试试继续说话气我，也可以试试惹我生气后我敢不敢在这儿剥光你衣服。这里灯这么亮，我敢保证，不出十分钟，全校的人都会知道。”

夏夏：“……”

“你尽管去读书，尽管去做自己喜欢的事情，我会尽我一切努力让你过得自由。”谢淮轻声说，“你信我，淮哥说到做到。”

“如果你依然没有安全感，我们暂时给彼此一点空间也可以，但你记住，这不算分手。”

他说话声音不太自然，夏夏忍不住问：“你嗓子怎么了？”

谢淮漫不经心地说：“前几天吹风了，有点感冒。”

前天他把赵晋松堵在桥上不准走，在冷风里耗了一整夜，赵晋松回去就发烧感冒，他也没落什么好。但他不觉得亏，反而挺爽的，但这些他没打算对夏夏说，夏夏知道了不仅不会夸他帅，肯定还会骂他是个傻子。

“吃药了吗？”

谢淮嗯了一声，从包里掏出一个袋子递给她：“这个你忘记带走了。”

夏夏打开，袋子里是她用来当睡衣穿的谢淮的衬衣和一把钥匙。

“房子我续租了半年，你是这个家的女主人，随时可以回去。”谢淮说，“衣服拿着，给你睡觉穿。”

一整个春天谢淮都在奔波，他从零开始做建筑模板，要打通的关节太多——了解行情、工厂看货、比价、应酬、开拓销售渠道、谈合同……所有事情都要亲自经手，每天只能睡四五个小时。

去年有位做复合模板的厂商接触过许大龙，想请他代为销售，利用他的渠道长久合作，谢淮劝许大龙考虑对方的提议，他认为可循环的环保材料未来会取代传统的钢板木板，开创一个崭新的绿色行业，可许大龙没有答应。谢淮一直觉得可惜，因此当他决定创业时，最先想到的就是这一行。

当年造成谢致生破产的因素很多，其中最重要的原因之一就是他的钢厂已经不再适应发展潮流了。

谢致生起家的年代木材匮乏，加上“以钢代木”的政策鼓励，市场对钢模板的需求足足占到总份额的四分之三。

谢致生对钢感情极深，执意认为传统材料才是稳妥可靠的，哪怕后来敏锐察觉到了市场风向在变化，依然没有改变经营模式，因此在破产前几年，公司其实一直处于不盈利的状态。

谢淮亲眼见证了那个年月，从幼年家境优渥至少年落魄潦倒，这期间经历的一切使他的心智成熟坚毅，对事物洞察敏锐细微、果敢够胆，这些足以使他能够应对绝大多数困难，而他比别人更有优势的一条——谢致生犯过的错他不会再犯。

谢淮的启动资金只有和乔波借来的一百万，以及农家乐的四十万转让费，这对一个生意人来说算不得多。他年纪轻，又初出茅庐，大型项目看不上他，小型建筑工地也不愿意和他合作，谈了几次最后都因为对方担心他没经验告吹。

春末夏初，谢淮的进度条卡在销售渠道这一环节迟迟进展不下去。

他买来一辆二手车代步，每天开车三小时往返住处和工厂，白天顶着烈日在车间来回跑，晚上和承包商吃饭喝酒，两个月下来晒黑了好些。

今晚的酒局已经喝了三个小时，对面坐的工程商从前和许大龙做过生意，谢淮和他喝过几次酒。工程商姓赵，对谢淮有印象，接到谢淮的电话后没考虑多久，给了他一个地址和时间要他过来。

谢淮到时包间里人满为患，他想见的人坐在主位，四周的人吞云吐雾看不清面孔，屋里一股呛人的烟味。谢淮将手里拎的两瓶茅台放在酒柜上，打了招呼后坐下。

有人吐着烟圈：“赵总，这小兄弟看着眼生啊。”

赵建泽的目光从缭绕的烟雾里探出来，漫不经意地说：“小谢。之前给老许做事，现在老许不做了，他来找我办事。”

问话那人笑道：“赵总上星期中标，在座各位都是找您办事的，按理得排个先来后到，可不准偏私啊。”

赵建泽招呼谢淮，对他要谈的事情只字不提。这些人拿捏不好谢淮有多少分量，用酒试探，仿佛约好了一样轮番地劝他酒。谢淮刚坐下酒杯就被人斟满，进屋没谈半个字的生意，也没吃几口菜，肚子里装的全是酒。

赵建泽刚刚标下一项市政修建工程，今天酒席上的人有来道贺的，有来送礼办事的，昌平区新区开发，到处都在建设，开发几栋楼的油水丰厚，人人都想分一杯羹，但这钱没那么好赚。

赵建泽喝高了，解了领带靠着座椅抽烟，他眼神迷离，指尖夹着的烟飘出烟雾。谢淮与他的视线碰上，起身倒了杯酒：“赵总，之前电话里提起的事……”

四周的人喝得烂醉如泥，只剩两人还清醒，赵建泽摆了摆手，打断他：“谢淮，想和我做生意，你知道我是谁吗？”

他对谢淮端着酒杯的手视而不见：“两个月前你把我堂弟堵在桥头吹了整晚的风，听说你名字时我还不敢相信，我记忆里许大龙身边那个年轻人成熟稳重，面面俱到，谈判压价很有一套，可没想到这么浮躁。”

谢淮静了静：“赵总今天叫我来是为了别的事？”

赵建泽：“年轻人火气大可以理解，但把人整到生病确实过分了，如果我不计前嫌同你做生意，确实没法和晋松交代。况且你现在知道我是晋松的堂兄，这生意就算谈成了，你心里不会有芥蒂吗？”

谢淮放下酒杯，神情淡漠，赵建泽看了眼他面前的空酒瓶。半瓶白的，七八瓶啤的，谢淮被灌了三个小时，虽然没显醉态，但眼神已经有些模糊了。

赵建泽启了瓶红酒推到谢淮面前：“私怨归私怨，你这年轻人我还是很欣赏的，不然今天也不会叫你过来。这样，你把这瓶酒干了，从前的事就一笔勾销当没发生过，我们冰释前嫌再谈合作。”

谢淮没动。

“说句不好听的，复合材料板不只你一个人在做，比你老练比你有门路的人多的是，你一个毛头小子，没有许大龙的面子，我凭什么跟你做生意？”

“我有选择的余地，倒是你……”他笑，“很需要这次机会吧？”

赵建泽晃了晃酒瓶，嗤道：“你想跟我赵建泽做生意，这才刚刚能拿到资格而已。”

凌晨三点，灯火暗淡。

谢淮进门倒在沙发上，他脖颈的皮肤、胸前的衣服沾着大片红酒的痕迹，胸口因为醉酒难受得起起伏伏。他盯着天花板明亮的吊灯，眼里染着醉意又带着半分清醒，他看了一会儿，用手捂着眼睛挡住顶灯刺眼的光，脑子一片混沌。

已经很久没喝成这样了，上一次喝得烂醉如泥被许大龙送回来时，夏夏还在身边为他擦脸脱衣服，现在只有一个人，屋里说不出地冷清。他想给夏夏打电话，又怕吵到她睡觉，呆呆地望着锁屏上夏夏的照片看了半天，仿佛能替代真人似的。

他胃里火烧似的疼，起身进卫生间抱着马桶吐得昏天黑地。

赵建泽灌他酒，冰释前嫌也好，刻意刁难也罢，他全都喝了。赵建泽说得没错，放在从前或许谢淮会对他不屑一顾，直接甩手走人，但现在他不是一个人，确实很需要这次机会，如果一顿酒真的能换到一单生意，他做不到转身离开。

可直到酒席结束，赵建泽都没提过一句关于生意的事，谢淮虽然喝得烂醉，但几乎可以肯定，自己被赵建泽耍了。

谢淮头疼欲裂，吃了醒酒药躺在床上，床单冰冷，沁得皮肤发寒。他抱着枕头，把它当成夏夏，可枕头不似女孩软软滑滑的触感，抱了一会儿就被他的汗液沾湿。半醉不醉的状态是最要命的，谢淮醒醒睡睡，一直难受到天亮。

烈日当空，春樱凋零得只剩残花，蓝花楹一夜之间悉数开了，流浪猫慵懒地趴在草地上晒太阳，麻雀跳跃在树干之间叽叽喳喳，抱着课本和笔电的学生笑脸青葱，穿梭在条条道路间赶去上课或自习。

南大会堂前的广场被各大企业招聘会的摊位占满，毕业生人头攒动，来往领取公司简介和表格。

夏夏上星期听说今天学校有招聘会，早早起床逃课过来，混在大四毕业生里咨询薪资和心仪工作的招聘要求。

日头出奇地毒辣，招聘会是露天的，夏夏戴了顶帽子依然难逃被晒得脸颊通红的命运。她一上午逛了半边展位，累了就坐在广场边的长椅上看手里拿的资料。

许多公司对社会学专业都有岗位需求，但应届毕业生工资不会太高，三千起步，做满半年才有加薪的可能。实习生的工资还要更低，一月两千块，甚至不如夏夏从前做家教挣得多。

几家夏夏心仪的公司都在招收实习生，她纠结着要给哪家投递简历，一张一张仔细比对上面的人才要求和薪资条件。

周遭热得几乎如时间静止，空气里没有一丝水汽和微风，麻雀也跳累了，病歪歪地躲在树枝的阴影里乘凉。夏夏汗流浃背，又被刺目的光线扎痛了眼，举起手里的传单挡住太阳，她一抬头，看见谢淮站在一条路之隔的图书馆外看她。

谢淮走过来：“今早没去上课？”

他昨晚喝了太多酒，哪怕早晨洗过澡，身上的味道也还没散。他睡到中午才起，脸色不太好，眼里全是红血丝。

夏夏闻到他身上的酒味，皱了皱鼻子：“你喝酒了？”

谢淮不答，扯过她手里的招聘简介在她面前抖了抖：“这是什么？”

夏夏被烈日暴晒了一上午有点中暑，虚弱地说：“上面不是写着字吗，我……”

谢淮随手将招聘简介揉成一团，塞到垃圾桶里：“我说要你考研，你耳朵聋了吗？还来参加招聘会，故意气我？”

夏夏跑了一上午才拿到这些，有的纸上还留着HR的联系方式，就这样被谢淮扔掉，一下恼了，站起来去掏垃圾桶。

谢淮拽住她的胳膊，夏夏甩开，被他的态度气得语气也变冲了："我不想读研行不行？我难道做什么都要和你报备，必须一步不差按照你的安排走才行吗？我可以对自己的人生负责，你能不能别这么大男子主义，总是管着我？"

"我大男子主义？"谢淮眉头蹙得紧紧的，嗓音冷了，"我逼你去做你不喜欢做的事了吗？你喜欢读书也想继续读书，如果你为了我们感情稳定不得不放弃自己喜欢的事，你有考虑过我的感受吗？"

夏夏抿着嘴唇，听谢淮对她说话，他几乎是吼出来的。

"你知道社会是什么样子的吗？你知道去外面要受多少白眼多少委屈吗？别人说话你要听，别人灌酒你要喝，心气再高也得赔笑脸装孙子，连个'不'字都不敢说。"

"我说让你等几年，我能给你稳定的生活，你为什么不信？你觉得我做不到？"谢淮眉眼冷峻，"如果我谢淮无能到让自己的女人连喜欢的事情都不能做，还要出去赚钱养家，那我还算个屁的男人啊？"

夏夏怔怔的："你凶什么……"

谢淮昨晚叫赵建泽耍了一通，被酒精麻痹的脑子没有完全清醒，心情极差。夏夏几次三番找工作的事情又正好戳在他心里最痛的那根弦上，让他情绪爆发，控制不住地对她发了脾气。

曾经多少个夜里，夏夏依偎在他身边，满脸兴奋地和他畅想对未来的规划。她不止一次提过喜欢学校的生活，喜欢读书的日子。夏夏不是真的想工作，而是要为两个人的未来努力，她这样做的理由无非是他没能给她足够的安全感，这让谢淮一想起来就觉得自尊受挫。

昨晚和赵建泽喝酒，他记不清自己喝了多少又跑去卫生间吐了几回，诚意满满却被人当成猴子耍，只要一想到夏夏以后也有可能这样被人刁难和羞辱，他就觉得受不了。

"我没凶。"谢淮做了几个深呼吸，弯腰从垃圾桶里捡起刚刚丢进去的纸。

他强压着脾气，脸色冷得像块冰，将那一沓纸丢回夏夏怀里："想去就去吧，我不拦你。"

四月暴雨倾盆而至，上午的闷热仿佛是为这一刻做铺垫，早前的太阳被乌云压得影都没有，空气里不一会儿就被饱胀的水分子浸满，植物的枝叶也打起了精神，处处透着凉意。

谢淮躺到钟楼前的台阶上，雨势变大，他不闪不躲，静静待在雨里。

钟楼笔直矗立，砖石的楼身因为年代久远裂开了条条清晰的石缝，缝隙里落满砂石，背阴处在时雨时晴的春日里生满青苔。地面不一会儿就积水了，脚踩上去溅起层层水花，钟楼下小池塘里几尾锦鲤吐着泡泡游来游去。

谢淮闭着眼睛，感受豆大的雨珠把脸砸得生疼，却纹丝不动。他仰着脸，任由雨水灌进嘴巴，沿着他棱角分明的侧脸滴落。

世界在这一刻安静，一时间耳朵里只剩隆隆的雨声。

宿舍里。

夏夏坐在座位上，水沿着发丝滴滴答答向下淌。赵珊琪也淋了雨，正在浴室洗澡，热水开到最大，氤氲的热气从门缝里冒出来。

夏夏回来得晚，其他人都洗完后才轮到她。她拿上毛巾去浴室时热水已经放光了，冰凉的水从花洒里喷出来，冷冷地打在她裸露的皮肤上。她打了个哆嗦，裹着浴巾出来时头发更湿了，像是刚从水里捞出来一样，浑身半点温度都没有。

祝子瑜擦着头发："我去楼下给你打壶热水洗头吧，你这样会感冒的。"

"不用了。"夏夏声音细软，她靠着椅子，头上顶着条浅蓝色的毛巾。

书桌上的笔记本电脑正待机，黑色屏幕上映着她狼狈的面容，湿漉漉的，犹如一只可怜巴巴的落水狗。谢淮从垃圾桶里掏出来的那沓纸被她放在桌角，她没有再看，脑子里全是谢淮刚刚冷着脸离开的画面。她心里发酸，胀胀的，既委屈又难受。夏夏合上电脑，疲惫地趴在书桌上。

谢淮冲澡出来，看见辛浦欲言又止的目光。

“淮哥。”辛浦忧心忡忡，“分个手而已，不算什么，大学谈恋爱本来也没指望一辈子，你别想不开自残啊。”

谢淮疑惑地看他，辛浦说：“我刚刚在钟楼下边看见你了，姿势是挺酷，不过刚才雨那么大，很容易叫水呛死的。”

谢淮：“……”

辛浦有些话痨，谢淮不说话他就自己絮絮叨叨，安静了没一会儿又问：“你和夏夏真的分了啊？”

“没有。”谢淮冷漠地说。

他擦着半干的头发，目光阴沉地死死盯着前方，静了很久，忽然甩手把桌角的东西摔在地上，其中一包干脆面掉到了辛浦脚下。

“妈的。”他憋了许久的气终于撒了出来，眉头深深蹙着，“女人都这么犟吗？她说分开一段时间我答应了，我想让她轻松点，想让她别整天东想西想，可她呢？除了给自己压力别的什么都不干，跟她说了一万次让她读书她非不听，我看她就是要气死我才肯罢休。”

谢淮问：“夏夏是不是想气死我？”

辛浦噤声，过了会儿又忍不住说：“你是想和夏夏复合吗？想去就去吧，这真的不丢人。”

“我是她召之即来挥之即去的狗吗？”谢淮不耐烦地说，“她说分就分，还要我眼巴巴地去求复合，凭什么啊？”

他桀骜地扬眉，一时间说话不经脑子：“她不是想分手吗？我成全她，分就分，我谢淮这辈子都不可能被女人牵绊，不可能向女人低头，我就是孤独终老也不会先和她开这个口，大不了一拍两散以后大路朝天各走一边，出门就当不认识……”

他走过去捡起刚刚扔在地上的那包干脆面，撕开倒进嘴里嘎嘣嘎嘣地嚼，嚼了一会儿，他忽然想起刚刚在操场上女孩被他凶过后，看似倔强眼角却偷偷泛红的模样，心里燃烧的愤怒又瞬间熄灭，一点火苗都不剩。

他在心底把自己骂了一万遍，没醒酒不是借口，他把外面的情绪带回了家，还发泄在了亲近的人身上，这是他的错。

谢淮让自己冷静下来，翻开手机，给夏夏发去一条消息：“刚才不该对你发脾气，对不起。”

他握着手机，眼睛一刻不离屏幕。

半小时过去，夏夏没回。

一小时过去，夏夏没回。

班主任在班群发了一条通知，夏夏回了一句“收到”，可两个小时过去了，夏夏依旧没回复他。

辛浦去超市买了瓶饮料，推门进来时鞋底踩到一个光滑的东西，他低头，看见谢淮碎了屏的手机静静躺在地上。

谢淮沉默地坐在位子上，偏头看着窗外淅淅沥沥的小雨，脸色阴郁。

那场因争吵而延续的冷战旷日持久，范围仅在两人之间，具体表现形式为不说话，互相不搭理，仿佛世界上没有对方这个人，哪怕擦肩而过都不会多看一眼。夏夏气的是谢淮凶她，而谢淮也不知道自己在气什么，总之气性很大。

最先憋不住的人是谢淮。他的火气来得快去得也快，冷静下来后仔细反省，将两人吵架的根本原因归结于那天自己喝多了——喝多了不清醒，脑子犯浑竟然舍得凶夏夏。

入夏了，天气炎炎似火。宿舍楼外种着高大的棕榈树，叶片茂密，长了有四层楼高。葱郁的植物惹来大量蚊虫，顺着通风的窗口飞进屋里横行霸道。

谢淮的宿舍从去年起住进两个大一新生，男孩子充满朝气，中二又无所畏惧，舍得一身血肉去喂蚊子也不愿意挂蚊帐——在中二少年眼里，蚊帐是女孩的专属品，男子汉血气方刚，这东西在他们眼里太娇滴滴了。男生的面子是种古怪的东西，辛浦偷偷买来的蚊帐藏在柜子里，每天看着学弟激情满满拥抱生活，自己也不好意思挂。至于谢淮，他压根就没有蚊帐这种东西，只要晚上睡在宿舍，第二天早起一定被蚊子叮得满身是包。

夏夜凉爽。

谢淮拍死一只落在脸上的蚊子，脸颊落下一个红红的巴掌印。他用床上不知被套还是床单抽丝抽出的线把蚊子腿系成一个结，将蚊子的尸体吊在床头示众，以达到震慑其他蚊子的目的。他边做边恶毒地想：世界上有两个夏夏就好了——如果世界上有两个夏夏，他一定得搞死一个以此恐吓另外一个乖乖听话，不准再和淮哥闹别扭。

夏夏这小姑娘笑起来甜甜的，看着柔弱可欺，可真犯倔的时候，十匹马都拉不回来。

她想做的事没人能阻止，说要实习第二天就投了简历，说要和谢淮冷战，两个人就半个月没说上一句话。

谢淮外面再忙，这半个月来也没逃过一节专业课，上课前他总是踩着铃声最后一个到教室，看夏夏坐在哪儿，而后装作不经意地坐到离她最近的位置，专业课有时是两节连课，有时是三节连课，连续几个小时他坐在她的正前方，夏夏能做到连眼睛都不抬一下。

谢淮真的憋不住了，也不管男人的面子了，夏夏再不理他，他真的就要疯了。他想结束这场冷战，可事情的起因是他先对夏夏发了脾气，他道歉夏夏不理，他也无力。

“还要我怎么办？要我跪下求她原谅吗？”谢淮戳着那蚊子的尸体，“明明是为她好，到头来反倒成了恶霸大男子主义，窦娥都没我这么冤的。”

辛浦说：“女人不能惯着，越惯脾气越大。”

“你说得轻松，不能惯着那我还能打她？”

辛浦乱出主意：“你找个人气气她啊，让她觉得你不是非她不可，她就要抓不住你了，保准立马跟你求饶。”

谢淮嗤道：“幼稚不幼稚？我和夏夏之间还需要用这种弱智的方法解决问题吗？你别出馊主意。”

辛浦没再说话，谢淮静了一会儿，“真香”地问：“怎么气她？你给我想个办法。”

他强调：“提前说好，我就想让她理理我，让她明白淮哥的重要，不能真气着她，真气着我要心疼了。”

夏夏下午的选修课在离宿舍最远的C区教学楼上，C区离南门步行街很近，谢淮从步行街回来，手里拎着一杯大份椰汁紫米露和一块黑森林蛋糕。

跟在他身后的女生愁眉苦脸："才一百块钱，感觉我获得的报酬和风险不成正比啊。"

"再给你加一百。"谢淮淡淡道。

女生止不住地纠结："全校都知道夏夏是你女朋友，我这种行为会被人当成小三唾弃的……"

远处教学楼门口出现了夏夏的影子，谢淮把奶茶和蛋糕朝她手里一塞："你演技好一点，别露馅了。"

午后日头高悬，夏夏抱着课本走出教学楼，明媚的阳光穿过花坛里樱树枝叶的空隙打在橙黄色的楼身上，令整个夏日充满浓浓生机。夏夏站在路边等校内巴士，听见身后一条灌木丛之隔的花坛另一侧传来窃窃私语。

一个女生声情并茂地说："我听说你甩了夏夏……谢淮，你和我相处一段时间吧，我绝对不比夏夏差，我从大一就开始喜欢你了，我对你的真心时间会去证明……

"这是我买给你的椰汁紫米露，不要拒绝，就算不能答应我，也请你把它收下……"

夏夏："……"

谢淮凝重地蹙眉，一脸无奈地看向面前脸红的女孩。他没有拒绝，也没有答应，沉默着不说话。巴士停在路边，夏夏上了车，谢淮用余光看她，见她半点反应没有还转头就走，直接急眼了，接过女生手里的饮料和蛋糕，跟在夏夏身后跳上了车。

校内摆渡车要刷学生卡，谢淮没带卡也没零钱，自然地朝夏夏面前一站，摊手："给我一块钱。"

夏夏仰着脸，凝望他："'我听说你甩了夏夏'，都把夏夏甩了，你跟谁要钱呢？"

她什么都听见了，谢淮目的达到却没获得想要的效果，不但夏夏没反应，他还陷入了一股莫名的局促里。

谢淮把手里的东西递给她："给我一块钱，这个卖给你。"

夏夏看着自己最喜欢的椰汁紫米露和黑森林蛋糕，果断掏出一块钱给他。

谢淮："……"

谢淮坐到她身边，轻轻一嗅，她发丝上的洗发露香气荡漾在他的呼吸里，让他许久以来的疲惫莫名缓解，整个人松懈下来。他偏头看夏夏的侧脸，她目视前方，眼睛水润明亮，脸颊轮廓精致柔美，皮肤白里透粉，眼下挂着淡淡的黑眼圈。

夏夏还是没听谢淮的话，她月初就找到了实习的公司。那份工作很忙，只要没课她总是早早出门，晚上披着夜色才回寝室。

谢淮和祝子瑜打听到夏夏实习的地点，空闲的时候常常坐在她公司对面的咖啡厅等她下班，有时夜色很深了才能看到她背着包急匆匆地冲出公司的大门，谢淮开车跟在她打的出租车后，直到她上了地铁才肯走。

"没睡好？"

夏夏嗯了一声，带着轻微的鼻音，像撒娇一样。

谢淮心里一软，刚想伸手搂她，夏夏忽然提着包站了起来。车子停在图书馆门口，夏夏在谢淮反应过来之前下了车，等他回过神来，司机已经把车门关上了。

谢淮："……"

谢淮蹲在厕所，给辛浦发消息。他刚刚在图书馆的下一站下了车，打算去追夏夏，说什么也要在今天把冷战终结，多一天他都忍不了。他正要沿原路回去，临时想上厕所，于是在就近的教学楼找了个卫生间。一切进行得很顺利，除了在起身时发生了点小意外——谢淮一个没稳住，不小心把纸巾丢进了厕坑里。

他无聊地玩手机，等辛浦来给他送纸。

夏夏刚在图书馆找到位子，身后辛浦一阵风似的跑过，他跑出去几米远，看到夏夏坐在那儿又折身回来。

他丢给她一包纸巾：“你去给谢淮送纸吧，我学年论文查重没过，要修改好马上给导师送过去，时间有点赶。”

“谢淮在B区教学楼一楼男厕所，挺急的，你快点去啊。”辛浦撂下一句叮嘱，急急忙忙跑了。

夏夏的手机响起消息提示音，是谢淮发来的。他丝毫没有辛浦口中挺急的样子，泰然自若地给她发了双球鞋的图片：“这鞋好看不？”

谢淮在逛京东消磨时间，他看到一双挺酷的鞋，习惯性地发给夏夏让她掌眼，消息发出去后才想起两人现在冷战得厉害。夏夏正不搭理他，这个行为有点傻。

十分钟后，夏夏回了消息：“哪个坑？”

谢淮耳边传来脚步声，他傻眼了，给辛浦发消息。

辛浦无辜地回：“我导师叫我，我实在没空过去，她送也一样，你不正想让她理理你吗？”

“一样个屁。”谢淮的愤怒几乎穿过屏幕渗透进了字里行间，“我是想让她这么理我吗？”

谢淮咬紧了牙不出声，想和好归想和好，但要是以这种蹲在厕所等人送纸的姿态才能让夏夏理他，他宁愿夏夏别理他，这实在太没面子，太糗太尴尬了。

夏夏出声叫：“谢淮，在吗？”

谢淮装傻，微信回道：“什么坑？”

夏夏进来挨个敲门，谢淮憋不住了，骂她：“夏夏你是不是变态？这是男厕所！你进来之前都不问问有没有人，不怕看到不该看的东西长针眼吗？”

夏夏站在他坑位门口，弯腰将纸递了进去。谢淮气得想把辛浦抓过来，把他脑袋按进茅坑里打一顿。谢淮出来时，夏夏正站在洗漱台前整理头发，谢淮拧开水龙头洗手。

“不好看。”夏夏忽然说。

谢淮轻描淡写：“那不买了。”

他抬眸，见夏夏若有所思地盯着镜子里的他，在发现与他目光交汇时又匆忙躲开。

“喂。”谢淮窥见她这一细小的动作，唇边挂着若有似无的笑，“想看就光明正大地看，我又不收费，你躲什么？”

夏夏说：“没看。”

谢淮哦了一声，手掌托着她的下巴，仔仔细细将她打量一番。

“看你这一脸忘夫相……”他喃喃道，“跟我待在一起就这么不开心？脸都拧巴得能去演苦情剧了。”

夏夏别开脸，五官皱在一起：“不是不开心，是你屎太臭了。”

谢淮：“……”

他捏着夏夏的脸，威胁道：“今天的事你要是敢说出去……”

“你怕我说给谁听？”夏夏扬眉，“怕刚刚送蛋糕的女孩知道淮哥拉屎不带纸，被困厕所还要前女友来拯救，有损你在她心中的形象吗？”

谢淮想气气她的决心在她一句话之后就交了底：“她是我找来气你的，你看不出来啊？和我告白的女生会正好买到你最喜欢喝的椰汁紫米露和你喜欢吃的黑森林蛋糕吗？那是我买给你的！你别跟我装傻！”

“看不出来。”夏夏温暾地说，“也没发现。”

“那是紫米露吗？”她故意说，“没喝出来。”

谢淮快被她气死了：“你真是没一点良心。”

夏夏慢吞吞地从包里掏出一瓶驱虫止痒的薄荷油递给他，示意他拿去擦脸，谢淮摸了摸印着好几个蚊子包有些滑稽的脸颊，笑着问：“夏姐心疼了？”

临近期末考，祝子瑜听说了一个消息。

“学校下学期扩招，宿舍床位不够，在新宿舍楼建成前打算把一部分老生挪到北院的旧宿舍住。”祝子瑜回到宿舍放下东西就拉人聊天，“北院那个旧宿舍楼听说是上世纪七十年代建的，公用厕所没有浴室没有热水房，到处都是蟑螂和老鼠，废弃好多年了……我刚才路上遇到一个学姐，她说我们学院就要搬过去住。”

“珊琪，学校现在还没有下发通知，你舅舅是副院长，你快去问问他是不是真的。”

赵珊琪打电话去问，挂了电话后无奈地说：“我们这一届确实要搬过去，我舅舅说北院条件比你说的还差，真搬过去我肯定是要回家住的。”

祝子瑜心有戚戚：“那我也得搬去我男朋友那里。”

她兴冲冲地去给郑智明打电话，赵珊琪问夏夏：“你要搬出去吗？我听说谢淮也在外面租了房子。”

夏夏摇头：“我不搬。”

谢淮在辅导员办公室待了一上午，伊美贤已经快被他折磨疯了。

“你就算待一天也没用，宿舍楼招标那是学校领导的决策，跟我有什么关系？我要是说一句话就能给你走后门，我还在这儿做辅导员干吗？”伊美贤抱着手臂，食指在皮肤上一点一点的，言语没一丝余地。

她的韩式一字眉冷艳一挑：“我再跟你说最后一遍……”

“没让你给我走后门。”谢淮厚着脸皮笑，“面向社会公平招标也就骗骗别人……你只要告诉我这一块是哪位领导在管，我现在立刻就走。”

“你找领导干吗？”

“学校鼓励大学生创业。”谢淮无辜地说，“我要创业了你又问我干吗。”

伊美贤把他赶出办公室，谢淮没有走，马上就要考四级了，他坐在办公室门外的长椅上边背单词边等伊美贤下班。

晚饭时间伊美贤出来看到他，头都要大了：“你能不能体谅我一下？从大一到现在你给我惹的麻烦还嫌不够吗？都快毕业了还不让我好过！”

谢淮眼睛明亮，笑嘻嘻地看她。

伊美贤认输了。

谢淮目的达到，心情极好，去食堂吃饭。他打了份盖饭，刷卡时饭卡嘀嘀作响提醒他没钱了，谢淮掏出手机扫码，发现手机里也没钱。他最近手头有点紧，钱一直在周转，留在手里能用的没有多少，还全是食堂不能用的现金，一时竟拿不出钱来买饭。

他左右张望，想找个认识的人帮忙刷卡，回头看见夏夏站在身后。夏夏已经看他很久了，也不吭声，打量了他几秒，走上前帮他刷了。她今天穿了件浅蓝色泡泡袖上衣，抬起手的时候露了半截皓白的手腕在谢淮眼前，纤弱柔软，不堪一握。谢淮没有走，而是端着盘子站在旁边，等夏夏打完饭后跟在她身后和她坐到了一起。

夏夏只打了两个素菜和一碗冬瓜汤，她安静地吃饭，时不时端起碗来抿口汤。她神情恬淡，哪怕什么都不做，只是静静地和她坐在一起，都让谢淮觉得前段日子的辛苦不算什么，哪怕再累一点也没有关系。

谢淮把自己盘里的肉夹到她碗里："你吃太少了。"

他伸手弹她脑袋："人都瘦了，淮哥不在你就不会照顾自己了吗？"

夏夏没接他的话茬，乖乖把肉吃了，问："你是不是缺钱了？"

谢淮嗯了声，嘴里嚼着东西含糊地说："唔，最近谈了几单生意，承包商没给钱，厂里进货的钱是我垫的，等下星期他们周转开了我就去要钱。"

夏夏掏出一张银行卡推到他面前，谢淮看了一眼，脸色立即不好了："你什么意思，难道我会花女人的钱吗？"

夏夏瞥他餐盘："那你别吃啊。"

谢淮把卡推回去："收起来，再让我看见别怪我搞你。"

"你少不识好歹，我只是借，等你有钱了要还我的。"

"收起来。"谢淮沉着声音，"花你的钱算怎么回事？"

夏夏垂着眸子，她将银行卡收起来，又把自己的饭卡和谢淮桌上的饭卡对调，意思是让谢淮拿她的饭卡吃饭。

谢淮拾起她的卡，看着上面夏夏刚入学时青涩稚嫩的照片，忍不住笑了笑："还担心我吃不饱饭，夏姐不生气了？"

他吊儿郎当地问："要和好吗？"

没等夏夏说话，他拿筷子敲她脑门："做梦吧你。"

“甩我的时候拍拍屁股就走，现在是你想和好就能和好的？”他傲骄地笑笑，看起来一肚子坏水，“咱俩要复合是我说了算，你想归你想，但你不给我跪下叫几声爸爸这事不算完。”

夏夏戳他痛处：“谁要跟你复合？饭都吃不起，跟你复合我喝西北风吗？”

谢淮狼狈的样子都被夏夏看见了，自尊心受到重挫，叫嚣道：“夏夏你有种再说一遍！谁让你喝西北风了？”

他戳她脑袋：“现在越来越能耐了是吧？”

隔壁桌几个同院的女生吃完饭走过来，其中一个笑吟吟地看着谢淮：“谢淮，期末考之后就要搬宿舍，我行李太多一个人搬不完，你能不能帮帮我？”

“不能。”谢淮又直又冷，想也没想就回绝，“找别人吧。”

女生双手合十：“我们班男生都被别人叫走了，我实在找不到人，拜托了。”

“你拜托我也没用，我跟你不熟，就算熟也不搬。”他一脸不耐烦，指着夏夏，“你没看见我女朋友……”

他话音戛然而止，女生嘀咕着说：“可我听说分了啊。”

谢淮收起脸上生人勿近的表情，往身后的椅子上一靠，手臂搭在椅背上，慵懒地倚着。他全然换了个态度，痞笑：“天气这么热，搬行李太累了，你给我什么好处？”

女生说：“我请你吃冰。”

谢淮故作深沉地思考了一会儿，淡淡道：“行。”

女生走后，他扬眉，一脸幼稚：“夏姐，你要不要我帮忙？”

“你幼稚不幼稚？”夏夏不客气地说，“这把戏好玩吗，还不嫌腻？”

“那你可就误会我了，这次真不是我请来的。”谢淮懒洋洋地说，“淮哥魅力那么大，这几年要不是你在我身边隔绝桃花，追我的人能从春和路排到北门口。你占大便宜了知道吗？”

夏夏面无表情地收拾碗筷，回敬他：“这几年要不是你一口一个‘淮哥搞你’，我和别的男人多说一句话都要生气，我早就当上赵珊琪的后妈了。”

“赵晋松月入几百万，既温柔又体贴，最关键的是他比我老几十岁，说不定哪天两腿一蹬一半家产就是我的了。”夏夏淡淡道，“我放弃千万家产陪你喝西北风，占大便宜的人是你。”

谢淮：“……”

夏夏说的每一个字听起来都特别欠揍，但他不知道怎么反驳，再仔细想想，好像还挺有道理的。

Chapter 22
还分手吗

七月的天气如炉似火。

教学楼前的人密密匝匝，行李箱编织袋摆得到处都是，根本没有落脚的地方。女生宿舍楼里人来人往，男生们鱼贯而入，上楼将女生们的行李扛下来放到等在门口的校内巴士上。

蔡芸混学生会认识的人多，早早叫了几个学弟帮她和赵珊琪抬行李，祝子瑜也用一顿砂锅饭作为报酬请了一个男生来帮忙。只有夏夏没找人，她读大学这几年不是在校外兼职就是去海城交流，剩下的时间都和谢淮腻在一起，根本不认识什么人。

她也没想叫人帮忙，一个人拖着沉重的行李箱从四楼下去。

谢淮刚睡醒，穿着人字拖站在女生宿舍楼的大厅喝冰可乐，那天在食堂碰见的女生住六楼，他上了楼，来回四趟把她的七个大编织袋加一个行李箱拎下来，摆在候车点排队等车。

女生穿着优雅的芭比紫长裙，打着把绣花遮阳伞。门口排队等校内巴士的人已经排成长龙了，她噘嘴："谢淮，等车的人太多了，不知道要排到什么时候，我们不等车了，直接搬过去行不行啊？"

日头晒得能烤死人，空气里沉闷得没有一丝风。

谢淮爬了几趟楼，身上的T恤早已湿透，他撩起T恤擦汗，眼睛不经意间瞥向楼梯，看见夏夏正吃力地搬着被褥从楼上下来。她的铺盖还是大一那年从他手里分期付款买来的，大学三年都没有换，被子和床垫叠在一起，高高的几乎遮了她的视线。

女生："谢淮，能不能快点走啊？等到那边人多就不好搬上楼了，我下午还有事呢。"

同伴劝她："我们还是等车吧，天气热搬东西很辛苦的，你行李还那么多，谁也顶不住啊……"

夏夏把铺盖放在墙角摆好，要继续上楼，她白皙的脸被汗水浸透，脸颊热得红扑扑的。

谢淮没听见那女生说什么，他快步走过去，拽住夏夏的手腕："你还有几件？"

夏夏没看到他也在，愣了愣，随即把手抽回来："我自己能搬。"

"你能个屁。"谢淮本来也没想给那女生搬东西，只是想气夏夏，气到最后自己又心疼，沉着嗓子骂她，"你就不能跟我服个软？非要让我上赶着求你给我个机会替你搬东西才满意吗？"

他把夏夏推到她箱子边上，上楼去宿舍把她另外两个编织袋扛了下来。

那女生还在等他，谢淮拖着夏夏为数不多的行李朝门外走，她跑过来："谢淮，说好了给我搬，你去哪儿？"

谢淮回头："我不是给你搬了吗？"

"还没搬到宿舍呢。"女生说，"事情才做了一半你不能跑啊。"

谢淮挑眉："所有人都在等车，就你非要我搬过去。"

他淡淡问："你特殊吗？"

女生噎住。

谢淮拖着夏夏的行李箱，箱子上放着铺盖卷，他手里拎着另外两个编织袋，越过排成长龙的人群。他没有等车，顶着太阳走向通往老宿舍区的小路。行李很有分量，他因为过度使力背部绷得笔直，手臂勒紧，显露出清晰漂亮的肌肉。

夏夏要接他手里的编织袋帮他提一个，谢淮侧开身不准她拿。

她执意要抢，谢淮不耐烦："你能不能安静一会儿？"

夏夏："你又吼我。"

谢淮想起早前半个月的冷战，哪里还敢再吼她，他声音软了软："我又不是拿不动，用得着你来？"

他停下脚步，东西放在地上歇息，他将手掌贴在夏夏头上，把她额角的汗珠抹掉："你听话，给我撑伞挡太阳。"

老宿舍楼的条件比祝子瑜描述的还要差，上下铺的铁板床摇摇晃晃，夏夏铺床的时候一直吱嘎吱嘎地响，木板间的空隙能跑火车，让她不禁担心哪天床板断了自己能摔到地上。

墙壁灰中泛黄，墙皮脱落，因为潮湿长着斑驳的霉菌。地面连地砖都没有，是最原始的水泥地，铁质的窗棂长着厚厚的红锈，玻璃上的裂纹如同蛛网。

祝子瑜一进宿舍就惊呆了："这是人住的吗？"

她把行李拖到夏夏面前，要和她换床："听说这里闹蟑螂，我不敢睡下铺，能不能跟你换换？"

夏夏倒无所谓，住惯了筒子楼什么稀奇古怪的虫子没见过，她点头："你睡上面吧，我不怕蟑螂。"

祝子瑜皱着眉头把东西整理好，坐在破烂的老式书桌前给郑智明打电话。她没聊多久就挂了，没精打采地趴着看窗外同样破旧的男生宿舍楼。

"智明他妈妈从北京过来住在他家，他要陪他妈不能和我住，但可以在学校附近给我租个房子。"她哀怨地说，"我自己也可以租房子啊，谁要他来租？我就想和他住一起，自己住太麻烦了，还要打扫卫生。"

夏夏笑她："郑智明在你心里原来就是个扫地机器人啊。"

祝子瑜笑了笑，和夏夏有一搭没一搭地聊天。聊到最后两人把东西收好，祝子瑜嫌弃地闻了闻自己身上的汗味，觉得实在臭，于是约夏夏一起去洗澡。

老宿舍楼没有淋浴间，只能去宿舍区对面的公用澡堂洗。

澡堂烧的是锅炉，隔得远远的就能听到哗哗的水声和隆隆的机器声。小楼低矮只有两层，前几天刷过白色的漆，在橙红色教学楼的映衬下格外亮眼。澡堂对面的灰褐色砂石墙面爬满了蔷薇藤蔓，南城气候温和，蔷薇花在七月里依旧不败，由灰色的墙面打底，开得浓郁又热烈。

夏夏洗澡出来，站在墙下仰头看着蔷薇花。面前那朵花开得正好，她忍不住伸手去碰，不小心被刺扎了一下，手指顿时流血了。

祝子瑜哎呀一声，要带她去医务室包扎，夏夏随手用纸巾包起来，轻声说：“哪有这么娇气啊。”

澡堂旁边是南大的网球场，一对刚洗过澡的情侣坐在场外的长椅上。女孩头发很长，湿漉漉地垂到腰间，男生戴着副黑框眼镜，他笑容青涩，手里拿着一把桃木小梳，小心翼翼地给女孩梳头发。

淡白的云遮住烈日的边角，天际流云变幻，夏日的风也变得温柔了。

祝子瑜问：“你在看什么？”

夏夏指给她看，祝子瑜坏笑：“看人家谈恋爱这么出神，有种你自己也去谈啊。”

夏夏不说话，祝子瑜忽然问：“我前两天给你买的东西今天到了，你收到驿站的短信了吗？”

夏夏摇头：“没有，你给我买什么了？”

“不应该啊。”祝子瑜查了查物流，“早上就到学校了，怎么还没给你发消息？一会儿你去看看吧，被别人拿走就不好了。”

她调皮地眨眼：“是好东西，你暑假不是要留校实习吗？我怕你太寂寞了特意给你买的，会动的哦。”

祝子瑜说话神神秘秘的，勾起了夏夏的好奇心。怕她寂寞特意买的，还会动。夏夏想：祝子瑜该不会给她买了什么小动物吧？

中午食堂爆满，谢淮打了饭出来找梁源太一起吃。

夏夏过来问：“有我的包裹吗？”

梁源太偷偷指向谢淮，谢淮踹了踹脚下一个四方形的盒子：“有，看到是你的名字，我就给扣下了。”

“哪有你这么不要脸的？”夏夏弯腰要捡起来，谢淮不准她拿。

他拿起盒子晃了晃：“买了什么？”

梁源太很懂事，见谢淮在和夏夏说话，端着碗一个人蹲在门口吃饭。

快递盒送来的时候有损坏，旁边漏了一个洞，谢淮晃来晃去也没听出个所以然，把盒子递给她：“你检查一下里面的东西有没有破损，有的话先别签收。”

夏夏拿小刀拆盒子。

她刚洗过澡，穿着条绯色的吊带连衣裙，大片白皙的肌肤露在外面，头发半干，湿漉漉地贴在颈侧，满身沐浴乳的甜味。

谢淮离她很近，低头就能看到她小巧的鼻尖和红润的唇。他咽了下口水，不自然地挪开目光，担心再多看一眼要出事。

“检查完没有？”他问。

夏夏从盒子里拎出一个粉红色长得像鲸鱼模型的东西，她看了半天，摸不着头脑：“这是什么？玩具吗？”

她手下不知道按到了哪里，那个玩具忽然开始嗡嗡震动，夏夏再怎么迟钝也反应过来这是什么了。

她愣了愣，脸蓦地爆红。

谢淮：“……”

祝子瑜买给她的，并不是什么宠物。

“我……”夏夏红着脸，急忙说，“这不是我的，这是祝子瑜乱买的，我现在就去还给她。”

她转身要跑，快递都顾不上拿，临到门口被谢淮拽了回来。他眼眸漆黑如墨，深邃得让人看不出他在想什么，那黑里又泛着充血后的赤红，夏夏本能地觉得他整个人的气质都不对了。

谢淮反手拉上驿站的卷帘门，原本阳光晃晃的屋子一瞬间陷入黑暗。

“跑什么？”他嗓音低沉，如搔在身上的羽毛让人一阵发痒，“我话还没说完。”

他把人禁锢在自己和卷帘门之间，不由分说把头埋到夏夏颈侧，轻轻嗅她脖颈间的味道："又是祝子瑜买的？祝子瑜知道自己被你拿来做挡箭牌吗？"

夏夏想死的心都有了。

"有需求跟我说一声啊，我保证送货上门服务到家。"谢淮轻声笑着，暧昧又轻佻，"用这玩意做什么？硬邦邦的，有我好用吗？"

"你别乱来。"夏夏推他肩膀，"现在刚下课，外面全都是人，会被听见的。"

谢淮明亮的眸子逼视她："你觉得我要怎么乱来？把你扒光怎么样？只有这样你才能听话，再也不敢跟我胡闹。"

他整个人都是滚烫的，体温灼得人发慌。夏夏被他抵在卷帘门上，自己也跟着热起来。她嗅到他身上淡淡的薄荷味道，清新又好闻，不等他做什么腿已经软了，什么硬话都说不出来。

"差不多得了。"谢淮嗓音微哑，似在极力压抑情绪，"晾了我这么久你忍心吗？我都想你想的……"

他顿住，下巴摩擦着她的头发，凸起的喉结抵着她额头狠狠蹭了蹭。他看上去凶狠，声音却像在撒娇，搂着她腰肢的手一刻都不肯松："想你想得快不行了。"

夏夏搭在他肩膀的手指又开始渗血，沾透了他的T恤。

谢淮松开她一点，问："怎么破了？"

夏夏小声说："被花刺扎的。"

谢淮笑了笑："是不是傻？"

他拿起她的手指，低头，轻轻将她渗血的指肚含进嘴里，吮吸缠绵。

谢淮含着她的手指，明明只是吮吸指尖的血珠，却让她产生了一种那不是手指，而是其他部位的错觉。

冬天乔茹住院时两人在家玩得很开，初尝人事的新鲜感加上少年人的莽劲让人头脑发昏，什么姿势都敢用，什么地点都敢做，浴室、客厅、厨房、阳台……把灯一灭，帘子一拉，疯起来无所顾忌。夏夏犹记得每当谢淮抱她时那浑身止不住战栗的感觉，如同此刻一样。

谢淮抽出她的手指，唇上不慎沾了她的血，淡红色里掺着一点朱红，让他原本就英俊的面孔稍带了一丝说不分明的邪气。

谢淮站在原地，手臂一伸，把她整个揽住。他像是识破了她的心思，低头咬她耳朵，暧昧地问："想什么呢？"

夏夏耳垂烫得如被八月烈日炙烤过的黑色大理石地面，脸皮也烫，谢淮的手掌贴在她裙面，轻轻一提，将她整个裙摆拎在腰上，露出两条修长纤细如白玉般的腿。谢淮低头吻她，一点也不温柔，粗重、蛮横，动作匆促又激烈，毫无怜惜，像要把她肺部的空气横扫一空。夏夏嘴里吐出嗯的一声，没有拒绝，而是用手指扣住他的肩膀，温顺地承受他的亲吻。

一道卷帘门之隔的外面天气正好，阳光从窗口的缝隙里投来淡淡的光泽。

有女声问："梁源太，你怎么坐在外面吃饭啊？赶紧开门，我要拿快递。"

梁源太傻乎乎地笑："淮哥不让开。"

夏夏猛地惊醒，按住谢淮在她裙下作乱的手，猛地推开他。谢淮没防备，被她推得踉跄后退了一步，粘连的唇间扯出一条晶莹的银丝。

他痞笑着抬手擦掉，挑眉邪气地看她："上回就是爽完翻脸不认人，又来？不过这次你有点亏，爽都还没爽到。"

谢淮狗嘴里吐不出一句人话，夏夏恶狠狠地瞪他，可她眼睛漆黑明亮，波光闪动，那一眼不仅没叫人觉出凶狠，反而像是撒娇一样。

谢淮接收到她羞恼的目光，心情说不出地好，他弯腰拉开卷帘门。

夏夏的棉布裙子被揉得全是褶皱，脸也满是红晕，谢淮就这样大剌剌地开门，她怕被人看见说闲话，闪身躲到货架后面。

谢淮看了眼那女生的取货码，哼着歌走到货架后。

夏夏刚把裙子整理好，听见耳边有动静，一抬头冷不防撞到谢淮的下巴，谢淮脸部的棱角如看上去一样坚硬，夏夏头皮发麻，一手捂住头，另一只手堵住嘴防止自己痛叫出声。

谢淮微不可闻地笑了声。

他手臂越过夏夏头顶，取出架子上的快递盒，瞥了眼纸壳上写的取货码，而后漫不经心地低下头，轻轻吻了吻夏夏刚洗过还有些潮湿的头发。夏夏与他的眸子离得极近，对视时惊叹于谢淮的眼睛漆黑深邃，仿佛藏了万顷星空。谢淮却没打算一个吻就结束，他戏谑地弯唇，趁夏夏发怔的空隙，狠狠掐了她一下。

夏夏疼得忍不住啊了一声，门口的女生疑惑："什么动静？"

谢淮坏笑，大剌剌地说："是我……"

夏夏连忙抓住谢淮的手臂，学着他刚刚的样子重重一拧，谢淮那句脱口而出的"是我和夏夏在玩情趣"硬生生咽了回去。他疼得嗞了口气，改口："没什么，是我养的小野猫，不听话挠了我一下。"

谢淮揉着手臂，看了眼上面的红痕，给了夏夏一个不轻不重的眼神警告。

他去前面把快递给那女生。

夏夏靠着架子平复心情，听谢淮和女生闲聊："捡来的猫性子野，怎么训都不乖，一生气就跳起来咬人，不打不听话，打又打不得。"

女生说："刚养的宠物都这样，犯错了打一打它才长记性。"

谢淮："打疼了她我也心疼，还是想想别的法子吧。"

他的重音落在"别的法子"四个字上，明明再正常不过的一句话，夏夏却不知怎么听出一股暧昧的腔调。她面红耳赤，等那女生一走，就从货架后钻了出来。

谢淮不急不躁，放下手里的东西慢悠悠地跟在她身后。

老宿舍区人不多，林荫路两旁海棠树抽着翠绿的叶子。夏夏酒红色的裙摆被风吹得飘起，露出一截漂亮的小腿，谢淮只是看着就觉得心里宁静无比。

他步步跟紧，在她耳边不停地叫："夏夏，夏姐，你看我一眼啊，脸怎么这么红，该不会是害羞了吧？"

夏夏恼羞成怒，凶巴巴地说："滚开啊！"

谢淮拦住她的去路，宠溺地掐她脸蛋："都老夫老妻了，跟我闹什么？"

夏夏鼻尖泛红，声音细细的，满是委屈："疼啊，你手劲那么大，也不知道轻一点……”

谢淮一愣，随即笑了：“对不住，我下次注意。”

“不过那也要夏姐给机会才行。”他低头，看着夏夏头顶的小小发旋，眼里笑意更甚，语气温柔得不可思议，“闹了这么久，该和好了吧？”

夏夏听他这话，眼圈莫名热了。

她吸了吸鼻子，轻声说：“我从来没有跟你闹，我说的每一句话都是认真考虑过的，和你在一起是，分开也是……”

谢淮不等她说完，吊儿郎当地打断她：“那你重新考虑一下。”

“重新考虑。”他的话掷地有声，神情却很不经意。

他轻描淡写地说：“你心情差，我给你时间冷静，你压力大，我也在努力赚钱给你安全感，但我从没答应过分手。晾了我这么久，不管你对我有什么意见、对自己有什么埋怨，都应该想开了。别说什么会拖累我这种浑话，咱俩谁离了谁都不能好好活。”

“这么多年了，你还不了解我吗？”他凝视着她，一字一顿，“我谢淮既然认定了要和你共度一生，你就别想跑，就算不喜欢我了也别想跑。你使小性子可以，对我发脾气也行，但再这样不理我，我的耐性都要被磨没了。”

“如果你还是不肯乖乖听话……”谢淮顿了顿，朝她笑。

他唇红齿白，一副干干净净的少年模样：“淮哥就用自己的方式帮你解压了。”

夏夏早在放假前就申请了暑期留校实习，假期同宿舍的人都走光了，偌大的屋里只有她一个人睡。她早上出门实习，晚上回来，偶尔会在洗漱间碰到留校准备考研的同学，相互打个招呼错身而过，彼此都不会太过留意。

今天下班早，夏夏乘地铁到大学城站下车，沿着步行街一路逛回学校。她站在路边的小店前买章鱼烧，听老板和排在前面的客人闲聊。

“要下雨咯，鬼天气闷得很。”

“雨季马上到了。”老板趁打包的工夫抬眼望天，“看这天色今晚肯定要下暴雨，这段路地势低，每年这个季节雨水多得很，闹不好是要积水的，我早点卖完早点收摊回家。”

夏夏接过章鱼烧，想给谢淮也带一份，纠结了一会儿最后还是没买。谢淮整天神出鬼没，虽说夏夏放假前在辅导员办公室看见他的名字登记在暑期留校的学生名单上，可他不是每天都在校内住。夏夏不问，他也不主动说自己在做什么。

夏夏边吃章鱼烧边朝学校走，路过校门口的ATM机顺便进去查了下银行卡余额，这卡里存着她这些年做兼职攒下来的积蓄，还有实习的工资，夏夏数了数，这个月刚发了工资，她的余额三万出头。

三万，对从前的她而言是一笔巨款，可对未来的生活而言，还是有点少。

夏夏朝宿舍走，面前有人挡住去路。

她抬头，看见谢淮若有所思地盯着她手里的章鱼烧。

“番茄味的章鱼烧，加了海苔和肉松，晚饭还挺丰盛。”他一副不高兴的模样，兴师问罪，“为什么不给我买？”

夏夏上次被他威胁了一通，不敢不理他，说：“我又不知道你今天回来住，你没吃晚饭吗？”

谢淮点头，她见谢淮看章鱼烧的目光灼热，像几百年没吃过东西一样，试探地问：“又没钱吃饭了？”

谢淮：“你有意思没？上次没钱吃饭是意外，你总提那茬干什么？我一大男人不要自尊的啊？三番四次拿没钱吃饭的事提醒我，真是恶毒的女人。”

夏夏倒不是想提那事，只是担心谢淮又垫钱给别人自己吃不饱肚子。她是担心他饿着，而谢淮全然没领会到她的关心，还将好心当成驴肝肺，夏夏不想理他了，气呼呼地绕过他离开。

可谢淮不准她走，擦身而过时，他拽住夏夏的手腕：“你给我等会儿。”

他的用词语气无一不霸道，仿佛酝酿着重量级的话要说。

夏夏静静看着他，等他嘴里接下来要说什么。谢淮眼珠子瞅着她手里的小盒：“想走也行，章鱼烧给我吃口。”

那神情就像拦路要钱的绿林贼匪，满是嚣张。

“想吃不会自己去买？”

谢淮理所当然：“不一样，我就想吃你手里的。”

夏夏：“……”

她索性不吃了，连吃的带盒子通通塞给他。

谢淮满意地放过她。他嘴里嚼着章鱼烧，腮帮塞得鼓鼓的，看着夏夏离开的方向，直到她的背影消失在宿舍楼门口，才淡淡地收回目光。

南大老宿舍楼十多年没人居住，为了学校新区建设才临时启用，楼道里充满数不清的灰尘和螨虫，洗漱间的地面上爬满蟑螂和青苔，地砖被岁月和潮湿的空气荼毒，泛起黏糊糊的黄色脏污，站在那里洗漱，不留神就有耗子从下水道口钻出来跳上脚背。

夏夏在洗漱间见过几次耗子，在走廊也见过，甚至有女生在宿舍里被耗子吓得上蹿下跳，宿管老师毫不在意，买了粘鼠板叫她们自行解决。

有人实在受不了这恶劣的环境，把宿舍内部的情况拍了照片发在学生群里，那些搬完宿舍就离开的学生还不知道自己住的地方条件这么差，一下子群情激愤，在微博上闹了起来。

夜里狂风骤起，下起瓢泼大雨。

谢淮明天要出远门，正在收拾行李，辛浦发了消息过来：“淮哥，快看微博，咱们院的学生和学校官微吵起来了。”

谢淮很少玩微博，因为夏夏也不爱玩，他一个人嫌没意思。可辛浦又激动又兴奋，仿佛正在看一场大戏，谢淮也来了点兴趣，他行李差不多收拾完了，坐在桌边一边吃从夏夏那儿抢来的章鱼烧一边刷微博。

学生们的抗议活动有组织有规划，先是发博详细阐述了事情经过，配了几张宿舍条件的照片，而后@了省教育厅、市教育局，以及一些有影响力的大V。刚开始南大官微没当回事，见事情闹大了，忍不住下场回了几句。只不过是一群学生和学校对着干而已，没辛浦说得那么精彩生动，谢淮正要关上微博，忽然在评论里看到一个亮眼的昵称——热心市民夏夏。

谢淮点进那人的主页，最近的一条微博是一小时前发的，内容简洁明了，只有四个字：“垃圾谢淮。”

谢淮：“……”看来某人对他强抢章鱼烧这事怨念还挺大。

他看了眼，夏夏这个号总共发了五百多条微博，丝毫不像她口中所说自己不玩微博的样子。他来了兴趣，坐在床边的桌子前，将窗户打开一个口，顶着外面下着瓢泼大雨的湿润空气，将夏夏的微博一条一条看下去。

最初时神情坦然，以为只是夏夏开了个小号骂他，越往下看眉头蹙得越紧。

最初接触时夏夏给人的印象是个软糯的小姑娘，了解深入后才发现她也有强势的一面，在一起久了，谢淮对她那装乖的表象已经不太记得了。夏夏在他心里一直是个独立勇敢的女孩，他很少见她脆弱，也很少听她抱怨生活。而谢淮身为男生，大大咧咧，感知并没有女孩那样敏锐，许多小心思夏夏不提，他也很难猜出来。

“如果他喜欢的不是我，应该能活得很轻松吧，换成别人一定不会那么窘迫，也一定不会让他打拼得那么辛苦，只有我一无是处，给不了他什么帮助。”

谢淮隐约记得夏夏哭着要分手时嘴里说的话——“至少分手了你还可以去找别人，随便谁都好，任何人都比我好。”

他那天被她气得无暇思考，没仔细去想她这句话，现在回过神来回味，才发现夏夏这句话不是随口说说，她是真的这样想过。在夏夏心里，如果谢淮的女朋友换成别的任何人，在那种情况下都可以轻松帮他解决危机，可偏偏她不行。

女孩钻了牛角尖，把所有的无能和错误都怪在了自己身上。

谢淮朝下看。

“他没有负债了，什么事情都能做好。可如果我再这么没用下去，还带着家庭的拖累，再好的感情也会变淡吧？将来他厌倦我、不喜欢我了怎么办，原本也不是一个世界的人啊。”

一连十几条，满满全是负能量。谢淮关上手机，忽然发现他没有自已以为的那么了解夏夏。女孩在他面前表现出的模样或刁蛮可爱或善解人意、古灵精怪，总是积极正向的，关于自卑和消极，她从未流露分毫，可谢淮分明从夏夏微博里的自言自语里读出了这样的情绪。

他不由得怀疑，如果当初他不是负债累累，而依然是从前那个衣食不缺的少爷，夏夏还会不会那么大胆而热烈地对他坦白心意。想到这儿，谢淮心里泛起一阵难以言喻的心疼和自责，夏夏不说，他竟然从没发现她心里那许多要不得的想法和念头。

谢淮不是藏得住心事的人，他直接在微博下评论："淮哥又不是吃软饭的，就算我喜欢的不是你，难道别人施舍我就会要？

"我光鲜亮丽也好，穷困潦倒也罢，只要我还是谢淮，就只有你一个。"

谢淮的目光越过窗子，落在女生宿舍楼正对面吊灯映得一室明亮的屋里。夏夏穿着一件白色吊带裙，坐在窗边的书桌前写东西，她肩膀单薄，自颈部蜿蜒而下的线条优美流畅，肌肤似雪。她偏着头，露出一截莹莹嫩嫩的下巴，如墨的发丝擦在肩膀，托得人又白又纤细。她听到手机响，拿过来看了眼，先是愣了愣，而后抬头看向窗外。

隔着一道瓢泼的雨帘和棕榈树在狂风中摇曳的树尖，谢淮与夏夏对视，心底蔓延起一股难以言喻的温柔。他想现在就冲到对面，哪怕冒着暴雨也无妨，他想冲过去捏着她的耳朵问问她心里都在想什么，想把她按在怀里斥责她以后不准再胡思乱想。

谢淮低头，按了几下手机。

夏夏看到屏幕上蹦出来的那句"我想见你，现在"，神情怔住。

一会儿狂骂谢淮是垃圾，一会儿赞美淮哥是绝世好男人，时不时还要丧一丧觉得人生无趣，然而第二天又很欢快地觉得活着真好。只要一想到这样一个癫狂的微博小号被谢淮发现还全部看了一遍，她耳朵尖就臊得发烫。

她回："雨太大了，明天再说吧。"

她连再与谢淮对视一眼都觉得丢人，手忙脚乱地拉上寝室的窗帘。

谢淮静静立在窗边，盯着那扇什么也看不到的窗户，猛烈的风雨从窗缝之中扫进来，沾湿了他的衣服，也冰冷了他脸上的神色。谢淮面无表情，虽然夏夏以下雨为由不见他，但他就是觉得这事没完，心里有口气堵着咽不下，不找到她把事情说清楚，他今晚都别想好好睡觉了。谢淮在窗前站了很久，直到夏夏关了灯都没离开。他打开手机，就着窗外的光亮，将夏夏微博的内容来回翻了不知多少遍。

暴雨气势磅礴，天上像被什么东西豁开一道口子，雨水不是成滴，而是哗哗流着朝地上砸，如决堤的洪水，听声音就让人胆战心惊。

闪电劈过，雷声轰鸣。

对面女生宿舍楼响起尖锐的叫声："进水了！"

沉寂十几分钟后，楼梯上响起嗒嗒的脚步声，宿管爬上来，在有人住的宿舍门口挨个敲门："同学们，进水了，快起来。"

暑假留校的人不多，一栋楼也才二十多个，男生们于梦中被吵醒，睡眼惺忪，脸上皆是不耐。

宿管招呼他们下楼："一楼淹水了，快下去帮忙扛沙袋。"

"正睡着觉呢，吵死了，扛沙袋用得了这么多人吗？"

"女生宿舍也要扛，她们地势比咱们低，进水更严重，都快淹到楼梯了，你们一群大男人，就不能绅士一点？"

"绅士个屁。"男生嘀咕，"这么大的雨，我就想好好睡觉。"

谢淮在屋里，将门外的对话一字不漏听进耳朵，他关上宿舍的窗，拿起床栏杆上挂的格子衫外套。

宿管正在走廊苦口婆心地劝男生们下去帮忙，没几个人理她。

谢淮打开门："我去。"

女生宿舍楼一共四个大门，来了八个男生。宿管给每人发了扫帚和簸箕，先让他们把水扫出去，而后去杂物间拿沙袋，按顺序堵在门口。

虽然暴雨瓢泼，但天气依旧闷热，谢淮临走前拿的外套没穿，松散地系在腰上，他只穿一条黑色背心，硬实的肩膀与手臂上漂亮的肌肉露在外面，被扫进来的雨水一溅，衣服和皮肤都打湿了。谢淮一言不发，扛着沙袋往返杂物间和门口，来回许多趟，身上汗涔涔的。

男生们用了半个小时将一楼大厅清理干净，门缝也都用沙袋堵起来，做完这一切后已经累得不成样子了。

宿管老师笑眯眯地说："辛苦了，你们都是好样的。"

雨势毫不见小，几个男生勾肩搭背撑着伞跑回去，谢淮没走，他看了看自己全是沙子的手，对宿管说："借下洗漱间洗手。"

宿管麻烦了人家一晚上，也没有拒绝的道理，指着走廊尽头："洗漱间在那边，快去吧。"

谢淮朝那个方向走去，但他没有进洗漱间，而是沿着侧门的楼梯径直上了三楼。

夏夏失眠了，开始是因为窗外雷声太大，后来雷声小了她还是睡不着，脑子里翻来覆去都是谢淮刚刚那句"我想见你"。那时她站在窗口，眼里映着的谢淮只穿了件黑色背心，哪怕隔着模糊的大雨，她也能想象到谢淮的神情——一定又是他惯有的不羁和嚣张。

谢淮的身材很好看，他每一分肌肉都恰到好处，无论看还是摸，都给人清爽结实的少年感，夏夏只要一想到他脱衣后的模样，嗓子就不由得发干。

她翻来覆去睡不着，起身去饮水机给自己接了杯水，坐在桌前喝水的工夫，她鬼使神差地拉开了抽屉，祝子瑜送给她的玩具静静躺着，耳边仿佛响起祝子瑜的话："真的很好用，谁试谁知道……"

夏夏拿在手心玩了玩，脸上一阵烫，触电一般地放了回去，没过多久又拿起来。她快要被自己纠结死了，最后心一横，咬了咬牙，把它放在桌上最显眼的位置。

她刚要打开台灯去看使用说明，宿舍门被人敲响。

夏夏在黑暗里呼吸都快窒住了，她竖起耳朵，问："谁？"

门外的人没有回应，她走到门口又问了一遍："谁？"

依然没有回应。

应该是宿管或是某个害怕打雷的女生吧，夏夏想，赵珊琪也害怕打雷，以前雷雨天总是要找她睡一张床，宿舍晚上锁门，宿管都很负责，总不可能让外来人员混进来。

夏夏没多想，打开了门。

一个熟悉的、她刚刚还在想念的身影站在门口。

夏夏愣住："你……你怎么上来的？"

谢淮没给她多少发呆的时间，他不由分说进了门，反手将门扣上。他浑身被雨水和汗水湿透，潮湿的水汽紧逼着夏夏，让她感觉自己不是在室内，而是置身滂沱的暴雨之中。

他一言不发，夏夏忐忑，又问："你来干什么？"

谢淮的眸子在黑暗里亮得出奇，明亮里又带了一丝凶狠，他开口，嗓音沉哑："来修理你。"

不等夏夏反应，他猛地拽住她的手臂揉进怀里，下一秒，滚烫的唇重重吻上。夏夏于惊愕之中嘴唇微张，被他抓住空隙以舌尖侵入，严丝合缝地舔吮她柔软的舌和温软的口腔内部。夏夏推他，谢淮纹丝不动。她踉跄后退，谢淮逼近，按着她的腰将人推到书桌上。他的唇一刻都没有离开她，以一种最炙烈的方式和她舌尖纠缠，动作间交换彼此的津液。

夏夏手撑在桌上，不当心碰到一个东西，紧接着，一阵细微到几乎听不到的震动声在寂静的房间响起。夏夏被谢淮吻得头脑不清醒，她还没反应过来，只感觉谢淮离开了她的嘴唇，抽走了她掌心下按着的东西。

谢淮将玩具举到她眼前，声音平淡，问："这是什么？"

夏夏的喘息都急促了，她慌乱地解释："我只是随手放在……"

"我说过，想要了叫我一声，淮哥送货上门服务到家。"谢淮神色从容，将玩具按钮关上，"我有没有这玩意儿好用，你不是最清楚吗？"

夏夏有嘴也说不清了，干脆不说话。

谢淮掏出手机递给她，夏夏没开口，用眼神表达了疑问。

谢淮："给你个机会，打给宿管，打给辅导员，你想打给警察都可以，告诉他们有男人闯进你的宿舍。"

夏夏没有动作，他深深地看着她的眼："不打吗？如果现在不打，你今晚就没机会打了。"

宿管去热水房泡了碗面回来，随口问值班室的同事："借洗漱间的男生出去了吗？"

同事游戏打得正激烈，随口说："走了，应该走了吧？我没注意。大晚上的又没地方睡觉，他留在女生宿舍干什么？"

宿管哦了一声，也没再追问，安心坐在桌前吃面。电脑屏幕上的监控镜头一片祥和，深夜的走廊一个人都没有，只有坏掉的顶灯闪闪灭灭和闪电划破天穹。

耳畔隆隆的雷声划过以后，一切复归平静，世界空荡又安宁。

那一个晚上，夏夏脑子里念头不多，翻来覆去都是谢淮那天说的那句"如果你还是不肯乖乖听话，淮哥就用自己的方式给你解压了"。

他口中所说的解压，果真半点不掺假。

夏夏几乎是被谢淮掐着腰提到床上的，她在他手里摇摇晃晃，挣扎的力道还不如一只鸡崽扑腾翅膀的力气大。

"谢淮你发什么疯？"她捶他后背，咬他肩膀，"这里隔音不好，你快放开我！"

谢淮被她咬疼了，却不松手，眼里透了股狠劲："怕人听见？那你嘴巴可得捂严实点。"

他将女孩丢在下铺的床板上，脱了鞋子钻进去，床帘一拉，隔绝了门上方透明玻璃里映进来的走廊微弱的灯光。

夏夏动弹不得，维持着被他压住的姿势："你太过分了。"

"我过分？"谢淮笑了，低头一口咬在她嘴唇上，当即留下两个清晰的齿印。

他将夏夏两手按在枕侧，不容她反抗，一口一口将她满脸咬得全是口水。

夏夏默不作声，也不喊疼，沉默着让他咬。谢淮咬尽兴了，撑起手臂静静看着她。

"你才是太过分了。"

一场暴雨冲刷了夏日的炎热，潮湿的水分子侵入到可以呼吸的每一寸空气里。夏夏睡裙下的身体冰凉，被谢淮触碰的肌肤却发烫，她与谢淮对视，从他眼里读出了饿狼般的侵略意味。

谢淮笑了，他半直起身，撸掉背心，解开运动裤的系绳，一声不吭地压下来。

夏夏感受着他的蛮横入侵，死死咬住嘴唇，她眼中蒙上了一层模糊的水色，闪着迷离的光。

谢淮望着她，神色中有怜惜，但更多的是叫嚣着寻不到出口的欲望。他动起来，嗓音粗重。夏夏当场就被他弄哭了，她再也憋不住，拳头捶打着他的后背，嘴里乱骂："狗男人……"

谢淮几个月没碰她，一下比一下凶，俯在她耳侧轻轻咬她耳朵："还嘴硬？"

他于黑暗不可视物的夜里轻笑，那声音听在夏夏耳朵里暧昧非常，他说："嘴硬没关系，我有比你更硬的，今天不让你服软，我'谢淮'两个字倒过来写。"

夏夏原本以为他那句话是威胁，是恐吓，却没料到他是认真的。

谢淮并不是如他所说只想要夏夏服软，在夏夏的感知里，谢淮完全是想玩死她。而她别说抵抗，光是闻着他身上干净清爽混着汗液的体味，整个人就犹如骨头散了架一样，一点力气都使不出来，不多久就身体瘫软，化成一汪水，半分动弹的力气都没有了。

谢淮仔细打量她，在她快要攀上峰顶时抽身离开。他满身是汗，滴滴答答沿着脖颈流到夏夏身上，故意使坏，问了句："还分手吗？"

夏夏咬紧牙，将原本的动静通通缩回牙缝。

门外走廊响起脚步声，对面宿舍的女生去卫生间回来经过她门口，隔着单薄的门板听到她在哭，敲门："夏夏？你没事吧？"

夏夏身体绷紧，她刚要开口，谢淮在黑暗里勾起一个坏笑，一举一动将她全部掌控在手中。夏夏控制不住差点将一声呻吟溢出口，她掐着谢淮的手臂，而对方仿佛毫无知觉，怎么让她难堪怎么来。

他眼眸漆黑璀璨，低下头与她前额相抵，刑讯逼供一般："还分手吗？

"还胡闹吗？

“还敢晾着我，让我去找别人做女朋友吗？”

他说到最后，恶狠狠地咬着牙：“敢点头试试看。”

夏夏散在枕头上的黑发被汗打湿，可怜巴巴地黏在肩膀和脸颊上。

门外的女生敲门声加重：“夏夏？你在哭什么？要不要我叫宿管上来？”

谢淮冷漠地捏过夏夏的下巴，让她看着自己：“你再不说话，我现在就出去让她看看。”

夏夏满脸是泪，再也忍不下去了，她伸出胳膊死死搂住谢淮的脖子，依赖和眷恋之情一览无余。

“你别弄我了。”她拼命摇头，嗓音细软，哭得惨兮兮的却极力压低声音，听在他耳朵里就是和好和求饶的信号。

谢淮松开一点，让她给那女生回话。

“没事。”夏夏的声音还带着刚才的哭腔，她说，“刚才做噩梦了。”

女生问：“要我陪你吗？”

夏夏：“不用，你早点休息。”

对面房门关上。

谢淮不羁地笑：“哭什么，夏姐不是挺刚的吗？就会跟我装可怜博取我的心软和同情，但是这招现在没用了。”

他不近人情地说：“晾我四个月，按照一天一次也该欠我一百二十次了，想想怎么补偿我。”

夏夏不说话，他笑：“还有四小时天亮，就先还个零头吧。”

谢淮直起身，冷不防被上床的床板撞了脑袋，他疼得吸气，将夏夏抱下来让她趴在书桌上。水泥地板冰凉，夏夏赤着脚，他让她踩在他的脚背上，高度正好。

四小时放在平时转瞬即逝，放在今夜却让夏夏觉得怎么也望不到头。

窗外的暴雨在三点停了，而谢淮酝酿起的那场疾风骤雨却呼啸过境侵袭了一整夜，夏夏翻来覆去，觉得自己快被他折腾死了。

早上，夏夏是被谢淮毫无章法的亲吻弄醒的，他的嘴唇沿着她头顶发丝一路向下，细细密密及至下巴。

夏夏刚睡没多久，困得眼睛睁不开，被他这样骚扰，起床气上来，一巴掌朝他脸上扇过去："你烦不烦啊？"

"你真是……"谢淮正好被她一巴掌扇在脸上，咬牙切齿地骂，"爽完就打，有没有点良心？"

"我要睡觉！"夏夏烦躁地说，"你挤到我了。"

谢淮夜里是抱着她睡的，他手长脚长，蜷缩在一张单人床上伸展不开，只能将身体紧挨着她。雨过天晴，气温回升不少，宿舍没空调，夏夏热得难受，扭动着想脱离谢淮的怀抱。

谢淮主动朝墙边靠了靠："我不挤你，再让我抱一会儿。"

夏夏闭上眼睡觉，谢淮又不安分了，一会儿玩她头发，一会儿玩她睫毛，最后半撑起身体问她："昨晚说的话还算数吗？咱俩这是和好了吧？"

夏夏不耐烦地嗯了一声，谢淮看着她半梦半醒迷糊的睡眼，又忍不住毛手毛脚。

夏夏捂着睡衣领口："你干吗啊？"

谢淮笑："别睡了，再来一次吧。"

窗外日头已经很高了。

谢淮一脸餍足，捡起凌乱的衣服，站在夏夏面前一件一件穿。夏夏趴在床上起不来，从手臂的缝隙里露出一道目光看他。谢淮注意到她在偷看，走过来弯下身亲她，夏夏被他整怕了，下意识地就要躲，谢淮按住她的肩膀不让她动。

他问："我得走了，午饭想吃什么？"

"不吃了。"夏夏有气无力，"我不想动。"

她看着谢淮："你要去哪儿？"

"去办点事。"谢淮说，"南大新建宿舍楼的项目我已经知道是谁在做了，学校扶持大学生创业，我也和几个老师谈过了，他们给我打了个招呼，但能不能把生意谈成，还要看我自己。"

"接下来几天都不在学校。"他指指自己的侧脸，"再亲我一下。”

夏夏温顺地仰头吻他，谢淮看她的目光宠溺：“如果一切顺利，下次回来的时候，淮哥就有钱了。”

他整理好衣服，走出门的那一刻夏夏叫住他。

“谢淮。”她低着头，轻声说，“我没想要分手，我只是……”

“知道。”谢淮穿上衣服后像野兽披上人皮，昨晚那仿佛要将她撕碎的狠劲不在，整个人都变得温柔了，“你如果是真的要分手，我也不会忍到今天才修理你。”

“谁都会有情绪崩溃想一个人静静的时候。”他笑着说，“我的夏夏已经很厉害了。”

夏夏的宿舍在三楼，谢淮走到一楼和二楼的楼梯隔层，看到宿管站在门口，于是迂回绕到二楼的洗漱间，从大开的窗户上踩着宿舍楼砂质的外墙翻了出去。路过的人看到女生宿舍里跳下来一个男生，忍不住侧目，谢淮却不在意，他心情极好，回头看了眼三楼的窗户。

夏夏拉开床帘，让清晨的阳光照了进来。

她腰酸腿软，强撑着去洗漱间洗漱，回到宿舍见昨晚敲门的女生拎着一包东西站在门口。女生见她回来，举起手里的东西给她：“这是谢淮让我带给你的，说让你拣着喜欢的吃，晚上也不用出去买饭了，拿一楼的微波炉热一下就行，如果你想吃新鲜的食物就发消息给他，他给你订外卖。”

夏夏接过来，那满满一兜都是她爱吃的。谢淮问她中午吃什么，她说不吃，他就把她喜欢吃的食物都买了一份。饭盒最上面放了一张餐巾纸，夏夏翻过来，只见上面谢淮歪歪扭扭的字体写着：“等我回来。”

字的下方潇洒地签了自己和夏夏的名字，用一个心形框了起来，她看着那丑如狗刨的字体，忍不住笑了。

谢淮一个星期没有回来，夏夏问过几次，谢淮从来不把遇到的困难对她说，嘴里的话永远都是“没什么问题”。夏夏知道谢淮是怕她跟着担心，也不想在她面前显出困窘，就没有多问。

她近几日实习不忙，周末双休，趁着空闲去商场看手表。

夏夏听祝子瑜说过，男人，尤其是出了社会的男人，都需要些东西充门面。

吃喝可以省，房子也可以没有，这些里子的东西你不开口没人知道，但外面的面子不能丢，常常体现在一辆好车、一块好表、一身高级得体的西装，这些东西不仅能体现你的财富地位，也能让坐在你对面的人对你的底气和资本心里有数。

夏夏认识的社会人士不多，赵晋松算一个，郑智明也算一个。赵晋松开宝马M6，郑智明开奔驰，如果不是汽车发烧友，大多数人对名牌车标识的认识也只停留在这两个牌子上，郑智明的车停在宿舍门口接祝子瑜的时候，总是能引来一堆女生的围观。

夏夏曾经也听祝子瑜提过郑智明手上的表，价格十几万。十几万的表夏夏买不起，但几万块的表还是可以考虑的。谢淮自从把菩提珠送了她以后手腕空空，从来没有戴过配饰，夏夏总觉得那里缺了点什么。

柜姐打量着她一身普通的衣服和稚气未脱的学生模样，指着柜台角落慢悠悠地说："是打算给男朋友买表吗？这款比较适合你们的年纪呢，价格也不贵，才五千出头……"

夏夏没有看她指的那款，点了点柜台中间放着的那只表："我想看这个。"

柜姐没有拿给她，而是再三对她说："你们的年龄不适合这款。"

她眼睛上翻，觉得夏夏肯定买不起，不想浪费时间拿给夏夏看。

夏夏从她的表情就能看出她在想什么，脸一沉："适不适合要看了才知道，我就要看这款。"

柜姐语气拔高："这款要三万呢。"

"拿给我看。"夏夏的皮相与骨相都是极美的，她板着脸不笑的时候带着几分清冷的寒意，叫人不敢轻视。

柜姐掏出那款三万块的表，不情不愿地说："这是我们店的高档表。"

言下之意是让夏夏当心点不要蹭坏了。

夏夏随手拎起来看了看，目光都没在上面停几秒，又随手放回盒子里。

“收回去吧。”她面不改色，声音漫不经心，转身就走。

“哎！”柜姐感觉自己被耍了，又不敢当面和客人发生争执，等夏夏走出去才气不过嘟囔，“知道自己买不起还看什么呀？一脸穷酸的学生样。”

夏夏进了另一家表店，这两家店离得很近，都是做设计感很强的小众手表，价格没有那么高，但一眼看过去无论设计还是材质又叫人挑不出毛病，很衬品位和气质。夏夏进去不久就拎着袋子出来了，对面的两个店员结伴去卫生间，路过第一家店门口时的交谈声传入那柜姐耳朵。

“太大方了吧，三万五的表看了十分钟就付款了，她身上也没穿什么名牌，我还以为是学生来穷逛的。”

“有的人就是不爱显摆，奢侈品大牌也不是人人都爱的，你看她的长相和气质也不像穷学生啊，那么漂亮的女孩肯定不会穷到哪儿去，那男款表应该是买给男朋友的吧？女生都这么白富美，男朋友也一定超级有钱超级帅，真羡慕。”

柜姐：“……”

夏夏买完东西径直出了商场。三万五是她全部的存款，换作别的她一定得好好考虑，但想到是给谢淮买东西也没多心疼，东西合适、价格合适她就直接付款了，却怎么也没想到自己成了别人口中的白富美。

夏夏正准备回学校，接到祝子瑜的电话。

“夏夏。”祝子瑜声音急促，“你在万达广场吗？”

夏夏今天出门前特意问了祝子瑜哪里有好看的表店，这家万达是祝子瑜给她推荐的，她知道夏夏在这儿也不奇怪。

夏夏说：“我在，怎么了？”

“万达广场后街的星巴克门口，你过来一下……”

祝子瑜还没说完，夏夏忽然听不清她的声音了，手机那头传来啪嗒一声闷响，紧接着夏夏听到一声粗闷的女人嘶吼：“你叫谁来都没用，当了小三就是婊子，谁敢帮你谁跟你一样是婊子。”

嘈杂的骂声过后，夏夏听到一个尖锐的嗓音："还等什么？把她衣服给我扒了……"

夏夏最担心的事还是发生了。

她挂了电话先报了警，随后朝祝子瑜留给她的地址跑去。

星巴克门口围满了看热闹的人，人群中央，一个中年女人站在祝子瑜面前，粗壮的手指揪着她的头发，另一只手去扯她的雪纺上衣。祝子瑜的衣服被她撕得半碎，肩带滑到裸着的手臂上。祝子瑜也不是吃素的，反手推那女人的肩膀回扯她的头发，两个女人打得难舍难分。

女人："不要脸的东西你还敢打我？"

祝子瑜冷漠："你嘴巴放干净点。"

"我嘴巴不干净？"女人冷笑，"你干净你去勾引我老公，哄我老公给你花钱，还让他偷拿我存折在外面给你买房子？你是给郑智明提供了多少次性服务啊，让他心甘情愿给你花这么多钱？"

祝子瑜听着她嘴里反复出现的"我老公"这几个字，长长的睫毛抖了又抖。

那女人不过一米五的个头，身材肥胖，皮肤黑黄，可全身上下都是奢侈大牌，自信的神情和语气也显示出她必定过着极其优渥的生活，祝子瑜盯着她，每一寸目光里都写着不信。

"郑智明是你老公？"她嘲讽地笑，"开什么玩笑。"

郑智明是国内顶尖院校最热门专业毕业的，又去澳洲留学，十年前研究生的含金量和现在不一样，他在那一代人里是出类拔萃的精英，后来自己打拼开了茶楼和餐饮连锁，平日投资股票、房地产也积蓄颇丰，完全可以算作一个合格的中产。他长得帅，爱健身，无论脸还是身材都保养得很好，追他的女人不知道多少，不说他至今未婚，就算真的结婚了，说面前这个不管哪里看起来都配不上他的女人是他妻子，祝子瑜仿佛听了个笑话。

女人读出祝子瑜目光中的不信和更深层的蔑视，犹如被激怒的母狮子。她甩掉胳膊上的LV挎包，扯下手上的戒指和手链，指着祝子瑜吼道："按住她！"

身后几个女人蜂拥上来，抓胳膊的抓胳膊，抓腿的抓腿，没处可抓的就拿手提包的尖角砸祝子瑜的脑袋。祝子瑜额头被打得通红，女人揪住她的头发，把她推倒在地，脱了平底鞋，疯狂地拿鞋底朝祝子瑜脸上抽。

夏夏赶到的时候，祝子瑜的上衣已经被撕成碎片了，只剩件残破的黑色胸衣歪歪扭扭地挂在身上。祝子瑜打架的姿势极其老练，她不管多少人在打她，也不管多少人盯着她赤裸的身体，更不喊疼，只死死拽住一个人的头发不松手，那女人头皮被扯得生疼，哀号出声，指甲在祝子瑜穿短裤的大腿上划了无数道血痕。

夏夏拨开人群跑过去，推开面前几个人，把祝子瑜从地上拉起来。祝子瑜头发凌乱，满身都是女人们的指甲印，她裤腿翻卷，上衣不见，胸衣也被掀掉了半边。她没有哭哭啼啼，面无表情地把肩带扶正。夏夏把T恤脱了扔给祝子瑜，她里面还穿着件吊带，弯腰将祝子瑜散落在地上的包捡起来。

女人被祝子瑜揪掉好大一撮头发，她捂住头皮，脸色涨红，越过夏夏要继续打人，夏夏挡住她："你敢动手试试。"

女人恶毒地骂："你跟这个小三是一伙的，都是到处勾搭男人不要脸的东西。"

祝子瑜自己挨骂无所谓，但听不得她这样骂夏夏，沉不住气要和她继续厮打："你是不是想死……"

夏夏腰杆笔直，神色坦荡，带着股从容不迫又沉着冷静的劲。她拦住祝子瑜，打开手机摄像头对着女人："警察马上就到，你们对我朋友进行人身伤害，对我语言侮辱，我已经记下来了，有种你当着摄像头把刚才的话再骂一遍。"

女人劈手夺过她的手机砸到地上。夏夏捡起来，屏幕摔碎了，但录像功能还在进行，她冷漠地看着女人："损坏他人财产，又加一条。"

她确认把女人所有恶劣的行为都录下来了，将手机放在买给谢淮的手表提袋里，把提袋放在路边波及不到的地方。

夏日炎热，她穿着一件吊带站着，光天化日之下也不突兀。那群女人又涌到祝子瑜身边，夏夏拿手腕上的橡皮筋将披散在后背的头发扎起一个高高的丸子头。

她走上前，拽住其中一个正在挥着手包打人的女人，毫不留情，一巴掌抡在那女人脸上。

派出所。

女人被民警带去做笔录，祝子瑜坐在大厅的长椅上，从进门起就没说过话。

夏夏出去买了两杯咖啡递给她，祝子瑜接过咖啡，打量夏夏。刚才厮打间夏夏也受伤了，头发凌乱不堪，一边吊带的绳子断了，被她随手打了个结继续穿着。她脸上挨了几巴掌，下巴到锁骨那一片雪白的皮肤上全是指甲的划痕，看起来触目惊心，但远远没有祝子瑜的伤严重。

“吓着你了。”祝子瑜嗓音沙哑。

“小场面。”夏夏轻描淡写，“我从小挨打的时候，可比你惨多了。”

祝子瑜喝了口咖啡：“我从前做过一个梦，我走在街上被一群女人扒光了衣服，没人救我，也没人同情我，所有人都在拿手机拍我，一边拍一边笑，最后把视频放在网上，起了个标题叫‘原配当街暴打小三’。”

“醒来以后郑智明骂我傻。”祝子瑜自嘲地笑，“他说我就是原配，只有我去打别人的份，谁有资格来打我？”

咖啡滚烫，祝子瑜却浑然不觉。她喝光了咖啡，目光落在里面正在做笔录的女人身上：“她是郑智明的妻子，你信吗？”

夏夏蹙眉，按那女人的条件，别说祝子瑜想不通，连她也感到迷惑。可祝子瑜和郑智明的事她知道的也不多，帮她打架只因为两人是朋友，而且当初在谢淮住院的时候，祝子瑜毫不犹豫把自己全部的积蓄转给了她，夏夏很感激她。

其他事情，夏夏持保留意见。

郑智明开车赶到派出所时，祝子瑜正拿着夏夏从奶茶店买来的冰袋敷脸。她原本精致漂亮的瓜子脸被打肿了，上面是数不清的抓痕，没有破皮的地方也印满颜色发紫的斑驳瘀青。

郑智明眼睛通红，面目狰狞得像要噬人，他蹲在祝子瑜面前，五官扭曲地看着自己的结发妻子："是她打的你？"

他弯腰去抱祝子瑜："走，我带你去看医生。"

祝子瑜伸脚朝他膝盖骨猛地一踩，郑智明后仰倒在地上，撞开了身后民警的办公椅。

她神色冷漠得能冻死人，指着远处的女人："她是谁？"

郑智明拉她的手，表情痛苦："瑜瑜……"

祝子瑜将手里的冰袋砸在他脸上，重复："我问你，她是谁？"

郑智明之所以暴露是因为他在昌平区买了一套房。

祝子瑜见识了老宿舍楼的恶劣条件后就开始琢磨在校外租房子的事，她和郑智明说了这个想法，郑智明放在了心上，可他没打算租房子。一来以他的资产租房住实在叫人笑话，二来不是自己的房子住起来到底不安心。

他瞒着祝子瑜，在大学城附近全款买了套四室两厅的公寓，打算开学后给她一个惊喜。

南城房价贵，哪怕昌平区那样偏僻的地段，一平方米都要一万多块。他在国外养病的妻子手机绑定了银行卡，她虽然人不在国内，却将郑智明看得很紧，这也是当初夏夏借钱时郑智明说没钱的原因——但凡他有大额花销，妻子一定会打电话来问。借钱给一个不相关的人解释起来太麻烦了，索性不借。

银行卡上少了二百万，妻子打电话来问，郑智明坦然告诉她自己买了套房子做投资用，言辞和语气都没有破绽，可女人的第六感就是这么微妙的东西，她不知是出于什么心理的驱使，打电话查了银行的流水——在她外出疗养这一年里，郑智明的花销是从前的三倍。虽然祝子瑜平日并不和他要东西，但两人旅游玩乐开销也不小，加上郑智明注重生活品质，加起来就是很大一笔钱了。

女人当晚就乘飞机回来，但没有告诉任何人。接下的事如影视剧一样狗血，她请人调查，发现老公偷偷包养女大学生，气不过找来一群朋友将一个人逛街的祝子瑜团团围住，找她麻烦。

郑智明出身乡村，能顺利完成学业全靠资助，毕业典礼上那位资助他多年的煤老板笑眯眯地将女儿介绍给他，毫不掩饰地提出要他入赘的想法。煤老板承诺，只要郑智明娶了自己女儿，不仅这些年的学费不要他还，还可以给他提供资金去赚第一桶金。

郑智明一路从底层摸爬滚打，见过世态炎凉和人间冷暖，他知道在这个时代单靠一个人奋斗改变阶层有多难，于是抛弃了相爱八年的初恋，娶了现在的妻子。

他事业有成，可婚姻并不幸福，结婚八年，在家听得最多的就是所谓的“凤凰男”。妻子丑陋、粗鄙，从小在宠溺里长大的独生女，性格暴戾又蛮横，她不会为人着想，不会任何家务，没有任何技能，甚至在接受完九年义务教育后就以不喜欢读书为由回到家里。婚前父母养，婚后老公养，她做着全职太太，不用赚一分钱，也不用做一件家务，全部的时间和精力都用来娱乐、吃喝、旅游，以及挖苦自己的老公。

郑智明结婚多年，性生活几乎等于没有，他可以为自己的太太提供优渥的生活，却没办法对着那样一具身体产生一丁点欲望，哪怕关了灯也不行。两人性生活最频繁的那段日子，是郑智明想要个孩子，努力了几个月都没成功，去医院检查，发现女人患有多囊卵巢综合征，无法受孕，而她自己对检查结果毫不意外，显然是早就知道的。郑智明感觉受到了欺骗，女人瞒着自己不能生育的事，心里也有点过意不去，主动联系了国外一家有名的医院去做疗养。

她出国以后，郑智明通过赵晋松认识了祝子瑜。祝子瑜和他学生时代的初恋眉眼间有几分相像，她身上那独有的冷艳与学生朝气蓬勃的气质混合，让郑智明一见就被勾走了魂。

“开始只是想玩玩，但后来我真的无法自拔了，瑜瑜……”郑智明看着祝子瑜一点点暗沉的脸色，和眸子里逐渐失去的光泽，心都快碎了，“她把你打成这样，我不会让她好过，回去我就找律师，我一定会和她离婚……”

祝子瑜默不作声，她沉着眼，浓密的睫毛在脸上垂下一道阴影。

女人隔着一段距离听到郑智明的话，发疯般要冲过来打他，随后被民警拦住。她拿过手边可以够到的一切东西，水杯、花瓶、文件夹，通通朝他和祝子瑜砸过来。

郑智明护在祝子瑜身前：“你能不能别像个疯子一样？”

他温润的眉蹙起一道十分不耐的褶皱，每一寸表情和语气都彰显着对这位妻子有多厌恶。

祝子瑜甩开他的手，郑智明执着地拉住她：“你受伤了，我们先去医院检查……”

“放开我！”祝子瑜吼着给了他一耳光，她的脸惨白没有血色，因为愤怒，整条手臂止不住地颤抖。

她指着郑智明，嗓音嘶哑：“恶心东西。”

郑智明的神情几乎破碎，他抿了抿唇，强装出冷静的模样：“你怎么打我都行，千万别生闷气，也别跟自己的身体过不去。”

祝子瑜不停打他，他全部承受下来，死死抱住她。

“跟我去医院吧。”他用一种祈求的语气，“你怀孕了。”

那一瞬间，夏夏扭头看向祝子瑜，祝子瑜原本就苍白的脸色蔓延上一层如遭雷击的乌青，她瞪圆了眼，整个人摇摇欲坠。

“是真的。”郑智明说，“你这个月不是没来例假吗？”

Chapter 23 夏夏今晚陪老公

祝子瑜的例假一直不准，前几天她刚和郑智明抱怨这个月还没来，该不会是怀孕了吧。郑智明当时没什么表情，只是安慰她两人每次都做了措施，不会怀孕的，叫她不要多想。

夏夏陪祝子瑜坐在医院的走廊上，搂着她的肩膀：“他在骗你，好端端的怎么就怀孕了？”

祝子瑜没吭声。医生叫号，夏夏进去接过检验报告单，看到上面那栏印着“早孕”两个字，一阵头晕目眩。她头一次接触这种事，再怎么冷静也一时缓不过来。祝子瑜盯着夏夏手里那张单子，虽然看不清字，但从夏夏的表情就能看出端倪了。

“怀了？”她看起来十分平静。

夏夏把B超单子折起来塞进裤子后口袋：“我们换家医院再查一次。”

“郑智明一直想要小孩，他说等我大学毕业就结婚。”祝子瑜面无表情地说，“算算日子，现在怀孕，临产的时候我也刚好毕业了。”

夏夏后脊骨一阵凉，她看到单子时满脑子想的都是避孕措施不是百分百有效，祝子瑜也太倒霉了，她完全没往这可能是郑智明在搞鬼那方面想。

可祝子瑜显然不是这样想的，她漂亮的眼睛通红，洁白的贝齿死死咬着嘴唇，看着夏夏：“我能让他如愿吗？”

祝子瑜走进科室，问大夫人流的相关事宜。她做事全凭内心，不太考虑后果。和夏夏的小心翼翼不一样，她向来有话就说，有事就做，从不掩饰自己真正的性格，她爱郑智明的时候是真爱，但恶心他也是真的恶心。

恶心到让那胚胎在身体里多待一秒钟都难以忍受。

夏夏平时再有主意这时候也茫然了，不知道该劝她再想想还是怂恿她打掉。祝子瑜决定的事没有回旋的余地，她谁也没有告诉，把银行卡和身份证给夏夏，让她帮忙去楼下缴费办理手续。

夏夏回来时祝子瑜捂着小腹，将整个上身俯在腿上，头埋在臂弯里，脆弱得像个孩子。她没有哭，把单据交给医生，甚至连一丝犹豫都没有，跟着医生进了屋子。

谢淮接到夏夏的电话时是下午五点，晚上有个重要的局，他正要出门。

夏夏问：“现在忙吗？”

她的语气没有平日和他聊天时的散漫，带着点颤音，谢淮问：“怎么了？”

夏夏把情况简要和他说了一遍：“别人休息一会儿就能走了，但是子瑜特别严重，一直在流血，卫生棉都湿透了，大夫说这是正常现象，可她疼得没办法走路，这里也不能住院。”

“她家人不在南城，你如果不忙，能不能过来一下？”夏夏急得团团转，祝子瑜疼得趴在她腿上一动不能动，门诊楼马上就要下班关门了，她抱不动祝子瑜，两个人从这层楼离开都困难。而这种事又没办法找别人帮忙，传出去祝子瑜在学校就没法混了。

谢淮说：“知道了，我现在过去。”

谢淮买了最近一班高铁票从邻市赶回来，赶到医院的时候正好是关门时间，夏夏正在和巡楼的保安争论想再停留一会儿。谢淮一眼看见夏夏脖子上的伤和她那断了半截的吊带背心，脸瞬间沉了：“谁打你了？”

“回去再说，先把子瑜带下去。”

谢淮脱了外套给夏夏披上，横抱起躺在长椅上的祝子瑜。夏夏去按电梯，直接到一楼停车场。谢淮把祝子瑜放到后座，她裤子上全是血，疼得快要昏过去了。谢淮发动车子，路过医院门口的减速带车子一震，祝子瑜醒了，她抓着夏夏的手，满脸的汗把鬓边头发全打湿了。

谢淮从后视镜看见夏夏的手被她的指甲掐出几个红印子，忍不住开口：“祝子瑜，你疼你的，抓夏夏干什么？”

夏夏连忙说：“没事，疼你就握着我吧。”

她把手递给祝子瑜，祝子瑜却不抓了，她瞪着眼睛看向车顶，谢淮开了灯，车厢内一片温暖的昏黄。

谢淮将祝子瑜放在客房床上，夏夏把他赶出去，给祝子瑜换卫生棉。祝子瑜吃了药就睡过去了，她做完手术出来后一个字都没说，夏夏把她带到谢淮租的房子里她也没表态。

夏夏关上房门出来，谢淮在厨房里整理东西，刚刚他去小区外的菜市场买了只母鸡和一些蔬菜，还有一个星期开学，这段日子祝子瑜肯定要在这儿住了。

“我看看。”谢淮捧着夏夏的脸检查，“你还没告诉我谁打的。”

夏夏话在嘴里兜了几圈，吐出来的时候满满的怨气：“郑智明真太不是东西了！有老婆在外面乱搞就算了，还想让人给他生孩子。祝子瑜怎么可能刚好怀孕，那套子说不定就是他扎破的！真的太反胃了，油腻的老男人，把他阉了都不为过！恶心东西，垃圾男人，呕！”

谢淮用劲捏她的脸，夏夏哎哟一声，捂着脸委屈地说：“你干吗！”

“垃圾男人他也配叫？”

夏夏从前一生气就爱骂谢淮，她更是在微博上连发了许多条“垃圾谢淮”这样的话，谢淮这人小心眼的地方很怪，比如从前夏夏叫赵一雷哥他要生气，现在听她叫别的男人是垃圾他也要生气。夏夏惊讶于谢淮竟然为了一句“垃圾”吃醋，揉着脸换了别的骂法。

谢淮一边听她骂，一边从电视柜下面掏出药给她脸颊抹药。

药膏冰凉，涂到肿痛的脸上，夏夏的怒气消了一点，好久没看见谢淮，笑嘻嘻地抱着他的胳膊：“淮哥你千万别心疼，我还手了，打我的人脸比我肿得还高呢。”

谢淮鼻子里发出哼的一声：“你挺得意是不是？”

他把药膏收起来，夏夏乖巧地依偎在他怀里，用头顶去蹭他的下巴。

“我错了。”她声音软软的，谢淮一时间没反应过来她在道歉。

他问：“你错哪儿了？”

“之前不该跟你分手，也不该让你去找别人做女朋友。”夏夏掰着手指一件件数自己犯下的罪孽，“我确实想过，如果你找赵珊琪那样的女朋友就可以少努力几年，但见了郑智明我才发现，吃软饭的男人有多恶心，如果你变成那样……”夏夏想也不敢想。

谢淮扬眉：“软饭也不是不能吃，要看吃谁的。如果是夏姐给我的软饭，我不仅要吃，还要多吃几碗，但是别人不行。”

“你能想明白改过自新最好，但这不代表你晾我那几个月的账我就不跟你算了。”谢淮笑道，“我记得清清楚楚，你这是什么表情？跟我装乖也没用。”

“淮哥……”夏夏扑到他身上撒娇，和好以后又变回从前那甜甜的模样，“我都知道错了，你就别跟我记仇了。”

她脸红红的：“别算账了行吗？这要算到什么时候啊？上次你走了以后……”她的声音越说越小，“我一天没能下床。”

她温软的身体在怀里拱，谢淮咬着牙推开：“别蹭，再蹭走不了了。”

夏夏茫然：“你要去哪儿？”

谢淮看着她，夏夏反应过来：“你不会是临时跑回来的吧？今晚还有事吗？”

谢淮理了理衣服，他打着黑格子领带，是他只有谈正事时才会出现的打扮。

夏夏问：“我耽误你的事情了吗？”

“怎么会。”谢淮忍不住低头吻她，“花在你身上的时间不能算耽误。”

他看了眼手机时间，搂着夏夏的腰在她唇上重重吮了一口：“我要走了，回来再收拾你。”

“等等……”夏夏想起了什么，从沙发下的袋子里掏出一个小盒递给谢淮，“把这个戴上吧。”

谢淮放在耳边摇了摇，弯起唇：“是什么？想跟我赔礼道歉还是想贿赂我？”

几天没见，谢淮狗嘴里依然不说人话：“你要真的诚心道歉也不用送礼物，在床上多叫几声爸爸就能把淮哥哄得服服帖帖。”

他打开，里面是只漂亮大气的男士手表。

夏夏把标签扔了，但仍然能看出价格不菲，他扣上盒子还给她：“别乱花钱，拿去退了。”

可他的目光还在上面流连，看得出很喜欢夏夏送他的东西。

无关价格，只因为这是夏夏送他的。

“标签都撕了，退不了。”夏夏拉过他的手腕，帮他把表戴上，“男人谈生意一定要戴一块好的腕表，夏姐现在还没钱，以后一定给你买块更好的。”

夏夏见谢淮神色犹豫，踮脚吻了吻他的脸颊：“不准不要，你戴上它把生意谈好，然后赚好多钱回来养我。”

谢淮笑了，按着她的头发贴在怀里揉了揉。

他走到门口换鞋，夏夏忽然叫他：“淮哥。”

谢淮回头，她说：“我不怎么疼，你别去找他们麻烦了，这事虽然子瑜也是被骗，但说到底有点理亏。”

她听赵珊琪说了谢淮去堵赵晋松给她出气的事，也见识过谢淮一个酒瓶下去把欺负她的变态摄影师脑袋打开花，她现在被人打成这样，谢淮虽然嘴上不说，但他要不去找麻烦就不是谢淮了。

越平静才越可疑，谢淮除了给她抹药什么都没说，夏夏才不信他能憋住不去给她找场子。

“更何况我也打人了，这就算扯平了吧。”

谢淮没答应也没拒绝。

他将手腕的那截衬衫挽上去，露出夏夏为他戴上的手表，淡淡道：

“看我心情。”

情变、挨打、怀孕、分手、堕胎……短短一天发生了太多事，在常人看来需要很久才能平复下来，但祝子瑜就这么挺过来了。她沉默而安静，躺在床上，背影瘦削单薄，眼睛闭着，一动不动，夏夏只有凑近才能听到她轻微的呼吸声。

她不敢离开，怕祝子瑜想不开，晚上就抱着毯子在房间打地铺。

她知道祝子瑜有多喜欢郑智明，恋爱时小女人的娇态欺瞒不了人，祝子瑜每当提起男朋友时嘴里那句甜甜蜜蜜的“我们智明”和她那会发光的眼睛，就是最好的证明。

夏夏不敢想这件事对她的打击有多大，也不知道祝子瑜的心理承受能力能不能支撑她撑过这样的绝望。她换位思考，今天的事情如果发生在自己和谢淮身上，她绝对无法做到和祝子瑜一样，干净利落地分手，干净利落地打胎。

夏夏失眠了，她感觉祝子瑜也没睡。祝子瑜虽然不动，但呼吸很不平稳，夏夏凑近床边，看到她虽然闭着眼睛，睫毛却在不停颤抖。

夏夏实在睡不着，爬起来去厨房料理谢淮买的母鸡，她切了点玉米和红枣放在瓦罐里煲汤。汤煮好了，天也亮了。

夏夏端去祝子瑜的房间，发现她不在床上，窗帘被拉起，窗户大开着。夏夏吓得差点把碗摔了，她趴到窗口去看，身后传来祝子瑜的声音：“你在看什么？”

她脸颊白得像纸：“我如果为一个男人跳楼，我妈会难过的。”

祝子瑜下面刀割一样疼，走路不敢放大步子，一点一点挪到床边：“屋子里味道难闻，我开窗通通风，医生也说养病要保持空气畅通。谢淮呢？”

“他有事先走了，这几天都不会回来，你安心住。”夏夏把鸡汤放到床头柜上，“先吃点东西吧。”

“你陪我吃。”

祝子瑜一天没吃东西，上来没喝汤，先啃了两碗肉，她一个人解决掉半只鸡，心满意足地抹了抹嘴巴，从砂锅里舀了一碗汤慢慢喝。夏夏见她情绪平稳了，时不时和她聊一些学校的话题，想分散她的注意力。

“过年你去谢淮家了……”祝子瑜突然问，“他家人喜欢你吗？”

夏夏想起乔茹，笑笑：“阿姨对我很好，之前我和谢淮闹别扭，她还打电话来陪我聊天，问是不是谢淮欺负我了。”

祝子瑜也跟着笑：“原本我想今年带郑智明回家见我妈，她不知道我找了个老男人，我还发愁要怎么跟她说呢，现在轻松了。

“我妈当年是养尊处优的大小姐，我外公在广东做生意，九十年代她零花钱就比我现在一个月的生活费还多，买件大衣都是四位数。她会弹钢琴，会做烘焙，会插花，所有烧钱的上流社会消遣没有她不会的。

“我爸是我妈的英语老师，穷小子一个，我妈为了他和家人闹翻，心甘情愿放弃一切跟他私奔。可我长这么大，从来没见过我爸。”

祝子瑜笑着问：“夏夏，你知道从小没有爸爸的小孩最渴望什么吗？”

夏夏从前不解，祝子瑜要身材有身材，要美貌有美貌，性格大大咧咧不做作，南大追她的男生不在少数，其中不乏一些有钱长得帅的富二代，可祝子瑜通通看不上，找了郑智明这么一个三十多岁的男人。

祝子瑜说出这句话后，夏夏明白了。从小没有爸爸的小孩缺少父爱，一部分女孩对父爱的渴望会潜移默化地影响她们的择偶标准，她们喜欢成熟稳重年龄大的男人，以弥补幼年时缺乏父爱造成的安全感缺失。

夏夏小时候也很渴望父爱，但见识过夏军这样的男人以后，她觉得这东西也可有可无了。

“我妈怀我的时候我爸出轨，我妈和他离婚，带我换了一座城市生活。她性子犟，不肯和我外公低头认错，一个人卖了十多年早点把我养大。我妈很爱我，她怕嫁人后继父对我不好，所以这些年都没有再结婚。”

祝子瑜说：“我妈这辈子最恨出轨的男人，我曾经觉得我一定不会步她的后尘，我这么漂亮，哪个男人会放着我不要去出轨外面的狐狸精呢？”

她手里鸡汤的碗晃了晃，虽没有说话，但夏夏完全可以猜出她此刻心里在想什么。祝子瑜在想：没想到到头来她才是外面的那个狐狸精。

“你是不是觉得我很傻？”祝子瑜问，“你跟我说郑智明有问题，可我还是执意要和他在一起。”

夏夏轻声说：“你有你的想法。”

“我确实想过你说的话，但我找不到他的破绽。他的手机没人查岗，房子任我出入，家里全是男性用品，没有一丝女主人生活过的痕迹。他身上永远只有我的香水味，我可以把粉底和口红蹭在他的每一件衬衫上而不用担心被骂，可以在他的车里摆满我的东西，可以在他脖子上留吻痕，他陪我在酒吧玩到凌晨，甚至陪我出去旅游一个月都没人催他回家，这是有家室的男人该有的样子吗？

“他不把我介绍给朋友，不带我去店里，我就以为他只是单纯想玩玩我，像赵晋松想包你那样。他不想我进入他的生活，也没打算让我做他的老板娘，可我喜欢他啊，我觉得无所谓，我想就算他现在对我不真心，将来总有一天也能喜欢上我。”

祝子瑜眉宇间的痛苦只出现了短短片刻，瞬间又恢复成那副没心没肺的冷艳模样：“他装得太像了。”

夏夏说：“不带你去店里是怕有人给他妻子通风报信吧？他还是真心喜欢你的，就是……”

祝子瑜说：“我消受不起。”

她看着夏夏：“遇到一个真心、坦诚，能毫无保留爱你的人太难了，我以为自己遇到了，可最后还是被耍得团团转。你和谢淮要好好的，看到你过得好，我也会为你开心。”

门铃响了，夏夏去开门，来人是郑智明。

夏夏脸色一变就要关门，郑智明把脚别进来挡住：“瑜瑜在你这儿？”

夏夏不知道郑智明是怎么知道这里的，但肯定不是什么合法途径。他昨晚给祝子瑜打了几十个电话，祝子瑜都没接，一大早就忙不迭地查到地址赶过来。

夏夏漠然：“祝子瑜不在，出去，不然我报警了。”

郑智明要进去看，夏夏拦不住一个成年男人，郑智明推开卧房的门，祝子瑜正安静地倚着床头喝鸡汤。

郑智明见她萎靡不堪，虚弱地缩在被子里，走过去握住她的手："你生病了吗？我想陪着你的，可昨天你生气不要我送你回来。瑜瑜，我已经和那女人说开了，虽然她现在还不同意离婚，但没关系，我有很多律师朋友……"

"没有。"祝子瑜没有发怒，她将手抽回，目光淡漠地扫过郑智明的脸，"我没有生病，流产后身体虚弱，医生说是正常现象。他还说养病期间不能劳累，要保持良好心情，你如果没话说就走吧，这是夏夏家，别打扰人家。"

郑智明脸色一刹那变白，他牙齿打战，眉峰挑起："你说什么？"

祝子瑜美艳的唇角扬着残忍的弧度："你知道她快回国了，所以故意让我怀孕，你以为这样就能拴住我，对吗？"

郑智明的手指一直颤抖，目光死死盯着她藏在被子下的小腹。祝子瑜冷笑："可我祝子瑜只给喜欢的人生孩子，你不配。"

郑智明怔了很久才找回声音，他嗓音嘶哑："你不喜欢我了？"

祝子瑜扬眉："你不是人。"

郑智明情绪激动，眼珠猩红："你竟然把我们的孩子打了……你怎么能这么狠心？这也是你的孩子，你和我生气关孩子什么事？孩子是无辜的！"

祝子瑜笑："老娘想打就打，生气吗？"

郑智明扯她手臂："你现在跟我走。"

祝子瑜拿过床头柜上的鸡汤瓦罐直接砸在他头上，郑智明的头被碎瓦片割破，最后一丝理智也没了："你如果现在跟我离开，我可以原谅你去人流的事，如果不走，那你别后悔。"

"你们学生不是喜欢玩贴吧吗？"郑智明咬着牙，"你信不信我把这些都发到你们学校贴吧上。"

他举着手机，祝子瑜看了眼上面的东西，淡定的脸色变了，随即又恢复如初。她眼神如刀，一刀一刀剐在郑智明身上，让这个想用这种低劣手段把她绑回身边的男人心被戳得如筛漏一样。

他又问："你走不走？"

祝子瑜淡淡地笑："有种你就去发。"

谢淮回来后，夏夏把郑智明来过的事和他说了。谢淮正在换衣服，好奇地问："郑智明手里有什么东西？"

夏夏难以启齿，尴尬地说："就是那时候拍的小视频，祝子瑜那人你也知道，心本来就大，她喜欢郑智明的时候什么都能答应他。那视频露脸，郑智明要子瑜回到他身边，不然就把视频放到南大贴吧。"

谢淮："祝子瑜怎么说？"

"她让郑智明滚。"

谢淮："这叫心大？这是傻。郑智明倒是也给我提供了一个思路，以后我也得抓点你的把柄在手上，你再跟我闹别扭，我就拿出来威胁你，看你敢不敢分手。"

他说完看着夏夏，目光炯炯有神："不过你跟我说有什么用，难不成我能帮她把视频要回来？"

夏夏神色楚楚可怜："不行吗？"

"祝子瑜让你来问的？"

夏夏摇头："她什么都没说，是我想帮她，如果郑智明真的发疯把视频发到网上，这对子瑜伤害一定很大。"

谢淮脱掉衬衣，换上家居T恤，慵懒地倚在床头玩手机，扬眉道："夏姐太高估我了，让我一个屁都没有的穷学生，从一个有钱的老男人手里抢东西，这有点强人所难啊。"

"可你一个屁都没有的穷学生，还不是把另一个有钱的老男人堵在桥上吹了一晚上冷风吗？"夏夏摇晃着他的手臂，语气软软地拍他马屁，"淮哥，我知道你最厉害了。"

谢淮不动声色地把胳膊抽回来："那是为了你，祝子瑜和我没半毛钱关系，我为什么要帮她？"

"和我有关系啊，她是我朋友。"夏夏说，"而且之前阿姨住院的时候，只有她愿意借我钱，她平时花钱大手大脚的也没攒下什么钱，听说我要借，一下子就把所有积蓄都给我了。"

谢淮神情缓和了不少，但嘴上依然不肯松口：“那也不行。”

“我这么久才回来一趟，你都不问问我生意有没有谈成，张口闭口就跟我提祝子瑜，你是我女朋友还是祝子瑜女朋友？满口都是祝子瑜，你干脆嫁给她得了。”谢淮说，“老子现在很吃祝子瑜的醋。”

夏夏连忙问：“那你生意有没有谈成？”

谢淮冷漠：“拜祝子瑜所赐迟到了三个小时，你说有没有谈成？”

夏夏一时很愧疚，没再提祝子瑜的事，她爬起来穿衣服：“我还是去报警吧。”

谢淮吊儿郎当地笑：“报警有用？”

“当然有。”夏夏认真地说，“前几天我把录下来的视频交给警察，那女人最后赔偿了医药费和我手机的修理费呢。”

“你有郑智明拍了视频的证据？就算他拍了，你知道他发没发？他没有勒索祝子瑜，警察不会管的。”谢淮说，“你有这工夫去警察局，不如想想怎么求求淮哥。”

夏夏疑惑：“可你说了不帮啊。”

谢淮静静地看着她，他一腿平直在床上，一腿曲起，手指搭在膝盖上。

“我如果帮了她，有什么好处？”他问。

夏夏：“祝子瑜没钱，你不要趁火打劫。”

谢淮：“谁稀罕钱。”

夏夏不明白了。

谢淮伸手：“过来。”

夏夏乖巧地躺在他臂弯里，静静依偎着，谢淮侧身抱住她，在她额头轻轻吻了吻：“想我吗？”

夏夏嗓音软软的：“想。”

她舒服地枕着他的手臂，慵懒得如同一只晒太阳的猫咪。谢淮手指沿着她后脑的发丝一路蜿蜒，抚过她秀气的眉毛、眼皮、鼻尖，最后落在嘴唇上。

谢淮温热的指腹在她柔软的嘴唇上蹭了蹭，声音压得很低，暧昧又让人着迷：“弄一次，你要我做什么都行。”

夏夏本来只是有点红的脸瞬间染上羞涩的红云，她把脸埋进谢淮胸口，声音唔唔的："你不要脸！"

片刻后，她又抬起头，看着谢淮，眼神勇敢而明亮："真的做什么都行？"

谢淮目光炙热，深邃如黑洞，能将人整个吸进去。

他挑眉："你要我的命都行。"

夏夏咬着嘴唇，扯掉他宽松的家居裤。

她俯下身去，最后一句话是："你别出声，会被子瑜听到。"

夏夏技术差得离谱，谢淮想喊停又不舍得，看着心爱的女孩乖顺地为他做这种事，心里温柔得几乎满溢。她的眼睛璀璨如星星，蕴满模糊的水光，偶尔看向谢淮，闪过一丝羞赧。

谢淮不觉得自己刚刚说的那句话有假，假如夏夏要他的命，他真的能给她。他目光虔诚，带着滚烫的温度，手掌向下，触摸到女孩的脸颊、嘴唇，停留在她的头发上。

谢淮触摸着她细软的发丝，指骨轻轻颤抖，嗓音也哑了。

他轻声喊："宝贝儿……"

夏夏红着脸去卫生间刷牙，谢淮躺在床上看着天花板出神，过了一会儿，他鲤鱼打挺般蹦起来跑到卫生间，从后面抱住夏夏。

镜子里的少年英俊，脸部硬朗的线条因为眼神中的温柔看起来没有那么冷漠。他偏头，碎碎的亲吻落在女孩白皙的脸上，下巴抵在她肩膀上亲昵地磨蹭。

夏夏嘴里全是牙膏的泡沫，说话含糊不清："让开，我刷牙……"

谢淮像个黏人的小孩，沿着她侧脸一路吻到脖颈："媳妇儿，跟你说个事，你别生气。"

夏夏的目光在镜中和他对视，谢淮说："那天虽然迟到，但生意还是谈成了，刚才是故意骗你的，就算你不做，这事我也会帮。"

夏夏："……"

"刚才舒服死了，我们夏夏真棒，淮哥爱你。"谢淮按住她，在她脸上狠狠亲了一口，转身跑了出去。

等夏夏漱口出来找他算账时，谢淮已经穿上衣服出门了。

谢淮一整晚没有回来，第二天是七夕，夏夏去市场买了许多食材打算晚上做顿像样的饭。祝子瑜身体虚弱，能吃的东西不多，她照旧给她炖了鸡汤，就在准备做晚饭的时候，手机收到了谢淮的短信。

> 这个七夕，你想拥有一段浪漫的爱情体验吗？你想拥有青春里最张扬、最放肆的回忆吗？你想拥有宇宙最帅的淮哥一夜的真心相伴吗？
>
> 回复“谢淮最帅”，并在半小时内赶到南大操场，一切不再是梦，一切唾手可得。

夏夏心想这是什么沙雕短信，随手回复了“TD（退订）”。

谢淮坐在操场边，咬着手指冥思苦想才编出这么一段在他看来极有新意的短信，看见夏夏回复“TD”直接炸了。他跳起来给夏夏打电话，女孩慢悠悠地接了，他咬牙切齿：“过来。”

夏夏说：“我要照顾子瑜。”

谢淮更气了。

夏夏这才慢悠悠地说：“好吧，你等等哦。”

她把祝子瑜的饭做好，下楼看见谢淮已经把粉红色的电动车推了出来放在门口。她骑着电动车去了南大，还在放暑假，学校里没什么人，路灯也没开，一条路上昏昏暗暗，靠近操场才有了点亮光。

光是从操场那边映射过来的，不是路灯，不是星光，而是密密麻麻数不清的烛火。四百米的塑胶跑道上，每隔半米就摆着一根蜡烛。谢淮手里拿着打火机，踩着滑板在蜡烛间穿梭，弯腰将烛火点起。夏夏远远站着，没有说话，谢淮却仿佛心有灵犀般抬头，在绚烂烛光的烘托下，他俊美的面容温暖而清晰，一手抄兜，另一只手朝她挥了挥。

夏夏走过去，谢淮一动不动地站在那儿，如同童话里走出来的小王子一样耀眼。

他掏出一个U盘：“郑智明手机里的视频我亲手删掉了，电脑我也检查过，这是他的备份，拿去给祝子瑜吧。”

他右手揣在兜里，却没能逃过夏夏的眼睛，她拉过他的手，上面缠了一道纱布："怎么伤的？"

"有点难搞。"谢淮笑，"但我既然答应你了，就一定会做到。只是被石头划了一下，医生非要小题大做，其实不严重。"

夏夏没问谢淮是怎么从郑智明手里拿到东西的，早在修理夏军的时候谢淮就给她上过一课——既能把人整得生不如死，还能不留一丝外伤。对于谢淮而言，这世界上大概只有他不想做的事，而没有他不能做的事。

夜里起了微风，从操场另一端徐徐拂来，吹灭了许多摇摇颤颤的蜡烛，天上星光盈盈，映着夏日里半边黑暗半边火焰的操场。

夏夏有些失神："你点这么多蜡烛做什么？"

"想让你开心。"谢淮坦然地说，"从前在一起的时候，我顾虑太多，欠你一个像样的告白。和好以后我又太忙，都没什么时间陪你，又欠你一个像样的仪式。今天七夕，回来的路上看到有家卖蜡烛的店我就买了，我想让你开心。"

夏夏不说话。

"夏夏。"他问，"那天我们吵架，你说我大男子主义，还记得吗？"

夏夏点头，她刚要道歉，谢淮说："我不是大男子主义，就算是，也不会对你。

"我生气的点在于，你不想让我一个人承担压力而选择去工作，却从来不明白我有多心疼你、多想保护你。社会的残酷你还不懂，我经历过的冷遇、遭受过的白眼、走过的路、喝过的酒，我不想让你这么早经历，如果可以，我甚至不想让你经历。

"迫于生计去努力一点也不酷，能随心所欲做自己喜欢的事情才最酷。我想让你别顾忌其他，别在乎压力，可我只能嘴上说说，我根本做不到。所以那天我不是对你发脾气，是对我自己，我恨自己无能为力。"

晚风拂过夏夏的侧脸，吹起她耳畔的柔软发丝。她俏丽的面容映在璀璨的夏日焰火里，谢淮知道自己爱她，当夜深人静，两人四目相对时，他又觉得，自己仿佛比自己所知道的更爱她。她的每一个神情，每一句言语，每一束目光，每一寸肌肤，甚至每一缕发丝，都承载着这世上难以言喻的美好。

他说不明白，只是觉得这辈子就这样了，像他曾经说的那样，被她吃得死死的，一分一秒都不能停止爱她。

“现在不一样了，那些话不仅只是说说，我可以给你承诺。

“我想让我的夏夏成为一个酷女孩，我能让她去做任何她喜欢的事情。”

谢淮伸出手臂，温柔地将夏夏抱入怀里：“我有钱了，你回来吧。”

夏夏老老实实地辞掉实习工作，捧起了专业书，虽然是在谢淮的半强迫下准备考研，但她也没有不情愿。实习的工作很累，除了通勤上班之外就是睡觉休息，基本没有精力做别的。夏夏在一家大公司实习，打卡签到严格，加班现象也严重，她一个新来的实习生不仅要端茶送水拎外卖，还要接受前辈做不完的工作，每天都得看人脸色。她早就不想干了。

离考研还有四个月，现在复习已经算晚了，不过夏夏专业课和英语一直很扎实，只要把专业书过一遍，看看政治，最后再系统背上几遍，问题不会太大。

祝子瑜在谢淮租的房子里养了一个星期，身体也好得差不多了，下床走路照顾自己没什么问题，八月底临开学前她就搬回了学校，临走前在床头留了两千块钱当作这些天的住宿费和伙食费。

祝子瑜从大一开始除了学费就不和家里要钱了，偶尔去做淘宝平面模特和礼仪小姐赚生活费，她平日买衣服和彩妆花销很大，赚的钱也就刚刚够用，有时甚至不够花，月底还要和夏夏借钱。祝子瑜没有把最近发生的事情告诉她妈妈，她的手术是一大笔花销，又一下子掏出这么多钱，自己肯定没剩下多少。

夏夏看见她留下的钱后，直接收拾东西回学校陪她。

进宿舍时，祝子瑜正蹲在衣柜前整理衣服，蔡芸抱着手臂靠在桌上打量她。祝子瑜穿了条垂到脚踝的白色莫代尔睡裙，她这阵子瘦了很多，身形孱弱，长发松散地垂到腰间。她安静地把衣服折好放进柜子，脏衣服扔到衣篓里。

蔡芸见夏夏回来了，咂巴着嘴掏出手机，音量放到最大，点开一个声音嘈杂的视频，津津有味地看。

“你干净你去勾引我老公，让他偷拿我存折在外面给你买房子？

“臭婊子，你是给郑智明提供了多少次性服务啊，让他心甘情愿给你花这么多钱？

“你跟这个小三是一伙的，都是到处勾搭男人不要脸的贱货。”

……

“哎，夏夏。”蔡芸夸张地说，“你来瞧瞧，这视频上的人好眼熟啊，穿吊带的是你吧？”

“后面那人是谁，我都没看清脸。”她故意问，“你认识吗？”

蔡芸明显是来找事的，夏夏手里还拎着自己的衣服和给祝子瑜带的饭，她闻言，把保温桶一扔，径直朝蔡芸走过去。

蔡芸大学三年一直挺怵祝子瑜的，祝子瑜外表冷艳，脾气也暴，看起来就不好惹。

夏夏去海大交流的那一年里，蔡芸曾经和祝子瑜打过一架，祝子瑜身高腿长完全碾压她，虽然这矛盾后来经宿管调解了事，两人都向对方道歉了，但自那以后蔡芸就不太敢挑祝子瑜的事。因为打不过。

可夏夏不一样。夏夏入校时就是个穷鬼，给蔡芸造成的柔弱可欺的第一印象很难扭转，哪怕后来她在夏夏身上栽过几个跟头，但那也只是属于两个女孩玩心计和口头对峙的阶段，没有真正动过手，加上夏夏看上去文静柔弱，蔡芸从来没把她放在眼里。

见夏夏冲过来，蔡芸也不慌，她扬着下巴：“想干什么？我在网上看到的视频，问问都不行？”

祝子瑜常常在宿舍里和郑智明打电话，也经常跟夏夏和赵珊琪提起郑智明，视频里清晰地出现他的名字，蔡芸哪怕没看清那人是谁也不可能猜不出来。她想嘲讽祝子瑜，随手拿夏夏当切入点。蔡芸阴阳怪气的模样把夏夏的火气激起来了，她想给蔡芸一巴掌，或是跟她打一架，可还没来得及动手，就被祝子瑜拦住了。

经历过这些事情以后，祝子瑜稳重了许多，她将夏夏拉到身后，淡淡地说："没必要。"

她平静的眸子瞥向蔡芸："上次挨的打还没让你长记性吗？你如果想再挨一次直接来找我，别去骚扰夏夏，再有下次，就不是一顿打那么简单了。反正现在快毕业了，我也不在乎被通报批评，你尽管来试试。"

蔡芸假惺惺地笑："我找你干吗呀，我只是在这视频上看到夏夏，好奇才来问她的。"

她讨了个没趣，乏味地看着两人，觉得宿舍有她们在太过乌烟瘴气，拎着背包和电脑去办公室找伊美贤聊天去了。

走到门口，她回头看着夏夏，目露嘲讽："哦对了，你还不知道吧，我保研的学校是海大，月初就定下了。当初你抢了我的交换名额又怎样？我现在照样能去，听说你最近在准备考研，想考海大现在复习有点晚了吧？"

她微微一笑："你可别考不上。"

蔡芸走后，夏夏蹙眉："她手机上有视频，就这么让她走了？"

按她对祝子瑜和夏夏的讨厌程度，如果不把这个视频到处扩散她就不是蔡芸了，夏夏倒无所谓，她担忧的是祝子瑜，她要怎么面对学校里的风言风语。

祝子瑜却不在意："随便吧，该看见的早就看见了，蔡芸肯定也不是第一个知道的。"

晚上赵珊琪回到宿舍，手里拿着一沓刚刚分下来的实习表格。

南大的毕业实习是由学校统一安排的，为期两个月，不同专业的实习地点各不相同，赵珊琪把表格分给夏夏和祝子瑜让她们签名确认。夏夏一看，今年社会学专业的实习单位是昌平区下辖的街道办事处和社区居委会。

夏夏对着名单浏览了一遍，指着祝子瑜实习的社区问："这里工作轻松吗？"

赵珊琪思索一下："这是最累的社区。"

夏夏说："我跟她换。"

“还是别了。”赵珊琪说，“你的社区虽然不是最累的但也不轻松，别的社区都是两个人一起实习，你只有一个人。”

夏夏愣了愣，问：“为什么？”

赵珊琪说：“分配名单是伊老师定的，当时蔡芸也在她办公室。”

她这么说夏夏就懂了，再一看谢淮所在的社区，果然和她离得很远。她不禁有些佩服蔡芸，仇恨使人聪颖，她事无巨细，方方面面都为他们考虑了个遍，绞尽脑汁地不想让他们好过，也是费心费力，挺不容易的。

赵珊琪的实习地点在街道办事处，是社区的上一级，不用直接进基层，是个不错的岗位。夏夏知道赵珊琪分到这么好的岗位有她舅舅是副院长的原因在里面，也没有多说，只是礼貌地问：“珊琪，能不能请你舅舅给子瑜换个实习地点？她上周刚割完痔疮，去社区工作太累不利于伤口恢复。”

祝子瑜手术后伤口一直很疼，走起路来姿势古怪，别人问起来夏夏就说她割痔疮了。

“我帮你问问。”赵珊琪说，“但这种情况一般都要医院出具证明。”

祝子瑜说：“不用换了，就这样吧。”

夏夏怀疑蔡芸为了整她提前把昌平区所有的社区都踩了点，才能在众多实习地点中给她挑了一个如此别致的实习场所。

她所在的社区叫鼓子口，离学校四公里，办事处正门外是个菜市场，后门处有个垃圾站，无论从哪个口出去都恶臭迎天。有时坐在办公室里，外面随便刮进来一阵风，都能闻到一股混着鸡屎腥气的泔水味。

实习第一天，夏夏在办事处屁股还没坐热，就被社区干事派去附近的小区公告栏贴文件。

南城正在争当卫生城市，政府下了决心今年一定要拿下这项称号，因此要求街面不能有一丝杂乱，路上不能见一个烟头，小区内要干干净净，走廊过道都不能摆放杂物影响市容。城市的清洁工人手不够就从基层办公人员里抽调，社区的人轮流上街打扫卫生，夏夏是不用白不用的免费劳力，每天都要去。

半个月下来，夏夏快要疯了。

谢淮也被安排去街道清扫卫生，趁带队的干事不注意，偷偷溜过来找夏夏。

夏夏正拿着抹布擦小区消防栓上的灰尘，带她的干事坐在不远处的香樟树下和业主聊天，手里捧着把西瓜子不紧不慢地嗑。

她偶尔回头看看夏夏，感激地说："小夏呀，辛苦你了。"

夏夏被扬起的灰尘呛得打了个喷嚏，站在角落里拼命咳嗽。

谢淮刚过来就看到这一幕，连忙拍她后背帮忙顺气，开玩笑地问："夏姐怎么了，看见我这么激动？"

夏夏咳得眼泪鼻涕一起出来，接过谢淮递来的纸巾擦掉，她鼻尖红红的："这里灰尘太多了。"

谢淮："谁让你干这些的？"

自从实习以后，他见夏夏的时间少得可怜，夏夏担心祝子瑜一个人应付不过来搬回了宿舍，谢淮为了陪她也搬回宿舍住了。

实习期忙，夏夏下班回到学校随便吃点东西就抱着书去图书馆学习。谢淮平时不好好上课，但实习表现关系到能不能正常毕业，他也不敢乱跑，白天老老实实在单位待着，晚上要去见客户，偶尔闲下几天想和夏夏亲热一会儿，却发现女朋友正抱着英语真题做翻译。每当这时候，谢淮就后悔当初逼她考研了，夏夏现在忙得连和他相处的时间都没有。

夏夏瞥向角落里的女人，小声说："她是带我的干事，我实习要她打分才能过，如果考核低于八十分，下学期就要重新实习了。"

谢淮注意到她脖子上起了小疹子，蹙眉问："这儿怎么红了？"

夏夏揉了揉发痒的鼻子："昨天街道书记来检查，说居民楼里墙体脱落得不规整，老师带我去刮了一下午墙皮，我好像有点粉尘过敏。"

谢淮知道她实习的社区是条件最差最艰苦的，也知道是蔡芸在背后使了手段把她调过来的，他问："蔡芸在哪儿实习？"

夏夏忙说："你别去，蔡芸权力再大也不能决定这种事情，这事肯定是经过伊老师同意了的，你找蔡芸有什么用？"

"当然有用。"谢淮说，"最近没收到淮哥的言语恐吓，她怕是忘了自己姓什么，给你安排这么重的任务还要抽掉一个人，她算老几啊，真以为我不会生气？”

夏夏说：“她还不知道我们和好了。”

蔡芸比祝子瑜更怕谢淮，在夏夏和谢淮分手的那一个学期，夏夏明显能感觉到蔡芸对她的态度变得恶劣了很多，如果蔡芸知道她跟谢淮和好了，肯定不敢在背地里使坏。

“你没告诉她？”

夏夏：“没有。”

谢淮忽然生气了：“为什么不说？你觉得我们和好这种事情没有对别人说的必要吗？还是你觉得淮哥不配出现在你嘴里，被你说一句‘我跟谢淮和好了’？你为什么不告诉她？”

夏夏：“我跟她关系不好，没必要说这种事情啊。”

谢淮抢过她手里的抹布帮她擦消防栓，脸色不善：“让一边儿去。”

谢淮真是狗，幼稚得跟幼儿园没毕业一样。夏夏在心里骂，心想自己当初是怎么看上他的。她骂完又觉得，这样耍小孩子脾气的谢淮也还挺可爱的，就像只央求着姐姐将他介绍给朋友的小奶狗。

她想了想，凑过去在谢淮脸颊上轻轻一吻，讨好地笑：“不让，我就要待在你身边。”

谢淮对她这样黏人的亲密举动很受用，臭着的脸色缓和不少，扬起眉角，问：“你凭什么待在我身边？”

夏夏笑得甜美：“男朋友，你是我男朋友啊，回去我就告诉他们。”

不远处的干事见夏夏这边有状况，她走过来，看到谢淮在帮她干活，问道：“夏夏，事情做完了吗？”

“这是我男朋友。”夏夏连忙跟她介绍谢淮，“他是来看我的。”

干事：“哦，既然你男朋友帮你擦这个，那你去帮我把居民楼的楼梯扫一扫吧，我腰不好，爬楼不方便。谢谢你了，夏夏。”

“老师。”

夏夏还没说话，谢淮把手里的抹布朝消防栓上一甩，转过头来笑着看她："我不是来给你们社区做事的，我只是来帮我女朋友，她粉尘过敏不能碰这些，我可以帮她做，不过我做完您就别给她另外安排事情了。"

他笑得并不十分真诚，虽然每句话都用敬语，但语气也没有多客气："虽然学校安排我们过来实习，但我们一分钱不拿，连通勤费用都自己出，算是倒贴钱给你们打工，其他社区都不好意思安排重活，您意思意思就行了。况且十二月底就要考研了，如果因为这个耽误她学习，您心里也过意不去吧？"

那干事最近半个月使唤夏夏习惯了，正乐得有人帮忙自己不用干活，有什么活都推给夏夏，听见谢淮这么说也有些不好意思，她尴尬地笑笑："早说嘛，小夏从来没和我提过她要考研的事情。"

干事自讨没趣，拿着扫把上楼了。

夏夏说："你这么怼她，她不开心了给我打低分怎么办？"

谢淮漫不经心，浑身痞气："她敢给你打低分，我就敢让她把分数改回去。这种人脸皮厚，你不表态她就装聋作哑，什么都让你帮她做，你又不欠她的，没必要事事听她的话。"

夏夏哦了一声。

谢淮问："书包带了吗？"

夏夏点头，谢淮说："你去那边看书，擦完我叫你。"

夏夏问："你的社区不用工作吗？"

谢淮淡淡说："用，我逃了。"

"你旷工干事会给你扣分的。"

"扣就扣，媳妇都过敏了，要那点实习分有什么用？"

"实习不过不能毕业！"

"那就不毕业。"谢淮满是不屑地说。

夏夏无话可说了。谢淮真幼稚，她想，可她偏偏迷他这种幼稚迷到无可救药。他放肆嚣张，不把任何事情放在眼里，他认准的就一定要做，付出任何代价都无所谓，哪怕在夏夏眼里，她这点微不足道的小过敏并不值得他用毕业这件事来任性。

夏夏捏捏他的脸："让我去读研，自己却连本科毕业证都拿不到，丢不丢人啊？”

“我们一起做。”她蹦蹦跳跳地拿起扫把，围在谢淮身边绕，“把这里打扫完，然后一起去吃午饭。”

“不看书了？”

“晚上再看。”

“你晚上看书，谁来陪我？”

夏夏想了想，说：“那晚上也陪你，今天不看书。”

谢淮笑了：“你不看书，考不上研究生怎么办？”

夏夏学他说话，一脸严肃：“那就不考，老公都生气了，考上研究生有什么用？”

她觉得自己和谢淮一个赛一个地作，活像书里说的从此君王不早朝，为宠一个人什么都不顾的昏庸皇帝。

谢淮眉眼动容，问：“你叫我什么？”

夏夏一愣，随即脸红红的，声音低软：“叫老公啊。”

她踮脚趴在他耳边，又轻轻喊了一声：“老公，夏夏今晚陪老公。”

谢淮在夏夏的社区待到傍晚，下班后两人坐地铁去市区逛街。

正值换季，谢淮想给夏夏买几件秋装，可夏夏的心思根本不在逛街上，吃饭等菜时抱着本政治小册子看，饭后去看电影也不看屏幕，把手机调到亮度最低，嘀嘀咕咕地缩在椅子上背单词。

看完电影出来地铁已经停运了，谢淮找了家评价不错的酒店打算过夜，进了房间夏夏忽然想起今天她给自己定的政治复习任务还没完成，于是放下书包坐在电视柜前看“肖秀荣”。谢淮没想到这种情境下夏夏还能学习，简直不知道说什么好。他无聊地坐在旁边翻她的专业书，不知过了多久，他开始犯困，忍不住在一旁打起瞌睡，夏夏合上课本，凑过来亲他一口。

“看完了？”

夏夏搓着眼睛嗯了一声：“我去洗澡。”

谢淮平时能逃的课都逃，不能逃的课也想方设法逃，每次期末专业课都是擦着及格线低分飘过。不管在老师还是同学眼里他都不算个好学生，不学习也不服管教，一身反骨，没他不敢做的事。伊美贤曾经一度怀疑他是高考作弊才考来南大的，不然她实在没办法相信，以谢淮的恶劣程度能考上这么好的学校。

谢淮的高考成绩是真的，他高中好好学习考上大学全是乔茹逼的。在乔茹心里，谢致生的悲剧都是吃了读书少的亏，谢淮不以为然，只想随便混个高中文凭就出去赚钱，高考后乔茹和他大吵了一架，撂下狠话，如果谢淮不读大学，以后就不准叫她妈。

读书是件好事，可是要读书就没时间赚钱。谢淮以前每个月要还几万块的高利贷，忙于赚钱根本没心思上课。他很久没这样静下心来看书了，一学期看的字都没有今天一晚上多，一下子不太适应，脑子昏昏沉沉的。

见夏夏走进浴室，谢淮打起精神跑去楼下买了瓶冰可乐醒盹，顺便带了两碗馄饨回来当夜宵。到屋里时夏夏已经洗完澡了，她坐在床上吹头发，眼睛都快睁不开了。谢淮让她先吃夜宵，自己进了浴室洗澡，等他洗完出来时，白天急吼吼嚷着今晚要陪老公的人已经睡着了。

夏夏睡觉总是贴着墙边，摆出一副极其没有安全感的蜷缩姿势。

床头柜上的馄饨没开封，夏夏手边放着本厚厚的专业书，一定是趁谢淮洗澡的工夫又偷偷背书了。她沉浸在睡梦里，口水顺着嘴角流出来，打湿了书页。

谢淮不知道该气还是该笑，弯腰把她抱到床中央。

夏夏白天干活太累，晚上学习也累，一碰枕头就睡得跟死猪一样，她蒙眬间听见谢淮问了一句："冷吗？"

她嗯了一声，谢淮把空调温度调高。

谢淮抱着她，让她缩在自己怀里，忍不住说："我到底是来开房的还是来陪你学习的？"

夏夏现在每天实习，只能抽边边角角的时间看书，已经学到走火入魔了，她睡得正迷糊，一听这话，用意识已经完全不清晰的脑子想了想，张口就说："学习，我要学习……"

谢淮脸都绿了。

夏夏以为自己只是小憩一会儿，醒来后看手机发现都早上七点了。她本能使然，猛地爬起来要穿鞋洗漱去上班，直到发现脚上的拖鞋不是她在宿舍常穿的那双，这才记起昨晚和谢淮来酒店过夜了，她忽然想到什么，神情一怔，转过脸，对上谢淮平静的眼眸。

谢淮淡淡开口："我寻思着自己也没四五十岁肌肉松弛、体力下降、性功能退化吧？怎么有的人就敢趁我去洗澡偷偷睡觉呢？她是觉得我不会生气找她麻烦，还是觉得我生起气来她能承受？"

夏夏咽了咽口水，漂亮的眼珠在眼眶里灵动地滚了一圈："不能，我不能承受。"

她扁扁嘴巴，讨好地拉着他的胳膊求饶："要不今晚吧，今晚我一定不睡觉了。"

"别。"谢淮弯腰穿鞋，"我可不想再抱着你煎熬一晚上，你想要我的命就直接说，别这么折磨我。"

夏夏也挺愧疚的："你可以叫醒我啊。"

她最近没休息好，黑眼圈有些深，眼白上也浮着红血丝，谢淮看她睡得香没忍心叫她。他去卫生间洗漱，夏夏跟进去，像只多动的小猫，一会儿戳戳谢淮的腰，一会儿碰碰他手臂，最后扒着他的肩膀跳到他背上："淮哥，别生我气了，想要我怎么补偿？你随便提要求，我绝对不说半个'不'字。"

谢淮在镜子里瞥她一眼，冷着脸不说话。他刷完牙出去给夏夏收拾书包，把她那些可恶的课本通通塞进去后，拎着她的书包坐在椅子上等她洗脸。

夏夏洗漱完已经七点半了，八点半上班，现在乘地铁回昌平刚刚好。

谢淮在前面走，夏夏跟在后面。谢淮身高腿长，腰窄肩宽，穿着白T恤配牛仔裤，青春又阳光，哪怕在跟她生气也自觉地帮她背包，懒散地挂在一边肩膀上。夏夏毫不掩饰自己爱恋的目光，盯着谢淮的背影傻笑。

谢淮停在地铁口一辆卖红薯饼的小推车旁，指着车子："我要吃。"

夏夏连忙掏钱给他买红薯饼。谢淮在等地铁的间隙把饼吃完，塑料袋扔到手边的垃圾桶里，慢悠悠开口：“原来生气被人哄的感觉这么好，怪不得你那么喜欢晾着我。”

夏夏：“……那你生完气了吗？”她小心翼翼地问。

谢淮不答，轻轻地挑眉。

地铁来了，他搂着夏夏上了地铁，找到一个没人的角落，将她堵在自己和车厢壁之间。

早高峰人流拥挤，嘈杂混乱，人挤着人没有一丝空隙。车厢里充满各种食物的味道，包子、馅饼、油条、煎饼馃子……混着人身上奇奇怪怪的体味飘入鼻子，古怪又难闻。

夏夏被谢淮护在怀里，鼻尖抵着他的胸口。谢淮从来不喷香水，可他身上永远有一股淡淡的植物味道，像雨后湿润的青草地晒到了阳光，清新而舒服。

地铁停站，车厢由于惯性微微前冲，谢淮抓着头顶的把手，明明站得很稳，却故意装趔趄，身体跟着车厢的倾斜小幅度移动，趁机在夏夏额头亲了一下。

夏夏立即说：“你亲我！”

“没有。”谢淮脸不红心不跳地撒谎，“我还在生气，谁亲你了。”

夏夏瞪他，谢淮回瞪，目光嚣张。

地铁停到下一站，谢淮故技重施，夏夏这次肯定地说：“你又亲我！”

“少自恋了。”谢淮说，“你昨晚做的事我不打死你就不错了，还亲你？做梦吧。”

谢淮逗小猫一样停一站亲她一下，他明明已经不气了，可每当夏夏想跟他说话，他就装冷脸不理她。谢淮逗了她一会儿，忍不住笑了。他见夏夏气呼呼地鼓着腮帮子，伸手捏捏她的脸：“被晾着的滋味怎么样，以后还敢吗？”

夏夏软软地说：“不敢了。”

她握住谢淮的手，摸到他手背上还没褪去的痂，心疼地问：“这里什么时候才能好啊？”

谢淮料理郑智明的时候伤到了手，他不准夏夏看那伤口，直到长了痂才把纱布取下来。之前一直说是小伤，但其实是一道很长的口子，根本不是无意间蹭到的，可不管夏夏如何追问，他都不肯说是怎么伤的。

谢淮拨了拨深褐色的血痂："痂掉了就好了，医生说只要按时抹药就不会留疤。"

"早知道不让你去了。"夏夏低声说，"把U盘拿回来就行了，干吗要跟他动手呢。"

"我当然要跟他动手。"谢淮翘着唇角，"他老婆打了你，我就揍她老公，要不是不好对女人动手，我肯定连她一块往死里揍。"

他揉着夏夏的脑袋，转移她的注意力："别心疼我了，还是想想自己今天该怎么过吧，市里下来小组检查街道卫生，你们社区肯定又要拉你去做苦力。"

夏夏耷拉着眼皮，脑袋贴在谢淮胸膛，手指在他胸口的衣服上点来点去，忽然问："你在少管所那几个月，是怎么过的？"

谢淮："为什么问这个？"

夏夏一直对谢淮闭口不提的那段日子充满好奇。乔茹曾和夏夏说，那场经历就像是谢淮生命里的一个坎，他跨过去后，就如同被上了一道飞速成长的发条，从一个稚嫩的男孩成长为独当一面的男人，不过是短短一瞬间的事情。可哪怕是乔茹也不知道，当时谢淮在少管所里发生了什么。

夏夏说不清自己为什么突然这样问，也许是由谢淮教训郑智明的事情联想了很多，她想到谢淮面对夏军、面对胡书荣、面对那两个侮辱她的男人时的神情与行为，又想起谢淮的自信、谢淮的张扬、谢淮赚钱时眉飞色舞的样子，如果真的仔细说起来，她只是想知道谢淮现在的模样和乔茹口中的成熟是因为什么。

谢淮："嫌弃淮哥坐过牢？"

夏夏说："不嫌弃，就是想知道，你不说也可以。"

谢淮扬着眉，仔细思索。

"也没什么。"

"吃饭、睡觉、学习、劳教。"谢淮说，"偶尔挨几顿打，但不算疼。"

他笑了："我知道你在想什么。"

“你知道？”夏夏不信，笑着说，“那你说说看。”

谢淮的神情高深莫测，带着戏谑：“猜对了有奖励吗？”

夏夏：“有。”

“什么？”

夏夏：“你先说，说完我再告诉你。”

谢淮：“那段日子确实挺难挨。”

他只说难挨，却不说如何难挨，这是他一贯的风格，不肯将烦恼的事和她多说。夏夏不信他口中寥寥几个词就能概括他在少管所的全部生活，也不信他口中的只是偶尔挨几顿打和不算很疼。

“但它改变不了我。”谢淮笑着说，“你的淮哥是挨了几顿打就会趴下的人吗？”

他笑得嚣张，但夏夏不知怎么嘴角弯出了一丝笑，莫名地就想跟他一起笑。

“一个人的成熟哪有什么明确的事件和界限？它可能是吃一顿饭，可能是一次谈话，可能是读一本书看一部电影，甚至可能只是因为晚上睡觉前看了眼月亮。人来世间走一趟，每天要面对那么多琐事，积着积着总有一刻就破茧而出。它对我而言，就是一瞬间的事，连我自己都记不起是哪个瞬间。”

谢淮说：“你觉得我是进了少管所才变成现在的模样，那也太小瞧我了吧？我一直都是这样，在你面前的就是原本和完整的我，从没因为任何事情改变过。”

“你想的就是这个。”他笃定地说。

夏夏忍不住笑了，她眉眼弯弯，如两道清秀的月牙，脑海里不由得浮现出一句话。

世界给他重压，给他遍体鳞伤和风吹雨打，狂风掀起他的屋顶，巨浪涌入他的家，而他站在浪花中央，摆好船楫，架上风帆，双眸依然明亮，脊骨依然不弯，世界放弃驯化他，任他逆流而上，去往下一个彼岸。

谢淮说："奖励。"

夏夏回过神，挠了挠头："还没想好。"

谢淮笑："那就奖励我陪你吃个午饭吧。"

Chapter 24
你抵得过所有美好的青春

今天市里派人下来检查街道卫生，附近社区的人清晨就都出动了，人手一个垃圾袋和长铁夹，上街去收拾清洁工没有扫干净的垃圾。夏夏被分到一个老式小区，负责清理小区内部和附近的几条巷子。

烈日暴晒下，夏夏捡完一圈后汗流浃背，坐在葡萄藤的荫凉处休息，顺便掏出英语资料来看。耳侧风吹树叶沙沙作响，她抬起头，身后梧桐参天，茂密的叶子交相掩映，喜鹊落在树梢，在灿烂的阳光下鸣叫。盎然的绿意让心情也变得很好，夏夏掏出耳机戴上，在葡萄架下做了一套英语真题。

她做完题，脖子有些酸了，一抬头看到谢淮坐在不远处的石墩上。谢淮来很久了，见她在做听力一直没打扰，他手里拎着两杯来的路上买的西瓜汁，等了这么久已经变温了。

夏夏惊喜：“你怎么来了？”

谢淮：“来要我的奖励。”

夏夏收起书本，腾出位置让谢淮坐到身边，谢淮将西瓜汁的吸管插好递给她，夏夏一口气喝了半杯，也不觉得天气热了，靠在他肩头拿手机查附近有什么好吃的。

昨晚看书到凌晨，今早又早起赶地铁，她睡眠不足，看着手机眼皮子直打架。谢淮抽走她的手机，把她脑袋按回自己身上："睡一会儿吧。"

夏夏一觉睡到中午，她一直枕着谢淮的肩膀，睡梦间流出的汗和口水把他的T恤浸湿了。她揉了揉眼睛，不好意思地笑："今天有点累。"

明明平时挺冷静能吃苦的一个人，一到谢淮面前就忍不住撒娇，她睡醒了，伸了个懒腰，抱着谢淮诉苦："我把周围几条街的垃圾都捡干净了，社区干事说地上一点垃圾都不能有，如果最后检查在我这条街出了问题，一个烟头就在我实习分数上扣一分，如果有十个烟头，我就白实习了。"

"我能把垃圾捡干净，可我能管住别人不扔吗？"夏夏小脸皱巴巴的，"真是变态。"

她在抱怨，谢淮却听笑了。

她瞪他："我已经这么惨了你还笑，都怪蔡芸那个狗东西。"

谢淮："没笑你。"

他言语苍白无力，毫不真诚，夏夏不信。

面前走过一个年轻男人，指尖夹着刚吸完的香烟，他把烟蒂随手扔在地上踩灭。夏夏要去捡，谢淮拉住她的手臂让她稳稳坐在身旁，他用手里喝完的果汁杯敲了敲座下的长椅，塑料和木头碰撞发出独有的清脆声响。

他吹了声口哨，引得那男人回头。

他看向地上男人刚扔的烟头，淡淡地说："捡起来。"

男人像听见了什么天大的笑话："捡什么？一个烟头？神经病吧。"

"创建卫生城市这么久，每天都有清洁工和社区志愿者在路上捡垃圾你看不见？这条路是我女朋友刚清理过的，我不想让她捡你丢的垃圾。"谢淮声音低沉，面容冷峻，"捡起来，别让我再说一次。"

男人从上至下打量谢淮，似乎在考虑吵架或打架能不能赢过他，可思考过后发现自己赢面很小，倒不是外形上的差异，而是气场。

谢淮坐在那儿，一脸冷漠，他语气里收放自如的自信让人望尘莫及。那像是与生俱来的，更像是后天物质与精神的极度富足才能修炼出的上位者气质，就算他什么都不做，男人也不敢和他起冲突。

那男人犹豫几秒，弯腰把烟头捡起扔进垃圾桶里。可他还有些不忿，嘴里嘀咕着骂了谢淮几句，谢淮听见了，但没给他任何回应。

倒是夏夏听着他一口一个傻×，忍不住蹙眉："你骂谁呢？"

男人回头看她一眼，没再说话，转身走了，谢淮满不在乎："让他骂吧。"

他转移话题，问："你知道赵珊琪在哪里实习吗？"

夏夏："听说是在街道办的办公室，每天看看报纸喝喝茶，偶尔写个简报就可以了。"

她话锋一转，假装吃醋："怎么，淮哥这么记挂她吗？"

谢淮嗯了一声，顺着她的话头故意说："记挂死了。"

夏夏挥拳在他胸口捶了一下，他笑笑："赵珊琪能去那儿实习不是因为她多优秀，是因为她有个好舅舅，如果淮哥再厉害一点，就不用让你受这些委屈了。"

夏夏："怎么突然说这种话？我又没说你不好，你才二十一岁，比起别人已经很厉害了。"

"是我自己觉得。"谢淮说，"我现在是有点钱，但也干不了什么，甚至在南城买套大一点的房子都不够，离我预想的生活还差得远。"

谢淮蹙眉，他垂眼想事，夏夏安静地陪着他，偶尔伸手帮他拂掉头上落的灰尘。

谢淮说出口的事情，一定都是经过了许久的考虑，不管做与不做，他总能想清楚，而后做一个决定的。夏夏只要用心听着，陪在他身边就好。

"许哥上星期找过我，他想办厂，问我要不要和他一起做。"谢淮声音很低，像说给她听，又像是给自己捋思路，"现在社会信息太发达了，许多工程商都直接联系厂家进货，卖板材能赚的钱有限，顶天一单几十万，越到后面越难做，倒卖远不如生产赚钱。"

“许大龙没有做生意的头脑，可只靠我自己，哪怕去贷款融资，钱还是不够。”

夏夏没打扰他，让他自己琢磨。

过了一会儿，谢淮问：“如果我创业失败，像我爸一样破产把钱赔得精光，你会生我气吗？”

夏夏想了想：“只要你不倒下，我怎么都能过。”

她一直觉得谢淮不是待在泥里的人，哪怕一时磋磨，也总有一天会飞上云霄。和他在一起，就算在夜市大排档卖臭豆腐都很有安全感，谢淮就是那种人，他哪怕卖臭豆腐摆地摊也能摆成整条街最耀眼的一个。

“就算你倒下了，我也可以赚钱养你。”夏夏说，“我不需要你多有钱多厉害，只要别再受伤就好了。”

她想法简单，要的也简单，没办法体会谢淮那种想把她捧在心尖、让她过得无忧无虑的心情，说出口的话也傻乎乎的。

谢淮笑，笑得让夏夏有点不明白。

“你什么都不要，那我是在为谁努力？”他笑着说，“我不会让你一直住出租屋的。”

他起身去打电话，夏夏晕乎乎的，才领悟出他的意思。

谢淮现在已经不缺钱了。他债务全消，收入可观，在没毕业的学生里已经算佼佼者了，哪怕在社会工作许多年的人也未必有他现在的收入和积蓄，他在这行继续混个几年，买房换车肯定不成问题，这足以让他生活优渥衣食不缺了。可谢淮觉得不够，并不是因为这些钱满足不了他自己，而是他觉得还没有让夏夏过上理想中的生活。

他的努力是为了她，奋斗也是为了她。

夏夏想叫他不用这么辛苦，可喉咙干干的，想说的话临到嘴边又说不出口了。

她望向谢淮，那么叛逆、有反骨，什么都不放在眼里的一个人，想到他是为了自己去拼去闯，她心里某一处就变得不可思议的柔软。

那是她爱的少年，他有世上最坚硬的脊骨和最放肆的笑脸，像一道彗尾擦过她的星幕，燃起足以照亮她整个青春的绚烂火焰。

夏夏擦了擦眼角，她以为自己哭了，其实只是微微湿润，没有眼泪落下来。她凝望谢淮，看着他挺拔的身姿和英俊的眉眼。夏日煦风温柔地拂过发边，一眼万年。

谢淮挂了电话朝她招手，夏夏走过去："决定了？"

谢淮下了决定后像了却了一桩心事，满脸写着如释重负，他挑眉："如果你还想分手最好现在就提，过时不候。"

夏夏笑了："为什么要分手？"

谢淮看着她手里装满垃圾的黑色塑料袋："现在不走，你这辈子就剩下两种可能了。要么跟淮哥一辈子恩恩爱爱衣食无忧，要么跟淮哥捡一辈子垃圾，你可想好了。"

夏夏脑子里不由得浮现起一个场景。等到很久很久以后，久到谢淮变成一个古怪难搞的老头，而她也变成一个长满皱纹的老太太。谢淮蹬着辆脚踏三轮车，她坐在后斗，两人唱着歌聊着天，谢淮带她走街串巷去收破烂，那时谢淮依然很跩，会凶巴巴地对路过的人吼："把脚拿开，你踩到我老伴儿要捡的垃圾了！"

而后他转过身，小心翼翼地从怀里掏出一个早上用毛票换来的窝窝头，递到夏夏面前。

耄耋沧桑，而他深情依旧。

谢淮问："笑什么？"

夏夏不说，只是笑得更灿烂了，她转过身，背着手，朝阳光明媚的路上走。谢淮跟在她身后，不明白她在开心些什么。夏夏哼着歌，放慢脚步，背到身后的手轻轻伸出一个雪白的小指头，谢淮也笑了。他走上前，温柔地勾起她的手指。

实习的日子说难熬确实难熬，说快也就是一眨眼的时间。

夏夏白天在外面做些无意义的体力劳动，中午休息谢淮来找她，两人一起去吃饭，有时走街串巷去南城的老巷子里寻找美食，更多的时候懒得走路，直接去街道办的食堂解决午餐。晚上夏夏下班时谢淮有事要忙，她就自己回学校吃晚饭，而后去图书馆学习。

有时谢淮提前回来，搬着电脑坐在她为他占的位子上写融资计划书或准备贷款的材料，时不时出去接个电话。夏夏复习累了就躺在他腿上睡觉，等到她起来，谢淮话也没说直奔卫生间，回来后严肃地告诉她以后睡觉前一定要定好闹钟。

夏夏边笑边问："你想上厕所为什么不叫醒我？"

谢淮哼哼叽叽地不说话，被夏夏追问了好几遍，才不耐烦地说："不想叫醒你行不行？问题怎么这么多？"

他见夏夏真要拿出手机调闹钟，连忙把她手机抢过来关上："调什么闹钟，我就开个玩笑，你爱睡多久睡多久，我憋着就是了。"

夏夏煞有介事地问："要是憋坏了怎么办？"

谢淮痞笑："憋坏了我是谁难受？夏姐都不在意，小淮还有什么可担心的？"

夏夏："……"

有时谢淮回来晚，夏夏一直待到图书馆闭馆的铃声响起才收拾书本回宿舍，她走出图书馆时，谢淮都会坐在门口的喷泉旁等她，他把她送回宿舍，然后再去忙自己的事情。短短一段路不过二十分钟，夏夏好几次叫他不要过来，谢淮却不听，霸道地捂住她的嘴不准她说话，他把全部重量搭在夏夏身上，两个人晃晃悠悠地一起走在回宿舍的小路上。

身旁路过形单影只的学生，有的刚下晚课，有的刚结束社团活动，有的从校外回来。偶尔还会碰到几对认识的情侣，擦肩而过时两个男生眼神对上，笑一笑不说话，各自拖走自己的女朋友。

月色明亮清朗，映得地上的人笑容甜蜜无双。

夏夏问："你为什么和一个男生抛媚眼？"

"不是抛媚眼，他刚才用眼神向我传达了情绪，他赞美我的女朋友很可爱。"

"那你向他传达了什么？出于礼貌，也赞美了他的女朋友可爱？"

谢淮不要脸地笑："我说，谢谢，我也知道我的女朋友很可爱。"

秋高气爽，天空蓝得没有一丝杂质。

谢淮和夏夏来得晚，街道办小食堂里坐满了人。谢淮去排队打饭，夏夏见祝子瑜一个人坐在窗边，跑过去和她坐在一起。

辛浦站在谢淮前面排队，回头朝祝子瑜的方向看了几眼，问谢淮：“之前学生群里传的那段打人视频是真的吗？那位姐不会真做了人家小三吧？”

谢淮瞄他一眼：“不该问的别问。”

“我也不想问啊。”辛浦苦着脸，“我现在和她在同一个社区实习，一个多月了，她跟我说的话加起来两只手都数得过来。她感情生活我并不想插手，但我想开导一下她，让她能够快乐一点。”

辛浦崩溃地说：“一整天都在外面收拾卫生，身边就她那么一个活人能唠嗑，跟她说话她还不理人，她再不快乐我都要抑郁了。”

“你告不告诉我？”辛浦说，“你不说我直接去问了啊。”

他说完就要过去，谢淮叫住他：“别去。”

夏夏正在和祝子瑜聊天，这两姐妹平时看上去感情没有多亲密，但要真发生什么事联合起来对外一个比一个凶猛，辛浦这样贸然去问，祝子瑜未必会搭理他，但夏夏说不定会揍他一顿。谢淮倒不担心辛浦挨揍，他是怕辛浦惹夏夏生气。

“她是夏夏的朋友，人品不会差到哪儿去……”

谢淮想了想，只告诉他祝子瑜被人骗了感情，关于人流的事半句没提。

辛浦听完愣了愣：“这也太惨了吧，我靠淮哥你不常在学校不知道，祝子瑜、赵珊琪、夏夏是班上并列的三大班花，整个学院最漂亮的三个女孩都在咱们班了。”

谢淮从来没听说过什么三大班花，他觉得那似乎是中学生才喜欢评选的东西。

“夏夏大一就跟你混，没人敢打她的主意，赵珊琪是白富美，一般人她也看不上，就剩下祝子瑜，长得好，身材好，人也大气，班级聚餐和男生称兄道弟的，咱们班好多男生都喜欢她。”辛浦痛心地说，“竟然被外面的傻×给欺负了，咱班男生知道得气死……”

谢淮看着他：“你也喜欢她？”

辛浦连忙说：“没有没有……哎，也不是，大一的时候喜欢过一阵，但就是有点好感而已，她那样的女生肯定看不上我，后来她有男朋友，我就没那念头了。”

辛浦从谢淮嘴里听说祝子瑜被人骗的事后久久不能冷静，到了晚上还在想这事，不停地和谢淮打听那人是做什么的，叫什么名字。

谢淮被他问烦了，冷淡地问他：“你问这个干吗？想给祝子瑜找场子？”

辛浦脸红了，说了句没有，把帘子拉上钻回去睡觉。

谢淮站在窗边朝外看，辛浦又钻出来问：“你在看什么？”

谢淮在看夏夏，他刚在楼下和夏夏分开，他已经回来一会儿了，宿舍也马上就要关门，按理说夏夏早该回去了，可对面女生宿舍窗帘没拉，屋子里只有蔡芸一个人坐在桌边玩手机。赵珊琪常年不住宿舍，祝子瑜今晚有事也不回来，那间宿舍只剩夏夏和蔡芸两个人，他担心出事儿。又过了一会儿，夏夏还是没进来，倒是蔡芸把目光从手机上挪开，像是听到了什么似的看向门口。谢淮看不清她的表情，只见她快步走到门边把屋里的灯关上了。

谢淮目睹全程，想起大一那年夏夏被蔡芸关到宿舍外面的事情，心里有些不好的预感。他给夏夏打电话，夏夏一直占线，他放下手机等了一会儿。

二十分钟后，夏夏的电话打进来。谢淮喂了一声，夏夏却不说话，谢淮绝口不提看见蔡芸关灯的事情，嬉皮笑脸地叫了她几句“宝贝”，问她这么晚打电话做什么。

夏夏抽了下鼻子：“没做什么，有些想你了。”

夏夏要强，遇到事情首先想的是自己解决，而不是求助谢淮，认识这么久，她很少开口和他诉苦抱怨。她不想说，谢淮也不主动问。

他的声音带着笑意：“不是刚刚才分开吗，这么快又想了？”

“想。”夏夏说话时鼻音很重，听起来像哭过，她顿了顿，问：“我又想见你了，你能出来吗？”

不等谢淮答话，女孩用柔软的嗓音又说：“我饿了，想吃馄饨。”

谢淮挂上电话，从床下掏出自己的电煮锅。

辛浦看呆了：“这大半夜的，宿舍都要锁门了，你抱着锅去哪儿啊？”

谢淮淡淡地说：“去给我媳妇煮馄饨。”

谢淮赶在超市关门前一分钟进去买了包速冻馄饨和两瓶矿泉水，回来时宿舍大门已经锁了，他绕到楼后，脱了外套扔到墙边蒙住摄像头，而后扒住铁门翻进女生宿舍的后花园。

夏夏坐在院子里的长椅上等他，手里拿着本薄薄的练习册在小腿边赶蚊子。她还是刚刚分开前的装束，身上的包都没来得及放下，谢淮什么也没问，把电煮锅的插头安在院墙边宿管用来给电动车充电的插座上，往锅里倒入矿泉水，盖上锅盖加热。

夏夏晚上回去时宿舍的门从里面反锁了，她敲门蔡芸不开。换作平时她根本不会因为这种事情沮丧，可最近实习很累，加上熬夜复习，精力用得零零碎碎，被人恶意锁在门外就说不出地委屈。她跟谢淮说想吃馄饨是在撒娇，这个时间店铺都关门了，她也没想真让谢淮变一碗馄饨出来，可谢淮就是给她变出来了。

谢淮蹲在煮锅旁，时而看看锅里的水，时而看看夏夏。

月光映在她娇俏的脸上，将她的肌肤晕成冷白色。她和当初第一眼见时没什么两样，一直是一个干干净净、漂漂亮亮招人疼的小姑娘。

谢淮把速冻馄饨递给她，夏夏拆开袋子，小心翼翼地捏起馄饨朝沸水里投。

谢淮故意问：“你这么晚还不回去，不怕吵到室友睡觉？”

“你明知故问。”夏夏抿了抿嘴唇。

谢淮：“夏姐这些年脾气见好啊，换成从前，蔡芸今晚还能高枕无忧吗？”

“不过我更喜欢你软一点。”他笑，“只有夏姐柔弱可欺，小淮才能英雄救美，只有小淮英雄救美，夏姐才会死心塌地。”

速冻馄饨刚从冰柜里拿出来，袋子里还散着冰碴。谢淮捡起一块碎冰贴在夏夏的后脖颈上，夏夏被凉得啊了一声，转头瞪着谢淮。

“为什么不第一时间告诉我？”谢淮记仇，“这中间电话占线的二十分钟，你打给谁了？”

夏夏说："没打给谁……"

谢淮按着她，把冰块塞进她内衣里，夏夏凉得哇哇叫，只得承认："我打给赵珊琪了。"

夏夏给蔡芸打电话对方不接，又给赵珊琪打电话让她给蔡芸发消息。赵珊琪问蔡芸睡了吗，蔡芸秒回说没睡，夏夏这才确定自己是被她恶意锁在外面，而不是睡着没听见之类的原因。

谢淮对夏夏有事不找他而打电话给别人这一行为耿耿于怀。夏夏内衣里的冰被体温焐化了，冻得透心凉，她委屈地说："这是女人之间的事，不用你插手。"

"真不用？"

"不用。"夏夏中二地说，"等我吃饱喝足，心情大好，我一定上楼去把蔡芸干掉。"

馄饨圆滚滚地浮上水面，谢淮尝了一口，觉得味道淡。趁宿管去楼上查寝，他跑去没人的值班室偷挖了一勺宿管的老干妈放到汤里。

一个锅一个勺，两人躲在花园林木茂密的角落里，你一口我一口把馄饨吃得干干净净。

晚风清爽，草丛里传来阵阵窸窣的虫鸣，头顶石榴树柔软的枝叶在水泥地面摇摆着婀娜的影子，夜晚温柔寂静。

夏夏吃了谢淮费尽千辛万苦做成的一顿夜宵，心头的阴霾一扫而光。她打足精神，站起来伸了个懒腰，脸上的神情张扬又骄傲："我现在就去找蔡芸算账。"

谢淮笑了一声："夏姐的人格回来了？你可真是精分。"

他伸手将她嘴角沾的红油抹掉，轻声说："如果解决不了别硬撑，记得叫我。"

夏夏不屑："就一个蔡芸而已……"

她走到玻璃门前，回头看了眼，谢淮蹲在地上收拾锅勺，像是有所感应一样，抬头与她目光交汇。

"谢淮。"夏夏偏头，露出一副小女生愁苦的神态，"明天考研报名截止，我今天更改了志愿，我不去海大了。"

夏夏不是商量的语气，而是想了很久后通知他一声。

“你说我胸无大志也好，说我不思进取也罢，只要别骂我就行。我不想留你一个人在南城打拼，更不想自己一个人在海城想你，我虽然不懂你的生意，但在你身边，总能为你做点什么。”

她可怜巴巴地眨着眼睛：“你会骂我吗？”

谢淮把锅里的水沿着下水道冲掉，他还没开口，夏夏一阵小旋风似的冲过来抱住他，按着他冷硬的下巴在他脸颊上亲了一口，女孩眼睛弯成两道月牙：“既然你不骂我，那我亲你一下吧。”

没等谢淮伸手抱住她，她又一阵风似的跑了。谢淮从头至尾没说话，伸手摸了摸被她亲过的脸颊。

很久以后夏夏再提起那晚的事情，好奇地问谢淮：“我就这么放弃了海大，你当时为什么不骂我？”

谢淮笑了：“海城离南城三千公里，飞机四小时，火车坐两天，你忙我也忙，异地恋可能几个月才见一次面，我当然也不想你去。”

夏夏问：“那我当初决定考海大的时候，你为什么不阻止我？”

谢淮又笑了：“你想做的事我为什么要阻止？如果你真的去了，大不了我每周坐飞机去看你。”

“如果你累了怎么办？”

“那就换你来看我。”

“如果我们都累了呢？”夏夏问题多得像本《十万个为什么》。

“那就不见。”谢淮被她问烦了，抱着她压到床上，“才异地三年，我就不信你能忘了我。”

夏夏在二楼找到巡楼的宿管，和她说明了事情经过，宿管拿着钥匙上楼敲门。蔡芸没办法继续装睡，只能下床开门，她穿着条白色真丝睡裙，头发散乱地顺在颈后，乍一看既柔弱又楚楚可怜。

她睡醒惺忪，茫然地问：“怎么了，老师？”

宿管：“为什么把室友锁在外面？”

蔡芸无辜地说：“我不知道啊，可能是晚上洗漱回来顺手锁了吧，我不是故意的。夏夏你也是，被锁在外面敲门不就好了吗？我睡觉熟，敲一下不开你就多敲几下，这么晚了还要麻烦老师上来一趟。”

蔡芸在学生会混得久了，做人八面玲珑，宿管也不知道这两个女孩谁在说假话，没法处理，叮嘱她们早点睡觉后就下去了。

过了十二点宿舍自动断电，夏夏坐在桌前，按开自己的充电台灯。她轻手轻脚地将桌面的杂物收拾整齐，床铺的帘子拉好，蔡芸冷冷地看着她，眼睛在黑夜里泛着幽幽的光。

两人从大一交恶，到现在都没言和，平日里你来我往嘲讽几句都成习惯了。可不知是不是大四到了，离别在即，有些藏匿已久、怨毒的矛盾和仇恨再也掩盖不住，通通破土而出，转瞬就长成了参天大树，发泄起来也无所顾忌。

四年来，每次奖学金只要夏夏参与竞争，第一名永远与她无关，夏夏抢了她的交流机会，抢了她的调研名额，抢了她心仪的导师和她喜欢的论文开题。蔡芸只要一想到大一那年夏夏走上讲台竞选班长的情景，最后又用施舍的语气让给她，心里就燃起一簇熄灭不了的火苗。

蔡芸确定保研后心里最先涌起的情绪不是开心，而是幸灾乐祸，她保研了而夏夏没有，被积压了四年的那口气终于吐了出来。

蔡芸嘲讽："成绩第一有用？把脑子落在读书上收不回来了，除了读书你还会做什么？"

只看成绩她不如夏夏，但她的实践和活动分是全院最高，也是因为综合评分高被保送的，她具有一种想当然的优越感。虽然夏夏是因为兼职赚钱才没法顾及校内活动，可蔡芸并不在意，做兼职这件事在衣食无忧的蔡芸眼里完全是在浪费生命。

生活环境、人生经历的不同，使得有些事注定无法感同身受。

夏夏任由她骂，蔡芸得不到回应，变本加厉地刻薄起来。夏夏的沉默在她看来十分刺眼，越发衬托得她像个恶毒的女人。她脾气上来，动手把夏夏的书包和课本扫落在地，鞋底在她米色的包上狠狠碾着，夏夏越不回应，她越踩得起劲。

夏夏拎了两个塑料桶出门，蔡芸明明是施暴的那个人，到头来却气得发抖，就像一拳打到了棉花上，她觉得自己使出了全部的力道，却没给夏夏造成一丝半点的伤害。她平复了一会儿心情，脱鞋上床，仰躺着看头顶的床板。

五分钟后，夏夏拎着水桶回来了。她的目光在屋里环视一圈，最后落在蔡芸床上，她走过去，撩开蔡芸的床帘，提着一桶水直接泼了上去。

蔡芸发出一声凄惨的尖叫，被深秋水龙头里刚放出来的凉水冻得瑟瑟发抖，她的黑发一绺一绺地垂在耳侧，狼狈得犹如落水狗，惊惧的眸子看向夏夏。夏夏翻手将桶倒扣在她书桌上，把她的书本全部打湿，随手把桶扔在地上，弯腰去提另一桶水。

蔡芸喊道："夏夏你干什么！你敢……"

夏夏冷笑，将水桶扣在了她装满衣服的衣柜里。做完这一切，她拽着蔡芸冰冷的手臂把她从床上揪起来。蔡芸死死咬着嘴唇，仇恨地看着她。

黑夜里，夏夏面无表情。

"我脾气并不好，之所以忍你这么久，是觉得还没到需要撕破脸的地步，但你别真把我惹火了。"她说话慢条斯理，却难掩嗓音里彻骨的寒意，"我什么样的人没见过？像你这样低劣幼稚的伎俩还真不算什么。"

蔡芸手臂发痛，想抽回手，却发现不管怎么用力都摆脱不了面前这个看似柔弱的女孩的束缚，她从不知道夏夏力气这么大，也从没见过这样的夏夏，头皮一阵发麻。

夏夏松开她，蔡芸知道自己打不过夏夏，咬着牙说："我会告诉伊老师的，夏夏你给我等着！"

她掏出手机要给伊美贤打电话，夏夏拿过她摆在桌上当装饰用的复古闹钟，闹钟背后有两个凸起的铁质发条，夏夏对蔡芸下手毫不心软，对自己也一样。她毫不犹豫地用闹钟在自己额角砸了一下，一下不行又砸第二下，直到发条上见了点血迹，她才满意地放下。

这都是曾经对付夏军时玩剩下的，这会儿用来对付蔡芸却刚刚好。她伤得并不重，肿了个包，擦破一点血丝，可那血丝抹在了蔡芸的闹钟上，让人有嘴都说不清。

夏夏将她的闹钟拿在手里，丝毫不为所动："看是我泼室友水更严重，还是你拿硬物击打室友的头更严重。

“打啊，现在就打，你如果不敢，我来帮你。”

蔡芸几乎快疯了，屈辱地看着夏夏，但又不敢作声。

夏夏挑眉看了她一眼，转身回去睡觉。

那一晚蔡芸没有睡觉，她床褥湿透，衣服也湿了，夜里断电没有热水可以洗澡，她怕把事情闹大夏夏反咬一口说是她先动手打人的，也不敢告诉老师，一个人裹着皮箱里没沾上水的羽绒服坐在凳子上。秋来风凉，她冻得瑟瑟发抖，满脸怨恨，但硬是不敢再去招惹夏夏。

夏夏睡得很香，一夜无梦，直到天亮。

早上吃饭时谢淮看见夏夏额头贴了张创可贴，问她怎么回事。

夏夏刚要说是自己打的，又怕谢淮生气，眼珠子转了一圈，装出一脸气愤：“还不是因为蔡芸，昨晚和她打了一架……”

她说完把脸伸到谢淮面前，撒着娇说：“淮哥，你给我吹吹吧。”

“蔡芸打的？”谢淮揭开创可贴，看着那道伤口。

夏夏模棱两可地说：“不是，是打架的时候不小心撞到墙上的。”

谢淮没说什么。

那天一起吃了早饭后，夏夏连续一个星期没见到谢淮，她发给他的消息也石沉大海。夏夏知道他忙，没有多想，只是每天早晚按时给他发消息，叮嘱他少喝点酒好好吃饭。

中午在街道办的食堂吃饭时，祝子瑜和她说起来：“蔡芸被学生会的人调查了。”

夏夏不太关注学生组织，连外联部是做什么的都不知道。

“学院平时办运动会、篮球赛、迎新晚会还有各种活动的资金，都是靠外联部去找商家拉赞助得来的，整个学生会油水最多的部门就是他们了，所以蔡芸当初挤破脑袋都要往里进。”祝子瑜说，“她做部长那段时间，外联部的账就一直挺糊涂的。”

“学生会为什么突然查她？”夏夏问。

祝子瑜疑惑地看她：“你不知道？”

“我为什么会知道？”

“因为是谢淮去院长办公室举报的啊，他没告诉你吗？”

夏夏愣住了，祝子瑜说："辛浦跟我说，蔡芸的事最早是姜景州发现的，但外联部一贯那样，历任部长多少都得捞点钱，姜景州已经卸任主席了不想去惹麻烦，这次要不是谢淮想整蔡芸，恐怕蔡芸做的事到毕业都没多少人知道呢。"

"你刚才说这件事是谢淮跟辛浦说的，谢淮回学校了？"

"谢淮不是一直在学校吗？我昨天还在食堂看见他了，他一个人吃饭，我当时还奇怪你怎么没跟他一起。"祝子瑜问，"吵架了？"

夏夏说："没有。"

她每天泡图书馆，没在学校里看见谢淮也正常，可谢淮有时间回学校吃饭，却不回她消息，这事就有些严重了。夏夏嘴上说得轻松，饭却吃不下了，下午上班无心工作，晚上在图书馆也没心思复习。她把这些天发给谢淮的消息看了一遍，后知后觉地反应过来谢淮应该是在和她闹脾气，可他生什么气呢？

夏夏思来想去，觉得谢淮一定是气她自作主张放弃考海大，当时她没等谢淮说话就跑了，谢淮回去后生气也是有可能的。夏夏坐不住了，收拾好东西打算回去哄男朋友。

图书馆回宿舍有条小道，路灯昏暗，草木纷杂，平时少有人走。夏夏心急，直接抄了近路回宿舍，走到一半听到身后有脚步声跟着她，她刚要回头，一双手自背后捂上来堵住她的嘴，滚烫的身体贴在她后背。

夏夏刚要尖叫，忽然闻到那股熟悉的味道，她放软了身体，任由谢淮将她抵在面前的树干上。谢淮自始至终没松开捂她嘴巴的手，他像只狼狗，鼻子埋在夏夏颈窝里嗅味道。

夏夏唔唔了几声，他充耳不闻，直到她轻轻用舌尖舔舔他的手心，谢淮才放开了她。

"淮哥。"夏夏求饶般地说，"如果是壁咚的话，你能不能给我翻个面啊？"

她现在的姿势实在算不上美观，别人壁咚都是面对面，而她是面对树，被谢淮的胸膛和树干夹在中间，脸差一点就要和树皮来个亲密接触，实在太难堪、太尴尬了。

谢淮冷酷地说："不能。"

他掐住她的后颈："我晾了你一个星期，知道自己哪里错了吗？"

"知道了。"夏夏忙说，"我不该不和你商量就换学校，可我真的不是因为恋爱脑，我考虑过，既然以后我们都要留在南城，就没必要把读研期间的人际关系浪费在另一个城市……啊！"

她话才说了一半，屁股就挨了谢淮一巴掌，脱口而出的惨叫久久回荡在树林里。夏夏缓了半天，慢慢从牙缝里挤出一个字："疼……"

"我再问一遍，知道哪儿错了吗？"

夏夏从小到大挨过许多打，但被人用这种姿势按着打屁股却是头一遭。她又羞又恼，偏偏谢淮态度强硬，伸手又给了她几巴掌，他每一下都用了十成力气，打在她最敏感的地方，夏夏的屁股直接麻了。

夏夏本来就倔，被他这样毫无尊严地打了几下，脾气也上来了。她气得眼眶湿了，但依然不肯跟他服软，嚷着："我没错！你自己犯错了还有脸打我！

"狗男人，你不理我就算了，还打我这么疼，你是不是不爱我了？"

谢淮的手指拨开她额边的碎发，落在她已经揭掉创可贴，长着血痂的伤口上。

他看着那道血痕，脸色阴沉："谁打的？"

夏夏不自觉地缩了一下，终于明白谢淮在气什么了。

她刚要说话，谢淮放开她走了，夏夏也顾不上委屈，转身追上去："谢淮……"

那是夏夏幼年打架时落下的毛病。

村里的大人看不上吴丽，背地里闲言碎语，家里的小孩无意间听见了，路上再遇到夏夏时，恶意掩藏不住，轻则恶语相加，重则围着她扔石块，拳打脚踢。

夏夏被欺负了会还手，有时她打不赢，被几个孩子按在地上打，有时她能打赢，但打赢了她更害怕。那些孩子的家长上门要说法，夏军才不管是谁挑事，见人家要他赔药费反手就去扇夏夏。从那以后每次打赢夏夏都会故意在自己身上留点伤口，一旦有人找过来，她就眼泪汪汪地坐在小板凳上撩起裤腿，露出满是瘀青的小腿。

夏军是个无赖，见夏夏受伤乐得龇牙，转过脸和来闹事的家长要医药费，要到了钱就拿去赌博喝酒。从小的经历使然，夏夏并不觉得这样做有什么问题，反而把它当成一种保护自己的手段——哪怕她做的事情再恶劣，只要自己也受伤了，别人就没办法找她兴师问罪。

夏夏追上谢淮，想道歉却无从开口，她没觉得自己有错，只能转移话题："蔡芸的事好像闹得很大啊，学校会处分她吗？

"淮哥你饿不饿？我们去吃夜宵吧，听说西门外开了一家糖水店。

"你怎么知道我今天走小路，你是不是跟踪我了？"

谢淮自顾自地走，头也不回，夏夏故意朝地上一扑，"哎哟"叫了一声。谢淮停住脚步，回头看女孩被路边的台阶绊了一下，直挺挺地摔了个狗吃屎。他原本不打算理她，见她摔得这么可怜，心也硬不起来了。他折身回去，刚蹲到夏夏身边，假装摔倒的女孩忽然伸手搂住他的脖子。谢淮直起身，女孩直接被他带了起来，双腿勾住他的腰挂在他身上。

"淮哥。"她笑嘻嘻的。

谢淮双手垂在身侧，夏夏拿过他的手垫在屁股下面防止自己掉下去。

谢淮："刚才挨的打还不够？"

夏夏说："你打吧，打到你解气为止，我保证不喊疼。"

她讨好地笑："只要打完给我揉一揉就行。"

她像只等身尺寸的大熊玩偶，死死缠着谢淮不下来，一定要让他消气才行，可谢淮的气不是那么容易消的。

那天早上夏夏说自己的伤是打架时蹭的，她眼神一直在闪躲，谢淮嘴上不说，心里却不信，他以为夏夏是怕他冲动找蔡芸的麻烦所以不敢说实话，于是私下堵了蔡芸问她，蔡芸却一口咬定那是夏夏自己打的。

谢淮想起夏夏从前拿砖块打自己诬陷给夏军的事情，知道这种事她做得出来。于是他一个星期没理夏夏，想让她好好反省主动来找他认错，可夏夏压根没发现他在生气，还每天傻乎乎地给他发消息，到最后还是他憋不住来找她算账。谢淮真的要被她气死了，可现在她这样挂在他身上，触手就是女孩温软的躯体，他心里那团熊熊燃烧的火焰又灭了。

谢淮冷着脸："你就是这么解决事情的？"

"我一直都是这么解决啊。"夏夏没觉得有什么，"我也想打她，想把她的脸抓花，可把人打坏了她家人是要找我麻烦的。现在这样不是很好吗？蔡芸不敢再嚣张了，也不敢告诉辅导员我泼她水……倒是你……"

她轻轻揪住谢淮的耳朵："淮哥是因为给我出气才去举报蔡芸的吗？"

谢淮漫不经心："蔡芸还是学生，学校不能把她怎么样，只能让她把钱还回来了事，不过档案上记了这一笔，海大最后未必会要她。"

夏夏愣了一会儿："太狠了，淮哥你太狠了。"

谢淮："自己做错的事自己担着，也就是你不争不抢。保研竞争这么激烈，换在别的专业，蔡芸做的事够别人举报她一万回了。"

夏夏嘿嘿直笑，亲了他一口："淮哥对我最好了。"

谢淮却没被她一个吻收买，冷漠道："下来。"

"我不。"夏夏一听这话立即死死搂住他，"你不消气我就不下来。"

"下来。"谢淮又重复了一遍。

"不嘛我不嘛。"夏夏撒娇，腻腻歪歪地黏着他，"淮哥你不要让我下来嘛。"

谢淮没办法，维持着这个姿势将她抱回宿舍。这样光明正大地在学校里秀恩爱，一路上经过的人都忍不住侧目，夏夏却毫不害臊，心安理得地将下巴搭在谢淮肩膀上，路上遇到祝子瑜在超市买饮料，她还挥手笑吟吟地和她打了个招呼。

等走到宿舍，谢淮的气也消得差不多了。他把夏夏放下来，拨开她额侧的头发："我看看。"

夏夏见他脸色还是沉的，忍不住问："你还要打我吗？"

谢淮反问："不行吗？"

夏夏委屈地说："这里人太多了，回家再打吧，回去以后你想怎么打都行。”她见谢淮不说话，扯他衣边，“可以吗？”

谢淮静静看了她一会儿，开口：“从前是从前，现在是现在。现在你有男朋友，你男朋友可以保护你，遇到事情不需要你硬撑，更不需要你用这种伤害自己的方式解决。那天晚上信誓旦旦跟我说可以收拾蔡芸，你是在收拾蔡芸还是在收拾你自己？”

谢淮：“也麻烦你想想我，我以为蔡芸打了你你去找她麻烦，结果是你把自己打成这个样子，你知道我是什么心情吗？”

夏夏沉默片刻，开口道歉：“对不起。”

习惯使然，她遇事首先想到的确实不是麻烦别人而是自己解决，可就如谢淮所说，现在不是从前，她有可以保护她的男朋友，许多事情不必一个人强撑着，明白是明白，可要改过来这个习惯，还需要一些时间。

夏夏想了想，问：“那以后有人欺负我，我都可以告诉你吗？”

谢淮：“你说呢？”

夏夏偏着头，古灵精怪地看着他：“如果有人打我，你会帮我打他吗？”

谢淮问：“谁？”

夏夏掰着手指：“刚刚有人打我屁股，打了七下，每一巴掌都特别重，你可以帮我教训他吗？”

谢淮：“……”

“你好像打不到自己，但没关系。”夏夏狡黠地笑，指了指面前的路灯杆子，“你如果真的爱我，就自己撅着屁股趴好，我帮你教训他，不过我手劲小，可能要多打几下……”

谢淮打断了她的胡言乱语，淡淡地说：“我刚才那不叫打。”

他看着夏夏，唇角勾了勾：“叫情趣。”

十二月末，夏夏走出教学楼。

考完上午场的学生鱼贯而出，来不及吃饭就跑去图书馆占位子，等夏夏出来时，图书馆门口已经排起长龙，人都挤不进去了。

冬日的晚樱如粉云锦簇，将校园小路铺成一条绚烂的彩带。谢淮坐在草地上，将浅蓝色的格子桌布铺开，掏出保温饭盒，饺子、饭团、果盘，整整齐齐地摆上去。

夏夏放下包坐在他身边，惊喜地问："你做的？"

谢淮捏起一个饺子放到她嘴边："尝尝。"

谢淮上大学前不会做饭，刚和夏夏同居那段日子，煮个螺蛳粉都觉得自己是食神再世，就算味道再差，也一定要让夏夏用节目里品鉴美食的语气夸他做得好吃，不夸要生气，夸得不真诚也要生气。夏夏不知道谢淮什么时候学会了做饺子，虽然卖相丑了点，味道却出乎意料地不错。

"跟乔女士视频了一上午，她指挥我做的，好吃吗？"

"好吃。"

谢淮从包里掏出一袋砸好的核桃仁："这是乔女士昨天砸好寄过来的，她说你这几个月辛苦了，吃了补脑。"

"阿姨真好。"夏夏笑着问，"你嫉妒吗？阿姨现在好像更爱我一点呢。"

"有什么可嫉妒的。"谢淮说，"你虽然抢走了我妈，但是还了我一个老婆，算起来我也不亏。"

阳光乖张，明明是冬天却温暖得如同春日一样。偶尔拂过一阵微风，头顶的樱花瓣簌簌地朝下落，落到夏夏的饭盒里，沾在饺子上，被她一起吃了下去。

谢淮揩掉她嘴角沾的花瓣："考得怎么样？"

夏夏笑："考本校而已，我闭着眼都能过线，你今天不忙吗？怎么有时间来陪我？"

上个月银行贷款批下来了，厂区正在建设，谢淮忙得脚不沾地，算起来两人已经很久没有这样悠闲地坐在一起吃饭了。

晴空碧蓝如洗，浅粉色的樱花瓣落在柔软的发丝上。夏夏抬头，穿过头顶枝干的缝隙看着明晃晃的太阳，她眯了眯眼睛，一切从容美好。

"厂区确实有事，不过不急，我等你进去再走。"

谢淮像个守在校门外等孩子高考结束的老父亲一样，帮夏夏整理书包和文具。

夏夏吃完饭枕在谢淮腿上看书，她背了一会儿英语作文，被暖融融的日光晒得犯困，靠着他睡了过去。午休短短几十分钟，她做了好多梦，梦里她研究生的录取通知书到了，谢淮骑着她送的那辆粉色电动车来学校接她。

夏夏戴好头盔，坐在后座。

谢淮不知道要将车开到哪儿，但他途经之处，繁花盛开，海浪澎湃。

夏夏一眼望去，那是她用言语无法描绘的灿烂未来。

那年春节，谢淮将乔茹接到南城过年，除夕夜的小屋子里到处洋溢着喜庆，乔茹早早把家里打扫干净，贴上自己剪好的窗花和红纸灯笼，谢淮在花鸟市场买了两盆金橘放在门口，还买了一缸热带鱼。

夏夏和乔茹在厨房做饭，谢淮在沙发上看电视，时不时进去偷吃几块肉。乔茹打他手背，训小孩一样叫他出去坐好，夏夏在一旁笑得停不下来，谢淮觉得很没面子，叫她不准笑，可夏夏不听，笑得更开心了，谢淮气急败坏地拽起她的手放在嘴边咬了一口。

乔茹忍不住骂他："你别欺负夏夏！"

屋外的烟花染红了整片天空，夏夏人生第一次好好过年，兴奋又激动，拉着谢淮去楼下放烟花。周围爆竹的声音轰鸣，夏夏举着烟花棒，焰火照亮了她清秀的侧脸。

谢淮怕她着凉，上楼给她拿衣服，乔茹站在阳台看夏夏放烟花。

谢淮走过去，她说："你看夏夏多开心啊，下午夏夏跟我说，这是她第一次这样过年。"

"夏夏从前过得很苦。"谢淮轻声说，"认识她的第一年春节，她和继父吵架，被锁在外面不能回家；第二年春节，她和我闹别扭去了海城，一个人孤零零地在陌生的城市过年。"

"第三年……"第三年春节发生的事情，谢淮不想再提，他笑笑，"今年是第四年，我终于好好陪她过了一个年，可我还没有给她一个家。"

夏夏仰头，天幕烟火绚烂，却没她一个笑容耀眼。

谢淮："别的女孩逛街旅行都有男朋友陪，可夏夏只有一个人。我忙着赚钱没时间陪她，可钱也没赚到多少。夏夏刚和我同居的那段日子，我只能骑电动车送她上下班，平时在家煮饭，周末想带她出去吃顿好的，她怕我花钱，只舍得吃麻辣烫。

“不是没人追她，那些人能给她的远比我要多，可她偏偏跟了我。”

“妈。”谢淮偏头看着乔茹，“我会一辈子对夏夏好的，将来我们结婚后，您也别让她受委屈。”

夏夏笔试过线是意料之中的事，查到成绩后她也没有过多惊喜，每天按部就班地去图书馆学习。

一整个春天夏夏都在准备毕业论文。她要留在南大继续读研，毕业论文的质量会影响到她研究生导师的选择，系里有名的教授很注重学术能力，如果夏夏论文写得够好，都不用主动申请，教授就会直接点名把她要走。

相比之下，谢淮的论文写得犹如一坨狗屎。夏夏实在看不下去，闲暇的时候就帮他改提纲和标点，从头到尾看过一遍，头都快大了。

工厂的生产许可证已经办下来了，厂区即将建好投入使用，谢淮这段日子很少回家，有时忙到深夜就直接在厂里过夜。厂区规模不大，通过许大龙的人脉租赁下来，租金也不算贵，八间厂房占地四千多平，十几条流水线，可同时容纳几百个工人。

今天刚运来几台机器，谢淮请销售商吃了顿饭，饭后回到厂里学机器的用法。

好几天没见了，夏夏有些想他，于是买了两份炒粉当夜宵跑过来找他。

谢淮送走那些人已经很晚了，他吃完夜宵继续摆弄机器，夏夏就坐在旁边的箱子上背书，角落靠近墙边的地上有块榻榻米，上面挂着道蚊帐，平时谢淮来不及回去就在那里面睡觉。

夏夏明天研究生面试，将手里的重点翻来覆去背了好几遍。谢淮摆弄完机器去洗手，回来后从后面抱住她，下巴搭在她肩膀上：“这么晚了还在看书？”

夏夏打了个哈欠：“这是去年的面试真题，不做完我睡不着。”

“不做睡不着？”谢淮故意曲解她的话，拦腰把她抱起来走向角落的榻榻米，“那简单啊，我给你催眠，让你做个美梦。”

“哎……”夏夏挣扎，“不行，我明天要面试，今天不准胡来。”

“这个拒绝理由不成立，你笔试分数第一，高第二名十五分，只要明天不骂老师不炸考场，谁敢卡你？”

夏夏推拒：“那也得等我把这套题背完！”

谢淮瞥了一眼她手里的资料，让夏夏趴在垫子上，把资料摆在她眼前。他扭开墙壁上的小灯，蚊帐内明亮如白昼，纸上每一个字都看得清清楚楚。

“这样也能背。”

夏夏手足并用朝外爬，没跑出多远就被谢淮拽了回来。

“我来检查一下你复习的成果。”他嗓音淡淡的，“社会调查的基本要素是什么？”

四月天凉，厂房外荒草丛生，齐腰高的草间传来清晰的虫鸣。

云翳厚重，悄悄藏住月亮的光影，星星的光芒微弱得几乎看不清。

谢淮：“背不下来？看来谢老师要给点惩罚了。”

“能，我能背……”

“……抽样。”夏夏咬着牙。

“还有呢？”

“……问卷。”

“非要我一个一个问吗？”谢淮的声音沉了沉，“看来死记硬背是没用的，得给几棒子教训一下。”

“还有统计分析。”夏夏听起来快要哭了，“你别……”

谢淮随手把资料扔在地上，将她抱起来：“你别背了，纸上得来终觉浅。”

他笑得邪气：“还是来做个社会实践好好体验吧。”

谢淮在学院里极其有名，不仅同学都认识他，连老师也对他印象极深，他很少上课，但只要去上课就一定是坐在前排和老师交流最多的那个，他记忆力好，人也聪明，上课回答问题提出的观点总能让人耳目一新。许多老师都很喜欢他，但他心思不在学习上，逃课又过于猖獗，每次期末考分数都是及格线擦过。这在老师眼里无异于璞玉蒙尘自甘堕落，令人既惋惜心痛又恨其不争。

谢淮也为自己大学四年的不学习付出了代价，答辩那天别的学生都是点到为止，只有他被三位教授怼得哑口无言，抓住他论文里的每一个漏洞向他发问，甚至一个标点符号的错位都被拎出来批评了半天。

走出答辩教室的那一刻，头昏脑涨的谢淮像获得了二次生命一样。

答辩当晚是谢师宴，谢师宴结束后班委组织同学去附近的酒吧玩。

夏夏大学四年从没参加过任何集体活动，这次也不想去，是赵珊琪劝她："今晚以后，有些人可能一辈子都不会再见了，同学一场，就连我都没跟你好好吃过一顿饭呢，一起去吧。"

夏夏去了，谢淮自然也要去。

酒吧开在一条僻静的小街上，店里零星几个客人，并不喧闹和嘈杂，驻唱歌手抱着电吉他坐在台中央唱《起风了》，嗓音清亮，悠扬的曲声回荡在一方天地中。

一行人沿长桌坐下，老板送来啤酒、杯子和冰桶。

灯光昏暗，夏夏的目光掠过面前一张张或熟悉或陌生的面孔，耳畔响起赵珊琪那句"有些人可能一辈子都不会再见了"，在这样的氛围里，不知怎么竟然也有些伤感。

李哲林做了四年班长成熟了许多，夏夏几乎无法从他身上看到当初和谢淮起冲突的那个男生的影子。

赵珊琪主动站起来帮大家倒酒，没有半分富家女的娇气，笑着和每一个人说话。

祝子瑜一个人在角落喝闷酒，她撑起下巴，眯着一双漂亮的桃花眼，时不时夹几块冰扔到酒杯里。

辛浦坐在男生堆里，用余光偷偷瞄她，见她喝得多了，走过去抢酒杯。

女生们彼此聊着些读书时的趣事、辅导员的八卦，说着说着哭成一团。男生们半是起哄半是伤感，举起手机威胁要拍下她们把妆哭花的丑样子。

大家有说有笑，围在一起划拳玩桌游。

从前初识这世间，万般流连
看着天边似在眼前
也甘愿赴汤蹈火去走它一遍
如今走过这世间，万般流连
翻过岁月不同侧脸
措不及防闯入你的笑颜……

音乐缓缓流淌，衬得现场离别的气氛分外令人感伤。

大家或哭或笑，起身敬酒。

夏夏看向谢淮，他坐在长桌的另一头，似有感应般也抬头看她。两人明明置身同样的环境，却又与这里格格不入，撞入对方的眼睛才发现，原来最懂彼此的还是自己。

赵珊琪端了一杯啤酒走到他面前，谢淮站起来。

赵珊琪和谢淮之间隔了二十二个人，她一路敬过来，喝了二十二杯酒。

赵珊琪眼睛通红："谢淮，祝你心想事成，一生顺遂。"

谢淮干了手里的酒，从容地说："谢谢，你也是。"

夏夏起身去卫生间，走到门口时听到里面有人说话。

赵珊琪喝得醉醺醺的，抱着祝子瑜哭得撕心裂肺："我四年没谈恋爱，他不喜欢我，我也喜欢不上别人……"

"谈恋爱有什么好。"祝子瑜摸着她的头发安慰，"你看我谈恋爱谈成个什么样，都是一群臭男人。"

夏夏没有进去，她倚着酒吧的墙壁，望向屋顶垂下来的玻璃吊灯。灯是水瓶形状，里面装着澄澈的清水，被瓶口的小灯泡一照，每一寸液体都被染成了亮黄色。

我曾难自拔于世界之大，也沉溺于其中梦话

不得真假不做挣扎不惧笑话
我曾将青春翻涌成她，也曾指尖弹出盛夏
心之所动且就随缘去吧……

她静静听了会儿歌，谢淮走过来，手掌在她眼前晃了晃："喝醉了？"

夏夏笑笑："没有。"她望向远处喝酒狂欢的人们，"你看。"

"看着他们热闹，就像自己也体验了一回他们的青春。"

"不用为学费发愁，不用为生活担忧，可以学习许多技能、考许多证书、交许多朋友。可以走得很慢，可以到处旅行，可以挥霍时间，想哭就哭，想笑就笑。"

夏夏看向谢淮，虽然没有说出剩下的话，但谢淮都懂。

这才是二十岁的年轻人该有的青春，对她和谢淮而言，却是奢侈至极的东西。

谢淮的手掌抵住她的额头，拨开她额前的碎发，望着她漂亮的眼睛："后悔吗？"

"为什么要后悔？"

"如果你喜欢的不是我，也会像他们一样无忧无虑，会有一个喜欢你的男孩把你捧在心尖。你不用为了钱早起去做家教，可以一整天泡在图书馆读书，累了去甜品店消磨一下午，他会陪你去旅行，陪你去做任何你想做的事情。"

他眼里带着笑意："青春才过了一半，现在后悔还来得及。"

晚风吹起你鬓间的白发，抚平回忆留下的疤
你的眼中，明暗交杂，一笑生花
暮色遮住你蹒跚的步伐，走进床头藏起的画
画中的你低着头说话
我仍感叹于世界之大，也沉醉于儿时情话
不剩真假不做挣扎无谓笑话
我终将青春还给了她，连同指尖弹出的盛夏

心之所动就随风去了……

夏夏歪着脑袋，灯光投射下来，掉入她的眼中，将她的眸子浸染成璀璨的亮色。她笑了笑，白皙的手臂缠上谢淮的脖颈，手掌按在他后脑柔软的头发上，将他压下来。

“不后悔。”

谢淮的眼睛离她很近，夏夏稍一抬头，鼻尖就能与他相触。

“我有你啊。”她笑意盈盈，“你抵得过所有美好的青春了。”

谢淮低头吻她眉心，握着她的手腕走出酒吧。

月色温柔，如一层轻盈的薄纱笼住背后的星河万顷。

谢淮停在路边的自动贩卖机前，掏出硬币投进去，掉出两罐啤酒。

微风，灯火，树影，虫鸣，水果铺外西瓜的红瓤，烧烤摊前滋滋冒出的油烟……目光所至之处，是最真实温馨的人间烟火，而她，是夏日烟火中的一抹甜。

夏夏接过谢淮递来的啤酒，抬头撞入他缱绻的眸子。

他抬手和她碰杯，嗓音澄澈温柔：“我的夏夏，前程似锦。”

Chapter 25 尾声

四年后。

微信群从中午开始就响个不停，群里的老师没事可做，讨论晚上去哪儿聚餐。夏夏随意瞥了眼手机，而后将视线收回，落到面前的男生身上。

“点名超过三次不到不能参加考试，这是学校的规定，你半学期逃了四节课，任课老师找你麻烦才想起找我补开假条，早干什么去了？”夏夏板着脸，“我不会给你批的，死了这条心吧。”

男生的脸耷拉下来：“夏夏，你救救我吧，我妈要是知道我挂科了会死人的。”

夏夏盯着他，三秒后，男生改口：“夏老师。”

“不批。”夏夏语气毫无商量的余地。

男生说：“你怎么一点都不同情我啊？按照你过去的经历，咱俩不是应该很能共情吗？”

“我本科四年，硕士三年，博士一年，读了这么多年书半节课都没逃过，跟你有什么可共情的？”

“你没逃课，可你男朋友逃了呀！”

夏夏的眼珠黑白分明，问他："你怎么知道？"

"上次去伊老师办公室听她讲的。"男生嘿嘿直笑，"她说你男朋友本科也是南大的，逢课必逃，读书期间出了名的不服管教。还有给我们上中外社会思想史那老头，他上课第一天就警告我们不准逃课，还恐吓我们说曾经有个学长因为本科的时候逃课过于嚣张，答辩那天被他们几个教授联合起来怼成了狗……"

"你才是狗呢。"夏夏骂他。

男生委屈地说："又不是我说的。"

"夏老师，你就帮我一回吧。"他撒娇，"我真不是故意逃课的，我女朋友上个月动手术住院，她家人不在南城，只有我能照顾她。我逃的那节课排在中午，正常十二点半下课，我赶去医院要两点，我女朋友肯定饿死了。"

夏夏被他磨得心软，接过他手里的请假条。

男生眼巴巴地看着她。

夏夏签了名字和上个星期的日期，盖上辅导员的章递给他："只此一次，下次再要请假自己去和任课老师协商，别来找我。"

男生千恩万谢地离开办公室，等在门口的损友问："怎么样？"

男生眉开眼笑："我一提夏夏男朋友她立即给我签了，这也太好用了吧。"

损友失望地啊了一声："真有男朋友？光听你们说了，我从来没见过。"

男生揽着他的肩膀："你啊什么啊？别告诉我你对夏夏有意思。人家谈了七年的男朋友开两百万的路虎揽胜，就你这样的她肯定看不上。"

"我这样的怎么了？"损友不服，梗着脖子和他争辩，"开路虎了不起啊？说不定是个头秃油肚的中年大叔呢，我比他年轻，未来还有无限可能。"

男生掏出手机给他翻夏夏的朋友圈："自己看。"

夏夏暑假去日本玩的时候发了自拍，她身边的男人不仅不油腻不秃顶，反而帅得没边儿。

照片上的男人穿了件和夏夏同款的情侣T恤，慵懒地倚着海边的栏杆，他脸部轮廓立体锋利，如被造物主精心雕饰过，鼻骨高挺，剑眉星目，可吸引人的不只是他皮相上的英俊，还有被岁月打磨后收放自如的气场。

就算是看一张照片，都觉得这人不简单。

“这么年轻就开得起路虎，是富二代吗？”

“伊老师说他读大学的时候特别穷，每天晚上在路边摆地摊，还送过外卖打理过快递亭，后来白手起家才有的今天。”男生见他朋友神色黯然，安慰道，“别难过了，你才多大啊，而且你再穷也不至于去摆地摊吧？这已经赢在起跑线了。”

夏夏研一就做了临时辅导员，带刚入学的本科生，每月拿两千块的工资，一带就是三年。研究生毕业，夏夏保了南大的博士，也从临时辅导员转成正式辅导员，工资八千块。本硕博都在南大读，还有这些年的辅导员经验，毕业后可以直接留校做老师。

傍晚下班后几个单身的年轻老师约着去过周末，知道谢淮这个月出差，便把夏夏也叫上了。夏夏收好东西走出办公楼，发现门口停着一辆熟悉的车，她趴在驾驶室的车窗上看了看，里面没人，她打开手机，谢淮也没有发消息说今天会回来。

她唇边弯起淡淡的笑，对同事说：“你们去吧，我男朋友回来了。”

谢淮坐在篮球场喝完一整罐冰可乐。

不远处几个打篮球的男生看了他很久，忍不住走过来：“哥们儿，一起打球吗？正好我们人手不够。”

谢淮把可乐罐捏扁投进身前的垃圾桶：“我很久没打过球了。”

可乐罐一击即中，换在球场上就是一个漂亮的三分，男生咧着嘴笑：“没事，我们也是随便打打。”

谢淮和他们打了几场，中场休息时发现那几个男生又在盯着他看：“你是读研究生的学长吗？”

谢淮："怎么？"

男生指着远处球场边几个坐在长椅上的女生："那几个是我们班同学，想要你的联系方式，自己又不好意思，让我们来问你要。"

男生是艺术学院的，同班的几个女生都很漂亮，随便一个拎出来都是班花级别。

谢淮笑笑，英俊不羁："我有主了。"

"看那边，夏夏过来了。"一个男生忽然嚷了起来。

男生们齐齐回头，直勾勾地盯着远处小路尽头一袭红裙的夏夏。

夏夏是学院里最出名的辅导员，年轻漂亮，能力也强。从她读研究生时起追她的男孩子就没断过，上到研究生，下到本科生，其中不乏家底殷实的富二代，甚至还有其他学院的单身男老师，可也没见夏夏特别青睐谁，有人表白都是当场回绝。据说她有个谈了七年的男朋友，但很少有人见过。

南城十一月的天气不是很冷，夏夏酒红色的裙子只有半袖，露出一截白莹莹的手臂在外面。她漂亮得扎眼，笑起来犹如太阳般活力四射，和一群初入校门十七八岁的学生走在一起也毫不违和。夏夏对这些学生而言既是辅导员也是师姐，许多时候学生们见了她都直接喊名字，可当她走近了，那几个男生却都红着脸说不出话来。

谢淮故意问："她是谁？"

"夏夏。"男生眼睛瞪得溜溜圆，"夏夏你都不认识？到底是不是我们学院的啊？"

谢淮眉宇间笑意盎然，手里的篮球朝铁丝网一抛，砸在上面发出砰的一声。路过的夏夏听见声音转头，看见谢淮沐浴在夕阳下痞笑的脸。他挑眉，朝她吹了声口哨，活脱脱一个不知哪条街上来的流氓。

男生吓了一跳，拉住他："学长你别吹了，她不是学生，是我们年级的辅导员，虽然看起来温柔，但是特别不好惹，上一个调戏她的学生不知道被她整得多惨，你快别吹了……"

"辅导员？"谢淮漫不经心，"那搞个师生恋也不错。"

他又吹了声口哨，朝夏夏笑："夏老师，谈个恋爱怎么样？我请你吃晚饭啊。"

男生几乎心肌梗死，就在他们以为这位学长要倒大霉的时候，一条铁丝网之隔的夏夏唇角弯起一个温柔的笑。

她拨了拨手腕上戴的菩提珠，声音甜甜的："好啊。"

谢淮跟许大龙搭伙做了两年，完成了真正意义上第一桶金的原始积累。两年后他另立门户，向银行贷款重新开厂，今年年初融资了三千万扩大生产规模，最近又动了涉足旅游行业的心思，他出差了一个月去外地考察，打算投资开发一处景区。

他故意没有告诉夏夏今天回来，是为了给她一个惊喜。

"怎么突然就回来了？都不提前告诉我。"

夏夏坐上副驾驶，闻到车里有股浓郁的花香，她转头，看见后座放着一大束红玫瑰。

"你说呢？"谢淮淡淡地问。

夏夏笑嘻嘻的，侧身在他脸上亲了一口。

今天是夏夏的生日，谢淮再忙都会赶回来。他不急着发动车子，按住夏夏深吻。她下午刚吃过学生给的水果糖，吐息间有股荔枝的甜味，乖乖仰头，手掌撑在他胸口，温顺又招人疼，她舌头软绵绵的，含在嘴里像吃了块荔枝软糕。

直到把人亲得满脸通红，谢淮才舍得松口，笑吟吟地看她："学校里喜欢你的小男生还挺多，看你走过来脸都红了。"

"也没多少吧。"夏夏挠头，"最近没有人跟我表白了。"

为了避免被学生追求，夏夏最近几年频繁地在朋友圈晒谢淮的照片，可即使这样也还是有小孩不死心，经常半夜给她发消息表白，但那都是很久之前的事情了，最近她确实没有收到类似的消息。

谢淮打量她。

夏夏这些年没怎么变，一张鹅蛋脸，又软又红的唇，杏核般漂亮的眼，眸子漆黑通透，别说学校里那些小男生，就是他看了这么多年也没有半分厌倦。从前夏夏问过他，如果有一天感情淡了怎么办，可谢淮觉得永远没有那一天。

七年不痒，哪怕七十年也不会。

夏夏期待地问：“怎么只有花，我的礼物呢？”

“想要吗？”谢淮递给她一个真丝眼罩，“戴上它就给你。”

夏夏听话地戴上，小孩子一样伸出五指在眼前晃了晃：“黑，什么都看不见了。”

谢淮发动车子：“你爸昨天给我打电话，问我们今年要不要回去过年。”

毕业那年夏夏带谢淮回过一次家，魏金海依旧是那副死样子，对她爱答不理，谢淮跟他说话他就冷言嘲讽，说他是没出息的穷小子，更是在饭桌上拿出小本子细数这些年给夏夏花过的钱，明里暗里指责女儿是个赔钱货。

夏夏还没来得及生气，谢淮就爆发了。他直接摔了张卡给魏金海，冷着脸告诉他从今以后夏夏半毛钱都不欠他。他们离开后魏金海去银行查了查，发现那张卡里足足有十万块，一连几天都没晃过神来。

后来夏夏再给吴丽打电话时，魏金海仿佛变了一个人，主动抢着要接电话，亲热地问候她在南城过得怎么样。夏夏挂断他就给谢淮打电话，临过年的那段日子打得更勤快，早晚问安似的，殷勤得恨不得要亲自飞来南城接他们一样。

夏夏：“没脸没皮的，你别理他。”

“我觉得应该理一理。”谢淮笑着说，“他从前对你不好，动不动就把你关在门外，现在反过来求你赏脸回家，我们趾高气扬地回去臊臊他不是很爽吗？你也好几年没回过家了，不想你妈吗？”

夏夏想了想，坏兮兮地说：“那就回吧，被你说得我也想看他低声下气的样子了。”

车开出去一会儿，四周变得寂静，没有车轮碾路和鸣笛的声音，似乎远离了城市的主干道。夏夏蒙着眼睛，听力分外灵敏，忍不住问：“淮哥，你要带我去哪儿啊？”

谢淮扬眉：“野外，送你一次终生难忘的经历当生日礼物，喜欢吗？”

夏夏：“……”

他不正经地说：“车上也行，别急，等我开到没人的地方就停下来。”

夏夏：“……”

夏夏在他腰上狠狠掐了一下：“再说一遍。”

谢淮疼得嘫了声，笑道：“我哪敢啊，逗你玩呢。”

说着话，谢淮把车停了。他关了空调和灯光，走到副驾驶帮夏夏拉开车门，牵着她的手将她扶下来。

夏夏不能视物，紧张地喊：“谢淮。”

谢淮搂住她的腰：“我在。”

“眼罩可以摘了吗？”她轻声说，“我看不清路了。”

“再等等。”谢淮的声音里带着笑意。

夏夏伸手去摸眼罩，谢淮拉住她的手，她动作间触碰到他的腕表。她大四花了全部积蓄买给他的表他至今还戴着，三万五千块，在当时看来是笔巨款，对现在的谢淮而言却算不上什么。可他依旧没有换，但凡谈生意一定会戴上，谈得开心了还要故意把袖子挽起来露出表盘。

别人问起他就高高兴兴地和人家讲：“这是夏夏送我的，那年我穷得要死，她怕谈生意别人看不上我，特意买来给我撑门面的。”

脚下是鹅卵石嶙峋的触感，有些硌脚，夏夏觉得眼前亮了起来，隐隐有光。

“谢淮。”她又叫。

温暖的胸膛自身后贴上来，谢淮的嘴唇擦过她细软的脖颈，轻声呢喃：“我在。”

他嗓音沉哑，带着魅惑，夏夏用掌心捂住胸口，在他这样的语调里心扑通乱响。她本科毕业后就被谢淮拉去医院做了消融手术，已经不记得有多久心脏没有跳得这样快过了。

“那年在医院我给过你承诺。”谢淮轻轻吻着她耳侧的头发，“我说，最多五年，我一定给你一个家。”

夏夏歪着脑袋，弯了弯唇角：“你不是早就给我了吗？”

谢淮前年买下了他们租了几年的房子，两室一厅虽然不算大，住习惯了却也温馨。

“夏姐这么容易就满足了？”谢淮说，“可我觉得还不够。今天是你生日，许个愿望吧。”

夏夏想了片刻，甜甜地说：“希望淮哥赚很多很多钱，永远都是十八岁的英俊少年。”

谢淮问：“你呢？”

夏夏笑着说：“我嘛……愿望更简单了，希望每天都过得开心，每天都可以睡到十八岁的小少年。”

谢淮笑了：“待会儿就让你如愿。”

谢淮摘下她的眼罩，光线刺眼，夏夏一时睁不开眼睛。她适应了一会儿，后知后觉地发现自己置身于一个花园般精致的院子，脚下是蜿蜒的鹅卵石小路，路两旁种着含苞待放的冬樱花。半人高的雕花路灯矗立在花园的四角，她抬起头，看到面前三层高的欧式别墅。

直到晚风拂过脸颊，夏夏才回过神来。

“什么时候买的？”她眼眶泛湿。

“去年，装修费了些工夫，不然七夕就能送给你了。”

“你都不告诉我。”

“告诉你还叫什么惊喜。”

谢淮搂着她纤软的腰肢，下巴轻轻搭在她肩膀上。星星细碎的光亮映在他俊美的侧脸，将他漆黑眼眸中无法言说的深情与爱意照得通明。

“读书的时候你经常去做家教，我骑电动车送你，小区里的别墅都很漂亮。你在屋里上课，我坐在小区外的路沿上等你，那时候我看着小区的红色围墙想，总有一天我也要让我的夏夏住上这样的房子。”

月光倾洒，他的脸温柔得不像话。

夏夏于这静夜中也听见了谢淮鲜活有力的心跳，扑通扑通，将她带入一场轮回的美梦。

她与谢淮相识、相知、相爱、相守，这些年的点点滴滴化成晶莹的碎片轻盈飞舞在眼前，她伸手去碰，触手即如流沙般散在指尖，消逝于滚滚流淌的时间长河里。她虽然抓不住它，但每一个画面都清晰存在于脑海中。

谢淮递来一个精美的丝绒盒子，里面装着写了两人名字的房产证。夏夏打开，盒盖上谢淮歪歪扭扭的小学生字体烫着金边，她一眼望去，眼泪忍不住掉出来，被灯光映得剔透发亮。

我爱上一个姑娘，
我想跋山涉水、披荆斩棘走到她身旁。
到那时，日光会很温暖，天色会亮，
我会给她一往无前的勇气，将她捧在心尖上。

谢淮眉眼清明，一如少年时的澄澈模样："夏夏，这是我给你的家。"

【正文完】

番外一

我的星河，有你可循

结婚证是在初夏的一个阴雨天领的。

夏夏对结婚这事挺茫然的，心里半是雀跃半是忐忑，还带着些对未来的期许，一路上多动得像只被人踩了尾巴的猫，怎么都安静不下来，要么戳戳谢淮的脸，要么傻乎乎地笑，要么一个人在副驾上翘着兰花指掐着嗓子自导自演。

“小谢，进了我们夏家的门就要守夏家的规矩，最基本的三从四德就不需要我说了，除此之外，孩子你生，三年必须抱俩，奶粉你泡，尿布你换，夜里吵了你来哄，上学的作业你来辅导，还有……”

车子经过减速带，谢淮故意不减速，车身吭噔晃了一下，夏夏的脑袋撞在窗玻璃上。

“哎呀！”

没等她动作，谢淮在红绿灯前停了车，伸手覆到她被撞的额头上。他面不改色，懒洋洋地说：“昨晚睡了几个小时啊，困成这样？满嘴屁话，就那么一句还像点样。”

夏夏问：“哪句？”

“三年抱俩。”

夏夏拍开谢淮的手，继续演："知道生孩子多疼吗？皮肤会松弛，我也会变老，搞不好还会闹出人命，你让我三年抱俩，你不爱我。"

谢淮无动于衷，沉默地开车。夏夏忍不住凑过去，澄澈的眼睛眨巴眨巴："真想生两个？为什么啊。"

"一孕傻三年，两个傻六年。"

夏夏："那你还让我生，不怕我真傻了？"

"本来就傻，说不定能负负得正呢。"

夏夏："……"

谢淮对于结婚这事很淡定，像是生活中的一个小插曲，平常得不能再平常，他看上去挺酷，但其实都是装的。

上个月拍婚纱照，为了上镜好看，谢淮提前半个月就开始控制饮食，拍照当天清晨起来洗澡捯饬，还专门请了造型师过来，拍一套换个发型，那精致程度看得夏夏目瞪口呆，要不是这么多年朝夕相处，她都要以为谢淮是不知道哪个犄角旮旯里冒出来的娘炮。

今天从早上起就淅淅沥沥下着小雨，夏夏下车时不小心踩到了水坑，于是谢淮情人节送她的那双白色球鞋被溅上了许多泥点子，她早上特意搭配的白色袜子边也被染得脏兮兮的。

吴丽喜欢研究玄学，夏夏听她说得多了，脑子里也时不时闪过些奇怪的念头，她盯着自己脏脏的鞋子，认真地琢磨："今天民政局门口有坑，不吉利，要不我们改天再来吧。"

谢淮等这天等了好久，听她这么说，淡定装不下去了。他勾着夏夏的肩膀："不需要，就今天。"

"可是……"

谢淮弯唇："不吉利就不吉利，淮哥命硬，镇得住它。"

中国人办事最讲究吉利喜庆，天气不好，民政局的人也不多，流程出奇地顺利，唯独在付钱拿本的时候出了点意外。

"九块钱？"谢淮正要付钱，听工作人员这么说，下意识地愣了愣，"我谢淮结婚才花九块钱？"

夏夏："九块钱怎么啦？马云结婚也只花九块钱，谢淮谁啊？"

谢淮说："不行，一辈子就结一次婚，九块钱也太寒酸了。"

他掏了十张一百元放在台面，工作人员眼皮子微微掀了掀，没精打采地说："一张就够了。"

谢淮接过小红本，笑了笑，牙齿白净："九块钱工本费，剩下的请大家吃喜糖。"

他说完要走，工作人员也不犯瞌睡了，连忙起来追他："把钱拿回去，我们这儿有监控，当场塞红包算咋回事啊？"

谢淮人生第一次结婚，一腔兴奋无处发泄，拿到本的那一刻恨不得跑到外面院子里表演十几个后空翻再顺带上个树，可是夏夏还在身边，他又觉得这样嘚瑟过于没面子，于是强装淡定，忍得很辛苦。

夏夏看他表情就知道他在想什么，坏兮兮地提议："想要本一千块的结婚证也不是不行。"她指了指隔壁办理离婚手续的大厅，"进去离个婚再回来重新结婚，结完了重新离，多折腾几次就差不多了。"

谢淮说："倒也不必。"

他去旁边超市买了几箱糖和巧克力抱回来放在办事大厅，放完也不管有没有人看见，牵着夏夏出去了。

夏夏偏着脑袋，打量他英俊的侧脸和嘴角压不下去的笑意，呢喃着问："装什么呢？"

"我装什么了？"谢淮死不承认。

民政局的院里有个池塘，里面漂着几片荷叶和花苞，小雨停了，谢淮站在池塘边拆了根棒棒糖，眯着眼睛看布满绿藻的水面，因为游鱼经过而泛起层层涟漪。

"前几天你妈打电话来，说找人看了皇历，四月有个好日子，五月有个好日子，再往后就是七月，问我为什么偏偏挑六月领证。"

吴丽迷信，遇到重要的事情喜欢挑日子，夏夏早就习以为常了。她低头看了眼手机，六月二十八日，再抬头时撞入谢淮温柔的眼眸。

谢淮咬碎棒棒糖，包装纸丢到垃圾桶，伸手将夏夏耳边的碎发顺到脑后："怎么一眨眼就十年了呢。"

有些事仿佛发生在昨天一样，女孩鼻青脸肿满是泪痕的脸，破门而入的扫黄警察，抱头伏法的少年……那年今天发生的事情，清晰明朗，历历在目。可是细数时光，十年已经匆匆过去，眼前人依然是多年如一日的少女模样，白嫩的脸庞，乌黑的发丝，一双眼睛清澈璀璨，丝毫看不出被时光磋磨过的痕迹。

锦鲤摆尾游走，复归平静的水中倒映出他的面容，深邃冷峻，剑眉星目，少了丝少年的锐气，取而代之的是男人的锋利。这些年打过交道的人不少，接触过的人都说谢淮成熟睿智，做事雷厉风行，年纪轻轻将生意做到这种地步，是天生吃这碗饭的料，可只有夏夏知道，他心里的某处还藏着当初那个恣意嚣张的少年。

谢淮看着夏夏，忽然笑了："如果这些年没有你在身边，也许我也能走到今天，但你不在，我一定不会走得这么从容。

"第十年了，依然觉得认识你真好。"

夏夏手里捧着小红本，手指抚过本皮上烫金的"结婚"二字，也笑了："淮哥，我也觉得认识你真好。"

谢淮抽走她手中分散注意力的本子，捧起她的脸颊，他低头，鼻尖亲昵地蹭她，刚才吃进嘴里的棒棒糖是荔枝味的，夏夏吸了口气，嘴里也被融进水果糖甜甜的味道。

"装不下去，不想装了。"

不等夏夏说话，谢淮勉强维持了一个早上的商务精英高格调冷淡挂不住了。他揽住夏夏柔软的腰把人抱起，而后双手夹在腋下，借着臂力将她托在空中，夏夏头晕目眩，被他抱着转了好几个圈。

雨后天晴，阳光渐渐明朗。

谢淮笑得像撒了欢一样："终于是我名正言顺的老婆了。"

婚礼办在常市，夏夏长大的地方。

按照夏夏的意思，婚礼不要太张扬，也不要太浪费，简简单单就好。谢淮听了前半句，只请了相熟的亲戚朋友吃饭，却没听夏夏的后半句，低调是低调了，却奢华得令人瞠目结舌。

常市靠海，有着全国闻名的银色沙滩，谢淮在常市临海的黄金地段买了一栋别墅，站在房间的落地窗前可以直接看到沙滩与海景，出门走到海边，只需要两分钟的路程。

婚礼当天，谢淮包下了整个海滩，一眼望不到边的银色沙海上搭起鲜花簇拥的拱门。到场的都是相熟的朋友，没有那么多规矩，一整天都在海滩上游泳晒太阳，到了晚上才是婚礼的主场。

夕阳在海平线上沉下半截，映得海面通红，远远看着，大海一片蔚蓝，一片橙红。

“婚礼为什么定在晚上？”

谢淮随手把白色西装放在细软的白沙滩上，拿起啤酒和姜景州碰杯：“因为夏夏喜欢月亮。”

他漫不经心地说：“之前我想过去爱尔兰租一座城堡办场浪漫点的婚礼，可是夏夏觉得太远，许多朋友没时间参加，会让她遗憾。”

“源太和赵一雷又怂恿我去包座游乐场，晚上把游乐场的灯全都打开，所有设施一齐启动，大家一边玩一边举办婚礼热闹热闹。”谢淮顿了顿，“但是你知道，小孩子好不容易放回暑假，就这么几天能到游乐场玩，我还要把地方包下来闲人免进，太不人道了。”

“你包下这片沙滩也没多人道。”姜景州淡淡地说，“这么热的天气不让人进来游泳，就为了您谢大少爷想给女朋友一场完美的婚礼。”

“是老婆。”谢淮纠正他，“能进这片沙滩的都是有钱人，本来也没多少，一天不游泳死不了。”

姜景州无言反驳，谢淮问：“知道为什么选常市吗？”

姜景州摇头，常市是夏夏的家乡，可夏夏和家人的关系并不亲密，当年读书时在常市过的日子也算不上好，谢淮选在这里结婚是出于怎样的考虑，他不知道。

“因为在这里，她有太多遗憾了。”

谢淮酒喝了一半，易拉罐握在手里，盯着海面上快要沉落的夕阳。

人生最好的时候成长在那样的家庭里是遗憾；女孩子最美好的年纪却只能穿别人的旧衣服是遗憾；青春期生活费拮据到不舍得喝一杯廉价的奶茶，不舍得吃一顿快餐是遗憾；同学聚会去海边，所有人都下去游泳，而自己买不起泳衣只能坐在沙滩上看别人玩水也是遗憾。

姜景州："可是遗憾这东西一旦产生，就像刻在记忆里一样很难填补了。我奶奶过世的那年春节我在南城做项目，没能吃到她亲手做的红糖鸡蛋，现在不管我吃多少碗红糖鸡蛋，都不是那个味道，也不是那份心情了。"

"所以才要用美好的事情中和。"谢淮笑道，"我曾经做过一个很长的梦，梦里我回到了十六岁那年的夏天，我去找了夏夏，把我所能给的一切都给了她，但那毕竟是场梦。"

"遗憾很难填补，但至少我能做些事情，让夏夏在以后的日子里回想起这座城市和城市里的人，最先想起的不是年少时有多辛苦，而是这座城市是我们的开始，有我们美好的回忆。"

姜景州莞尔，和谢淮碰杯。淡白色的月亮在天际露出一个弯刀形的边角，谢淮喝完手中的啤酒，站起来理了理西装。

姜景州从没见他穿得这样正式，也喝完了手里的酒，嘴里哼着歌："将头发梳成大人模样，穿上一身帅气西装，等会儿见你一定比想象美……"

谢淮蹙眉，捏扁易拉罐在他头顶敲了一下："这首歌什么意思啊你就瞎唱？少爷今天大喜的日子，能不能唱首应景的？"

姜景州自然而然地改了调子，哼了首《猪八戒背媳妇》。

谢淮："……"

"走了。"他懒散地将西装搭在手臂上，笑容不羁，"去看媳妇。"

屋内。

祝子瑜刚换上伴娘服，和赵珊琪因为捧花的事拌起嘴来。

祝子瑜："听我的，夏夏，一会儿扔捧花的时候你就朝左边扔，我肯定给你接住了。"

赵珊琪说："给她干吗呀？她跟男朋友那么稳定，还需要捧花祝福吗？你该给的人是我，都快三十了暧昧对象都还没有一个。"

夏夏："之前追你的那富二代呢？"

赵珊琪没好气地说："移民了，别提他，想起来就生气。"

有人敲门，祝子瑜去开，谢淮站在门外准备进来，她连忙拦住：

“还没到时间呢，你不准进来。”

谢淮笑了：“我自己媳妇有什么不能看的？”

夏夏大半天没见到谢淮了，听到他的声音，探头探脑想看看他的新郎服是什么样子，刚露出个脑袋就被赵珊琪按了回去。

“不能这么便宜他们。”

谢淮身后站着赵一雷、梁源太、姜景州、齐达、辛浦，祝子瑜和赵珊琪早早准备了许多整人的法子，就等这一刻，几个伴郎被整得狼狈不堪，女孩们满意了，示意谢淮可以进来看新娘，可谢淮却不进门了。

他递了张纸条过去：“给夏夏。”说完人就走了。

祝子瑜摸不着头脑，将纸条塞给夏夏，夏夏展开，只见上面内容简单：“来后院。”后面还附了几个小字：“一个人。”

夏夏的婚纱是专门定制的，露背镂花的纱裙完美地衬出夏夏纤细的身条，裙摆镶钻，蓬松却不重，足有四米长。

夏夏拎着裙子，一个人来到后院。

谢淮不在，碧蓝色的泳池里蓄满海水，月亮的倒影映入其中，圆圆的，被水面涟漪泛着，温柔地左右晃荡。院里有几株合欢树，正值花期，轻轻呼吸，扑入鼻子满满都是甜香。

脚下的青砖上贴着一张白纸，上面用马克笔写着几个大字：“去树上找找看。”

夏夏走过去，在合欢树的枝杈上找到一个木盒子，她打开，里面装着那年夏天去山里调研谢淮去找她时写给她的信。

那信纸被水泡过，又隔了这么些年，早已泛黄发皱，可上面的字迹依然清晰，夏夏又将信读了一遍，哪怕这些年她已经看过许多遍，可每当再次读到这些文字的时候，依然会觉得那个一腔热血、不顾一切的少年谢淮正站在她面前。

盒子下面也有行字，指引她下一步去泳池边。

那里放着一个大箱子，里面装着这些年来谢淮送她的礼物，那年冬天谢淮卖唱为她买的风衣，那年断过后被她穿好的菩提珠……那年毕业后谢淮跑了几家猫舍为她买的布偶猫也在箱子里喵喵叫，夏夏从猫咪的项圈里抽出一张纸条，又走到院子另一头的玻璃花房，谢淮在这里种了几十种鲜花，地上的藤编花篮里装了许多照片，是他们这些年来留下的点点滴滴。

十年不短，许多事情在夏夏的脑海里趋于模糊，可当她看到这些东西时，记忆开始活泛，她甚至想起了那年她做完心脏手术麻药劲过去后睁眼时看到的谢淮的脸，他的眼睛微微泛红，不知道是不是偷偷哭过。夏夏看着手里自己一身病号服躺在床上的照片，忍不住笑了。这时身后响起轻轻的脚步声，她回头，谢淮穿着一身干净的白色西装笔挺地站在身后。

他没说话，只是静静看着她。

玻璃花房里常年恒温，夜里只开了光线微弱的顶灯，映在夏夏身上的亮光更多是来自悬在半空的月亮。她海藻般的长发及腰，婚纱掐出了她纤细的腰身，露在外面的天鹅颈和手臂白得透明，她脸上没有浓妆艳抹，浅浅地打了层颜色，站在鲜花繁盛的花房，美得寂静恬淡，像从月亮上偷偷溜下来的精灵。

谢淮呼吸滞住，好久才晃过神来。

他笑了笑，目光温柔："真美。"

他手里拿着一个盒子，夏夏好奇："这是什么？"

"新婚礼物。"谢淮打开，里面是两张机票，"每年都说要好好陪你，但每年都在忙，你想去的地方我都记得，这次一定带你去逛遍。"

机票的下面放着一套粉红色的小衣服，谢淮说："如果你愿意，以后我们要个孩子吧。"

夏夏不回应他的话，偏着脑袋："把我从上面引下来，只是为了送礼物吗？"

谢淮看着她，虽然没有说一个字，但夏夏能从他的目光里读懂所有他想要说的话。

"我不愿意。"夏夏俏皮地眨眨眼，笑容清甜，"粉色的衣服是什么意思？只喜欢女孩不喜欢男孩吗？是谁说的三年抱俩？"

"三年抱俩是随口说的，要孩子的事也不急。"谢淮抱住夏夏，下巴抵在她柔软的头发上蹭，"淮哥哪舍得让你多生，况且我二人世界还没过够。”

夏夏在他怀里小猫似的动了动：“为什么让我下来？”

“外面月亮美，想和你说说话。”

在一起久了，腻歪的话很难说出口了，况且谢淮本来就不是会说细腻情话的性格，屋外月色很美，这样的氛围里人也温柔了。

“为什么准备这些东西给我？”

“想让你记起来这十年我们是怎么度过的。”

夏夏挣脱他的怀抱，目光流连于他英俊深邃的眉眼，她问：“你想和我说什么？”

谢淮静了静，与她对视。

月亮攀到天空正上方，光泽细细洒在脸上，脚边的香槟玫瑰吐露着浓郁的芬芳，谢淮的手指掠过她耳侧柔软的发丝，轻声呢喃：“我和十八岁那年爱上的姑娘结婚了。

“希望等到八十岁那年，我爱的姑娘还能陪在我身旁。”

夏夏唇边的笑容愈深，她踮起脚，一个轻轻的吻落在谢淮唇上：“不行。”

海浪翻涌着朝沙滩拍打，宾客陆陆续续朝海滩走去。

夏夏认真地说：“生一个可不行，小孩会孤单的，等我们过腻了二人世界，还是三年抱俩吧。”

她提起裙子走向海滩，月光温柔地倾洒在身上。谢淮望着她的背影，夏夏脚步停了，她仰头看向空中那轮弯弯的月亮，伸出手指，仿佛月光能流泻在指尖一样。

她回头，朝谢淮温柔地笑：“我曾经以为这辈子会过得平淡无趣，循规蹈矩，读书、工作、嫁人，和别人没什么不一样，可自从遇到了你，整个世界都有了光，哪怕生活依然平凡，但我就是觉得和别人不一样。

“你说希望等到八十岁那年，你的姑娘还能陪在你身边。

“在我耄耋之时白发苍苍，那个十八岁时出现在我生命里的少年也一定会陪在我身旁。”

海边的钟声敲了三下，仪式开始的时间到了。

夏夏戴上头纱，静静听着夜里的声音。

海浪几十亿年如一日地拍打着沙滩，声音清脆不改，月亮也几十亿年如一日，投下清亮的光辉。

夏夏笑了，谢淮也笑。

他走过来，弯腰提起夏夏那满是碎钻、满是温柔月光的裙摆。

番外二 重回十六岁

01.

清晨七点。

谢淮正睡意蒙眬，手无意地朝旁边一搭，忍不住蹙起眉毛。身下的大床比往日硬实，身侧的床单没有余温，昨夜一直搂着的温软躯体也不知去了哪里。他把胳膊挪出被子，一抬手，一只泰迪蹦了上来，两只前爪死死扣住他的手臂。

谢淮睁开惺忪的眼，怔怔地看着面前陌生又熟悉的宽敞房间。

还不等他清醒，房门被咚咚叩响，一个女声从门缝里传了进来：“少爷起床了，早饭做了你喜欢的鳕鱼粥和煎饼馃子。”

谢淮从怔愣里晃过神来。

面前的家具摆设，床上的泰迪和门外的王姨，不该出现在他现在的屋子里，而该出现在他十六岁那年，风华正茂时住过的地方。

这不是他和夏夏的房间，而是他十六岁时的家。

王姨继续敲门：“少爷，你的朋友已经到楼下了。”

谢淮翻了个身，又闭上眼睛。

狗屁朋友，他想。

十六岁的谢淮身边从不乏所谓的“朋友”，可多少曾经他以为的好兄弟，到最后发现只是狐朋狗友，难聚易散，在他一无所有时离开得比谁都快。这梦太清晰了，勾着他不禁回想起很多从前的事。

谢淮早上有起床气，本来就烦，现下更烦了，掀被子捂住了头，喊了一句：“夏夏……”

夏夏没回应，倒是门外的王姨静了片刻，又问：“少爷醒了吗？”

谢淮觉得自己陷入了醒不过来的梦里，这梦既让他不舒服又真实无比，他从床头柜上抽了张卫生纸撕成两半堵住耳朵，打算忍一忍等梦醒，纸团刚触到耳郭，门外就响起了一个醇厚的男声。

“谢淮还没起？”

谢淮动作滞住。

他停了三秒，把狗推到一边，翻身下床，拉开房门。

谢致生穿着简约的灰色家居服站在门口，头发理得服帖，身材挺拔，面容斯文。越过他宽阔平实的肩膀，楼下阿姨煲的山药母鸡汤的热气氤氲出来，压着凉飕飕的空气向上袅娜到天花板。

十年。

谢淮十六岁那年谢致生破产自杀，十年后，谢淮二十六岁，在一个逼真至极的梦里再次见到了父亲。

谢致生一如谢淮记忆中那样平静稳重，他站在那儿，仿佛山高海阔，什么也不能将他打倒。可他又和谢淮记忆中的有些不同，十年光阴荏苒，在不经意的点滴里磨灭了谢淮脑海中某些残存的画面，让那道属于父亲的光影逐渐模糊。

再次见到谢致生站在面前，哪怕自以为是在梦里，谢淮依然忍不住红了眼圈。

“爸……”他开口，嗓音略哑。

谢致生听说谢淮赖床不起，原本是上来叫儿子起床的，看着他瞬间泛红的眼圈，也蒙了。

谢淮自小被宠得天不怕地不怕，红眼圈这种事，谢致生多少年没见过了。

“病了？”他问。

谢淮别过头，盯着谢致生搭在门框上那只骨节分明的大手：“……没。”

“没病就去吃饭。”谢致生淡淡道，“期中考试，不许迟到。”

谢致生说完下楼，谢淮怔了一会儿，转身去穿衣服。

套房里的洗漱间依然布满了谢致生在他八岁那年提着油漆桶亲手画上的海贼王图案，深蓝色的背景墙犹如一片汪洋静谧的海，谢淮盯久了，却又觉得它翻滚着汹涌的波涛。

镜子里的少年身形瘦削，眼神桀骜，鬓角的头发略长，漆黑柔软。

是年少方刚、一无所惧的模样。

盥洗台上的牙刷刷毛洁净柔软，是阿姨昨晚才换的，谢淮拿在手里掂量了一下，又看向镜子里十六岁的自己，嘴角弯起一丝不羁的笑。

乔茹和几个闺蜜去日本旅居，家里只剩父子二人，谢致生在餐厅吃早饭，大厅沙发上坐着三个身穿校服的男生，见谢淮下来朝他挤眉弄眼。时隔这么多年，谢淮已经把过去的狐朋狗友忘得差不多了，看见他们也只是觉得有印象，姓什么叫什么一概忘了。

他扫视几人，问：“你们来这儿干吗？”

男生们依旧挤眉弄眼，脸上满是不怀好意的笑，一个男生看了眼表，嚷着：“少爷，要迟到了，赶紧走吧！”

谢致生抬起眼梢，叮嘱阿姨打包了一份早饭给谢淮带上，他一早上都这样，神情淡淡的，不怎么讲话也不笑。

谢淮原本无意搭理那些男生，但谢致生今早看起来兴致不高，也无意搭理他。

阿姨把早餐装进饭盒递给谢淮，不等谢淮伸手，旁边一个男生殷勤地站起来接了。

谢淮一肚子疑惑，心想这梦也太逼真了，家里的摆设、用具与他十六岁时一模一样，就连谢致生眉角的痣都丝毫不差。

他隐约记得这个早晨，高一第一次期中考试那天，清晨确实有人来家里等过他，他们似乎要去做什么事情。他那天在和谢致生冷战，至于为什么冷战，冷战到什么时候，他不记得了。

谢淮看了谢致生一眼，后者靠着餐桌坐得笔挺，目不转睛地盯着面前在那个年代可以算作巨屏的电视，似乎看得专心。

“爸。”谢淮叫他，“我走了。”

谢致生没有说话，直到谢淮走出家门才从电视上挪开眼睛，望着他离开的方向。

谢淮走出门，一辆劳斯莱斯停在路边，他打量身后的三个男生，才发现姜景州也在。

高中时的姜景州沉默寡言，头发长得几乎盖住眼睛，看上去人畜无害，众人相处时他永远是最没有存在感的一个，但只有谢淮知道他有多蔫儿坏。

剩下两个男生谢淮记不住名字，只记得一个外号叫阿瓜，一个叫菜九，都是些见风使舵的主，没一个指望得上。

谢淮坐上副驾驶，其余三人自觉地坐到后座。

姜景州最沉默，阿瓜和菜九一路叽喳说个不停，话题离不开学校的女生：那谁谁新烫了个梨花头，衬得脸更小了；谁谁谁这周换了个新的妆容，成天来班级门口晃悠……

“就那谁，每天不穿校服穿她那件露肚脐眼的T恤在少爷周围晃，都快把心思写在脸上了，她也不照照镜子看看自己，一中比她好看的一抓一把，少爷看得上她？”

阿瓜：“长得一般，但架不住撩人，你背后说得起劲，换你你顶得住？”

菜九咧着嘴笑：“没这可能性，人家想勾引的又不是我。”

谢淮听得烦，侧眼瞥着司机的方向盘。才七点刚过，还没到早高峰最堵的时候，劳斯莱斯在城市的主干道上平稳地行驶着。谢淮觉得青春期的自己简直是个傻×，交的这是一群什么朋友，光听他们说话头就一阵疼。

劳斯莱斯左前方是辆载货卡车，谢淮烦透了，内心蓦然冒出一个危险的想法。

他盯着司机的方向盘出神良久，盘算着怎么才能快速从这梦里醒过来。昨晚他生日，夏夏说早上会煮他喜欢吃的海鲜面，与其在这样的梦里受罪，倒不如赶紧起床吃面。想到这儿，谢淮又有些遗憾，早知道刚刚再多看谢致生几眼了，还不知道下次梦到他是什么时候。

抱着这样的念头，谢淮伸出手，在方向盘上推了一把。

劳斯莱斯快速撞向卡车，后座两人的对话戛然而止，眼珠子瞪得滚圆。司机猝不及防，好在开车技术和心理素质过硬，立即扭转方向盘踩了急刹车，谢淮没系安全带，一头磕在了车壁上。

就这一下，给他撞蒙了。

疼，疼死了。

司机吓得脸色发白："少爷，你有没有受伤？"

谢淮捂着头下了车，声音从牙缝里逼出来："这……假的吧？"

不仅没醒，脑门儿还撞了一大包。

谢淮揉着脑袋，半天没缓过神来，过了好久，他指着鼻尖："打我。"

没人动手。

他重复："谁能把我打醒，送他一双AJ。"

阿瓜和菜九面面相觑，司机更是不敢动手，谢淮补充："加火影全套手办和限量款海报。"

话音刚落，嘴角挨了姜景州一拳。

他疼得倒吸凉气："姜景州……你可真是我好兄弟。"

谢淮脑门儿肿了个包，嘴角挂了彩，坐在马路牙子上抱着脑袋。

世界观被颠覆的滋味实在不好受，梦没醒过来，反而发现自己一觉睡回了十六岁。

要说他的十六岁也没什么不好，家境优渥，风头无两，是他人生中最好的时候，每天有用不完的零花钱，数不尽的女孩子往眼前凑，快乐得几乎没有烦恼。可十六岁也算不上好，那年的谢淮骄纵张扬，跋扈得不知天高地厚，却也幼稚得像个孩子，没几个真心朋友，更不懂什么是真正的感情，而最差的莫过于，那年他的身边没有那个笑起来灿烂如太阳的女孩。

阿瓜凑过来："少爷，咱今天还去不去啊？"

谢淮不耐烦地问："我都撞成这样了，你还想去哪儿？"

"去堵陈曼希啊。"阿瓜瞪圆了眼，"昨晚放学前说好的，期中考陈曼希肯定得去学校，她家那小区四个门，咱找四辆车，一辆车堵一个，陈曼希不答应做你女朋友，今儿就不准她走，让她考零蛋。"

谢淮："……"

阿瓜不说谢淮还没想起这茬儿，那年他确实做过这事，找了四辆车把陈曼希家小区四个门堵了。那天他坐在小区正门停着的劳斯莱斯车顶，水蓝色的校服裤腿干净整洁，太阳灿烂也不及少年的笑容耀眼。

大清早正是上班高峰期，整个小区的人出不去，抱怨的、骂骂咧咧的，人头攒动，都挤在那儿。

谢淮一概不理，无赖又痞气，笑吟吟地问："陈曼希，你要不要做我女朋友？"

当年觉得意气风发，现在想起来只剩傻×。

倒不是做的事情不够惊天动地，也不是姿势言语不够帅，是人不对。

想到人，谢淮先是愣了一下，随即跳起来看时间。

如果说这不是一场梦，而是他真的回到了十年前，那十年前的世界不止有他，不止有他的回忆和青春，还有十六岁的夏夏。

腕表显示此刻是清晨七点二十分，离上课还有四十分钟。

四十分钟，刚好是漳市到常市的车程。

"少爷，还走不走了？再不去陈曼希该出门了。"

谢淮接受事实只用了极为短暂的时间，他笑了笑，拉开车门上车系好安全带。

夏天的风很温柔，光影灿烂，沿路的树木枝叶繁密，苍翠欲滴。

他把目光掠向窗外，轻声呢喃："当然去。"

"去常市。"

就当它是场真实的梦吧。

是场梦也好。

那些过往人生里未完成的遗憾，能有机会重来一遭，哪怕是在梦里，也挺好。

常市八中。

七点五十五分的预备铃打响好一会儿了。

司机忐忑地站在校门口给谢致生打电话，谢淮翘了期中考试跑来常市，一路上威胁他不准和谢致生说，直到下了车才由着他去打报告，反正他人已经到常市了，谢致生也拿他没办法。

菜九垂头丧气地从校门口过来："八中今天也期中考，保安盯得紧，校服不一样根本混不进去。"

他莫名其妙地被谢淮带着逃了期中考试，又不敢像谢淮那样胆大包天胡作非为，一想到要怎么和家人交代，不免有些丧。

谢淮若有所思地盯着八中的围墙。

菜九问："少爷，你到底来这鬼地方做什么？"

谢淮没吭声，转头看司机站在远处接电话，保安也离得远。

他绕到学校围墙下面，在地上垒了几块砖头，趁没人注意，腿一蹬一翻，动作极其熟练地翻墙进去。

姜景州把背后的书包一甩，跟在谢淮身后翻进了八中。

谢淮拍拍裤腿上的土，见姜景州进来，两人勾肩搭背地朝校内走去。

"你不问我干什么？"

姜景州淡淡地说："反正跟着你也没干过好事，都已经逃学了，还在乎做什么吗？"

"那你错了。"谢淮一笑，朝他眨眼，"今天就带你做件好事。"

"世界上最好的事。"他说。

七月蝉鸣聒噪，热浪层叠。

谢淮站在学校的岔路口辨认地图牌，远处保安一回头发现有人混进学校，提着警棍追进来。谢淮笑了笑，抱着从家里带出来的饭盒拔腿就跑，将满校园随风恣意的香樟树远远甩在身后。

他冲进教学楼，沿着高一的班级一间一间地找，前门进后门出，视线扫过一圈，不见女孩的脸又换下一间。

夏日晴朗，却耀眼不过白T恤少年不羁的笑脸。

他所经之处，监考老师抬起头，女孩们悄悄红了脸。

香樟的树叶映着温暖的日光，谢淮走进高一（一）班的教室，脚步在瞬间放缓。教室的另一头，靠着窗边，女孩脊背笔挺，握着一根按动的中性笔，唰唰地在草算纸上演算着题目。

阳光炙热，映照着她姣好的半边侧脸，向下，又照上她瘦削的肩膀。

她单薄而柔软，浅白色的脸蛋透明，安静靠在窗边做题的模样，比世界上所有美好的事物加起来还要好。

追赶过来的保安拽住谢淮的手臂："你谁啊？谁让你混进我们学校的？走，现在跟我去保安室！"

谢淮将胳膊抽出来，无视监考老师和保安的喊声，朝女孩走过去。

那一天日头浓烈非常，阳光灿烂乖张。

夏夏早起给魏金海洗了衣服，时间仓促来不及吃早饭，才开考没多久，就被窗口的太阳晒得头晕眼花，笔下的字重影闪闪。

班上响起窸窣的动静，她抬起头，面前站了一个英俊的少年。

少年脑门上肿起一个大包，嘴角挂着乌青，与她浅浅对视了一秒，而后将手中的饭盒递到她眼前。

明明只是一个饭盒，可他那温柔的笑意与目光，看在夏夏眼里，却像是捧着一个少年赤诚炙热的真心。

"夏夏。"他笑，"吃早饭。"

02.

谢淮想起了那年他与谢致生爆发矛盾的起因。

期中考试前一个星期，一中的男老师猥亵女生，被指证后咬死不认，受害女生苦于没有证据心理崩溃得差点跳楼。

谢淮听说这事后找人将那老师拎到校外，在他身上挂了一万响的鞭炮，逼得他承认了罪行，并且全程录像，虽然最后没伤到人，事情却闹得人尽皆知，谢致生平日纵容他，但在人命的事情上却不会含糊。

谢淮被带回家听了他一通教育，没有半分悔改之意，也不认错，那吊儿郎当的态度惹得谢致生火冒三丈，当众扇了他一个耳光。那是谢淮人生里第一次挨打，那时的他心气比天高，和谢致生冷战了一个月没有说话。

谢淮想起前因后果，也就明白了早上谢致生对他态度的异样。他还想起那天听闻他清晨把陈曼希堵在小区门口后，谢致生铁青的脸色和气得破口大骂的模样，只恨自己当初为什么要生下这儿子。

那年夏天发生了许多事情，不过现在这些都不重要了。

无论好坏，过去的已经过去，此刻是新的开始。

谢淮不在乎那恣意嚣张的年少时光，他此刻全部的心思都落在站在教导处窗边的女孩身上。

十六岁的夏夏与她十八岁的模样差别不大。

一样纤细的身段，一样白净的脸蛋，八中的小码校服穿在她身上依然有些宽大。她很瘦，虽然不是皮包骨头的瘦，但是楚楚可怜，像雨后的栀子花，花瓣薄得透明，挂着清甜的雨露和幽香，想要让人抱在怀里揉一揉。

她安静地站在那儿，乖巧又甜美，要不是谢淮知道她是什么性子，真的要以为她是朵柔柔弱弱不谙世事的小白花。

“我……我不认识他。”夏夏小声说，看起来无辜极了。

谢淮被保安和教导主任当成擅闯学校骚扰女同学的变态拎来做思想教育，还被勒令不准靠近夏夏。

他倒是无所谓，吊儿郎当地倚墙站着，目光一刻也不离女孩。

教导主任最烦这种没皮没脸的无赖学生，呵斥道：“还笑？你还笑！你哪个学校的？今天期中考试，不在自己学校待着，跑来八中干什么？”

“你知不知道夏夏是八中的优等生，这次考试是要全市排名的！因为你夏夏没能参加考试，没有成绩，谁来负责？”

“我负责呗。”谢淮说。

教导主任被他气得火冒三丈：“你负责？你怎么负责？你爸妈辛辛苦苦供你读书容易吗？自己不学习就算了还耽误别人，你不学习你将来能考上大学？你能有钱花？”

“我有啊。”谢淮挖了挖耳朵，打断教导主任的训话。

他直起身朝夏夏走了两步，一脸傻笑：“怎么不吃我给你带的早饭？是不是不合胃口？想吃什么你跟我说，淮哥给你买。”

十六岁的夏夏身上有股羞怯又可爱的劲儿，哪怕知道她是装的，依然让人收不回眼睛。

阿瓜和菜九在教导处的角落对视了一眼，互相从对方的眼睛里读懂了彼此想要问的话——谢淮这是发什么神经？

昨天还自信满满嚣张扬言今天追不到陈曼希他“谢淮”两个字就倒过来写，一早上起来像变了个人，听到陈曼希的名字眼睛都不眨，仿佛这人和他无关似的。可就是这样善变又绝情的谢淮，大清早却横跨了整个城市来给一个素昧平生的女孩送早饭。

虽然这女孩确实漂亮，但在他们眼里也不值得一向眼高于顶的少爷如此兴师动众。

谢淮脸上挂了彩，又不服管教，校服裤腿为追求时髦故意卷到小腿，笑起来跟个痞子似的。

夏夏警惕地看着他，眼珠子溜溜圆，又看向教导主任。

谢淮：“别搭理他，你先把早饭吃了，不然一会儿胃该不舒服了。”说着他掀开保温盒，煎饼馃子的香味冒了出来。

教导主任骂了他一早上，见他还这副充耳不闻的模样，一阵来气，手机朝桌上一摔：“不管你是哪个学校的，现在就给你们老师打电话，把你老师和你家长一起叫过来。”

“家长可以叫，老师就算了……”

谢淮嘴角挂着懒洋洋的笑，露出来的牙齿整齐洁白，剩下半句话刚要说出口，门口闪进来一个人。

第一场考试结束，平嘉澎闻讯赶来。

夏夏垂了一早上的头终于抬起来了，她眼睛亮晶晶的，仿佛获得了安全感似的，朝平嘉澎来的方向靠了靠。

谢淮：“……”

舒服日子过久了，他早就忘了夏夏的青春里还有一个平嘉澎。犹如戏剧正进行得一切顺利，忽然剧情急转直下，给了他当头一击。

平嘉澎不动声色地把夏夏挡在自己身后，礼貌地问：“老师，发生什么事了？”

谢淮面上依然挂着痞痞的笑，看着平嘉澎拦在夏夏身前的手，没说完的半句话却忍不住了，一个字一个字慢慢从牙缝里逼出来。

“……老师就算了。”他顿了顿，“因为从现在起，我就是八中的学生了。”

谢淮的转校在八中掀起了一场旷日持久的风暴。

不光因为他长得帅，家里有钱，还因为他为人过于高调——期中考当天翻墙闯入学校就为了给一班的夏夏送早饭，被保安拎到教导处态度散漫地敷衍了教导主任几句后，还扬言要转到八中。

据说教导主任当场冷笑着嘲讽：“你这种别的学校不要的社会渣滓要是能转进八中的校门，我这教导主任不当了好不好？”

话撂在那儿，说得惊天动地的，结果第二天一早教导主任在众目睽睽之下把谢淮请进了校门，笑得那叫一个热情，动作那叫一个殷切。

要挖谢淮的家世背景也不难，相邻的两个城市不算远，稍微有点亲戚朋友在漳市的都听过谢淮他爸谢致生的大名。教导主任的举动有了解释，谢淮的目中无人有了解释，每天早上送他来学校的那辆劳斯莱斯也有了解释。

唯一无法解释的是，谢淮转学的动机，以及他对一班那个女孩死缠烂打的执着和热情。

劳斯莱斯上下来两个身材高大保镖模样的男人，一人手里拿着一个保温箱。

保温箱里全是早点，从中式豆浆油条豆腐脑到西式面包咖啡热狗和汉堡，只有常市没有卖的，没有箱子里找不到的。

谢淮让人把保温箱抬到教室，放到夏夏桌前的地面上。

他不说话，只是盯着夏夏瞧，夏夏自始至终没有看他，心思状似全都放在面前的语文课本上。

离早自习结束还有三分钟，夏夏不吃，谢淮就打定了主意不走，老师也不敢训斥他，班级里陷入一阵诡异的沉默。

最后，夏夏憋不住了，抬起水润的眸子看向谢淮，嗓音软绵绵的："你干吗呀？"

那声音入耳，清冽如甘泉。

谢淮笑："不干吗，就想让你吃个早饭。"

夏夏洁白的食指尖扣着笔盖，看都没看保温箱里有什么，冷着脸说："这些我不喜欢吃，还有，我有……"

"你有男朋友了？"谢淮扬眉。

夏夏的脸颊染上了不易察觉的绯红，没说话。

"还是你有喜欢的人了？"

谢淮早在平嘉澎出现的当天就把他和夏夏现在的关系查得一清二楚，俩人互有好感，但还没在一起。

谢淮知道后悄悄松了一口气。

"平嘉澎有什么好？他给你买早餐了？"

"没有，可是他……"

"他连你平时不吃早餐都不知道，你喜欢他什么？"谢淮痞痞地笑着，用商量的语气调侃，"干脆喜欢我得了。"

夏夏把笔拍在桌上，正色道："我吃早餐了。"

谢淮哦了一声，语调拖得长长的，眼睛分外明亮。夏夏上一秒还与他对视，下一秒就想要挪开目光，他眼神里的意味非同寻常，似乎能看穿自己的想法，也似乎能知晓自己的境况。

她确实没有吃早饭的习惯。魏金海每天值夜班，早上一般都在补觉，他睡眠浅脾气暴，有一点声音就要跳起来骂人，家里空间小，厨房里开火和锅碗瓢盆的声音难免传到卧室，因此吴丽早上不敢做饭吵他，夏夏多数时候是空腹上学的。

平嘉澎不知道的事，谢淮知道。

夏夏犹如一个透明人般被他看得无所遁形，没来由地有些烦躁。

“我不吃。”

“你要吃。”谢淮像个无赖，“你今天不吃饭，我就不走了。”

夏夏顿了顿：“这里没有我爱吃的。”

“你爱吃什么？”

夏夏只想快点让谢淮离开，脑子里掠了一圈，想起从前在电视上看到过的广东早茶，随口说：“点都得。”

谢淮弯腰从保温箱里掏出一盒鸡蛋羹，轻轻放到夏夏桌上：“今天没买到，你先吃这个。”

他说完没再逗留，在正式上课铃声响起前离开了。

班级最后一排靠窗的位子是教导主任特意给他留的，可他很少上课，哪怕来了也只是坐在那里盯着夏夏的背影发呆。

桌角那盒鸡蛋羹正温热，夏夏愣愣地看着。小时候吴丽常常给她做鸡蛋羹，偶尔还会放上几颗干贝和虾仁，那是她最爱吃的东西，可是也很久没吃过了，谢淮不拿给她，连她自己都快忘了。

第二天，劳斯莱斯照旧在清晨停在校门口，也照旧是昨天那两个男人，不同的是两个箱子变成了四个。保温箱抬到一班的时候，全班同学心思已经不在早自习上了，抻着脖子看向箱子里从没见过的广式早茶。

金牌虾饺皇、蜜汁叉烧包、明虾蟹子烧、海虾红米肠、沙嗲金钱肚、荔湾艇仔粥……

“昨天没来上课，想我没？”谢淮露出一贯的散漫微笑，“原本想来陪你的，可是找人去广州请点都得的师傅过来花了点时间，这是你说想吃的，敢不吃试试。”

夏夏这下真的傻眼了，一句话也说不出来。

她嗓子干涩了半天，最终没忍住骂了一句：“你有病吧？都说了我有……”

她话没说完，被谢淮抬手示意打住。

他不爱听从她嘴里说出的那句“我有喜欢的人”，所以不如不听。

“那又怎么样啊？”他吊儿郎当地问，“耽误我喜欢你吗？”

夏夏沉默。

过了好久，她开口："我们才认识不到一个星期，你喜欢我什么？"

"是吗？"谢淮看着面前稚嫩的女孩，淡淡地说，"可我觉得好像认识你很久了。"

"久到从上辈子起就喜欢你，久到在另一个平行时空里也喜欢你。"

他语气淡泊，面容平静，但听在夏夏耳朵里总有那么几分带着偏见的油嘴滑舌。

"夏夏，把早饭吃了再上课，不然以后会得低血糖。"谢淮的嗓音温柔低沉，带着蛊惑，"只要你吃几口，我今天就不烦你了。"

他不走，全班都没办法正常上课。夏夏被逼无奈咽了几口粥，谢淮也很信守承诺，盯着她吃了早饭就收拾东西离开了。他没有出校园，而是在窗口正对着的篮球场上打球。

打一会儿歇一会儿，中午在遮阳板下盖着衣服睡午觉。

夏夏学习累了会看向窗外樟树翠绿的叶子发呆，偶尔瞥见谢淮的目光朝窗口望来，刚刚好与她对视，她匆忙挪开视线，心里暗暗告诉自己——谢淮绝对不是为了看她才在那里打球的。

傍晚时分，姜景州逃课来了。

谢淮正坐在操场边的木质长椅上喝碳酸汽水，金黄的暮色笼罩在他身体周围，浓烈的光耀眼无比。

"一中的人听说你喜欢上八中的一个女孩，都炸锅了。"姜景州淡淡地说，"怎么，少爷换目标了？这是下一个陈曼希吗？"

谢淮满脸不屑地笑："她也配和夏夏比？"

他声音低了低，看着像是说给姜景州听，其实更像是说给自己听的。

"他们说我鬼迷心窍，脑子进水，为了追一个女孩子无所不用其极，可我没想过追她。

"早晚是我的人，以后每天晚上都会在我怀里睡着，清晨都会在我怀里醒过来的人，我不心急。

"那晚是我二十六岁生日，她让我许愿，可二十六岁的我有钱、有爱情、有过不腻的日子和看不腻的那张脸，生活早已圆满得超乎我的预料。如果非要说人生还有什么无法弥补的遗憾，就只剩两个，一是那年的我爸，二是曾经的她。

“所以我对着蜡烛许了愿望。

“是梦也好，是真实也罢。”

谢淮顿了顿，俊美的面容映着温暖的霞光：“我只是想把岁月亏欠她的那些东西，通通补给她。”

03.

周五。

傍晚的霞光轻轻铺洒下来，散在楼下白杨树葱绿的树梢，爬山虎茂盛，沿着龟裂的墙体向上蜿蜒。脏兮兮的墙面被翠绿的颜色一压，倒也看不出原本潮旧的模样，还显出几分雅致和清幽，一片翠绿中，唯独夏夏家门口的墙上光秃秃的。

魏金海早些天发现窗口长了一簇爬山虎，他嫌夏天蚊虫多，下了夜班后拿拖把杆把爬山虎的藤蔓全都捅了下去，又不知从哪里听了个偏方，下楼把藤蔓和叶子捡回来让吴丽烧水喝，说是能祛火。

那味道又苦又涩，吴丽拿回来也没弄干净，上面还沾着一股鸟屎味，夏夏喝不惯，每天早晚在家都要自己烧开水喝。她只能偷偷地烧，还不敢让魏金海看见，不然又要挨骂。浪费水，浪费燃气，公主身子丫头命……什么由头都能被他拉出来骂一骂。

夏夏放学回来，吴丽正在厨房忙活，脚边放了一个装满丸子的白色塑料袋。初夏天气燥热，屋里没空调，厨房虽然开着纱窗，但热气十足，在里面待久了，吴丽满头大汗。她见夏夏回来了，踢了踢脚边的丸子：“快点帮忙，你爸一会儿就回来了。”

夏夏放下书包，站在窗口看了眼远处还未落山的夕阳，转身进厨房洗手。

前些日子魏金海托人给吴丽找了份营生——去夜市卖关东煮，魏金海破天荒地花五千块钱给吴丽买了辆小车，又花了小几千块钱办证打点关系，现在正值夏天，路边摊生意好，每天傍晚五点出摊，凌晨收摊，一个夏天少说也能赚一两万。

现在四点半了，吴丽赶着去抢摊，可今天她午睡起晚了，准备材料又耽误了点时间，导致魏金海的晚饭还没做好，她急得团团转。夏夏坐在沙发旁，把吴丽切好的香菇丸子按数量穿到竹签上，吴丽炒好菜出来，脸边的碎发已经湿得打绺了。

她歇了一会儿，倒了杯水喝："最近学习怎么样？"

夏夏垂着头，淡淡地说："就那样。"

因为学校里突然出现的那个男生，她最近学习有些不在状态，期中考虽然第一的名次没掉，分数却低了不少。可这些她不会和吴丽说，吴丽大字不认识几个，既不能指点她学习，也没钱替她找家教，除了絮叨几句要好好学习外，她做不了任何事，还不如不说，给自己省点麻烦。

"你一定要努力，我们家穷，妈妈什么都给不了你，将来也没办法给你找工作，读书才是你唯一的出路。"吴丽依然免不了唠叨，"好好学习，妈这辈子就指望你了。"

吴丽坐下来帮她一起穿关东煮："反正你明天放假，今晚陪我一起出摊吧，多个人帮忙也能多赚点钱。"

夏夏愣了愣："我要写作业……"

"周末有两天呢。"吴丽说，"你又不用去上补习班兴趣班，时间够用的。"

夏夏没有理由不去，只能拎着食材跟吴丽下楼。正赶上下班时间，遇见邻居从菜市场回来，对方笑着说："夏夏这是要帮你妈去卖关东煮呢？"

夏夏点点头，从一楼的杂物间拖出吴丽的小车，将材料和调料放到车下面的柜子里。推车走出巷口时，她忽然想起早前放学时平嘉澍特意在班级门口等她的事。

"夏夏，周通今晚过生日，他请客吃饭，叫了许多人，你也一起去玩吧。"

"去哪里？"

"先去和平路吃火锅，再去KTV玩一宿。"

和平路在夜市旁边，夏夏想了想，没去。

谢淮倚在巷口的电线杆上玩俄罗斯方块，他的手机是白色的三星，最近流行的新款，夏夏周末发传单路过手机店时见过一次，一个屏幕比她半张脸还大。

夏夏不懂俄罗斯方块有什么好玩的，更不懂自己到底哪里特别，竟对这位少爷产生了如此之大的吸引力，他缠了自己一个月还没腻，都已经追到家门口了。

谢淮按灭屏幕，搓了搓疲劳的眼睛，“不经意”地转头看见了夏夏，露出洁白的牙齿：“你说巧不巧，我回家路上走累了站这儿歇会儿，这才刚玩完游戏，一抬眼就看见你了。”

夏夏提醒他：“回漳市是另一个方向。”

“谁说要回漳市了？”谢淮这一个多月像块牛皮糖一样，他长得帅，勉强算是块包装精美的牛皮糖，可他丝毫没有身为牛皮糖的自觉，笑得阳光灿烂，“我在常市租了套房子，就在这附近。”

这里是老城区，除了像身后这样破旧如同棚户区一般的老式楼房之外，就只有几条街外新建起来的望海大厦。那座建筑刚刚拔地而起的时候夏夏在晚报上看过，报纸说那是常市最高的建筑，加之四周建筑低矮，二十层以上可以直接从窗口看到海，因此租金不菲。

谢淮住在这附近，也只能是那里了。

“去坐坐吗？”

夏夏自觉地把谢淮的邀请当作他想要泡她的讯号，看都懒得看他，脚尖踹了踹小车的轮子，绕开他走了。谢淮也不恼，朝身旁的吴丽笑了笑，收起手机慢悠悠地跟在夏夏身后。

挺好！上辈子见了他装得跟块乖巧小甜饼似的，顺心是顺心，但总归不是真正的她。这辈子见了他眼皮子都懒得翻一下，像只野性难驯的小野猫，虽然头疼了点，但他觉得这样挺好。

每当他在学校看见夏夏朝平嘉澎温柔地笑，都是这样安慰自己的。

这样挺好的。

夏夏插上接线板，按开车顶的白炽灯泡。

装底汤的锅子沸腾了，夏夏穿着吴丽油腻腻的围裙，把蔬菜和丸子放进汤里。谢淮沿路走过来，炸鸡面筋烤猪脚已经吃得七八分饱了，他停在夏夏对面的烤冷面摊前，看摊主做烤冷面看得津津有味。

吴丽在一旁收钱，认出这英俊的男孩刚刚见过，问："这是你同学？"

夏夏嗯了声。吴丽盯着谢淮那看上去质地不错的衣服："在追你吗？"

夏夏没说话，利落地把客人要的串串装到盒子里，倒上酱汁递出去。谢淮溜达到夏夏的摊前，随手挑了几串："这是你家的摊位？"

"嗯。"

"装起来。"谢淮掏钱。

吴丽在一旁察言观色，笑着说："同学怎么能要钱呢，进来坐。"

她拉谢淮坐到摊子后的小矮桌旁，夜市的地上漂着油腻污黑的脏水，装食物的盒子和塑料袋扔得到处都是，谢淮也不讲究，安安分分地坐在那儿把一盒关东煮吃完，他擦了擦嘴，回头看向夏夏。

夜市的油烟袅娜在空气之中，蒸腾向上，在一排排小车的顶棚汇聚成一道奇异、绚丽的金色长毯，逐渐铺展、笼罩，隔绝了遥远天空上的月亮和星光。谢淮一眼看过去，觉得虚幻又缥缈。他眨眼再看，长毯消失了，入目即是人间烟火的喧嚣繁华。

夏夏的侧脸被灯泡暖黄的光映得温暖十足，鬓角细软的发丝似被镀上一层金色，和着锅里氤氲上来的热气，即使在人来人往的嘈杂夜市，身上也有一种宁静的气质，谢淮说不出来，只记得他在很久之后的夏夏身上见过这样的气质。

那时的夏夏安逸自由，不需要担心生活的茶米油盐，她的气质淡然、恬静，仿佛超脱世俗，哪怕是站在厨房炒菜，也让人挪不开眼。而此刻的夏夏并不恬静，她在发呆，脑子里乱糟糟的，连手里的酱料倒多了都没发现。

面前买关东煮的女孩也没发现她料倒多了，夏夏晃过神来，手忙脚乱地补救。

那女孩在看她背后，夏夏回头，谢淮适时地举起手，掩饰自己在偷看她的事实：“再来两串粉丝。”

他笑得迷人，人长得帅，就连嘴角沾了辣椒酱也迷人。夏夏拿了两串粉丝给他，谢淮笑嘻嘻地接了，转头问吴丽：“阿姨，您这小工成年了吗？”

吴丽只当他开玩笑：“嗨呀，哪是什么小工，这是我女儿，你和夏夏一个班的吧？夏夏最近成绩怎么样？”

谢淮嘴里塞着粉丝，说话含糊不清：“唔……不太好，最近有人总缠着夏夏，她学习不能专心。”

吴丽脸色变了变：“谁啊？追我们夏夏的男孩吗？”

谢淮刚要厚着脸皮说“是我”，一抬头看见不远处平嘉澎和他的朋友们有说有笑地走过来。

他想也没想，脸不红心不跳地指过去：“就那个，长得最丑的那个。”

夏夏也看见了平嘉澎和他的朋友，擦干净手把围裙摘下来递给吴丽：“我去下卫生间。”

平嘉澎走过来的时候，谢淮刚好吃完手里的东西，他身边的人咋呼了一声：“哎，这不是少爷吗？”

平嘉澎身后跟着个女孩，眼馋地盯着沸了的锅：“阿澎，我想吃这个。”

谢淮笑笑，转身走了。

夏夏去完卫生间没急着回去，她买了杯三块钱的酸梅汁，站在夜市树荫下的角落里喝。谢淮从身后过来，拿走她手里的酸梅汁扔掉，又去摊位前给她买了杯常温的。

夏夏没接。

她煮了很久的关东煮，额前的刘海被油烟浸得油了。

谢淮心疼，以他现在的情况，拿出一个月的零花钱就足以让夏夏一家过上舒服的日子，但他没有开口，因为夏夏不会要。她对他抱有十足的疏离，十足的敌意，说不准还有十足的厌恶。在夏夏眼里，他和一个精虫上脑玩弄女孩的败家子没什么区别。

但他不在乎，反正时间还长。

“今天四号，别喝冷饮了。”

夏夏的生理期十年如一日地准，每月七号，从不迟到，谢淮早已把这个日子记在了心底，可十六岁的夏夏并不知道以后的事。

她愣住：“谁告诉你的？”

谢淮摸了摸鼻子，夏夏说：“谢淮，我不知道你喜欢我哪里，但我的情况你也看到了，家徒四壁，脾气还不好，除了长得能看学习好点外没别的优点了，你有钱花在我身上还不如去找个嘴甜听话的，真没必要在我身上浪费时间。”

“谁说你脾气不好了？”谢淮不以为然，“对平嘉澎脾气不是挺好的吗？”

夏夏不动声色地补充上刚刚漏掉的一条，严肃地说：“还有，我有男朋友了。”

谢淮脸色变了：“你俩在一起了？”

夏夏：“还没，不过也差不多了，所以请你别再骚扰我了，你这样做真的令我很困扰。”

她把谢淮强行塞到她手里的酸梅汁放到垃圾桶的盖子上，估摸着这一会儿时间平嘉澎差不多走了，越过谢淮打算回去。

谢淮看她那高高翘起的精致小下巴，总觉得那微昂的弧度带着几分清高、不屑和骄傲的味道。

三秒后，夏夏灰溜溜地回来了。

她咬着嘴唇：“于月过来了。”

于月是跟在平嘉澎身边的女孩，和他一个班，两人关系不错，据说那女孩对平嘉澎有点意思，但平嘉澎只是把她当朋友。

“平嘉澎也来了。”

“那又怎么样？”谢淮挑眉，“你是他准女友，跟别的女生一起上厕所，该紧张的人是他吧？”

夏夏推开谢淮进了女厕所，夜市人多，女厕所坑满了，她又出来，探头探脑地朝男厕所看。

谢淮：“……”

男厕所水声哗哗的，别说夏夏不好意思进去，她就算厚着脸皮要进去，谢淮也会把她揪回来。从唯一的出口出去会撞上平嘉澎和于月，夏夏手足无措地站在原地。谢淮讨厌她因为别的男孩露出这副小兔子般的神情，端着手臂打算看戏，这时夏夏投来一瞥，柔软中带着恳求，仅仅一个眼神，谢淮的心就硬不起来了。

本来也只是想让她过得开心，为了赌气让她这么难受又是何必？反正平嘉澎早晚会成为过去，该是他的，早晚都是。

洗漱台旁有个小杂物间，谢淮拧开门，夏夏连忙钻进去。谢淮原本没打算进去，但一看里面摆满了拖把水桶，空间十分有限，乐了。他弯下身，推了推夏夏。

夏夏："你干吗！"

"你再不进去点，平嘉澎就进来了。"

夏夏乖了。

谢淮拉上门，对这狭小逼仄的地方十分满意，空间实在太小，夏夏必须将背紧紧贴着墙才能不碰到谢淮，她这样躲避，谢淮却丝毫没有自觉，他动了动，抻直了胳膊。

"这空间有点小啊……

"我一米八三，挤在这儿也太为难我了……

"夏夏，你如果觉得挤，动一动也没关系，我其实不介意你碰到我……"

"你能闭嘴吗？"

谢淮闭嘴没几分钟，又聒噪地开口："你有什么见不得人的，为什么要躲他？"

夏夏看到于月时眼里的失落瞒得住别人，却骗不了谢淮。夏夏没吭声，谢淮于黑暗的空间中凝视着她："他能被你喜欢已经是他这辈子最大的幸运了，自信点。"

夏夏诧异，抬起头，撞入他一泓春水般温柔的眼眸。

"在我面前那么坦然，怎么在他面前就放不开了。"谢淮说，"平嘉澎家里条件也就一般，他能说什么？他敢嫌弃你试试。"

"因为我不喜欢你。"夏夏说，"不喜欢你，所以不在意你怎么看我。"

谢淮心里某处咯噔一下裂开，但他掩饰住了，表面毫无波动，依然是那副痞痞的模样。

“我会在意平嘉澎的目光，会在乎平嘉澎的想法，会考虑我们的以后。”夏夏认真地说，“我们的生长环境、家庭背景、从小接触到的人和事……我会想两个相差这样多的人是否能够长久地、没有障碍地在一起，走下去。”

“况且他在乎。

“他很爱面子，我不想让他在朋友面前下不来台。”

“下不来台？”谢淮笑，“你之所以有这种想法，要么是他不够在乎你，要么是他没能给你安全感。”

“说得像你很懂一样。”夏夏不屑地说，“我不用你教我怎么恋爱。”

“我要是你，就不会对他那么纵容，在他面前装乖乖女。”谢淮扬眉，“把真实的自己给他看又怎么样，你能在他面前逆来顺受一辈子？他现在喜欢你，喜欢的是你乖，如果有一天你不听话了，他还喜欢你吗？”

夏夏捂住耳朵：“谢淮，你真挺自以为是的，而且还很烦。”

“我问你。”谢淮的眼睛在黑暗中亮晶晶的，“你不喜欢我是讨厌我这个人，还是因为你有平嘉澎了？”

“我有平嘉澎了。”夏夏毫不犹豫地说。

谢淮虽然挺难受的，但难受之中还有点欣慰。还好，总归不是因为十六岁的他魅力不够。

“不过就算没有平嘉澎，我也不会喜欢你。”不知是不是密闭的、无法施展的空间给了夏夏安全感，她说起话来无所顾忌，“说实话，你这人挺差劲的。”

“高调、自大、狂妄、浪费、跟踪狂……”夏夏一一细数他的罪行，“还有横刀夺爱，以为自己有几个钱全世界的女人都会为你神魂颠倒一样，也不知道你哪里来的自信……”

谢淮：“打住。”他面无表情地制止她继续说下去。

夏夏不为所动：“最重要的是，学习还那么差，学习差也就算了，偏偏还不上进，逃课打篮球干扰学校秩序……”

谢淮每每在操场打篮球，总有小女生翘课去为他加油助威，剩下的哪怕人在教室也无心学习，一心只想快点下课好去操场观战。

“哦，还有……”

谢淮抬起手，毫不客气地捏住夏夏正要说话的两片嘴唇。

“道歉。”他冷漠地说。

夏夏呜呜了两声。

杂货间外传来脚步声。

“周通订了个豪华大包，蛋糕零食都准备好了，今晚可以玩到嗨。”

“你们先玩吧，我想去看看夏夏，一会儿再找你们。”

于月不满：“夏夏不是说了要学习吗，你找她干吗啊？我们跟她也玩不到一块去，把她叫过来大家都不开心。知道你喜欢她，可我们也是你朋友啊，朋友重要她重要？”

谢淮松开手，再次重复：“道歉。”

“我不。”夏夏抻直脖子，倔强地说。

谢淮静静看着她，眸光渐渐变暗……三秒后，他伸出修长的小腿，优雅却又坚定地一脚踹开杂物间的木板门。

门外。

于月看见平嘉澎衣领上沾了块纸屑，抬手帮他拂掉，她指腹触到校服领口那挺直顺滑的料子，忍不住停了几秒。

一旁的门发出巨响，她和平嘉澎同时转头。

四双眼睛相对的瞬间，空气陷入尴尬的寂静。

04.

夏夏一个月没和平嘉澎说话了。

哪怕时隔一个月，那天的场景依然历历在目。

于月的手搭在平嘉澎领口，而她和谢淮蜷缩在杂货间内，按当时的情况，谁都没资格指责谁，可平嘉澎转身就走了，留下于月一脸看好戏的表情，还事不关己地啧了一声。

夏夏给平嘉澎打电话他不接，再打过去直接关机。夏夏也不是个没脾气的，几次打不通以后也不打了，每天照常上学照常考试，而谢淮，仿佛那晚的事情没发生过一样，照常每天骚扰她。

夏夏和平嘉澎冷战的这一个月，他在学校变着法儿地折腾。

夏夏不吃他点的外卖，他就每天上午第四节课提前十分钟跑到食堂替夏夏打好饭，可夏夏依然不吃，于是他找人承包了食堂的一个窗口。

到了饭点夏夏去食堂，别的窗口人满为患，只有一个窗口没人排队，她过去打了饭，打完以后窗口直接关了。几次以后夏夏明白是谢淮在搞鬼，就再也没去过那个窗口，可别的窗口的阿姨似乎商量过一样，她点菜就一定给她打肉，装了满满一盘后再象征性地刷她五毛钱。

夏夏喜欢吃巧克力，但是不吃谢淮送的，某天她去逛学校小卖部，发现里面新设了一个货架，上面摆满了各种款式、各种口味的巧克力，她选来选去，挑了一个价格还算便宜的付钱，小卖部的叔叔笑眯眯地告诉她，今天老板生日，巧克力免费。

夏夏惊觉这也是谢淮的杰作，以后只买学习用品，可当她拿一支中性笔去付钱的时候，小卖部的叔叔又笑眯眯地告诉她，今天又是老板娘生日，买一送一，随即送了她一盒巧克力。

期末考试结束，夏夏收好假期作业走出教学楼，抬眼就看到对面行政楼前的LED屏上循环滚动着一则信息：

> 热烈庆祝我们夏夏期末考试激流勇进、大放异彩，凭借刻苦努力、天资聪颖取得了全校第一、全市第二的好成绩。
>
> ——爱你的谢淮

每个离开学校的学生都能看到谢淮这出格的表白，夏夏离当场去世就差那么一点了，可她有气也没法对着谢淮发泄。

谢淮精明得很，骚扰归骚扰，那天以后他本人就不在夏夏面前晃悠了，夏夏只偶尔在课间见过他几次，擦身而过的时候，谢淮眉眼不抬，像完全不认识她，这时候再跑去质问谢淮，反而像她上赶着一样。

学校的生活环境被谢淮破坏得不成样子，连家里也难以幸免。

在某个炎热的夜晚，吴丽做完生意收摊，街上的人寥寥无几，她面前的餐饮店铺忽然亮起彩灯挂上了转租的招牌，在人来人往的闹市，一个月租金只要一千块，哪怕畏首畏尾如吴丽也没忍住进去看了眼，半小时后带了张合同出来。店主说她爽快，房租又给她打了个对折。

而魏金海所在的工厂人员调动，他被领导从保安处调到了后勤，负责食堂的采买，不说工资高了许多，本身还是个有油水的肥差。

最近家里喜事多，晚饭时吴丽特意加了一盘鱼，魏金海喝了半斤白酒，两个人兴高采烈地聊了一晚上。

夏夏觉得这事蹊跷，怀疑是谢淮搞鬼，但没有证据。

她出去丢垃圾时，刚好隔壁邻居也出来了，她抬头，跟手里拎着吃剩的比萨盒的谢淮对上了眼。

她回头望向谢淮走出来的门。

谢淮淡淡地问："看什么？"

夏夏："……"

"你是不是变态？"她忍不住骂。

"你才变态。"谢淮不客气地回骂。

他态度极差地回屋了，夏夏也懒得理他，她整理了下门口的垃圾袋，谢淮又开门出来，丢了一袋吃得只剩骨头的炸鸡。

"喂。"他踢了踢门口的杂物箱，恶劣地问，"你怎么不问我为什么放着望海大厦不住住在这儿？"

夏夏问："你为什么不住望海大厦住在这儿？"

谢淮说："关你屁事，关心你的平嘉澎去吧。"

夏夏："……"

楼里搬来一个英俊男生的事不到一个星期就传开了，吴丽很快认出了谢淮，每天都要问夏夏她那看起来挺有钱的同学怎么落魄到来这里住了。也不知是谢淮故意的还是真就那么凑巧，每当夏夏出门，总能碰巧遇到谢淮出来扔垃圾，而每次丢的垃圾都是些快餐食品。

夏夏被吴丽问得有些烦："我怎么知道？和他又不熟。"

吴丽说："我见他每天都吃垃圾食品，这样下去身体哪能受得了？"

她从厨房端出一盘吃剩的饺子："给你同学送去。"

"他才不稀罕。"

吴丽塞到她手里："稀不稀罕是人家的事，你送去就行了。"

夏夏不情不愿地出门，隔壁谢淮门口一个外卖小哥敲了半天门没人应，问夏夏："304是这儿吗？"

夏夏一看谢淮不在，顺手把饺子放在他窗台上："他可能出去了。"

话音刚落，门打开，露出一张苍白、虚弱、病恹恹的脸。谢淮接过外卖，看了眼夏夏的饺子："这什么？"

夏夏没理他，他又说："你为什么不问我怎么了？"

夏夏："……"

不等夏夏问，他主动说："我生病了。

"发烧。

"三十八度。

"很虚弱。"

他晃了晃手里外卖送来的退烧药："我有药，可是没力气烧水。"

夏夏不为所动。

"水壶我有，水也有。

"你只需要帮我开一下煤气。"

"你没长手吗？"

谢淮奄奄一息："我病了。"

夏夏："……"

谢淮的屋子冷得像冰窖，冷风吹得夏夏头疼，空调似乎坏了，温度显示−100℃，夏夏关了空调环顾四周，房子被谢淮稍稍改造了一下，但家具和布局没动，依然破破烂烂的，唯一增加的那台二手空调是谢淮受不了热买的，也是造成谢淮三伏天发烧的罪魁祸首。

谢淮在被子里蠕动："别关，没有空调我会死。"

夏夏去厨房把水烧上，开窗通风："病了就回家，这里条件不好，卫生也差，不利于你养病。"

“回去？”谢淮扬眉，“回哪儿，漳市吗？”

他蜷缩在被子里：“我没地方去了。”

假期第十天，平嘉澎终于给夏夏打了电话，夏夏原本不想接，可手机在书桌上振动了两声，她就没骨气地接起来了。

平嘉澎约她明天去海边。

第二天是个晴天，夏夏早起捯饬了很久，把所有裙子试了个遍。那些裙子都是楼上姐姐不要的，质量不好，她穿着也不合身，最后还是决定穿白T恤和牛仔裤，简单又显干净，还能最大程度上遮掩她没件像样衣服的尴尬。

夏夏赶到海边的时候，平嘉澎和他的朋友们正坐在沙滩上喝冰可乐。于月赤着脚和他说说笑笑，他看到夏夏来了，连忙止住嬉皮笑脸。

于月嘴里嚼着口香糖，吊儿郎当地说：“对不起啊夏夏，那天他衣服上沾了脏东西，看得碍眼，顺手帮他理了理。”

“你不用和我道歉。”夏夏淡淡地说，“我和他没什么特殊关系。”

于月皮笑肉不笑地哦了一声。

平嘉澎想去拉夏夏的手，被夏夏躲开，他低声说：“我不是想和你冷战，我是气你那天没有跟我解释。”

夏夏蹙眉，她那天给他打了许多电话，他一个不接反而说她没有解释。平嘉澎想要的无非是像个小孩一样被人惯着哄着，夏夏自问勉强一下自己也能做到，可真要做到了，估计自己也不会舒服。

“我知道你和谢淮没什么，可我控制不住自己乱想。”平嘉澎困扰地说，“谢淮对女生而言确实很有吸引力，他追你我真的没什么安全感，不过那是以前，现在他那样了，我也不会多想了。”

“他现在哪样了？”

“你不知道吗？谢淮家破产了。”

夏夏：“……你听谁说的？”

平嘉澎说：“前些天的晚报都登了，他爸资金链断裂，还欠了好多钱。”

夏夏恍然大悟，怪不得谢淮莫名其妙从望海大厦搬到筒子楼，生病了不去医院只是找外卖送药，也怪不得他最近没缠着她，每天只是病恹恹地自己待着。

可如果谢淮家真的破产了，那吴丽和魏金海最近遇到的事情又怎么解释呢？难道不是谢淮做的？真的只是被幸运眷顾了？

夏夏想不通。

“好了，别想了。”平嘉澎带她去海滩，“周通买了拍立得，我们照相吧。”

夏夏的注意力被灰色的小相机吸引了，平嘉澎见她有兴趣，便给她讲拍立得的成像原理。夏夏和平嘉澎在海边玩了一下午，傍晚平嘉澎的朋友提议去吃烧烤。

夏夏刚和平嘉澎关系缓和，不想扫他的兴，于是给吴丽打电话告诉她自己今晚不回家吃饭了。她去一旁打电话，回来时正好听见于月、周通在和平嘉澎说话。

“夏夏怎么像没见过世面似的，一个拍立得有那么好玩吗？”

“阿澎，不是我多嘴啊，你妈一个月也给你不少零花钱，给你小女朋友换个手机吧，刚刚还看她拿那个小直板打电话，那种手机能上网吗？以后真在一起了，带出去太丢你的人了吧。”

平嘉澎：“别开夏夏的玩笑。”

他神情严肃，于月和周通互相对视一眼，耸耸肩。

夏夏揉了揉耳朵，装作什么都没听到，她回到平嘉澎身边，遗憾地说：“我妈不准我在外面吃饭，你们玩吧，我回去了。”

夏日的傍晚热闹喧哗，夏夏落寞地走在街上，路边少女风格的服装店刚出了盛夏新款，一尘不染的玻璃橱窗后挂了条草绿色的棉质连衣裙。夏夏站在橱窗前看了好久，想到自己长这么大还没穿过几件像样的衣服，又想起自己衣柜里也有条绿色裙子，却是粗糙的纱质地，上面缀着老气的白色碎花，跟这件根本没法比。

“夏夏。”平嘉澎追了上来，“怎么突然生气了？”

“没有。”夏夏没精打采的，“只是觉得你的朋友们不喜欢我，我和他们也不是一个圈子的人，玩不到一起。”

“别胡思乱想了，他们都很喜欢你啊。”

夏夏偏着脑袋盯着那条裙子发呆：“没感觉到。”

平嘉澎问：“你是不是听到什么了？周通没有看不起你的意思，他就是……习惯那么说话。”

“平嘉澎。”夏夏指着橱窗，“这条裙子好漂亮。”

“夏夏。”平嘉澎将她的脑袋扳正，“别不开心了，我给你买新手机，好吗？”

夏夏疑惑：“为什么要给我买手机？”

平嘉澎认真地说：“因为你不开心，我想让你开心。”

他这一句话说完，夏夏的目光终于完完全全从那条裙子上收了回来，她静了静：“我该回家了。”

“现在才六点，吃过饭我送你回去，我已经和周通他们说好了，晚上不去吃烧烤了，我陪你。”

夏夏没同意也没拒绝，平嘉澎走在她身边，忽然拉起她的手快走了几步。夏夏抬头，发现他停在一家手机店前。平嘉澎进了店，店员热情地迎上来，他看着夏夏：“我想选一款女生用的智能机。”

“平嘉澎。”夏夏有些生气，声调也抬高了，“我不想要手机。”

平嘉澎蹙眉：“在别人眼里我们已经在一起了，你喜欢我我也喜欢你不是吗？我送你礼物又不是什么奇怪的事情，你别这么固执。”

“我不需要。”夏夏面无表情，“我每天除了学习就是回家帮我妈摆摊，手机能打电话发消息就够了，我要智能机干什么？”

“白色款拿给我看看。”平嘉澎自顾自地对店员说。

“我不要。”

平嘉澎打开样机认真研究，夏夏忽然就愤怒了：“你能不能别看手机了？我在跟你说话。”

平嘉澎后知后觉：“你刚才说什么？”

夏夏的愤怒被一盆冷水当头浇灭。她冷静了一会儿，轻声问：“你到底是想送我礼物，还是觉得我的手机太破给你丢人了？”

平嘉澎愣住：“我怎么会这么想呢？”

“那我不要这个。”夏夏指着刚刚经过的那家服装店，“我想要橱窗里挂的那条裙子。”

新品上架打折，一百出头，比手机不知道便宜多少。

平嘉澎不理解：“一条裙子有什么好的？这手机是最新款，可以人脸识别的。”

夏夏收回手：“算了。”

她想了想：“还是算了吧，以后别联系了，我们俩不适合在一起。”

“为什么？”

夏夏：“话不投机。”

“什么意思？”平嘉澎仿佛变成了十万个为什么。

夏夏言简意赅：“要么我嘴里说的不是人话，要么你听不懂人话，现在懂了吗？”

05.

晚上吴丽在店里忙生意，魏金海最近春风得意，请朋友出去喝酒了，夏夏随便煮了点挂面充饥，吃完了就在床上躺着。

从她那小房间的窗口望出去，能看到华灯初上的城市天空中月亮正圆，她躺在床上，脑子里好像想了很多，可到最后也说不清自己到底在想什么，乱糟糟的。

月亮挪到了另一片天空，夏夏看不到了，于是穿上拖鞋去了走廊。

谢淮趴在走廊栏杆上吃棒棒糖，听见身后的关门声知道夏夏出来了，但他没回头，只是静静地站在那儿看月亮。

夏夏站在隔他两米远的地方，和他一起抬头望月亮，她心里憋着事情，忍不住叹了口气，发现谢淮也跟着叹了口气。

夏夏疑惑地盯着他，谢淮似乎后脑长了眼，嗤了声：“看什么看？”

他一反往常，对她不冷不热的，夏夏有点不习惯，但是她也是个吃软不吃硬的，立即反击：“我看月亮呢！”

谢淮转过头，探究的目光在她身上打转：“哦？月亮在我脸上吗？”

夏夏："……"

从谢淮嘴里就听不到什么好话，夏夏懒得理他。她沉默了一会儿，想起了平嘉澎说的事，问他："谢淮，听说你家破产了？"

谢淮哽了一下，脸色难看："你从小到大学过的知识、受到的教育就是教你这样揭人伤疤吗？"

夏夏说："我没家教。"

"……破产了。"他如是说，"我爸公司的资金链断裂，还欠了八百万高利贷。"

"你家工厂爆炸了吗？"夏夏眨着眼睛问。

谢淮愣住："没有，为什么这么问？"

"我也不知道。"夏夏挠挠头，"晚报上只登了你家破产，但我总觉得你家工厂好像爆炸了。"

谢淮："……"

他环顾四周，世界是真实的，夜幕深蓝，月色皎洁。他又看向身旁的女孩，惊讶于她竟然说出了在另一个平行时空里才发生的事情。

"真惨。"夏夏没发现谢淮的异常，自顾自地说，"所以你为了躲避高利贷，从望海大厦搬到了棚户区，可你家都破产了，为什么还吃得起比萨和炸鸡呢？"

谢淮："瘦死的骆驼比马大，我就算破产了，这点零花钱还是有的吧？"

夏夏狐疑地看着他："你该不会是……

"骗我你家破产，故意搬到我家旁边，故意每天不煮饭点外卖，故意开冷气让自己发烧，就是为了装可怜，试图混入我的生活，抹平我们之间的阶层差异，博取我的同情……"

谢淮："想象力这么丰富你怎么不去写小说？"

"我是合理怀疑，你给我爸妈找了工作，如果你家破产，他们按理说也该失业了才对啊。"

谢淮一愣："什么工作？你爸妈的工作跟我有什么关系？"

"不是你吗？"夏夏瞪着黑曜石般晶莹的眸子，"真不是骗我？"

谢淮眼神缥缈，落在女孩眸子里，又落到远处明灭的灯火上，他沉默了几秒，转移话题："哎，夏夏，你有钱吗？"

夏夏看神经病一样看他："我像有钱的样子？"

"五块钱都没有？"谢淮脸上玩世不恭的表情在某一瞬间变得认真，"借我五块钱，我还你条裙子。"

他见夏夏的脸色变了，掏出手机给她看："我这三星用了一个月，二手怎么也能卖个五六千，我前几天去手机店咨询，想换个便宜的用，刚好听见你和平嘉澎说话。"

他笑得迷人："他听不懂人话，我能听懂，那条裙子很漂亮。"

夏夏顿了顿，问："要钱做什么，再说你连五块钱都没有，还吃什么炸鸡啊？"

"有我还用和你借？钱生钱，再生钱，最近没钱点外卖了，打算搞点钱花。"

夏夏从睡裤的后口袋里摸出五块钱，还是上次去巷口小卖部买盐找的零钱："怎么生？"

"卖烤冷面吧。"谢淮随口说，"前阵子去夜市，闻着那烤冷面的味道挺香的。"

"五块钱去做烤冷面，你疯了吧？"夏夏看白痴一样看着他。

"五块钱当然不能做，先拿这五块钱去赚启动资金。"谢淮从她指尖揪住那张钞票，"别那么小气嘛，就当投资了。"

夏夏只当他开玩笑："你还真是少爷当久了，脑袋都当傻了。"

她转身进屋，谢淮开口叫住她："问你个问题，如果你在遇见平嘉澎之前先遇到我，你会不会喜欢我？"

"我那天已经说过了。"

"如果我一开始就没钱呢？"

夏夏想了想："那说不准会。

"你没有钱就不会那么跋扈嚣张，也不会做那些奇奇怪怪令我困扰的事情。看你长得也挺帅，性格不这么恶劣的话我说不准会心动，不过你学习也太差了，就算在一起，以后你也肯定没办法跟我考一个大学，异地恋也太难了……我觉得我还是不会喜欢你。"

谢淮："……脑袋瓜不大，里面装的条条框框还不少。"他扬了扬手里的五块钱，“早点睡吧你。”

“别再为平嘉澎不开心了，他不值得。”

夏夏脚步停住，轻声说：“不用你说。”

谢淮又从兜里掏出根棒棒糖。他目送着夏夏进了门，吃完了糖将糖棍老老实实扔进门口的垃圾桶。

他进屋，拉上门板。

身后那轮清亮的月亮在夜幕中慢慢膨胀成一个巨大的圆盘，变白变亮，覆盖了整片天空。城区安静，夜晚静谧，在巨型月亮的笼罩下，虚幻模糊。

两天以后，夏夏知道了谢淮拿那五块钱做了什么。他没把那五块钱种到地里长出钱来，也没拿那五块钱去批发小东西摆摊卖。

他拿五块钱买了一管护手霜，某天装作碰巧走进吴丽做关东煮的小店吃饭，又装作不经意间看到吴丽那常年泡在冷水里做饭洗衣服皴裂到不能看的手，再装作不经意地掏出“买给妈妈做生日礼物”的护手霜，用那一条三寸不烂之舌，花言巧语，八面玲珑，给吴丽精心做了一个手部护理。

吴丽笑呵呵地夸奖他：“真羡慕你爸妈，生了个这么好的儿子，又帅又懂事。”

谢淮的脸色当时就黯淡了。

两天后的傍晚，夏夏去给吴丽送饭，在人来人往的夜市里看到了吴丽先前那辆卖关东煮的小破车，以及此刻在小车后面做烤冷面做得满头大汗的谢淮。

吴丽笑得如慈母一般：“孩子怪可怜的，听说他爸做生意破产欠了八百万高利贷，那些黑社会找不到他爸就跟他要钱，跟你一样大，过得可比咱们苦多了。”

夏夏走过去看，谢淮做烤冷面的技术算不上熟练，摊皮、刷油、打鸡蛋，一不小心把碎蛋壳打在了里面，他抬头朝等在摊前的小姑娘笑：“对不起啊，给您重新做一个。”

小姑娘摆手：“不用不用，蛋壳挑出来就行。”

明摆着靠脸吃饭。

谢淮看见夏夏来了，痞里痞气地朝她吹口哨：“夏姐，帮帮忙怎么样？我给你算工钱，肯德基一小时给十块，我给你二十。”

夏夏原本只是来看热闹的，听见谢淮这么说立刻就同意了。同样是干活，吴丽不会给她钱，谢淮却会，一小时二十块，对她而言已经是一个星期的饭费了。

她帮谢淮收钱、找钱、递油、递鸡蛋，过了一会儿反应过来：“为什么叫我夏姐？”

谢淮给面皮上刷酱料：“我想叫，不可以吗？”

夏夏若有所思：“我觉得有点亏，这摊车与其借你，我为什么不留着自己赚钱呢？”

“你不行，你没成年。”

“你成年了？”

谢淮只是笑，不说话。

夜市车水马龙，摊前人来人往。夏夏歪着脸，精明的小脑瓜转得飞快：“一小时三十块怎么样？你利用我妈的同情心骗到了这辆车，我如果告诉我妈你有多恶劣，那你一分钱也赚不到，你一小时给我三十块，当封口费。”

谢淮问：“你要那么多钱干吗？”

“你管我。”夏夏微微翘起下巴，“我买手机不可以吗？”

谢淮笑了，他看向夏夏，脸上浸着油烟，眼里却仿佛有光。

“我赚的钱就算都给你也没关系。

“我的就是你的。”

夏夏在夜市打了一个礼拜下手。

一个炎热的午后，谢淮叫她出去，给她买了个肯德基甜筒，自己叼着根一块钱的白糖老冰棍，站在路边招出租车。

夏夏提醒他：“你如果要去报社，从这里可以直接坐7路车，公交只要两块钱，打车过去要二十多块。”

谢淮将鼻梁上夜市十块钱一副买来的劣质墨镜朝下推了推，露出清冽的眸子，薄薄的唇里淡淡吐出三个字：“不坐，热。”

他穿着白T恤大裤衩，墨镜酷酷地架着，一副有钱的暴发户做派。

谢淮打到了车，吹着空调，吃着冰棍，优哉游哉地带着夏夏去了常市报社。他轻车熟路地上了二楼，找到了报社副主编。

夏夏见他从胸包里掏出这几天赚的五千块钱，放在那主编桌上：“买个版面。”

夏夏：“……”

“报纸版面是可以买的，这你不会不知道吧？”

“一个版面要五千这么多吗？”

“看你要什么位置，五千还算少，如果是封面那才贵呢。”

“你还买过封面吗？”

“没买。”谢淮说，“但我上过。”

他目光温柔：“被人莫名其妙送上过晚报封面，还是C位。”

主编问：“五千只能买内页，你要登什么广告？”

谢淮想了好一会儿，然后认真地说：“最美烤冷面小哥，写这个吧。”

夏夏：“……”

谢淮将他登在晚报上的照片和报道放大了三十倍，打印出来贴在摊车的前面，并厚颜无耻地在餐车的招牌上打出了“最美烤冷面小哥”的字样，之后每晚摊位前的人流量肉眼可见地增加了许多。

夏夏粗略地算过，以前一晚最多赚八九百，现在至少一千起步，来的还都是女性客人。谢淮虽然烤冷面做得一般，但是哄人的功夫一流，有时候兴致来了还会即兴唱几首情歌，惹得那些女孩纷纷掏出手机录视频发抖音。

谢淮玩他新换的手机时在同城短视频上刷到了自己，索性大手一挥买了个推广，不到三天，他的摊位爆满，每天都要排起长长的队伍，夏夏收钱收到手软。

没过多久，电视台听说夜市出了个最美烤冷面小哥，正好台里最近在做一期“走近平凡人，城市烟火气”的主题活动，于是派记者来采访谢淮。

采访时正好赶上夜晚最热闹的时候，谢淮忙得恨不能手脚并用，但依然分出一份英俊的笑脸给记者。

“主要还是想自食其力，总花父母的钱心里不踏实，还是自己赚钱才有底气……

“用料都是我亲自挑的，土鸡蛋，菜市场批发的新鲜洋葱和生菜，酱料是韩国辣酱，尝一口……

“唱歌是为了给顾客更好的体验，做一个烤冷面三分钟，正好一首歌的时间，他们站着也无聊，我做冷面也无聊，唱首歌大家都开心，多好……

“为人民服务，能给客人带来美味和幸福，我很荣幸，也很快乐……”

记者说：“给大家唱首歌吧。”

谢淮开口就来：“请你尽情摇摆，忘记中意的他，你是最迷人噶，你知道吗……”

记者疑惑：“这是什么歌，新出的吗？”

谢淮忘了这个年代还没有这首歌。

谢淮面不改色，微笑着换歌：“Oh给你我的心，能否请你别遗弃，一句爱你爱你爱你爱你，能否再也不分离……”

他的视线从面饼和油渍上挪开，分出时间给了镜头一个wink（眨一只眼）。

“Oh给你我的心，为什么你却给了我孤寂，就算爱你爱你爱你爱你，可能你也不想听……”

他面容俊朗，嗓音清洌，目光温柔。可夏夏现在满脑子都是怎样从谢淮手里多搞点钱。今晚过后，谢淮的生意一定会更上一层楼，他的面容写满了狡诈，嗓音充满了奸猾，身上全是那该死的铜臭味！

谢淮对着镜头的笑容又迷人了一分：“这首歌唱给我喜欢的女孩，我喜欢她，追了好久，可她不喜欢我。”

他指着夏夏：“就是她。”

夏夏还沉浸在金钱的恶臭里，晕晕乎乎，完全没反应过来。

谢淮一脸受伤，对着记者和镜头诉苦："这个冷漠、残酷又无情的女孩！"

夏夏："……"

06.

"这首歌唱给我喜欢的女孩，我喜欢她，追了她好久，可她不喜欢我。"

"就是她。"

"这个冷漠、残酷又无情的女孩！"

摊车的小电视屏幕里回荡着谢淮邪恶的声音，少年清俊的面孔与清冽的嗓音在人来人往、油烟腾腾的夜市里分外惹人注意。

排队买烤冷面的人等得无聊，都仰头看电视解闷。

夏夏给客人找好钱，扭过头好声好气地商量："老板，可以把电视关了吗？"

谢淮打出一个漂亮的蛋花，转身在夏夏的围裙上蹭了蹭沾了蛋清的指尖，他掏出屁股后兜的小遥控，将音量调到最大。

夏夏："……"

"就是她。"

"这个冷漠、残酷又无情的女孩！"

围观路人纷纷起哄，记者镜头一转朝向夏夏，屏幕上夏夏的脸爆红，慌忙摆手："不是，我跟他……"

"这么帅的小哥哥为什么不喜欢啊？"

"就是，赶快答应人家吧。"

"在一起在一起在一起……"

"好好听听。"谢淮潇洒地在面皮上扬了一把葱花，"这说的才叫人话。"

摊前的女孩尖叫："老板，我不吃葱！"

谢淮一拍脑袋："我忘了，这就给你重做。"

谢淮做烤冷面嘴还闲不下来："你说的那叫什么？"

"那叫屁话！"

队伍排得很长，是整条夜市里人气最高的摊子。一个漂亮的女孩举着手机直播："今天带大家打卡常市最近非常有名的网红烤冷面，老板是一位非常非常有魅力的帅哥，来，给大家看一下……

"站在老板旁边收钱的是老板娘，两个人默契又般配，天造地设的一对儿……"

夏夏："……"

人群一阵骚动，平嘉澎拨开人群挤了进来。他看了眼谢淮，又看着夏夏，眼睛通红："夏夏，跟我回去。"

谢淮停了手里的动作，铲子朝锅面上一甩："要买烤冷面去后面排队，小本生意，禁止插队。"

夏夏头都不抬："没听见我老板让你排队吗？"

平嘉澎只能走到队伍最后，排了半个小时终于轮到他，他急迫地说："夏夏，我想和你单独聊聊。"

夏夏没吭声，倒是谢淮扬起一个职业的假笑："请问您是要一份黄金至尊烤冷面呢，还是要一份普通烤冷面？"

平嘉澎没心思搭理他："普通。"

谢淮把刚刚做错的那份递给他："您的烤冷面，拿好那边请。"

平嘉澎："……"

谢淮适时补充："黄金至尊烤冷面加鸡排、烤肠、培根、金针菇……纯正韩国辣酱，纯正印度辣椒，做一份大概要六分钟。"

六分钟，足够和夏夏说话了。

平嘉澎说："就要黄金至尊烤冷面。"

谢淮面无表情："二百五十块，谢谢惠顾。"

"……这么点东西要二百五？"

谢淮面不改色："你没听见黄金后面还跟着个至尊？贵的是原材料吗？贵就贵在'至尊'两个字上，至尊烤冷面里倾注的是什么？倾注的是少爷我满满的爱。"

平嘉澎："我要你的爱干什么？"

“作为夏夏善良、大度的准下任男友，用爱安抚前辈受伤的心灵是我该做的事。”谢淮指着车身上的二维码，“微信还是支付宝？不买您就去一边待着，别耽误我做生意。”

平嘉澎生平第一次遇到这种无赖，他急着给了二百五十块钱。没了谢淮的阻挠，他的目光转而落在夏夏身上：“他刚才的话什么意思？你默认他是你男朋友了？”

夏夏刚刚一直没出声，偷偷看谢淮让平嘉澎吃瘪，她心里还有点暗爽。她听到平嘉澎问这句话，下意识地看向谢淮，他沉浸在烤鸡排的世界里，头也不抬。

谢淮一定听到平嘉澎的话了，可他为什么没有反应呢？

夏夏心想，谢淮不是应该做点什么吗，比如生气，再比如用目光示意她“你敢说句‘不’试试”。

可他一言不发。

相处了这些日子，夏夏渐渐摸透了谢淮这人。有钱归有钱，死缠烂打归死缠烂打，可他并不坏，身上不仅没有一点二世祖的恶劣习气，反而有着远超同龄人的成熟心思，虽然家里破产，但靠自己的头脑和拼劲儿，依然在常市混得风生水起。

谢淮低着头，侧脸的锋棱如一条连绵而起的险峻山脉，精致却带着难以接近的疏离。谢淮似乎本就该是这样，他玩世不恭，对所有人都淡淡的，只是在自己面前像只黏人的猫。

夏夏的目光长久而专注地落在谢淮侧脸，他似有察觉，唇角勾起：“这么好看？”

平嘉澎一直注意着夏夏，此刻眼睛里是已经知晓答案的绝望和不甘心想再努力试试、试图死灰复燃的火苗。

“这跟他没关系。”夏夏回过神来，如是说，“那天我已经说得很清楚了。”

谢淮从容地把手下的培根翻了个面，培根滋着油在锅上煎得金黄。

平嘉澎委屈：“我不知道我哪里让你生气了，我要你告诉我。”

夏夏静了静：“我们不是一种人。

“你也看到了，我每个月一百块生活费，自己吃饭都不够，假期还要想方设法兼职，满大街发传单，替别的同学写作业，还有像现在这样，在夜市卖烤冷面赚点零花。你衣食不愁，可以随便去我消费不起的地方玩上一整夜，可以随便拿出这么多钱买一碗烤冷面。你也许喜欢我，想把我带到你的世界里，介绍给你的朋友，可我们始终不是一个圈子的人，你硬要我融进去，我办不到。

“你以为我是因为于月和周通的话埋怨你，其实并没有，他们说的是实话，夏夏确实没见过什么世面，而你想要的不仅是一个漂亮、懂事、成绩好的女朋友，还需要能让你带出去有面子，我可能没办法达到你的期望。”

平嘉澎看起来快要哭了：“我没有这么想……”

“那为什么要给我买手机？”夏夏眼眸澄澈地问他。

“因为我喜欢你……”

“你不是喜欢我。”夏夏打断他，“你喜欢的不是我，平嘉澎，是你自己。”

“我解释过我不需要智能手机，我不需要上网，不需要玩游戏，不需要聊天，我目前的人生里只有学习和赚钱两件事，只有努力考上大学我才能看到未来的一点点希望，一款智能手机对我而言和一块板砖没什么区别。可你听不进去，你甚至从来没有想过这部手机到了我手里，我能不能缴得起网费的问题。”

平嘉澎：“……”

“回去吧，以后别找我了。”

谢淮短暂地停下动作，夏夏站在灯光晃眼的地方，她脊背笔直，从容地看向那个男孩——那个曾经占据了她半个青春，让谢淮在往后的日子里回想起来总是有些心有不甘的男孩。谢淮原以为十六岁的夏夏被爱情冲昏了头脑，为爱不顾一切，可没想到的是，无论什么时候，夏夏都是他心尖上那个一点就通、聪明绝顶的女孩。

也许是因为他的出现改变了一些东西，但哪怕没有他的出现，夏夏也始终清醒澄明。她知道自己想要什么，知道自己该做什么，她做好的决定，别人无须多言。

“我明白了。”平嘉澎沉默了好久，哑着嗓子，“我还有最后一个请求，明天七夕，我想和你一起过，可以吗？”

谢淮心想请求个屁，但面上依然波澜不惊。

“就当好聚好散，明天过后我不会缠着你了。”

夏夏看向谢淮，故意问：“老板，明天七夕，生意会不会很忙啊？”

谢淮心里说忙忙忙，快忙死了，嘴上却傲娇地说：“你问我干吗？想去就去，我又没拦着你。”

他平静得过分，夏夏见他这副模样，心里不知怎么的有些不爽，她像是要气死谢淮一般说：“那就去咯。”

谢淮倒调料的手一抖，一不留神把半瓶魔鬼辣椒倒在了平嘉澎的黄金至尊烤冷面里。

夜里，人群散去，谢淮跷着脚坐在小车后数钱，夏夏倒完垃圾回来，谢淮将数出的厚厚一沓纸币拍在她面前。

“干吗？”夏夏疑惑。

谢淮面无表情：“拆伙。”

“这些天你的工钱加这辆车的租金在这儿了，拿上钱快滚。”

“大半夜你发什么神经啊？”

“我神经？”谢淮快气死了，“明天什么日子你不知道？大街上男男女女都出来轧马路你不知道？轧完马路肚子饿了会来夜市吃东西你不知道？吃东西的人多了我生意很忙你不知道？工作这么忙还要翘班去和老情人约会我开除你怎么了？你还有什么可说的？”

夏夏：“……是你让我去的啊。”

“我让你去你就去啊？”谢淮扯着嗓子，“那我让你嫁给我你嫁吗？”

夏夏说：“你在想什么。”

“滚滚滚。”谢淮不耐烦了，“找你的平嘉澎去吧。”

夏夏失业了，可她并不难过。

第二天她起了个大早，拎着家里的水桶坐公交去了花市。七夕花市爆满物价飞涨，平日五块一枝的玫瑰今天要十块，夏夏拿谢淮昨晚给她的钱批发了一百枝红玫瑰。

一整天，夏夏拎着玫瑰出没于市中心各个人流密集的场所。她打扮干净，头发用黑皮筋简单扎了个马尾，有时她会主动去问经过的情侣要不要买花，有时直接站在路边等人上来问价。

如果是情侣，她每枝花要二十元，如果是独身男人，她就要三十，而遇上主动上前来问她的独身男人，她直接开价五十。

一桶花一上午卖得干干净净，她下午又去批发了两桶。

她跟平嘉澎约了晚上七点在万达广场见面，顺路直走就可以，但如果心血来潮想拐弯绕路也不是不行，夏夏今天格外勤快，特意绕了个弯。

谢淮刚将车子推出来，正在接电线煎配料，夏夏远远地朝他打招呼："谢淮！"

谢淮厚重的眼皮子掀了掀，没搭理她。

"谢淮。"夏夏笑嘻嘻地站在他面前，"今天怎么出摊这么晚？"

谢淮瞄见她手里的花桶里剩了十几枝花："难为夏姐了，约会还要主动给小白脸带花，真是无微不至。"

夏夏问："你为什么说话阴阳怪气的？"

"这都被你听出来了？"谢淮笑道，"我的员工在七夕这天抛下老板去和别人吃饭，你说我为什么阴阳怪气？"

"原来是这样。"夏夏慢悠悠地从他面前晃过去，"我还以为是你喜欢的女孩在七夕这天抛下你去私会她的老情人，所以你生气了呢？"

谢淮："……"

"喂！"他停下手里的动作，叫住夏夏，"你几点回家？"

夏夏想了想："不会太晚。"

"不会太晚是几点？"

夏夏凝视谢淮："十点之前，你要来接我吗？"

谢淮不理她，戴上耳麦煎鸡排去了。

平嘉澎捧着一束红玫瑰站在广场中央，夏夏走来，他将花递过去。

"我不要。"夏夏说，"你拿回去吧。"

平嘉澎执拗，夏夏问："你说今晚是来好聚好散的，说话就说话，送花做什么？"

"反正是送你的，怎么处置是你的事，你扔了都行。"

夏夏没扔，她坐在花坛边，把花束外的牛皮纸拆了，一枝一枝花拆出来放到自己的水桶里，打算一会儿卖了。

"晚上吃什么？"她问。

平嘉澎自从见了她就显得很拘谨："楼上有家日本料理，我朋友给我推荐的，据说很好吃也很实惠，要试试看吗？"

"走吧。"夏夏拎着花桶上了楼。

服务员递上菜单，平嘉澎推给夏夏，夏夏点了份海鲜乌冬面。

平嘉澎又点了许多东西，最后上来满满一桌子。平嘉澎想给她夹菜，但看夏夏安静吃饭不想多说的样子，又不敢动了。

夏夏把乌冬面吃完，平嘉澎点的一口都没碰。饭后平嘉澎去卫生间，夏夏从包里数出三十块的面钱放在桌上，拎着桶走了。

她刚走到广场，平嘉澎追了出来："夏夏！"

夏夏停住，转过头看到男孩羞愤的脸，平嘉澎举着她的钱："你什么意思啊？"

"吃饭付钱。"

"跟我吃饭用得着AA吗？"平嘉澎说，"我约你出来是跟你道歉的，你昨天说的话我仔细想过，我明白你的意思了，我也愿意为你去改，你就给我个机会不行吗？"

夏夏说："昨晚已经说清楚了，突然反悔是想干什么？"

平嘉澎像被霜打过的茄子，闭嘴不再说话了。

夏夏朝家的方向走，平嘉澎跟在后面想要送她回家。小路上寂静没有人声，两旁路灯昏暗，灯光下飞舞着夏夜里生命孱弱的蚊虫。

"夏夏？这也太巧了吧。"

夏夏正低头踢着脚下的石子，抬头看到了曹伟忠。

曹伟忠是九中出名的混混，学期初在八中打校际篮球赛时对夏夏一见钟情，从那以后总时不时来校门口堵她一下。

曹伟忠后面跟了几个男生，吊儿郎当，一看就是和他一样的混混，七夕夜没女朋友约会只能勾肩搭背一起厮混。

曹伟忠认得平嘉澎，但没把他当回事："难得这么巧，晚上一起吃个饭？我请客。"

夏夏拒绝："我吃过了。"

她想走，被曹伟忠拦住："给个面子呗，我这么多哥们儿看着呢。"

他看向平嘉澎："你怕他不许啊？你问问他敢不敢说什么。"

夏夏不吭声，曹伟忠笑："怎么，吵架了？吵架了正好，平嘉澎，让一让呗，让我请夏夏吃个饭。"

"你干什么？"平嘉澎见曹伟忠的手搭在夏夏手臂上，想把夏夏拉回身边，曹伟忠后面几个人直接上前把他推开。

曹伟忠："干吗呀，你一动手这味儿可就不对了啊。你现在走，我就请夏夏吃个饭，你不走，我就请你吃点别的。知道你舅舅是公安局的，那地方我不是没进去过，也不介意再进去一次。"

夏夏冷着脸不说话，平嘉澎看她一眼，转身走了。

曹伟忠幸灾乐祸："走吧夏夏，你这花是拿来卖的？多少钱一枝？我买了送你。"

"不卖。"

"别这么小气，卖一枝怎么了？"

夏夏静了许久，看着曹伟忠那张长满疙瘩粉刺的脸，骂他："你是不是有病啊？"

曹伟忠愣了一下，从桶里抽了枝玫瑰递给她，夏夏不要，他硬塞到她手里。

夏夏脾气上来了，甩着花枝在他头上抽："我说吃过了你还要带我吃，说了不想要你非要塞给我，说了不需要手机还上赶着给我买，一个两个都听不懂人话，要不要塞回你妈肚子里回炉重造一下啊？我可去你的吧！"

她一通骂，曹伟忠听完也火了："我是不是太给你脸了夏夏？"

"那你别给我脸啊。"夏夏冷漠地说，"你算什么东西啊要你给我脸。"

曹伟忠后面的男生听了想上来扇她，被曹伟忠拦住，他的目光越过夏夏落在她身后。一条马路之隔的街角，谢淮推着他那辆吱嘎吱嘎的小吃车慢悠悠地爬坡上来。

谢淮不经意间抬头，正好看见了夏夏。

他乐了：“哟，这不是夏姐吗？”

07.

谢淮和曹伟忠的恩怨要从两个月前说起。

两月前的某天傍晚，曹伟忠逃了晚自习无所事事，想起上个月在八中操场上惊鸿一瞥看到的那个漂亮女孩，心忍不住痒痒，于是呼朋唤友地去八中门口堵夏夏。

八中不是封闭式管理的学校，每到饭点都有大批学生涌出学校到周围的小吃店觅食，夏夏饭点只要在学校必被谢淮骚扰，于是一下课就偷偷溜出去。她也不吃饭，一个人到学校旁的书吧看了会儿书，看时间差不多了准备回去上自习，哪知道谢淮就在校门口守株待兔。

谢淮倚在刻着校名的大石碑上，手里拎着两份外面随处可以买到的葱油小饼朝夏夏招手，他手招到一半，被曹伟忠横插进来的身体挡住了。曹伟忠的笑在夏夏眼里有一点油腻，那满脸的青春痘和粉刺都随着咧开的唇角一起绽放。

“夏夏，记得我吗？”

夏夏老实说：“不记得。”

“我，曹伟忠。”他指着自己鼻子，“上次篮球赛不小心撞到你那个。”

夏夏有点印象了。

“我是来道歉的，顺便接你去吃个饭唱个歌。”

一个谢淮还不够，这下又来一个，夏夏头都要炸了，问他：“我跟你很熟吗？”

“不熟，但是感情可以培养，你去过迪美町吗？我带你去。”

迪美町是常市有名的迪厅，夏夏说：“我没去过，也不想去，更不想和你培养感情，麻烦你让一下，回去晚了教导主任要骂我。”

“他敢。”曹伟忠眉梢一扬，“敢骂你试试，老子找人把他瓢给开咯。”

这满口的脏话，土匪般的架势，还不如谢淮。

不，比谢淮差了十万八千里。夏夏想。

谢淮被人无视了，向来只有他堵夏夏的份，没有别人堵夏夏一说。

他出声：“喂！”

曹伟忠充耳不闻，谢淮掏出手机打电话。半分钟后，八中的教导主任小跑着出来，正好看到曹伟忠拦人不放这一幕。

曹伟忠不是第一回到八中门口拦人，教导主任认得他，谢淮置身事外般倚在那儿，伸出一根挂着葱油饼袋子的手指指着他，像极了偷偷摸摸给老师打小报告的学生：“就他，贼眉鼠眼的，一看就不像好人。”

曹伟忠被保安拎到教导处，教导主任给九中的老师打了电话过来提人，他和九中老师在沙发上唠嗑喝茶，谢淮大摇大摆地坐在办公桌前吃饼，一边吃一边数落着站在墙边的几个小混混。

“小小年纪不学好，你看看你，校服涂得花里胡哨的，这是学生该有的样子？

“逃课就算了还要去迪厅，满口脏话，你爸妈知道不揍死你？”

夏夏站在一边，越听他这话越耳熟，谢淮似乎是把当日教导主任教育他的话拿来改了改骂曹伟忠。

曹伟忠被他骂得不耐烦，偏偏这么多老师在他也不敢还口，实在忍不住问了句：“你谁啊？”

“你别管我是谁。”谢淮优哉游哉的，“你就说我教育得对不对吧？成年了吗你？年纪轻轻不学好，从哪儿学的约小姑娘去迪厅？”

曹伟忠看他身上穿着八中校服，不服气的混混神态又出来了：“你成年了？”

“我没成年啊。”谢淮理所当然，“没成年耽误我教育你？”

曹伟忠：“……”

“看你们老师也没用。”谢淮端起教导主任的茶杯喝了口，“你看老师想管你吗？”

那一晚八中九中的教导主任聊得宾主尽欢，曹伟忠却倒了大霉，站在教导处被谢淮教育了三个小时。

谢淮这人看起来人模狗样的，但实在是太能唠叨了，也就是家里有钱耽误了他，不然将来肯定是个当教导主任的好材料。

走出八中的那一刻，曹伟忠觉得自己仿佛劫后余生。

谢淮拍拍他的肩膀，语重心长："年轻人就该努力学习天天向上，不要整天想着怎么占小姑娘便宜。"

教导主任瞥了眼谢淮，到嘴边的话忍住没说出口——还有脸说人家。

"你给我等着。"曹伟忠撂下这句话后被自己的老师拎走了。

晚自习下课，谢淮买的饼早就冷了，他去买了点关东煮在校门口等夏夏出来。

夏夏远远地看见了他，就要绕路走。

谢淮高高举起手里的夜宵，不顾周围人来人往，大声喊道："夏夏，你要不吃这个，明天我可订外卖来学校了啊。"

他上一次订外卖的场景还历历在目，点都得的香味徘徊在楼层一上午不散，整个年级的人都无心学习。

夏夏不怕教导主任却怕了，他招呼夏夏："快接着！哎，夏夏，你要跑哪儿去啊，没听见谢淮叫你吗？学习到这么晚一定饿了，看你最近都累瘦了。"面目慈祥，眉眼和蔼，和平日令学生闻风丧胆的教导主任判若两人。

谢淮一整晚都心不在焉的，脑子里总想着夏夏去见平嘉澎了，放调料的时候走神，以往能用一晚上的辣椒酱小半个晚上就倒光了。

调料用完，谢淮有正当理由收摊，他推着满车没用完的食材往家走，那车有点沉，往常都是夏夏和他一起推，今天只有他一个人，谢淮爬了个坡累得半死。

"谢淮你傻吗？好好的少爷日子不过，非要来住棚户区，家里的好饭好菜不吃，非要出来卖烤冷面。

"每天辛辛苦苦卖烤冷面也没人领你的情，媳妇还跟别人跑了。

"太他妈惨了。"

谢淮越说越郁闷，说完一抬头，看见夏夏和堵着她的曹伟忠。

谢淮瞬间乐了：“哟，这不是夏姐吗？”他环顾四周，“平嘉澎呢？他没送你回来？”

夏夏本来就烦，谢淮一开口她又想起平嘉澎刚刚转身就走的事儿，更烦了：“你能不能滚啊？”

“滚就滚。”谢淮今天出奇地爽快。

他推着车就要走，曹伟忠却想起曾经的恩怨，打算好好落井下石。他拦住谢淮：“八中大名鼎鼎的少爷，你家那司机不是每天开着豪车送你上学吗？这家里的劳斯莱斯不坐却出来摆摊卖烤冷面，少爷怎么就落魄成这样了呢？”

谢淮说：“少爷怎么落魄的晚报不是写着吗？叫你平时多读书多看报吧，一问三不知就显得很没文化。”

曹伟忠：“……”

“你还跟我跩呢。”曹伟忠说，“家里都破产了有什么好跩的？”

“对不住啊。”谢淮淡淡地说，“我这人就这样，有钱没钱都跩得跟二五八万似的，你看不惯也没办法。”

曹伟忠气得青春痘快爆浆了：“没办法？谁告诉你我没办法？你们给我把那破车推一边去。”

看他这架势是不想让谢淮离开，谢淮一摊手，极其配合地松开车子，转头对夏夏说：“你也看见了，我是想走，可有人不让。”

曹伟忠几个把谢淮的车砸了，车里的鸡蛋蔬菜大面饼落得满大街都是。曹伟忠一脚把车的铁皮踹了个坑：“你不是少爷吗？你不是横吗？还教育我，再教育一个看看啊！”

谢淮啧啧两声：“你觉得他踹了车能消气吗？”

“不能。”夏夏见曹伟忠那副小人得志踹车的样子有些忧心，“我觉得他踹完车还得踹你。”

“那踹完我呢？”谢淮眨了眨眼，“像你这种姿色的进了迪厅，别的不说，一杯带药的饮料肯定免不了，你不喝也得按头灌，等你迷迷糊糊什么都不知道了还不是让人为所欲为？告诉你，踹完了我就该收拾你了，咱俩现在是一根绳上的蚂蚱，谁也跑不了。”

夏夏："……"

谢淮脸上带着戏谑的笑："或者你叫声哥，我帮帮你？"

他知道夏夏对他成见很大，就是想逗逗她，哪知道夏夏眼珠子骨碌一转，能屈能伸得很，张口就喊："淮哥。"

曹伟忠听了火冒三丈，转身过来："你们还有心思在这儿调情？"

"等着挨揍呢！"谢淮拽住夏夏的胳膊转身就跑。

曹伟忠一愣，随即反应过来："傻站着干吗，咱把他的车踢坏了，他肯定得报警，追啊！"

夏夏手里拎着花桶跑得磕磕绊绊，谢淮扯过来想丢了，一看里面是满满的红玫瑰，又换了主意。

七夕佳节，天幕流云变幻，玫瑰花蕊里的花粉被清凉的晚风一吹，化为层层细碎的金粉，纷纷扬扬飞到天上，和星星月亮混在一起。

远处传来警车的鸣笛声，谢淮拉着夏夏一路狂奔，背后几个混混穷追不舍，一路冲撞着来来往往的人群，引得尖叫不断。

谢淮一头扎进夜市，属于他的那片地方被两侧的商家见缝插针地占了，新来的主播举着手机一脸茫然："最美烤冷面小哥呢？"

"谢淮你个孙子，你给我站着！"

谢淮隔着重重人群朝曹伟忠挑衅："我呸，你才孙子呢！有种你来追我啊，追不上你就是一王八……"

主播惊喜："哦，烤冷面小哥来了，还牵着他的女朋友。

"看看看，小哥还提着桶玫瑰，我的天哪，真是太浪漫了，我已经变成了一颗柠檬精……"

谢淮跑着跑着冷不防被镜头怼脸，主播尖叫："天，皮肤也太细腻了吧！"

谢淮将她的镜头朝后一转，对上曹伟忠："看清楚看清楚，都看好这孙子长什么样，臭不要脸抢我媳妇儿！"

曹伟忠："……"

谢淮成功在夜市引起了骚动，主播的镜头贴上来，曹伟忠狼狈地用胳膊挡着脸："滚开滚开！"

跑出夜市，曹伟忠没追过来，夏夏撑不住了："不行，我跑不动了。"

谢淮松开她，夏夏一屁股坐在路边喘气："不跑了……不跑了……要跑你自己跑，反正他们要揍也是先揍你，我这么聪明，这么……能屈能伸，我还不信糊弄不了一个曹伟忠……"

谢淮蹲到她身边，拨了拨夏夏额前被汗浸湿的刘海："那我也不跑了，陪你歇会儿。"

夏夏："你快走吧，一会儿他们追上来要揍你的。"

谢淮笑得少年气十足："他要打就打，反正平嘉澎报警了，淮哥耐打，怎么着也能撑到警察过来。"

"你怎么知道他报警了？"

"听到警笛声猜也猜到了，平嘉澎没什么血性，可人也不傻。"

夏夏："警察马上就来了，你没必要在这儿挨打。"

"我不走。"谢淮耍赖皮般地朝地上一坐，"警察来不来关我屁事，挨打我也愿意，我就想陪你。"

"那如果警察不来呢？"

"那也要陪你。"谢淮笑着说，"只要在你身边，做什么都可以。"

夏夏静了静，忽然笑了。

谢淮问："你笑什么？"

夏夏鬓角碎湿的头发黏在脸侧，她白皙的脸颊在高温下泛着桃粉色："我以前觉得你这人挺坏，自大、浪费、学习差，还破坏我和平嘉澎……其实想想也不关你的事，我们俩之间本来就有问题。"

"那现在呢？"谢淮眼里带着笑，"现在怎么想？"

夏夏凝视着他俊美的脸庞和清冽的眸子，其间深邃，仿佛装着星河万顷："好像你变穷以后，人也变得可爱了点。"

谢淮扑哧笑了，夏夏问："你又笑什么？"

"笑夏姐难搞，我努力了这么久才让你对我有所改观，可惜还只是'可爱了点'。"

"那你想要什么？"

谢淮直白："想要你喜欢我。"

耳边川流不息的车鸣、人声短暂消音，夏夏只觉得时空寂静，耳朵里只剩下谢淮温柔的声音。

他问："都已经觉得我可爱了点，那打算什么时候再喜欢我一点？"

夏夏陷入一种奇异的眩晕，仿佛被谢淮蛊惑，看向他的眼眸时就像陷入一团旋涡。

"我……"

她刚要说话，远处的曹伟忠追了上来："谢淮在那儿呢！妈的，给我打！"

谢淮："……"好好的气氛被破坏殆尽。

他脸色阴沉，揪住冲过来的一个男生的衣领，给了他一拳。

曹伟忠气得脸色涨红："你够嚣张啊，我没动手，你还敢先打人。"

谢淮揉了揉发麻的指骨，嗓音冷漠："早不来晚不来，打的就是你。"

曹伟忠几个人一拥而上，夏夏从人群中钻出去，刚要打电话报警，手机被一个男生抢走摔碎在地砖上，那男生抬手要揍她，谢淮分神踹了他一脚，嘴角也挨了曹伟忠一拳。

"给我揍！"曹伟忠气急败坏，"反正未成年，你们怕什么？"

谢淮抹掉嘴角的血渍，把夏夏拉到身后。

一辆黑色的奔驰停到路边，车窗摇下来，后座露出一张清俊的中年人面孔。男人平静地看了眼谢淮嘴角的伤，目光久久落在他身后的夏夏身上。夏夏感受到他的眼神中探究的意味，有些不自在。

谢淮对她的一点点异样情绪都能察觉，他伸出胳膊隔绝了男人的目光："别看了行不行？"

男人收回目光，嘴角露出不可察觉的浅笑，他对曹伟忠说："年轻人脾气太暴躁了可不好。"

"你管我……"曹伟忠的话戛然而止，身后的人戳他，示意他看那车。

车牌是漳市的，四个8连号，能挂这种车牌的肯定不是什么普通人。

曹伟忠气焰收敛了点："这是我跟他的恩怨，跟你没关系，你现在识趣就滚远点，我不为难你。"

男人摇上了车窗。正当曹伟忠以为自己的威胁起了作用时，车门打开，下来两个身穿黑色西装的男人，一人拽住曹伟忠的一只胳膊。

曹伟忠慌了："你们干吗？"

西装男冷酷寡言："送警察局。"

曹伟忠："……"

奔驰开走，曹伟忠也被西装男拎去了警局，夏夏回过神来，问："刚刚那人谁啊？"

"我怎么知道。"谢淮摸了摸鼻子，"可能是吃饱了撑的来打抱不平吧。"

08.

"别这么看着我，难道你怀疑他是我花钱请来陪我表演英雄救美的？"谢淮摊手，咧着被打得青紫的嘴角，"我家破产了，你忘了吗？"

夏夏打量了他一会儿，扭头就走。

"哎，等等。"谢淮捡起夏夏摔得稀烂的手机，拎着花桶追了上去。

夏夏进了一旁的药房，买了盒创可贴递给他，谢淮摸了摸嘴角的伤口，笑得欠揍："我看不到，你帮我贴呗。"

夏夏把药扔到他怀里就要走，谢淮捂着脸哀号："疼，好疼啊，疼死啦……"

药店的员工纷纷抻着脖子看过来，谢淮演得更起劲儿了："我都这么疼了，你还不肯帮我上药，好狠的心！"

眼看着谢淮招来的目光越来越多，夏夏脸红了，骂道："你好不要脸啊。"

她抢过自己的花桶跑了出去，谢淮追上拦住，他扬了扬手里的创可贴，笑得一副流氓样："去哪儿？你今天不把这个贴上就别想走。"

夏夏垂着眼眸，看向谢淮手里那个坏了的小手机，她接过来，按了按开机键，手机没反应，已经坏了。

"这是魏金海充话费送的。"夏夏说，"他扔在抽屉里，我就拿来用了。"

街角那家平嘉澎带她去的手机店还开着门，门口的立牌上打出了七夕特惠活动的广告标语。谢淮问："进去看看？"

平嘉澎先前看中的那款白色智能机今夜打折只要两千九百九十九，夏夏拿着模型机玩了一会儿，谢淮："喜欢就买。"

夏夏把模型机放回去，又在橱柜里挑了款普通的直板手机。她付了钱，见谢淮一直看着她。

"你喜欢的那条裙子长什么样？当初答应过你，借我五块钱还你条裙子，你喜欢哪条我买给你，就当七夕礼物了。"

夏夏掏了掏衣兜，翻出自己今天卖花赚的两千块钱："我自己有钱。"

她喜欢的那条绿裙子还挂在橱窗里，夏夏请售货员取下来，进了试衣间。她很少穿裙子，倒不是因为没有，而是因为裙子是很看质感的东西，她那些吴丽不知从哪儿搜罗来的裙子即便穿上也像地摊货，不如不穿。

绿裙子很衬夏夏。

镜中的女孩皮肤白皙，头发乌黑披在肩上，裙子收腰，将她纤细的腰掐出来，略微蓬松的裙摆下露出一双纤细修长的小腿。

夏夏在镜前转了转："好看吗？"

谢淮笑着说："你穿什么都好看。"

他站在夏夏身后，她从镜中正好能看到的地方。

十六岁的谢淮纤细清瘦，衣着随性，手插在休闲短裤的口袋里，静静看着夏夏。

夏夏总是数落他，却从未有哪一刻像现在这样认真地端详谢淮。

他有着少年人青春蓬勃的皮囊和仿佛被阳光晒过还洋溢着温暖味道的美好，夏夏不经意地撞入他的眼眸，刹那间从中读出了数不清的温柔。

“谢淮。”她轻声问，“其实你家没破产吧？”

谢淮一愣：“怎么说？”

“那天刚被我骂完自大浪费，家里就破产沦落到要住棚户区，时间也太巧了吧？”夏夏一双灵动的眼瞪着他，“我从来没见过哪个欠了八百万高利贷的人能在家里一天二十四小时开空调把自己开到着凉发烧，还有你门口的快递盒，每顿都吃五六十块的。”

“我说过了，瘦死的骆驼比马大，再说破产又不是我说的，是晚报上写的。”

“你进报社跟进自己家一样熟练，那版面也是你买的吧？”

谢淮哽住：“我买版面诅咒自己家破产？我有病啊？”

夏夏心想可不就是吗，莫名其妙从天而降，对一个素昧平生的女孩死缠烂打，还不足以证明你有病吗？

“那晚你跟我借钱的时候说自己身无分文，摊车虽然是我妈借你的，可那些食材调料她可没有帮你买，身无分文却把烤冷面的摊子开起来，你怎么解释？”

“我……”

“刚才那个男人是谁？还有我爸妈的工作，我怎么想也想不明白……”

“那真不是我。”谢淮见瞒不住了，干脆承认，“你爸有点钱就不干人事那德行，我怎么可能让他那么得意，还给他换工作？用脚想想都知道……”

夏夏疑惑：“你认识我爸？等等……你承认了？那你为什么装穷啊？”

谢淮抬眼乱瞄，看天花板看店里花里胡哨的衣服。

夏夏说：“你看着我。”

谢淮就不看她：“这不能怪我好吧？是你对我有偏见，我一开始的举动是有点出格，但那还不是因为喜欢你吗？我把自己的心捧出来递到你面前，你看都不看，因为我有钱就认定我是个渣男，这公平吗？我也是实在没办法……夏夏，好好反省下自己，你问题很大。”

夏夏被他说蒙了，下意识地反省自己。

谢淮大度地说：“不过也不用太内疚，我不怪你，谁让我喜欢你呢。”

夏夏被他糊弄住了，觉得谢淮这样做确实有苦衷。她回家路上也没再提这件事，直到走到家门口她才反应过来：“可重点不是你骗了我吗？”

谢淮掏钥匙开门，笑得像个顽劣的孩子：“以后再也不骗你了，晚安。”

“哎……”夏夏还要说话，他飞快地关门。

谢淮打开冰箱拿出罐冰可乐，又将空调温度调成十八度，躺在沙发上枕着手臂。他回想起今晚的点点滴滴，想起夏夏最后那急得跳脚却不似生气的模样，觉得这个夜晚不亏。

身后的椅子刺啦一声响，谢淮从沙发上蹦起来，看到谢致生坐在餐桌前。屋里没开灯，他坐在黑暗里不出声，难怪谢淮发现不了。

“你来这儿干什么？”

谢致生淡淡开口：“我再不来，家底都要让你败空了。”

谢淮开了灯，父子二人静静对视，过了会儿，谢淮明白了：“夏夏父母的工作是你找的？”

谢致生：“我只是想看看让我儿子动心的女孩到底什么模样，又是闹着转学，又是登报造谣，为了追女孩，有什么是你不敢干的？”

“你当年追我妈的时候不比我好多少。”谢淮说，“这都是遗传。”

“我没你这么㞞。”谢致生说，“追了人家三个月，手都没拉一下吧？”

“谁说的，我今晚还拉她跑了一路呢。”

谢致生看着他嘴角的乌青，谢淮面子上过不去，硬着头皮说：“我为了保护心爱的女孩受伤，这是英雄的勋章。”

“你别。”谢淮见谢致生要拿创可贴，连忙说，“谁稀罕你啊，我要让夏夏亲自给我贴。”

谢致生只得把药放回去：“打算什么时候回家？”

他这样问，谢淮忽然愧疚了。遗憾之于谢淮，不仅是年少时的夏夏，还有谢致生，可当他重回十六岁时，第一个想到的是夏夏，而不是去弥补那些年没能和谢致生好好说话好好度过的时光。

“你都不理我，我回家自讨没趣吗？”

临出门前谢致生正在和他赌气，两个人谁也不搭理对方，谢淮还记得。

“况且我媳妇儿还没追到呢，再等等吧。”谢致生都亲自来常市了，他有意和解，谢淮也不端着了。

谢致生笑了笑：“那我走了。”

谢淮叫住他：“爸。

“你给夏夏她妈找工作就算了，夏夏那后爸不是什么好东西，手里有点钱说不定去喝酒嫖娼，他就算了。”

“不怕你那小姑娘吃苦？”

谢淮：“她现在有我了，不会吃苦的。”

谢致生拎起桌上的袋子递给谢淮：“你生日快到了，这个送你。”

谢淮接过，袋子里装的是那年父子二人闹别扭后谢致生送他的那双鞋。

谢致生走到门口，谢淮开口：“等这边事情完了我就回家陪你，下次回家，我一定带夏夏回去给你和我妈看。”

“还有别的要说吗？”谢致生问。

谢淮挠了挠脑袋，举手投足像个别扭的孩子：“那件事我是冲动了点，你打我一巴掌，现在也该消气了，咱俩这算和好了吧？”

谢致生不作声。

“我知道家里生意这几年难做，破产就破产，没钱就没钱。我快成年了，就算以后破落了，我也能赚钱养你和妈，没什么比一家人平平安安在一起更重要，你别做傻事。”

“儿子长大了。”谢致生斯文清秀的脸上终于露出了笑容，“这些话以前可从来没在你嘴里听到过。”

“你让我别做傻事，你也别说胡话了，家里生意蒸蒸日上，破什么产啊？”

谢淮愣住。

“走了，看看我送你的礼物。”谢致生摆摆手，离开了。

谢淮打开装鞋的纸袋，鞋盒上贴着张卡纸，他看了眼，转身冲了出去。

谢淮敲开夏夏家的门，魏金海身上酒气熏天，眼睛眯着。

谢淮："我找夏夏。"

"夏夏在做家务，没空出去。"

谢淮推开他，进去拉起正在擦地砖的夏夏，地砖是魏金海喝醉了吐脏的，屋里一片狼藉。

夏夏还没来得及问他要做什么，就被拉到门外。

走廊沉浸在夜色中，七夕夜里的天空被五颜六色的烟花占据，绚烂而耀眼，一簇簇、一搭搭冲天而上，响炸在天幕的每一个角落。

"好多烟花啊。"夏夏惊喜，"你放的吗？"

谢淮笑得温柔："我带你去看焰火。"

魏金海醉醺醺地追出来："夏夏你去哪儿？地还没擦完，给我回家！"

谢淮扯下夏夏手里的抹布丢到他身上："自己擦。"

他弯腰拎起夏夏没卖完的那桶花，拉她跑到走廊尽头，墙壁向上蜿蜒着一道通往天台的梯子。

魏金海蹒跚着脚步追出来，嘴里胡言乱语："夏夏你个小崽子，给老子回来！"

谢淮眼里笑意深深："你爸叫你呢，要回去吗？"

夏夏看到谢淮眼里的戏谑，心底那股骄傲的脾气上来，伸手朝魏金海比了个中指。

她爬上天台，谢淮跟在她身后，用一把小锁将入口的盖子锁住。

筒子楼虽然只有四层高，与周围林立的高楼比起来不算什么，但站在楼顶吹拂着夏日晚风，也清清爽爽的。

空中的烟花一刻未歇，头顶被染成了奇异的颜色。

谢淮展开谢致生留下的纸条："出门别说认识我，我谢致生没你这么𡱂的儿子，儿子不敢上，只能老子帮忙了。"

"帮什么？"夏夏疑惑。

她话音刚落，满城的焰火一齐升起，映衬着天空灿若白昼。

常市所有高楼大厦上的LED屏瞬间亮起，新装车的晚报运送到城市各个角落的报刊亭。街上行人驻足，纷纷仰头看向穹顶之上不灭的焰火，LED屏上粉红色的光芒也一同映入眼眸。

“晚报辟谣了，说谢致生没破产。”

“不仅没破产，还买了整整一个版面帮他儿子告白，他儿子喜欢的姑娘叫什么来着？”

“夏夏！你抬头看，满大街LED屏上都是呢，听说这烟花也是谢致生放的。”

“除了谢致生，谁能这么财大气粗……”

“老爹出手帮儿子告白，这是什么玛丽苏剧情，我酸了……”

夏夏对这些浑然不知，她看向谢淮的唇角，依然乌青一片。她摸摸口袋，掏出一个小小的创可贴：“低头。”

谢淮温顺地低下头，任夏夏将创可贴粘在他唇角。他像只乖巧的毛茸大狗，夏夏忍不住伸手在他头顶揉了揉。

“男人的头不是随便摸的。”谢淮说，“你要对我负责。”

夏夏的手僵在半空，谢淮体贴地说：“不过来日方长，也不急在这一时半会儿。”

“拉我上来做什么？”夏夏又问。

“我爸骂我㞞，他要帮我追媳妇儿。”谢淮说，“我想了想，纠缠你这么久，好像确实欠个正经的告白。”

夏夏的脸红了：“这也太浮夸了……”

谢淮将脚下的玫瑰一枝枝捡起。

在不远处的巷口，谢致生站在路灯下抽烟。他脚边的音响里乐声悠扬，一粒粒仿佛清晰可见的七彩音符晃荡在空气中。

“心里的花，我想要带你回家，在那深夜酒吧，哪管它是真是假。请你尽情摇摆，忘记中意的他，你是最迷人噶，你知道吗……”

乐声随着夏日的晚风飘飘摇摇，撇开谢淮耳畔的碎发，钻入他的耳朵。谢淮身体一震，他扭头，见谢致生指尖烟灰四散，眨了眨眼再看，谢致生手中的烟蒂也随着烟灰一起消散在风里。

谢淮忽然清醒了。

夏夏脱口而出的那句工厂爆炸、夜市里那一排排小车顶棚绚丽的金色长毯、空调上诡异的-100℃、深夜天空那轮巨大的月亮、逃命路上招摇而上的金色花粉、谢致生口中蒸蒸日上的生意、出现在眼前跳跃的七彩音符，还有本不该出现在这个年代的歌曲。

世界在剧烈地颤动，升上天空的烟花炸开，分布在云端铺成绚烂的朝阳和晚霞。

梦境即将坍塌。

夏夏仰头看着熟悉又陌生的世界，脸上带着孩子般的好奇和喜悦。

“夏夏。”谢淮捧着玫瑰，“你不是总问我为什么喜欢你吗？”

晚霞从天边缓缓流泻，倾盆而下，远处的世界一点点消失。

“我曾经发过誓，要给一个姑娘最好的生活，往后余生我会一直陪伴她，可她的过往是我无法涉足的地方，所以我在生日那天许了愿望，也许是神明听到了我的话，给我一个机会让我去照顾十六岁的她。”

夏夏没有诧异，而是好奇地问：“那个姑娘是我吗？”

她笑眼盈盈，眸间倒映着霞光万顷。

“你现在要回去了吗？回到另一个世界照顾你的姑娘。”

谢淮低下头，额尖抵着她松软的头发：“你就是我的姑娘啊。

“二十六岁的夏夏陪我走过了人生中的许多时光，这个世界的谢淮也会陪着你。

“陪你笑，陪你哭，陪你成长，谢淮会一直陪着夏夏。

“也会一直爱着夏夏。”

女孩笑靥如花：“淮哥，我也爱你啊。”

那笑谢淮记得，像极了二十六岁的夏夏。

穹顶上的云絮如团团颜料糅合，混合成奇妙的颜色，像一盆彩色棉花糖。世界缩成四四方方的一个街区，远处的事物通通消失，面前夏夏的身形渐渐暗淡，化为虚幻的影子，最终消散为虚无。

谢淮环顾四周，于巷口处望见谢致生正在淡化的身影。

“小淮。”谢致生的笑容比记忆中更加鲜活，“虽然没有机会陪你长大，但你依然活成了让爸爸骄傲的模样。”

“爸……”

谢淮从天台一跃而下奔向谢致生，却没来得及抓住他的衣角。

世界震颤，梦境急剧坍塌。

谢淮睁开眼，二十六岁的自己躺在床上，他昨晚喝了酒，清晨醒来一阵头痛。夏夏在厨房煮粥摊饼，她穿着条黑色吊带裙，露出莹白的肩膀，上面缀着几点玫红色的吻痕。

谢淮一个梦做了许久，恍惚中醒过来只觉得分外爱她。他从背后抱住夏夏，还没来得及开口就听见她说：“昨晚做了一个梦。

“梦里有你，还有爸爸。

“梦见我回到十六岁那年夏天，你突然出现在学校，那时候你还没破产，到处招摇，和我告白还陪我摆摊卖烤冷面……”

谢淮愣住。

“那个梦很真实，醒来后觉得好像又重新活了一回，以前的遗憾都不算什么了。

“就是有一点，梦里的你给我买了两箱点都得……

“两箱！

“全班同学边上自习边看我吃早茶，虽然被人宠着的感觉挺好……”

夏夏耸了耸鼻子：“可是这也太浮夸了。”

【全文完】

图书在版编目（CIP）数据

夏日梦想家 / 星河蜉蝣著 . —杭州：浙江文艺出版社，2020.8
ISBN 978-7-5339-6175-6

Ⅰ . ①夏… Ⅱ . ①星… Ⅲ . ①长篇小说—中国—当代
Ⅳ . ① I247.5

中国版本图书馆 CIP 数据核字（2020）第 130325 号

责任编辑 瞿昌林
特约策划 林 璧
特约编辑 林 璧
封面设计 80图 · 小贾
版式设计 风吹雪
封面绘图 猫 尽

夏日梦想家
星河蜉蝣 著

出版发行 浙江文艺出版社
网　　址 www.zjwycbs.cn
联系电话 0571-85152727（发行部）
经　　销 浙江省新华书店集团有限公司
印　　刷 三河市嘉科万达彩色印刷有限公司
开　　本 880 毫米 ×1230 毫米 1/32
字　　数 727 千字
印　　张 24.5
版　　次 2020 年 8 月第 1 版
印　　次 2020 年 8 月第 1 次印刷
书　　号 ISBN 978-7-5339-6175-6
定　　价 79.80 元（全三册）